tung und Belehrung

aschinenarbeiter.

Nünchmeyer in Dresden, Jagdweg 14.

Wien, Josephstadt, Wickenburggasse 3;
ortmund, Düppelstraße 6. 1. Jahrg.

er Abraham".

Bergmannsleben.

—

BEGRÜNDETEN UND GELEITETEN ZEITSCHRIFT

KARL MAY'S
GESAMMELTE WERKE

BAND 72

SCHACHT UND HÜTTE

KARL-MAY-VERLAG
BAMBERG · RADEBEUL

SCHACHT UND HÜTTE

FRÜHWERKE
AUS DER REDAKTEURZEIT

VON
KARL MAY

125. TAUSEND

KARL-MAY-VERLAG
BAMBERG · RADEBEUL

INHALT

DAS GEWISSEN 13

WANDA 38

Die Auktion 40

Im Felsenbruch 73

Auf der Fährte 107

Schachzüge 144

Über den Wolken 175

DIE FASTNACHTSNARREN 198

GESAMMELTE AUFSÄTZE 233
(Titelverzeichnis siehe Seite 494)

GEOGRAPHISCHE PREDIGTEN 313

Himmel und Erde 315

Land und Wasser 328

Berg und Tal 341

Wald und Feld 361

Mensch und Tier 380

Strom und Straße 422

Stadt und Land 442

Haus und Hof 467

Die Jahreszahl am Beginn der einzelnen Abschnitte bezeichnet die Zeit der Erstveröffentlichung. Vorwort, Erläuterungen und Fußnoten von den Herausgebern.

Bis 1990 herausgegeben von Roland Schmid,
neue Fassung von Lothar und Bernhard Schmid.

Deckelbild: Paul Drake

Satz und Druck: St. Otto-Verlag, Bamberg

ISBN 3-7802-0072-4

VORWORT

Die in diesem Buch vereinten Texte sind Früharbeiten des Schriftstellers Karl May. Zum besseren Verständnis und zur angemessenen Würdigung ihrer Entstehung und Thematik ist die Kenntnis des Mayschen Lebensganges bis Ende 1876 wenigstens in seinen wesentlichen Punkten unentbehrlich. Karl Mays erschütternde Lebensbeichte („Mein Leben und Streben", in Band 34 der Gesammelten Werke: „ICH") berichtet gerade über diese Zeit seiner tragischen Jugend besonders ausführlich.

Karl May wurde am 25. Februar 1842 als fünftes von insgesamt vierzehn Kindern bitterarmer Webersleute in Hohenstein-Ernstthal im sächsischen Erzgebirge geboren. Die Zeit seiner Kindheit und Jugend war von allgemeiner Armut und Not gezeichnet. Mühsam und mit eisernem Fleiß konnte sich der begabte Schüler jedoch bis zum Beruf eines Volksschullehrers emporarbeiten, den er im Alter von neunzehn Jahren antrat. Eine zweifellos harmlose Handlung wurde ihm als Eigentumsfrevel ausgelegt, mit einer Freiheitsstrafe von sechs Wochen geahndet und führte gleichzeitig als Folge davon, zu seiner Entlassung aus dem Schuldienst. Durch diesen behördlichen Mißgriff wurde der junge Mensch zur Verzweiflung getrieben. In wilder Erbitterung lehnte er sich gegen Rechtspflege und Gesellschaftsordnung auf und beging das, was man ihm irrig vorgeworfen hatte: Eigentumsfrevel. Schwer hat er diesen Wahnwitz büßen müssen; er wurde ein „Vorbestrafter". Als er 1874 die Strafanstalt verließ, hatte er sich auf sich selbst besonnen und begann, durch redliche Schriftstellerei seinen Unterhalt zu verdienen. Schon nach wenigen Jahren konnte er sein ureigenes Gebiet finden: den in Ich-Form geschriebenen Reiseroman. Von da an war seiner literarischen Tätigkeit ein ununterbrochener Aufstieg beschieden.

Wie Karl May in seiner Selbstbiographie ausführlich schildert, verdankt er seine Rückkehr ins bürgerliche Leben insbesondere dem Einfluß eines katholischen Katecheten namens Kochta, der ganz offensichtlich die erstaunliche Begabung des jungen Häftlings erkannte, ganz besonders aber auch die ungestüme und zügellose Phantasie, die sicherlich nicht unwesentlichen Anteil daran hatte, daß May als junger Mensch auf die schiefe Bahn kam. Dieser Phantasie eine neue, positive Richtung zugewiesen zu haben, dürfte das wichtigste Verdienst Kochtas gewesen sein. Verschiedene Anzeichen, besonders in den ganz frühen Werken, aber auch beim größten Teil des späteren Schaffens, deuten darauf hin, daß der Katechet offenbar nicht nur den Rat gab, der nimmer ruhenden Phantasie durch schriftstellerische Betätigung ein Ventil zu schaffen, sondern sich auch dadurch von seiner Vergangenheit „frei zu schreiben", daß Namen von Orten und Personen und unheilvollen Ereignissen in zum Teil unverhüllter Gestalt die Werke durchziehen und so gewissermaßen „gebannt" wurden. Karl May hat im hohen Alter mehrfach ausgesprochen, daß in seinen Werken „rein deutsche Angelegenheiten in exotischem Gewand" geschildert seien.

Seine erste literarische Betätigung führte May mit einem Dresdener Verleger zusammen, mit dem ihn anfangs eine Art freundschaftlicher Zuneigung verband, die sich gegen Ende 1876 jedoch wandelte. Dieser Verleger hieß Heinrich Gotthold Münchmeyer, war ursprünglich Zimmergeselle und hatte 1868 einen Kolportage-Verlag ins Leben gerufen. Es ist möglich, daß May die Bekanntschaft dieses Mannes bereits Ende 1868 oder auch 1869 machte. Eine Karl May zugeschriebene Kurzgeschichte findet sich im Rahmen der bei Münchmeyer gedruckten Sammlung von Kriminal- und Abenteuergeschichten „Das Schwarze Buch", Band 2. Es handelt sich um „Das Gewissen", die im vorliegenden Sammelband abgedruckte Erzählung.[1] *Im Zuge der Forschungen konnte ermittelt werden, daß Band 1 des „Schwarzen Buchs" 1868 und der vierte (letzte) Teil 1878 erschien. Der hier wichtige zweite Teil ist vermutlich zwischen 1871 und 1874 veröffentlicht worden.*

Am 2. Mai 1874 wurde Karl May aus der Haft entlassen. Im März des folgenden Jahres suchte Münchmeyer ihn auf und bat ihn, so rasch wie möglich die Redaktion des Wochenblattes „Der Beobachter an der Elbe" zu übernehmen, dessen zweiter Jahrgang damals gerade ungefähr bei der Mitte der insgesamt 52 Lieferungen angelangt war. Der bisherige Schriftleiter Otto Freitag hatte nämlich Streit mit dem Verleger bekommen und seinen Arbeitsplatz kurzerhand verlassen. Karl May nahm die ihm gebotene Stelle als Redakteur an und begab sich unter rechten Schwierigkeiten nach Dresden, was ihm, den man für zwei Jahre nach der Haftentlassung unter Polizeiaufsicht gestellt hatte, nicht ohne weiteres gestattet war.

In der im März 1875 veröffentlichten Nummer 26 des „Beobachters" beginnt der Abdruck von Mays Novelle „Wanda". Der Hauptroman des Jahrgangs trägt den Titel „Der Goldmacher" und stammt von Otto Freitag. Der ganzen Anlage nach ist dieser Roman offenbar zum Fortsetzungsabdruck über alle 52 Hefte bestimmt gewesen, bricht jedoch mit einem unvermuteten, eiligen Schluß in Heft 37 ab. Überraschenderweise zeigt sich gleichzeitig im Fortsetzungsabdruck von „Wanda" genau dort eine Pause: Die Novelle hört mit Heft 35 mitten im Text auf und wird erst wieder ab Heft 38 weiter- und zu Ende geführt. In seiner Selbstbiographie erwähnt May, sein Vorgänger Otto Freitag habe beim Verlassen des Münchmeyer-Verlags auch alle Manuskripte mitgenommen. So

[1] *Die beiden Erzählungen „Fundgrube ‚Vater Abraham'" und „Ein Fang", die in früheren Auflagen des Bandes enthalten waren, stammen, wie neuere Forschungen definitiv ergeben haben, nicht von Karl May.*

steht zu vermuten, daß sich May gezwungen sah, den von Freitag nicht fertiggestellten „Goldmacher" zu beenden, wodurch er selber mit seinem eigenen Werk „Wanda" in Verzug geraten sein dürfte.

Bald nach Antritt seiner Redakteurstätigkeit wußte May seinen Verleger Münchmeyer davon zu überzeugen, daß eine weitere Herausgabe des alles in allem sehr schwach aufgebauten „Beobachters" ein Fehler wäre. Statt dessen wurde nun die Gründung zweier neuer Blätter beschlossen und vorbereitet: „Deutsches Familienblatt" und „Schacht und Hütte". Diese letztgenannte Zeitschrift verdient besondere Beachtung, sie bildet nämlich praktisch den Beginn von Mays literarischer Laufbahn: Erstmals schrieb er nicht in der Hoffnung, vielleicht einen Drucker, einen Verleger dafür zu finden, sondern mit dem festen Auftrag, eine ganz bestimmte schriftstellerische Leistung zu vollbringen. Wie der auf den Vorsatzblättern des vorliegenden Buchs in Originalgröße abgedruckte Titelkopf zeigt, wendet sich „Schacht und Hütte" an einen bestimmten Leserkreis. Der ehemalige Lehrer Karl May wußte zweifellos sehr gut, wie ungenügend es um die Bildungsmöglichkeiten dieser Arbeiterschicht bestellt war. Die Herausgabe des Blattes muß ihm ein sehr ernstes Anliegen gewesen sein, denn ein bemerkenswert großer Teil der Texte stammt ohne Zweifel aus Mays Feder.

Und nicht nur das. May stellte einige Probehefte zusammen, ließ sie drucken und trat eine Werbereise an, um sein neues Blatt bei den großen Betrieben wie Krupp, Hartmann, Borsig und anderen persönlich vorzulegen. Der Erfolg dieser Werbereise war offenbar hervorragend und bescherte dem Münchmeyer-Verlag eine stattliche Reihe fester Abonnenten. Als May mit berechtigtem Stolz auf den Erfolg seiner Reise nach Dresden zurückkehrte, erfuhr er zu seiner Bestürzung, daß Münchmeyer während der Abwesenheit des Redakteurs die fünf Pro-

benummern „umgeändert und verbessert" habe. Wen interessiere es schon, wie viele Lokomotiven es gebe und was ein Pfund Eisen koste, wenn Uhrfedern daraus gemacht worden seien! Das interessiere höchstens nur die paar Uhrmacher, weiter aber keinen Menschen. Daher habe er Mays Blatt nur zur Hälfte so gelassen, wie es war, im übrigen aber einen sehr schönen Roman hereingenommen: „Geheime Gewalten" von Friedrich Axmann, einem langjährigen Mitarbeiter des Hauses. May war begreiflicherweise sehr empört darüber, konnte aber den weiteren Abdruck des erwähnten Romans nicht mehr verhindern, weil die ersten Nummern von „Schacht und Hütte" bereits ausgeliefert waren. „Geheime Gewalten" ist ein Spannungsroman der üblichen Prägung. Sein Inhalt hat keinerlei Beziehung zum Berg- und Hüttenwesen. Durch die Änderung erhielt der erste (und einzige) Jahrgang der Zeitschrift „Schacht und Hütte" folgendes Bild.

Die insgesamt 52 Hefte umfaßten je acht Seiten im üblichen Großformat der Wochenschriften, der zweispaltig gedruckte Text zählte somit 416 Seiten. Gegen Schluß jedes Heftes kehren zwei Rubriken regelmäßig wieder: 1. „Gewerbliche Notizen" (Statistiken und Berichte über Produktionen und Umsätze der einschlägigen Industrien), 2. „Allerlei" (Anekdoten, Witze, Gedichte, Rätsel und Briefkasten). An längeren erzählenden Beiträgen bot das Blatt den Roman „Geheime Gewalten" von Friedrich Axmann in Heft 1 bis 37, „Fundgrube Vater Abraham" ohne Verfasserangabe in Heft 37 bis 42 und „Ein moderner Abenteurer" von Friedrich Axmann in Heft 42 bis 52. Zwischen dem jeweiligen Roman und den beiden Schlußrubriken sind in den ersten 14 Heften jene belehrenden Kurztexte enthalten, die im vorliegenden Buch den Hauptabschnitt „Gesammelte Aufsätze" bilden; der Abdruck dieser Texte erfolgte zwar ohne Verfasserangabe, jedoch bestätigt May in einer Briefkastenant-

wort des Heftes 49 seine Verfasserschaft an den Aufsätzen, „die er besonders für die ersten Nummern von ‚Schacht und Hütte' schrieb." – Die „Geographischen Predigten" folgten unter Angabe des Verfassernamens Karl May in den Nummern 15 bis 24 (Kapitel 1 bis 4) und 26 bis 46 (Kapitel 5 bis 8). – Weiterhin enthält „Schacht und Hütte" verschiedene Nachdrucke aus Zeitungen und Zeitschriften, durchweg statistische Berichte über die Bergwerksindustrie, die Entwicklung der Eisenbahn, allgemeine deutsche Ein- und Ausfuhr und über einen Grubenunfall, den Wassereinbruch in den Marienkohlenschacht in der Nähe von Pilsen in Böhmen. Schließlich enthalten die Nummern 25 sowie 47 bis 52 kleinere Feuilleton-Beiträge anderer Verfasser, teils mit Namensangabe, teils anonym, jedoch durchweg mit Sicherheit nicht von Karl May. – Im Abschnitt „Allerlei" der Hefte 3, 5, 7 und 9 finden sich vier Gedichte Karl Mays, und zwar „Der blinde Bergmann", „Nacht" und „Die wilde Rose" (abgedruckt in Band 49 der Gesammelten Werke, „Lichte Höhen") und „Trost" (Band 43 „Aus dunklem Tann", in der Erzählung „Die Rose von Ernstthal"); im Briefkasten der Hefte 44 und 46 stehen die beiden Strophen des Gedichtes „Die Berge von Befour", das Karl May 1879 auch in seinen Roman „Zepter und Hammer" (Band 45) aufnahm.

Entgegen der damals üblichen Gepflogenheit, die Wochenzeitschriften jeweils im Oktober beginnen und enden zu lassen, erschienen der „Beobachter an der Elbe", „Schacht und Hütte", „Deutsches Familienblatt" sowie auch „Feierstunden am häuslichen Heerde" (dieses ist die dritte von May gegründete Münchmeyer-Zeitschrift, die 1876 das „Familienblatt" und „Schacht und Hütte" ablöste) jeweils von September an. Karl May kündigte seine Redakteursstelle bei Münchmeyer zum ersten Kalendervierteljahr 1877. Der von ihm somit nicht bis zum Ende redigierte erste Jahrgang der „Feierstunden" umfaßt ins-

gesamt 56 Hefte, wodurch der Anschluß an den üblichen Jahrgangsbeginn erzielt wurde.

In seiner Redakteurszeit bei Münchmeyer zwischen März 1875 und März 1877 arbeitete Karl May vermutlich nur für diesen Verlag. Außer den im vorliegenden Buch zusammengestellten Werken erschienen im „Deutschen Familienblatt" die indianischen Erzählungen „Inn-nu-woh, der Indianerhäuptling" und „Old Firehand" (abgedruckt in Band 71), „Ein Stücklein vom Alten Dessauer" (Kurzfassung der Erzählung „Der Pflaumendieb", Band 42) und „Auf den Nußbäumen" („Pankraz, der Ehestifter", in Band 47 „Professor Vitzliputzli"). Mays fünfter Beitrag für das „Familienblatt" war die Humoreske „Die Fastnachtsnarren". Der Abdruck erfolgte in allen fünf Fällen unter dem Verfassernamen Karl May.

Für die „Feierstunden" schrieb May die orientalische Erzählung „Leilet" unter dem Decknamen M. Gisela („Die Rose von Kahira", in Band 71), ferner die Humoreske „Im Wollteufel" (Band 47) und die reichliche Hälfte des historischen Romans „Der beiden Quitzows letzte Fahrten" (der von Karl May stammende Teil, der bis zu seinem Weggang von Münchmeyer zum Abdruck gelangte, bildet heute den Inhalt von Band 69 „Ritter und Rebellen").

Nachzutragen bleibt noch eine letzte frühe Erzählung. In der Schlußnummer August 1875 des „Beobachters", zweiter Jahrgang, erschien „Der Gitano" von Karl May (in Band 38 „Halbblut") zusammen mit dem Hinweis, daß der „Beobachter" künftig eingestellt werde, während an seiner Stelle nunmehr das „Deutsche Familienblatt" erscheine, für dessen spannenden und farbenprächtigen Inhalt die „Gitano"-Erzählung eine Art Textprobe bilde.

Am 15. Mai 1878 – also vier Tage nach Hödels Attentat auf Kaiser Wilhelm I., das wenige Monate später zu-

sammen mit Nobilings Anschlag den äußeren Anlaß für Bismarcks „Sozialistengesetze" gab – wurde Karl May in einer polizeilichen Auskunft des Oelsnitzer Gendarmen Oswald „als Socialdemokrat durch und durch" bezeichnet, was für die Behörden soviel bedeutete wie „Anarchist". Es kann kein Zweifel bestehen, daß diese behördliche Würdigung auf Karl Mays „Schacht und Hütte" zurückzuführen ist. Nicht nur die immer wieder in den Aufsätzen und auch in den „Geographischen Predigten" aufklingenden Randbemerkungen verraten Mays soziale Einstellung, sondern auch die Auswahl der gewerblichen Statistiken, Anekdoten und Witze.

May hat natürlich bald gemerkt, daß er mit der unmittelbaren Anprangerung gesellschaftlicher Mißstände der Öffentlichkeit wenig Nutzen, sich selber aber nur Schaden bringen konnte. So verlegte er bereits seit 1879/80 die Schauplätze seiner Erzählungen fast ausnahmslos ins Exotische. Durch die Romantik und die Erweckung der Sehnsucht nach Abenteuern in fernen Ländern erlebten seine Werke bald einen einzigartigen Erfolg. Und dennoch: Es war nur ein exotisches Gewand, das nunmehr seine im Innern „rein deutschen" Erzählungen kleidete. Denn insbesondere die Vertreter der fremdländischen Behörden, etwa in den damaligen türkischen Gebieten von Tunesien rund ums Mittelmeer bis in den Balkan, sind ohne Zweifel in den meisten Fällen nichts anderes als ironische Zerrbilder derer, die Karl Mays Jugend und die ersten Jahre seiner literarischen Tätigkeit so hart und herzlos beeinflußten . . .

DAS GEWISSEN

(1873? 1874?)

Unter den zahlreichen kurzen Beiträgen findet sich im zweiten Band des „Schwarzen Buchs“ die anonyme Novelle „Rache / oder / Das erwachte Gewissen“. Stilistische und motivische Einzelheiten weisen mit einiger Sicherheit auf Karl May als Verfasser hin. Lediglich der Titel selber scheint von fremder Hand zu stammen: Kein anderes Werk Mays bediente sich je wieder einer solchen modischen Titelform („. . . oder . . .“); denn der bekannte Kolportage-Titel „Das Waldröschen / oder / Die Verfolgung rund um die Erde“ (1882/83) stammt nicht von May, sondern ging, wie er in seiner Selbstbiographie ausdrücklich mitteilt, auf den Verleger Münchmeyer zurück.

„Das Gewissen“ weist die charakteristischen Züge der Erzgebirgischen Dorfgeschichten auf, die Holzschnittmanier in der Zeichnung der Personen. Besonders aufschlußreich und beweiskräftig ist aber die Erwähnung der „Eisenhöhle“, die sich auch in der „Rose von Ernstthal“ (in Band 43 „Aus dunklem Tann“) findet: Genauso hieß jene nördlich von Mays Geburtsort gelegene Höhle, die bis heute bei der Bevölkerung nur noch „Karl-May-Höhle“ genannt wird, weil sie ihm 1869 eine Zeitlang als Zufluchtsort diente, als er sich in ähnlich gehetzter Lage befand wie die Hauptgestalt seines „Gewissens“. Daneben entdeckt man zahlreiche weitere Motive, die an wirkliche Erlebnisse Mays anklingen: falsche Anschuldigung, einen Brand gelegt zu haben; Polizeiaufsicht; Verhaftung um die Weihnachtszeit; selbstgegossene Talglichte u. a. mehr. Besonders bemerkenswert ist die Textparallele zwischen der Schlußrede des Waldbauern und dem ungefähr zur gleichen Zeit entstehenden „Weihnachtslied“ Mays (vgl. Bd. 49 „Lichte Höhen“).

1

Der Eingetretene war an der Tür stehengeblieben.

„Grüß Euch Gott, Waldbauer!“

„Danke, Förster, hab' Euch kommen lassen, um Euch einen Gefallen zu tun.“

„Ihr? Mir? Mich deshalb kommen lassen? Nehmt mir's nicht übel, Waldbauer; aber dann tut Ihr Euch einen desto größern damit.“

„Was Ihr klug und weise seid! Aber hört!“

„Zum Hören kann man sich wohl setzen.“

„Ist nicht notwendig; ich liebe die langen Schwatzereien nicht, und Ihr könnt Eure kurze Zeit auch besser brauchen. Also hört. Ihr habt schon lange den Ebert fangen wollen?“

„Beim Teufel, ja; aber wie kommt Ihr zu der Frage?“

„Weil der Kerl jetzt auf meinem Revier pürscht und —“

„— und der Waldbauer, der stolze, geizige Waldbauer, ihn ohne den Förster nicht wieder loswerden kann! Drum habt Ihr mich kommen lassen, um mich für ein paar Lumpenkreuzer auf den Wilddieb zu hetzen!“

„Wenn Ihr in meinem Hause seid, so laßt Ihr mich ausreden und hört mich fein manierlich an; merkt's Euch! Draußen im Wald bei Euren Klaftermachern könnt Ihr's halten, wie Ihr wollt; und wenn's Euch hier nicht gefällt, so könnt Ihr gehen!“

„Na, so war's nicht gemeint. Es wäre mir schon ein Gefallen, wenn ich den Spitzbuben haben könnte; ich bin ihm nun jahrelang vergeblich nachgegangen.“

„Und könnt es jetzt so leicht und billig haben; dürft nur heut abend in die Eisenhöhle kriechen.“

„Und?“

„Dort ist der beste Wechsel auf meinem Gebiet, und da will er sich heut nacht einen Bock holen oder zwei.“

„Woher wißt Ihr das so genau?“

„Das ist Euch gleich.“

„Nicht ganz; oder glaubt Ihr vielleicht, daß ich mich eine geschlagene Nacht in die Höhle verkrieche und mir den Rheumatismus in die Knochen hole, um mich dann von Euch auslachen zu lassen? Wenn ich wirklich gehen soll, so muß ich Gewißheit haben."

„Glaubt Ihr denn, Förster, daß ich es der Mühe wert halte, mit Euch zu spaßen? So billig kauft Ihr den Waldbauern nicht; wenn Euch aber die Neugierde gar so plagt, so sollt Ihr's wissen. Der Löwenwirt hat die Böcke bestellt, und dort hat er von der Höhle gesprochen; ich hab's von dem Stallknecht, dem Elias, der früher auch mitgemacht hat, jetzt aber dem Ebert nicht mehr grün zu sein scheint. Übrigens komme ich selbst mit, man weiß nicht, was passieren kann ... Bekommen wir ihn, so sollt Ihr nicht leer ausgehen. — So, das ist's, was ich Euch sagen wollte. Pünktlich um neun Uhr werde ich ins Forsthaus kommen, und jetzt mögt Ihr Euch davontrollen. Lebt wohl!"

Der Förster ging, und der Bauer war allein.

Den Ellenbogen auf die Seitenlehne des Stuhles stemmend, legte er den Kopf in die Hand, und ein Neugieriger hätte jetzt ungestört den Mann beobachten können. Keine Spur von Stolz, Hochmut, Geiz und Habgier, wegen deren er im Umkreis bekannt und gescheut war, konnte man in seinem Gesicht entdecken; denn diese Eigenschaften haben ihre Züge; sein Gesicht aber hatte nicht einen einzigen Zug. Was war's aber dann, was den Beobachter so von ihm fortdrängte?

Die harte, sehnige Hand, die großen plumpen Füße, die eckige, kantige Gestalt, die schroffe, massige Stirn, die dichten, buschigen Brauen, das kleine haltlose Auge, die scharfe, knochige Nase, die strengen, eingekniffenen Lippen, das spitze, vortretende Kinn, das gebrochene, gradlinige Profil, das starke struppige Haar, die ungelenken, wuchtigen Bewegungen — und dazu seine ganze Umgebung: die niedrige schwarzgeräucherte Stube, der feste eichene Tisch, der rote ungefüge Uhrkasten, die hochlehnigen, knorrigen Holzstühle als die fast einzigen Einrichtungsstücke, ferner die glattgegriffene, langstielige Verwalterhacke, die eingeschmierten, dicksohligen Wasserstiefel in der Ecke und der knotige, ungeschälte Schwarzdornstock daneben — wovon erzählten die nur alle? Vielleicht von einem granitenen Willen, von einem verknöcherten Herzen, von eisenfester, ja stählerner Strenge, die lieber bricht als nachgibt? — Der Waldbauer war hart, steinhart, — feuerhart.

Draußen pfiff der Wind durch die kahlen Buchenhecken und jagte ganze Schneewolken vor sich her. Der Mann in der Stube achtete nicht darauf. Gab es auch in ihm Wolken und Stürme?

Er stand langsam auf und trat an das mit Moos abgedichtete Fenster.

„Fühlen? Was das nur eigentlich für dummes Zeug ist! Wenn ich den Hund hier prügle, ja, so fühlt er die Schläge; aber etwas anderes? Albernheiten! Und nun gar noch Liebe, Eifersucht, Haß und Rache! Ich möchte doch wissen, wen ich liebhaben sollte oder wen hassen, auf wen eifersüchtig sein! O nein, so ist's nicht! Aber: Was der Waldbauer einmal will, das muß er auch bekommen, und weil sie nicht gewollt hat, so sollen sie alle dafür büßen! Jetzt hab' ich den Ebert endlich! Und den Grunert? Warum soll ich denn nicht gleich zu ihm gehen? Das Gut ist nun mein, und er muß heraus, heraus mitten im Winter! — Ha, der Bruder im Arbeitshaus und der Mann auf der Gasse! Sie soll sehen, was für ein Unterschied ist zwischen diesen Lumpen und dem reichen Waldbauern, den sie nicht gemocht hat!"

Er nahm den großen, breitkragigen Pelz von der Wand, zog ihn an, setzte die Fuchsmütze auf, griff zum Schwarzdorn und ging.

*

Der kurze Wintertag war zu Ende, und es dunkelte stark. Hier und da machte ein Knecht oder eine Magd die Läden zu und blickte verwundert auf den Bauern, der in solchem Wetter durch das Dorf ging. Am letzten Häuschen blieb er verschnaufend stehen, öffnete dann die beiden Teile der altersschwachen Haustür, schritt durch den engen, dunklen Flur und trat dann, ohne vorher Schmutz und Schnee von den Stiefeln und der übrigen Kleidung entfernt zu haben, in gebückter Haltung in die Stube.

„Verdammtes Nest, in dem man sich den Schädel einrennen kann, wenn man einmal nach dem Rechten sehen will! Habt ihr denn kein Licht da, he?"

„Um Gotteswillen, der Waldbauer! Fritz, du könntest die Lampe anbrennen, es wird wohl noch ein Restchen Öl drin sein. Hast du noch ein Streichholz?"

„Ich habe keins mehr; sieh' einmal, ob auf dem Ofensims noch welche liegen."

„Es ist nichts da."

„Schöne Bettelei, das!" rief der Eingetretene. „Nicht einmal ein Streichholz in der ganzen Wirtschaft! Kommt her mit der Lampe, hier ist Feuer. So, nun gebt mir einen Stuhl her, aber ganz muß er sein! — Ich dächte, ihr könntet ihn erst ein wenig abwischen, was?"

Die Lampe erhellte den Raum nur notdürftig. Hinter dem Kachelofen lag auf einem Sofa eine abgemagerte Frauengestalt, mit einem alten, geflickten Weibermantel zugedeckt; zwei Kinder saßen in der ‚Hölle' — dem Winkel hinterm Ofen — und versuchten sich an dem spärlichen, halbglimmenden Feuer zu erwärmen; und am Tisch lehnte ein Mann in mittleren Jahren, jedenfalls der Familienvater.

„Was Teufel zieht hier nur so gewaltig? Schaut mal an, zwei zerbrochene Fenstertafeln, mit Papier geflickt! Es scheint bei Grunerts hoch herzugehen."

„Bist du bloß zum Schimpfen gekommen oder hast du

noch etwas anderes? Mach' die Sache kurz; denn viel Gutes wirst du nicht bringen!"

„Ist schon möglich", höhnte der andere. „Sollst's auch kurz haben. Der Oheim ist tot, und das Haus ist jetzt mein. Ihr werdet's wohl wissen. Zeigt mir mal euer Quittungsbuch für den Hauszins!"

„Wir haben keins. Dein Oheim konnte nicht schreiben, und die Mühe wär' auch überflüssig gewesen. Am bestimmten Tag haben wir stets bezahlt und sind nur deshalb in der letzten Zeit rückständig geblieben, weil meiner Frau ihre Krankheit soviel gekostet hat."

„Ja, das kann jeder sagen, daß er bezahlt hat; aber die Quittung! Hm. Ich will einmal ein Auge zudrücken und so tun, als wollte ich's glauben; die letzten sechs Monate jedoch kann ich euch nicht schenken."

„Das sollst du auch nicht. Wir werden zahlen, wenn nur erst das Frühjahr kommen wird, wo ich wieder volle Arbeit habe."

„Nichts gibt's! So lange mag ich dich nicht in dem Haus lassen. Ihr mögt nun zahlen oder nicht; solche Leute, wie ihr seid, kann ich nicht brauchen. Zum neuen Jahr zieht ihr aus! Du kennst meine Freundschaft für dich und weißt, daß ich nicht spaße. Also!"

„So. Das hab' ich gewußt, Waldbauer. Aber ich will dir auch noch was sagen, eh' du gehst! Wenn dort meine kranke Frau nicht läge, die ich nicht erschrecken will, so hätte ich gleich von Anfang an anders mit dir geredet. — Viel Ehre hast du nicht im Leib, denn sonst kämst du nicht selber zu uns. Und nun sollst du wissen: Haben wir zum neuen Jahr eine andere Wohnung, so sind wir heraus; haben wir aber noch keine, so sind wir noch da, das merke dir! Man wirft die Leute nicht so mir nichts, dir nichts auf die Gasse, sondern kündigt ein Vierteljahr vorher! — Nun sind wir fertig, und du kannst gehn!"

„Und das Geld? Davon spricht das Pack nicht!"

„Das wirst du schon bekommen! Kannst uns ja auspfänden lassen, wenn du die paar Groschen so notwendig brauchen solltest!“

„Pah! Da wird viel zu haben sein! Daß ich dumm wäre und auch noch die Kosten bezahle. Aber merkt's euch: Die Fenster dort laßt ihr mir in Ordnung bringen, ehe ihr mir fortlauft! Und die Stube wird hübsch gescheuert und saubergemacht, damit ich nicht später erst scheffelweise Insektenpulver kaufen muß, wenn ich ordentliche Leute hereinhaben will!“

Mit einem Ruck drehte er sich um und verließ grußlos den Raum.

Als er fort war, blieb es still in der Stube. Grunert war zu seiner Frau getreten und hatte ihren Kopf an sich gezogen.

„Das alles mußt du wegen mir leiden, du armer guter Mann!“ schluchzte sie nach einer Weile.

„Sei ruhig! Du hast noch viel mehr zu tragen als ich. Gott, wer hätte gedacht, als wir uns kennenlernten, daß wir so elend sein würden! Erst das Feuer, dann der Hagel, und wir haben nicht einmal alles abtragen können, was auf unserm Gütchen gestanden hat. Ich hatte mir das Leben so schön und glücklich gedacht, und nun ist's so anders geworden!“

„Wenn ich nur wüßte, wie dazumal das Feuer gekommen ist! Ich hab' schon manchmal Gedanken gehabt, die ich gar nicht aussprechen kann!“

„Es ist auch am besten, man denkt nicht mehr dran. Wir haben alles eingebüßt, aber die Hoffnung nicht. Und wenn du nur erst wieder gesund wirst, so arbeiten wir uns schon wieder in die Höhe.“

„Und du brauchst dich dann auch nicht mehr so unbarmherzig anzustrengen. — Aber hörst du? Da kommt jemand!“

„Guten Abend!“ rief es schon unter der Tür. „Wie steht's? Wiedermal kein Öl? Wenigstens scheint eurer

Lampe der Atem auszugehen. Da habt ihr was; hab' sie extra für euch gegossen! Prächtige Lichte, 's ist Hirschtalg. Und hier ist auch noch dies und das im Jagdranzen; kommt her, ihr Kleinen, und packt aus!"

Grunert drückte dem Ankömmling warm die Hand, und die Mutter rief:

„Bruder, wenn wir dich nicht hätten in dieser schweren Zeit, so müßten wir vergehen vor Hunger und Kummer!"

„Larifari! Ich bin eben dein Bruder, und da muß ich dir helfen. Ihr seht aber hier wieder einmal, daß ich recht habe! Denn wenn ich mir nicht dann und wann ein Ziemerchen holte, so könnte ich euch nicht beispringen."

„Es ist aber Wilderei und bleibt doch immer ein Diebstahl ..."

„Ansichten! Wenn ich dem Waldbauern seine Kühe niederschieße, die er gekauft hat, so mögt ihr recht haben. Welches Eigentumsrecht aber hat er auf das Wild in seinem Holz, das heut da, morgen dort ist? Das ist freies Gut, sagen die Herren in der Stadt, die auch gern Wild auf der Zunge haben. Man darf doch auch die Luft einatmen, wo man will. Wenn die Herren das Wild nicht freigeben, so dürfen sie auch die Büchsen nicht freigeben: Das ist der große Widerspruch bei der Geschichte, — denn zum Soldatenspielen für die Dorfjungen sind sie nicht da. Grad heut abend wollte ich mir ein paar hübsche Böcke holen; es wird aber wohl nur einer werden, denn der Elias, der erst mitwollte, ist plötzlich unpaß geworden, und da muß ich allein hinaus. Es ist aber jammerschade; denn ich hab' schon die beiden Gewehre draußen versteckt und kann doch nur eins gebrauchen. Könntest mitgehn, Schwager!"

„Wo denkst du hin! Ich habe notwendig zu arbeiten!"

„Was denn?"

„Körbe ausbessern."

„Und was verdienst du dabei."

„Zwei, vielleicht sogar drei Groschen; weiß noch nicht."

„Das verlohnt sich auch der Mühe!"

„Es ist aber doch was, und wenn man so getrieben wird, muß man wohl arbeiten, und wenn's noch so wenig einbringt."

„Getrieben? Wer treibt dich denn?"

Grunert erzählte das Gespräch mit dem Waldbauern. Als er geendet hatte, war sein Schwager rot vor Zorn.

„Oh, könnte ich dem nur einmal einen Streich spielen — von ganzem, ganzem Herzen sollt's geschehen! Wieviel beträgt denn der Hauszins?"

„Fünf Taler."

„So? Und die willst du bis zum neuen Jahr mit Korbflechten verdienen? Wenn du heut abend mit mir gehst, so hast du sie mit einem einzigen Schuß und kannst morgen nachmittag dem Kerl das Geld vor die Füße werfen! Ah, das zieht, nicht wahr? Und wenn wir Glück haben, kann es auch noch etwas für Frau und Kinder abwerfen. Also, besinne dich!"

Grunert machte eine unschlüssige Gebärde.

„Tu's nicht!" bat die Frau.

„Aber die fünf Taler!" wandte ihr Mann ein. „Und die Schuld beim Krämer und in der Apotheke! Der Bäcker borgt gar nicht, mit dem Dreschen ist's nun aus, und wovon sollen wir leben? Weißt du einen Rat?"

„Nein!" war die kleinlaute Antwort.

„Na, da habt ihr's!" mischte sich ihr Bruder wieder in das Gespräch. „Wenn du zwei- oder dreimal gut zielst, so hast du genug, bis das Frühjahr wieder Arbeit bringt. Du kannst dich auch selbst ein bißchen herausmausern; denn du bist schrecklich heruntergekommen mit deinem Aussehen. Also, schlag' ein; bist doch sonst ein guter Junge und immer ein braver Schütze gewesen!"

„Aber die Sache ist erstens unrecht und zweitens gefährlich."

„Das verstehst du nicht. Komm, setz' dich einmal her und laß dir erzählen. Hier ist ein guter Schluck, der dir wohltun wird, und ich weiß sicher, daß du Verstand annehmen wirst."

*

Stunden vergingen. Der leichtsinnige und ebenso beredte wie spitzfindige Ebert wußte trotz der Einreden der Frau die Bedenken des Schwagers zu beschwichtigen, und als die Kirchenuhr die zehnte Stunde durch die Nacht brummte, schlugen die Männer den Weg nach dem Wald ein.

Es war ruhig geworden; der Wind hatte sich gelegt, und hell wie nur an einem Winterabend stieg der Mond zu den dunklen Massen des Forstes nieder. Schweigend schritten die beiden vorwärts, bogen von der Straße ab und nahmen ihren Weg quer durch den lichten Schlag. Nach einer Weile sprach Ebert mit gedämpfter Stimme.

„Kannst mal warten; ich hab' das Schießzeug in der Nähe."

Er ging und kehrte schon nach kurzer Zeit mit den beiden Büchsen zurück, die er genau und sorgsam untersuchte, abwischte und dann langsam und bedächtig lud.

„Jetzt kann's weitergehen."

Er schritt voran. Die Bäume traten enger zusammen; das Unterholz wurde dichter, und der Pfad verlor sich unter den Füßen. Plötzlich öffnete sich seitwärts eine geräumige Lichtung, die von einem Bach durchflossen wurde.

„So, das wär' die Stelle. Dort drüben in der schwarzen Steinwand ist die Eisenhöhle, die wird uns gut passen; denn in dem hellen Mondenschein können wir mit dem Wild nicht fort. Wir werden in der warmen Höhle warten, bis der Mond untergegangen ist. Du gehst hier rechts herum bis dort an den Felsenbrocken, und ich suche mir drüben auf der andern Seite einen Platz. Also aufgepaßt und gut gezielt! — Halt! — Raschelte da nicht was?"

Sie horchten; da aber alles ruhig blieb, schritten sie in der bezeichneten Richtung vorwärts.

Grunert saß an den Stein gelehnt zwischen hohem, durchfrorenem und angereiftem Schilf. Die innere Stimme war längst verstummt und die Aufregung an ihre Stelle getreten. Lebhaft und scharf blitzte sein Auge umher, und nicht der leiseste Hauch konnte seinem Ohr entgehen. Wie oft hatte er sich früher mit seinem Paten, dem alten Förster, auf dem Anstand befunden, und jetzt . . . doch horch, da knackte etwas!

Das war der Bock!

Langsam und vorsichtig trat das Tier aus dem Unterholz hervor, zog prüfend die Luft ein und schritt, gefolgt von einem ganzen Rudel, immer weiter vor. Es war Damwild.

Leise nahm der Lauschende die Büchse auf, legte den Lauf auf die Ecke des Steins und wollte eben abdrücken, als es auf der andern Seite blitzte und die Tiere mit auf den Rücken gelegten Schaufeln gerade auf ihn zusprengten. Der Finger berührte den Drücker, Blitz und Knall, und im Feuer getroffen stürzte der Bock zusammen, den er aufs Korn genommen hatte.

Die Gewehre wurden wieder geladen und die beiden Tiere vor die Höhle geschleift, wo sie ausgeweidet werden sollten.

„Zwei Kapitalschüsse; bist doch ein ganzer Junge! Diesmal wird der Löwenwirt schmunzeln, denn er hat lange Zeit nichts Gescheites gehabt. Was nur noch das Beste ist, das ist die Sicherheit hier. Drüben auf dem Fürstlichen war's gar nicht mehr geheuer; denn der Förster, dieser Spion —"

„— hat dich doch endlich, Halunke!" rief's hinter

ihnen, und ehe sie sich zur Wehr setzen konnten, waren sie niedergerissen und gebunden.

„So, ihr Leute, habt ihr sie fest? Ja? — Schön; nun können sie warten, bis der Mond untergegangen ist. Hättest dich vorhin nur umdrehen dürfen, Ebert, so hättest du mich haben können. Aber komm doch her, Waldbauer, ich dächte, Ihr solltet den andern auch kennen!"

„Was der Teufel, das ist ja der Grunert! Na, da kann ich mit meinem Hauszins noch ein paar Jährchen warten, und die Christbescherung wird wohl nun die Commun' auf dem Hals haben! Mache dir aber keine Sorgen; das Weibchen soll's gut haben im Armenhaus; denn du weißt ja — ich bin Schulze!"

2

Der Erntemonat war vorüber, und die Felder ruhten aus von der Anstrengung des Jahres. Gewürzhaft duftete die Pferdeminze zwischen den Furchen und der Rainkümmel und die Brunelle auf den Rändern; glänzende Spinnweben überzogen die Stoppeln, und der Weibersommer spielte in der Luft. Hier und da ertönten die Glocken der heimkehrenden Herden oder das Knarren eines verspäteten Fuhrwerks, und die Dämmerung färbte den Osten immer dunkler. Seliger Frieden lag auf der Natur, der unausbleibliche Segen einer angestrengten, treuen Arbeit, der sich aller Kreatur offenbart.

Fühlten auch die beiden Wandrer, die am Waldessaum haltgemacht hatten, etwas von diesem Frieden?

„Mich bringst du vor dem Dunkelwerden nicht ins Dorf!"

„Ich hab auch keine Lust, mich von den Leuten angaffen zu lassen. Komm, setz' dich nieder; wir können ja warten."

Sie setzten sich auf das schwellende Wassermoos, legten ihre Bündel neben sich und versanken in den Anblick, der sich vor ihren Augen ausbreitenden Landschaft. Beide waren bleich, abgemagert und angegriffen, und doch zeigte ihr Gesicht einen ganz unterschiedlichen Ausdruck. In dem Auge des einen glänzte die milde Festigkeit, die ruhige Ergebung und die vertrauensvolle Stille, die stets das Zeichen eines mit sich einigen, in Gott gegründeten Herzens ist, während der finstre und fast wilde Trotz des andern auf ein Gemüt schließen ließ, das mit sich und der Welt zerfallen, sich und der Welt zum Ärgernis lebt.

„Kennst du noch die Gegend, dahinten im Grund, wo sie uns dazumal knebelten? Werden's aber bald spüren, daß der Ebert wieder da ist, und es soll gar manche Nacht lustig puffen, wenn der Löwenwirt und die andern noch nicht gestorben sind."

„Sollen denn alle meine Worte nichts bei dir helfen, Schwager?"

„Geh, bei mir ist alles in den Wind! Hab' lang genug gesteckt, um wieder mal Waldesluft zu riechen. Und fangen sollen sie mich auch nicht wieder; denn ich hab' in meinem Loch Zeit gehabt, mir manchen schönen Streich zurechtzulegen. Zwar hab' ich kein Geld; denn die paar Pfennige, die ich verdient habe, sind draufgegangen, und beim Abschiede ist mir's auch nicht so wohl geworden wie dir; habe bloß eine Ermahnung und einen Tritt mitgekriegt in die Welt; aber eine Büchse und was dazugehört, besorg' ich mir schon. Wieviel hast du denn mitbekommen?"

„Der Taler, den ich alle Monate verdient habe, der war für meine Frau, und jetzt hat mir der Herr Hauptmann zehn Taler geborgt, die ich ihm mit der Zeit wiedergeben soll. Davon will ich mir Werkzeug kaufen, und ich weiß, daß ich bald zurecht sein werde. Wenn ich nur erst eine Wohnung hätte, daß ich Frau und Kinder aus dem Gemeindehaus nehmen kann."

„Da kannst du suchen! Bist ja ein Wilddieb, ein Spitzbube, ein Zuchthäusler, und da mag dich niemand. Ich weiß schon im voraus, daß du wieder mit mir gehen wirst; denn wer einmal da drin gesteckt hat, der wird wieder hingezwungen."

„Nur, wenn er ein Hasenfuß ist, der sich vor einem finstern Gesicht und vor ein bißchen Arbeit fürchtet, oder ein Poltrian, der gleich oben hinausfährt, wenn ihm unten jemand an die Sohle kommt!"

„Da bist du wohl ganz ein Heiliger geworden?"

„Magst's denken, wenn du willst."

„Das wird dir aber doch nicht helfen; denn von dem Beten und Plärren kannst du hier im Dorf nicht leben und wirst doch immer wieder mit dem andern Gesindel zusammengeworfen. Das ist nun einmal so im Lande, und das ist auch so mit den Gesetzen. Warum hast du denn ebenso lange gehabt wie ich — und bist doch nur einmal mitgewesen?"

„Weil sie dir nicht haben beweisen können, daß du schon immer gewildert hast, und weil sie auch nicht wußten, was wir dazumal in unserer Stube geredet haben."

„Ja, wenn du alles erzählt hättest, so hättest du ein bißchen weniger und ich ein bißchen mehr bekommen; bist aber selber schuld; denn von mir kannst du nicht verlangen, daß ich mich selber über den Löffel barbiere."

„Laß das gut sein; wir sind ja Schwäger, und die böse Zeit ist nun vorbei. Komm, wir können nun gehen."

„Wird dir jetzt das Herz nicht schwer?"

„Weshalb?"

„Weil wir zuerst zum Schulzen müssen, um uns anzumelden! Und das wird wohl noch der Waldbauer sein ..."

„Das ist nicht so schlimm; ich werd' ihn ruhig reden lassen. Nimm du dich nur in acht!"

„Oh, ich bin gescheit geworden; auf mir kann er Holz hacken, ich sag' nichts. Dir darf er schon gar nichts sagen, weil du nicht unter Polizeiaufsicht bist; bei mir aber ist's anders. Aber wenn ich mich auch ins Gesicht in acht nehme — gnade Gott dem Büttel, der mir nachläuft, und dem Bauern, der an allem schuld ist! Dem tränk' ich die Geschichte schon noch ein, das schwör' ich dir zu!"

Sie erhoben sich und schlugen die Richtung zum Dorf ein.

*

„Was Teufel!" rief der Waldbauer und pfiff dem Hund. „Komm, Karo, daß ich nicht allein bin, wenn zwei solche Leute in meiner Stube sind!"

„Brauchst keine Angst zu haben; wir wollten uns bloß anmelden und gehen gleich wieder. Bist doch noch Schulze?"

„So—o—o!" dehnte er, ohne auf die Frage zu achten. „Was habt ihr denn gemacht — Wolle gekrempelt, oder vielleicht gar gespult?"

„Das ist dir gleich! Meine Frau find' ich doch im Gemeindehaus?"

„Ganz sicher, wenn sie nicht heut' grad' ihren Betteltag hat. Aber wartet ein wenig; ich hab' euch noch was zu sagen: Hab' für euch zwei Plätze im Armenhaus parat machen lassen; denn hinters Haus dürft ihr euch doch nicht legen, von wegen der Wäsche, die in allen Gärten zum Trocknen hängt ... Müßt euch aber da freilich nach der Ordnung richten und dürft auch nicht unnütz herumstrolchen, sonst laß' ich euch gleich wieder einstecken. Merkt's!"

„Für die Plätze im Armenhaus danken wir, und was das Herumlaufen betrifft, so ist das unsre Sache und nicht deine. Gott befohlen!"

Bei den letzten Worten Grunerts verließen sie die Stube. Dann schritten sie die Straße entlang. In der Mitte des Dorfes blieb Ebert stehen.

„So. Du wirst nun zu Frau und Kindern wollen, und

ich mag den Jammer gar nicht mit ansehen. Für heut' nacht wird's wohl auch in einem Heuschober gehen, und morgen weiß ich, wohin. Gute Nacht, Schwager."

„Aber wohin willst du denn jetzt?"

„Zum Krämer; der wird wohl noch etwas für meinen Magen und vielleicht auch noch sonst was für mich haben. Wir sehen uns schon wieder."

Damit bog er nach der Seite ab.

*

Einige Wochen waren vergangen. Grunert hatte eine kleine Wohnung bekommen, und Ebert war an des Elias Stelle Stallknecht beim Löwenwirt. Nichts Besonderes hatte sich ereignet, aber gestern hatte es im Dorf gebrannt, und heute war der Amtmann da, um die Sache zu untersuchen. — Der Hof des Schulzen, das große Wohnhaus, die vielen Ställe und Scheunen lagen in Asche, und man munkelte mancherlei. Der Waldbauer hatte vor ganz kurzer Zeit hoch versichert, hatte in der Schänke vorgerechnet, wieviel er bekommen müsse, wenn bei ihm Feuer ausbräche, hatte vor zwei Tagen einen Teil seiner Vorräte bei Nacht und Nebel verkauft. Gestern war das Feuer auf dem Heuboden herausgekommen, und zwei Knechte hatten den Herrn ein paar Minuten zuvor von oben herunterkommen sehen — das erzählte man sich, bald heimlich, bald laut, und so erfuhr es auch der Amtmann. Der schüttelte anfangs den Kopf, ließ aber doch die Knechte kommen, fragte sie aus und — als er wieder wegfuhr, saß der Waldbauer mit einem Polizeidiener hinter ihm im Wagen.

Die ganze Umgegend war ein einziges Halloh. Man gönnte ihm die Schande und war neugierig, wie sich die Sache entwickeln werde. Dann und wann erfuhr man vom Amtsdiener etwas über den schleppenden Gang der Untersuchung. Der Wirt war mit einigen seiner damaligen Gäste im Verhör gewesen und hatte schwören müssen, ebenso die beiden Knechte; der Gefangene selbst konnte die Wahrheit der Zeugenaussagen nicht anfechten, und nun sollte denn nächsten Donnerstag die Verhandlung stattfinden.

Ebert hatte in der letzten Zeit seinen Schwager selten besucht; dieser aber war ganz finster und in sich gekehrt geworden. Seine Frau schrieb das erst auf Rechnung seiner schlimmen Lage; da er aber in den ersten Tagen so herzlich und munter gewesen war und seine Verschlossenheit jetzt immer auffälliger wurde, konnte sie am Mittwoch abend die Frage nicht länger zurückhalten.

Es dauerte lange, bis er antwortete, und fast wurde es ihr angst während der lautlosen Pause.

„Ich hab' lange gekämpft und gerungen und doch zu keinem festen Entschluß kommen können. Heut' aber bin ich beim Herrn Pastor gewesen, und der hat ebenso gewollt wie ich. Wenn du mich auch nicht gefragt hättest, heut' abend hätt' ich's dir doch erzählen müssen."

„Aber was ist's denn, um Gotteswillen?"

„Es kommt mir sauer an, es dir zu sagen; aber wissen mußt du's doch einmal. Du mußt dich nur ein wenig zusammennehmen, daß du nicht gar zu sehr erschrickst."

„So rede doch endlich!" drängte sie.

„Weißt du, daß morgen Verhandlung ist gegen den Waldbauer?"

„Ja doch."

„Und morgen jährt es sich auch wieder, daß er uns draußen im Wald gefangengenommen hat."

„Daran hab' ich nicht gedacht."

„Und doch werd' ich ihn morgen frei machen!"

„Du? Was redest du denn für Zeug. Was fällt dir denn ein!"

„'s ist schon so. Horch einmal! Du weißt, daß dein Bruder früher bloß leichtsinnig war; in der Gefangenschaft aber hat er sich verstockt und verbittert. Auf dem

Heimweg hab' ich mir alle Mühe gegeben, ihn auf andere Gedanken zu bringen; aber es ist umsonst gewesen. Hundertmal hat er gedroht, daß er's dem Waldbauer schon noch eintränken werde, und noch als wir auseinandergingen, hat er einen Schwur darauf gesetzt. Du selber hast ja seine Reden auch gehört. Bei dem Löwenwirt ist er in die besten Hände gekommen und treibt die Wilderei mehr noch als früher ... Da war ich denn am Abend, als das große Feuer ausbrach, beim Wiesenbauer auf Arbeit und ging hinter dem Dorf herab nach Hause. Als ich am Garten des Schulzen vorbeikam, sah ich jemanden zwischen den Bäumen in vollem Lauf gerannt kommen — gerade auf mich los. Ich blieb stehen und wollte ihn vorbeilassen. Da blickte er auf, erschrak und wollte zurück. Als er aber mich erkannte, sprang er über den Zaun, trat an mich heran und sagte hastig und gedämpft: ‚Paß auf, Schwager, jetzt wird's da oben gleich losprasseln; mach' daß du fortkommst!' Und damit sprang er fort über die Wiesen. Ich hatte mich noch gar nicht besonnen, als schon die Flammen aus dem Dach brachen, und bin darum auch der erste auf dem Platz gewesen. Weißt du nun, wer das Feuer gelegt hat?"

Die Frau konnte nicht antworten. Sie hatte den Kopf in die Hände gelegt und weinte laut.

„Siehst du, das hat mir auf der Seele gelegen die ganze Zeit, und du kannst gar nicht glauben, wie ich darunter gearbeitet und gelitten habe. Aber es ist nicht anders zu machen; morgen muß ich in die Stadt und deinen Bruder anzeigen."

„Um Gotteswillen, Mann, das darfst du nicht tun!"

„Ich muß es, und wenn er zehntausendmal dein Bruder ist und wenn er uns zehntausendmal so viel Gutes getan hat. Der Waldbauer muß los; denn ich hätt' ihn sonst auf dem Gewissen all' meine Lebtage."

„Du mußt dich besinnen! Denk' doch an all das Böse, das er dir getan hat!"

„Vergeltet nicht Böses mit Bösem; den Spruch hatte ich vergessen, hab' ihn aber in meiner Gefangenschaft wieder gelernt."

„Wie er mir nachgegangen ist auf Schritt und Tritt; wie er dir überall entgegengetreten ist und uns alle Freude verdorben hat!"

„Es hat ihm aber nichts genützt; denn du bist doch meine Frau geworden!"

„Wie er dir auf den Feldern allen möglichen Schaden getan hat, als du noch sein Nachbar warst! Wie er dich verdächtig gemacht hat, als wir abgebrannt sind!"

„Dafür ist er jetzt bestraft genug."

„Wie er uns dann ausgehöhnt hat, als wir arm waren und auf Tagelohn mußten!"

„Wir haben aber doch unser Brot gehabt; und an deiner Krankheit ist er nicht schuld gewesen."

„Da hat er uns aus dem Haus werfen wollen und uns ‚Pack' und ‚Ungeziefer' geschimpft!"

„Die Stube wäre sowieso leer geworden, weil ich am selben Abend arretiert wurde."

„Aber daran war er schuld, er ganz allein!"

„Nein, daran war ich ganz allein schuld! Wenn ich dir gefolgt hätte, so wäre das Unglück gar nicht passiert."

„Aber du weißt nicht, was ich seither alles habe leiden und durchmachen müssen!"

„Das kommt auch auf meine Rechnung; denn wenn ich nicht mitgegangen wäre, so wärst du auch nicht in das Communhaus gekommen."

„Wie er mich verlästert und verflucht hat; wie er die Kinder hat prügeln lassen alle Tage, wie er den Armenvater auf mich gehetzt und mir dann die Tür vor der Nase zugeschlagen hat, wenn ich mich beschweren wollte; wie ich bei der schlechten Behandlung nicht gesund werden konnte und nun auch mein Lebtag krank und schwach bleiben werde. Da, sieh mich an; was für ein

Mädchen bin ich gewesen! Er hat mich selber mit Gewalt zur Frau haben wollen, und nun bin ich geworden wie der leibhaftige Tod!"

Sein Gesicht war finster geworden, und die Brust hob sich unter dem mächtigen Atemzug, mit dem er sich Luft verschaffen wollte. Aber er blieb fest.

„Du machst mir's schwer, und ich möchte zu dir sagen wie der Herr Jesus zum Teufel, als der ihn versuchte: Hebe dich weg!"

„Und bedenke, wie er dich aufgenommen hat, als du wiedergekommen bist! Wie er überall bei den Leuten herumgelaufen ist, daß wir nur ja keine Stube bekommen sollten, und wie er bei dem Brand, wo du doch der erste gewesen bist und dich fast zu Tode gearbeitet hast, dich hat fortschicken und zuletzt gar noch verdächtig machen wollen!"

„Da hat er auch nicht ganz unrecht gehabt; denn ich bin auch verdächtig, zunächst weil man den Bestraften nun einmal nicht traut, dann auch, eben weil ich der erste gewesen bin, und drittens hab' ich doch auch wirklich gewußt, wer das Feuer angelegt hat."

„Und du willst wirklich deinen eigenen Schwager anzeigen, dem wir so viel verdanken? Hältst du denn auf deine Frau und auf deine Kinder so wenig? Hast du denn dann nicht ihn und uns auf dem Gewissen? Kannst du es denn ruhig mit anhören, wenn es heißt: Der hat seinen eigenen Schwager aufs Zuchthaus gebracht?"

„Das alles hab' ich mir schon hundertmal selber überlegt und noch viel mehr dazu, und bin auch deshalb beim Herrn Pastor gewesen. Der hat gesagt, es sei meine Pflicht, die Wahrheit zu sagen, und wenn ich ruhig bliebe, so müßte er Anzeige machen. Ich wäre also gezwungen, auch wenn ich nicht wollte."

„O Gott! Wärst du nur nicht hingegangen! Da könntest du ruhig sein. Sie werden den Waldbauern wirklich nicht bestrafen können, wenn er es nicht gewesen ist.

Aber kannst du denn nicht wenigstens sagen, daß du den Mann nicht gekannt hast, der aus dem Garten gekommen ist?"

„Das wäre eine Lüge und würde auch nicht helfen. Ich hab's ja auch schon zum Pastor gesagt, wer's gewesen ist. Ergib dich drein; ich muß!"

„Mußt du wirklich?"

„Ja. Du würdest mich nie wieder sehen, wenn ich es nicht täte."

„O du lieber Gott, was ist das nur für ein gräßliches Unglück, und ich steh' so allein mitten drin! Wenn ich nur wüßte, was ich für eine große Sünde getan habe, daß es mir so traurig geht!"

„Verzage nicht! Wer weiß, wie der liebe Gott diese Last von uns nimmt. Du kannst nicht glauben, wie schwer mir der Weg morgen werden wird; aber ich hab' gelernt, ruhig und still zu sein, und ich weiß, daß noch alles gut werden muß!"

*

Der Fall war interessant, und darum hatte sich eine so zahlreiche Zuhörerschaft eingefunden, daß kaum eine Nadel zur Erde fallen konnte.

Hinter dem Verteidiger, der soeben in beredten Worten die Unschuld seines Klienten verfocht, saß dieser in regungsloser Lethargie. Die Haare hingen wirr um den tief gesenkten Kopf; die Augen waren zurückgetreten, die Wangen eingefallen; die Kleider schlappten lose und unordentlich um die hagere Gestalt, und der ganze Mann machte den Eindruck einer tiefen, tiefen Zerfallenheit.

Der Anwalt hatte geendet; aber trotz seiner unzweifelhaft gewandten Verteidigung schien er selber wenig Hoffnung auf Erfolg zu hegen, und schon wollte sich der Gerichtshof zur Beratung zurückziehen, als der Eingang ungestüm geöffnet wurde. Bei der Störung, die diese

Bewegung verursachte, zog der Eintretende aller Augen auf sich. Der mit Aufrechterhaltung der Ordnung betraute Gerichtsdiener trat auf ihn zu, verhandelte in gedämpften Ton einige Sekunden mit ihm und führte ihn dann vor die Tafel, an der die Richter saßen.

„Der Mann ist gekommen, wie er spricht, eine für den Angeklagten wichtige Aussage zu machen."

Eine tiefe, ahnungsvolle Stille herrschte im Saal; der Waldbauer wurde dadurch aus seiner Versunkenheit aufgestört und warf den Blick auf den Angekommenen. Er fuhr zusammen, als er ihn erkannte: Es war Grunert.

Nachdem dieser sich vor dem Vorsitzenden ausgewiesen hatte und zur Rede aufgefordert worden war, trug er seine Sache vor, erzählte von seiner Gefangennahme mit dem Schwager, von dessen Reden und Drohungen, erzählte die Begegnung am Abend des Brandes, schloß endlich mit einer wortkargen, aber gerade deshalb bewegenden Beschreibung seiner Kämpfe und Bedenken und entschuldigte damit sein spätes Erscheinen vor Gericht. Neugier, Teilnahme, Staunen und Bewunderung wuchsen mit jedem Wort des Sprechenden und hätten sich am liebsten beim Schluß seiner Darstellung in lauten Zurufen betätigt, wenn nicht die Aufmerksamkeit noch auf einer andern Seite in Anspruch genommen worden wäre.

Der Waldbauer war zuerst aus seiner Apathie aufgeweckt worden, hatte mit ängstlicher Scheu und dann mit immer steigenderer Spannung die Worte des Entlastungszeugen verfolgt, und diese Spannung hatte sich seines ganzen Wesens bemächtigt. Die sehnigen, sonnverbrannten Hände auf die Lehne der vor ihm stehenden Bank gelegt, hatte er sich erhoben; die Haare flogen mit einer hastigen Bewegung des Kopfes nach hinten; die Augen bohrten sich in das Angesicht des Sprechers; die Brauen zogen sich in die Höhe; die Lippen zuckten in unausgesetzter Bewegung; der Körper legte sich nach vorn; der ganze Ausdruck glich in immer steigendem

Grad dem eines Menschen, der ein Gespenst sieht, oder dem eines Löwen, der mit gesträubter Mähne und eingestemmten Vorderpranken den ersten verderblichen Stoß des Samums erwartet. Und als Grunert geendet hatte, kämpfte sich die Überspannung aller Muskeln und Nerven in einem einzigen unartikulierten, schier unmenschlichen Schrei aus der keuchenden Brust hervor.

Aber im selben Augenblick ging die Tür abermals auf und ließ zwei Männer ein, von denen der eine durch seine Kleidung als Geistlicher gekennzeichnet wurde. Mit prüfendem Auge überflog er die Versammlung, nahm seinen Begleiter bei der Hand und trat mit ihm vor die Tafel.

„Meine Herren, wie ich sehe, hat eins meiner Pfarrkinder soeben eine schwere Pflicht erfüllt; ich bringe noch ein zweites, das aus dem gleichen Grund mit mir gekommen ist. Darf ich sprechen?"

„Reden Sie!"

„Gestern am späten Nachmittag war der hier vor Ihnen stehende Handarbeiter Grunert bei mir, um in der Angelegenheit, die sich jetzt im letzten Stadium ihrer Entwicklung befindet, den Rat seines Seelsorgers zu erbitten. Doch war es bei dem schon vorgefaßten Beschluß des Mannes weniger um einen Rat als vielmehr um die Beseitigung der Bedenken zu tun, die ihn quälten; seinen eignen Schwager in Bestrafung zu bringen. Meine Pflicht als Seelsorger war natürlich, etwaigen Gewissensskrupeln dadurch vorzubeugen, daß ich die Last der Anklage von ihm zu nehmen trachtete. Ich suchte daher den Täter selbst auf, um ihn unter dem Einfluß des göttlichen Wortes und ernster Ermahnung zu stellen, und fand zu meiner großen Freude auch hier den Boden schon vorbereitet durch die strafende Hand des Herrn im Gewissen. Er hatte sich schon wochenlang in wechselnder Ebbe und Flut befunden, und es bedurfte nur eines Hinweises auf die Größe seiner Schuld und die verzweifelte Lage seiner Anverwandten, um ihn zu dem jetzigen Gang zu bewegen. Hier steht er; ich empfehle ihn einer milden Beurteilung und freue mich herzlich, lieber Grunert, daß ich damit Ihr Herz um einen großen Teil habe leichter machen können! Denn es darf nicht sein, daß ein Mensch leiden muß für ein Unrecht, das ein anderer verschuldet hat, ohn' Ansehen der Person!"

Doch das Staunen sollte noch mehr wachsen. Noch hatte der Pfarrer nicht ganz geendet, als plötzlich der Waldbauer zwischen seinen beiden Feinden stand.

„Nein, keiner soll für eines anderen Schuld leiden!" rief er. „Sprechen will ich, auch sprechen! Ihr habt zwei Brandstifter da!"

Die Aufregung der Versammlung war aufs höchste gestiegen, und der Vorsitzende, der selbst nur mit Mühe die Fassung bewahren konnte, mußte Ruhe gebieten.

„Sprecht!"

Der Bauer legte seine linke Hand auf die Schulter Grunerts und ließ sie da liegen bis zu seinem letzten Wort, während er mit der rechten seine in öfteren Absätzen vorgebrachte Rede gestikulierend begleitete.

„Ich bin mit den beiden da aus der Schule gekommen; aber wir haben einander nie leiden mögen, und als mir der Grunert die Frau vor der Nase weggeschnappt hat, da ist's vollends aus gewesen. Sie durften nicht glücklich sein; sie mußten's fühlen, und da hab' ich ihm das Gut angesteckt. Das Gewissen hat mich nie gekümmert in all den vielen Jahren. Als ich aber jetzt ins Gefängnis mußte, da ist's anders geworden. Da hab' ich zuerst gewütet und getobt, und dann hat's mich beim Leben gepackt, und es ist mir innen herum siedend heiß gewesen. Ich habe meine glühende Stirn an das kalte Eisengitter gelegt; aber es ist nicht besser geworden, und da hab' ich mir vorgenommen, daß ich ein Ende mit mir mach' — jetzt und hier, wenn ihr mich verurteilt hättet; das wär' geworden, wie es nur der Waldbauer zusammenbringen kann und kein andrer. Aber da ist nun der Grunert gekommen, und bei seiner Rede ist mir's gewesen, als hätten mich die Teufel alle zusammen bei den Haaren, und dann wieder, als legte mir der liebe Gott die Hand auf den Kopf und gäbe mir gute Worte. Und so soll es denn heraus: daß ich ihm vor fünfzehn Jahren das Gut weggebrannt habe und daß ich meine Strafe gern leiden will. Und weil er durch meine Schuld um alles gekommen ist, werd' ich ihm auch alles wieder ersetzen mit Zins und Zinseszins. Und weil ich weder Frau noch Kind habe, so mag er, solange ich gefangen bin, meine Güter und alles, was mein ist, verwalten; mein Advokat da mag das alles besorgen. Und so habt ihr mich denn; macht mit mir was ihr wollt; ich mag nichts geschenkt haben, hört ihr's, von keinem Menschen was. Denn ich bin der Waldbauer!"

WANDA
(1875)

Diese ‚Novelle' ist — soweit bisher festgestellt werden konnte — die erste Arbeit, die unter Karl Mays Namen erschien. Der Abdruck erfolgte im zweiten Jahrgang 1874/75 der Zeitschrift „Der Beobachter an der Elbe", und zwar in den Nummern 26 bis 35 und 38 bis 44 der insgesamt 52 Hefte, also von März bis Juli 1875. Die Lücke (Heft 36/37) fällt in die zweite Mai-Hälfte. Wie bereits im Vorwort erwähnt, hat May damals vermutlich den Roman „Der Goldmacher" von Otto Freitag mit einem Abschluß versehen und kam dadurch mit seinem eigenen Manuskript in Rückstand. Möglicherweise wurden jene Teile von „Wanda", die bis Heft 35 des „Beobachters" erschienen, schon geraume Zeit früher geschrieben; das Brandmotiv im ersten und das Felsenbruch-Abenteuer im zweiten Kapitel lassen jedoch darauf schließen, daß die Niederschrift nicht vor 1870 begann. Denn May erwähnt in seiner Selbstbiographie sowohl die Rettung aus der Steilwand eines Felsenbruchs wie auch ein Schadenfeuer im Zusammenhang mit Ereignissen, die ins Jahr 1869 fallen. Diese beiden Erlebnisse haben den jungen Dichter offenbar sehr stark beeindruckt, denn Brände spielen in den Werken schon von Beginn an — vgl. auch „Das Gewissen" — eine wichtige und häufige Rolle, und Rettung aus Bergnot oder Abstürze an Steilwänden kehren in überraschend vielen Erzählungen Mays wieder. Die Schilderung im zweiten Kapitel von „Wanda" ähnelt besonders auffallend der Erzgebirgischen Dorfgeschichte „Der Teufelsbauer", in der bezeichnenderweise auch ein Brand eine wesentliche Rolle spielt (in Band 43 „Aus dunklem Tann"); in ähnlicher Form findet sich eine Bergnotszene auch am Beginn des Romans „Der Peitschenmüller" (Band 66). Verwandtschaft besteht auch zum Schluß von „In den Kordilleren“ (Band 13), wobei zusätzlich das dort geschilderte Ende des Sendador unverkennbar an den Tod des einen Verbrechers in „Wanda“ gemahnt, wenn auch in der unvergleichlich stärkeren Schilderungskraft der späteren Reiseerzählungen.

Zeigt die Geschichte von der „wilden Polin“ ohnehin die typischen Schwächen des Erstlingswerks, so bricht die Konzeption an jener Stelle völlig zusammen, wo im Erstdruck die erwähnte zeitliche Lücke klafft. May befand sich damals nicht in Dresden, sondern wahrscheinlich bereits in der Mission unterwegs, von der er in seiner Selbstbiographie spricht. Ob nun ein anderer „Wanda“ fertigstellte oder ob May selber während der Abwesenheit von Dresden und sicherlich ohne alle Textunterlagen weiterfabulierte, — die zweite Hälfte der Erzählung weist derart viele Widersprüche und Lücken in der Handlung auf, daß ein unveränderter Nachdruck dem Leser gegenüber nicht vertretbar erschien. Daher war es — im Gegensatz zu allen anderen Bestandteilen des vorliegenden Sammelbands — im Fall der Erzählung „Wanda“ Aufgabe des Herausgebers, nicht nur Rechtschreibung und Zeichensetzung den heute gültigen Regeln anzupassen, sondern durch behutsame Ergänzungen, Umstellung einiger Teile und verschiedene kleinere Kürzungen des Textes eine gewisse Glättung anzustreben, um ihm ungefähr jene Form zu geben, die May ursprünglich im Auge gehabt haben muß.

Die Auktion

Unter allen Vereinen der Stadt war ‚Die Erheiterung' der beliebteste. Zwar gehörten seine Mitglieder ohne Ausnahme dem Handwerkerstand an, aber bei all seinen Zusammenkünften und Vergnügungen herrschten anständiger Ton und löbliche Sitte, und da die dem einfachen Bürgersmann mehr als dem Höhergestellten eigentümliche Gemütlichkeit ihre Anziehungskraft auch nach oben äußert, so ließen sich sogar die Honoratioren der kleinen Stadt im Erzgebirge gern und öfters herbei, im Kreis der jungen, munteren Leute zu erscheinen und sich von ihnen unterhalten zu lassen.

Hochgespannte, in lederne Etikette gekleidete Ansprüche durfte man freilich nicht mitbringen und noch weniger zu irgendeinem kernlustigen Einfall mit schulmeisterlicher Pedanterie den Kopf schütteln. Wer kam, der mußte mitmachen, und wer nicht einstimmte, der erhielt ohne weiteres sein Eintrittsgeld zurück und durfte gehen. Und gerade dieses energische Ausscheiden aller störenden Elemente hatte dem Verein seine Beliebtheit erworben, sicherte ihm die Teilnahme der Verständigen und machte sein Lokal zum Versammlungsort all derer, die den Staub der Arbeit oder den Zwang belästigender Formen einmal abschütteln und fröhliche Menschen sein wollten.

Heute nun feierte ‚Die Erheiterung' ihr Stiftungsfest, und zahlreiche Einladungen waren ausgeschrieben und auch angenommen worden. Sogar der Herr Polizeirat von Hagen hatte zugesagt und um die Erlaubnis gebeten, seinen hohen Gast, Baron Eginhardt von Säumen, mitbringen zu dürfen. Dieser letztere hatte sich lange Jahre im Ausland aufgehalten und war nach dem kürzlich erfolgten Tod seines Vaters aus Italien in die Heimat zurückgekehrt, um sein Erbe anzutreten. Der Letzte Wille des Verstorbenen hatte ihn einem Fräulein von

Chlowicki verlobt, das mit der Stiefmutter in der Nähe der Stadt eine Villa bewohnte. Nach erfolgter Erbschaftsregelung war er gekommen, um die junge Dame kennenzulernen, die er vorher noch nie gesehen. Bei dem Polizeirat von Hagen, einem alten pensionierten Beamten, der entfernt mit ihm verwandt war, hatte er gastliche Aufnahme gefunden.

Frau von Chlowicki war nach Aussage der wenigen Personen, denen die seltene Gunst ihres Anblicks zuteil geworden, eine alte, kränkliche, unausstehlich hochmütige Dame, deren einzige Beschäftigung im Studium der Vorrechte ihres Standes bestand. Zur Abwechslung peinigte sie die Dienstboten, beklagte den immer mehr an den Tag tretenden Verfall des Adels und räsonierte über ihre Stieftochter, deren Erziehung sie, obgleich sie diese in höchst eigener Person geleitet hatte, durchaus verkehrt und verfehlt nannte. Sie verließ nur äußerst selten ihre Wohnung, und deshalb gab es in der Stadt nur wenige Personen, die sich rühmen konnten, sie gesehen zu haben.

Eine desto öfter gesehene Erscheinung war die Tochter, Fräulein Wanda, oder, wie sie allgemein genannt wurde, ‚die wilde Polin'.

Als sie vor einem Jahr die Residenz mit ihrem jetzigen Aufenthaltsort vertauscht hatte, war eine rasch um sich greifende Epidemie unter der jungen Männerwelt der Stadt ausgebrochen, die der alte bißfertige Doktor Kühne mit dem Namen ‚Wandamanie' bezeichnet hatte. Da aber das schöne Mädchen auch nicht die geringste Notiz von dieser höchst interessanten Krankheitsform nahm und selbst die hoffnungslos Darniederliegenden vollständig und konsequent ignorierte, so verwandelte sich der Paroxismus nach und nach in ein Toggenburgisches Schmachten in die Ferne, und Wanda war Königin, ohne daß es einer ihrer Untertanen gewagt hätte, ihr eine offizielle Huldigung darzubringen.

Von der Natur mit den herrlichsten Gaben ausgestattet, glänzte sie als leuchtendes, aber unberechenbares Phänomen am gesellschaftlichen Himmel. Während andere Sterne ruhig ihre Bahnen wandelten, flimmerte sie in den verschiedensten Lichtern, zuckte blitzähnlich von einem Punkt zum anderen, warf oft die ganze Planetenstellung über den Haufen und hätte auch den kaltblütigsten Astronomen zur Verzweiflung bringen können. Für sie gab es keine Unmöglichkeit. Sie ritt wie ein Husarenleutnant, schoß mit den Jägerburschen um die Wette, betrat ganz unerwartet den Fechtboden und trieb mit dem Schläger in der kleinen Faust jedmänniglich in die Enge. Sie fuhr mit vier Pferden im sausenden Galopp über Heide und Stoppelfelder, durch dick und dünn, erschien bei Tagesgrauen, wenn die ehrbaren Spießbürger sich noch in den Federn streckten, hochgeschürzt auf dem Turnplatz der Feuerwehr, um an Reck, Barren, Bock und Kletterstange ihre Meisterschaft zu bewähren, tanzte, sang und deklamierte prächtig, spielte das Piano mit ungewöhnlicher Fertigkeit, schien in jeder Sprache, in jeder Kunst und Wissenschaft zu Hause und wußte auch in die steifsten Zirkel Leben und Bewegung zu bringen.

Trotz dieser scheinbar unweiblichen Vielseitigkeit und Selbständigkeit war jedem ihrer Worte, jeder ihrer Taten, ihrem ganzen Wesen und Leben eine so bezaubernde Anmut, eine so mädchenhafte Reinheit, ein so eindrucksstarker Adel aufgeprägt, daß es außer der Stiefmutter niemanden gab, der auch nur die leiseste Spur eines Anstoßes zu entdecken gewußt hätte. Und wie sie von der Männerwelt vergöttert wurde, so stand sie bei den Frauen in unbeschränkter Achtung. Wo die Armut ihre düsteren Schatten über ein Familienleben warf, wo die Krankheit drohend an die Tür klopfte, wo irgendein Leid den fröhlichen Schlag eines Menschenherzens hemmte, da erschien sie gewiß, um Rat, Trost und Hilfe zu bringen, und es war deshalb kein Wunder, wenn sie nicht bloß von ihren Schutz- und Pflegebefohlenen, sondern auch von anderen, die von ihrem stillen, liebevollen Walten Kenntnis nahmen, wie ein Engel verehrt wurde.

Auch sie war natürlich zum heutigen Fest geladen, und da man ihren Verlobten erwartete, so glaubte man auch auf ihr Erscheinen rechnen zu dürfen. Aber fast wäre das erwartete Vergnügen gestört worden. Kurz vor Beginn der Festrede brach nämlich in einem Dorf der Nachbarschaft Feuer aus, und auf den ersten Schrekkensruf schien es, als wollte die ganze, zahlreiche Versammlung auseinanderstürmen. Bald jedoch überzeugte man sich, daß der Ort fast eine Meile entfernt lag und also keine Ursache zu einer so gewaltsamen und unwillkommenen Störung vorhanden war. Nur zwei Mitglieder des Vereins, der Schmiedemeister Anton Gräßler und der Schornsteinfegermeister Emil Winter, mußten als Mitglieder der Freiwilligen Feuerwehr dem Ruf des Signalhorns folgen. Die anderen aber kehrten in den Saal zurück und gaben ihre Teilnahme nur durch ein zeitweiliges Ausschauen nach der fernen Brandstätte kund.

So verging die Zeit. Längst schon war die städtische Löschmannschaft an der Unglücksstätte angekommen und sah ihre Bemühungen von allmählich immer größerem Erfolg gekrönt. Blutigrot glänzte der Himmel, und die sich über der Brandstelle sammelnden Wolken tauchten ihre Säume in die aufsteigenden Gluten. Lange hatte das Gemäuer dem Feuer widerstanden; jetzt aber stürzte es mit lautem Getöse zusammen. Dichter, schwarzer Rauch wirbelte aus dem zischenden Herd auf, und wie die Strahlen einer riesigen Fontäne zuckten und sprühten die Flammen mit weithin leuchtender Helle zum letztenmal empor. Dann sanken sie in sich zusammen. Der Himmel färbte sich dunkler, und nur hier und da leckte eine gefräßige Zunge an einem noch unverkohlten Balken.

„Gott sei Dank, itzt is's endlich vorbei!" sagte tief aufatmend der Schmied, der als Spritzenmeister das Mundstück des Wasserschlauches geführt hatte. „Das war mein' Seel' keen Zuckerlecken; ich bin wie gerädert!"

„Na, du Riesenkind wirst das bissel Anstrengung nicht gar sehr merken, aber wie es unserm Emil dort zumute is, das möcht' ich wissen. Der hat Übermenschliches getan, und ohne ihn hätten die armen Leute elendiglich umkommen müssen!"

„Hast recht, alter Kumpan. Das Herz hat mir mein' Seel' im Leibe gezittert, als ich den braven Jungen so hoch da droben mitten durch Rauch und Flammen über die Firste hinbalancieren sah. So eenen verwegenen Gesellen gibt's hundert Meilen in der Runde nich wieder, und er hat sich heut' wenigstens ein halbes Dutzend Orden und Medallgen verdient. Na, wenn ich Fürst wär oder gar König, so wüßt' ich, was ich zu machen hätte. Da ich aber leider nur simpler Hufnagler bin, so kann ich ihm weiter nischt als nur eenen ehrlichen, gutgemeinten Händedruck anbieten. Und den soll er ooch gleich haben!"

Er kletterte über die herumliegenden Trümmer und schritt auf den Schornsteinfeger Winter zu, der abgesondert von der Menge an einem Baum lehnte.

„Emil, alter Schwede, wie schaut's denn aus bei dir? Du mußt doch mein' Seel' verbrannt sein wie 'ne Weihnachtsstolle, die von Pfingsten bis Ostern im Backofen gestanden hat!"

„Danke, Anton. Es ist nicht so schlimm, wie du denkst. Meine schwarze Staatsmontur hat freilich einige Schandflecke davongetragen, die Haut aber ist so ziemlich unverletzt geblieben. Du hast mich ja erst gehörig eingeweicht, bevor ich das Kunststück unternahm."

„Na, schönes Kunststück! Wenn's gilt, 'nen Tanzsaal auszuräumen, oder ein Dutzend Baldrians zusammenzuhauen, oder meinswegen ooch mit eenem zweenspännigen Fuder Erdäpfel auszureißen, da bin ich derbei. Aber wie 'ne Katze off brennenden Dächern 'rumklettern und drei Menschen, eenen nach dem andern, dem Bruder Vesuvius aus dem Rachen reißen, dazu bin ich nich gemacht; das kann nur so een verteufelter Kerl wie du zustande bringen. Ich hab's ja immer gesagt, du bist ein tüchtiger Kerl in allen Stücken, und wir sind alle froh, daß du wieder bei uns bist."

„Laß es gut sein! Ich hab' nur getan, was jeder andere brave Essenkehrer auch tun würde. Freilich wollte es mir erst nicht so recht passen, daß ich unseren schönen Ball im Stich lassen mußte — es ist ja der erste, dem ich wieder beiwohne; jetzt aber bin ich ausgesöhnt mit der Störung. Du glaubst nicht, Anton, wie wohl es einem tut, wenn man sich sagen kann: ‚Hast heut' rechtschaffen deine Pflicht getan!'"

„Bist alleweil ein guter Junge, Emil! Und was den Ball betrifft, so is er uns ja noch gar nich davongeloofen. Wenn wir itzt gleich anspannen, so kommen wir ganz schön zurechte. Es gibt sowieso nischt mehr für uns zu tun. Du, guck' mal da 'nüber! Ich gloobe, die suchen dich. Es ist der Pastor und der Schulze."

„Du hast recht. Aber ich bin kein Freund von Komplimenten. Spann' rasch an und komm' nach; ich werde vorangehen! Ich hab' nicht allein gearbeitet; ihr alle habt Dank verdient."

„Na, so loof nur zu! In zehn Minuten haben wir dich eingeholt."

Der Schornsteinfeger zog sich durch die Gärten zurück und suchte die Straße zu gewinnen, die zur Stadt führte. Als er sie erreicht hatte, schritt er leichten Fußes vorwärts. Er mochte die Freude, die er über die Rettung dreier Menschen empfand, nicht durch störende Dankesworte entweihen lassen und gab sich den wohltuenden Gefühlen seines Innern hin, bis er das laute Rollen des herannahenden Spritzenwagens vernahm.

„Hallo, Emil, bist du's? Da sind wir. Komm, steig' uff. In eener Viertelstunde sind wir in der Stadt; unsre Eglipasche fährt rasch. Vorwärts, Christian, und e bißchen laut!"

Das Sechsergespann donnerte im scharfen Trab weiter, und kaum war die Viertelstunde vorüber, so hielt die Spritze mit der daraufhockenden Mannschaft vor dem Gasthaus. Die beiden Männer sprangen ab, der Wagen rasselte davon.

„Komm, Emil, so dreckig braucht uns niemand zu sehen", meinte der Schmied. „Gehn wir hintenrum und sehen wir schnell nach, wie's im Saal ausschaut; und dann rennen wir heeme, stecken die Arme in'n Frack und holen doppelt nach, was wir versäumt ha'm!"

Er zog den Freund schon mit sich fort, da trat der Wirt aus der Tür und rief ihnen nach:

„He, ihr zwei, wo wollt ihr denn hin?"

Die beiden blieben stehen und drehten sich um.

„Übern Hinterhof, damit uns niemand so dreckig sieht", erwiderte Emil Winter.

„Übern Hinterhof könnt ihr nicht", erklärte der Wirt, „da brecht ihr euch Hals und Beene, weil alles voll Bretter und Werkzeug liegt. Mein Brunnen ist kaputt und soll wieder in Ordnung gebracht werden. Ich möchte nicht, daß eener von euch da hineinfällt und ersäuft. Und das geht nicht, denn ihr werdet heut' abend hier noch gebraucht. — Doch was ist mit dem Feuer? Ist's nieder?"

„Ja", sagte der Schmied, „aber wie sieht's denn hier im Saal aus, Gevatter?"

„Possierlich genug! Der Thomas hat wieder was Schönes ausgeheckt: er verauktioniert die Weibsen. Macht, daß ihr 'neinkommt, wenn ihr noch eene haben wollt! Umziehn könnt ihr euch nachher ooch noch! — Hör, Emil, der Buchhändler hat das Geld für dich geschickt; ich hab's drin liegen, wenn du's haben willst."

„Nachher; halt nur reinen Mund! Es braucht hier niemand zu wissen, was ich in meinen Feierstunden treibe!"

Aus den geöffneten Flügeltüren tönte ihnen lustiges Lachen entgegen, das eine laute, um Ruhe bittende Stimme zu durchdringen strebte.

„Silentium, meine Herrschaften! Si — Si — Si — lentium, was soviel heeßt wie: Wer fertig is mit Lachen, der mag sich den Bauch wieder zurechtschieben! Denn es wird gleich wieder losgehen. Also: drei Taler zum zweetenmal, drei Taler zum drittenmal, zum dritten- und letztenmals Pumps! Der Herr corpus juris Heinemann aus Dresden, welcher heut' aus Grund eenes Gevatterbriefs in unsrer guten Stadt verweilt, zahlt für die Braut: Schmiedemeisterin Anton Gräßler, welche bisher ohne Gevatterbrief anwesend gewesen ist, drei Taler. Kassierer, hier is das Geld!"

„Meine Frau verkooft?" rief der Schmied mit seiner tiefen Baßstimme in die vergnügte Versammlung hinein. „Und für drei Taler? Ihr seid nicht recht gescheit; soviel hab' ich doch selber nich für sie gegeben."

„Schadet nischt, Anton! Nimmst den Profit und erstehst dir eene bessere. Erlooben die verehrtesten Herrschaften, daß ich meiner Pflicht als Auktionator genüge, indem ich unsere Freunde Anton Gräßler und Emil Winter von dem Notwendigen in Kenntnis setze. Beide haben wegen des Feuers fortgemußt und wissen also nich, was hier eegentlich losgeht. Wie steht's denn mit dem Brand?"

„'s is aus! Kannst's nachher ausführlicher hören. Erklär' mir nur erst die Rebellion, die du angerichtet hast, alter Schabernack!"

„Keine Beleidigung nich, Anton! Ich bin nich schuld, daß dir deine Gustel abhanden gekommen is, denn ich hab' dich wahrhaftig nich verleitet, in die Feuerwehr zu treten und jedem glimmenden Zigarettenstummel nachzuspringen. Also, nachdem unser Präsident Emil mit dir fortgemußt hat, da hat off meinen Vorschlag der Verein den Beschluß gefaßt, alle anwesenden Damen zu verauktionieren und das Geld, das dadurch eingeht, den vom Feuer Geschädigten zur Verfügung zu stellen. Jede dieser Damen gehört dem, der sie ersteht, für die Dauer des heutigen Abends an, muß ihm beim Dankeswalzer eenen Kuß geben, darf ohne seine Erloobnis mit keenem andern tanzen, geht mit ihm zur Tafel und muß ihm ooch gestatten, sie nach Hause zu begleiten. Diejenige, für die das meiste bezahlt wird, ist Ballkönigin; ihr Herr wird König, und dann errichten die Majestäten eenen Hofstaat, mit dessen Hilfe das Programm entworfen wird. So, und nun macht nur, daß ihr heeme kommt und eenen andern Gottfried anzieht! Du siehst ja aus, Anton, als wenn du een halbes Jahr im Teich gelegen hättest und nachher noch einige Monate lang als Froschreuse in Gebrauch gewesen wärst."

„Wie viele Weibsen haste denn noch?"

„Grad noch een Dutzend."

„Na, da kann ich doch nicht erst heeme gehn; denn wenn ich einmal ins Parfürmieren komme, so werd'ch vor dem ersten Advent nich fertig, und dann hab' ich das Nachsehen. Ich möcht' alleweile gern Schadenersatz für meine Alte haben und werde warten, bis eene drankommt, die nach meinem Geschmack is. Wer mich in meiner jetzigen Schönheet nich haben will, der kriegt mich mein' Seel' ooch nich, wenn ich nachher noch schöner bin. Also, mach weiter!"

Der Essenkehrer war unbeachtet von den anderen hinter einen der Türpfosten getreten und überflog mit musterndem Blick die noch zu versteigernden Damen. Sie waren ihm alle bekannt außer —

Mit einer Bewegung ungewöhnlicher Überraschung trat er aus dem Versteck hervor und heftete das Auge auf ein Mädchen, das zwischen dem Polizeirat und einem unbekannten Herrn saß.

„Welche Ähnlichkeit! So schön müßte sie heute aussehen!“

Er wandte sich an den eben eintretenden Wirt und fragte ihn: „Wer ist die weißgekleidete junge Dame dort am Tisch des Polizeirats?“

„Das is Fräulein von Chlowicki. Kennst du sie denn noch nich?“

„Die wilde Polin, die vor kurzem hierher gezogen ist? Ich habe wohl von ihr gehört, sie aber noch nicht gesehen. Und der Herr zu ihrer Linken?“

„Das is der reiche Baron Säumen, ihr Verlobter.“

„Kennst du ihren Vornamen?“

„Se heeßt Wanda.“

„Bitte, hol' mir mein Geld!“

„Emil, biste toll? Ich gloobe gar, du willst das Mädchen ersteigern!“

„Geh nur und laß mich nicht lange warten!“

Er trat, in Rücksicht auf seinen nichts weniger als ballmäßigen Anzug, wieder hinter den Pfeiler zurück und beobachtete von da aus den Gegenstand seiner Überraschung. In ziemlicher Zurückhaltung saß Wanda neben dem Verlobten, dessen rednerische Anstrengungen — nach dem leisen Unmut zu urteilen, der wie ein Schatten auf ihrem schönen Gesicht lag — von keinem glücklichen Erfolg gekrönt zu sein schienen.

„Also du kommst mit, Wanda?“ fragte der Baron.

„Nein!“

„Du wirst mitgehen, ich bitte dich! Nach meiner Überzeugung kann eine Dame von deinem Stand an einem so plebejischen Spaß unmöglich Gefallen finden.“

„Und nach meiner Überzeugung hast du nicht das rechte Maß für dergleichen Dinge. Ich werde bleiben.“

„Wirklich?“

„Wirklich!“

„Dann zwingst du mich, von dem Recht Gebrauch zu machen, das meine Stellung als dein Verlobter mir erteilt: indem ich dich diesen Schustern, Schneidern, Schmieden und Perückenmachern entziehe."

„Ah!"

In diesem einen Laut lag unverhohlene Geringschätzung, und ihr großes, dunkles Auge blitzte mit spöttischem Blick über die hagere Gestalt ihres Verlobten hin, als sie die reichen blonden Locken mit einer unnachahmlichen Bewegung nach hinten warf und hinzufügte: „Und wenn ich mir nun wirklich einen dieser Schneider und Perückenmacher zum Ballherrn wünsche? Deine Stellung als mein Verlobter, auf die du so rücksichtsvoll pochst, gibt dir keine andere Berechtigung, als dich in meine Wünsche fügen zu dürfen."

„Herr Baron", fiel hier Polizeirat von Hagen ein, um einer unangenehmen Auseinandersetzung vorzubeugen, „das Vergnügen ist doch durchaus unschuldig. Man beliebt zuweilen einmal, auf wohlberechtigte Ansprüche zu verzichten, um den gewöhnlichen Mann in seinem Treiben kennenzulernen und sich dabei ein kleines Vergnügen zu bereiten. Die Versammlung besteht aus nur ehrenwerten Bürgern, und ich selbst habe mich bewogen gefühlt, eine kleine, nette Schnittwarenhändlerin zu ersteigern. Und hegt Fräulein von Chlowicki wirklich die Absicht, einem auf ihre verehrte Person gerichteten Gebot keine Schwierigkeiten entgegenzusetzen, so bleibt Ihnen ja die Freiheit, dieses Gebot selbst zu tun."

„Einem so beredten und im Besitz meiner ungeteilten Hochachtung befindlichen Verteidiger muß ich mich allerdings fügen", antwortete der Baron, aber es war kein guter Blick, den er bei dem Wort „ungeteilt" auf das Mädchen warf. Ich werde meiner Stellung wenigstens dadurch Rechnung tragen, daß ich durch mein Gebot jede Konkurrenz ausschließe."

Da erschallte die Stimme des Auktionators Thomas von neuem:

„Offgepaßt, meine Herrschaften! Ich hab' aus Höflichkeit gegen die anwesenden Herren mein Gebot offgeschoben bis jetzt und erwarte deshalb, daß bei der nächsten Dame meine rücksichtsvolle Politik keene Gegner finden wird. Jede feindselige Intervention werd' ich bis zum letzten Groschen meines Geldbeutels zurückweisen. Also: jetzt Fräulein von Chlowicki! Ich biete fünf Taler."

„Zehn Taler", rief Herr von Säumen mit einer Stimme, in deren Klang sich sehr hörbar die Überzeugung aussprach, daß mit dieser Summe das Bürgertum vollständig geschlagen sei.

Thomas maß den Sprecher mit scharfem Auge und antwortete dann:

„Der reiche Herr Baron von Säumen bietet für seine Verlobte zehn Taler. Ich bin nur een armer Buchbinder, doch für eene solche Dame is mir das Doppelte nich zu viel. Zwanzig Taler zum ersten!"

„Fünfundzwanzig Taler!" rief der Baron.

„Ich gebe dreißig Taler und esse zwee Monate lang trocknes Brot. Also: dreißig Taler zum ersten!"

Die Anwesenden folgten diesem ungewöhnlichen Wettstreit mit der größten Spannung. Wollte Thomas die in der gesellschaftlichen Rangordnung so hoch über ihm stehende Aristokratin wirklich für sich erstehen? Oder beabsichtigte er nur, den Baron in die Höhe zu treiben? Und warum lag, ganz gegen seine bisherige Freundlichkeit, jetzt eine so ätzende Schärfe in seinen Worten? Man sah es jedem seiner Blicke an, daß er unter einem höchst unfreundlichen Gefühl gegen den Baron handelte.

„Das Gebot", fuhr er fort, „is jetzt so hoch gestiegen, daß ich mich genötigt sehe, noch eenmal daroff offmerksam zu machen, daß der Betrag sofort und bar bezahlt werden muß."

„Fünfunddreißig Taler!" rief Säumen ergrimmt.

Er war wütend und konnte seinen Unwillen nur schlecht verbergen. Denn unvermutet sah er sich in einer höchst fatalen Klemme. Er galt hier zwar als reich, aber in Wahrheit steckte er bis über beide Ohren in Schulden. Sein ererbtes Vermögen hatte er längst durchgebracht, seine Besitzung war mit Hypotheken belastet, und seine letzte Rettung war die Verlobung mit Wanda von Chlowicki. Er konnte es sich kaum leisten, das Bargeld, das er gegen Wucherzinsen noch hatte aufnehmen können, auf solch törichte Weise zu vertun.

„Fünfzig Taler!“ scholl es plötzlich mit lauter Stimme von der Tür her.

Alle wandten sich überrascht dem Eingang zu, und auch Wanda bemühte sich, den Mann zu entdecken, der ihr eine für die bescheidenen Verhältnisse der anwesenden Handwerker so bedeutende Summe opfern wollte. Aber da er im äußersten Winkel des Saales stand, so gelang es ihr nicht, ihn zu sehen.

„Winter, du bist's?“ rief Thomas. „Da tret' ich gern zurück; denn niemandem gönn' ich dieses Glück so gern wie dir!“

Und wie um dem Baron jedes weitere Gebot abzuschneiden, rief er schnell hintereinander:

„Also fünfzig Taler zum ersten-, zum zweeten- und zum drittenmal, Pumps! Unser neuer Vorsitzender, der leider durch das Feuer abgehalten worden is, eher zu erscheinen, bietet für Fräulein von Chlowicki fünfzig Taler, und da diese Summe die höchste is, die heute geboten wurde, so is die genannte Dame die Königin unseres heutigen Festes. Es wird, sobald sich unser Feuermann in een anderes Habit geworfen hat, sofort zur Krönung geschritten. Jetzt aber erlob' ich mir vor allen Dingen, die Majestäten eenander vorzustellen.“

Wanda erhob sich, als Thomas von dem Tisch stieg, auf dem er bisher gestanden hatte, und sich anschickte, ihr den König zuzuführen. Sie liebte das Ungewöhnliche und fühlte ihr ‚aristokratisches Gewissen‘ nicht im mindesten beschwert durch den Vorwurf, Königin eines

‚bürgerlichen' Balles zu sein. Zudem war dieser Winter ja als Vorsitzender des Vereins bezeichnet worden, ein Umstand, der ihr als Empfehlung dienen mußte.

Die einfache Natürlichkeit dieser Leute, ihre harmlose Munterkeit, ihr offenes, gutmütiges Wesen und ihre treuherzige Sprechweise mußte auch eine stolzere Natur als die ihrige anmuten und anheimeln und hatte für sie nichts Verletzendes. Die Sonne des Lebens hatte ihr stets nur kaltes winterliches Licht gegeben und nur selten einen freundlich erwärmenden Strahl zugesandt. Die Quelle ihres tiefen, reinen Gemütes war von einer falschen, auf wankenden Grundsätzen fußenden Erziehung zurückgedrängt und mit steinernem Riegelwerk verschlossen, der Reichtum ihres Geistes brachgelegt und ihr Wollen und Handeln von den rechten Bahnen seitwärts gelenkt worden. Der Anschluß an ein ihr innerlich verwandtes Wesen war ihr versagt geblieben, und so hatte sie sich immer einsam und verlassen gefühlt und in dieser Einsamkeit keine Gelegenheit gefunden, nach der echten Freiheit und Selbständigkeit zu streben und diese hohen Güter auch in der rechten Weise anzuwenden. So war sie das geworden, als was man sie bezeichnete: die wilde Polin.

Ihre Verlobung war nicht aus Zuneigung erfolgt, sondern das Werk kalter Berechnung, der Wanda sich nur gezwungenermaßen gefügt hatte. Der Baron war ihr anfangs nicht unsympathisch gewesen, aber im Wesen fremd geblieben, und da sie immer mehr den Eindruck gewann, daß er sich nur aus geschäftlichen Rücksichten um sie bemühte, machte auch sie keine Anstrengung, ihm ihre Gesinnung zu verhehlen, und ersah allmählich aus der geplanten Verbindung mit ihm weder Glück noch Segen. Sein hofmeisterliches Gebaren ärgerte sie immer wieder, und mit Befriedigung ergriff sie deshalb die Gelegenheit, sich unabhängig von ihm zu zeigen. Daher kam auch ihre Bereitwilligkeit, sich von der Auktion nicht auszuschließen, deren Ergebnis ganz ihren Wünschen entsprach. Hätte der Baron sie erstanden, so hätte sie sofort den Saal verlassen; nun er aber geschlagen worden war, beschloß sie, dem Sieger durch freundliches Entgegenkommen zu danken und heute einmal so recht fröhlich unter den Fröhlichen zu sein.

„Ach was da", hörte sie vorn an der Tür den Auktionator rufen. „Erst heeme loofen und Toilette machen! Dazu is es nachher ooch noch Zeit, Emil! Es würde doch die reene Unhöflichkeet sein, wenn du deine Dame so lange off die Geduldsprobe stellen wolltest. Du mußt ihr vor allen Dingen jetzt das schuldige Kompliment machen und nachher um den notwendigen Urlaub bitten. — Komm!"

„Ja, Emil", unterstützte ihn Gräßler, der Schmied mit nachdrucksvollem Baß. „Ich sehe akkurat so unappetitlich aus wie du, und doch war ich meiner Gouvernante willkommen, die ich erstanden habe. Deine Dame is sicherlich nich weniger verständig als die meinige. Wir kommen eben von der Arbeit, und die hat noch niemanden geschändet. Geh' nur, geh'!"

Sie sah, wie sich die Versammlung teilte, wie Thomas auf sie zukam. Hinter ihm schritt ein anderer.

War es möglich? Deutlich fühlte sie das zornige Klopfen ihres Herzens; das Auge öffnete sich weit bei dem Anblick des rußgeschwärzten Mannes, und über ihre weichen Züge legte sich jene strenge Kälte, hinter deren Schild sich die gekränkte Weiblichkeit so gern und erfolgreich flüchtet. Ein rascher Blick in das Gesicht des Barons zeigte ihr ein schadenfrohes, höhnisches Lächeln, das ihr die in diesem Augenblick so notwendige Fassung zu rauben drohte und ihr es schwer, ja fast unmöglich machte, das Richtige zu treffen.

„Gnädiges Fräulein, leider hab'ch nich off Zeremonienmeester studiert und bin also ooch nich imstande, so hohe Herrschaften mit hofmäßigem Aplomb eenander vorzustellen. Beglücken Sie deshalb ihren untertänigsten Diener mit königlicher Nachsicht! — Herr Schornsteinfegermeister Winter — Fräulein von Chlowicki."

„Herr König aus dem Mohrenland, kehren Sie nach Dahomey zurück!"

Mit einer zurückweisenden, stolzen Handbewegung trat sie zur Seite und wehrte den penetranten Brandgeruch, der dem versengten Anzug des Essenkehrers entströmte, mit dem duftgetränkten Taschentuch von sich ab.

Mit einem leisen Lächeln in dem von Schweiß und Schmutz entstellten Gesicht wollte Winter ihr antworten, da aber trat ihm der Baron hastig und mit gebieterischer Handbewegung entgegen.

„Sie sehen, daß die Dame nichts von Ihnen wissen will! Gehen Sie! Ein Mensch in Ihrem Aufzug sollte hier gar nicht Zutritt finden dürfen."

„Wer sind denn Sie, mein Lieber?"

„Ich will die Lächerlichkeit begehen und Ihnen meinen Namen nennen. Ich bin Baron Säumen."

Winters Auge, dessen Weiße von der Schwärze seines Gesichts hervorgehoben wurde, maß den Baron langsam und forschend vom Kopf bis zur Fußspitze hinab, und dann klang es spöttisch:

„Ich bin der Essenkehrer Winter!"

„Ist mir keine Ehre. Gehen Sie!"

„Immer langsam, mein Herr Baron! In Ihrem Ton spricht selbst ein Eskimo nur mit seinen Hunden."

Winter wandte sich zu Wanda und fuhr fort: „Ich ließ mich in Ihre Nähe zwingen, gnädiges Fräulein, um unter zwei Fehlern den kleineren zu begehen. Verzeihen Sie einem Mann, dem die Aufmerksamkeit gegen eine Dame in der ersten, die Seife aber erst in der zweiten Reihe stand, weil er gewohnt ist, den Menschen nicht nach dem äußeren Schein, sondern nach dem inneren Gehalt zu beurteilen. Adieu!"

Mit einer gewandten Verbeugung entfernte er sich und

verließ nach einer kurzen Unterredung mit Thomas den Saal.

„Hat man je so etwas erlebt!" schimpfte der Baron. „Diese Schmach hast du dir selbst zuzuschreiben, und ich hoffe, daß du jetzt nicht zögerst, mir zu folgen."

Sie schien seine Worte gar nicht gehört zu haben. Ihr Auge hing noch an der Tür, die sich hinter dem Essenkehrer geschlossen hatte. Die Härte in ihren Zügen war gewichen und hatte einem sinnenden Ausdruck Platz gemacht. Wie kam dieser Mann zu der selbstsicheren Haltung und noblen Ausdrucksweise, die er während des ganzen für sie so ärgerlichen Vorgangs gezeigt hatte? Woher kam ihm die Geschicklichkeit, diese Beleidigung zu parieren und auf die Gegner zurückzuwerfen? War diese tiefe, wohllautende Stimme nicht schon einmal an ihr Ohr geklungen?

Es wurde ihr klar, daß der Fehler, den sie begangen, größer war, als der seinige, wenn bei ihm überhaupt von einem solchen die Rede sein konnte. Sie war nicht nur unhöflich, sondern sogar undankbar und rücksichtslos gewesen. Während sich die anderen in ihrem Vergnügen nicht hatten stören lassen, war er dem Ruf der Pflicht gefolgt und dieser gewiß im vollsten Maß nachgekommen. Sein Anzug war verbrannt und zerrissen, und gerade der unausstehliche Geruch führte den deutlichsten Beweis, daß er sich sogar mitten in die Flammen hineingewagt hatte. Und diesem braven, vielleicht sogar kühnen Mann, der obendrein ihretwegen eine so bedeutende Ausgabe gemacht hatte, war für all das nur bittere Kränkung geworden, und sie hatte Worte gesprochen, die sie jetzt bereuen mußte ...

Was nun? Die Freude war gestört, und wenn auch manche der Anwesenden ihr Verhalten gerechtfertigt fanden, so war doch bei den anderen die Unzufriedenheit desto deutlicher zu erkennen, und sie selbst konnte sich einer kleinen Verlegenheit nicht erwehren.

Da trat in Begleitung einiger Vereinsmitglieder der Buchbinder Thomas wieder zu ihr und bat sie, für den heutigen Abend das Zepter allein zu führen, da Winter sich infolge der bei der Brandbekämpfung gehabten Anstrengung außerstande fühle, den Anforderungen der ihm übertragenen Würde gerecht zu werden.

„War diese Anstrengung denn so groß?“ fragte sie.

„Gewiß; er hat drei Menschenleben gerettet.“

„Drei Menschenleben“, wiederholte sie, und ihre Augen belebten sich mit leuchtendem Glanz. „War Gefahr dabei?“

„Sehr. Der Zutritt zum Brandherd war von unten her unmöglich; so mußte Emil vom Nachbarhaus aufs Dach hinabspringen, mitten durch Rauch und Flammen über die Firste hinklettern, um so in die Kammer zu kommen, in der die Kinder steckten. Dann hat er das Dach zerschlagen und eens nach dem andern in die mitgenommenen Decken gewickelt und über die Firste zurückgetragen.“

„Das ist ja eine Leistung, die größte Anerkennung verdient!“

„Der mag keene Anerkennung. Er ist sogar fortgegangen, als er gemerkt hat, daß sie nach ihm suchten: ’s is een Kerl, der mehr wert is als zehn Barone!“

Diese Worte waren so laut gesprochen, daß Baron Säumen sie vernehmen konnte, und auch Wanda mußte den Vorwurf, der in ihnen lag, um so mehr als gerecht empfinden, als sie überzeugt war, daß sie nur Winter die Schonung zu verdanken hatte, mit der diese einfachen Menschen über ihr beleidigendes Benehmen hinwegsahen.

„Wird er wiederkommen?“

„Ja; er ist Vorsitzender des Vereins und kann nicht gut entbehrt werden.“

„Ich bin bereit, den Thron zu besteigen, den Sie mir bieten, und werde mich sehr bestreben, meine Untertanen während der Dauer meiner ‚Regierung' froh und glücklich zu sehen. Bitte, Herr Thomas, rufen Sie die Herren zu einer Beratung zusammen!"

Sie trat in die Mitte des Saals, und bald herrschte in der Versammlung die heiterste Regsamkeit, von der nur der Baron ausgeschlossen war, als einziger, der keine Dame hatte. In vornehmer Gelassenheit saß er auf dem Stuhl und würdigte das fröhlich um ihn herwogende Treiben keines Blickes. Aber trotz seiner anscheinenden Teilnahmslosigkeit zuckte ein gewaltsam zurückgehaltener Ärger um seine Lippen, und unter den halbgeschlossenen Lidern flog zuweilen ein zorniger Blick hinüber zu der Verlobten, die seine Anwesenheit gänzlich vergessen zu haben schien.

Als jeder seine Anstellung erhalten hatte, wurde das Programm entworfen. Krönung, Huldigung, Paraden, Manöver, Kammer- und Reichstagsversammlungen fanden ihren Platz, und nur kurze Zeit verging, bis die entzückten Untertanen erkannten, daß sie sich eine schönere und liebenswürdigere Königin nicht hätten wünschen können. Wanda selbst war vergnügt wie noch nie, und hätten die Gegenwart des Barons und der Gedanke an den zurückgewiesenen ‚König' nicht einen Schatten über ihr vor Freude gerötetes Gesicht geworfen, so wäre der heutige Abend der froheste und ungetrübteste ihres bisherigen Lebens gewesen.

Da bemerkte sie einen jungen Mann, der in nachlässiger Haltung am Büfett lehnte und mit halbem Lächeln die heiter beschäftigte Versammlung beobachtete. Wieder und immer wieder mußte sie den Blick zu ihm hinlenken, und ebenso bemerkte sie, daß auch sein Auge immer von neuem zu ihr zurückkehrte.

Wer war dieser Fremde, den sie nicht kannte und den sie gleichwohl schon irgendwo gesehen zu haben glaubte? Sie mußte sich gestehen, daß das Äußere dieses Mannes ungewöhnlich war und ihr eine ebenso ungewöhnliche Neugier abnötigte. Ein wehmütiger Ernst schien in den feinen Zügen ausgeprägt zu sein. Die hohe Stirn gab dem männlich schönen Gesicht etwas ungemein Geistreiches. Die Augen blickten so selbstbewußt und sicher in die buntbewegte, kleine Welt hinein, als hinge jede dieser Bewegungen nur von seinem Blick ab. Als er jetzt quer durch den Saal ging, um sich dem einsam dasitzenden Baron zu nähern, zeigte jede seiner Bewegungen ausgeglichene Anmut.

Er nahm neben Herrn von Säumen Platz, und sofort kamen beide bald in angeregte Unterhaltung. Wanda wußte, daß viel dazu gehörte, dem blasierten und dünkelhaften Baron Achtung einzuflößen und ihn in ein so lebhaftes Gespräch zu verwickeln, und doch waren die Erfolge hier in so kurzer Zeit erreicht, daß sie den Wunsch fühlte, diesen Mann nicht bloß von weitem beobachten zu dürfen.

Als hätte er diesen Wunsch in ihren Augen gelesen, erhob er sich und schien dem Baron eine Bitte vorzutragen. Dieser nickte zustimmend, nahm seinen Arm und führte ihn vor den reich mit Blumen und Girlanden geschmückten Thron, auf dem die Königin des Abends saß. Kein Wunder hätte sie mehr überraschen können als die Bereitwilligkeit des Verlobten, ihr nach allem, was vorgefallen war, hier mitten in einer ihm doch so verhaßten Umgebung nahezutreten, und mit Spannung sah sie seinen Worten entgegen, die ihr Aufklärung über den Fremden bringen mußten.

„Ich bitte um die huldvolle Genehmigung, Majestät einen Ritter mit geschlossenem Visier vorstellen zu dürfen", sagte der Baron.

Sie neigte zustimmend den Kopf, und der Baron kehrte an seinen Platz zurück, während der Unbekannte, eine Anrede erwartend, vor ihr stehenblieb.

„Wir wollen Unsere Wißbegierde beherrschen und nicht mit Fragen das Visier zu öffnen versuchen", erklärte sie lächelnd. „Noch haben Wir einige Minuten zur Verfügung und werden Eure Bitte gern vernehmen und erfüllen. Sprecht!"

„Dir meine Huldigung zu bringen, nah' ich, ein armer Troubadour. Drum laß' fortan mein Lied erklingen in deiner Locken duft'ger Spur."

Beim Klang dieser Stimme überzog tiefe Röte ihre Wangen, aber sie faßte sich schnell und erwiderte:

„Der Sänger ist uns hochwillkommen! Weilt bei Uns, lieber Troubadour, und nehmt hier diese Rose als Zeichen Unserer Königlichen Gunst."

Das Knie beugend, nahm er die Rose in Empfang, drückte sie an seine Lippen und steckte sie an die Brust. Hernach erhob er sich.

„Doch ist die Rose einer Königin nicht ohne Mühe zu erlangen. Es soll Uns Eure Kunst den Dank erstatten", sagte sie.

„Ich harre des Befehls. Sprecht, Königin."

„Die Flamme hat in Unserer Nachbarschaft gewütet, und kühne Heldentat ist bei dem Brand geschehen. Uns war es nicht vergönnt, dabeizusein. Doch möchten Wir gern sichere Kunde hören. Dort ist die Bühne: Zieht den Vorhang auf und laßt Uns sofort den Bericht vernehmen!"

Er verneigte sich und begab sich zum Hintergrund des Saals; dort war die Bühne errichtet, wo der Verein zuweilen ein kleines dramatisches Stück zur Aufführung brachte. In Winters Mienen lag Genugtuung, und als er jetzt die Stufen betrat, fühlte er sich stark genug, mit dem von ihm geforderten Vortrag auch ungewöhnliche Ansprüche befriedigen zu können.

Wanda hatte den Schornsteinfeger wiedererkannt und sah sich tief beschämt durch das Zartgefühl, das er durch das Verschweigen seines Namens und den Verzicht auf seine Ansprüche als ‚König' zeigte. Zugleich mußte sie die Feinheit bewundern, mit der er sich von dem Baron

Genugtuung verschafft hatte, indem er sich von keinem anderen vorstellen ließ als von ihm, der ihn erst vor kurzem auf eine so unmanierliche Weise fortgewiesen hatte. Die ihm von ihr abgeforderte Darbietung war sicherlich nicht leicht, aber es schien ihr, als müsse und werde sie ihn mit etwas Einfacherem beleidigen. Er hatte sich einen Troubadour genannt, hatte in Reimen zu ihr gesprochen, und sein ganzes Wesen sprach dafür, daß er der Aufgabe gewachsen war. Mit Spannung harrte sie deshalb ihrer Lösung.

Da ertönte die Klingel. Der Vorhang stieg in die Höhe, und zu gleicher Zeit trat Winter zwischen den Kulissen hervor, um nach einer ebenso höflichen, wie selbstbewußten Verbeugung zu beginnen.

Er sprach, wie schon vorhin, in Versen. Ohne das leiseste Stocken flossen die Worte von seinen Lippen. Laut und jede Modulation beherrschend, schallte seine klangvolle Stimme über die aufmerksam lauschende Zuhörerschaft hin, und reich an Bildern und überraschenden Wendungen hob sich die packende Schilderung auf klangvollen Versen empor aus dem verborgenen Winkel, wo die Flammen ausbrachen, hinauf in die glühenden Wolken, um dann mit dem besiegten Element zurück zur Erde niederzusteigen.

Aller Augen hafteten an dem begabten Stegreifdichter, die Ohren verschlangen seine Worte, und als er endete, wagte niemand, den tiefen Eindruck seines Vortrags durch das übliche Händeklatschen zu entweihen. Als er aber nach einer Pause erneut zu sprechen begann und mit schlichten, aber zwingenden Worten den Vorschlag machte, die durch die Auktion gewonnene Summe zur Unterstützung der Brandgeschädigten noch zu erhöhen, da ertönte ein schallendes ‚Bravo!‘, und fast jede Hand griff zur Geldbörse, um freiwillig noch ein weiteres hinzuzufügen.

Als Emil Winter durch den Vorhang wieder in den

Saal trat, stand Wanda vor ihm und streckte ihm beide Hände entgegen.

„Können Sie mir verzeihen?"

„Gern, wie gern!"

„Und wollen Sie mein König sein? — Nein? Aber wenn ich Sie bitte?"

„Dann gehorche ich. Denn eine Bitte von Ihnen ist mir Befehl."

„Kommen Sie schnell! Noch haben wir Blumen zu einer zweiten Krone, und ich werde bestrebt sein, alles gutzumachen."

Jetzt erkannte auch der Baron, wen er vorhin der Königin empfohlen hatte, und der Grimm über diese Niederlage machte sich in ihm Luft.

„Wanda, ich gehe, deine Garderobe zu holen!"

„Das ist nicht nötig, ich bleibe noch."

„Du wirst diesen Ort — sofort! — mit mir verlassen!" entfuhr es ihm.

Da trat Winter zwischen die beiden.

„Herr Baron, ich bin der Vorsitzende unseres Vereins und habe in dieser Eigenschaft innerhalb dieser Räume jede Störung des allgemeinen Vergnügens zu verhüten. Erlauben Sie mir eine Frage."

„Welche?"

„Sie wollen sich entfernen?"

„Ja."

„Und Sie wollen bleiben, gnädiges Fräulein?"

„Ja."

„Dann gehen Sie ohne Sorge, Herr Baron! Unser Vergnügen wird dadurch nicht gestört werden. Fräulein von Chlowicki befindet sich in unserm Schutz vielleicht wohler als ... in jedem anderen. Wer sie nur mit einem Blick zu beleidigen wagen sollte, den laß' ich durch den Hausknecht auf die Straße bringen! Dies zu Ihrer Beruhigung, Herr Baron!"

Jeden weiteren Einspruch schnitt er dadurch ab, daß

er Wanda seinen Arm reichte und mit dem Mädchen davonging.

Als er später in eins der Nebenzimmer trat, fand er Gräßler und Thomas darin.

„Heut' is es doch prächtig", sprach der Schmied; „und dein Einfall, Heinrich, is unter Brüdern tausend Taler wert. Meine Alte bin ich Gottseidank 'mal los und hab an ihrer Stelle een Gouvernantchen gekriegt, wie ich sie mir nich hübscher und draller denken kann. Ich mach' alle Tage mit!"

„Der Einfall stammt nicht von mir; ich hab' ihn von meiner Wanderschaft aus der Rheingegend mitgebracht. Aber weeßte, wer von uns am allerbesten weggekommen is?"

„Nu?"

„Unser Emil da! Potz Blitz, is das een Mädel, die Polin! Mein Lebtage habe ich noch keene solche Schönheet gesehen, und wenn unser Vorsitzender statt seiner Rußkapuze eene Grafenkrone offzusetzen hätte, so wüßte ich, was ich ihm für eenen Vorschlag zu machen hätte."

„Einverstanden, altes Haus! Ich gäb' mein' Seel' zehn Gouvernantchens hin für die eene Polin! Aber wie gesagt, ich bleibe dabei: du bist een tüchtiger Kerl, Emil. Warum, das brauch' ich dir nich erst zu erklären."

„Und herzlich gefreut hat es mich alleweil", fuhr der Schmied fort, „daß der Säumling, oder wie er heeßt, ohne Musik hat abziehn müssen. Der Mann gefällt mir nich."

„Warum?"

„Kann es nich sagen. Hat so een Ohrfeigengesicht."

„Wieso?" lachte Winter.

„Weeßte das noch nich? Es gibt Gesichter, bei deren bloßem Anblick es eenem in den Händen juckt. Ich bin keen Physiogniff, oder wie es heeßt, und nenne diese Visagen also kurzweg Ohrfeigengesichter."

„Haste vielleicht seine Uhrkette und seine blaue Nasenquetsche angesehn, Emil?“ fragte Thomas.

„Ja; ich hab' mir den Mann überhaupt sehr genau betrachtet. Beides war von einer Arbeit, wie man sie nicht oft zu sehen bekommt. — Warum?“

„Hm! Ich hab' so meine Gedanken derbei gehabt!“

„Welche Gedanken?“

„Das sage ich dir vielleicht später“, wich Thomas aus.

„Freundlich sind diese Gedanken wohl nicht. Du hast den Mann ja mit einer Abneigung behandelt, die sonst ganz und gar nicht deine Art ist.“

„Hab' vielleicht ooch Ursache dazu. Sollst's schon noch erfahren. Da, jetzt geht die Polka los; das ist so nach meinem Geschmack! Komm, Anton!“

„Meinetwegen Polka oder Rutscher, wenn's nur rundrum geht. Aber wie steht's denn eigentlich mit unserm Dankeswalzer, Emil? Der steht ja gar nich mit off der Liste. Du, altes Haus, den hat mein' Seel' deine Polin vorhin nur deshalb weggelassen, weil ihr der König dazu fehlte. Bring's ihr 'mal off eene feine Art und Weise mit bei, daß ich Appetit off Gouvernantenlippen hab'! Sapperlot nochmal, da steht sie ja gleich, unsre Königin, und hat den ganzen Kram mit angehört. Na, Majestät, sein Sie nur nich bös deshalb. Unsereener redet alleweile grad so, wie ihm der Schnabel gewachsen is!“

Er ging mit Thomas in den Saal zurück und ließ die beiden ‚Majestäten‘ allein.

„Meine Königin hat den Wunsch des treusten Ihrer Untertanen vernommen.“

Sie errötete und erwiderte mit schalkhaftem Lächeln:

„Es liegt Uns sehr daran, die Wünsche der Unsrigen zu kennen.“

„Und diese Kenntnis verfolgt den Zweck der Erfüllung dieser Wünsche?“

„Ohne Zweifel, so weit diese billig und angemessen sind.“

„Dürfen wir uns der verheißungsvollen Ansicht hingeben, daß der vorhin vernommene Wunsch zu dieser glücklichen Kategorie gehört?"

„Vielleicht. Nur müßte die Ressortfrage noch geklärt werden."

„Untersuchen wir diesen Fall! Der Kuß als Dankeszahlung gehört in das Ressort des Finanzministers, der Kuß als Opfer in das des Kultusministers, der Kuß als Äußerung einer innerlichen Gesinnung in das des Ministers des Inneren, der Kuß als Friedenszeichen in das des Kriegsministers und der Kuß als Buß- und Sühnezeichen in das des Justizministers."

„Dann müßten wir uns in Erwägung des Geschehenen für dessen Zuständigkeit entscheiden und mit Ergebung in die Strenge des Gesetzes die über uns verhängte Strafe tragen."

„Das klingt so widerstrebend, daß wir uns bewogen fühlen, diese Strenge durch ein nachsichtiges Verfahren zu mildern und auf dem Gnadenweg dem finsteren Verhängnis zu begegnen."

„Wir sagen Dank und fügen uns in Euern hohen gnadenreichen Willen."

Sie gingen in den Saal und traten zu Thomas, der soeben seine Tänzerin verlassen hatte, um den ‚König' aufzusuchen.

„Geruhen Majestät eene untertänigste Frage des Hofkapellmeesters vorzutragen?"

„Nein. Wir geruhen nicht, geruhe du!" lachte Winter.

„Ach so, hab' ich wiedermal 'nen Bock geschossen? Ihr habt mich ooch zu meinem Unglück zum Oberhofkurier gemacht. Denn wo ich nur das Maul offtue, da werd'ch allemal ausgelacht."

„Mach's besser! Also deine Frage?"

„Das Konzert soll beginnen. Werden Eure Königliche Gnaden untertänigst belieben, eene gehorsamste Solopartie vorzutragen?"

„Nein. Bei Unsrer hohen Stellung ziemt es sich nicht für Uns, mit Gimpeln und Zeisigen gehorsam und untertänigst um die Wette zu zwitschern. Aber sobald Wir die Krone von Unserm Haupt genommen haben, wird der Bariton Emil Winter ein Liedchen vortragen, das äußerst wertvoll durch den Umstand ist, daß er es selbst gedichtet und in Musik gesetzt hat. Jetzt aber, Herr Oberhofkurier, tut Eure Ohren auf und vernehmt den gnädigen Entschluß, daß Wir noch vor dem Konzert den Thron besteigen werden, um Uns an der Seite Unsrer hohen Herrin an dem Dank zu weiden, den die Damen euch noch schuldig sind. Der Kußwalzer mag beginnen!"

„Kußwalzer? Mein' Seel', Majestät, du bist een ganzer Kerl! Warum, das brauch'ch dir ooch nich erst zu sagen. Na Gouvernantchen, freu' dich alleweile off den Schmied!"

Mit raschen Schritten eilte er davon, um die frohe Botschaft weiterzutragen.

Als Winter sich nach einiger Zeit mit Wanda zurückzog, um einen Augenblick der Erholung zu finden, fragte die Polin: „Sie singen auch?"

„Zuweilen ein Liedchen."

„Das Sie selbst dichten und komponieren?"

„Nicht immer. Bei unserm Reichtum an wertvollen tonkünstlerischen Werken hat ein Autodidakt wie ich keine Veranlassung, sich auf die anspruchslosen Kinder seiner Mußestunden zu beschränken."

„Bei diesem Fremdwort fühle ich immer ein verwandtschaftliches Mitgefühl für jene reichbegabten Naturen, die, an kleinliche Verhältnisse gebannt, in ihnen keine Befriedigung finden können oder gar zugrunde gehen müssen, weil sie für Größeres angelegt sind."

Er blickte sie überrascht an. Kannte sie sich wirklich so genau, daß die Selbsterkenntnis ihr diese Worte eingab? Er entgegnete mit leisem Kopfschütteln:

„Zugrunde gehn? Sollte eine großangelegte Natur nicht die Kraft besitzen, auch das Kleine zu überwinden?"

„Das Kleine, ja, aber nicht das Kleinliche. Ich kenne leider diesen Unterschied."

„Das Kleine ist zu achten, denn es ist ein Teil des Großen und Ganzen. Man darf es deshalb, wenn es einem feindlich entgegentritt, ohne Schädigung des Selbstgefühls immerhin bekämpfen. Das Kleinliche aber ist einfach verächtlich und kann weder die Seelenstimmung noch die Entschließungen eines ausgebildeten Charakters beeinflussen!"

„Eines ausgebildeten Charakters, — ja, das ist es", setzte sie hinzu. „Das Kleinliche besitzt im Leben ja nur deshalb so viel Macht, weil es an wirklich ausgeprägten Charakteren mangelt. Und wer trägt die Schuld an diesem Mangel? Wie viel wird hier gefehlt und gesündigt, wie manches Lebensglück zertrümmert, weil sein Grundstein auf sandige oder verwitterte Unterlage zu liegen kam!"

„Und doch liegt es meist in unserer eigenen Hand, den wankenden Bau mit starkem, vorurteilsfreiem Willen niederzureißen, um ihn dann auf festerem Boden schöner und haltbarer wieder aufzurichten."

Jetzt war es an ihr, ihn mit einem forschenden Blick anzusehen. Traute er ihr diesen Willen nicht zu?

„Wer doch die freie, ungebundene Kraft dazu besäße!" seufzte sie.

„Wenn man sie nicht hat, so leiht man sich die nötige Kraft. Auch ich habe niedergerissen und arbeite noch heute am Wiederaufbau des Zertrümmerten."

„Allein?"

„Allein."

„Dann beneide ich Sie um Ihren Mut."

„Oh, ich habe noch davon übrig, Kraft und auch Mut", erwiderte er, während sein Blick in heller Genugtuung aufleuchtete.

Sie fühlte, daß weder Stolz noch Selbstüberhebung aus diesen Worten sprach, und legte unwillkürlich die Hand aufs Herz, wo sich noch nie empfundene Regungen geltend machen wollten.

„Dieses freudige Selbstbewußtsein hab' ich bisher nur bei einem einzigen bemerkt, und dieser Eine war damals fast noch ein Kind."

„Ein Knabe?"

„Sie wollen zweifelnd fragen, ein selbstbewußter Knabe? Ich weiß, wie wenig diese beiden Worte oder Begriffe zusammenpassen, und doch ist es so."

„Wie alt war denn dieser Knabe?"

„Ich hielt mich vor sieben Jahren als dreizehnjähriges Ding mit meinem Vater, den ich zwei Jahre später verlor, während der Sommerferien in Thüringen auf. Wir waren bei einem seiner früheren Studiengenossen zu Besuch, und da die Herren es liebten, sich den ganzen Tag bei Gott weiß welchen ‚philosophischen' Themen zu langweilen, so zog ich vor, allein und ohne Begleitung, wie es auch jetzt noch meine Art und Weise ist, in Busch und Wald umherzustreifen. Dabei traf ich eines Tages einen jungen Menschen, der in einer nahen Stadt einen Verwandten aufsuchen wollte."

In ihre Gedanken versunken, merkte Wanda nicht, wie über Winters Gesicht ein Lächeln glitt. Ihm war plötzlich klar geworden, warum ihm das schöne Mädchen so bekannt vorkam. Wenn auch Jahre vergangen und sie inzwischen erwachsen waren und sich äußerlich natürlich sehr verändert hatten, so gab es doch noch manche Kleinigkeiten, die alte Erinnerungen wachriefen.

„Er war nicht ganz siebzehn Jahre alt und kam aus Leipzig", erzählte sie weiter. „Der jüngste Sohn eines Ihrer Berufsgenossen, der kurz zuvor gestorben war und die Seinen in betrüblichen Verhältnissen zurückgelassen hatte. Da es an den nötigen Mitteln mangelte, mußte — wenn ich mich recht erinnere — der ältere Sohn das juristische Studium aufgeben und eine Stelle bei der Polizei in Dresden annehmen. Der Jüngere, der das Gymnasium besuchte, sollte nun den Beruf des Vaters erlernen, um später dessen Geschäft zu übernehmen."

„Das war gewiß für ihn, der nach Höherem strebte, ein arger Schlag?" warf Winter ein.

„Ja, er war froh, dem unbekannten kleinen Mädchen sein Herz ausschütten zu können und in ihm eine verständnisvolle Zuhörerin zu finden. Er hatte eine wundervolle Stimme und war auch gewandt im Versemachen. Und so forderte ich ihn auf, ein Gedicht auf mich zu machen und es mir zum Abschied vorzutragen. Da lachte er glückstrahlend, blickte mich eine Zeitlang sinnend an und begann zu singen. Zwar habe ich nur die vier letzten Verse des Liedes behalten, aber sie sind mir ein liebes Andenken geblieben bis auf den heutigen Tag."

„Darf ich fragen, was er gesungen hat?"

„Ich hatte ein Heckenröschen ins Haar gesteckt, und da er zwischen dieser Blume und mir Ähnlichkeit zu entdecken schien, so hatte ich die Ehre, von ihm als ‚wilde Rose' besungen zu werden."

„Und der Dank für sein Lied?"

„Bestand in jenem Röschen, das er sich beim Abschied von mir erbat."

„Um es später wegzuwerfen, als es verwelkt und die Erinnerung an diese Begegnung verblaßt war . . .?"

„Nein, nein!" antwortete sie leise und nachdenklich. „Ich möchte glauben, daß er jedenfalls die Erinnerung an jene Stunden ebenso festgehalten hat wie ich. Seine Züge sind mir nicht im Gedächtnis geblieben, sie werden sich auch verändert haben. Aber seine Stimme klingt noch heute in mir fort, und ich glaube sogar, daß ich ihn daran wiedererkennen würde."

„Und sein Name?"

„Den kenne ich nicht. Ich habe ihn nicht danach gefragt, und er nannte mich nur ‚Heckenröschen'. — Doch wir entziehen uns der Gesellschaft. Lassen Sie uns zurückkehren!“

Es wirbelte im Kopf Winters, und er mußte alle Selbstbeherrschung aufbieten, um ruhig zu bleiben. Warum erzählte sie gerade ihm dieses kleine Abenteuer aus ihrer Kindheit? Sie erinnerte sich noch an diese Verse und sie waren ihr bis heute ein teures Andenken geblieben. Er lächelte still und glücklich vor sich hin und mußte sich mit Gewalt von den Gedanken losreißen, die ihn bestürmten.

Aber als er später die Zeichen seiner königlichen Würde abgelegt hatte und nun von allen Seiten um das versprochene Lied gebeten wurde, trat er mit dem Vorsatz ans Klavier, den Beweis zu führen, daß jener junge Mensch den Tag im Wald genauso treu im Gedächtnis bewahrt hatte. Mit gewandter Technik flogen seine Finger im Vorspiel über die Tasten, und als die nötige Stille im Saal eingetreten war, begann er den Gesang. Sein Auge war auf Wanda gerichtet. Er wollte sich den Genuß nicht versagen, sie während seines Vortrags zu beobachten.

Bei den ersten Worten senkte sie, dem Wohlklang seiner Stimme lauschend, den Kopf. Aber nicht lange währte es, da hob sie ihn mit einer raschen Bewegung. Forschend suchte ihr Auge in seinen Zügen. Doch allmählich machte der sinnende Ernst auf ihrem Gesicht einem sonnigen Lächeln Platz. Dann strich sie mit einer Bewegung freudigen Erkennens das Haar von den Schläfen zurück und schloß das Auge, um sich seinen Tönen mit vermehrter Aufmerksamkeit hingeben zu können. Kaum aber waren die Strophen

„Drum schließe deine Augen zu,
worin die Tränen glühn.
Ja, meine wilde Rose, du
sollst nicht im Wald verblühn!“

verklungen, da schnellte sie von ihrem Sitz in die Höhe und eilte auf den Sänger zu.

Schon war dieser aufgestanden und wollte ihre ausgestreckten Hände erfassen. Da aber hielt sie plötzlich inne und floh, tief errötend, vor dem Sänger in ein Nebenzimmer. Hier öffnete sie das Fenster und bot die heiße Stirn dem kühlenden Hauch der Abendluft dar.

Warum hatte sie ihn nicht eher erkannt? Dann wäre sie von der Überraschung nicht so verwirrt worden und hätte ihm nicht verraten, daß sie sein Bild aus den Jahren der Kindheit mit herübergenommen hatte auch in die reifere und ernstere Zeit des Lebens. Eine plötzliche Erkenntnis stieg jäh und leuchtend in ihr empor, und alles, was sie bisher gedacht, gefühlt, gehofft und gewollt hatte, stürzte zusammen und ließ nichts zurück als eine langsam aufdämmernde Ahnung der Hilflosigkeit, des Verlassenseins.

Und mitten in diese Dämmerung hinein tönten jene mahnenden Worte, die er ihr am heutigen Abend gesagt:

„Es liegt in unserer Hand, das Niedergerissene mit starkem, vorurteilsfreiem Willen schöner und haltbarer wieder aufzurichten."

Konnte das geschehen? Konnte sie sich dem Bann entreißen, den Geburt, Gewohnheit und Erziehung um sie gezogen? Durfte sie dem Ruf eines Gefühls folgen, das jahrelang unentdeckt in ihrem Innern geschlummert hatte und jetzt mit einemmal seine lodernden Flammen über sie zusammenschlug?

Lange stand sie so am Fenster und vermochte trotz aller Anstrengung nicht ihr heftig klopfendes Herz zur Ruhe zu bringen. Da erklang leise neben ihr eine Stimme.

„Wanda!"

Sie verharrte reglos in ihrer Stellung.

„Habe ich Sie beleidigt? Verzeihen Sie mir, bitte!"

Es erfolgte keine Antwort.

„Bitte, sagen Sie mir ein Wort, nur ein einziges Wort!"

Es war ihr unmöglich, ihr glühendes Gesicht dem Sprecher zuzuwenden, und eine jede Silbe hätte ihre innere Aufregung verraten. Sie schwieg.

„Gute Nacht, Fräulein von Chlowicki!" klang es da fest und gefaßt an ihr Ohr, und zu gleicher Zeit vernahm sie seinen sich entfernenden Schritt.

„Herr Winter!"

Er drehte sich langsam um. Ernst blickte sein Auge, und kein Zug seines Gesichts verriet auch nur die leiseste Störung seines inneren Gleichgewichtes.

„Sie dürfen mich nicht verlassen, Herr Winter! Oder soll ich mich ohne Schutz und Begleitung dem Dunkel der Nacht anvertrauen?"

„Befehlen Sie Ihre Garderobe?"

„Ich bitte darum!"

Nach wenigen Augenblicken kehrte er mit ihrem Hut und Mantel zurück und verließ mit Wanda das Haus. Auf der Straße bot er ihr seinen Arm. Sie legte die Hand hinein, und so gingen sie in tiefen Gedanken wortlos weiter.

„Hier ist meine Wohnung. Mutter hat noch Licht und erwartet mich."

Er zog die Glocke, und sofort erschien ein Dienstbote, um zu öffnen.

„Im Namen meines Vereins danke ich Ihnen für Ihre Teilnahme an unserem Vergnügen, die uns einen so unerwartet schönen Abend bereitet hat!"

„Wollen Sie nicht einen Augenblick hereinkommen, damit auch Mutter Ihnen für Ihre Begleitung dankt?"

„Ich bitte, davon abzusehen. Die späte Stunde wird mich entschuldigen."

„Dann gute Nacht!"

„Gute Nacht!"

Es war am Morgen des übernächsten Tages. Wanda legte die Zeitschrift beiseite, aus der sie vorgelesen hatte, und blickte hinüber zur Mutter, um zu erforschen, welchen Eindruck der Roman auf sie gemacht habe.

Auf den starren, empfindungslosen Zügen der Frau von Chlowicki lag eine leise, kaum bemerkbare Röte als einziges Zeichen, daß sie ergriffen war; und bei der strengen Zugeknöpftheit der alten Dame war diese Röte ein großes Zugeständnis für den Dichter.

„Ich habe nie einem Menschen gestattet“, sagte sie mit heiserer Stimme, „irgendwelchen Einfluß auf meine Gefühle zu nehmen. Wer sich die hohe Aufgabe gestellt hat, für die von so vielen Seiten angefochtenen Rechte unseres bevorzugten Standes einzutreten, der muß auch die kleinste Anlage zu idealistischer Schwärmerei erstikken und vernichten. Denn die rauhe Wirklichkeit des Lebens tritt an die Angehörigen dieses Standes mit Anforderungen heran, denen nur ein in Drachenblut getauchter und dadurch gegen alle Anfeindung gefeiter Charakter gerecht werden kann.“

„Aber der Roman gefällt dir doch?“

„Ich bin gefeit gegen alle schwärmerische Empfindelei, aber dieser unbekannte Autor hat eine gewandte und aristokratisch feine Schreibweise, die ihn hoch über die Menge unserer heutigen Dichterlinge stellt. Ja, ich verfolge seinen Roman mit Aufmerksamkeit und Hingabe und ich kann das in der beruhigenden Überzeugung tun, daß er sich am Schluß als der Träger eines unseren höheren Sphären angehörigen Namens vorstellen wird.“

„Aristokratisch fein und gewandt, Mama? Dieser eine Vorzug scheint mir, da er sich doch nur auf die Form bezieht, bei den vielen anderen vortrefflichen Eigenschaften des Romans der kleinste und unbedeutendste zu sein. Ich beurteile den Mann nicht nach dieser Äußerlichkeit und habe infolgedessen eine der deinigen ganz entgegengesetzte Meinung über die Sphäre, in der er beheimatet ist. Seine urwüchsige Natürlichkeit kann unmöglich in der künstlich gemischten Blumenerde des Salons ihre Wurzel geschlagen haben. Frei von Vorurteilen und kämpferisch durchbricht sein Geist die von sozialer Anmaßung gezogenen Schranken und steigt, Asche und Schlacken von sich schleudernd, in stolze Höhe — wie der Lichtstrom, der dem Krater entflutet, um zu verkünden, daß der Boden unterhöhlt ist und den ewigen Gesetzen der Natur kein dauernder und siegreicher Widerstand geleistet werden kann. Ich frage nicht nach seinem Namen, nicht nach seinen Ahnen! Ich empfinde nur den Wohlklang und die unwiderstehliche Macht seiner Sprache ..."

„Einem so exzentrischen und dabei unlenkbaren Wesen, wie du es bist, muß man solch eine Überspanntheit verzeihen."

„In mancher Beziehung mag ich vielleicht etwas ungewöhnlich und schwer zu lenken sein, Mama. Doch ist das wohl nicht meine Schuld allein. Der Ausdruck ‚Überspanntheit' aber ist ein Urteil, das ich aus dem Mund der Mutter am allerwenigsten zu hören erwarte."

„Ah so? Und doch hast du keine Berechtigung, dich in deiner Würde verletzt zu fühlen, denn du selbst beleidigst ja diese Würde durch Unziemlichkeiten, die haarsträubend wirken möchten. Es wird Zeit, dich so bald wie möglich unter die Vormundschaft eines Mannes zu stellen, dessen ernste Festigkeit dich kräftiger zügeln wird als meine leider allzu schwache und schonende Nachsicht."

„Bitte, Mama, laß das! Du hast diesen Verweis gestern schon so oft wiederholt, daß er nun notwendig seine Schärfe verlieren muß. Wie man das Bäumchen zieht, so wird es wachsen! Und mit Vorwürfen sind die Fehler der Erziehung nicht wieder gutzumachen."

„Mädchen! Was fällt dir ein! Du wagst es, mich —"

„Bei dieser Art von erzwungener Verteidigung kann von einem Wagnis keine Rede sein."

„Verteidigung? Sprich deutlicher! Die Frau deines Vaters hat wohl das Recht, diesen Befehl auszusprechen!"

„Wiederhole dir meine Worte, und du wirst alles haben, was dir zu wissen nötig ist. Das Opfer der vornehmen Tradition verschmäht es, ein weiteres Wort zu verlieren. — Ich gehe jetzt spazieren."

„Halt, bleib! Du bist kurz, ich will es auch sein. Bist du vielleicht willens, dieses sogenannte Opfer rückgängig zu machen?"

„Das hab' ich bereits getan!"

Frau von Chlowicki fuhr auf.

„Was — was hast du getan?" fragte sie mit stockender Stimme ihre Stieftochter.

„Ich hab' dem Herrn Baron gestern früh erklärt, daß ich mich nicht mehr als seine Braut betrachte. Wenn er schon seine Verlobte bei jeder Gelegenheit ans Gängelband nehmen will, wie soll das erst in der Ehe werden?"

„Um Gotteswillen, Kind! Und was hat er dazu gesagt?"

„Er ist wütend weggegangen, und ich hab' ihn seitdem nicht mehr gesprochen. Sofern er verreist war, ist er jetzt aber wieder da. Denn ich hörte, daß er gestern nacht zum Polizeirat von Hagen zurückgekehrt ist."

„Die Sache muß sofort wieder in Ordnung gebracht werden! Es wird dir keinen Segen bringen, wenn du den letzten Wunsch deines Vaters mißachtest, und du weißt, was du deinem Namen schuldig bist. Adel verpfl —"

„— verpflichtet, verpflichtet insbesondere dazu, anständig und vernünftig zu sein. Wenn Vater heute noch lebte, würde er bestimmt nicht mehr auf diesem Wunsch bestehen, sondern nur an mein Glück denken."

„Ach was! Eginhardt mag seine Fehler haben — aber welcher Mann hat die nicht? Und er hat recht, wenn er schon jetzt darauf drängt, daß seine künftige Gattin sich standesgemäß benimmt. Höchste Zeit, daß du gesetzt und vernünftig wirst! Ich werde die Sache wieder einrenken. Hoffentlich ist noch nichts davon an die Öffentlichkeit gedrungen. Der Klatsch wäre mir mehr als peinlich.“

„Wenn Eginhardt den Mund gehalten hat — ich hab' noch mit niemandem darüber gesprochen.“

„Ich werde noch heute mit ihm reden.“

„Daran kann ich dich nicht hindern, Mutter. Glaub' aber nicht, daß du mich umstimmst! Ich hab' mich mit Eginhardt nicht aus Liebe, sondern nur auf dein Zureden und Drängen hin verlobt. Heute aber weiß ich, daß ich keinem Mann angehören kann, für den ich nicht die geringste Zuneigung empfinde. — Und jetzt gehe ich!“

Sie nahm vom Tisch einen Zeichenblock und eine Schachtel mit Farbstiften.

„Es ist schon ein Kreuz mit dir!“ seufzte die alte Dame. „Du willst doch nicht etwa wieder auf diesen gefährlichen Altan gehen, über dem Felsenbruch?“

„Ach! Der sieht nur so gefährlich aus. Es ist nun einmal mein Lieblingsplatz, und selbst so ein Materialist wie Eginhardt findet die Aussicht herrlich und ist neugierig auf das Bild der Landschaft, an dem ich seit einer Woche jeden Vormittag da oben arbeite. Aber das bekommt niemand zu sehen, bevor es fertig ist.“

Wanda drückte der Pflegemutter einen Kuß auf die Stirn und eilte zur Tür hinaus.

*

Um dieselbe Zeit saß Winter in seiner Stube und blätterte in den Kehrlisten. Aber seine Gedanken schienen nicht bei den Namen und Hausnummern zu weilen, die auf dem Papier standen. Sie zielten vielmehr auf jenen

Tag, an dem der ‚selbstbewußte Knabe' mit dem wilden, kleinen Mädchen durch den Wald gewandert war und ihm das Herz ausgeschüttet hatte.

Er gedachte der Verzweiflung, die ihn dann am Abend erwartet hatte, als er den Paten krank und sterbend fand und nun hilflos und verlassen zurückkehren mußte in die Stadt, in der sich niemand seiner annehmen wollte. Dann folgte die Lehrzeit, während der er in den Essen und auf den Dächern herumgestiegen war. Er besaß einen gewandten, kräftigen Körper, ein schwindelfreies Auge und machte bald seine Gesellen- und Meisterprüfung, so daß er die Nachfolge seines Vaters antreten konnte. Diese Zeit seines Lebens war für ihn besonders hart, denn weder von der Mutter und den Schwestern, noch vom Bruder, der auf Jahre hinaus mit der eigenen Not und Sorge zu kämpfen hatte, durfte er Unterstützung erwarten. Aber er hatte nicht dem Ziel entsagt, nach dem er schon als Gymnasiast gestrebt hatte. Er gehörte vielmehr zu jenen zähen, zielbewußten Naturen, die durch zeitweiliges Nachgeben selbst das feindlichste Schicksal zu besiegen wissen und die Ausführung eines einmal gefaßten Gedankens wohl für einige Zeit aufschieben, niemals aber aufgeben.

Zwar erfüllte er den neuerwählten Beruf mit dem nachhaltigsten Pflichteifer; aber dieser Beruf sollte ihm die Mittel bringen zum selbständigen Vorwärtsschreiten auf dem Weg, den zu verlassen er gezwungen gewesen war.

Sobald er sich in einer materiell gesicherten Stellung sah, griff er wieder zu den alten Plänen und warf sich in seinen Mußestunden mit Eifer auf seine geistige Fortbildung.

Seine freie Lebensanschauung fand in dem äußerlich nicht eben reinlichen Beruf eines Essenkehrers nichts Ehrwidriges, und so schritt er rastlos auf dem wieder betretenen Weg vorwärts, ohne sich nach rechts oder links umzusehen und sich in seinem Vorhaben stören zu lassen.

Seiner einzigen Erholung waren die Stunden gewidwidmet, die er in der ‚Erheiterung' zubrachte, deren Vorsitzender er vermöge seines organisatorischen Talents geworden war. Er war es eigentlich, der den Verein zu jener Beliebtheit gebracht hatte, die seine Konzerte und Bälle anregend und besucht machte; als sein Amt infolge seiner mehrmonatigen Abwesenheit in die Hände eines andern übergegangen war, hatte man es ihm nach seiner Rückkehr sofort wieder übertragen, und im vorgestrigen Stiftungsfest hatte er das erste neue Lebenszeichen von sich gegeben.

Das Zusammentreffen mit Wanda war ihm nicht aus dem Kopf gegangen, und seitdem hatte er oft an jenen Tag denken müssen, an dem er sie zum erstenmal sah und sprach.

Jene Begegnung mit dem taufrischen, kindlich reinen Mädchen war ihm mitten in der Ausübung seines unromantischen Berufes immer wieder aufgetaucht. Seine Phantasie kreiste um ihre anmutige Gestalt und kehrte, sooft sie hinaus in die Weite schweifte, doch immer zurück zu dieser einen, an die er immer denken mußte und die er nicht vergessen konnte.

Der Gedanke an sie hatte ihn begleitet in seine bescheidenen und anspruchslosen Verhältnisse hinein, hatte ihm Kraft gegeben im Kampf mit dem widrigen Geschick und war auf diese Weise zu einer Macht geworden, der er sich beugte in all seinem Denken, Fühlen und Wollen.

Wie das so gekommen, wie es möglich war, daß das Bild eines den Kinderschuhen noch nicht entwachsenen Mädchens sich seiner so hatte bemächtigen können, daß es ihm für die Ruhe und den Frieden seines Innern geradezu unentbehrlich geworden war —, das konnte er nicht begreifen. Er hatte sich der lieben, freundlichen

Erinnerung widerstandslos hingegeben und sich des anregenden und läuternden Einflusses dieser Erinnerung herzlich gefreut. Jetzt aber handelte es sich nicht mehr um ein bloßes Bild. Jetzt hatte sie vor ihm gestanden voller Leben und sprudelnder Jugendlust, geradeso wie damals, aber unendlich schöner noch, unendlich bezaubernder.

Mitten aus diesem Sinnen wurde er aufgeschreckt durch den Eintritt der beiden Freunde Thomas und Gräßler.

„Grüß Gott, Majestät! Haste ausgeschlafen?" fragte der Schmied.

„Dank schön, Herr Oberhofkurier. Unsere Königliche Gnaden haben schon geruht, in einem halben Dutzend Essen herumzuscharren. Wie hat sich vorgestern das Gouvernantchen noch angestellt?"

„Prächtig, altes Haus! Der Herr Corpus juris Heinemann hat meine Alte an die richtige Adresse gebracht, und so durfte se nich böse sein, daß ich meiner Dame genauso den schuldigen Respekt erwiesen habe. Ich bin mein' Seel' erst halb viere heeme gekommen."

„Und du, Heinrich?"

„Ich war solide. Du weeßt doch, daß ich gar keene Dame gehabt habe, und da hab' ich mich recht schön vernünftig in meiner eegenen Begleitung nach Bettlehem getrollt."

„Na, alter Papierkleister, eene solche Solidität is bei dir ooch nich ganz begreiflich. Ihr Buchbinder steckt eure Nasen doch in so viele Liebes- und Mondscheinscharteken, daß ihr gewöhnlich von eener wahren Wut besessen seid, eure theoretischen Studien ins Praktische hinüberzumodulieren. Oder hat's an der Anna gefehlt?"

„An welcher Anna?" fiel Winter ein.

„Weeßte das noch nich?" rief Gräßler mit einer Gebärde komischen Erstaunens. „Darfst nurs Fenster offmachen und 'naushorchen. Jeder Sperling pfeift davon, daß er in eenem aristotelischen Verhältnis zu dem dienstbaren Geist der Frau von Chlowicki steht, und das is eben der Grund, daß er vorgestern nacht so ohne Sang und Klang seinen Hausschlüssel heeme getragen hat."

„Ach so! Ich glaubte, du hättest deshalb verzichten müssen, weil ich dich bei der Auktion überboten habe."

„I bewahre, Emil! Ich hab' off das Fräulein geboten, nich um es zu kriegen — denn diese Art Trauben hängen mir zu hoch —, sondern aus reener Bosheit gegen den Baron, der mir im höchsten Grad zuwider is."

„Ich hab' an dem Kerl meinen Narren ooch gefressen, eben wegen des Ohrfeigengesichts. — Bei dir aber muß es noch eenen andern Grund haben", fügte Gräßler fragend hinzu.

„Den hat's ooch."

„Welcher wäre das?" fragte Winter. „Du wolltest vorgestern nicht davon sprechen."

„Weil een Saal nich der passende Ort is, über Dinge zu reden, die das Zuchthaus in Aussicht stellen."

„Alle Wetter, Heinrich, biste toll! Wer soll denn so 'ne unbegreifliche Neigung zum Wollezupfen haben? Du oder der Säumling?"

„Ich natürlich nich."

„So red' schon", drängte Winter. „Du weißt nicht, wie wichtig mir deine Mitteilung werden kann."

„Na, meinetwegen. Ihr sollt's hören, obgleich ich mich ooch irren kann. Als ich vor ungefähr anderthalb Jahren in Paris arbeitete, trat eenes Tages een Herr in den Laden und suchte für die Dame, die er bei sich hatte, so etliches von unseren Galanteriewaren aus. Er bezahlte in Banknoten, die sich später als falsch erwiesen. Trotz allen Suchens is der Mann von der Polizei nich offzufinden gewesen, obgleich es gelang, seine Helfershelfer zu entdecken."

„Aha. Und du denkst, das is der Baron gewesen?"

„Ich kann mich, wie gesagt, irren, aber die Stimme is die gleiche, und obgleich er damals 'nen mächtigen schwarzen Vollbart trug, scheint mir sein ganzes Wesen und Gebaren dasselbe zu sein, das ich an dem Banknotenfälscher beobachtet habe."

„Du machtest mich vorgestern auf sein Lorgnon und seine Uhrkette aufmerksam . . ."

„Ja, das is's eben, was mich in meinem Verdacht bestärkt. Dieselbe Nasenquetsche und dieselben Berlocken sind mir in Paris an ihm offgefallen. Der Kerl trug sich so in die Oogen fallend und benahm sich so widerwärtig vornehm, daß mir jede Eenzelheet an ihm im Gedächtnis geblieben is."

Winter schüttelte den Kopf, und auch Gräßler äußerte Zweifel.

„Der Baron ein Banknotenfälscher? Nee, Heinrich, dieser Säumling is so stinkereich, daß er solche krummen Dinge nich nötig hat. Der Gauner in Paris mag ihm ähnlich gesehen haben, aber so was kommt vor. Nee, unser Verdacht is voreilig."

„Und die Nasenquetsche und die Berlocken?" beharrte Thomas.

„Die sind zwar auffällig, aber ooch vielleicht nur zufällig ähnlich."

„Na, ich werde wenigstens so vorsichtig sein und diesen Herrn Baron noch 'ne Weile beobachten. Vielleicht find' ich noch mehr, was mir Gewißheit gibt, daß er wirklich der is, für den er sich ausgibt."

„Du meinst doch nich etwa, unser Säumling is gar nich der echte Baron? Du denkst wohl, irgendeen Gauner spielt bloß seine Rolle? Heinrich, du hast wirklich zu viele Räuberromane gelesen!"

„Lach nur, Emil! Ich hab' schon meine Gründe."

„Da bin ich neugierig."

„Ich hab' nämlich den Baron von Säumen oft gesehen als er vor zehn Jahren in Leipzig studiert hat.

Da wohnte er im Haus meiner Eltern bei einer alten Dame; die ernährte sich von der Vermietung möblierter Zimmer an wohlsituierte Studenten. Als zehnjähriger Bub sah ich ihn damals täglich, und ich komm' trotz aller Ähnlichkeit zwischen beiden nich davon los, unsern Säumling hier für einen Schwindler zu halten, der womöglich den echten Baron beseitigt hat und jetzt seinen Namen trägt."

„Also sehr ähnlich ist er ihm?"

„Sehr."

„Dann ist er vielleicht ein Bruder des Barons, den du in Leipzig gekannt hast?"

„Das wäre möglich. Ich weeß nich, ob er einen Bruder gehabt hat, aber ich werde genaue Erkundigungen einziehen, und nach dem Ergebnis muß sich die Art und Weise unserer Maßnahmen richten. Bis dahin aber müssen wir schweigen."

„Na, Brüder sind se mal nich", erklärte jetzt der Schmied, der dem Gespräch mit Spannung gefolgt war. „Es is mir zwar sehr egal, ob im norddeutschen Gesetzbuch een Paragraph darüber steht, aber een Baron darf keen Ohrfeigengesicht haben. Das versteht sich ganz von selber. Wer soll denn einem so hochgestellten Herrn die besagten Ohrfeigen vermitteln, und wenn er meinetwegen zehn Gesichter hätte, die dazu passen und berechtigen? Ich nich, so gern ich es sonst täte, denn mit großen Leuten is nich gut Kirschen essen."

„Du willst also sagen . . ."

„Ha! Sagen!" fiel ihm Gräßler ins Wort. „Ich will mehr als ‚sagen'; ich will eenen logisch richtigen Beweis führen."

„Du, Anton?" fragte Thomas. „Woher beziehst du denn das Ding, das du Logik schimpfst?"

„Malträtier' mich nich, Heinrich! Ich sollte mal Schulmeester werden und hab's wirklich wegen Überflusses an Dummheit sogar bis zu einer vierteljährigen Tortur im Proseminar gebracht. Und von der Zeit her schreibt sich meine unübertreffliche Virtuosität im Schlüsseziehen."

„Na, so zieh' mal!"

„Gut. Der Obersatz heeßt: Een Baron darf kein Ohrfeigengesicht haben."

„Weiter."

„Dieser Baron von Säumen hat aber een Ohrfeigengesicht."

„Folglich, Anton?"

„Folglich, folglich — ja, zum Teufel, folglich darf een Baron doch keen Ohrfeigengesicht haben."

„Seid doch so gut", fuhr er fort, als die beiden andern über diesen sonderbaren Beweis lachten, „seid doch so gut und macht euch nich über mich lustig. Du hast mich mit deinem ‚weiter' und ‚folglich' ganz aus dem Konzept gebracht. Mach's besser, wenn du's kannst. Beim Schlüsseziehen wird man ganz konfus, wenn andere dreinreden!"

„Du wolltest sagen", begütigte ihn Winter: „wer ein Ohrfeigengesicht hat, der ist kein Baron; der Säumen hat aber ein solches, folglich ..."

„Ja, folglich kann unser Säumen keen Baron sein. So wollt' ich sagen. Du bist een tüchtiger Kerl, Emil; ich hab's ja immer gewußt! — Horch! Was war das?"

Ein entsetzlicher Krach hatte in diesem Augenblick die Luft erschüttert, so daß die Fenster zitterten und der Boden zu wanken schien. Winter riß die Tür auf und eilte auf die Straße. Die andern folgten.

Sie waren es nicht allein, die die Wißbegier über den Ort und Grund der Explosion auf die Straße gelockt hatte. Aus allen Türen stürzten die Bewohner der Häuser und forschten aus, wohin sie sich zu wenden hatten, um Näheres zu erfahren. Der eine mutmaßte dies, der andere jenes; aber keiner wußte etwas Bestimmtes.

„Ich möchte nur in aller Welt wissen", meinte Thomas, „was das für een Schuß gewesen is!"

„Wenn du an eenen Schuß globst, so kannst du dir off dein Gehör grad so viel einbilden, wie ich mir off meine Logik. Een Schuß hat keen solches Geprassel und Gepolter im Gefolge. Ich denke vielmehr, da draußen in den Felsenbrüchen wird 'ne Wand eingestürzt sein."

„I, warum nicht gar! So 'ner Wand wird das im ganzen Leben nicht einfallen. Die hält ja für zehn ganze Ewigkeeten."

„Na, alter Junge, mach nur een paar weniger! Wo alle Wochen drei-, viermal gesprengt wird, da is's wirklich keen Wunder, wenn's endlich mal kopfüber und kopfunter geht. Es darf ja nur een Bohrloch falsch getrieben sein oder die Ladung zu stark bemessen werden, so purzelt alles zusammen."

„Ich glaub' auch, daß es in den Felsenbrüchen gewesen sein muß", nahm jetzt Winter das Wort. „Zwar weiß ich nicht, ob heute Arbeiter draußen beschäftigt sind, aber es muß doch so sein, und bei der ungewöhnlichen Stärke des Sprengschusses ist der Gedanke an ein mögliches Unglück nicht unbegründet. Ich geh hin. Kommt ihr mit?"

„Meinswegen! Gearbeitet wird heut' sowieso nich, und da ist es mir alleweile ganz und gar egal, off welchem Grund und Boden ich mir die Langeweile vertreibe. Vorwärts also! Komm mit, Heinrich!"

Mit langen Schritten ging er voran. Nach einer ganzen Weile hielt er inne und blickte zurück, um zu sehen, ob die beiden anderen ihm auch folgten. Und als er bemerkte, daß sie sich dicht hinter ihm hielten, fuhr er fort:

„Bin zwar schon 'mal haußen gewesen heut' morgen, erst vor zwee Stunden; tut aber nichts."

„Was hast du denn so beizeiten im Freien gewollt, wo du doch noch gestern erst so spät heeme gekommen bist?" wollte der Buchbinder wissen.

„Ich bin nu eenmal een verkehrter Kerl. Geh ich bald zu Bette, so wach'ch späte off, und geh' ich spät zu

Bette, so wache ich balde off. Und wenn ich eenmal off bin, so leidet's mich ooch nich unter der Decke; ich muß 'raus. Gibt's ooch keene Arbeit im Hause, so gibt's doch draußen immer was zu tun, und wenn's nur wäre, daß mer 'mal nachsieht, wie sich heuer die Erdäppel anlassen werden."

„Ach so, richtig! Du hast ja dein Feld da droben über den Brüchen."

„Ja. Übrigens bin ich nich der eenzige gewesen, der da oben 'rumgekrochen is. Scheint ooch noch andre Freunde von Morgenkühle zu geben. Da war einer im untersten Bruch, als ich den Seitensteg noffstieg."

„So? Wer denn?"

„Weeß es nich. Der Mann war zu weit weg und stand sowieso im Schatten. Warum soll er ooch nich? 's is doch nicht verboten! — Jaa, und off'm Heemweg begegnete mir deine Königin, Emil. Se machte mir eenen freundlichen Knix und fragte mich, ob der Altan schon besetzt sei."

„Der Altan droben über dem obersten Bruch?" fragte Winter erschrocken.

„Ja. Du weeßt wohl noch nich, daß se da droben ihren Stammplatz hat? Von wegen der schönen Aussicht . . ."

„Lauft schnell, um Gotteswillen, lauft schnell!" rief jetzt der Essenkehrer und stürmte mit fliegender Hast den andern voran.

„Na, na, na, alter Junge! Derwegen braucht dir die schöne Aussicht nich so in die Beene zu fahren. Wenn se noch droben is, treffen wir se allemal, ooch wenn wir uns nich so ganz und gar außer Atem loofen!"

„Kommt nur, kommt! Es handelt sich ja gar nicht ums Antreffen, sondern um das Unglück, das hier geschehen sein kann."

„Ach so. — Alle Wetter, du hast recht! Wenn der Knall in den Brüchen losgegangen is, so kann — na, wenn ihr meine Weisheet alleweile nich anhören wollt, so looft meinswegen immer zu!"

Der Weg hob vor der Stadt steil an und führte durch eine Reihe von Steinbrüchen, deren oberster seit langer Zeit nicht mehr bearbeitet wurde und den Zielpunkt vieler Spaziergänger bildete.

Seine senkrecht und turmhoch emporsteigenden Wände waren von zahlreichen Sprüngen zerrissen und zerklüftet. Die hölzerne Schutzwehr, die seinen steil abfallenden Rand umgab, war verfault und vermodert und bestand fast nur dem Namen nach. Trotzdem aber gab es Leute, die den gefährlichen Platz gern besuchten, weil man von dort aus einen weiten Fernblick rundum ins Land tun konnte.

Am häufigsten war die wilde Polin hier zu sehen. Ihrem Charakter behagte der Ort gerade der Gefahr wegen, und für gewöhnlich saß sie an der Stelle, die von anderen Leuten am sorgfältigsten gemieden wurde. Es war der sogenannte ‚Altan', ein weit hinausgehender Felsvorsprung, der fast jeden Haltes entbehrte und zu der Verwunderung darüber berechtigte, daß er nicht längst schon in die gähnende Tiefe hinabgestürzt war. Zwar hatte die Polizei den Zugang zu dem Ort streng verboten; aber Wanda war einfach nicht zu bewegen, dieses Verbot zu befolgen und freute sich, ein Plätzchen gefunden zu haben, auf dessen Alleinbesitz die Kühnheit ihr ein unbestrittenes Monopol gab.

Als die drei Freunde in den untersten der Brüche einbogen, bemerkten sie eine Schar Städter, die die gleiche Vermutung aus der Stadt getrieben hatte. Aber ohne das Herannahen dieser Leute abzuwarten, eilte Winter mit seinen Freunden vorwärts, zumal aus dem ungewöhnlichen Staubgehalt der Luft die Überzeugung gewonnen werden mußte, daß Gräßler sich nicht getäuscht hatte.

„Seht ihr?" rief Winter, als er um die letzte Ecke, gesprungen war und das Chaos von Felsenstücken überblickte, das vor ihm lag. „Der Altan ist heruntergestürzt und hat alles zerschmettert, was im Wege lag! Wenn Wanda sich wirklich dort oben befunden hat, so ist sie tot . . .“

„Droben gewesen is se ganz sicher. Und nur für kurze Zeit hat se gewiß nich noff gewollt. Denn sie hatte ihre Zeichenmappe unterm Arm. Wir müssen suchen.“

Sofort und mit Eifer gingen sie ans Werk, und besonders Emil sprang von Felsen zu Felsen und riß mit Riesenkraft die Steine auseinander, um eine Spur der Gesuchten zu entdecken. Er war von einer Seelenangst erfüllt, wie er sie noch nie zuvor empfunden hatte. Er bemerkte nicht, daß ihm die Hände bluteten und die Kleidung von dem scharfkantigen Gestein zerrissen und zerfetzt wurde. Finden, nur finden wollte er, einen anderen Gedanken gab es für ihn nicht. Und selbst als die übrigen ankamen und noch andere nachströmten, hatte er für sie weder Blicke noch Worte und ruhte nicht, bis er auch das letzte Trümmerstück davongewälzt und damit die Überzeugung gewonnen hatte, daß Wanda hier nicht zu finden war.

„Laß es itzt gut sein, Emil“, mahnte Thomas. „Se kann nich mehr droben gewesen sein, sonst hätten wir wenigstens irgend etwas bemerkt.“

„Aber se is ooch nich derheeme“, antwortete der hinzutretende Schmied. „Ihr Hauswirt is da. Der weeß es ganz gewiß, daß se off dem Altan hat zeichnen wollen.“

„Se kann doch ooch woandershin gegangen sein.“

„Wir müssen Klarheit haben! Steigen wir nach oben!“

Er warf einen forschenden Blick in die Höhe und wurde plötzlich blaß.

„Seht mal da hinauf! Liegt dort nicht etwas Weißes? Dort auf dem Brombeergesträuch, das aus der Ritze wächst?“

„Das is entweder een Taschentuch oder een zerknitterter Zeichenbogen. Se muß also doch dagewesen sein.“

„Laßt die andern noch einmal alles genau durchsuchen und kommt dann nach! Ich muß hinauf!"

Er eilte zurück durch die vorderen Brüche und stieg dann den Seitenpfad empor, von dem Gräßler vorhin gesprochen hatte. Die beiden Freunde unterrichteten nach seinem Geheiß einige der inzwischen Eingetroffenen und folgten dann Emil Winter. Oben schritten sie, mit scharfem Auge die gegenüberliegenden Wände musternd, längs des Felsrandes vorwärts. Dann blieb der Essenkehrer stehen.

„Hier hat der Altan gehangen; und hier sehe ich die Spuren eines kleinen, weiblichen Fußes im Sand. Sie führen nicht wieder zurück; also muß Wanda bei der Explosion hier gewesen und — mit hinabgestürzt sein!"

„Guck mal, Emil! Hier sind ooch noch größere Fußtapfen. Die rühren ganz sicher von Männerstiefeln her. Die gehen ooch wieder retour. Wer mag denn das gewesen sein?"

„Warte, Heinrich! Wir müssen vorsichtig sein und die Spuren ja nicht verwischen. Man kann nicht wissen, was hier geschehen ist."

Er bückte sich nieder, um die Fußtapfen einer genauen Prüfung zu unterwerfen.

„Der Mann hat einen kleinen Fuß. Er ist eher dagewesen als die Polin. Denn seht: Die Kanten ihrer Spur sind noch scharf, während die seinen schon eingebröckelt sind. Wollen doch sehen, ob er auch auf dem Altan gewesen ist."

„Nee, er ist hierher gegangen. Alle Wetter, das sieht ja grad so aus, als ob er immer über den Rand hinweg gradaus in die Luft hineingeloofen wäre!"

„Wohl nicht. Hier am Rand häufen sich die Spuren. Er hat sich also hier eine Zeitlang aufgehalten."

„Das gloob' ich nich. Drei Zoll vom Rand stellt sich niemand hin. Ooch das schwindelfreieste Ooge kann das nicht vertragen."

„Du hast recht. Halt! Hier sind zwei runde Eindrücke, wie von Knien, und hier ist der Rand abgerieben. Der Mann ist also hier über die Kante hinuntergestiegen."

„Das wäre mein' Seel' een Wagestück, zu dem ich ihm meinen sterblichen Leichnam off keene halbe Minute geborgt hätte!"

„Und doch ist es so. Freilich gehört dazu eine Verwegenheit, wie sie wohl selten zu finden ist."

„Das is wahr! Wer könnte denn das —"

„Schon gut! Ihr beide bleibt hier und bewacht die Spuren, damit sie nicht verwischt werden! Ich habe den Stadtrichter unten bemerkt. Der mag die Sache näher untersuchen. Immerhin erwecken diese Spuren Verdacht, und es kann nicht gar zu schwer sein, die Stiefel zu finden, von denen die Eindrücke hier herrühren. Wir sind verpflichtet unsere Entdeckung der Polizei mitzuteilen. Mag die dann aus dem Gefundenen beliebig weiter schließen."

Er entfernte sich und eilte an der anderen Seite des Bruches nach unten.

Wie vorhin, so musterte er auch jetzt mit suchenden Augen die gegenüberliegende Wand und blieb plötzlich überrascht und erschrocken stehen. Etwa in der Höhenmitte der Seitenwand hatte sich früher ein von Rissen umgebenes Felsstück abgelöst und war in die Tiefe gestürzt. So hatte sich eine Höhle gebildet, der vom Winde Same allerlei Unkrauts zugetragen worden war, das nun den Eingang fast verdeckte. Und dieses Gestrüpp, das seine Zweige hinaus ans Tageslicht drängte, war jetzt nach innen gebogen und bildete das Lager einer Frauengestalt, die reglos darauf niedergestreckt war, daß die Beine über den Grund der Höhle hinausragten und nur in den wenigen Dornenzweigen eine zweifelhafte Stütze fanden.

Es war die Polin.

Die Macht der Explosion hatte sie zur Seite geschleudert, und nur Gottes Hand war es gewesen, die den Sturz so leitete, daß er nicht in die Tiefe geführt hatte.

Ob sie tot, ob sie lebend war, Winter fragte nicht danach.

Seine Haare wollten sich emporsträuben bei dem Gedanken an die Gefährlichkeit ihrer Lage; denn bei der geringsten Bewegung mußte sie den Halt verlieren und unten auf den Felsentrümmern zerschmettert werden.

Von oben war die Höhle selbst mit einer Strickleiter nicht zugänglich, da der Rand des Bruches weit hervorragte; und von unten konnte sie wegen ihrer außerordentlichen Höhe auch durch zusammengebundene Leitern nicht erreicht werden. Es gab nur einen Weg zu ihr, und dieser eine Weg mußte sofort und ohne die mindeste Versäumnis betreten werden, wenn Hilfe überhaupt noch gebracht werden sollte und konnte.

Ohne zu beobachten, daß die Nähe des Abgrunds ihn selber gefährdete, rannte er in mächtigen Sätzen den steilen und glatten Pfad hinab.

Die Umstehenden sahen ihn kommen, schlossen aus der Eile, mit der er seinen Weg zurücklegte, daß er eine Entdeckung gemacht haben mußte, und drängten sich ihm entgegen.

„Wo ist der Herr Stadtrichter?“ rief er atemlos.

„Hier bin ich, Herr Winter. Was gibt's?“

„Herr Stadtrichter! Bitte gehen Sie so rasch wie möglich, aber ohne Begleitung dieser Leute hier, hinauf zu der Stelle, an der sich der Altan befunden hat! Gräßler und Thomas sind dort und werden Ihnen wichtige Spuren zeigen!“

Und sich zu den anderen wendend, fragte er:

„Gibt es hier in der Nähe vielleicht ein Seil oder so etwas Ähnliches?“

„Wir haben ein Seil unten in unserer Hütte“, antwortete einer der Steinbrecher, die mit herbeigetreten waren.

„Langt es bis hinauf an die Höhle dort?“

„Ja, es ist das große Windeseil."

„Bringen Sie es sofort! Und hier, Junge, hast du Geld und hol' von deinem Meister zwei Pack vom stärksten Bindfaden! Aber lauf' um Gottes Willen schnell: es gilt ein Menschenleben! In fünf Minuten mußt du wieder hier sein!"

Wie aus einer Pistole geschossen, flog der Seilerlehrling von dannen, und Winter erklärte nun den Umstehenden die Notwendigkeit, Seile und Bindfaden zu haben.

„Fräulein von Chlowicki ist bei der Explosion dort oben in die Höhle geschleudert worden. Der Zugang zu dieser Höhle ist nur dadurch möglich, daß man die Risse im Felsen zum Emporsteigen benutzt, das schwere Seil dann mittels des Bindfadens emporzieht und erst die Verunglückte und dann sich selbst daran herunterläßt."

Die Aufregung der Leute war groß. Rufe des Erstaunens und der Verwunderung über die glückliche Richtung des Falles mischten sich mit mißbilligenden Ausdrücken über die Art und Weise, wie Winter das Mädchen retten wollte.

Hunderterlei Meinungen wurden ausgesprochen; der Essenkehrer aber hörte gar nicht auf die Worte. Er musterte den Lauf der verschiedenen Risse und Klüftungen und schien endlich über den Weg, den er einzuschlagen hatte, mit sich einig zu sein.

Jetzt brachten auch mehrere Arbeiter das Seil, und gleich hinter ihnen kam der schnellfüßige Lehrling gesprungen und übergab Winter den verlangten Bindfaden.

„Nun paßt auf, ihr Leute! Ich steige hinauf, und wenn ich euch den Faden herablasse, so befestigt ihr das Seil daran. Das ist alles, was ihr zu tun habt."

Er steckte Hammer und Meißel zu sich, die er schon vorhin aus der Werkzeughütte geholt hatte, kletterte über die Steintrümmer hinüber zur Felswand und begann den gefahrvollen Aufstieg.

Der Felsen stieg fast senkrecht in die Höhe und zeigte sogar Stellen, wo er sich nach außen wölbte.

Hier war nicht nur ein sicheres Auge und ein mutiges Herz, sondern vor allen Dingen auch ein mit ungewöhnlicher Muskelkraft ausgerüsteter Körper notwendig. Denn beim geringsten Nachlassen der angespannten Muskeln wäre der verderbliche Sturz die augenblickliche Folge.

Mit dem Rücken nach außen, stemmte Winter Arme und Beine in einen Riß und arbeitete sich langsam und ruhig nach Schornsteinfegerart empor.

Die Augen der Umstehenden hingen mit Spannung an ihm. Ununterbrochene Zurufe ertönten, die ihn anfeuern oder auf eine schlimme Stelle aufmerksam machen sollten, und wenn er mit einer Hand oder mit einem Fuß festen Halt fand, um den Übergang aus einem Riß in den andern zu erzwingen, so konnte man die Herzen fast klopfen hören.

Und je weiter hinauf er kam, desto größer wurde auch die Gefahr.

Aber nicht ein einziges Mal griff oder stieg er fehl. Es war, als hätte er den Weg schon hundertmal zurückgelegt und sei mit jedem Fußbreit des Felsens vertraut.

*

Die Nachricht von dem Unglück, das die schöne Polin betroffen hatte, war mittlerweile durch die ganze Stadt gelaufen, und wer nur einigermaßen von zu Hause fort konnte, der eilte hinaus, um Augenzeuge sein zu können.

Auch Baron Säumen war sofort in die Wohnung der Frau von Chlowicki geeilt, hatte schleunigst anspannen lassen und fuhr mit Wandas Stiefmutter so weit heran, als es das Gelände erlaubte. Dann half er ihr aus dem Wagen und führte sie vollends hinauf bis in den obersten Bruch.

Kein Zug im Gesicht der kalten, strengen Dame verriet

eine Spur von innerer Aufregung, aber ein sorgfältiger Beobachter hätte hinter dem feuchten Glanz ihres Auges tiefe Angst bemerken können, die ihr gewöhnlich starres, jetzt aber durch die Unglückskunde zum Bewußtsein gekommenes Herz erfüllte.

Auf dem ganzen Weg hatte der Baron kein Wort gesprochen, aber als er jetzt den unerschrockenen Kletterer bemerkte, stieß er einen lauten Ruf der Verwunderung aus.

„Wer ist der Mann?" fragte er einen der Leute.

„Der Essenkehrermeister Winter."

„Ach der", dehnte er mit einem eigentümlichen Tone der Befriedigung. „Ich kann nichts dagegen haben, wenn er den Hals brechen will. Die Sache konnte anders und besser angegriffen werden!"

Thomas und Gräßler waren gerade wieder nach unten gekommen, und da sie eben an dem Sprecher vorübergingen, vernahmen beide die Worte.

Rasch drehte sich der Schmied um und schlug dem Baron die große, schwielige Hand derart auf die Schulter, daß der Herr von Säumen tief zusammenzuckte.

„Maul halten, Bruderherz! Wie so vieles andere, scheint der da droben ooch diese Sache besser zu verstehen als Sie. Eegentlich wär's Ihre Pflicht, sich da noff zu würgen, und ich kann mich nich genug wundern, daß Sie so ruhig hier stehen bleiben können. Also, Schatz, nehmen Se sich mit Redensarten in acht, wir sind heut' nich mehr im Tanzsaal!"

Säumen schien erst jetzt zu erkennen, was sein Verhältnis zu Wanda von ihm forderte. Rasch warf er den Mantel ab und trat einige Schritte vor.

„Bringt das Seil nach oben! Ich werde mich herablassen!"

„Das wird nich gehen!" entgegnete Thomas.

„Warum nicht?"

„Winter braucht es grade."

„Aber es gehört dahin, wo es am notwendigsten gebraucht wird!"

„Und das is gerade hier bei uns!"

„Mensch!" brauste der Baron auf. „Wissen Sie, mit wem Sie sprechen?"

„Noch nich so ganz genau, vielleicht aber erfahre ich's noch!"

Jetzt erscholl ein lauter, einstimmiger Ruf der Freude. Winter hatte die Höhle erreicht und war darin verschwunden. Man sah, wie das Mädchen behutsam zurückgezogen wurde, bis von ihr nichts mehr zu sehen war.

Die Spannung war so aufreibend und groß, daß selbst die Zuschauer einer Erholung bedurften, und die fanden sie dadurch, daß sie ihrer Beklemmung in lauten Ausbrüchen Luft machten.

„Nehmt doch Verstand an, Leute!" rief der Schmied in die schreiende Versammlung hinein. „Wenn der Winter uns was zurufen will, so hören wir mein' Seel keen' Wort dervon!"

Augenblicklich trat die gewünschte Stille ein, aber der erwartete Zuruf blieb aus.

Aller Augen hingen an der Mündung der Höhle. Da endlich bewegte sich oben das Gebüsch, und ein Kopf kam zum Vorschein.

„Nun ist er wieder haußen und wird die Schnüre runterlassen."

„Nee, das ist der Winter nich, das is alleweile die Polin selber. Potz Himmel und Wolken, is das een Mädel! Sie will sich de Passage erst selber ansehen. Die hat keene Spur von Schwindel im Blut. Aber sie is doch nich so ganz und gar billig weggekommen; seht ihr's, daß sie sich den Kopf verbunden hat?"

Jetzt zog sie sich wieder zurück, und kurze Zeit darauf vernahm man laute Hammerschläge.

Eine Weile, nachdem diese verklungen waren, rief Thomas:

„Guckt mal! Is das nich der Faden, der da runter kommt? Ja wirklich. Er hat eenen Stein dran gebunden, daß er nich fliegen soll. So, da haben wir ihn. Er is doppelt, und das is gescheit; er könnte sonst an den Steinen gescheuert werden. Gebt das Seil her, wir wollen es dranbinden!"

Es geschah, und bald darauf wurde es in die Höhe gezogen. Dann wurde oben in der Höhle das Gestrüpp ausgerissen und heruntergeworfen, und nun konnte man die beiden oben stehen sehen.

Wanda hatte ihr Kleid hosenartig zusammengeschlagen und ließ sich furchtlos am Rand der Steilwand nieder. Sie hatte sich das Seil um den Leib geschlungen und stand mit den Füßen in einer Schlinge, die ihr sicheren Halt gewährte. Die rechte Hand konnte sie zur notwendigen Abwehr gegen den Felsen gebrauchen.

Jetzt drehte sie sich gegen die Wand und schwebte im nächsten Augenblick frei in der Luft.

Winter stand mit vorgestemmtem Bein und zurückgebogenem Oberkörper am Eingang der Höhle und führte mit kräftiger Hand das Seil, an dem sie niederschwebte. Langsam und vorsichtig ließ er das Mädchen hinunter. Wanda half dabei jede Umdrehung zu vermeiden und wenn sich auch ihren Händen die Spuren der ungewohnten Berührung mit dem harten und scharfen Gestein einprägten, so kam sie doch nach kurzer Zeit sicher und wohlbehalten unten an, wo sie mit schallenden Jubelrufen empfangen wurde.

Sie aber wehrte die stürmischen Freudenbezeugungen von sich ab und wies, nachdem sie sich von den Schlingen befreit hatte, empor zur Höhe, wo Winter sich eben anschickte nachzufolgen. Zwar mußte er sich nach Bergsteigerart mit eigener Kraft abseilen, doch war das Niederturnen bei weitem nicht so gefahrvoll wie das Emporklimmen. So langte auch er unverletzt am sicheren Boden an. Fast freilich hätte er ihn nicht erreicht; denn kaum war er ihm nahe, so streckten sich auch Dutzende von Armen aus, ihn zu empfangen, und die stürmisch erregte Menge traf Anstalten, ihn auf die Schultern zu heben. Er aber machte sich mit einer energischen Bewegung frei und brach sich Bahn durch die Umstehenden, um zu Wanda zu gelangen.

„Sind Sie verletzt, Fräulein Wanda?"

„Ich danke, nein, nicht der Rede wert."

„So gestatten Sie mir den herzlichsten Glückwunsch! Für eine Dame war die Sache nicht ganz unbedenklich."

„Das schwache Geschlecht ist zuweilen weniger zaghaft, als das sogenannte starke. Ein Mann wirft den Mantel ab und hat damit seine Pflicht in ihrem ganzen Umfang erfüllt. Nicht wahr, Mama?"

Die alte Dame war mit dem Baron herzugetreten. Säumen merkte, daß diese Worte ihm galten.

„Du darfst nicht ungerecht sein, Wanda!" sagte Frau von Chlowicki verweisend. „Der Herr Baron kam erst, als alle Anstalten zu deiner Rettung bereits getroffen waren. Es war für ihn also zu spät, sich noch persönlich an dem Wagnis zu beteiligen."

„Herzlichen Dank für die freundliche Verteidigung, gnädige Frau. Ich wünsche nichts mehr, als daß es mir an Stelle eines Fremden vergönnt gewesen sein möchte, meiner Braut den Beweis zu liefern, daß ich in ihrem Dienst weder Gefahr noch Tod scheue."

„Davon bin ich überzeugt", entgegnete Wanda, und ihre Stimme hatte eine fast schneidende Schärfe. „Und hätte ich bisher an deinem Wagemut gezweifelt, so hat dieser unerwartete Fund mich eines Besseren belehrt."

Sie hielt ihm ein weißes Taschentuch entgegen, an dessen Stickerei er es sofort als das seinige erkannte.

Erbleichend streckte er die Hand danach aus, sie aber zog es rasch zurück.

„Du erlaubst mir wohl, dieses freundliche Andenken in meine eigene Verwahrung zu nehmen?"

„Ein so wertloser Gegenstand kann keinerlei Bedeutung für dich haben."

„Unter gewöhnlichen Umständen allerdings nicht. Der heutige Tag aber zeigt uns eine so ungewöhnliche Romantik, daß für mich selbst das sonst Wertloseste große Bedeutung enthält."

„So ein Unsinn! Wahrscheinlich habe ich das Tuch vor ein paar Tagen bei einem Spaziergang verloren."

„Möglich. Lassen wir das! Aber nun ist es jedenfalls deine Pflicht, dem Beispiel von Mama zu folgen und meinem Retter ein Wort der Anerkennung zu sagen."

Frau von Chlowicki hatte sich mit ungewöhnlicher Herzlichkeit dem Retter Wandas zugewandt. Aber obgleich dieser ihren überraschend wohlwollenden Äußerungen mit Aufmerksamkeit folgte und mit Gewandtheit auf ihre feinen Redewendungen einging, so war er doch der einzige, dem keine Silbe des Gesprächs zwischen den beiden Verlobten entgangen war. Diese traten jetzt näher, und der Baron versuchte, seinen Worten die größtmögliche Freundlichkeit zu geben.

„Herr Winter, ich ergreife mit Freuden die Gelegenheit, mich Ihnen zu nahen, um —"

„Herr Baron, ich ergreife mit Freuden die Gelegenheit, mich von Ihnen zu entfernen!"

Winter wandte sich von ihm ab. Unendliche Verachtung lag im Zucken seiner Augenwinkel und der nachlässigen Art und Weise, in der er über sein Bärtchen strich. Der Baronin gegenüber aber nahmen seine Züge sofort wieder den Ausdruck der Achtung an, als er sich von ihr verabschiedete.

„Gnädige Frau, ich kenne kein härteres Los, als nach einem Leben voller Entsagung und Enttäuschung weder Liebe noch Verständnis zu finden. Verzeihen Sie meine Indiskretion, die aus dem Bestreben entspringt, Ihnen meine Hochachtung zu beweisen."

Trotz der Zudringlichkeit, die zu jeder anderen Stunde in diesen Worten gelegen hätte, ging es wie eine tiefe, ungewohnte Rührung über ihr sonst so starres und hartes Gesicht, und man sah ihr an, daß sie ihm gern eine wohlwollende Antwort gegeben hätte.

Aber er hatte sich schon entfernt und ging auf Gräßler und Thomas zu, die ihn erwarteten. Plötzlich jedoch hielt er inne und bückte sich zu dem noch am Boden liegenden Mantel des Barons.

Mit sichtbarer Spannung richtete er das Auge auf die innere Seite des Kragens, wo ihm ein auffallendes Schildchen ins Auge gefallen war; gerade unter dem Henkel konnte er darauf in weißer Seidenstickerei die Worte „Jules Ragellet, Marchand Tailleur, Paris" lesen.

Kaum hatte er die Schrift überflogen, so richtete er sich mit gleichgültiger Miene wieder auf, aber diese Gleichgültigkeit war nur scheinbar.

Schon wollte er sich mit den beiden Freunden entfernen, da trat Wanda zu ihm hin.

„Herr Winter, Sie haben mir das Leben gerettet! Ich — ich darf Ihnen also nicht grollen ..."

„Eine von der Höflichkeit gebotene oder durch die Dankbarkeit erzwungene Verzeihung kann nur den Oberflächlichen befriedigen. Sie haben das Recht, mir zu zürnen, und ich bitte Sie, auf dieses Recht nicht zu verzichten. Ich bin nicht schwach genug, um vor einer bloßen Gesinnung zu zittern."

„Gut, so werde ich zürnen, bis Sie mich um Verzeihung bitten für ..."

„Das werde ich tun, sobald ich die Gewißheit habe, daß der Sünder nicht aus bloßer Dankbarkeit begnadigt wird", fiel Winter ihr ins Wort.

„Wenn die Verzeihung Ihnen überhaupt einmal wünschenswert sein könnte, so hätten Sie jetzt nicht ein so großes Verlangen nach meinem Zorn geäußert!"

„Der Zorn kann nicht größer sein als sein Anlaß, und dieser ist wohl nicht erschreckend gewichtig!"

„O doch! Oder soll ich gleichgültig dazu sein, daß Sie meine Schuld ohne meine Erlaubnis quitt gemacht haben, indem Sie sich nach Belieben ihren Lohn wählten und ihn in Empfang nahmen? Ohne meinen Willen und noch ehe Ihr Werk beendet war!"

„Ist's möglich, gnädiges Fräulein, Sie zürnen mir nicht meiner Schwachheit wegen, sondern deshalb, weil wir nun ‚quitt' sind?"

„Ich zürne!" erwiderte sie errötend und verabschiedete sich mit einer Handbewegung. „Über den wahren Grund dürfen Sie nachdenken."

Sie ging mit ihrer Mutter und dem Baron zum Wagen, während Winter zu Gräßler und Thomas zurücktrat.

„Was wird denn nun mit dem Seil, Emil?"

„Die Leute mögen es losreißen, das Seil wird mehr als die Schwere einiger Menschen nicht tragen."

„Na, das können se ooch ohne uns machen, Emil. — Da kommt der Stadtrichter und wirklich schon zwee Polizisten hinter ihm."

Der Richter trat zu den dreien und stellte seine Fragen besonders an Winter, der einen einfachen Bericht des Sachbefundes gab, ohne sich auf Schlüsse oder Verdachtserklärungen einzulassen.

Am Ende der Unterredung bat der Stadtrichter um Verschwiegenheit und erklärte, er werde die Sache sofort der Staatsanwaltschaft übergeben. Dann verabschiedete er sich von den drei Freunden.

„Da wird unser Spezial in eene schöne Patsche geraten. Habt ihr gesehn, wie bleich und übernächtigt der aussah? Ich möchte wetten, daß er nachts oder früh morgens das Sprengloch gebohrt und vorhin die Explosion ausgelöst hat. Ich werde mein möglichstes tun, ihn in Trab zu bringen", meinte der Schmied auf dem Heimweg.

„Man muß vorsichtig sein, Anton. Ich hüte mich stets vor einem voreiligen Urteil. Wir haben unsere Pflicht getan, das übrige ist nicht unsere Sache."

„Warum gucktest du denn seinen Mantel off so 'ne eigentümliche Weise an?"

„Der Name, der sich inwendig am Kragen befand, fiel mir auf."

„Ach so! Das is itzt neue Mode. Wenn een Schneider nur halbwege vierteljährlich drei alte Röcke zu wenden hat, so steppt er seinen Geburtsschein, sein Taufzeugnis und womöglich ooch noch seine Impflegitimation unter den Henkel, damit der Lumpensammler später sieht, wem er den Profit zu verdanken hat. — Aber, Emil, was ich dir sagen wollte, du bist wirklich een tüchtiger Kerl!"

„Warum?"

„Warum? Das brauch' ich dir wieder nich erst zu sagen. Hier is die Tür. Mach, daß du 'neinkommst, und ruhe dich gehörig aus. Es is mein' Seel' keen Spaß, nur immer so den Lebensretter zu spielen. Erst off dem Dachfirst und heute gar im Felsenbruch. Ich bin nur neugierig, wo's morgen werden wird; vielleicht droben auf'm Monde. Das halte der Deichsel aus, ich nich! Leb wohl, Emil! Komm', Heinrich, du gehst doch mit heeme?"

„Jawohl; 's wird endlich mal Zeit. Leb wohl, Emil!"

„Auf Wiedersehen!"

*

Winter trat in seine Stube, die er verlassen hatte, ohne zu ahnen, welche Bedeutung die nächsten Viertelstunden für ihn haben würden.

Aber er gönnte sich die nach der Aufregung und Anstrengung so notwendige Ruhe nicht, sondern kaum hatte er die schadhaft gewordene Kleidung mit einer anderen vertauscht, so öffnete er ein Fach seines Schreibpultes und zog ein Bündel Briefe hervor, woraus er einen entnahm und öffnete, um ihn aufmerksam zu lesen.

Den ersten Teil des Schreibens überflog er nur flüchtig, den letzten Zeilen aber schenkte er doppelte Aufmersamkeit. Sie lauteten:

... Du bist dort wenigstens Dein eigener Herr und Meister und brauchst Dich nicht mit Vorgesetzten herumzuärgern, denen Du nichts recht machen kannst. So aber geht es mir! Besonders mit Kommissar von Hagen, dem Neffen Eures Polizeirats dort. Er gönnt mir keinen Erfolg, der mir eine Beförderung einbringen könnte! Wenn mal ein nicht alltäglicher Fall zu bearbeiten ist, so läßt er mir bei meinen Ermittlungen niemals freie Hand und stellt mit hämischer Freude fest, wenn eine Spur, die ich verfolgt habe, im Sand verläuft. Ich glaube, wenn das so weitergeht, muß ich mal vierzehn Tage ausspannen, um meine innere Gelassenheit wiederzugewinnen. Denn gerade in letzter Zeit gerieten wir immer wieder aneinander.

Zum Beispiel hat man hier vor einigen Wochen die Leiche eines unbekannten Mannes aus dem Fluß geborgen. Sie war aufgedunsen, das Gesicht kaum noch zu erkennen, aber Würgemale am Hals deuteten einwandfrei auf einen gewaltsamen Tod hin. Die Taschen waren leer, keinerlei Ausweispapiere zu finden. Nur an der Innenseite seiner Jacke war unter dem Kragen ein Schildchen aus Seide eingenäht mit der Inschrift ‚Jules Ragellet, Marchand Tailleur, Paris'. Unter den Vermißtenmeldungen gab es keine, die auf ihn paßte. War der Mann ein Franzose? Ich setzte mich mit der Pariser Polizei in Verbindung, jedoch ohne Ergebnis. Die Kleiderfirma Ragellet brachte solche Schildchen in allen dort gefertigten Anzügen und Mänteln an und konnte nicht mehr feststellen, an welchen der zahllosen Kunden jener Rock verkauft worden war. Ich hatte das fast erwartet, aber mich verpflichtet gefühlt, der Spur nachzugehen. Hagen jedoch machte mir Vorwürfe, die kostbare Zeit mit aussichtslosen Nachforschungen zu vertrödeln; er meinte, der Tote sei sonstwo weit oberhalb der Stadt ins Wasser geworfen worden, vielleicht gar in Böhmen, nur nicht bei uns. Ich wiederum bin vom Gegenteil überzeugt, weil der Leichnam in einem Dornengestrüpp im Fluß verfangen war, wo er offenbar schon einige Tage hing, und weil anderseits der noch recht gute Zustand der Kleidung die Möglichkeit ausschloß, daß der Tote länger als eben nur einige Tage im Wasser lag. Aber Hagen blieb unbelehrbar. Der Fall galt für ihn als erledigt und wurde ad acta gelegt. Doch mir ließ es keine Ruhe. Wer war der Mörder? War er in der Residenz zu suchen? So fragte ich mich, aber dann vergaß ich die Geschichte, weil mich eine andere Sache beschäftigte, in der ich mit meinem Vorgesetzten erneut zusammenrasselte. Um das zu erklären, muß ich etwas ausholen.

Vor ein paar Jahren gab es in Paris eine internationale Falschmünzerbande, die ihre geschickt nachgeahmten Banknoten mit einer so raffinierten Umsicht zu verbreiten wußte, daß sich die gesamte Polizei lange Zeit vergeblich abmühte, die Täter zu erfassen und der gerechten Strafe zu überliefern. Aber endlich kam der Augenblick, in dem die Verbrecher, von ihren Erfolgen kühn gemacht, unvorsichtig wurden. Fast alle Mitglieder der Bande wurden gefangen und abgeurteilt. Nur der Anführer, ein Unbekannter, der unter falschem Namen in Paris gelebt hatte, konnte sich der Verhaftung entziehen; er erschoß den Beamten, der ihn festnehmen sollte, und entkam ins Ausland. Dem Lithographen, der die Platten angefertigt hatte, gelang es später auf ungeklärte Weise, aus der Haft im Bicêtre zu entspringen. Genau wie bei dem ‚Großen Unbekannten', wurde auch auf seine Ergreifung ein Preis ausgesetzt, und da er ein Deutscher war, fahndete man auch bei uns nach ihm.

Als frischgebackener Kriminalbeamter war ich wie alle Bürger des heiligen Polizeistaates erfüllt von dem Willen, alles zu wissen und zu können; da mir der Fall übertragen wurde, warf ich mich mit einem wahren Heißhunger auf ihn, um meine kriminalistischen Fähigkeiten zu beweisen. Ich träumte fast Tag und Nacht davon, wie ich des Verbrechers habhaft werden könnte. Anhand eines Fotos prägte ich mir sein Bild ein und gab mich der eitlen Hoffnung hin, er werde mir eines schönen Tages in die Arme laufen.

Wie gesagt, das war vor Jahren. Aber plötzlich wurden meine alten Träume wieder lebendig. Vor einiger Zeit tauchte hier in der Residenz Professor Morelly auf, ein französischer Aeronaut, um mit seinem Luftballon Schaufliegen zu veranstalten. Du wirst sicherlich schon von ihm gehört haben, denn er hat sich durch seine Flüge in Frankreich und England einen Namen gemacht. Natürlich gab es da für uns viel zu tun, und es konnte nicht anders sein, als daß der Mann auch mir einmal zu Gesicht kommen mußte. Bei seinem Anblick nun war es mir sofort, als hätte ich ihn irgendwo schon einmal gesehen. Ich sah nach und kam endlich zu der Überzeugung, daß er eine verblüffende Ähnlichkeit mit dem Lithographen hatte.

Ich holte mir die alten Akten mit dem Foto hervor und teilte meinen Verdacht meinem Vorgesetzten mit, wurde aber einfach von ihm ausgelacht. Die Papiere des Professors waren in Ordnung, und von Hagen befahl mir rundweg, Morelly nicht zu belästigen. Ich würde mich und ihn und unsere ganze Polizei nur blamieren. Als ich anregte, in Paris vorsichtig Erkundigungen einzuziehen, verbot er mir das; und was blieb mir anderes übrig, als mich zu fügen?

Wie mir bei diesem ständigen Ärger mit einem mißgünstigen Vorgesetzten manchmal zumute ist, kannst Du Dir denken. Aber Du kennst mich ja: kleinkriegen lasse ich mich nicht. Ich tue meine Pflicht und werde ja sehen, wessen Geduld am ausdauerndsten ist!

Es grüßt Dich herzlichst

Dein Bruder Hermann

Sinnend blickte Winter zum Fenster hinaus. Es war doch sonderbar. Als er vorhin im Felsenbruch zufällig im Mantel des Barons das Schildchen des Pariser Schneiders erblickte, da hatte er sofort an den letzten Brief seines Bruders denken müssen. Tatsächlich war der Name des Schneiders derselbe. War das nun ein Fingerzeig oder ein Zufall, der nichts zu bedeuten hatte? Ebenso nachdenklich stimmte ihn der Hinweis auf eine Falschmünzerbande im Brief des Bruders, nachdem sein Freund Heinrich Thomas vor anderthalb Stunden ebenfalls von offensichtlich derselben Bande gesprochen und Herrn von Säumen als Betrüger verdächtigt hatte und ihn sogar für das Oberhaupt der Bande hielt.

Winter hatte das für Hirngespinste des Freundes gehalten, obwohl auch ihm das „Ohrfeigengesicht" des Barons keineswegs sympathisch war. Aber inzwischen hatte sich etwas ereignet, das ihm den Baron nicht mehr nur als einen dünkelhaften, reichen Angeber erscheinen ließ: das Attentat auf Wanda. Es war zweifellos ein wohlüberlegter Mordanschlag gewesen, und wer von den Bewohnern des Städtchens könnte schon einen Grund haben, die schöne, allgemein beliebte Polin, so hinterhältig grausam zu Tode zu bringen? Es blieb nur der Baron übrig, der ein Motiv für solch eine Tat haben konnte.

Eines wußte Winter: Von Liebe zwischen Wanda und dem Baron konnte nicht die Rede sein. Beide hatten sich nicht aus Neigung verlobt, sondern aus Umständen, wie sie häufig zu einer Vernunftehe führen. Vielleicht erklärte sich daraus, warum von Säumen seine Braut hatte beseitigen wollen. Stimmte vielleicht der Verdacht des Buchbinders? Ahnte Wanda etwa, daß ihr Verlobter ein Betrüger war? Das wäre eine Erklärung für den Mordanschlag. Denn einem Verbrecher, der bereits einen Mord auf dem Gewissen hatte, kam es auf einen zweiten dann sicherlich auch nicht mehr an.

Winter kam der unbekannte Tote in den Sinn, von dem sein Bruder geschrieben hatte. Sollte das etwa der echte Baron von Säumen gewesen sein? Wenn ja, dann hatte sich der Mörder seiner Papiere bemächtigt und war in dem kleinen Städtchen als Baron von Säumen aufgetaucht, wo ihn niemand zuvor jemals gesehen hatte ... Der Zeit nach könnte das ungefähr stimmen! Und doch war das alles nur vage Spekulation und nur schwer zu beweisen.

Ein Klopfen an der Tür riß Winter aus seinen Gedanken. Seine Freunde Anton Gräßler und Heinrich Thomas traten polternd ins Zimmer.

„Das Neuste, Emil!" rief der Schmied und warf sich auf den nächsten Stuhl. „Unser Ohrfeigengesicht kann mit der Sprengung nichts zu tun haben! Der Säumling hat een faustdickes Alibi von unserm Herrn Polizeirat."

„Jawoll", fiel der Buchbinder ein. „Das Taschentuch, das man gefunden hat, is keen Beweis, weil man ihm glauben muß, daß ihm der Wind das Ding schon vor een paar Tagen fortgewedelt hat. Und die Fußtapfen off'm Berg sind ooch nich seine, denn er lebt off eenem viel größeren Fuß. Und er hat seit gestern abend bis heute früh sein Logis beim Herrn Polizeirat nich verlassen."

Gräßler nickte. „Ja, das bestätigt der Herr Polizeirat. Der hat mit dem Herrn Stadtrichter und dem Baron vom Abendbrot bis zum Morgenfrühstück eenen feuchtfröhlichen Dauerskat gekloppt. Sie saßen immer noch beim Spiel, als die Sprengung gekracht hat. Und der Sprengmeister sagt, die Sprenglöcher müssen in der Nacht oder am frühen Morgen gebohrt worden sein. Du siehst, Emil, keen Engel is so rein wie unser Säumling."

„Da bleibt als Täter nur der Fremde, den du heut früh im Steinbruch gesehen hast", meinte Thomas. „Aber der Halunke is natürlich jetzt schon längst über alle Berge. — Oder war's vielleicht doch nur ein Unfall?"

Winter schüttelte den Kopf.

„Ihr wißt doch, daß mein Bruder bei der Kriminalpolizei in der Residenz arbeitet. Ich werde euch jetzt mal seinen letzten Brief vorlesen, um eure Meinung dazu zu hören. Aber das muß streng vertraulich unter uns bleiben."

„Ehrenwort, Emil!“ beteuerten beide, und dann lauschten sie gespannt.

„Ihr seht, welche Schwierigkeiten sich Hermann entgegenstellen“, sagte Winter, nachdem er den Brief verlesen hatte. „Ihm fehlen die Hebel, die die Bevorzugten zum Zweck einer raschen Beförderung ansetzen können. Er ist nur auf seine Kraft und Geschicklichkeit angewiesen und hat unausgesetzt mit einem widrigen Schicksal zu ringen. Ich weiß zwar nicht, ob da wirklich Zusammenhänge sind . . .“

„Na, das versteht sich doch von selbst!“ fiel Thomas ihm ins Wort. „Der Tote, das is keen andrer als der richtige Baron, den der Säumling hier umgebracht hat. Und der is kein andrer als der Hauptmann der Bande in Paris, der sich dünnemachen konnte. Bei der adelsstolzen Frau von Chlowicki is er als der edle Baron Säumen aufgetreten und hat die Verlobung mit der reichen Erbin durchgesetzt. Aber die kluge Wanda hat gemerkt, daß mit dem Ohrfeigengesicht was nich stimmt; und darum wollte er sie aus dem Weg schaffen.“

„Aber er hat's ja nicht getan! Das habt ihr mir doch selber gerade gesagt!“ meinte Winter. „Die ganze Geschichte ist völlig verworren. Darum möchte ich meinen Bruder bitten, sich schnellstens Urlaub zu nehmen und hierher zu kommen. Wir stehen vor einer Aufgabe, an der wir nur herumraten können; er aber weiß als Kriminalist, wie man sie lösen muß. Vielleicht biete ich ihm sogar die ersehnte Gelegenheit, seine Befähigung zu beweisen.“

„Hast recht, Emil. Schreib dem Hermann sofort!“ stimmte Gräßler zu. „Der is een gescheiter Kerl, und sein Beruf is es, Gaunern hinter die Schliche zu kommen. Gott gebe, daß es ein Gelingen hat, und ihm Erfüllung seiner Wünsche bringt!“

Die beiden verabschiedeten sich; Emil Winter setzte sich hin und schrieb den Brief an seinen Bruder.

Auf der Fährte

Auf dem Hauptbahnhof stand der Zug nach Chemnitz und Glauchau abfahrtbereit. Es läutete zum drittenmal, und drei Schläge der Bahnsteigglocke gaben das Zeichen zum Schließen der Türen. Mit einem schrillen Pfiff fragte der Lokomotivführer an, ob er abdampfen könnte. Der Zugführer bejahte mit einem Signal, daß alles zur Abfahrt bereit sei, und nach einigen Schnaufern der Lokomotive setzte sich die lange Wagenreihe in Bewegung.

„Halt! Nok will auk ich mit!"

Mit diesem Ruf stürzte ein Fahrgast herbei, der sein Abteil Zweiter Klasse für einige Zeit verlassen hatte und es nun nicht mehr erreichen konnte, und lief neben dem Zug her. Ein Schaffner öffnete ihm die nächste Tür.

„Springen Sie da hinein!"

Der Mann folgte dem Rat, sprang auf und sah sich in dem Abteil, in dem es sich ein junger Mann bequem gemacht hatte; da er bis zum Augenblick allein war, hatte er sich auf der Holzbank lang ausgestreckt.

Die Tür schlug mit einem Knall zu, und der Zug setzte sich in Bewegung. Beim Anblick des Fremden fuhr der Daliegende überrascht in die Höhe.

„Fi donc!" schimpfte der Zugestiegene. „Hier ist nicht agréable! Mak Sie su der Fenster! Ich bin gesprung, daß Schweiß marschier über meine ganze Leib."

Der andere horchte bei diesen Worten auf, aber er überhörte sie scheinbar. Mit einem Lächeln ironischer Befriedigung legte er sich wieder nieder.

„Nun, was lieg Sie da und geb nicht Folge? Hab Sie nicht verstanden meine Befehl?"

„Hélas! Wo 'er 'ab Sie die Rekt, su geb mir eine Befehl?"

„Ah! Sie sein auk eine Franzos?"

Der Jüngere lachte.

„Bitte, bitte, Herr Professor, geben Sie sich doch nicht

die vergebliche Mühe, für einen Franzosen zu gelten! Das zieht bei mir nicht — Sie radebrechen ja Ihre Gallizismen mit wahrhaft halsbrecherischer Schülerhaftigkeit."

„Wie ... wieso?" stotterte der ‚Professor' Genannte verdutzt. „Vielmehr: Wie meinen Sie das?"

Der andere lachte noch lauter.

„Peinlich, nicht wahr? Aber ich will Ihnen diesen unangenehmen Augenblick durch ein Geständnis kürzen. Wir sind alte Bekannte, die sich nicht voreinander zu maskieren brauchen."

„Alte Bekannte? Woher denn?"

Der Professor setzte sich, während der junge Mann aufstand, um das Fenster zu schließen. Dann nahm er wieder Platz.

„Wir hatten vor einiger Zeit beide das Unglück, zwischen den Mauern des Bicêtre eingeschlossen zu sein. Was mich betrifft, so war ich allerdings nicht nach Paris gekommen, meine Wechselstudien in der Gefängniszelle zu beenden. Und auch Sie werden sich ungern jener unangenehmen Zeiten erinnern. Doch mußte ich diese Bemerkung machen, um Sie durch den Beweis unserer Bekanntschaft vor neuen grammatikalischen Schnitzern sicherzustellen."

„Im Bicêtre waren Sie?" Der Professor war so verdutzt, daß er fortfuhr: „Ich erinnere mich nicht, Sie gesehen zu haben."

Der junge Mann lächelte über dieses ungewollte Geständnis.

„Bei der großen Zahl der Gefangenen ist es dort sehr leicht möglich, ein Gesicht zu übersehen. Desto vertrauter freilich bin ich mit Ihren Verhältnissen."

„Was ich bezweifle."

„Ohne Grund. Ich war nämlich in der Schreibstube beschäftigt; dabei kamen mir Ihre Akten in die Hände. Die haben ein sehr lebhaftes Interesse bei mir gefunden, und als Sie dann so plötzlich ..."

„Halten Sie ein! Es ist nicht notwendig, von Dingen zu sprechen, die mich ganz und gar nichts angehen. Sie verkennen mich!"

„Wohl kaum, Herr Professor. Wen ich einmal gesehen habe, den erkenne ich noch nach Jahren sicher wieder! Und überdies sprechen Sie jetzt plötzlich ein sehr reines Deutsch — Beweis genug, daß Sie der nicht sind, für den Sie gelten wollen. Also erlauben Sie mir, meinen unterbrochenen Satz zu Ende zu führen?"

„Nein! Ich wünsche es nicht."

„Warum nicht? Wir sind hier ganz unter uns, und ich sehe nicht ein, warum zwei Männer, die gleiches Los getragen haben, sich scheuen sollten, von diesem Los zu sprechen. Also — als Sie dann so plötzlich über die Mauer hinweg verschwunden waren, bedauerte ich es sehr, nicht in nähere Verbindung mit Ihnen getreten zu sein. Ich konnte allerdings nicht wissen, daß wir die gleiche Absicht gehegt hatten, nämlich unsere Gefangenschaft auf eigene Faust abzukürzen. Glücklicherweise ist mir das ebensogut gelungen wie Ihnen, und ich wundre mich nur, daß Sie die Unvorsichtigkeit begehen und sich für einen Angehörigen der Grande Nation ausgeben."

„Das geschieht aus mehreren Rücksichten."

„Darf ich neugierig sein?" fragte der junge Mann und wieder blitzte es in seinen Augen auf. Enthielten doch die Worte des Professors erneut ein volles Zugeständnis.

„Erstens bin ich jetzt Aeronaut und vertrete die Meinung, daß ich als Professor und Mitglied der ‚Académie' mehr erreiche, als unter einem deutschen Namen."

„Und zweitens?"

„Und zweitens steht ohne Zweifel zu vermuten, daß man unter einem französischen Professor keinen deutschen Ausbrecher suchen wird."

„Sehr scharfsinnig. Nur sollten Sie besser vertraut mit den Eigentümlichkeiten eines von einem echten Franzosen gesprochenen Deutsch sein."

„Ich fühle diesen Mangel; aber es hat sich keine passende Gelegenheit gefunden, ihm abzuhelfen. Sie sprechen rein französich und kennen jene Eigentümlichkeiten sehr genau?"

„Sehr."

„Und es stimmt, daß auch Sie ausgebrochen sind?"

„Würde ich Ihnen sonst eine so gefährliche Mitteilung machen?"

„Wohl wahr. Aber woher kennen Sie meinen Namen? Sie nannten mich gleich bei meinem Eintritt Professor."

„Ich sah Sie vor ein paar Tagen und hörte dann von Ihren Schauflügen. Ich wollte Sie schon aufsuchen, aber nun hat uns der Zufall zusammengeführt!"

„Und Ihr Name?"

„Erlauben Sie mir, vorsichtig zu sein!"

„Hm. Wie Sie wollen. Aber Sie sehen doch ein, daß Sie mir gegenüber keinen Grund zum Mißtrauen haben."

„Ich stimme Ihnen bei, doch hat bei uns der Name ja nicht die Bedeutung, die er für andere besitzt. Wir wechseln ihn wie einen Rock."

„Zugestanden. Aber was sind Sie von Beruf?"

„Beruf? Alles und nichts, wie Sie wollen."

„Sie müssen doch aber irgendwie leben?"

„Ah bah! Ich bin ein guter Billardspieler."

„Das ist aber sehr problematisch! Ich würde zu einer besseren und möglichst gewinnbringenden Beschäftigung greifen."

„Wäre auch schon längst geschehen, wenn sich mir eine Gelegenheit geboten hätte. Ich habe leider nie dem Glück im Schoß gesessen."

„Hm!" Der Professor musterte sein Gegenüber mit einem nachdenklichen und vorsichtigen Blick. „Hm. Ich hätte etwas für Sie! Wenn ich nur wüßte . . ."

„Was?"

„Ich wollte sagen: Wenn ich nur wüßte, ob ich Ihnen wirklich trauen darf?"

„Sehr aufrichtig!“ lachte der andere. „Aber ich kann Ihnen nicht zürnen und darf Sie noch weniger tadeln.“

„Verstehen Sie doch! Ich weiß so wenig von Ihnen, und dieses wenige beschränkt sich nur auf das, was Sie selbst mir gesagt haben.“

„Bedenken Sie meine Lage! Habe ich Ihnen nicht genug oder gar schon zuviel gesagt? Zu näheren Einzelheiten könnte ich mich nur entschließen, wenn Sie mir verraten was Sie mir zu bieten haben.“

„Hm! Wenn Sie von der Residenz kommen, so werden Sie vielleicht erfahren haben, daß ich gezwungen bin, ohne Helfer zu arbeiten. Mein bisheriger Gehilfe ist mir nämlich leider weggelaufen, und nun brauche ich dringend einen Ersatzmann. Doch müßte er ein wenig gebildet sein.“

„Ich hab zwar nicht studiert, aber die höhere Schule besucht. Was hätte ich denn da bei Ihnen zu tun? Soll ich vielleicht mit Ihnen durch die Luft schweben? Ich weiß nicht, ob ich schwindelfrei bin. Ich muß gestehen, daß ich lieber mit beiden Beinen auf der Erde bleibe.“

„Sie sollen ja gar nicht mit mir aufsteigen. Ich muß mit den Plätzen in der Gondel geizen, denn die besten Einnahmen bringen mir die Fahrgäste, die versessen darauf sind, einmal eine Luftfahrt zu machen. Sie sollen mit der Sammelbüchse unter den Zuschauern umhergehen, wenn ich einen Flug veranstalte, und mir sonst bei allen anfallenden Arbeiten helfen: bei den Vorbereitungen eines Fluges, beim Ein- und Auspacken des Ballons auf den Reisen und so weiter.“

„Wenn's nur das ist! Solch eine Beschäftigung würde mir schon zusagen, und Sie werden mit mir zufrieden sein. Nur möchte ich noch wissen, wie es denn damit aussieht?“ Er rieb Daumen und Zeigefinger aneinander.

„Darüber werden wir uns schnell einigen, wenn wir uns erst näher kennengelernt haben. Hätten Sie also Lust zu einer solchen Stellung? Wollen Sie bei mir bleiben?“

„Ich sage ja."

„Topp! Schlagen Sie ein!"

„Hier meine Hand!"

Der Schaffner kam und kontrollierte die Fahrkarten. Er wollte den Professor bewegen, auf der nächsten Station in sein Abteil umzusteigen, aber Morelly winkte ab und blieb bei seinem neuen Gehilfen sitzen.

„Wie sind Sie eigentlich Luftschiffer geworden?" fragte dieser nach einer Weile den Professor.

„Nun, als ich damals Paris verlassen mußte, flüchtete ich nach England, wo ein — wo mein Bruder als Aeronaut lebte. Er weihte mich in die Kunst der Luftschifffahrt ein. Leider war er ziemlich krank und starb bald, aber er hinterließ mir seinen Ballon, seinen Namen und seine Papiere. Seitdem bin nun ich der berühmte Professor Morelly, und da er Franzose war —"

„Wie ist das möglich?" fiel der andere ungläubig ein. „Sie sind Deutscher, der Bruder aber Franzose?"

Der Professor blickte mit verhaltenem Unwillen auf. „Es war mein Halbbruder, verstehen Sie?" sagte er dann ärgerlich. „Darum muß nun auch ich reden, als sei ich Franzose . . ."

Der andere tat so, als glaube er diese plumpe Lüge, denn ihm entging nicht, wie mißtrauisch und lauernd ihn der Aeronaut musterte, wenn er sich unbeobachtet wähnte.

„Sie hatten mehr Glück als ich", meinte er dann mit einem Seufzer. Doch nun schien er alle Vorsicht zu vergessen und enthüllte offenherzig die eigene bewegte Vergangenheit — ein armseliges Gaunerleben.

„Da ich nun schon mal Ihr Gehilfe bin, möchte ich fragen, wann meine Arbeit bei Ihnen beginnen soll?" erkundigte er sich schließlich.

„Ich fahre jetzt nach Chemnitz", erklärte Morelly. „Dort will ich in den nächsten Tagen, sobald der Wind günstig ist, neue Ballonfahrten starten. Ich hoffe, gut zahlende Gäste zu bekommen. Näheres höre ich in Chemnitz. Am besten bleiben Sie gleich bei mir."

„Das geht leider nicht. Ich bin heute nachmittag in Glauchau verabredet. Doch ich kann morgen früh in Chemnitz sein. Wo erreiche ich Sie dort?"

„Ich steige im Hotel ‚Zum Goldenen Löwen' ab."

„Nun gut. Ich komme dort hin. Sie können sich darauf verlassen!"

Der Zug verlangsamte seine Fahrt. Chemnitz war erreicht. Mit einem eiligen Händedruck verabschiedete sich der Professor von seinem neuen Gehilfen und lief zu dem Abteil, wo sich sein Gepäck befand. Der junge Mann blickte ihm aus dem Fenster nach und sah, wie Morelly von einem großen, hageren Herrn begrüßt wurde. Die beiden gingen, von einem Gepäckträger gefolgt, gemeinsam weiter und verließen den Bahnsteig.

*

Emil Winter saß ungeduldig in seiner Wohnung. Die Arbeit war getan, und nun wartete er daheim auf eine Nachricht seines Bruders Hermann. Er konnte seine Unruhe nicht mehr bemeistern und stand auf, ging rastlos auf und ab und blieb schließlich am Fenster stehen. Und wirklich! Noch nicht lange hatte er dort verweilt, als draußen ein Mann vorbeischritt, in den Hausgang trat und anklopfte. Auf Emils „Herein!" öffnete sich die Tür, und auf der Schwelle stand — der Reisegefährte des ‚Professors'.

„Grüß dich Gott, Emil!" rief er und umarmte den Bruder. „Wie du siehst, bin ich deinem Ruf so schnell wie möglich gefolgt."

„Tausendmal willkommen, Hermann! Nimm Platz! Da steht Kaffee." Er schenkte ihm eine Tasse ein und fragte dabei: „Hast du Urlaub genommen, um unseren hiesigen ‚Fall' aufzuklären?"

„Um Himmelswillen! Nein! Ich hab' mir ein paar Tage Erholungsurlaub geben lassen."

„So. Um so mehr anzuerkennen, mein Lieber! — Wie war die Fahrt? Gut?"

„Sogar sehr gut!"

„Du strahlst ja geradezu?"

„Dafür hab ich wohl auch allen Grund. Hör zu!"

Hermann berichtete von seiner Begegnung in der Eisenbahn und schilderte ausführlich, wie er, ermutigt durch das lächerliche ‚französische' Deutsch des Professors, auf den Busch geklopft und Morelly ein Geständnis entlockt hatte.

„Nun bist du sein Gehilfe?" staunte der Essenkehrer, doch dann runzelte er die Stirn. „Nicht ganz ungefährlich!"

„Ich unterschätze die Gefahr nicht, zumal ich gewisse Blicke aufgefangen habe, die mir nichts Gutes versprachen. Doch ich kenne seinesgleichen und bin gewappnet. Hauptsache, er hält mich für einen Gauner, der die Polizei ebenso wie er zu fürchten hat."

„Könntest du den Kerl nicht festnehmen?"

„Ja. Aber dann würde sein Komplize gewarnt und uns womöglich durch die Lappen gehen. Natürlich gilt das nur, wenn meine Vermutung richtig ist: Ich bin nämlich überzeugt, daß dein Verdacht gegen euern Baron von Säumen nicht unbegründet ist, und möchte zwei Fliegen mit einer Klappe schlagen. Sag mal, wie sieht denn dieser Baron aus? Ist er groß und hager?"

„Ganz recht; und er hat ein richtiges Ohrfeigengesicht."

„Dann könnte er es gewesen sein, der den Professor heute in Chemnitz auf dem Bahnhof abgeholt hat. Damit wäre schon erwiesen, daß beide sich kennen. Na, als Gehilfe des Professors werde ich wohl bald dahinter kommen. Doch nun erzähl mir zuerst ausführlich, wieso unser Freund, der Buchbinder Thomas vermutet, daß dieser Baron Mitglied oder gar Anführer der Pariser Falschmünzerbande gewesen und nicht der echte Baron Säumen ist!“

„Soll ich den Heinrich holen, damit du ihn selber befragen kannst?“

„Nein, das hat noch Zeit. Ich darf hier keinesfalls gesehen werden, und sollte einer deiner Freunde jetzt zufällig zu Besuch kommen, so verrate ja niemandem, daß ich ‚Gehilfe‘ des Professors geworden bin.“

Emil versprach das und erzählte dann, was er von Thomas gehört hatte. Hermann lauschte aufmerksam dem Bericht über die Tatsachen wie auch über die Schlüsse, die man daraus gezogen hatte.

„In einem muß ich euch enttäuschen“, sagte er schließlich. „Der unbekannte Tote, den man aus der Elbe gezogen hat, war ein Mann zwischen fünfzig und sechzig Jahren. Er kann also nicht der echte Herr von Säumen gewesen sein, der wohl Mitte der Dreißig sein dürfte. Aber das spielt im Augenblick keine Rolle, ob euer Baron ein echter oder ein falscher Edelmann ist. Was ist denn inzwischen bei der Untersuchung des Sprengstoffanschlags auf die Polin bisher herausgekommen?“

„So gut wie gar nichts. Einen amtlichen Verdacht gegen Säumen hat es nie gegeben. Man hat es doch mit einem Baron zu tun, und so ein reicher Herr ist nur zu Gutem fähig. Zudem ist er Gast unseres Polizeirats, Grund genug, die Spur nicht zu verfolgen, obwohl der Anschlag einer Dame galt, die ebenfalls den höheren Ständen angehört. Offiziell wird die Sache als Unfall hingestellt, obwohl die Sprengung absichtlich erfolgt sein muß.“

„Hast du mit dem Stadtrichter darüber gesprochen?“

„Ja. Er meint, der Umstand, daß der Baron der Verlobte von Fräulein von Chlowicki sei, mache allein schon jeden Verdacht gegen ihn völlig widersinnig. Ich hielt es für überflüssige Mühe, ein Wort zu entgegnen, zumal ich deine Ankunft erwarten wollte. In deiner Hand ist diese Angelegenheit besser aufgehoben als bei der hiesigen Polizei."

„Du traust mir zuviel zu. Ich bin nur ein kleiner Beamter und darf nicht selbständig handeln. Zudem befinde ich mich hier auf einem Boden, wo ich keinerlei Macht oder Rechtsbefugnisse habe."

„Ja, was dann? Soll der Baron, wenn er wirklich, wie ich vermute, hinter dem Verbrechen steckt, straflos ausgehen?"

„Wir werden sehen. Ich befinde mich in meiner jetzigen Stellung in Dresden nicht wohl und werde um Versetzung einkommen, wenn nicht endlich meine längst fällige Beförderung durchkommt. Ich riskiere also wenig oder nichts, wenn ich hier eigenmächtig etwas unternehme. Gewinne ich, so werde ich befördert. Verliere ich, so bekomme ich einen Rüffel mehr."

„Wenn ich auch überzeugt bin, daß der Baron ein Verbrecher ist, möchte ich nicht, daß du Unannehmlichkeiten hast."

„Ich werde schon vorsichtig sein. Übrigens — warum setzt du dich eigentlich so warm für diese schöne Polin ein? Doch nicht nur, weil dir der Bräutigam so unsympathisch ist?"

„Aber nein! In erster Linie möchte ich natürlich verhüten, daß sie das Opfer eines Verbrechers wird ..."

„Hör mal, Bruderherz! Wenn meine Tätigkeit hier ein Erfolg sein soll, dann muß ich dein Verhältnis zu den einzelnen Personen schon genau kennenlernen. Also heraus mit der Sprache!"

„Da gibt es nichts zu sagen."

„Warum schlägst du denn bei meiner Aufforderung die Augen nieder? Nun mal ehrlich! Was ist zwischen dieser Wanda und dir?"

„Darüber bin ich mir selber noch zu sehr im Unklaren, als daß ich dir das erklären könnte."

„Diese Klarheit kommt sehr oft beim Sprechen. Mit

dem Schwert meiner Rede werde ich den Knoten zerschneiden, der deine Aufrichtigkeit fesselt."

„Laß den Unsinn!"

„Nein! Es ist meine Pflicht als Bruder, dir die Augen zu öffnen, um dich vor einem Übel zu bewahren, das dir droht. So leicht und kurz du in deinem Brief auch über den Gegenstand deiner Gefühle hinweggegangen bist, ich habe daraus entnommen, daß du einem Abgrund entgegenstrebst."

„Was meinst du damit?"

„Du liebst Wanda, und bei der Tiefe deines Wesens wird dich diese Liebe, die vergeblich und unerwidert sein muß, zugrunde richten."

„Weißt du das so genau?"

„Ja. Ich verstehe ein wenig von Psychologie und bin ein Mann, der seine Augen stets offen hat."

„Und wenn ich nun behaupte, daß diese Liebe nicht unerwidert ist?"

„Hast du Beweise?"

„Mehrere! Unter anderem den Zorn, den sie empfand, als sie droben in der Höhle gerade in dem Augenblick zu sich kam, als ich sie küßte."

„Das kann ebensogut das Gegenteil beweisen. Das Mädchen war doch bis vor kurzem in der Residenz, und da hab ich genug von ihren Extravaganzen gehört. Sie dürfte der Zuneigung eines Mannes von untergeordneter Stellung allerdings aus Abenteuerlust eine Weile ihre Aufmerksamkeit schenken, sie wird diese Liebe aber auch rücksichtslos in den Staub treten, sobald sie sich aus dem Bereich des Platonischen herauswagt."

„Hast du denn ähnliche Geschichten von ihr gehört?"

„Nein! Im Gegenteil ist bekannt, daß sie sich keinem Mann gegenüber auch nur das geringste vergeben hat. Sie wurde förmlich umschwärmt, selbst von den Angehörigen der Spitzen unserer Gesellschaft. Wie willst du als simpler Essenkehrer da Hoffnung haben?"

„Ich habe allen Respekt vor deinem Scharfblick, und wenn unsere Ansichten betreffs Wandas nicht gleich sind, so nur allein deshalb, weil du dieses begabte, aber etwas eigenwillige Mädchen nur aus der Ferne kennst und nach dem Hörensagen beurteilst."

„Aber sie ist verlobt!"

„Das beweist nichts über ihre Gefühle. Im Gegenteil habe ich wiederholt bemerkt, daß sie den Baron mit einer fast verächtlichen Abneigung behandelt. Es muß besondere Umstände geben, die ihr die Zustimmung abgenötigt haben."

„Das sind dunkle Punkte, die wir aufklären müssen. Für jetzt will ich mein Urteil zurücknehmen, aber ich bleibe bei meiner Ansicht, daß eine Ehe zwischen einem Essenkehrer und einem adligen Fräulein fast unter die Unmöglichkeiten gehört. Du bist mir doch wegen meiner Aufrichtigkeit nicht böse?"

„Ich halte diese Aufrichtigkeit einfach für deine Pflicht; aber du gibst mir doch recht, daß dieses Gesprächsthema recht unerquicklich ist. Ich bin in der Schule des Lebens fest und sicher geworden und gebe mich keinerlei Illusion hin. Ein Menschenkind ist nie nach der Stelle, an der es geboren wurde, sondern nach der, die es durch eigene Anstrengung und inneren Wert errungen hat, zu schätzen, und das Mädchen, von dem wir sprechen, hat noch keinen einzigen selbständigen Schritt getan, der irgendwelchen Wert für meine Beurteilung hätte. Sie steht keineswegs unerreichbar da."

„Du sprichst allerdings sehr nüchtern."

„Der Verstand darf keine Luftschlösser bauen, die Liebe aber lehrt mich hoffen, daß Wanda ein Charakter ist. Zum Hinabsteigen ist mehr moralischer Mut erforderlich als zum Emporklimmen, und die Zukunft wird zeigen, ob mein Glaube richtig gewesen ist!"

„Gewiß: Erst die Zukunft wird es zeigen! Bleiben wir darum jetzt bei der Gegenwart! Wie stehen die Dinge?

Deine Wanda wurde beinahe das Opfer von — ja, wovon? Einer Sprengung im Steinbruch? Einer Felslawine, die sich zufällig löste? Du hast mir berichtet, daß ihr alle den Klang einer Detonation hörtet. Setzen wir den Fall, es war wirklich eine Sprengung. Kann ein unglückseliger —"

„Aber Hermann! Im obersten Steinbruch? Wo seit Jahren —"

„Ich weiß, Emil! Ein Zufall schaltet aus — sofern es eine Sprengung war. Im obersten Steinbruch herrscht in dieser Hinsicht Ruhe seit Jahrzehnten. Also: Wenn es eine Sprengung war, dann war es auch ein Attentat. Und dieser Anschlag kann nur Wanda von Chlowicki gegolten haben, dem einzigen Menschen, der regelmäßig dahinaufging, wie du sagst. Für den Fall eines Verbrechens also: Wer könnte ein Motiv haben, Wanda zu beseitigen? Niemand, sagst du, außer jenem famosen Herrn von Säumen. Nehmen wir an, dein Verdacht wäre gerechtfertigt. Dann scheidet von Säumen trotz allem als Täter aus, weil er ein Alibi hat."

„Könnte nicht ein anderer in seinem Auftrag ..."

„Eben das überlege ich gerade. Wenn der Baron Grund hat, Wanda zu töten — wer hat es dann wirklich getan? Und hier ergibt sich eine erstaunliche Kombination. Ich weiß, daß dieser ‚Professor Morelly' in Wahrheit der gesuchte Lithograph von der Pariser Falschmünzerbande ist, nur — ich kann es noch nicht vor Gericht beweisen. Du und deine Freunde argwöhnen, Baron Eginhardt könne der Chef jener Geldfälscher in Paris gewesen sein. Sofern das stimmt, — dann allerdings hätten wir einen Täter für die Mordsprengung im Steinbruch: Morelly im Auftrag des Barons! Und in diesem Fall, den wir allerdings noch nicht als absolut sicher annehmen können, wäre zu befürchten, daß der Baron eine Wiederholung des mißglückten Attentats anstrebt ..."

„Um Gotteswillen! Du meinst?"

„Natürlich! Aber nimm diese Dinge nicht gar zu tragisch, denn alle unsere Überlegungen bauen zunächst nur auf Vermutungen. Und außerdem bin ich ja nun der ‚Gehilfe' des Aeronauten ... Ich werde selbstverständlich fortan den Herrn Morelly gerade in dieser Hinsicht besonders genau beobachten. Und du tätest gut daran, dein Augenmerk insbesondere auf den Herrn Baron zu richten. Wenn auch alle diese Überlegungen nicht unbedingt richtig sein müssen — besser ist besser!"

„Hermann! Ich habe Angst um Wanda! Hilf mir! Dieser Säumen — glaubst du nicht doch, daß er ein falscher Baron sein könnte? Bedenke: die Wasserleiche bei euch im Fluß! Das gleiche Firmenschild, ‚Ragellet' am Kragen! Hier muß doch —"

„Nein. Hier kann, aber hier muß nicht! Wenn man sich auf solche Indizien verlassen würde, dann gäbe es bald nur noch Verdächtige ... Ich habe die Leiche selber gesehen. Der Mann muß wirklich um die Fünfzig gewesen — Halt! Die Einlassungen des Professors über seinen echten Vorgänger waren so unglaubwürdig. Was hältst du davon: Die Leiche im Fluß könnte der echte Aeronaut gewesen sein, und unser jetziger Morelly wäre dann sein früherer Gehilfe, der einfach weggelaufen sein soll! Der Falschmünzer im Zug erzählte nebenher, daß er lange Zeit Assistent des richtigen Professors gewesen sei. Also hatte er Zeit genug, die Praxis des Ballonfahrens zu erlernen. Der richtige Morelly war Franzose; warum soll er sich nicht auch seine Mäntel und Anzüge in Paris bei Ragellet haben schneidern lassen? Du, ich glaube, ich habe die Lösung gefunden! Ja, so muß es gewesen sein!"

„Du magst recht haben. Aber — verzeih' mir — das alles kümmert mich jetzt wenig. Was können wir für Wanda tun?"

„Wie ich sagte: abwarten und beobachten. Eine Gefahr, die man erkannt hat, ist nur noch halb so schlimm! Noch wissen wir gar nichts, und alles kann ganz anders kommen, als wir vermuten. Also Augen auf! Beobachte alles, was du kannst, und gib mir Bescheid! Wann können wir uns wieder sprechen?"

„Das ist nicht schwer. Übermorgen nachmittag muß ich nach Chemnitz fahren. Dort findet ein Wohltätigkeitskonzert zugunsten von Waisenkindern statt, und unser Verein hat dafür eine ganze Anzahl Karten verkauft. Genauso sollen in ein paar Tagen auch Karten für unser hiesiges Sängerfest in Chemnitz ausgegeben werden."

„Na, wunderbar! Dann werde ich also bestimmt übermorgen in Chemnitz Gelegenheit finden, dich bei diesem Konzert zu treffen. Nur ruhig Blut, mein Kleiner! Verlaß dich auf deinen großen Bruder! — Und jetzt: Leb wohl! — bleib hier! Zum Bahnhof finde ich auch allein! Auf Wiedersehen!"

Hermann nahm Hut und Mantel, drückte dem Bruder die Hand und ging.

*

Es war noch früh am Abend, als Hermann Winter das Hotel „Zum Goldenen Löwen" in Chemnitz betrat. Beim Portier erkundigte er sich nach Professor Morelly und erfuhr, daß dieser im zweiten Stock wohne und mit einem Besucher nach oben gegangen wäre. Winter nahm sich ein Zimmer im selben Stockwerk, trug sich ins Gästebuch ein und stieg, da der Hausdiener nicht erreichbar war, allein mit seinem Handköfferchen die Treppen hinauf.

Der Flur oben lag still und leer vor ihm. Er schaute nach den Nummern über den Türen und blieb vor dem Zimmer des Professors stehen. Schon wollte er anklopfen, doch er besann sich rechtzeitig, beugte sich nieder und lauschte am Schlüsselloch. Im Zimmer wurde gesprochen, aber zunächst verstand er kaum ein Wort. Geduldig wartete er, immer auf dem Sprung, sich beim geringsten Geräusch auf dem Flur sofort aufrichten zu können, und plötzlich drang deutlich voll ironischer Schärfe die Stimme des Professors an sein Ohr.

„Mein Lieber, wie oft willst du mir nun noch erzählen, daß du deine sämtlichen Güter verpfändet hast und bis an den Hals in Schulden steckst? Immerhin bist du ein hochwohlgeborener Herr, zur Zeit sogar Gast eines Polizeirats, und ich bin nur ein armer Teufel, der sich von der Schaulust der Menge ernähren muß. Also zum letztenmal: Ich will Geld sehen!"

„Du hättest schon längst welches bekommen, wenn die Sache im Steinbruch nicht schiefgegangen wäre!"

„Das lag doch nicht an mir! Wer sollte das voraussehen! Aber nun kommst du ohne Geld und verlangst sogar, daß ich meinen Kopf zum zweitenmal riskiere, während du wieder hübsch sicher im Hintergrund bleibst. Vertrag dich doch mit dem Mädchen und heirate sie; dann hast du Geld!"

„Da kennst du diese Polin schlecht. Das ist keine dumme Gans, die man mit süßen Worten einfangen kann. Ich bin schon froh, daß sie die Lösung unserer Verlobung aus gesellschaftlichen Rücksichten noch nicht an die große Glocke gehängt hat. Aber das kann täglich geschehen, und darum müssen wir rasch handeln."

„Daß ein Ehemann seine Frau beerbt, die er umgebracht hat, soll schon öfters vorgekommen sein. Aber daß du als Bräutigam so ohne weiteres deine Braut beerbst, wenn sie stirbt, das nehme ich dir nicht ab."

„Es ist aber so! ‚Wenn Wanda von Chlowicki stirbt, ist Baron Eginhardt ihr Erbe.' So steht's im Testament ihres Vaters."

„Das mußt du mir schon näher erklären, oder ich mache nicht mehr mit."

Eine Weile war es still im Zimmer. Winter tat der Rücken weh, er streckte sich. Aber dann legte er das Ohr wieder ans Schlüsselloch. Er mußte sich anstrengen, um die Worte des Barons zu verstehen.

„Mein Großvater und der Großvater dieser Polin besaßen Rittergüter mit Tausenden Morgen Land. Um irgendwelche Besitzrechte kam es zwischen ihnen zu einem Prozeß, der sich jahrelang hinzog und schließlich von Chlowicki gewonnen wurde. Nach seinem Tod aber fanden sich bei ihm Papiere, denen der Sohn entnahm, daß sein Vater im Unrecht gewesen war und seinen Sieg mit zweifelhaften Mitteln errungen hatte. Er trat an meinen Großvater heran, um ihm Genugtuung zu geben, aber der überlebte seinen Gegner nicht lange, und mein Vater trat an seine Stelle. Henryk von Chlowicki, Wandas Vater, war ein wahrer Edelmann . . . .“

„Also das Gegenteil von dir“, warf Morelly spöttisch ein.

„Halt's Maul! Mein Vater war tief gerührt von dem Verhalten Chlowickis und weigerte sich, eine Wiedergutmachung anzunehmen. Die beiden wurden richtige Freunde und verhandelten jahrelang hin und her, bis sie endlich zu der romantischen Vereinbarung kamen, Wanda und mich, ihre einzigen Kinder, zur gegebenen Zeit miteinander zu verloben und damit die Sache aus der Welt zu schaffen. Sie nahmen sogar in ihrem Testament eine Bestimmung auf, daß der Überlebende Erbe des Vermögens des andern sein sollte, falls einer der beiden Verlobten vor der Hochzeit sterben würde.“

„Ah!“ dehnte der Professor. „Ich begreife. Als braver Sohn fügtest du dich gehorsam dem letzten Wunsch deines Vaters.“

„Ich erfuhr erst nach dem Tod meines Alten von diesem verrückten Übereinkommen. Damals schwamm ich in Geld. Das Mädchen ist fast fünfzehn Jahre jünger als ich, ich amüsierte mich im Ausland und dachte nicht an die Chlowickis. Erst vor ein paar Wochen, als mir meine Gläubiger immer lästiger wurden, entsann ich mich ihrer und klopfte bei ihnen an, sozusagen als verlorener Sohn, der nach langen Reisen im Ausland in die Heimat zurückgefunden hatte."

„Und da ist dir das Mädchen gleich um den Hals gefallen?"

„Keineswegs! Sie ist verflixt hübsch, hat aber ihren eigenen Kopf. Daß es überhaupt zur Verlobung kam, hab' ich nur ihrer Pflegemutter zu verdanken. Die wirkliche Mutter ist schon bald nach Wandas Geburt gestorben, und der Vater heiratete später ihre Erzieherin, eine Bürgerliche, die — wie das häufig so ist — noch adelsstolzer und unnahbarer wurde als viele, die im noch unentdeckten Sternbild des Wappens geboren werden. Diese Dame reagierte entsprechend auf meinen Namen Baron Säumen: sie empfing mich mit offenen Armen. Sofort kam sie auf das alte Familienabkommen zu sprechen und setzte dem Mädchen so lange zu, bis Wanda nachgab und in die Verlobung einwilligte."

„Aha! Inzwischen hat sie erkannt, was für ein Edelmann du bist, und will dir den Laufpaß geben. Und damit du sie beerben kannst, soll sie nun — das Zeitliche segnen."

„Ja, du kennst jetzt den Weg, den ich notgedrungen einschlagen muß. Willst du mir noch einmal behilflich sein?"

„Wieviel bietest du mir?"

Hermann Winter fuhr ärgerlich empor, denn er hörte Schritte auf der Treppe. Vorsichtig nahm er seinen Handkoffer auf, lief zu seinem Zimmer, das einige Türen weiter lag, und schloß auf. Ein Hotelgast bog in den Flur ein und kam ihn entlang. Durch den Türspalt beobachtete Winter, wie er in einem Zimmer am Ende des Gangs verschwand. Als er hörte, daß der Gast die Tür hinter sich verschloß, war die Luft wieder rein. Winter ließ seinen Koffer im Zimmer stehen und huschte auf den Flur hinaus, der still und verlassen dalag wie zuvor. Wieder beugte er sich zum Schlüsselloch hinab.

„Soll das eine Drohung sein?“ vernahm er die Stimme des Barons.

„Wie du's nimmst“, erwiderte Morelly gelassen.

„Pah! Ich fürchte mich nicht. Vergiß nicht die unbekannte Wasserleiche, über deren Identität ich der Polizei einen Wink geben könnte. Du bist genauso in meiner Hand, wie ich in deiner. Wie ich dich aber kenne, wirst du immer wieder versuchen, mich zu erpressen. Darum muß ich die Gewißheit haben, daß ich dich für immer loswerde.“

„Und wie willst du dir diese Sicherheit verschaffen?“

„Dadurch, daß ich dir einen Wechsel gebe, der auf eine Bank in Amerika oder Australien lautet. Den kannst du dort einlösen.“

„Einverstanden!“ Der Professor lachte. „Doch die Summe muß so hoch sein, daß sich das Auswandern lohnt.“

„Natürlich! Ich gebe dir dreitausend Taler.“

„Einverstanden! Du meinst damit doch das Reisegeld als Abschlagszahlung, und den Rest erhalte ich in Sidney oder New Orleans . . .“

„Wo denkst du hin? Dreitausend Taler sind ein Kapital!“

„Aber höchst unzulänglich! Und glaubst du wirklich, mich auf diese Weise für immer loszuwerden? Ich könnte zum Beispiel den Wechsel verkaufen oder nach seiner Einlösung wiederkommen; ich könnte auch — naja. Also: Deine einzige Sicherheit liegt in einer anständigen Abfindungssumme.“

„Hm. Wieviel verlangst du?“

„Zahl' mir zehntausend, und du wirst nie wieder etwas von mir hören oder sehen!“

„Kerl, du bist wahnsinnig!“

„Zehntausend sind wenig genug im Verhältnis zu dem, was du gewinnst. Doch lassen wir's dabei! Allerdings unter der Bedingung, daß du sofort nach Regelung der Erbschaft bar zahlst."

„Gut! Aber nur wenn du dann verschwindest und dich nie wieder bei mir blicken läßt!"

„Zugestanden! Erklär mir nun ..."

Der Lauscher hörte wiederum Schritte auf der Treppe und mußte seinen Platz verlassen. Durch den Türspalt sah er ein Zimmermädchen am Treppenabsatz erscheinen. Winter verwünschte die unwillkommene Pause, als er bemerkte, daß das Mädchen begann, den Flur zu fegen. Sie nahm ihre Arbeit allerdings nicht allzu schwer. Immerhin vergingen zehn Minuten, bis Winter wagte, sein Ohr wieder an das Schlüsselloch zu legen.

„Und du meinst, das wird klappen?" hörte er den Professor fragen.

„Hab keine Sorge! Ich kenne Wanda zu gut, um nicht zu wissen, daß —"

„Wenn du deiner Sache so sicher bist, so wirst du mir wohl nicht verdenken, wenn ich auch in bezug auf mich Gewißheit haben möchte. Dort steht Schreibgerät. Bring' unser Übereinkommen zu Papier!"

„Zu Papier? Du bist wohl verrückt?"

„Grad weil ich sehr bei Sinnen bin, wünsche ich das. Ich bin zu oft damit hereingefallen, daß ich auf ein mündliches Versprechen hin etwas gemacht habe. Daraus lernte ich vorsichtig zu sein. Ein Schriftstück von deiner Hand, das in klaren Worten Arbeit und Lohn feststellt, wird mir die Gewähr geben, daß du auch zahlst, wenn du Geld hast. Andernfalls unternehme ich nichts!"

„Du verlangst etwas, das uns beide in größte Gefahr bringen kann!"

„Wieso? Wenn du dein Wort halten willst, kannst du mir das doch schriftlich geben. Also schreib schon!"

„Das tue ich nicht. Du bist nicht klug."

„Und du unehrlich. Vielleicht kommst du einmal in die Lage, daß auch andere dir das sagen."

„Du drohst schon wieder!"

„Nein, ich nehme nur meinen Vorteil wahr, bevor es zu spät ist. Doch will ich dich nicht drängen. Überleg' dir meinen Wunsch und gib mir bald Bescheid. Jetzt aber genug! Ich hab' Hunger und erwarte, von dir zu einem opulenten Abendessen eingeladen zu werden."

Winter beeilte sich, in sein Zimmer zu kommen. Er hörte, daß bald darauf draußen eine Tür klappte und verschlossen wurde. Schritte entfernten sich zur Treppe. Er seufzte und setzte sich an den Tisch, um nachzudenken.

Was er da erlauscht hatte, erfüllte ihn mit ernstester Besorgnis. Entgegen den Vermutungen des Bruders und seiner Freunde war der Baron unzweifelhaft der echte Herr von Säumen, und der Leichenfund in der Elbe hatte nichts mit ihm zu tun. Der Professor wiederum hatte sich in der Eisenbahn als der entflohene Lithograph zu erkennen gegeben, und es war noch festzustellen, wie er es zum Aeronauten gebracht hatte, denn seine Angabe, daß er nur die Stelle seines Stiefbruders eingenommen hätte, war unglaubwürdig. Die beiden kannten sich von Paris her, und höchstwahrscheinlich war der Baron der ehemalige Chef der Falschmünzerbande, der sich mit Waffengewalt der Polizei hatte entziehen können.

Irgendwie hatten sich die beiden Gauner wiedergefunden. Der Sprengstoffanschlag im Felsenbruch war ihr Werk. Das Motiv dafür war klar: der Baron wollte seine Braut beseitigen, um das Vermögen der Chlowickis erben zu können. Die beiden planten nun einen zweiten Mordanschlag auf die Polin. Doch das Wichtigste, wie dieses neue Verbrechen durchgeführt werden sollte, hatte Hermann Winter leider nicht zu hören bekommen. Immerhin bestand so lange keine unmittelbare Gefahr für die Polin, wie die beiden Schurken sich über ihre Bedingungen nicht einig waren.

Der Kriminalbeamte überlegte hin und her. Gegen die beiden Verbrecher lagen bisher keine objektiven Beweise vor. Er konnte gegen sie nur vorbringen, was er an der Tür erlauscht hatte, und das würden sie natürlich als mißverstanden oder erlogen abstreiten. Nein, er mußte die Verbrecher überführen, und als ‚Gehilfe' des Professors hoffte er, binnen kurzem hinter ihr Vorhaben zu kommen und es dann rechtzeitig vereiteln zu können.

Er fühlte sich jedoch verpflichtet, seiner Behörde Mitteilung zu machen, und so entschloß er sich, in aller Kürze zu berichten, daß er durch Zufall den langgesuchten Falschmünzern auf die Spur gekommen sei, daß ‚Professor Morelly' ihm gegenüber zugegeben habe, der Lithograph der Pariser Bande gewesen zu sein, und daß Eginhardt von Säumen offenbar deren Chef gewesen sei. Zum Schluß stellte Winter anheim, vorsorglich bei der Staatsanwaltschaft Haftbefehl gegen beide zu beantragen.

Mit diesem Brief ging er eine Stunde später zum Bahnhof und warf ihn in den Postkasten.

*

Am späten Vormittag des übernächsten Tages saß der pensionierte Polizeirat von Hagen an seinem Schreibtisch und drehte sich unwillig um, als auf der Diele rasche Schritte laut wurden und unangemeldet jemand in sein Arbeitszimmer trat.

„Guten Tag, Onkel!"

„Ah, du bist's, Walter! Sei mir herzlich willkommen!" Er stand auf und gab dem Neffen die Hand. „Was führt dich denn so überraschend ins Haus deines alten Onkels? Leg' ab und mach's dir bequem! Selten genug läßt du dich ja bei mir sehen . . ."

„Du bist ungerecht gegen mich, Onkel", verteidigte sich Kommissar von Hagen, nachdem beide Platz genommen hatten. „Du weißt doch selbst, wie der Dienst unsereinen Tag und Nacht beansprucht. Was mich hierher führt, ist in erster Linie eine dienstliche Angelegenheit, und so kann ich das Einholen einiger Auskünfte mit der Freude des Wiedersehens verbinden."

„Von mir möchtest du Auskünfte haben? Da bin ich aber neugierig! Komm' nur gleich zur Sache!"

„Du kennst doch die Chlowickis, die vor einiger Zeit aus der Residenz hierher verzogen sind?"

„Natürlich! Ich gehöre sogar zu den wenigen im Städtchen, mit denen die alte Dame in freundschaftlichem Verkehr steht. Die Tochter ist zwar ein Wildfang, aber ein allerliebstes Ding, dem niemand böse sein kann."

„Ich sah sie öfters in der Residenz, hatte aber leider nie Gelegenheit, ihre Bekanntschaft zu machen. Sie ist neuerdings verlobt mit einem Baron Säumen?"

„Ja, ich hab' ihm — Frau von Chlowicki zu Gefallen — hier bei mir oben im Haus ein Gastzimmer zur Verfügung gestellt."

„Dann kennst du ihn also gut."

„Wir tauschen über dies und das unsere Meinungen aus und spielen dann und wann einen Skat mit dem Stadtrichter. Aber damit hat's sich auch. Sehr sympathisch ist er mir, offen gestanden, nicht; er ist mir zu undurchsichtig und zu aalglatt ..."

„Und in so was hat sich die schöne Wanda verliebt?"

„Darüber hab' ich mich auch gewundert, zumal er gut ein Dutzend Jahre älter ist als sie. Die alte Dame hat mir dann aber vertraulich mitgeteilt, warum die beiden heiraten."

„Du mußt mir sagen, was du weißt! Ich fürchte nämlich, dieser Herr Baron hat keine ganz weiße Weste, und möchte das Mädchen vor einem Unglück bewahren."

„Wenn das so ist, begehe ich wohl keinen Vertrauensbruch, wenn ich dir unter dem Siegel der Verschwiegenheit mitteile, daß diese Verlobung nicht aus Liebe geschlossen wurde. Die Väter Wandas und Eginhardts, die beide längst nicht mehr leben, haben einen alten Streit der beiden Familien dadurch begraben, daß sie übereinkamen, ihre beiden einzigen Kinder miteinander zu verheiraten."

„Ohne zu bedenken, daß diese damit unglücklich werden könnten?"

Der Polizeirat zuckte mit den Achseln.

„Wie viele Ehen werden ohne Liebe aus anderen Rücksichten geschlossen? Jedenfalls enthalten die Testamente beider Väter Bestimmungen für den Fall, daß die Kinder ihren Letzten Wunsch nicht erfüllen. Wenn Wanda sich weigert, Eginhardt zu heiraten, so fällt diesem die Hälfte ihres Erbes zu; und wenn der Baron das Mädchen nicht heiraten will, verzichtet er damit auf diesen Anteil an ihrem Erbe."

„Und wenn einer von beiden vor der Hochzeit stirbt?"

„Dann fällt sein gesamtes Vermögen an den andern. Beide sind nämlich die letzten und einzigen Sprossen ihres Geschlechts."

„Hm! Diese Verlobung ist also alles andere als eine Herzensangelegenheit!" Der Neffe dachte eine Weile über das nach, was er von seinem Onkel da gehört hatte; dann fragte er: „Vor ein paar Tagen wurde auf das Mädchen ein Sprengstoffanschlag verübt?"

„Woher weißt du das?"

Der Kommissar lächelte.

„Einer meiner Beamten erfuhr es von seinem Bruder, der hier wohnt. Wir bekamen gestern einen Bericht von ihm aus Chemnitz, wo er vermeintlich auf die Spuren zweier langgesuchter Verbrecher gestoßen ist. Dieser Brief ist der Anlaß zu meiner Reise, denn jener junge Mann ist mir allzu klug und zu ehrgeizig. Doch das nur nebenbei. Was hat denn die hiesige Polizei in der Sprengstoffgeschichte ermittelt?"

„So gut wie nichts. Man glaubt an einen Unfall."

„Soso! Wollen sehn! Die erste Frage ist doch immer die nach dem Motiv einer Tat. Nach dem, was du mir da eben erzählt hast, hätte doch dieser Herr von Säumen einen prächtigen Anlaß, seine ungeliebte Braut loszuwerden, um auf diese Weise in den Besitz ihres riesigen Vermögens zu gelangen?"

„Aber hör mal! Das erhält er doch genauso, wenn er sie heiratet! Sodann ist er selber reich und — er ist immerhin ein Edelmann. Zudem steht einwandfrei fest, daß er als Täter nicht in Frage kommen kann. Ich selber habe sein Alibi bestätigt, als man ihn verdächtigen wollte."

„Schade!"

„Wieso schade?"

„Denk' doch einmal nach, lieber Onkel! Diese Wanda von Chlowicki ist ein reizendes Mädchen, schön und dazu reich. Wäre das nicht die richtige Partie für mich? Für deinen Neffen, der allmählich ans Heiraten denken muß? Wie ich dir schon andeutete, hat dieser Herr von Säumen vielleicht keine allzu saubere Weste, und wenn ich ihn als Halunken entlarve und Wanda so von einem ungeliebten Mann befreie, mit dem ihr keine Ehe zuzumuten ist, dann müßte sie mir, ihrem Retter, doch ewig dankbar sein!"

„Junge, du hast Geschmack! Du und Wanda! Muß gestehen, der Gedanke gefällt mir. Wenn ich dir helfen kann ..."

„Kannst du, lieber Onkel! Brauchst mich zunächst nur mit Mutter und Tochter bekannt zu machen, das weitere wird sich dann schon finden."

„Hm!" Der Polizeirat überlegte. „Das wäre eine gute Gelegenheit. Heute nachmittag ist in Chemnitz ein Wohltätigkeitskonzert, bei dem alle Honoratioren unserer

Stadt anzutreffen sind. Die Chlowickis werden sicherlich auch da sein. Da könnte ich dich vorstellen."

„Einverstanden, lieber Onkel. Ich begleite dich nach Chemnitz, wohin ich sowieso muß."

*

Das Konzert fand etwas außerhalb der Stadt in einem Gartenpark statt. Auf einer weiten Rasenfläche standen vor einem Musikpavillon Hunderte von Gartentischen, an denen Kaffee und Kuchen serviert wurden. Bei dem schönen Wetter waren bald fast alle Stühle von einer fröhlichgestimmten Menschenmenge besetzt. Der Polizeirat hatte mit seinem Neffen soeben noch einen freien Tisch gefunden, als er Frau von Chlowicki mit ihrer Tochter erblickte. Er eilte auf die Damen zu und lud sie höflich an seinen Platz ein.

Sie folgten seiner Bitte, und das Gesicht des Kommissars glänzte im Widerschein der Freude, die er über das Glück empfand, an der Seite der Stillangebeteten sitzen und die Funken seines Witzes sprühen lassen zu können. Wanda war auch wirklich eine liebenswürdige Gesellschafterin, und wenn sie nach den Regeln des einfachsten Anstands den Ergüssen ihres Nachbarn scheinbar aufmerksam zuhörte und zustimmte, so gab diese rücksichtsvolle Nachsicht seiner Selbstgefälligkeit immer neuen Auftrieb.

„Ich stelle die Musik hoch über die Dichtkunst", meinte er in einer Konzertpause. „Diese zwingt meine Gedanken in eine bestimmte Richtung, jene aber beschränkt die Freiheit meiner Gefühle weniger."

„Besitzen die Töne nicht für den wirklichen Kenner dieselbe Klarheit und Deutlichkeit wie das gelesene oder geschriebene Wort?" wandte das Mädchen ein.

„Leider vermag ich mich dieser Ansicht nicht zuzuneigen."

„Und aus welchem Grund?"

„Aus dem der Erfahrung. Eine musikalische Dichtung erregt in mir stets nur unbestimmte Gefühle, und gerade diese ihre Eigenschaft ist es, die uns wohltut."

„Ihre Behauptung entbehrt nicht ganz der Wahrheit. Doch liebe ich solche Unbestimmtheit zu wenig, um mich nicht zu bemühen, durch ein tieferes Eindringen in das Wesen der Tonkunst meinen Gefühlen Ausdruck zu geben."

„Dieses Eindringen aber ist schwer, wenn nicht gar unmöglich."

„Haben wir nicht auch Dichter, die nur durch tiefes und ernstes Studium zu ergründen sind? Nicht jeder schreibt mit einer so hinreißenden Klarheit und einer so fesselnden Logik wie der Autor dieses Aufsatzes."

Sie griff in ihre Handtasche und entnahm ihr eine Zeitschrift, die sie auf den Tisch legte.

„Es gibt auf dem Gebiet der schönen Literatur jetzt so viel Mittelmäßiges oder gar Wertloses, daß man mit der Auswahl seiner Lektüre nicht wählerisch genug sein kann. Kennen Sie dieses Blatt?"

„Gewiß. Es wird in der Hauptstadt verlegt, und der Herausgeber ist mir sogar einigermaßen befreundet."

„Dann werden Sie wissen, daß es in seinen früheren Jahrgängen zu den mittelmäßigen Zeitschriften zu zählen war. Seit aber dieser Autor darin schreibt, ist es in die Reihe unserer ersten Zeitschriften getreten, und die Zahl seiner Abonnenten hat sich um das Doppelte vermehrt. Seine Arbeiten erregen mein höchstes Interesse."

„Dieses Interesse würde sich bedeutend abkühlen, wenn Sie Gelegenheit hätten, ihn zu kennen. Es ist sogar möglich, daß sie den Mann schon gesehen haben. Freilich ohne einen Schriftsteller von der Bedeutung in ihm zu vermuten, wie Ihre Güte sie ihm gibt. Ich muß offen gestehen, daß mir seine Schreibweise nicht gefällt."

„Ihn gesehen haben?" fragte Wanda mit unverkennbarer Hast, und selbst ihre Mutter richtete einen raschen Blick auf den Sprecher. „Darf ich fragen, wo?“

„Wo anders als dort, wo Sie zur Zeit wohnen! Denn ein Essenkehrer kann den Mut, mit dem Machwerk seines Gänsekiels an die Öffentlichkeit zu treten, nur dann haben, wenn ihm die Abgeschlossenheit eines Landstädtchens nicht erlaubt hat, zu der Erkenntnis zu kommen, daß Feueresse und Buchdruckerpresse zwei sehr verschiedene Dinge sind, obwohl sich die beiden Worte reimen.“

„Ein Essenkehrer? Wir haben in unserem Städtchen nur einen!“

„Der Mann ist der Bruder eines meiner Beamten und heißt Winter.“

„Das habe ich vermutet! Aber wie ist Ihnen das Geheimnis offenbar geworden? Die Redaktion darf doch unmöglich indiskret sein!“

„Ich könnte jetzt meiner polizeilichen Allwissenheit eine Lobrede halten, aber die Wahrheit ist, daß ich den Mann vor einigen Wochen im Redaktionsbüro traf, wo ich zufälligerweise eine Erkundigung einzuziehen hatte. Dabei erfuhr ich ganz nebenbei, was ich Ihnen jetzt mitteilte.“

„Ist es der Herr, der da des Weges kommt und sich nach einem Platz umsieht?“

„Ja, der ist es. Die Ähnlichkeit mit seinem Bruder ist nicht zu verkennen.“

Emil Winter erblickte die Damen und den Polizeirat und zog den Hut. Wanda winkte ihn heran, reichte ihm die Hand und machte ihn, nachdem er ihre Mutter und den Polizeirat begrüßt hatte, mit dem Kommissar bekannt.

„Herr von Hagen ist bei der Kriminalpolizei in der Residenz und hat mir soeben verraten, daß er der Vorgesetzte Ihres Bruders ist“, fügte sie hinzu.

Der einfache Schornsteinfegermeister war Winter jetzt

nicht anzusehen. In seiner stattlichen Größe und gewandten Haltung erschien er weit vornehmer als der kleinere Kommissar. Aus den Schilderungen seines Bruders kannte er diesen Mann nur zu gut, und er musterte ihn nur mit einem kühlen, forschenden Blick.

„Setzen Sie sich doch zu uns, Herr Winter", forderte ihn die alte Dame auf.

Dankend ließ er sich auf einem freien Stuhl zwischen Wanda und ihrer Stiefmutter nieder und wurde von den beiden Damen sofort zum sichtlichen Ärger des Kommissars in ein Gespräch über Literatur gezogen. Bald entwickelte sich eine Unterhaltung über Themen, denen Polizeirat und Neffe nicht zu folgen vermochten.

Während der Kommissar mit vornehm gelangweilter Miene dasaß und tat, als bewege sich die Unterhaltung auf einem ihm gar zu alltäglichen Feld, glänzte auf den Wangen des Mädchens die Freude über den seltenen Genuß des geistreichen Geplauders, und als später Herr von Säumen erschien, begrüßte sie ihn mit einer Kälte, die seinem Kommen sehr deutlich den Charakter einer unwillkommenen Störung gab.

Sie bot dem Baron kaum Gelegenheit, sich am Gespräch zu beteiligen, so daß dieser mehr oder weniger auf nichtssagende Randbemerkungen mit dem Polizeirat und seinem Neffen angewiesen war, der seinen Nebenbuhler bei Wanda abschätzend und zurückhaltend betrachtete.

Emil Winter hatte noch vor dem Konzert eine Besprechung mit seinem Bruder gehabt und wußte nun, daß der Baron mit dem Professor irgend etwas gegen das Mädchen plante. Aus Angst um ihr Leben hatte er Hermann gedrängt, die beiden verhaften zu lassen.

„Setz' sie fest, bevor sie ein neues Verbrechen begehen können! Du hast doch gehört: Sie wissen, wer die unbekannte Wasserleiche ist!"

„Sie werden das abstreiten."

„Aber die gleichen Schildchen des Schneiders Ragellet

im Rock der Leiche und im Überzieher des Barons könntest du doch als ein belastendes Indiz anführen ...“

„Die Schildchen könnten ein Indiz sein, aber die beweisen gar nichts. Höchstens, daß der Baron und der Tote beim selben Pariser Schneider gekauft haben. Nein, mein Junge, wir müssen Geduld haben und können nur höllisch aufpassen. Auf mich kannst du dich verlassen, aber spitz' auch du die Ohren, wenn du deiner Wanda und dem Baron jetzt im Konzert begegnen solltest!“

Emil Winter tat das, aber vergeblich. Wanda unterhielt sich so eifrig mit ihm, daß von Säumen gar keine Gelegenheit fand, das zur Sprache zu bringen, was er sich vorgenommen hatte. Und als das Konzert beendet war, blieb Wanda mit ihrer Mutter so beharrlich an der Seite Emil Winters, daß der Baron sich gezwungen sah, mit dem Polizeirat und dem Kommissar hinter ihnen herzugehen und eine passende Gelegenheit abzuwarten.

Der Weg zur Stadt führte durch Promenadenalleen, die zu dieser Stunde von zahlreichen Fußgängern belebt waren. Sie waren eben in eine dieser Alleen eingebogen, da kamen ihnen zwei Herren entgegen, von denen einer mit höflichem Gruß auf den Baron zutrat. Es waren der Professor und Hermann Winter.

Frau von Chlowicki schien den Aeronauten von einer Zeitungsabbildung her zu erkennen. Ganz offenbar war sie begierig, dem berühmten ‚Wissenschaftler‘ vorgestellt zu werden; sie flüsterte dem Baron einige Worte zu. Dieser konnte ein triumphierendes Lächeln kaum unterdrücken, schritt zu Morelly hin und sprach ihn an. Der ‚Professor‘ war zuerst erstaunt, faßte sich aber schnell und trat den beiden Damen entgegen. Der Baron stellte ihn vor, und der Aeronaut machte die Herrschaften seinerseits flüchtig mit seinem neuen Gehilfen bekannt, der sich nur bescheiden verbeugte und abseits im Schatten der Bäume hielt. Der Baron bemerkte den fragenden Blick nicht, den Kommissar von Hagen auf seinen Untergebenen warf, der ihm hier ganz unerwartet entgegentrat. Ein bedeutungsvolles Augenzwinkern war die Antwort.

Wanda ersuchte den Aeronauten, sich der Gesellschaft anzuschließen. Man setzte langsam den Weg fort, wobei sich bald ein lebhaftes Gespräch über Luftschiffahrt entwickelte. Nur Hermann Winter beteiligte sich nicht daran, sondern folgte in einigem Abstand.

Der Professor erzählte von seinen geplanten Flügen, und als Wanda hörte, daß er Fahrgäste mitzunehmen beabsichtige, war sie sogleich Feuer und Flamme.

„Mama, ich werde diese seltene Gelegenheit benutzen und mir unser Land einmal aus der Vogelschau betrachten!“ rief sie.

„Kind, wo denkst du hin? Ein solches Wagnis werde ich niemals gestatten!“

„Wagnis? Ich glaube, daß davon nicht im mindesten die Rede sein kann. Wie oft sind Sie schon aufgestiegen, Herr Professor?“

„Peut-être vierzik- bis fünfzikmal, Mademoiselle.“

„Und sind nie dabei verunglückt?“

„Nie. Ik sein vorsichtik und wissen exactement, was sein nécessaire. Also kann man ein glückliches Fahrt garantieren, toujours.“

„Hörst du, Mama? Deine Befürchtungen sind also unbegründet, und Sie werden die Güte haben, Herr Professor, mir den ersten Platz zu reservieren.“

„Wir werden über diese Sache noch sprechen, Kind. Solch ein Entschluß darf nur nach reiflicher Überlegung gefaßt werden.“

„Auch ich“, fiel hier Säumen ein, „möchte dich ersuchen, von deinem Vorhaben abzusehen. Du weißt nicht recht, was du wagst, und ich bin der Ansicht, daß man dergleichen Kühnheiten nur Männern überlassen muß.“

Seine Worte schienen zwar Besorgnis auszusprechen, aber der wegwerfende Ton, mit dem er den letzten Satz aussprach, verriet berechnende Absicht. Denn als das Mädchen ihn sofort mit einem geringschätzigen und herausfordernden Blick musterte, zuckte ein Lächeln der Befriedigung um seine schmalen, erwartungsvoll zusammengekniffenen Lippen.

„Ich werde dir beweisen, daß diese Ansicht ganz veraltet und unbegründet ist", erwiderte sie spöttisch. „Leider ist das Vorurteil, das ihr starken Leute gegen uns ‚schwache' Geschöpfe hegt, nur durch Taten zu besiegen, die angeblich unserem weiblichen Zartgefühl entgegenstehen. Und wie ich jetzt eben wieder gehört habe, ist meine bewußte Nichtbeachtung dieses Gefühls bisher bei dir wirkungslos gewesen."

Während dieses kleinen Wortgefechts war Hermann Winter auf einen Wink Hagens zur Seite getreten.

„Sie nahmen doch angeblich einen Erholungsurlaub?"

„Allerdings. Wollen Sie mich verantwortlich für den Zufall machen, der mich zu einer halb und halb amtlichen Aufmerksamkeit zwingt?"

„In Ihrem kurzen Bericht haben Sie nicht erwähnt, daß Sie sich von dem Professor als Gehilfe engagieren ließen. Was versprechen Sie sich davon?"

„Ich hoffe, soviel Beweismaterial gegen ihn und diesen Herrn von Säumen zu erlangen, daß beide verhaftet werden können."

„Und ich hoffe, Sie jagen nicht wieder Ihren alten Phantasiegebilden nach."

„Im Gegenteil bin ich fest überzeugt, daß diese Phantasiegebilde sich als sehr real erweisen werden."

„Dann gratuliere ich Ihnen im voraus", meinte von Hagen in einem Ton, aus dem Zweifel und feindselige Gesinnung herausklangen. Und als sein Untergebener ihm nur mit einem feinen Lächeln antwortete, fuhr er fort: „Darf ich fragen, worauf sich Ihr Verdacht gegen den Herrn Baron gründet?"

„Herr Kommissar! Wollen Sie mir bitte die Antwort

jetzt erlassen. Sie sehen, der Professor ist bereits auf uns aufmerksam geworden und sieht mißtrauisch herüber."

„Wo wohnen Sie?"

„Bei meinem derzeitigen Chef im ‚Goldenen Löwen'."

„Ich werde mit Ihnen zu sprechen haben. Steigen Sie bei den geplanten Schauflügen mit dem Ballon auf?"

„Ich glaube nicht. Das Emporsteigen ist mir von jeher erschwert worden."

Der Kommissar warf seinem Untergebenen einen bösen Blick zu und ließ ihn stehen, um sich der übrigen Gesellschaft wieder anzuschließen. Dabei vermerkte er mit heimlicher Genugtuung, daß zwischen dem Baron und seiner Braut eine unverkennbar gereizte Stimmung herrschte, und er sah seine Chancen bei der schönen Polin steigen.

Als sich bald darauf von Säumen und Morelly von den Damen verabschiedeten, sagte Frau von Chlowicki: „Also, ich wiederhole meine Bitte, Herr Professor, betrachten Sie den Wunsch meiner Tochter, an der Ballonfahrt teilzunehmen, noch nicht als endgültig! Wir werden Sie von unserm Entschluß später benachrichtigen."

Als auch Emil Winter sich zurückziehen wollte, hielt sie ihn auf.

„Nein, mein Freund, Sie lasse ich jetzt nicht fort. Mit den Herren von Hagen haben wir alle denselben Heimweg, und Sie werden dann so nett sein, sich noch einige Augenblicke bei uns zu Hause als unser Gast begrüßen zu lassen. Ich hätte gern noch etwas mit Ihnen besprochen."

Freudig überrascht sagte Winter sofort zu, während der Kommissar nur schlecht sein Mißvergnügen über diese Einladung verbergen konnte. Doch er beruhigte sich bei dem Gedanken, daß ein gewöhnlicher Essenkehrer für einen Herrn seines Standes wohl kein Nebenbuhler war.

*

Zwei Stunden später saß Emil Winter den beiden Damen im Salon ihrer Villa gegenüber.

„Ich sehe mich veranlaßt, mein lieber Herr Winter, Ihnen eine ernste Strafpredigt zu halten", erklärte Frau von Chlowicki.

„Ich schließe mich Mama an und stimme ihr voll bei", rief Wanda.

„Ich bin ganz unglücklich über diesen Beginn unserer Unterhaltung und bitte mir die Sünden zu nennen, die Ihren Zorn erregt haben."

„Es sind zwei große und schwere Unterlassungssünden. Einmal haben Sie mir noch nicht Gelegenheit gegeben, Ihnen für die Rettung meiner Tochter aus dem gräßlichen Steinbruch zu danken. Wenn Sie nicht gewesen wären ..."

„Bitte, gnädige Frau, erlauben Sie mir, Sie zu unterbrechen. Sprechen wir doch nicht mehr von dem, was mir eine selbstverständliche Pflicht war! Verraten Sie mir lieber, was ich sonst noch verbrochen habe!"

„Sie haben uns verheimlicht, wer der neue Autor unserer Zeitschriften ist. Wir haben das erst heute zufällig durch den Kommissar von Hagen erfahren. Seit dem Tod meines Mannes habe ich allen sogenannten gesellschaftlichen Vergnügungen entsagt und suche und finde nun meine einzige Freude beim Lesen. Dabei habe ich einige Autoren besonders schätzen gelernt. Ich betrachte sie als meine Freunde — und zu ihnen gehören nun auch Sie."

„Gnädige Frau, woher konnte ich wissen, daß ich als Schriftsteller Ihren Gefallen gefunden habe? Zudem bitte ich Sie, einen Unterschied zwischen einem Autor und seiner Person zu machen."

„Wer dem Leser seine Seele offenbart, darf ihm seine Person nicht entziehen. Besonders wir Frauen wollen nicht bloß lesen, sondern den Autor, der uns im Denken und Fühlen nahesteht, auch sehen und ihm unsere Anerkennung aussprechen. Wir möchten den Menschen kennenlernen, mit dem uns eine Art innere Verwandtschaft verbindet. Wir haben von Natur aus ein starkes Anlehnungsbedürfnis, und darum, lieber Herr Winter, möchte ich Sie bitten, unser Freund zu sein."

„Gnädige Frau!"

Fast erschrocken sprang Emil von seinem Stuhl auf. Aber ehe er noch mehr sagen konnte, hatte Wanda schon seine Hände ergriffen und rief freudig:

„Lieber Freund, tausendmal willkommen! Nun stehe ich nicht mehr allein und schutzlos da!" Sie eilte zur Mutter und küßte sie auf die Wange. „Mama, ich danke dir für diese Freude!"

„Hast du wirklich so allein und schutzlos dagestanden, Wanda?" fragte Frau von Chlowicki mit leisem Vorwurf.

„Verzeih mir! Schutzlos bin ich oft gewesen, denn so sehr sich alles in mir dagegen sträubt, zum ‚schwachen Geschlecht' zu gehören, so hab' ich doch schon oft empfunden, daß wir Frauen auf männlichen Beistand angewiesen sind. Und wenn ich mich einsam fühlte, obwohl ich eine Mutter habe, so liegt die Schuld an mir allein. Ich bin nicht immer nett gewesen."

Es war, als hätte sich ihr Wesen gewandelt. Fast demütig stand sie vor der Stiefmutter, als erwartete sie eine strenge Zurechtweisung. Aber in den Zügen der alten Dame zeigte sich tiefe Rührung, und ihre Antwort war mild und freundlich.

„Ich kenne dich und konnte dir nie ernstlich zürnen. Du hast mich immer lieb gehabt, wenn auch der kleine Trotzkopf zuweilen gegen das Gefühl des Herzens rebelliert hat. Aber mir scheint: Zwar hast du einen Freund gefunden, ich aber nicht!"

Wirklich hatte Emil Winter noch kein Wort zu ihrem Angebot gesagt. Er wurde aus seinem Schweigen aufgeweckt und stotterte verlegen:

„Gnädige Frau ...“

„Ach was!“ unterbrach sie ihn. „Nennen Sie mich meinetwegen ‚liebe Tante‘! Das hört sich besser an.“

Da lachte Emil herzlich auf.

„Sie beide lassen mich ja gar nicht zu Worte kommen. Das unerwartete Glück, eine mütterliche Freundin zu finden, hat mich so betäubt, daß es wirklich kein Wunder ist, wenn ich vor lauter Freude meine Sprache vergessen habe. Wenn ich als einfacher Mensch, der davon lebt, die schmutzigen Kamine anderer Leute zu kehren, in diesem Haus als Freund aufgenommen werde ...“

„Sprechen Sie nicht weiter!“ befahl Frau von Chlowicki. „Ich weiß, daß ich als adelsstolz verschrien bin, weil ich zurückgezogen für mich lebe. Ich kümmere mich nicht um das Gerede, aber Sie sollen wissen, daß auch ich nur aus einer einfachen bürgerlichen Familie stamme. Ich kam als Erzieherin dieses Mädchens auf das Gut der Chlowickis, und als bald darauf ihre Mutter starb, heiratete ich ihren Vater. Wanda hat erst vor ein paar Jahren erfahren, daß ich nicht ihre leibliche Mutter bin. Mir selber blieben Kinder versagt, aber kein Mensch darf hoffen, das Glück in unaufhörlichen Zügen genießen zu dürfen. Wenn auch ich da keine Ausnahme gemacht habe, so ist mir für manches Trübe doch reichliche Entschädigung in der Liebe meiner Wanda geworden.“

„Mama, du beschämst mich!“

„Mein Kind, ich kenne dich und habe nie an deiner Zuneigung gezweifelt, wenn wir auch manchmal Meinungsverschiedenheiten hatten. Schließlich hast du dich doch nur aus Rücksicht auf mich entschlossen, dem letzten Wunsch deines Vaters zu folgen und in die Verlobung mit Eginhardt von Säumen einzuwilligen.“

„Ich bitte dich, Mama, lassen wir das in dieser Stunde!“

„Ich erwähnte es nur, um dir zu beweisen, daß ich mich nie in dir geirrt habe. Wir brauchen vor unserem neuen Freund keine Geheimnisse zu haben, vielleicht brauchen wir sogar seinen Rat. Darum soll er ruhig wissen, daß du die von dir mißbilligte Verlobung mit dem Baron bereits gelöst hast."

Es brannte Emil Winter auf der Zunge zu erzählen, was er von seinem Bruder erfahren hatte, aber er hielt es für besser, vorerst noch zu schweigen, um die beiden Frauen nicht zu beunruhigen. Und obwohl er selber nicht daran zweifelte, daß der Baron noch etwas Schlimmeres als ein gemeiner Betrüger war, so durfte er das nicht behaupten, ohne es beweisen zu können.

„Ich weiß, Mama", sagte Wanda, „die Lösung meiner Verlobung wird uns noch viel Unannehmlichkeiten bringen. Aber muß mein Lebensglück mir nicht mehr gelten als der letzte Wunsch meines Vaters?"

„Wobei es noch die Frage ist, ob Ihr Herr Vater heute bei Kenntnis Ihrer Abneigung gegen den Baron wohl noch denselben letzten Wunsch haben würde", gab Emil zu bedenken. „In unserer Literatur gibt es so viele Beispiele", fuhr er fort, und lenkte damit das Gespräch geschickt auf Bücher und Schriftsteller über.

Er mußte noch zum Abendbrot und dann zu einer Flasche Wein bleiben, und es war schon spät, als man ihn gehen ließ. Wanda begleitete ihn bis hinunter vor die Tür. Als er ihr zum Abschied die Hand reichte, hielt sie diese fest und blickte ihm tief in die Augen.

„Emil . . ."

„Wanda?" fragte er leise.

„Haben Sie mir nichts zu sagen?"

„Ich muß noch um Verzeihung bitten wegen meiner Zudringlichkeit damals in der Höhle des Felsenbruchs . . ."

Sie lächelte und schüttelte den Kopf.

„Gestern war ich noch einmal im Steinbruch, und als ich aus der Tiefe zu der Höhle am Hang hinaufblickte, da erfaßte mich ein Schaudern, und ich erkannte so recht, was Sie für mich gewagt haben."

„Ich tat meine Pflicht."

„Das sagst du so, Emil. Dir allein verdanke ich mein Leben, und nun gehört es . . . dir."

„Wanda! — O Gott! — Ist das wahr? — Was würde deine Mutter sagen? Bedenke den Abstand zwischen uns! Ich, ein gewöhnlicher Essenkehrer, und du . . ."

Sie legte ihm die Hand auf den Mund.

„Wenn das Herz spricht, soll das Hirn schweigen!"

Da zog er ihre Hand herab, drückte das Mädchen sanft an sich und küßte sie zärtlich.

„Ja! Ich liebe dich! Du hast mir heute eine große Freude bereitet, doch ebenso groß ist meine Sorge um dich. Nein, frag mich nicht! Überlaß das mir! Ich bin Sorge gewöhnt und weiß also recht gut, mit ihr umzugehen. Aber nun gute Nacht! Sonst fragt deine Mutter, was wir noch so lange . . ."

Er küßte sie nochmals und eilte mit beschwingten Schritten davon.

Schachzüge

Es war noch früh am Morgen, wenigstens nach der Zeitrechnung jener Leute, die den Tag beginnen, wenn die Sonne schon hoch am Himmel steht. Zu dieser Klasse von Menschenkindern gehörte der Polizeirat von Hagen nicht. Von Jugend auf an eine regelmäßige und anstrengende Tätigkeit gewöhnt, erwachte er auch jetzt noch mit dem Tagesgrauen, obwohl er schon längst in Pension gegangen war.

So saß er auch nun schon beizeiten über den Zeitungen, die abends zuvor mit der Post gekommen waren. Da vernahm er rasche Schritte auf der Diele, und kaum hatte er sich horchend aufgerichtet, da öffnete sich auch schon die Tür, und sein Neffe trat herein.

„Guten Morgen, Onkel! Verzeih mir die allzu frühe Störung, aber ich bin soeben mit dem Frühzug aus der

Residenz eingetroffen und habe Nachrichten, die ich unbedingt mit dir besprechen möchte."

„Hast du schon gefrühstückt?"

„Nein, aber das hat Zeit."

„Dann setz dich und schieß los!"

„Du hast doch neulich beim Konzert in Chemnitz diesen Winter gesehen, den Bruder des hiesigen Schornsteinfegers, der zu meiner Abteilung gehört ..."

„Der behauptet, Professor Morelly sei ein von Paris aus gesuchter Falschmünzer, und der sein Gehilfe geworden ist, um ihn zu beobachten?"

„Ganz recht. Der Bursche ist ein kluger, findiger Kopf, doch ein unbequemer Streber, der sich durch besondere Leistungen hervortun möchte, um befördert zu werden. Es muß mir natürlich ärgerlich sein, wenn einer meiner Leute eine Entdeckung macht, die mir nicht gelungen ist. Die nächste Folge wäre seine Beförderung, obwohl meines Erachtens dafür nur die Dienstjahre entscheidend sein sollten. Wenn Winter mir als Kommissar gleichgestellt würde, so wäre mir das unangenehm, sehr unangenehm."

„Du glaubst also, sein Verdacht gegen den Professor ist begründet?"

„Winter tut sehr zuversichtlich. Ich bin aber überzeugt, daß dieser Verdacht völlig haltlos ist. Nachdenklich macht mich hingegen, daß mit diesem Herrn von Säumen, den er ebenfalls der Falschmünzerei verdächtigt, tatsächlich nicht alles zu stimmen scheint. Unsere ersten Recherchen haben bereits ergeben, daß der Baron jahrelang im Ausland, auch in Paris, anscheinend recht flott gelebt hat und daß er völlig verschuldet ist. Seine Güter hat von Säumen zum Teil erheblich belastet; wohl sämtliche Hypotheken sind im Besitz des Bankhauses Blumenbach, das ihm Versteigerung angedroht hat, wenn die fälligen Zinsen nicht beglichen werden."

Der Polizeirat pfiff durch die Zähne.

„Sieh mal an! Dann wäre also die Heirat mit Fräulein von Chlowicki für den Herrn Baron die letzte Rettung!"

„Oder auch der Tod seiner Braut! Die Sache hier bei euch im Felsenbruch erscheint mir nun doch recht merkwürdig."

„Und was gedenkst du jetzt zu unternehmen? Wenn du wirklich Absichten auf die schöne Polin hast, dann hättest du jetzt die beste Gelegenheit, dir ihre Dankbarkeit zu erwerben. Ratschläge kann ich dir noch keine geben, aber jetzt hältst du die Chance noch in deiner Hand."

„Ich werde sie auch nicht aus meiner Hand lassen. Ein allzugroßes Zartgefühl wäre hier unangebracht, wenn auch einige Vorsicht geboten scheint. Ich wäre ja blöd, wenn ich eine Karte wegwerfen wollte, mit der ich mein Spiel bei den Damen gewinnen kann."

„Darauf wollte ich dich hinweisen. Nur gilt es zu überlegen, wie der Trumpf am besten zu gebrauchen ist. Sollte sich der Verdacht Winters gegen Säumen bestätigen, so wäre das nicht nur für die Chlowickis höchst peinlich, die mit einem Verbrecher eine enge familiäre Bindung einzugehen beabsichtigten, sondern auch für mich, der ich als Polizeirat hier in meinem Haus einen Gauner gastlich aufgenommen hätte. Wenn du einen Skandal verhüten könntest, würdest du dir also auch meinen Dank erwerben."

„Keine Sorge, Onkel! Selbst wenn ich keine anderen Rücksichten zu nehmen hätte, würde ich niemals einen Schritt tun, der unsern Namen schädigen könnte. Es handelt sich lediglich darum, den Baron ohne öffentliche Sensation zu entlarven und unschädlich zu machen."

„Hier muß aber schnell gehandelt werden, sonst ist zu fürchten, daß deine Trumpfkarte nicht mehr sticht. Man kann nicht wissen, was dieser Winter noch zu tun beabsichtigt."

„Du hast recht, Onkel! Ist der Baron zu Hause?"

„Er wird oben auf seinem Zimmer sein."

„Dann werde ich ihn mir sofort vornehmen." Der Kommissar erhob sich.

„Sei nur nicht unvorsichtig!" warnte sein Onkel. „Wenn er der ist, für den ihn Winter hält, dann hast du's mit einem Gauner zu tun, der zu allem fähig ist."

„Mit dem werd' ich schon fertig, Onkel! Ist ja nicht der erste von dieser Sorte, den ich vor mir habe."

Mit einem kurzen, selbstbewußten Kopfnicken verließ der Kommissar das Zimmer. Es war ein sehr wohltuendes Gefühl, dem er sich in diesem Augenblick hingab. Der Gedanke an die schöne Polin war ihm in den letzten Tagen nicht mehr aus dem Kopf gegangen, aber vergeblich hatte er nach einem Weg gesucht, wie er wohl unaufdringlich mit ihr in nähere Verbindung kommen könnte. Jetzt bot sich ihm die trefflichste Gelegenheit, sich die Dankbarkeit von Mutter und Tochter zu erwerben, und der Umstand, daß Wandas Verlobter als Verbrecher entlarvt werden sollte, würde ihr einen guten Teil der stolzen Unnahbarkeit nehmen, mit der sie ihm bisher begegnet war. Er konnte ihr in polizeilicher Eigenschaft entgegentreten; das gab ihm eine Sicherheit, die er bisher nicht empfunden hatte, und er sah sich bereits am Ziel seiner Wünsche.

Freilich galt es vor allen Dingen, erst einmal den Baron so zu fassen, daß er sich gefangengeben mußte. Das war jedenfalls nicht leicht, aber der Kommissar war überzeugt, daß es ihm gelingen würde. So stieg er denn in gehobener Stimmung die Treppe hinauf und klopfte am Gästezimmer. Ein lautes „Herein!" forderte ihn zum Eintreten auf.

„Guten Morgen, Herr Baron!"

„Oh, Herr Kommissar! Ich bin erfreut, unsere kürzlich angeknüpfte Bekanntschaft erneuern zu dürfen. Nehmen Sie Platz", begrüßte ihn von Säumen.

„Vielleicht ist der Zweck meines Kommens nicht ganz erfreulich für Sie, Herr Baron. Und was unsere Bekanntschaft betrifft, so besteht sie wenigstens meinerseits schon etwas länger, als Sie meinen."

„Wieso? Ich erinnere mich wirklich nicht, Ihnen je zuvor irgendwo vorgestellt worden zu sein."

„Damit treffen Sie zwar das Richtige, aber ich bin Kriminalbeamter. Und Sie wissen ja: Angehörige meines Berufs pflegen Bekanntschaften oft sehr einseitig."

„Sie meinen also, Sie haben mich bereits gekannt, noch ehe ich die Gelegenheit hatte, Sie zu sehen?"

„Ich glaube das wenigstens."

„Immerhin möglich. Ein Mann in meiner Stellung wird mehr bemerkt, als er selber wahrnehmen kann. Wo bin ich Ihnen denn begegnet?"

„Zunächst auf dem Papier."

„Ach! Wie ist das möglich? Da muß ein Irrtum vorliegen. Ich bin kein Schriftsteller."

„Man kann von sich schreiben lassen, auch ohne Schriftsteller zu sein. Freilich ist der Betreffende selten sehr erbaut, wenn er auf eine solche Beschreibung seines Wesens und Treibens stößt."

„Was wollen Sie damit sagen?" fragte der Baron und wurde plötzlich aufmerksam.

„Ich wollte nur andeuten, auf welche Weise ich Kenntnis von Herrn Baron bekam."

„Ich ersuche Sie, deutlicher zu sein."

„Sie waren in Paris?"

„Vor Jahren. Warum?"

„Waren Sie dort vielleicht einmal im Besitz von falschen Banknoten?"

Das an sich schon blasse Gesicht von Säumens wurde bei dieser Frage noch um eine Schattierung bleicher, aber er zuckte nur die Achseln und lachte dann gezwungen auf.

„Ach so! Das meinen Sie! — Natürlich. Gerade damals

kursierten in Paris viele falsche Banknoten, und wer nicht achtgab, dem wurden welche untergeschoben. Selbst in den feinsten Restaurants und Geschäften. Auch mir ist das ein paarmal passiert."

„Dann wissen Sie wohl auch, daß die Polizei diese Falschmünzerbande geschnappt hat. Nur ihr Chef konnte sich gewaltsam der Verhaftung entziehen, und seinem wichtigsten Komplizen — dem Lithographen, der das Falschgeld hergestellt hatte — gelang es, aus der Haft zu entfliehen. Der Bandenchef soll Deutscher gewesen sein, und neuerdings will man ihn in Deutschland gesehen haben."

„Das alles ist mir neu, Herr Kommissar. Ich war in den letzten Jahren in Italien. Es ist mir aber auch völlig gleichgültig. Die Polizeiberichte in den Zeitungen überschlage ich meistens."

„Schade! Aber ich bin trotzdem überzeugt, daß Sie mir bei der Entlarvung dieses Verbrechers helfen könnten. Wir bekamen aus Paris Fingerzeige, die uns — an Sie verwiesen", log der Kommissar.

„An mich? Was wollen Sie damit sagen? Drücken Sie sich deutlicher aus!"

„Nun, Herr Baron, es könnte doch sein, daß Sie den Gesuchten gekannt haben. Der Chef der Falschmünzerbande soll ein heruntergekommener Adliger gewesen sein, ein gemeingefährliches Subjekt, dem auch ein Mord zuzutrauen ist, denn er widersetzte sich der Festnahme dadurch, daß er den Beamten erschoß, der ihn verhaften sollte!"

Es gelang dem Baron, ein ironisches Lächeln hervorzubringen.

„Und nun kommen Sie zu mir, weil ich zufällig in Paris war und selber adlig bin?"

„Nicht deshalb. Ich möchte, daß Sie mir helfen. Ich will alles tun, um einen Skandal zu vermeiden, der unsern ganzen Stand in den Schmutz ziehen könnte.

Außerdem muß ich sehr dringende persönliche Rücksichten üben. Einmal gegenüber meinem Onkel, für den es sehr peinlich wäre, als ehemaliger Polizeirat einen Verbrecher in seinem eigenen Haus gastlich aufgenommen —"

„Was? Der Mann hat hier gewohnt?" unterbrach von Säumen lauernd, aber der Kommissar ging auf die Frage nicht ein und sprach weiter.

„Zweitens aber gilt meine besondere Rücksicht einer jungen Dame, die ich zutiefst verehre und die mit dem gesuchten Verbrecher verlobt ist. Bevor ich aber amtlich etwas unternehme — also: bevor ich den Mann festnehme — möchte ich nichts unversucht lassen, die ganze peinliche Angelegenheit in anderer Weise zu bereinigen."

Der Baron horchte auf. Worauf wollte Kommissar von Hagen eigentlich hinaus? Wußte er wirklich über alles so gut Bescheid, wie aus seinen Reden zu entnehmen war, oder schlug er nur auf den Busch, gestützt auf irgendwelche Informationen und Vermutungen? Hier galt es, sehr behutsam auf das Gespräch einzugehen, ohne sich dabei eine Blöße zu geben.

„In anderer Weise?" fragte er daher und zog die Augenbrauen hoch. „Wie soll ich das verstehen? Und warum erzählen Sie alles das ausgerechnet mir?"

„Weil, wie ich schon sagte, mir Ihre Hilfe in dieser Sache außerordentlich wichtig ist."

„Inwiefern?"

„Da ich die Absicht habe, die heikle Geschichte in aller Stille beizulegen, bin ich gezwungen, mich mit jener verdächtigen Person in Verbindung zu setzen. Meine amtliche Stellung verbietet mir aber, eine persönliche Zusammenkunft zu diesem Zweck herbeizuführen. Und so möchte ich Sie bitten, für mich die Verständigung zu übernehmen!"

„Das heißt also: Ich soll einem — hm — Verbrecher die Bedingungen vortragen, unter denen Sie bereit wären, ihn laufen zu lassen?" fragte von Säumen und war dabei vergeblich bemüht, möglichst viel Abscheu in den Ton zu legen.

„Genau darum wollte ich Sie ersuchen. Sie werden sich ganz gewiß nicht darüber wundern, daß ich gerade Ihnen diese Bitte vortrage ..."

„Wie heißt der Mann?" unterbrach ihn der andere.

„Den Namen werde ich Ihnen später nennen. Sagen Sie mir erst, ob Sie gewillt sind, dem Mann meine Bedingungen mitzuteilen!"

Der Baron wandte sich ab und trat ans Fenster. Er begriff das Verhalten von Hagens und war sich nur in einer Beziehung im unklaren. Wenn der Kommissar alle Zusammenhänge wirklich so genau kannte, wie es der Fall zu sein schien, dann hatte er ganz sicherlich auch dem Polizeirat Mitteilung davon gemacht, und es galt also einen Kampf nicht bloß gegen einen einzelnen Gegner, sondern gegen zwei. Die Absicht von Hagens war leicht zu durchschauen. Er hatte von Rücksichten gegen eine junge Dame, natürlich gegen Wanda, gesprochen. Woher solche Rücksichten, wenn nicht aus dem Grund, daß er selber hinter dem Mädchen her war. Jedenfalls war der Kommissar dann auch von den Erbschaftsbedingungen unterrichtet und konnte sich höchstens in dem Fall Hoffnungen auf die Hand des Mädchens machen, wenn ... doch, das mußte sich ja gleich zeigen. Für den Augenblick war nur dann etwas von dem Kommissar zu befürchten, wenn sein Angebot abgewiesen wurde. Es galt also, darauf scheinbar einzugehen und dadurch vor allen Dingen Zeit zu gewinnen, um alle geeigneten Maßnahmen treffen zu können.

Der Baron wandte sich in das Zimmer zurück und sagte: „Ich bin bereit, die Sache zu vermitteln. Also, nennen Sie Ihre Bedingungen."

„Ich habe nur eine: Der Mann bekennt sich schriftlich zu der Tat und darf dafür unangefochten mit dem, was er bei sich hat, verschwinden, wohin er will."

„Ich glaube nicht, daß dieser Vorschlag das Ergebnis einer reiflichen Überlegung ist. Er wäre gefährlich für beide Teile. Ich brauche das wohl nicht weiter zu erläutern. Unterwerfen Sie ihn einer nochmaligen eingehenden Prüfung, und ich bin dann bereit, Ihnen mit meiner Vermittlung zu dienen. Doch hoffe ich, daß Sie auch für mich zu einer kleinen Gefälligkeit bereit sind."

„Und das wäre?"

„Ich will verkaufen."

„Verkaufen?" fragte von Hagen überrascht. „Was denn?"

„Meine sämtlichen Besitzungen."

„Ja, dann haben Sie mich vorhin doch unmöglich verstanden!"

„Ich glaube nicht, daß ich langsam und schwer begreife, und ich wünschte sehr, das wäre auch bei Ihnen der Fall."

Der Kommissar unterdrückte eine wütende Antwort. „Versuchen wir es!" sagte er dann säuerlich.

„Also, ich will verkaufen, und zwar ebenfalls unter Bedingungen. Ich werde Ihnen diese nennen und ersuche Sie, sich für mich einzusetzen, wenn Sie zufällig einem Kauflustigen begegnen sollten."

„Nun?"

„Die Absichten, die ich verfolge, können Ihnen gleichgültig sein. Also hören Sie: Ich verkaufe, womöglich lieber heute als morgen. Der Käufer hat mir den vierten Teil des Wertes bar zu zahlen und bekommt dafür Quittung über den vollen Kaufbetrag."

Von Hagen horchte auf.

„Das wäre ein ganz annehmbares Geschäft; nur fürchte ich, daß es unmöglich abzuschließen ist."

„Warum?"

„Weil Ihre Braut gewisse Rechte auf Ihr Eigentum besitzt."

„Nur für den Fall, daß ich sterbe."

„Und gerade deshalb dürfen Sie nicht verkaufen."

„Warum denn nicht? Befragen Sie sich gefälligst bei einem sachkundigen Rechtsgelehrten", riet von Säumen, der darin eine neue Möglichkeit sah, Zeit zu gewinnen.

Der Kommissar wiederum glaubte zu erkennen, daß er eine Flucht des Barons unter den obwaltenden neuen Umständen nicht zu befürchten hatte, und meinte nach einigem Zögern: „Gut, Herr Baron, ich will mir Ihr Angebot reiflich überlegen und baldigst darauf zurückkommen. Ich denke, ich werde ... einen Kauflustigen finden."

Er verabschiedete sich und ging langsam und nachdenklich die Treppe hinunter. Die Unterredung hatte einen völlig anderen Verlauf genommen, als er beabsichtigt hatte, aber vielleicht war es so am besten. Hier ergab sich eine Möglichkeit, die Säumenschen Besitzungen billig zu erwerben; wenn dieses Geschäft gelang, konnte er den Polizeidienst quittieren und Gutsherr werden. Zudem käme er auf diese Weise gleichzeitig in noch nähere Beziehungen zu den Chlowickis, zu Wanda. War er auch selber nicht vermögend, so verfügte doch sein Onkel über ein recht ansehnliches Bankkonto und würde für ein gutes Geschäft sofort zu haben sein. Daß er nun davon überzeugt war, in von Säumen tatsächlich den gesuchten Verbrecher gefunden zu haben, durfte er allerdings dem Onkel wenigstens jetzt noch nicht verraten, sondern er war sogar gezwungen, den Baron in seinen Schutz zu nehmen und alle Vermutungen, die gegen ihn sprachen, als irrtümlich hinzustellen. Und damit tat er genau das, was von Säumen berechnet hatte, als er sein Anerbieten machte.

Als der Kommissar das Zimmer des Polizeirats wieder betrat, kam dieser ihm erwartungsvoll entgegen.

„Nun, welchen Erfolg hatte deine Taktik?"

„Einen sehr guten."

„So hast du den Baron überführt?"

„Nichts weniger als das. Er hat mich vielmehr durch unwiderlegliche Beweise überzeugt, das der Verdacht Winters höchst albern ist, und das erfreut mich natürlich mehr, als wenn es mir gelungen wäre, in ihm einen Verbrecher zu finden.“

„Das ist auch meine Meinung, und ich bin froh, nicht mehr in der Gefahr zu sein, mich lächerlich gemacht zu haben. Dieser Winter scheint mir ein überspannter oder wenigstens romantischer Kopf zu sein, der in seinem Fach wohl keine große Karriere machen wird. Nüchternheit ist des Polizisten erste Pflicht.“

„Wir müssen dem Baron weitere Mißhelligkeiten ersparen, und ich werde Winter so beaufsichtigen, daß es ihm nicht wieder einfallen wird, in solcher Weise gegen alle Vernunft zu handeln.“

„Aber die einzigartige Gelegenheit, dich sowohl in amtlicher Beziehung auszuzeichnen, als auch gegenüber Fräulein von Chlowicki zu verpflichten, ist dir jetzt doch entgangen! Das ist um so mehr zu beklagen, als nun auch die Verlobung zwischen ihr und dem Baron wohl kaum gelöst wird.“

„Mir ist trotzdem nicht bange. Es herrscht nicht das mindeste gute Einvernehmen zwischen den beiden, und es wird sich schon ein Weg zum Ziel finden lassen. Überlaß das nur mir, Onkel!“

„Wollen es hoffen! Meiner Unterstützung bist du sicher!“

„Ich nehme dich beim Wort! In meinem Gespräch mit dem Baron hat sich nämlich die Möglichkeit für ein Geschäft ergeben, das wir uns nicht entgehen lassen sollten.“

„Für ein gutes Geschäft bin ich immer zu haben.“

„Daß der Baron verschuldet ist, weißt du. Hör zu, was für ein Angebot er mir gemacht hat!“

Der Kommissar berichtete und bemerkte erfreut, wie der Onkel Feuer fing.

„Nach deinen Recherchen ist doch das Bankhaus Blumenbach Hauptgläubiger des Barons. Ich kenne den alten Blumenbach ganz gut von früher her und werde ihm noch heute schreiben. Übrigens — hast du das schon gelesen?"

Der Polizeirat nahm vom Schreibtisch eine Zeitung, die neueste Nummer des Lokalblattes, und reichte sie dem Neffen, wobei er auf einen Artikel deutete. Stirnrunzelnd überflog der Kommissar den Bericht. Es war eine Lobeshymne auf den berühmten Aeronauten Professor Morelly, der bereits in aller Welt mit seinem Luftballon Schauflüge veranstaltet hätte und nun in allernächster Zeit auch den Bewohnern der Stadt einen Beweis von seiner Kühnheit und Kunstfertigkeit geben würde.

Es sei gelungen, Professor Morelly für den Tag des bevorstehenden Sängerfests zu einem Ballonaufstieg in Chemnitz zu bewegen, der sein Ziel auf einer großen Wiese in unmittelbarer Nähe des Gasthauses finden sollte, wo die Gesellschaft ‚Die Erheiterung' erst vor kurzem ihr Stiftungsfest gefeiert hatte und wo auch das Sängerfest seinen Höhepunkt finden sollte. Zweifellos wäre ein solcher gezielter Flug eine glänzende, vielleicht einzigartige aeronautische Leistung. Wie die Redaktion erfahren habe, könnte dieser technische und sportliche Leckerbissen dadurch zu einer besonderen Sensation werden, daß wohl zum erstenmal auch eine junge Dame mit in die Luft steigen werde. Damit zeige Fräulein Wanda von Chlowicki, daß das ‚schwache Geschlecht' ebenso wagemutig sei wie das sogenannte starke.

„Nun, was sagst du dazu?" fragte der Polizeirat.

„Diese Ankündigung ist wirklich sensationell. Aber daß Wanda mitfliegen soll? Der Baron war doch ausdrücklich dagegen, und ihre Mutter auch."

„Deine Wanda scheint ihr Köpfchen für sich zu haben. Mich hat das auf einen glücklichen Gedanken gebracht. Kühnheit ist das beste Mittel, sich bei ihr beliebt zu machen. Wie wäre es also, wenn du an der Luftpartie teilnähmst?"

„Ich?" Der Kommissar zögerte. „Na, erlaube mal! Aber — hm — du kannst recht haben. Ich ..."

Es klopfte an der Tür. Der Baron schaute herein.

„Bitte um Verzeihung, aber ich wollte nur Bescheid sagen, daß ich jetzt zu meinem Bankier nach Chemnitz fahre. Am zeitigen Abend bin ich wieder zurück."

Er wollte schon gehen, da rief der Kommissar:

„Einen Augenblick noch, Herr Baron! Haben Sie das schon gelesen?"

Er hielt ihm die Zeitung hin und zeigte auf den Artikel.

„Das ist doch ...!" Von Säumen schüttelte erstaunt den Kopf und zuckte dann ergeben mit den Achseln. „Aber was kann ich da machen?"

„Sie sehen doch gewiß den Professor in Chemnitz?"

„Nein. Wieso? Aber wenn Sie ihm etwas zu bestellen haben, will ich ihn natürlich gern aufsuchen."

„Dann tun Sie mir bitte den Gefallen und melden Sie mich ebenfalls für die Ballonfahrt als Teilnehmer an. Der Professor hat doch zu entscheiden, wen er noch neben Fräulein von Chlowicki mitnimmt."

Der Baron mußte rasch die Lider senken, um das Aufblitzen in seinen Augen zu verbergen.

„Das nehme ich an", meinte er. „Gut. Ich will in seinem Hotel vorsprechen und das für Sie in Ordnung bringen. Auf Wiedersehen, meine Herren!"

„Verflucht!" knurrte der Kommissar, als die Tür sich hinter ihm geschlossen hatte. „Soll ich wirklich diese Himmelfahrt mitmachen?"

Der Polizeirat lächelte.

„Was tut man nicht alles aus Liebe? Hast du etwa Angst?"

„Unsinn. Aber unbehaglich ist der Gedanke mir doch."

*

Der Baron, der ohnehin nur nach Chemnitz gefahren war, um Morelly zu sprechen, suchte sofort das Hotel ‚Zum Goldenen Löwen' auf. Er traf den Professor an und zog sich mit ihm auf dessen Zimmer zurück, um ihn über die neueste Entwicklung der Dinge zu unterrichten.

„Du glaubst also, dieser Kommissar könnte uns gefährlich werden?" fragte Morelly.

„Ganz sicher. Zwar hat er nur dunkle Andeutungen gemacht, und Genaues weiß er offenbar ebensowenig wie seine Behörde. Denn dann hätte er nicht gewagt, mir seinen sonderbaren Vorschlag zu machen. Von dir weiß er übrigens nichts, denn keine seiner vielen Anspielungen bezog sich auf dich, und außerdem würde er sich natürlich vor einem Flug in deinem Ballon hüten, wenn er ahnte, wer du wirklich bist. Daß er nun so albern ist und sich vor dem Mädchen als großer Held aufspielen will, indem er an der Ballonfahrt teilnimmt, ist das Beste, was uns passieren kann. Wer so unvorsichtig ist, sich in die Luft zu begeben, muß auch mit einem Absturz rechnen."

„Aber da ist noch sein Onkel, der Polizeirat."

„Keine Sorge! Ich bin fest überzeugt, bei dem hat er mich sogar verteidigt. Und von deiner Vergangenheit hat auch der nicht die mindeste Ahnung. Wenn du mit deinen Passagieren verschwindest, so besteht kaum noch Grund zu weiteren Befürchtungen. Der Polizeirat wird das Unglück seines waghalsigen Neffen beklagen und mir im übrigen seine freundliche Gesinnung bewahren."

„Aber du gibst wohl zu, daß ich nunmehr für den vereinbarten Lohn doppelte Arbeit leisten muß?"

„Du tust sie für uns beide!"

„Aber du befindest dich in einer Gefahr, aus der nur ich dich befreien kann. Sparsamkeit wäre da am unrechten Platz . . ."

„Ich bin bereit, die Summe zu verdoppeln. Du siehst also, daß ich deine Dienste zu schätzen weiß."

„Und wirst auch die verlangte Sicherheit nicht mehr verweigern? Du gibst mir deinen ‚Auftrag' schriftlich?"

„Du verlangst zuviel! Mein Wort muß dir genügen."

„Genügt mein Wort auch dir?"

„Natürlich!"

„So leiste die Zahlung im voraus! Wir sind dann klar und können handeln, ohne in weitere Berührung zu kommen."

„Das hieße, mein Geld riskieren."

„Ach so! Und doch sagtest du, daß dir mein Wort genüge. So wirst du mir erlauben, auch zu deinem kein Vertrauen zu haben."

„Aber ich bin dir doch sicher."

„Nicht im geringsten. Hier hast du meine endgültige Entscheidung: Du stellst mir ein Schreiben aus, in dem unser Übereinkommen in nackten Worten niedergelegt wird; das heißt, Arbeit und Lohn werden deutlich bezeichnet. Dieses Schreiben erhältst du in dem Augenblick wieder zurück, wenn du mir zahlst."

„Und wenn dieses Schriftstück in fremde Hände fällt?"

„Unsinn! Wie sollte das geschehn? Es liegt ja in meinem eigenen Interesse, höchste Vorsicht zu bewahren. Hier ist Schreibzeug! Mach, daß wir zu Ende kommen!"

„Ich kann nicht!"

„So geh und suche einen andern!"

„Ist das dein letztes Wort?"

„Mein allerletztes."

„So gib her! Aber die Folgen kommen auch über dich, wenn du unrechten Gebrauch von dem Wisch machst."

„Wir kämen beide in die Tinte, wenn ich unehrlich sein wollte." Morelly las das unterzeichnete Papier durch und hob plötzlich wütend den Kopf.

„Bist du wahnsinnig?" zischte er. „Was soll —"

„Ich habe nur alles aufgeschrieben. Alles. Damit du nie vergißt, daß dieses Schreiben nicht in fremde Hände kommen darf!"

„Aber . . .“ Morelly lachte etwas gezwungen auf. „Schon gut. Du bist wirklich ein genialer Schuft. Aber ich hatte nie vor, was du zu fürchten scheinst.“ Nochmals überflog er das Papier und steckte es ein. „Sobald sich nun deine ehemalige Braut meldet, kann von mir aus der Ballon steigen.“

„Nachdem wir diesen Artikel in die Presse lanciert haben, wird sie sich melden, darauf kannst du dich verlassen! Die wilde Polin wird sich niemals dem Gerede aussetzen, daß sie Angst bekommen und gekniffen habe. Da fällt mir übrigens ein, daß man nach dem Städtchen, wo sie wohnt, für den Tag des großen Sängerfestes einen Sonderzug der Eisenbahn bestellen könnte, der gleichzeitig mit dem Ballon startet. Wer wird wohl zuerst ankommen, der Zug oder der Ballon?“

„Glänzende Idee!“ rief Morelly. „Hoffentlich haben wir dann auch den nötigen Ostwind. Aber auf jeden Fall werde ich sofort zum Tageblatt gehen und auf diese Schwierigkeit hinweisen; so nebenbei könnte ich dabei erwähnen, daß sich Kommissar von Hagen als Teilnehmer an der Fahrt gemeldet hat. Dann kann auch der sich nicht mehr anders besinnen!“

*

Am Abend darauf hatte der Verein ‚Die Erheiterung‘ eine außerordentliche Mitgliederversammlung. Auf der Tagesordnung stand das bevorstehende Sängerfest. Der Verein spielte dabei eine wesentliche Rolle, und es galt nun, über den Ablauf des Festprogramms eine letzte Besprechung abzuhalten.

Auch Emil Winter schlug den Weg zum Vereinslokal ein. Er war am Nachmittag eine Stunde bei Frau von Chlowicki und ihrer Tochter gewesen. Man hatte über Literatur gesprochen und persönliche Dinge kaum berührt, aber die Zuneigung der alten Dame war unverkennbar gewesen, und mancher heimliche Blick Wandas hatte ihm verraten, wie sehr auch sie, die Tochter, ihm zugetan war.

Langsam schritt er jetzt die Straße hinab, seine Gedanken weilten bei der verflossenen Stunde. Da kam ihm jemand entgegen und blieb vor ihm stehen.

„Emil!“

Es war sein Bruder Hermann, der ihn erwartet hatte. „Fast hätte ich dich nicht erkannt“, sagte er. „Dein sonst so rascher Gang hat ja heute abend ein merkwürdig langsames Tempo angenommen. Hast du so viel Ursache zum Nachdenken?“

„Zum Nachfühlen wäre vielleicht richtiger. Ich war bei Wanda. Was führt dich hierher?“

„Ich wollte dich sprechen. Hast du mit Wanda über die Ballonfahrt gesprochen?“

„Nur ganz kurz.“

„Sie hat sich vorhin ihren Platz endgültig bestellt!“

„Was? Davon weiß ich nichts und die Tante auch nicht. Wanda hat das jedenfalls verschwiegen, um jedem Einwand vorzubeugen. Nun — was mich betrifft, so werde ich kein Wort dagegen sprechen.“

„Das ist wohl doch nicht dein Ernst? Du kennst doch die Geschichte des Professors, den ich hoffentlich recht bald beim Schopf nehmen werde!“

„Freilich kenne ich sie. Aber er hat immerhin den Ruf als ein tüchtiger Aeronaut und noch niemals Pech gehabt. Ich würde ohne Sorge mit ihm fliegen. Was Wanda betrifft, so wünsche ich zwar, sie möchte ihr Vorhaben aufgeben, aber nachdem die Geschichte bereits in allen Zeitungen steht, wird sie durch jeden Widerspruch in ihrem Entschluß nur bestärkt werden.“

„Aber ich bitte dich wirklich, sie von der Fahrt abzuhalten! Es muß sich ja irgendein Vorwand finden lassen. Wir haben wirklich einige Ursache zu fürchten, daß der Professor mit diesem Flug Böses im Schilde führt!“

„Aber Hermann! Wo nun auch dein Vorgesetzter, der Kommissar, mit von der Partie ist, wird der Professor sich sehr hüten, etwas zu tun, was ihn mit der Polizei in Konflikt bringen könnte."

„Mich beruhigt das keineswegs. Irgend etwas planen diese beiden, der saubere Baron und der Professor. Vor ein paar Tagen haben sie im Zimmer Morellys längere Zeit miteinander verhandelt. Leider konnte ich dieses Gespräch nicht vollständig belauschen. Nur so viel habe ich mitbekommen, daß sie ein Übereinkommen getroffen haben. Nun paß auf! Nach deiner Ansicht hat der Baron bei der Sache im Felsenbruch die Hände im Spiel gehabt, es liegt also nahe, ihm etwas Ähnliches zuzutrauen, denn wenn Wanda stirbt, ist er ihr Erbe. Ich fürchte ferner, mein hoher Vorgesetzter hat ihm dummerweise angedeutet, daß Recherchen über seine Vergangenheit eingeleitet sind. Wenn ich recht habe, sollte doch wohl Hagens Verschwinden dem Baron ebenfalls sehr erwünscht sein. Beide, Wanda und Hagen, steigen nun mit dem Professor auf ... folglich?"

„Es wird mir schwer, so schwarz wie du zu sehen. Eine solche Tat, wie du sie fürchtest, erscheint doch zu maßlos verwegen, zumal sie in aller Öffentlichkeit begangen werden müßte. Deine Kombinationen haben gewiß mancherlei für sich, aber ich glaube doch, sie gehen zu weit."

„Ich wünschte, ich irrte mich. Jedenfalls mußte ich dich warnen."

„Ich werde mein möglichstes tun, Wanda von ihrem Vorhaben abzubringen. Freilich wird das, wie ich sie kenne, kaum Erfolg haben. Ich überlege, ob wir nicht die ganze Ballonfahrt verhindern sollten."

„Wie willst du das bewerkstelligen?"

„Wenn der Professor verhaftet wird, kann aus dem ganzen Unternehmen nichts werden."

„Dazu brauche ich gegen ihn einen Haftbefehl. Und

glaubst du, den werde ich erhalten? Vergiß nicht, daß mein Vorgesetzter an der Fahrt teilnimmt; und er müßte ihn beantragen. Zwar bin ich meiner Sache sicher, aber — die für ein Gericht überzeugenden Beweise gegen den Professor sind nicht so klar und unwiderleglich, daß der Staatsanwalt seine Festnahme verfügen würde. Was er mir zugestand, würde er vor der Polizei und vor Gericht entrüstet bestreiten, zur Freude Hagens, der mich wieder einmal als Phantasten hinstellen könnte. Nein, ich kann als Gehilfe des Professors nur weiter die Augen aufhalten und muß abwarten, was geschieht."

„Danke dir, Hermann! Sollte ich inzwischen nichts von dir hören, so sehen wir uns beim Start des Ballons wieder."

Emil reichte dem Bruder die Hand und setzte nachdenklich seinen Weg weiter fort. Als er in das Lokal trat, in dem die Mitglieder des Vereins um die Tafel versammelt saßen, erhob sich der Schmied Gräßler von seinem Stuhl.

„Lupus in fabula!" rief er mit komischem Pathos. „Das heeßt nämlich off deutsch, soviel ich von meinen Studentenjahren her noch weeß: ‚Da is der Kerl!' Mach, daß du herkommst! Ohne unsern Vorsteher können wir doch keenen gültigen Beschluß fassen. Oder willste etwa nich mitmachen?"

„Mitmachen jedenfalls. Ich darf die ‚Erheiterung' doch nicht im Stich lassen. Ob ich aber schon nachmittags mit dem Sonderzug fahren kann, das weiß ich noch nicht bestimmt."

„Wieso? Warum?" fragte es im Kreise. „Ohne dich gehen wir nicht fort."

Er nahm Platz, wehrte die drängenden Fragen von sich ab und brachte bald die Verhandlung in geordneten Gang. Nach Schluß winkte er Gräßler und Thomas zu sich.

„Kann's mir denken", meinte der Buchbinder, „warum du nich mit uns und dem Sonderzug mitfahren willst. Wirst dich zur Mutter setzen wollen."

„Zur Mutter?"

„Nu freilich. Oder hat dir Wanda nichts gesagt?"

„Nein."

„Guck, da bin ich diesmal gescheiter als du. Is doch gut, wenn mer so een unterrichtetes Küchenkätzchen zur Liebsten hat."

„Laß hören, was du weißt!"

„Wanda steigt mit in die Lüfte, da ziehen zehn Pferde keenen Strang. Sie will aller Welt beweisen, daß sie Herz hat. Weil sie aber weeß, daß ihr alle dergegen seid, hat sie euch gar nicht erst um Erloobnis gefragt, sondern eenfach bestimmt, daß ihre Mutter nich mit dem Sonderzug fährt, sondern mit dem Baron und dir im Kutschgeschirr unten off der festen Erde denselben Weg machen soll, den sie im Ballon droben in der Luft einschlägt. Daß er gerade hier niedergehn soll, wo das Sängerfest is, das is so ne kleene Geldspekulation von dem Professor. Meine Herzallerliebste is nämlich ganz außer sich vor Freude, daß sie mal alleene derheeme sein kann; und sie hat mir gute Worte gegeben, dazubleiben."

„So! Und was wirst du tun?"

„Ich weeß es wirklich noch nich. Den Ballonoffstieg möcht'ch nich versäumen; aber dem Mädel kann ich doch die Freude ooch nich verderben."

„Vielleicht nimmt Frau von Chlowicki dein Mädel mit. Ich glaube nicht, daß sie ihre Wohnung ohne weibliche Begleitung verlassen wird. Schließ dich also nur immer den andern an, und laß mich für das übrige sorgen. Ich weiß noch nichts Gewisses, aber es ist leicht möglich, daß übermorgen etwas passiert, wobei ich eure Hilfe brauche. Haltet euch also zu mir, sobald ich ankomme, und gebt bis dahin acht auf den Baron, den

Professor und meinetwegen auch auf den Polizeikommissar von Hagen. Das wollte ich euch noch sagen, ehe ich nach Hause gehe. Gute Nacht!"

*

Der Tag des Sängerfestes war gekommen und mit ihm eine ungewöhnliche Aufregung unter der Bevölkerung der Stadt. Wanda hatte alle Vorstellungen ihrer Mutter und Emils mit dem Bemerken von sich gewiesen, daß sie sich nur lächerlich machen würde, wenn sie noch in der letzten Stunde von der Ballonfahrt zurückträte.

Am Abend vorher hatte der Professor anläßlich einer öffentlichen Versammlung in Chemnitz behauptet, er werde bei günstiger Luftströmung schneller als der Sonderzug am Ziel sein. Trotz des allgemeinen Zweifels war er bei dieser Behauptung geblieben und hatte sogar mehrere Wetten angenommen, die ihm von den Gegnern seiner Meinung angeboten wurden.

Andere hatten gemeint, den Ballon schon mit einem schnellfüßigen Gespann ausstechen zu können, und versprochen, mit ihrem Geschirr an der Wettfahrt teilzunehmen. Zu ihnen gehörte auch Herr von Säumen, der im Wagen von Wandas Mutter mitfahren wollte.

Der Platz, auf dem der Ballon zum Füllen bereit lag, war von einer Schranke umgeben, die schon am Vormittag von einer gaffenden Menschenmenge umlagert wurde. Nicht nur das noch nie gesehene Schauspiel eines Ballonaufstiegs war es, das die Neugierigen herbeizog, sondern auch die bislang unerhörte Tatsache, daß ein weibliches Wesen, ein schönes junges Mädchen, den Mut hatte, diese gefährliche Fahrt durch die Lüfte mitzumachen.

Händler hatten ringsum ihre Buden mit Erfrischungen aufgeschlagen, Drehorgeln spielten. Die erwartungsvollen Scharen schoben sich hin und her, und jeder hatte eine

Münze für die Sammelbüchse übrig, mit der Hermann Winter als Gehilfe des Aeronauten klappernd umherging.

Innerhalb des freien Platzes schritt der Professor in lebhaftem Gespräch mit dem Baron auf und ab. Er erwartete die Prüfungskommission, die im Auftrag der Polizei die Sicherheit des Ballons zu untersuchen hatte.

„Wie willst du die Sache eigentlich durchführen?" fragte von Säumen leise.

„Zuerst hatte ich die Absicht, den gesamten Ballast auf einmal fallenzulassen. Dann würde der Ballon plötzlich und schnell in jene luftarmen Regionen aufsteigen, in denen der Tod des Menschen eintreten muß."

„Und deiner auch."

„Ich wäre mit dem Fallschirm abgesprungen."

„Eine gefährliche Sache", meinte von Säumen, aber im Herzen wünschte er nichts mehr, als daß diese gefährliche Sache passiert wäre. Dann aber fiel ihm ein, daß der Professor im Besitz eines gewissen Papiers war, das niemals in fremde Hände fallen durfte. Es war somit doch wichtig für ihn, daß der Luftschiffer ohne Unfall wieder zur Erde kam.

„Du hast dich anders besonnen?" fragte er.

„Jawohl. Ich werde mich meiner beiden Fahrgäste auf andere Weise entledigen."

„Und wie willst du das nun machen?"

„Ich habe die letzte Nacht hindurch an einer Vorrichtung gearbeitet, die mir das leicht ermöglicht. Ich klettere im gegebenen Augenblick ins Netzwerk und brauche dann nur an einem Seil zu ziehen, und die Gondel kippt plötzlich seitwärts weg. Die beiden Insassen sind darauf nicht vorbereitet und werden einfach ... ausgeschüttet."

„Dann aber hast du den lebendigen ‚Ballast' abgeworfen und steigst in die höheren Regionen, von denen du eben sprachst. Außerdem würde der normale Ballast mit ausgeschüttet werden."

„Daß ich dumm wäre! Der Ballast ist so gut befestigt, daß er mir nicht verlorengehen kann. Und was den Gewichtsverlust beim Absturz der beiden Passagiere betrifft, so bin ich ja darauf vorbereitet und muß natürlich sofort Gas ablassen, um auszugleichen."

„Und was wird aus den Wetten, die du abgeschlossen hast?"

„Die bin ich doch nur eingegangen, um allen Verdacht zu vermeiden. Will ich sie gewinnen, so muß ich vor dem Sonderzug am Ziel eintreffen. Werde ich aber durch den Unfall in eine andere Richtung verschlagen, so verliere ich mein Geld und schon darum wird man mir den Unfall nicht zur Last legen. Es wird nun darauf ankommen, wie glatt alles verläuft, sonst muß auch ich verschwinden."

„Das muß ich deiner eigenen Klugheit überlassen. Wo wir uns in diesem Fall treffen, haben wir ausgemacht. Sobald ich das Geld habe, wirst du die vereinbarte Summe gegen Rückgabe meines Schreibens erhalten. Verwahr es nur gut! Hast du's bei dir?"

„Natürlich."

„Aber wenn dir ein Unglück zustößt?"

„Nur keine Angst! Ich bin meiner Sache sicher. Zurücklassen durfte ich das Papier nicht, denn vielleicht bin ich gezwungen, mein Gepäck im Hotel im Stich zu lassen. Auf diese Weise würde ich auch meinen Gehilfen los, der mir sowieso lästig ist, weil er meine Vergangenheit kennt."

„Er weiß doch nichts von mir?"

„Woher denn? Er scheint mir sonst ein gutmütiger und recht beschränkter Kerl zu sein. — Aber da kommen die Herren der Kommission! Sie werden den Ballon zweimal untersuchen, jetzt vor dem Füllen und dann kurz vor dem Aufstieg. Jetzt ist das Tauwerk noch zu sehr verwickelt, als daß sie etwas bemerken könnten. Bei der nächsten Besichtigung, wenn alles an seiner Stelle und stramm angezogen ist, könnte es jedoch möglich sein, daß ihnen meine Vorrichtung nicht ganz unentdeckt bleibt. Bevor ich den Anker hebe, gebe ich dir ein Zeichen, ob alles nach Wunsch klappen wird."

„Fürchtest du Schwierigkeiten von der Kommission?"

„Ich traue den Leuten keinen allzu großen Scharfblick zu. Was verstehen sie schon von Aeronautik? Es sind vier Herren: ein Polizeibeamter, ein Seilermeister, der die Festigkeit des Netzwerks zu prüfen hat, ein Korbmacher, der die Gondel besichtigt, und der Bürgermeister. — Ah, da kommt ja auch schon unser Kommissar von Hagen!"

Während der Professor die Herren der Kommission begrüßte und sie zu dem Ballon führte, verließ der Baron den kleinen Platz und trat auf den Kommissar zu.

„Schön, daß ich Sie vor dem Aufstieg noch sehe, Herr Baron", erklärte von Hagen. „Ich möchte mit Ihnen einen Termin vereinbaren, an dem wir unser Geschäft zum Abschluß bringen. Von mir aus ist alles soweit klar, und wir könnten schon morgen zum Notar gehen und alles beurkunden lassen."

„Aber wir sehen uns doch heute abend noch, Herr Kommissar", erwiderte von Säumen und mußte sich bemühen, in seiner Stimme den Hohn nicht durchklingen zu lassen. „Wenn Sie glücklich wieder auf festem Boden gelandet sind, können wir den Termin immer noch vereinbaren. Ich stehe Ihnen jedenfalls morgen zu beliebiger Zeit zur Verfügung."

Mit einer höflichen Verbeugung ließ er von Hagen allein.

*

Die Stunde des Aufstiegs war gekommen. Wer die Wettfahrt im Sonderzug mitmachen wollte, hatte die Wiese verlassen und sich in den überfüllten Wagen einen

Platz gesichert. Sämtliche Wagenfenster waren geöffnet, und in ihnen drängten sich die Gesichter, die erwartungsvoll Ausguck hielten.

Auf der Landstraße, an der der Startplatz lag, waren die Geschirre aufgefahren, die den Flug des Ballons am Boden verfolgen wollten. Unter ihnen befand sich auch der Wagen der Frau von Chlowicki. Der Kutscher hockte auf dem Bock, sie selber saß mit ihrem Küchenmädchen auf dem Rücksitz. Sie wartete auf Emil Winter und den Baron, die den Vordersitz einnehmen sollten. Die beiden waren noch in der Menschenmenge, über deren Köpfen bereits der Ballon schwebte. Der alten Dame schlug vor banger Erregung das Herz bis zum Hals, und sie war ernstlich zornig auf Wanda, die sich durch keine Vorstellungen und Bitten von diesem gefahrvollen Unternehmen hatte zurückhalten lassen.

Die Auffüllung des Ballons war glücklich beendet. Zwar hatte er sich noch nicht bis zur größtmöglichen Ausdehnung aufgebläht, aber er mußte diese Ausdehnung beim Eintritt in leichtere Luftschichten erreichen und dann jedenfalls einen stolzen Anblick bieten. Auch bei der zweiten Besichtigung war nichts Sicherheitswidriges bemerkt worden, und so konnten sich die beiden Fahrgäste für das Einsteigen bereit machen.

Der Professor hatte von Hermann Winter die eingesammelten Gelder in Empfang genommen und dem Gehilfen einen kleinen Teil davon mit der Weisung ausgehändigt, seine Rückkehr hier in der Stadt abzuwarten. Jetzt hing er in den Seilen und prüfte noch einmal die Luftströmung. Diese war durchaus günstig und versprach ein rasches Vorwärtskommen.

Morelly stieg herunter, trat an den Rand der Gondel und winkte zum Einsteigen. Wanda kletterte, seine Hilfe abweisend, gewandt die kurze Strickleiter hinauf und nahm in der Gondel Platz, ohne den gaffenden Menschen einen Blick der Aufmerksamkeit zu schenken.

Langsam folgte ihr der Kommissar. Er schien seinen Entschluß ernsthaft zu bereuen. Sein Blick war unsicher, und seine Stimme hatte einen zitternden Klang, als er sich neben Wanda setzte.

„Ich bin beglückt, gnädiges Fräulein, Sie auf dieser gefährlichen Reise durch luftige Höhen begleiten zu dürfen. Ich erlaube mir, Ihnen meinen Schutz anzubieten, und hoffe, meine Gesellschaft ist Ihnen angenehm."

Wandas Antwort war für ihn nicht gerade schmeichelhaft.

„Was sollte ich gegen Ihre Gesellschaft einzuwenden haben, Herr Kommissar? Jeder kann mitfahren, der den Fahrpreis erlegt hat, und was den Schutz anbetrifft, so wird sich ja zeigen, wer dessen bedarf."

Die Halteseile wurden gelockert und der Anker gelöst. Der Ballon stieg ein wenig in die Höhe, wiegte sich majestätisch hin und her und zerrte an dem einen Tau, an dem ihn Menschenhände noch hielten. Nochmals prüfte der Professor die Windrichtung. Dann glitt sein Blick suchend über die Zuschauer, die unten an der Schranke standen. Er erkannte den Baron und gab mit der Hand das verabredete Zeichen, das mit einem Wink erwidert wurde. Darauf befahl er, das letzte Seil loszulassen.

Wenige Schritte seitwärts von dem Baron stand Emil Winter. Mit einem Gefühl der Hilflosigkeit hatte er zugesehen, wie das geliebte Mädchen in die Gondel geklettert war. Mißtrauisch hatte er den Baron beobachtet und bemerkt, wie befriedigt dessen Augen aufblitzten, als Wanda in der Gondel Platz nahm. Das war für ihn wie ein schrilles Alarmsignal. Und als er dann das Grinsen teuflischer Freude sah, zu dem sich das blasse Gesicht des Barons verzerrte, als der Professor das Zeichen mit der Hand gab, durchzuckte ihn wie ein Blitz die Erkenntnis, daß die Geliebte in tödlicher Gefahr schwebte.

Da gab es für ihn kein Überlegen mehr. Er sprang

über die Schranke, rannte los und kam gerade in dem Augenblick unter dem Ballon an, als die Männer dort das letzte Seil losließen. Mit beiden Händen packte er zu, um den Start zu verhindern. Zu spät.

Der Wind ergriff den Ballon, der nicht mehr an die Erde gebunden war, und trug ihn mit einem Ruck zehn, zwanzig, fünfzig Meter hoch empor, wo er scheinbar still an einem Punkt verharrte, als suche er die Richtung, die er einschlagen sollte. Dann trieb ihn der Wind langsam nach Westen.

Beim Aufsteigen des Ballons hatte auf der Wiese eine Blaskapelle zu spielen begonnen, aber selbst die laute, brausende Musik vermochte nicht den Aufschrei des Entsetzens zu übertönen, den die Menge ausstieß, als sie da droben unter der Gondel einen Menschen am Seil hängen sah. Jeder glaubte, der Unglückliche werde jeden Augenblick herabstürzen.

Der Baron hatte sich bereits abgewandt, um sich zum Wagen der Frau von Chlowicki zu begeben, als ihn der allgemeine Aufschrei aufmerken ließ. Als er Emil Winter unter der Gondel erkannte, murmelte er zynisch: „Auch der noch! Um so besser!"

Rücksichtslos bahnte er sich einen Weg durch die starrende Menge. Als er zum Wagen kam, fand er die alte Dame einer Ohnmacht nahe. Auch sie hatte Emil Winter erkannt und bedeckte die Augen mit dem Taschentuch, um das Schreckliche nicht mitansehen zu müssen. Der Baron nahm auf dem Vordersitz Platz und suchte noch nach passenden Worten, als sich noch jemand neben ihn auf den Sitz schwang und mit gebieterischer Stimme rief:

„Kutscher, fahr zu, was die Pferde laufen können, und halte dich möglichst nahe dem Ballon!"

Der Baron blickte auf und zuckte unwillkürlich zusammen. Neben ihm saß kein anderer als der Gehilfe des Professors, und der machte durchaus nicht den Eindruck eines „gutmütigen und beschränkten Kerls". Während die Pferde davonrasten, wandte sich der junge Mann mit einem ruhigen Lächeln, das ein Beweis seiner ungewöhnlichen Selbstbeherrschung war, an Frau von Chlowicki.

„Verzeihung, gnädige Frau, wenn ich mir die Freiheit nahm, ohne vorher um Erlaubnis zu bitten, den Platz einzunehmen, den mein mutiger Bruder verlassen hat. Und Verzeihung, daß ich mich Ihnen erst jetzt in einem so kritischen und unpassenden Augenblick in meiner wahren Eigenschaft vorstellen darf. Ich bin der Kriminalbeamte Hermann Winter, der Bruder Emils."

„Mein Gott, ich bin so verwirrt!" Die alte Dame nahm das Tuch vom Gesicht, wagte aber keinen Blick zum Himmel. „Was soll ich nur sagen? Es ist zu schrecklich. Wie konnte Emil nur mit in die Höhe gerissen werden?"

„Das weiß ich auch nicht; aber fassen Sie sich! Er steht unter dem Schutz Gottes, der ihn uns wiedergeben wird."

Im ersten Augenblick wußte der Baron nicht, wie ihm geschah, als er hörte, daß der so harmlose Gehilfe des Professors Kriminalbeamter war. Wieviel wußte dieser Kerl bereits? Unwillkürlich machte er mit der Hand eine Bewegung zu seiner Rocktasche, in die er für alle Fälle einen Revolver gesteckt hatte. Die Berührung der Waffe gab ihm seine gewöhnliche Kaltblütigkeit wieder. Dann konnte sich von Säumen eines bösen Lächelns nicht erwehren. Ob Emil Winter nun in die Gondel gezogen wurde oder nicht: Die drei da oben in der Luft waren verloren, das war sicher. Und hier unten gab es nur noch diesen einen Burschen, der ihm vielleicht gefährlich werden konnte. Im Notfall mußte auch er unschädlich gemacht werden. Aber zunächst verlief ja alles nach Wunsch. Der Tag war noch lang — man mußte abwarten, was er bringen würde.

Eine Biegung der Landstraße, die einer Senke folgen

mußte, entzog den Ballon den Blicken. Als er für kurze Zeit wieder über einem bewaldeten Bergrücken sichtbar wurde, hing niemand mehr an dem Seil, und es war nicht zu erkennen, wie viele Menschen sich in der Gondel befanden. War Winter abgestürzt oder war es ihm gelungen, hineinzukommen?

Hoch am blauen Himmel zogen vereinzelt dunkle Wolkenballen auf und verrieten durch ihre Geschwindigkeit, daß dort oben eine starke Luftströmung herrschte. Unten in dem langgestreckten Tal, durch das der Wagen jetzt rollte, war hingegen kaum ein Windchen zu spüren. Die heiße, schwüle Luft kündigte ein aufziehendes Unwetter an.

„Das fehlt gerade noch", dachte Hermann Winter, der vergeblich nach dem Ballon Ausschau hielt. Der Baron aber mußte an sich halten, um seine heimliche Freude nicht zu verraten.

„Bei diesem Wind da oben wird der Ballon schon längst vor uns am Ziel eintreffen", meinte er. „Ich glaube, wir können uns auf die Geschicklichkeit des Professors verlassen, aber die ganze Aufregung wäre Ihnen, liebe gnädige Frau, erspart geblieben, wenn Wanda auf meine Warnungen gehört hätte."

Niemand antwortete, und schweigend verbrachten alle den Rest der Fahrt.

Als der Wagen endlich in das Städtchen einfuhr, war der Sonderzug schon angekommen, aber von dem Ballon war noch nichts zu sehen. Man fürchtete, daß er von einer Luftströmung abgetrieben war, und redete voller Aufregung nur über das mutmaßliche Schicksal der Luftfahrer. Dabei galt die größte Sorge Emil Winter, der nach Meinung aller durch einen Zufall mit emporgerissen worden war. An die Wetten dachte niemand mehr, obwohl ja jetzt schon feststand, daß der Professor sie verloren hatte.

Die zahlreichen Gäste, die sich aus den Nachbarorten

zum Sängerfest eingefunden hatten, saßen ein wenig enttäuscht in den Wirtschaften umher. Die Fahnen und Girlanden, mit denen man Straßen und Plätze geschmückt hatte, hingen in der Hitze traurig von Stangen und Masten herab. Der geplante Festumzug war vorerst verschoben worden. Zusehends verdüsterte sich der Himmel.

Frau von Chlowicki hatte sich in dem Vereinslokal der ‚Erheiterung', weil es mitten in der Stadt lag, ein Zimmer geben lassen, um etwa eintreffende Nachrichten sofort zu erfahren. Ruhelos lief sie darin auf und ab. Der Baron saß in lässiger Haltung auf einem Stuhl und konnte ein Lächeln des Triumphes desto weniger verbergen, je mehr Zeit verstrich. Trotz dieser inneren Befriedigung sprach er zuweilen ein beruhigendes Wort zu der alten Dame. Hermann Winter, der am Fenster stand, schien er überhaupt nicht zu bemerken.

Emils Bruder teilte seine Aufmerksamkeit zwischen dem Baron, den er kaum aus den Augen ließ, und dem Himmel. Schon zuckten die ersten Blitze auf, und dann erdröhnte der erste Donnerschlag. Frau von Chlowicki bedeckte die Augen mit beiden Händen und sank aufs Sofa.

„Mein Gott! Jetzt sind sie verloren! Jetzt gibt's keine Hoffnung mehr!"

„Nicht verzagen, gnädige Frau!" tröstete Hermann Winter. „Wenn sie sich über den Wolken befinden, haben sie von dem Gewitter nichts zu befürchten. Vielleicht sind sie auch schon irgendwo gelandet."

Er erhielt keine Antwort. Das Wetter entlud sich nun mit ungewöhnlicher Heftigkeit. Blitz folgte auf Blitz, und unaufhörlich rollten die Donner. Dann aber prasselte ein Platzregen hernieder, und plötzlich war alles vorüber. Das Gewölk zog ab, und von einem klaren Himmel schien wieder die Sonne.

Über die Straße liefen Leute, die einander irgendwelche Neuigkeiten zuriefen, und als Winter das Fenster öffnete, um sich nach dem Grund dieser Aufregung zu erkundigen, sah er den Buchbinder Thomas eilig auf das Gasthaus zukommen. Da er eine schlimme Botschaft befürchtete, verließ er das Zimmer und eilte ihm entgegen zur Treppe.

„Sie sind verunglückt, Hermann!" rief Thomas schon von unten.

„Woher weißt du das?"

„Dreiviertel Stunden von hier is eener von ihnen niedergestürzt. Der Bauer, off dessen Feld er liegt, is selber da, um es uns zu melden. Er hat von der Luftfahrt gehört und weeß also, daß hier das Ziel war."

„Heinrich, um Gotteswillen . . . ist es Emil?"

„Keine Ahnung. Aber een Mann soll's sein!"

„Gräßler soll anspannen. Wir fahren sofort los. Ich sag nur rasch Frau von Chlowicki Bescheid und komme sofort."

Hermann eilte ins Zimmer zurück.

„Ich glaube, man hat eine Spur der Erwarteten gefunden", sagte er. „Ich fahre sofort los, um zu sehen, ob etwas Wahres an der Nachricht ist."

„Ich fahre mit", rief die alte Dame und erhob sich, sank aber mit einem Ächzen wieder zurück. „Doch nein, es geht nicht, ich würde Sie nur behindern. Kehren Sie schnell zurück! Ob sie noch leben?"

„Ich hoffe es. Herr Baron, Sie haben wohl die Güte, mich zu begleiten?"

„Ich kann Madame unmöglich allein lassen . . ."

„Madame hat ihre Bedienung hier, und weibliche Hilfe wird ihr wünschenswerter sein als eine andere. Ist Ihnen das Schicksal der Luftfahrer so gleichgültig?"

Von Säumen sprang auf.

„Wie kann mir das gleichgültig sein, wo doch meine Verlobte dabei ist? Wenn gnädige Frau erlauben, gehe ich also mit."

Die alte Dame hob zustimmend die Hand.

„Gehen Sie nur, Baron, und bringen Sie mir gute Nachricht!"

Die beiden Männer eilten aus dem Zimmer und die Treppe hinab. Vor dem Lokal fuhren bereits Anton Gräßler und Heinrich Thomas vor. Hinten im Wagen saß der Bauer, der die Unglücksnachricht gebracht hatte. Winter und der Baron stiegen ein.

„Zugefahren, Anton!" rief Winter.

Die Pferde zogen an und fielen gleich in Galopp. In rasender Fahrt rollte der Wagen davon.

Über den Wolken

Langsam, aber stetig war der Ballon höhergestiegen und hatte die schreiende, winkende Menge auf der weiten Wiese unter sich zurückgelassen. Die Klänge der flotten Musik schallten herauf, brachen aber dann jäh ab. Wanda, die sich ein wenig über den Rand der Gondel gebeugt hatte, um im Gedränge auf der Landstraße den Wagen ihrer Mutter zu entdecken, bemerkte als erste die unnatürliche Erregung der Menge und die vielen Arme, die zur Gondel emporzeigten. Sie beugte sich noch etwas weiter hinaus. Da erblickte sie den Mann, der unten am Seil hing. Vor Schreck brachte sie zunächst kein Wort heraus, aber dann rief sie:

„Um Gotteswillen, Herr Professor! Jemand hat sich im Tau verwickelt und ist mit in die Höhe gezogen worden!"

Morelly beugte sich sofort über die Brüstung der Gondel, und auch Hagen schickte sich dazu an, zog aber den Kopf sofort wieder zurück, weil er sich vom Schwindel erfaßt fühlte.

„Der Mensch sein perdü . . . verloren!" Der Professor entsann sich noch rechtzeitig, daß er nur gebrochen

Deutsch sprechen durfte. „Er sein zwar dikt unter die Gondel, aber seine Kraft wird sein presque zu Ende."

„Wir müssen ihm helfen, müssen ihn retten, müssen das Seil einziehen!"

„Das wird sein serr difficile, denn die Gondel wird sich neigen auf die Seite, und wir selbst sein in die größte Gefahr."

„Daran dürfen wir nicht denken. Vorwärts, wir müssen es versuchen!"

Der Professor erfaßte ihren Arm. Seine Fahrgäste sollten den festen Erdboden nicht wieder lebendig berühren, ein dritter mußte ihm also unbequem sein. Es blieb sich ja gleich, ob er jetzt oder später mit den beiden andern den tödlichen Sturz machte.

„Lassen Sie das, Mademoiselle! Wir werden nur erreichen, daß sich gerät Seil in schwingende Bewegung und der malheureux verliert den 'alt. Warten wir, wie weit seine Kräfte reichen!"

Wanda war davon nicht ganz überzeugt, mußte sich aber fügen und lehnte sich vornüber, um die Anstrengungen des Mannes zu beobachten.

Obgleich das wirbelnde Drehen des Seils seine Bemühungen bedeutend erschwerte, zog er sich doch Hand um Hand stetig und gleichmäßig höher, als hätte er auf dem Turnplatz eine Übung auszuführen. So kam er immer näher, und als er jetzt das Gesicht nach oben kehrte, erkannte sie ihn.

„Emil, mein Gott, es ist Emil! Wir müssen ihn retten, Professor!"

Die gräßlichste Angst prägte sich in ihren Zügen aus. Aber mit einer gebieterischen Handbewegung hielt der Aeronaut sie zurück.

„Vous savez, Mademoiselle, dem Kapitän von Schiff ist zu leisten unbedingte Gehorsam! Dies sein auch so hier bei uns im Ballon. Ich, moi me voici, hier sein Kapitän, und ich wissen am besten, was ist zu tun."

„Dann muß ich gehorchen, aber ich werde Sie zur Rechenschaft ziehen!“

„Die ich ablegen kann très facile. Wir können tun rien, wenn er nicht retten sich selbst.“

Emil Winter hatte das Ende des Seils nach Art der Bergsteiger um den Körper geschlungen und ruhte in halb sitzender, halb hängender Stellung aus. Als er bemerkte, daß Wandas Auge auf ihn gerichtet war, ließ er mit der Rechten los, um einen grüßenden Wink zu geben, und das sorglose Lächeln, das dabei in seinen Zügen lag, überzeugte sie, daß sie seiner Kraft vertrauen konnte. Als er bald darauf weiterkletterte, befand er sich in wenigen Augenblicken unterhalb der Gondel.

„Tretet hinüber auf die andere Seite, sonst geht das Gleichgewicht verloren!“ rief er, zog sich hoch und schwang sich einige Sekunden später über den Rand des Korbes.

Nie in ihrem Leben hatte Wanda solch eine Angst ausgestanden. Als sie Emil Winter in so entsetzlicher Lage erblickte, war ihr die Liebe zu ihm in bisher noch unbewußter Größe klargeworden. Nun aber löste sich die Angst in einen Schrei der Freude auf, und sie konnte nicht anders, sie mußte die Arme um ihn legen.

„Emil, mein lieber Emil!“ flüsterte sie und sah mit Tränen in den Augen zu ihm auf. „Hat dich das Seil mit hochgerissen?“

„Nein, Wanda“, entgegnete er ebenso leise. „Ich komme freiwillig, denn du bist in Gefahr, und da möchte ich bei dir sein.“

„Du hast geglaubt, ich würde hier oben doch noch Angst bekommen?“

„Nein, das ist es nicht. Es wird sich zeigen.“ Er ließ sie auf den Sitz nieder und wandte sich dann an die beiden anderen.

„Ich begrüße Sie, meine Herren! Ich hoffe, Herr Professor, Sie werden mich nicht aus der Gondel weisen, da ich keinen Fallschirm habe, mit dem ich abspringen könnte.“

„Sie haben gehabt eine große Fortüne. Uns war hélas, impossible, Ihnen zu helfen.“

„Nun, ich habe mich von Anfang an nur auf mich selbst verlassen. Doch bitte, lassen Sie sich durch meine unerwartete Anwesenheit in den notwendigen Beobachtungen nicht stören. Sie haben Ihre Wetten zu gewinnen.“

„En effet“, antwortete der Professor und richtete das Fernrohr nach unten.

Der Startplatz lag schon in weiter Ferne, aber überall standen unten Menschen, die den Ballon beobachteten. Es war notwendig, zu steigen und dann eine Richtung in eine möglichst unbewohnte Gegend einzuschlagen. Deshalb nahm er ein Säckchen mit Ballastsand hervor und schickte sich an, es zu öffnen.

„Sie wollen noch höher steigen?“ fragte Winter.

„Richtik.“

„Ist das denn notwendig? Der Wind frischt doch merklich auf, und da wir die Luftlinie einhalten können, werden Sie Ihr Ziel schneller erreichen als der Sonderzug und Ihre Wetten gewinnen!“

„Da haben Sie serr rekt! Mais Sie sein kein homme du métier. Wir sein jetzt mitten zwischen zwei courants atmosphériques und müssen monter bis in die Mitte der plus lavorable.“

Er wußte sehr genau, daß Winter aus freiem Antrieb das Seil ergriffen hatte. Denn hätte es ihn unvermutet umschlungen und mit fortgerissen, so wäre ihm jedenfalls die Besinnung geschwunden, und also die Sicherheit, mit der er hochgeklettert war, unmöglich gewesen. Morelly hatte es also mit einem Gegner zu tun, der durch irgendeinen Umstand zu solcher Kühnheit veranlaßt worden war. Und bei der Ungeheuerlichkeit des Wagnisses mußte dieser Umstand sehr schwerwiegend sein.

Vielleicht hatte man sogar den Plan entdeckt, den er mit dem Baron verabredet hatte?

Unter solchen Gedanken hatte er einen Sandsack nach dem anderen entleert.

„Wollen Sie noch höher steigen, Herr Professor?“ fragte Winter. „Sehen Sie, die Wolken, die nun schon tief unter uns ziehen?“

„Ja, wir sind zu hoch, gehen wir herunter!“ rief von Hagen, dem die Angst aus den Zügen zu lesen war.

„Hier bin ik Kapitän“, erwiderte der Professor ruhig. „Die Wolken zeigen, es wird geben bald eine Unwetter. Wir müssen bleiben darüber. Wenn Blitz treffen Ballon, gibt Explosion, und wir sein fini — aus!“

Winter schwieg und nahm den an seiner Uhrkette hängenden Kompaß zur Hand. Er bemerkte nach einiger Zeit, daß der Ballon nicht mehr dem Ziel zuflog, sondern eine ganz andere Richtung eingeschlagen hatte. Tief unter ihnen waren zwischen den ziehenden Wolken nur Wälder und Felder, Berge und Täler zu erblicken.

„Sie werden Ihre Wette verlieren!“ meinte Hagen. Aber während er das sagte, standen auf seiner Stirn helle Tropfen. „Der Zug wird in wenigen Minuten sein Ziel erreicht haben.“

„Wir müssen abwarten das Gewitter — l'horage, und dann wir sinken. Ich werde steigen zur Klappe.“

Er schwang sich auf den Rand der Gondel und kletterte in das Netzwerk hinauf. Der Ton seiner Stimme hatte den eigentümlich heiseren Klang gehabt, den die Sprache oft zeigt, wenn der Mensch in ängstlicher Spannung ist oder etwas beabsichtigt, das mit dem Rechtsgefühl nicht im Einklang steht.

Das fiel Winter auf. Dieses Emporklettern mußte einen bestimmten Grund haben. Was wollte er jetzt bei dem Ventil, das zudem sehr bequem durch die Leine zu öffnen war, die bis in die Gondel herabreichte.

„Sehen Sie sich vor, Herr Kommissar! Der Mann führt

irgend etwas im Schilde!" flüsterte er und blickte gespannt nach oben.

Soeben griff der Professor nach einer Schlinge und fingerte daran herum, um sie zu öffnen. Dies schien jedoch einige Schwierigkeit zu haben.

Winter folgte mit den Augen dem Lauf des Strickes und bemerkte, daß die Hälfte der Gondelhalter an ihm befestigt war und nachgeben mußte, sobald er gelokkert wurde. Sofort erkannte er, worauf es abgesehen war, riß mit beiden Armen Wanda und den Kommissar herüber auf die weniger bedrohte Seite und rief:

„Haltet euch fest, sonst seid ihr verloren!"

Unwillkürlich klammerten sich die beiden an die Brüstung, obgleich sie den Grund dieses angstvollen Zurufs nicht begriffen. Im nämlichen Augenblicke bekam die Gondel einen Ruck, die Halter der einen Seite fielen nieder. Die drei Menschen verloren den Boden unter den Füßen und hingen, sich krampfhaft anklammernd, frei in der Luft.

„Einen Augenblick nur halte fest, Wanda!" mahnte Winter.

Er schwang ein Bein über den Gondelrand, und sobald er darauf festen Halt fühlte, zog er das Mädchen herauf zu sich.

„Nur jetzt stark bleiben, Wanda, und halte dich weiter fest!"

„Ich halte fest, Emil! Rette nur ... Herrgott, wo ist von Hagen?"

Der Kommissar war verschwunden. Im Augenblick der Gefahr hatte ihn die Besinnung verlassen oder die Kraft seiner Arme war zu schwach gewesen, und so war er hinabgestürzt.

Die beiden hatten jetzt keine Zeit, darüber nachzudenken, sie hatten mit sich selbst zu tun. Für den Augenblick freilich waren sie gesichert. Wanda saß rittlings dort, wohin Emil sie gezogen hatte, und hielt sich mit den Händen an den beiden Haltern fest, zwischen denen sie sich befand. Obgleich ihr das Herz hämmerte, suchte sie doch ein Lächeln hervorzubringen. Es gelang, und nun wagte Emil den ersten Blick in die Höhe.

Der Lastpunkt war verändert worden, und so hatte sich der Ballon auf die Seite geneigt. Der Professor war nicht zu sehen. War auch er hinabgestürzt? Doch nein, die Neigung des Ballons hatte ihn dem Auge Winters entzogen, und gerade jetzt kam er vorsichtig von der abgewandten Seite heruntergestiegen, um den Erfolg seines Anschlags bestätigt zu sehen. Mit Schrecken aber bemerkte er, daß nur einer der drei Fahrgäste fehlte und die beiden anderen sich festgehalten hatten.

Aber sie mußten hinunter! Ihr Tod war die einzige Rettung für ihn. Er kletterte weiter, bis er über ihnen auf dem Ring stand, der sich um den unteren Teil des Ballons legte. Während er sich mit der Linken festhielt, zog er mit der Rechten ein Messer aus der Tasche, öffnete es mit Hilfe der Zähne und beugte sich nieder, um die Seile zu zerschneiden, an denen sich Emil und das Mädchen festhielten.

Winter hatte bisher kein Wort gesprochen. Jetzt aber griff er in die Tasche und zog ein Terzerol hervor. Er segnete die Mahnung seines Bruders, für den Notfall eine Waffe zu sich zu stecken, und rief drohend:

„Wirf das Messer fort, du feiger Mörder! Beim ersten Schnitt schieße ich!"

Morelly blickte hinab. Er sah die Waffe, aber sie schreckte ihn nicht zurück. Bei den Schwankungen des Ballons war es schwer, ihn zu treffen. Gehorchte er, so befand er sich in den Händen Winters und war verloren. Ein Schnitt jedoch in das Seil, an dem dieser sich festhielt, mußte ihn in die Tiefe stürzen. Rasch bückte er sich und setzte die Hand zum Schneiden an. Da krachte auch schon ein Schuß und er zuckte zusammen.

Die Kugel war ihm in den Oberarm gedrungen und

hatte den Knochen verletzt. Er stieß einen Schmerzenslaut aus und ließ das Messer fallen. Er schien den Halt zu verlieren, raffte sich aber zusammen und klammerte sich mit dem anderen Arm wieder fest.

„So, du bist mir sicher!" rief Winter und steckte das Terzerol wieder ein.

Dann schenkte er dem Aeronauten weiter keine Aufmerksamkeit mehr und musterte das Netzwerk.

„Die Gondel können wir allein nicht wieder in ihre frühere Lage bringen", sagte er zu Wanda. „Ich werde dich festbinden, damit du für alle Fälle gesichert bist, und dann versuchen, den Ballon zum Sinken zu bringen."

Er glitt vorsichtig vorwärts, zog sein Federmesser und schnitt einen der niederhängenden Gondelhalter los. Dann kehrte er ebenso behutsam zurück und bildete mit Hilfe des Strickes um Wanda ein nach allen Seiten sicherndes Flechtwerk. Darauf schickte er sich an, nach oben zu steigen. Die Reißleine war ihm jetzt unzugänglich, und er mußte die Hälfte des Ballons umklettern, um sie zu erreichen.

„Wo willst du hin, Emil?" fragte Wanda ängstlich.

„Ich muß die Klappe öffnen, damit wir sinken."

„Tu's nicht! Du wirst hinabstürzen."

„Es muß geschehen, wenn wir wieder zur Erde kommen sollen. Du brauchst keine Angst um mich zu haben. Seit ich dich in Sicherheit sehe, bin ich ruhig."

Während der letzten Worte zuckte ein flammender Wetterschein tief unter ihnen. Es war, als stände alles unter ihnen in Flammen, und kurze Zeit darauf tönte ein leises, rollendes Gemurmel zu ihnen empor.

„Das Gewitter! Jetzt dürfen wir nicht sinken, sonst laufen wir Gefahr, von einem Blitz getroffen zu werden."

Der Ballon wurde mit vermehrter Geschwindigkeit dahingetrieben. Unter ihnen breitete sich ein schwarzgraues Wolkenmeer, in dem grelle Blitze hin und her zuckten. Heller Sonnenschein lag auf dieser brodelnden, wogenden, schier endlosen Fläche, die das Gefühl gab, in einer anderen Welt zu sein.

Winter arbeitete sich empor bis zu dem Professor, zog sein Taschentuch und versuchte notdürftig, den verletzten Arm zu verbinden. Es gelang nach einigen vergeblichen Versuchen, bei denen von beiden Seiten nicht ein Laut gesprochen wurde. Der Verwundete hielt die Augen geschlossen. Er hing mit den Beinen und dem gesunden Arm so in dem Netzwerk, daß er einigermaßen gesichert war.

Vorsichtig kletterte Emil sodann um den Ballon herum, und endlich gelangte er zu der Reißschnur. Er atmete auf. Ein Blick in die Tiefe zeigte ihm, daß das Gewitter seitwärts abzog. Wälder und Wiesen breiteten sich glitzernd in vom Regen erfrischten Grün unter ihm aus.

Er zog. Das Ventil öffnete sich und mit einem leise pfeifenden Rauschen strömte das Gas aus. Die Wolken schienen in der Ferne in die Höhe zu steigen. Das war ein Beweis, daß der Ballon fiel. Die erst so glatt angespannte Tafthülle legte sich nach und nach in Falten, wodurch die Schwierigkeit des Kletterns ein wenig vermindert wurde; aber durch die Verschiedenheit der Luftströmungen wurden die Bewegungen des Ballons so gefahrdrohend, daß sich Winter, um nicht hinabgeschleudert zu werden, mit Aufbietung aller Kräfte festklammern mußte.

Er ließ das Gas immer nur in gewissen Zeitabständen ausströmen, so daß der Ballon nur langsam sank. Mit gespannter Aufmerksamkeit richtete er den Blick zur Erde. Vielleicht konnte er feststellen, wo er ungefähr landen würde.

Zwischen einzelnen leichten Wolkenstreifen drangen die Reflexe des Sonnenlichts empor. Die Streifen näherten sich, und so viel war gewiß, daß sein Heimatstädtchen nicht unter ihm lag. Es war ein dichtbewaldetes

Gebirgsvorland, das in der Ferne einige Dörfer und Flecken zeigte, aber unmittelbar unter ihm war dichter Forst, in dem Emil keine Spur einer menschlichen Wohnung entdecken konnte.

Gern hätte er den Ballon nun ein wenig emporsteigen lassen. Aber es war unmöglich, zu den Sandsäcken zu gelangen, und da die Luft jetzt fast bewegungslos war und der Ballon sich langsam und gleichmäßig fortbewegte, so versuchte er vollends niederzugehen.

Wie er die Landung bewerkstelligen sollte, wußte er nicht, aber das lange Seil, an dem er vor Beginn der verhängnisvollen Fahrt emporgeklettert war, wurde noch nachgeschleppt und konnte ihm vielleicht von Nutzen sein.

Ehe er aber das letzte Gas entweichen ließ, kletterte er soweit zurück, daß er Wanda zu Gesicht bekam. Noch saß sie an derselben Stelle und blickte mit angsterfüllten Zügen empor zu dem Punkt, wo sie ihn hatte verschwinden sehen.

„Bist du wohl, Wanda?"

„Ja! Aber ich bin fast tot vor Sorge um dich."

Trotz der bedenklichen Lage, in der sie sich befanden, konnte er doch ein Lächeln über diese widerspruchsvolle Antwort nicht unterdrücken.

„Sei vorsichtig und halte dich fest! Wir werden gleich den Wald erreichen."

Er kletterte wieder empor und zog das Ventil. Der Ballon sank und strich im Sinken über die Wipfel der Bäume hin. Winter griff fester zu, um bei einem Ruck nicht hinabzustürzen, und ließ die Klappe sich schließen. Da — ein Ruck, als sollte der Ballon in die Erde hineingezogen werden, ein Rascheln und Brechen in den Ästen unter ihnen, und dann drehte sich die halb zusammengeschrumpfte Tafthülle um ihre eigene Achse.

Das Seil hatte sich in den Bäumen verwickelt, einen festen Halt gefunden, und so wurde der Ballon gehalten.

Aber die Drehung konnte gefährlich werden. Winter zog behutsam das Ventil auf und gewährte dem Gas einen langsamen und spärlichen Abfluß. Ebenso langsam sank der Ballon vollends nieder, legte sich auf die Seite und ward von den Zweigen festgehalten, in denen sich das Netzwerk verstrickte.

Mit einem kräftigen Zug riß er das Ventil weit auf, so daß der Taft zusammenfiel, sich wie eine Decke auf die Wipfel legte und so eine Unterlage bildete, auf die Emil ohne alle Verletzungen zu liegen kam.

„Wanda, Wanda, wo bist du?“ rief er jetzt, da er seine Sorge nun ausschließlich auf sie richten konnte.

„Hier zwischen den Bäumen hänge ich in voller Sicherheit! Und du?“

„Auch ich bin heil geblieben. Ich werde gleich bei dir sein.“

Zwar kostete es einige Anstrengung, von seinem erhabenen Standpunkt herabzukommen, aber es gelang, und als er den festen Boden unter seinen Füßen fühlte, erblickte er auch die Gondel. Sie hatte sich zwischen zwei Bäumen eingeklemmt, aus deren dunklem Zweigwerk ihm das bleiche Gesicht Wandas entgegenschimmerte.

„Wie bringe ich dich nur von da oben herunter?“ fragte er einigermaßen ratlos.

„Das wird schon nicht so schwierig sein. Ich verlasse mich auf deinen Scharfsinn.“

„Warte mal, vielleicht geht es so schneller und besser.“

Er suchte den Baum, an dem das nachgeschleppte Seil hing, kletterte hinauf und schnitt es ab. Zwar hatte er einige Zeit angestrengt zu arbeiten, aber es gelang endlich doch. Dann kehrte er zurück und versuchte durch kräftiges Ziehen, die Gondel weiter abwärts zu bringen. Auch das gelang. Das in den Ästen hängende Netzwerk hielt den Korb fest, so daß er nicht abstürzen konnte. Wanda half durch die Entfernung hindernder Zweige nach und näherte sich auf diese Weise endlich so weit dem Boden, daß sie ihn durch einen etwas beherzten Sprung erreichen konnte.

„Soll ich dich losmachen?"

„Danke, nein. Ich bringe es selbst fertig."

Sie wickelte das Seil von sich ab, schickte sich zum Sprung an und lag im nächsten Augenblick in den Armen Winters, der sie aufgefangen hatte.

„Wanda!" rief er in überströmendem Glücksgefühl.

Sie aber antwortete nicht, und als er fühlte, wie schwer sie an ihm hing und ihr ins Gesicht blickte, erkannte er, daß sie kaum noch stehen konnte. Solange die Gefahr angehalten hatte, war sie stark gewesen. Jetzt aber, wo alles vorüber und keine Anstrengung mehr notwendig war, trat die Rückwirkung ein.

Winter fühlte sich hierdurch nicht im geringsten beängstigt, er wußte, daß dieser Zustand bald vorübergehen würde. Er legte sie vorsichtig ins weiche Moos nieder, nahm den von weichen, blonden Locken umringelten Kopf in den Arm und drückte einen Kuß auf die bleichen Lippen, geradeso wie damals, als sie in der Höhle des Felsenbruchs vor ihm lag und dann vor Zorn erglühend aufgesprungen war.

Auch jetzt schlug sie die Augen auf; aber nicht zornig blickten sie, sondern innige Freude leuchtete aus ihnen. Sie zog ihn an sich und schlang beide Arme um seinen Nacken.

„Emil, du lieber, nun hast du mir das Leben schon zum zweitenmal gerettet! Wie hab ich dich so lieb, so unendlich lieb!"

„Ist das wahr, Wanda? Und nun willst du mein sein, immer mein?"

„Ganz und immer dein!"

„Dann bin ich vollkommen glücklich und danke von ganzem Herzen dem lieben Gott, der uns schon einmal im Wald zusammenführte für nur kurze Zeit und nun im Wald vereinigt für die ganze Dauer des Lebens."

„Ja, Emil, und in dieser heiligen Stunde will ich dir etwas versprechen. Ich werde nie wieder sein, wie ich gewesen bin, so eigenwillig und selbstsüchtig, nie wieder die ‚wilde Polin' sein, wie man mich genannt hat. Heute, als ich da oben auf dem Rand der Gondel saß und in Todesangst war, da hab ich mir gelobt, dir folgsam zu sein für alle Zeit, wenn Gott uns füreinander erhalten würde."

„Wanda!"

Mehr konnte Winter nicht sagen. Er war tief ergriffen von den selbstverleugnenden Worten des schönen, sonst so stolzen und selbstbewußten Mädchens.

Da tönte ein schweres, röchelndes Ächzen aus den Zweigen zu ihnen herab.

„Was war das?" fuhr Wanda auf.

„Das war der Professor, den wir über unserem Glück vergessen haben."

Winter sprang auf, ging den Lauten nach und fand nach einigem Suchen Morelly. Er hing an einem abgebrochenen Ast, dessen Stumpf ihm tief in den Leib gedrungen war. Die Verletzung mußte tödlich sein. Blut rann ihm aus Mund und Nase; das Stöhnen wurde kürzer und schwächer, und dann lief ein krampfhaftes Zittern durch den aufgespießten Körper, der schlaff zusammensank.

„Bitte, Wanda, geh weg von hier! Er ist tot! Der Anblick ist nichts für dich."

Sie gehorchte sofort. Winter lief und holte sich ein Seil. Mit einiger Mühe kletterte er an dem Baumstamm hoch. Er überzeugte sich, daß keine Spur von Leben mehr in dem Körper war, befestigte das Seil unter den Armen des Professors und warf es über den nächsthöheren kräftigen Ast. Das andere Ende schlang er fest um den Baumstamm. Mit einem mächtigen Ruck brach er nun den Ast los, an dem der Tote hing, und so konnte er ihn an dem Seil langsam zur Erde hinablassen.

Unten bei ihm angekommen, untersuchte er die Taschen des Verunglückten. Dabei fand er die auf den Namen Professor Morelly lautenden Ausweispapiere, ferner ein Foto, einige Zeitungsausschnitte und einen Briefumschlag, der zwei handgeschriebene Papiere enthielt. Als er auf diese einen Blick warf, entfuhr ihm ein Ausruf der Überraschung. Hastig überflog er den Wortlaut.

Ich, Eginhardt Baron Säumen, verpflichte mich hierdurch, dem Aeronauten Prof. Morelly den Betrag von zwanzigtausend Talern in bar gegen Aushändigung der in seinem Besitz befindlichen Erklärung zu zahlen, sobald ich über das Erbe meiner Braut, Fräulein Wanda von Clowicki, frei verfügen kann.

Das zweite Blatt war mit ‚Erklärung' überschrieben.

Hiermit bestätige ich, in Paris Anführer einer Geldfälscherbande gewesen zu sein. Ich gestehe ferner, gegen meine Braut Wanda von Chlowicki einen Sprengstoffanschlag und ihren Absturz aus dem Ballon geplant und vorbereitet zu haben, um ihren Tod herbeizuführen mit der Absicht, ihr Erbe antreten zu können. Beide Anschläge vollführte in meinem Auftrag mein ehemaliger Komplize, der Lithograph, der sich jetzt Professor Morelly nennt und als Aeronaut auftritt, nachdem er den wirklichen Morelly in der hiesigen Residenz erwürgt und in den Fluß geworfen hat.

Eginhardt Baron Säumen

Emil Winter lief zu Wanda, die in einiger Entfernung auf ihn wartete.

„Da, lies diese Schriftstücke, die ich bei dem Professor fand!"

Während sie die Papiere überflog, wurde ihr Gesicht totenblaß.

„Das ist ja schrecklich!" flüsterte sie. „Dann war also

doch alles von ihm geplant, nur weil ich von der Verlobung zurücktrat! Erst die Sprengung im Steinbruch — und heute dies!"

„Ja, diese Papiere beweisen eindeutig, daß Morelly in beiden Fällen der ausführende Täter war und sich durch diese ‚Erklärung' offenbar sichern wollte, daß ihm Säumen auch die zugesagte Belohnung auszahlt. Beide, der Baron und Morelly, gehörten tatsächlich jener Bande in Paris an. Das erklärt ihre neuerliche Verbindung. Mag sein, daß sie sich durch Zufall wiedergefunden haben." Nachdenklich betrachtete er das Foto, das zwei Männer vor dem Luftballon zeigte. „Das Bild ist in London gemacht worden. Einer der beiden ist unverkennbar der Tote dahinten. Dann könnte der andere der echte Morelly sein, dessen Gehilfe er wurde, um die Fertigkeiten der Aeronautik zu erwerben." Er warf einen Blick auf die Zeitungsausschnitte und nickte vor sich hin. „Alles paßt zueinander! Da, schau! Sämtliche Berichte über den unbekannten Toten, den man vor einiger Zeit aus dem Fluß gezogen hat!"

„Warum hat er die aufbewahrt?"

„Weil er der Täter war. — Aber komm, wir müssen jetzt an uns denken. Wer weiß, in welcher verlassenen Gegend wir uns hier befinden. Vielleicht müssen wir noch stundenlang laufen, um aus diesem einsamen Forst herauszukommen. Wirst du dazu imstande sein?"

„Wenn du bei mir bist, kann ich alles", sagte Wanda, und ihre Augen leuchteten.

*

„Da drüben auf der Stoppel liegt er, wir müssen hier einbiegen", rief der Bauer, nachdem die Kutsche mit den fünf Männern fast eine halbe Stunde in scharfem Trab dahingefahren war. „Es war noch vor dem Gewitter, als er plötzlich aus den Wolken herunterfiel. Ich war auf dem Feld und bin gar nicht erst in unser Dorf, sondern gleich in die Stadt gelaufen, weil ich wußte, daß man dort auf die Ankunft des Ballons wartet."

Der Wagen hielt. Seitwärts lag eine formlose Masse. Den Männern grauste es, und selbst den Baron überlief ein Schauder. Alle kletterten vom Wagen und näherten sich scheu dem Toten.

Winter hielt sich absichtlich etwas zurück, um den Baron beobachten zu können, der sich als erster über den Zerschmetterten beugte. Ihm entging nicht der Ausdruck der Befriedigung, der auf dem Gesicht von Säumens zu erkennen war, als er sich aufrichtete und sagte:

„Es ist Kommissar von Hagen."

Winter hatte bereits vom Wagen aus an der Kleidung gesehen, daß der Tote nicht sein Bruder war, und ein Stein war ihm vom Herzen gefallen. Er trat näher und wandte sich an Thomas und Gräßler:

„Ja, es ist der Kommissar, aber leider müssen wir befürchten, daß auch die anderen das gleiche Schicksal betroffen hat. Immerhin ist möglich, daß der Kommissar infolge einer Unvorsichtigkeit allein verunglückt ist; deshalb dürfen wir solange hoffen, bis man die anderen findet."

Er überlegte kurz und sagte dann zu dem Bauern:

„Der Tote bleibt vorerst hier liegen. Sie gehen sofort in Ihr Dorf und sagen Bescheid. Bis der Tote abgeholt wird, muß ein Wächter hierhergestellt werden. Dann aber soll alles, was Beine hat, die Umgegend absuchen — nach dem Ballon und seinen anderen Insassen. Wir kehren in die Stadt zurück, und ich bitte, mich sofort zu benachrichtigen, wenn man hier noch etwas finden sollte."

Der Bauer machte sich auf den Weg, und die übrigen bestiegen den Wagen, um wieder in die Stadt zurückzufahren. Dort standen auf den Straßen Gruppen von Menschen, die ihre Ansichten über den vermutlichen Ausgang der Ballonfahrt austauschten.

Als nun das Schicksal des Kommissars bekannt wurde, zweifelte niemand mehr daran, daß auch die anderen Insassen verunglückt waren. Während Hermann Winter der Frau von Chlowicki noch Mut zusprach und eine Hoffnung machte, die er selber nicht mehr hegte, trat der Festausschuß zusammen, um über die Vertagung des Sängerfestes zu beraten.

Der Baron saß unten im Gasthaus bei einem Glas Bier. Er hatte dem Polizeirat sein Beileid ausgesprochen und wartete nun in fieberhafter Spannung auf weitere Nachrichten, überzeugt, daß der Anschlag auf die Luftfahrer gelungen war. Wie den Kommissar, so würde man auch Wanda und Emil Winter kurz über lang irgendwo finden. Wenn der Professor später mit dem Ballon landete, würde es ihm leicht sein, nachträglich den Schornsteinfeger, der sich an das Seil gehängt hatte, für den Unfall verantwortlich zu machen. Bisher hatte alles geklappt, und der Weg zu dem Vermögen der Chlowickis schien so gut wie frei.

Da kam der Schmied in die Gaststube gestürzt.

„Ist Herr Winter nich hier?"

„Er wird oben bei Frau von Chlowicki sein. Gibt's was Neues?"

„Das werden Sie schon hören", erwiderte Gräßler grob und lief zur Treppe. „Man hat das Fräulein und den Emil gefunden."

Der Baron rieb sich zufrieden die Hände. Das war also auch in Ordnung.

Oben klopfte der Schmied an die Tür und stürmte ins Zimmer.

„Hermann, da biste ja! Bin ganz außer Atem! Weeßte schon was Neues und Gutes?"

„Was denn? Nun rede schon!"

„Der Emil und die Wanda sind glücklich davongekommen, nur der Professor is tot."

„Gott sei gelobt!" flüsterte Frau von Chlowicki.

„Woher weißt du das?“ fragte Hermann Winter.

„Vor een paar Minuten is eene telegraphische Depesche gekommen. Mit dem nächsten Zug werden die beeden hier sein. Da der Emil nicht wissen konnte, daß du hier bist, hat er die Depesche an den Stadtrichter abgesandt, und der schickt mich hierher.“

„Ich möchte zum Bahnhof!“ rief Frau von Chlowicki.

„Ich komme mit“, sagte Hermann. „Und du, Anton, sag niemandem etwas, besonders nicht dem Baron!“

„Ich werd's Maul halten! Hab' sowieso was Besseres zu tun“, erklärte Gräßler.

„Was denn?“

„Das werdet ihr alleweil schon merken, wenn's so weit is!“

Damit sprang er davon. Winter ließ eine Kutsche anspannen und fuhr mit der alten Dame zum Bahnhof, um dort die Ankunft des Zuges zu erwarten. Sie war selig vor Glück, und aus ihren Worten entnahm Hermann, daß sie trotz aller Standesunterschiede einer Verbindung Emils mit ihrer Tochter wohl kaum Schwierigkeiten machen würde.

Musik klang auf, Marschtritt erschallte. Da kamen die Sänger mit Fahnen und Musik gezogen. An der Spitze der Kapelle marschierte, den mit bunten Quasten und goldenem Knauf versehenen Taktstock schwingend, der Schmied, der die Festteilnehmer schnell zusammengerufen hatte. Sie zogen zum Bahnhof.

Gräßlers breites, ehrliches Gesicht glänzte vor Freude, als er zum Bahnsteig einlenkte, und als er an Frau von Chlowicki vorbeimarschierte, nickte er ihr aufmunternd zu und vollführte mit dem Stock eine Windmühlendrehung, die ihn fast um seine stattliche Haltung gebracht hätte. Dann gab er mit erhobenem Arm das Zeichen zum Schweigen und kommandierte mit dröhnender Stimme:

„Bataillon — — — halt! Rechts — — — umgedreht! So! Und nu bleibt ihr stehen und rührt euch nich, bis der Zug kommt! Nachher aber könnt ihr meinetwegen springen, so hoch ihr wollt, und dazu rufen und schreien, so laut ihr wollt. Und wer nich weeß, was er sagen soll, der mag rufen: ‚Fife Lamperöhr!' Das klingt schön und macht Spektakel, und dazu muß die Musik blasen, was das Zeug hält, immer feste droff. Und wenn ihr eure Sache gut macht, so geb ich een Faß Lagerbier zum besten, und andre Leute werden ooch noch een paar Flaschen draufgeben. Habt ihr's verstanden?"

Alle lachten. Zwar ließ die Ordnung sehr viel zu wünschen übrig, aber die Rede hatte Eindruck gemacht, und als der Zug heranbrauste, konnte man das Rollen seiner Räder nicht hören vor den Jubelrufen der Anwesenden.

Unbekümmert um die Menge der Umstehenden nahm Frau von Chlowicki die Tochter in ihre Arme und küßte sie in überwallender Zärtlichkeit. Emil Winter aber wurde sofort von den Männern in Beschlag genommen und aufgefordert, sein Abenteuer zu erzählen. Er tat es in aller Kürze und machte sich dann los, um zu der alten Dame zu kommen, die auch ihn mit Sehnsucht erwartete. Wanda hatte ihr in aller Eile mitgeteilt, was er alles für sie getan und gewagt hatte.

Begleitet von dem Festzug, fuhr die Kutsche hinter der Musikkapelle ins Gasthaus zurück. Dort bestürmte Frau von Chlowicki ihre Tochter und Emil, ihr endlich einen ausführlichen Bericht zu geben, aber Winter wehrte ab.

„Dürfen wir das nicht bis zu einer ruhigeren Stunde aufschieben? Wir haben heute des Schrecklichen soviel erlebt, daß uns selbst die Erinnerung daran noch aufregen muß."

„Emil hat recht, Mama", stimmte ihm Wanda zu. „Sei nachsichtig gegen ihn, er hat sich fast über menschliche Kraft angestrengt und bedarf der Ruhe."

„Du hast recht, und ich werde wohl vergebens darüber nachsinnen, wie ich ihn würdig belohnen kann."

„Was das betrifft, so habe ich mir einen Lohn ausgewählt, der jedenfalls viel zu groß ist für das, was mir nur der Zufall zu tun erlaubte. Schau her!" Emil legte den Arm um Wanda, zog sie an sich und drückte seine Lippen auf ihre Stirn.

„Was willst du damit sagen, Emil? Der Herr Baron ..."

In diesem Augenblick klopfte es an die Tür. Ohne das ‚Herein!' abzuwarten, trat der Baron ein und wandte sich an Frau von Chlowicki, wobei er die anderen Anwesenden gar nicht wahrzunehmen schien.

„Gnädige Frau, das ist ein Skandal! Draußen toben und lärmen die Leute und bedenken gar nicht den schweren Verlust, der Sie und mich so unvermutet getroffen hat! Ich komme, Ihnen meine aufrichtige Teilnahme zum so tragischen Tod unserer Wanda —"

In diesem Augenblick entdeckte er Emil und das Mädchen und erblaßte. Emil trat dicht vor ihn hin.

„Der verunglückte Professor hat die Unvorsichtigkeit begangen, ein Papier auf mich zu vererben, das ich nun meinem Bruder mit der Bitte übergebe, damit nach seinem polizeilichen Gewissen zu verfahren."

Ein einziger Blick machte von Säumen die Situation klar. Auch das zweite Attentat war fehlgeschlagen, alles war entdeckt, und die Stunde der Abrechnung brach an. Er mußte schnellstens handeln, und dieser Augenblick, in dem die Aufmerksamkeit aller auf das Papier gerichtet war, bot ihm die beste Gelegenheit zur Flucht. Er riß die Tür auf, trat hinaus, schlug sie hinter sich zu und drehte den Schlüssel um.

Dann eilte er die Treppe hinunter und wollte eben auf die Straße treten, als er die kräftige Gestalt des Schmiedes am gegenüberliegenden Haus lehnen sah. Schnell entschlossen lief er zurück, um durch den Hofraum und von da durch den Garten ins Freie zu kommen.

Im Flur trat ihm der Wirt entgegen.

„Der Herr Baron wollen noch ein wenig frische Abendluft schöpfen?"

„So ist es."

„Dann nehmen Sie sich in acht vor ..."

Er vernahm die übrigen Worte nicht, denn er hatte keine Zeit, auf den Mann zu hören, und schlug den kürzesten Weg quer über den Hof ein, nach einer Stelle, wo er eine Öffnung in der Mauer zu bemerken glaubte.

Sein plötzliches Verschwinden hatte ihn zwar aus der unmittelbaren Nähe der Feinde gebracht, aber mehr auch nicht. Emil Winter versuchte die Tür durch einen kräftigen Druck aufzusprengen. Aber sein Bruder hielt ihn zurück.

„Laß nur, Emil, das dauert zu lange! Durch die Vordertür entkommt er nicht. Dahin habe ich Gräßler gestellt. Er wird durch den Hof gehen, und im Garten steht Thomas; aber der ist wohl nicht stark genug ..."

Er riß die Tür zum Nebenzimmer auf und öffnete dort das Fenster. Ohne ein Wort zu verlieren oder auf die Zurufe und Fragen der Frauen zu hören, standen die beiden Brüder im nächsten Augenblick im Garten.

Der Flüchtling konnte noch nicht hier sein, da sie den kürzesten Weg eingeschlagen hatten, und so lauschten sie aufmerksam auf sein Kommen. Da ertönte vom Hof her ein lautes Krachen, dem ein Entsetzensschrei folgte.

„Rasch, Hermann!" rief Emil. „Er ist in den alten Brunnen gestürzt!"

Sie wollten eben über die Mauer steigen, als sie bemerkten, daß der Wirt mit einigen Gästen herbeieilte, die das Krachen und den Schrei vernommen hatten.

„Bleib' hier! Die da drüben sind Manns genug, um das Notwendige zu tun", sagte Hermann.

Sie sprangen über den Zaun und kehrten durch die Straße ins Haus zurück, wo die Damen aufgeregt warteten und sie um Aufklärung baten. Aber ehe sie etwas sagen konnten, klopfte es schon an der Tür. Der Wirt trat ein und meldete nach einer Bitte um Entschuldigung und Fassung, daß dem Herrn von Säumen etwas zugestoßen wäre.

„Er schien große Eile zu haben und hörte meine Warnung gar nicht, die ich ihm wegen des Brunnens nachrief."

„Wir werden sofort unten sein. Lassen Sie schnell einen Arzt kommen!" schnitt ihm Hermann Winter die Rede ab.

Der arme Wirt war so voller Angst, daß ihm dicke Schweißtropfen auf der Stirn standen und er die Worte mehr gestottert als gesprochen hatte. Er zog sich eilig zurück.

„Mein Gott, so sprecht doch!" rief Frau von Chlowicki.

„Lesen Sie dies hier, während wir hinuntergehen! Es wird Ihnen alles sagen, und was noch unverständlich ist, kann Wanda während unserer Abwesenheit erklären."

„Ich bin nicht schuld!" rief der Wirt ihnen an der Treppe entgegen. „Ich habe ihn gewarnt, und nun ist er jedenfalls tot. Der Brunnen ist sehr tief, und wir haben ihn leergepumpt, weil das Wasser durch unreinen Zufluß ungenießbar geworden war!"

*

Einige Stunden waren vergangen. Man hatte den Baron zerschmettert vom Grund des Brunnens geborgen. Durch seinen Tod waren auf einmal alle Schwierigkeiten gelöst. Während die Leute Frau von Chlowicki und ihre Tochter in tiefer Betrübnis wähnten, unterhielt sich die alte Dame mit Hermann Winter. Wanda lehnte an der Seite Emils am Fenster, und beide wechselten zärtliche Worte.

Es war die Rede von Liebesliedern, und Wanda behauptete, das schönste Lied, das sie kenne, habe einst ein Jüngling auf einen gewissen Wildfang im Wald gedichtet und sei später von einem Essenkehrer einer unartigen jungen Dame vorgesungen worden. Emil tat, als gäbe er sich alle erdenkliche Mühe, dieses Lied zu erraten, als unten vor dem Haus ein leises Getrappel hörbar wurde und dann eine tiefe Baßstimme heraufrief:

„Offgepaßt da oben; itzt geht's los!"

Dann folgte nach einer kleinen Pause in vollen reinen Männerstimmen ein prächtiger vierstimmiger Gesang.

„Ich will dich auf den Händen tragen
und dir mein ganzes Leben weihn.
Ich will in deinen Erdentagen
dir stets ein treuer Engel sein!"

Und als Emil das Fenster öffnete, um sich für das Ständchen zu bedanken, ertönte erneut die Baßstimme:

„Hab ich's alleweil getroffen, Alter, von wegen der Verlobung?"

„Ich will's nicht bestreiten, Anton."

„Hab mir's gedacht, obgleich's een anderer nich zuwege gebracht hätte. Een Essenkehrer und een Edelfräulein! Bist mein' Seel' een ganzer Kerl! Offgepaßt, ihr Leute! Fife Lamperöhr unserem Vorsteher zum erstenmal, zum zweetenmal und zum drittenmal! Mein Faß Freibier is ausgesoffen; morgen bist du an der Reihe, Emil! Gute Nacht, altes Haus!"

DIE FASTNACHTSNARREN

(1875)

Der umfangreiche einzige Jahrgang der von Karl May gegründeten Wochenschrift „Deutsches Familienblatt" erschien September 1875 und September 1876. „Die Fastnachtsnarren" wurde bereits in den ersten Nummern veröffentlicht. In dieser Humoreske ist besonders die Verwendung eines Namens auffällig, des Namens Wadenbach: so nannte sich Karl May im Januar 1870 in dem vergeblichen Bemühen, der drohenden Verhaftung an der sächsischen Grenze zu entgehen. Der Rahmen der Erzählung zeigt Anklänge an die in der Selbstbiographie geschilderte „Lügenschmiede", allerdings in harmloswohlwollender Färbung. Seltsam mutet die Erwähnung des 25. Februars als eines „schlimmen Tages" an: Karl May wurde am 25. Februar 1842 geboren! — Auch die Vornamen der beiden Söhne des Gastwirts Hahnemann wurden gewiß nicht von ungefähr gewählt, denn „Heinrich" und „Fritz" hießen seine beiden Brotgeber, die Brüder Münchmeyer, mit denen May damals noch in gutem Einvernehmen stand. „August" Wadenbach läßt darüber hinaus an den Vater des Verfassers denken: Heinrich August May.

„Da muß doch gleich der helle, lichte Popanz drinne sitzen! Zehnmal und hundertmal schon hab' ich dir's gesagt, daß du mit dem Heinrich nicht liebäugeln sollst! Und sobald ich abends nur die Nase zum Fenster naus recke, seh' ich euch miteinander im Garten oder hinterm Schuppen, und was tut ihr da, he, was habt ihr da zu tun, frag' ich?"

„Nichts tun wir, Vater, gar nichts."

„So? I der Tausend, da mag dein Herzallerliebster auch ein schöner Kerl sein, wenn ihr gar nichts tut. Als ich noch in den Jahren war, in denen man wegen eines hübschen Gesichtchens alle Wochen zwei Paar neue Hosen an den Zäunen hängen läßt, da hab' ich meinem Mädchen so viel Arbeit gemacht, daß sie gar nicht fertig werden konnte. Und dieser Taugenichts, der drei, vier Stunden lang bei dir steht und nichts, gar nichts tut, den willst du heiraten? Zum Loch hinaus werf' ich ihn, wenn er mir nochmal in die Bude kommt! So ein Schlabbermäulchen wie du, das den ganzen Tag nicht stillesteht und immer vorneweg und obenauf ist, braucht einen Mann, der Haare auf den Zähnen hat. Aber sich hinstellen, das Maul aufreißen und den Mond angucken — das wär' mir ein Liebhaber; schäm' dich!"

„Na, so schlimm ist's denn doch nicht. Der Heinrich weiß, was sich für einen Burschen schickt, der sein Mädchen liebhat."

„Ach so! Da tut ihr wohl zuweilen doch etwas mehr als gar nichts, he?"

„Das kommt ganz auf die Witterung an."

„Auf die Witterung? Du willst dich doch nicht etwa über mich lustig machen? Heraus damit! Wieso auf die Witterung?"

„Na, wenn's ihm heiß ist, beißt er mich, und wenn's mir zu schwül wird, beiß' ich ihn. — Gute Nacht, Vater!"

„Halt! Dageblieben! Wir sind noch nicht fertig, und

wenn ich mit dir rede, so hast — Wahrhaftig, da ist sie fort, und ich steh' ganz allein da, grad wie ein Meilenstein am Straßengraben. Wenn ich wiedermal was auf dem Herzen hab', so weiß ich, was ich tue: Entweder halte ich das Maul, oder ich erzähl' es den alten, ledernen Hosen dort am Nagel; die laufen mir doch wenigstens nicht davon."

Er brachte die ausgegangene Meerschaumpfeife wieder in Brand, ergriff Stock und Pelzmütze und schritt zur Tür. Draußen vor der Küche traf er die Hausfrau.

„Schlaf' wohl, Mutter!"

„Gute Nacht, Vater, bleib' nicht zu lange!"

„Hat sich was! Heut' wird es spät werden: Es ist Neuwahl, und da geht's laut her."

„Wer wird wohl Vorsteher werden?"

„Das zeigt sich erst zu Fastnacht. Ich hoffe, daß ich's bleibe!"

Er öffnete die Tür und schritt durch die schneebedeckten Gassen einem Haus zu, das am Ende der kleinen Stadt lag und die verheißungsvolle Inschrift ‚Zum lustigen Mann' trug. Hier kamen wöchentlich zweimal die Mitglieder des Zipfelmützenklubs zusammen, um sich nach des Tages Last und Arbeit in geselligem Kreis zu erheitern und munteren Frohsinn walten zu lassen.

Bei diesen Zusammenkünften trug jedes Mitglied eine weiße Zipfelmütze mit rotem Rand und blauer Quaste, der Vorsteher aber eine Kopfbedeckung mit vierfachem Zipfel als Abzeichen seines hohen, leider nur ein Jahr währenden Amtes.

Am letzten Sonnabend vor Fastnacht nämlich wurden mittels geheimer Wahl zwei Mitglieder bestimmt, von denen dann einer die Vorsteherwürde erhielt, nämlich der, der am darauffolgenden Tag bis zum Aschermittwoch den andern am auffälligsten zum ‚Fastnachtsnarren' machte. Die ganze Stadt war jedesmal auf die Lösung dieser possierlichen Angelegenheit gespannt, da es manchen guten Witz dabei gab, der noch lange Zeit Gegenstand des Stadtgesprächs blieb.

Schon eine Reihe von Jahren war es dem Färbereibesitzer Wadenbach gelungen, sich auf dem Stuhl des Vorstehers zu halten. Er war einer der beliebtesten Bewohner des Städtchens, steckte voll Schnurren und Drolligkeiten und besaß eine geradezu unverwüstliche Laune. Aber neben seinen zahlreichen guten Eigenschaften verfügte er auch über einige kleine ‚Mucken', die ihm schon manchen Streich gespielt hatten. Er war nämlich ein eifriger Verehrer des roten Pomeranzenlikörs und kannte sehr genau den Schenktischwinkel im ‚Lustigen Mann', wo die betreffende Flasche ihren unveränderten Aufenthalt hatte. Ferner war er sehr abergläubisch und besaß in Beziehung auf Geister, Gespenster, Ahnungen und Anzeigen so seine eigne Meinung, von der er sich nicht abbringen ließ; denn er war ein Sonntagskind und hatte schon manches gesehn, wovon andre keine Ahnung zu haben pflegen. Und endlich hatte er einen außerordentlichen Pik auf Hahnemann, den Pächter eines auf halbem Weg zwischen der Stadt und dem Nachbardorf gelegnen Gasthofs.

Gastwirt Hahnemann war arm und Färber Wadenbach sehr reich, aber dennoch wagte Heinrich, der Sohn des Gastwirts, sein Auge zu Marie, der Tochter des Färbers, zu erheben, und die beiden jungen Leute hatten sich so lieb, daß alles Zanken und Schimpfen von seiten Wadenbachs umsonst war. Die Armut Heinrichs hätte ihn nicht gestört; denn dieser war brav und besaß den besten Ruf; aber der alte Hahnemann war ein ausgezeichneter Spaßvogel, hatte alle möglichen Pfiffe und Kniffe und war deshalb in letzter Zeit so beliebt und berühmt geworden, daß der Färber Gefahr für seine vierzipflige Mütze sah. Er, der sich mit Stolz den größten Spaßvogel der Umgegend nennen hörte, hätte es wohl sehr schwer verwinden können, wenn ein anderer, und nun gar dieser maliziöse Hahnemann, der natürlich auch Mitglied des Klubs war, ihn von seinem Ehrenplatz verdrängt hätte.

Deshalb hatte er vorhin Marie so streng ins Gebet genommen; aber das Mädchen, das die Gutmütigkeit des Vaters kannte, ließ sich bei dessen halb zornigem, halb komischem Verweis nicht angst werden, und kaum war dieser zur vordern Tür hinaus, so ließ sie ihren Heinrich zur hintern Tür herein, um ihm in Gegenwart der nachsichtigen Mutter zum hundertstenmal zu sagen, daß sie ihn leiden könne.

„Hab' ich nicht recht gehabt?" fragte am andern Morgen beim Kaffeetrinken der Färber. „Hahnemann ist zusammen mit mir Bewerber geworden, und ich kann nur die Ohren spitzen, daß ich nicht vom Schemel falle."

„Du wirst dich doch nicht etwa von ihm zum Narren halten lassen?" antwortete seine Frau.

„Mühe wird er sich freilich geben; aber da man das weiß, so wird es ihm schwer gelingen."

„Von dir weiß er es ebensogut, und so wird es auch dir nicht leicht werden."

„Habt nur keine Sorge! Ich werde ihn so gemütlich aufs Eis führen, daß er's erst merken wird, wenn er anfängt, Purzelbäume zu schlagen."

„Wie willst du das anfangen?"

„So was darf man euch Frauenzimmern nicht auf die Nase binden. Ich glaube, das Mädel wär' imstand, mir den ganzen Spaß zu Wasser zu machen."

„Ja, wenn's Bier wäre, ließest du dir's wohl eher gefallen?"

„Das versteht sich; aber Chemnitzer ‚Schloß' müßte es sein; da lauf' ich zwei Meilen danach."

„Oder roter Pomeranzen."

„Ob du nicht schon wieder den Schnabel vorn hast! Ich würde mich den Kuckuck um den roten Pomeranzen kümmern, wenn meine Hämorrhoiden nicht wären."

„Ja, die sind an vielem schuld!" lachte das Mädchen.

„Dein Heinrich hat wohl noch nicht drüber geklagt?" fragte boshaft der Alte und brachte sie durch diese Frage zum Schweigen.

*

Am andern Tag bekam Hahnemann einen Brief von seinem in einer entfernten Garnison stehenden Sohn, worin dieser bat, ihn mit dem Schlitten vom Bahnhof abzuholen. Er hatte sich einen mehrtägigen Urlaub erbeten und freute sich auf den Maskenball, den der Zipfelmützenverein am Abend auf Aschermittwoch abhalten wollte.

„Das paßt mir schlecht. Da muß ich vier Stunden weit in Sturm und Schneegestöber fahren und werde mir eine rote Nase holen — so schön zinnoberig, wie sie der Wadenbach hat — und dazu grad am Rosenmontag, wo jede Viertelstunde angerechnet ist!"

„Zanke nicht, Alter", begütigte Frau Hahnemann, „der Junge ist ein ganzes Jahr nicht zu Hause gewesen und will uns doch auch mal sehn. Wenn du keine Lust hast, so kann ja der Heinrich fahren."

„Das wäre was! Der Fritz ist Unteroffizier und schon wert, daß ich ihn selber hole!"

Damit war die Sache abgemacht. Obgleich der Montag sich höchst stürmisch anließ, schirrte Hahnemann doch den Braunen ein und brachte schon in früher Morgenstunde die Einwohner des Städtchens mit seinem Schellengeläut und dem Knall des Hetzkollers in Aufruhr. Wadenbach steckte den Kopf durch die halbgeöffnete Tür und winkte dem Dahertrabenden Halt zu. Der Wink wurde befolgt.

„Was gibt's?"

„Wo soll denn die Reise hingehn?"

„Ich will meinen Sohn — meinen Fritz, den Unteroffizier — von der Bahn abholen."

„Ach so. Weißt du was, Gevatter, du könntest mir 'nen Gefallen tun. Ich brauche verschiedene Farben, die mir ausgegangen sind. Könntest zum Drogisten gehn und mir die Sachen mitbringen. Ich tue dir einen andern Gefallen dafür."

„Da schreib auf, was du brauchst, und gib das Geld dazu!" meinte Hahnemann. „Aber mach rasch, daß ich fortkomme!"

Er kannte das Verhältnis seines ältesten Sohns zu Marie, und da er die ungünstige Gesinnung Wadenbachs nicht erwiderte, so freute es ihn, diesem einen Dienst leisten zu können.

Nach wenigen Augenblicken kam Wadenbach mit einer ellenlangen Liste und einem ganzen Beutel voll Geld; beides übergab er dem Gastwirt. Diesem fiel es weder auf, daß die lange Reihe von Namen unmöglich in so kurzer Zeit geschrieben sein konnte, noch, daß das Geld bereits abgezählt bereit gewesen sein mußte. Er steckte alles zu sich, und während er die Zügel wieder ergriff, meinte er scherzend:

„Auf Wiedersehn, Herr Vorsteher. Wollen sehn, wer heut der größte Narr sein wird!"

„Leb wohl!" antwortete der Färber und blickte ihm mit vergnügtem Lächeln nach. „Fürs erste bist du's. Das wird heut abend ein schönes Hallo geben!"

*

Freilich wollte, als am Abend sämtliche Mitglieder der Gesellschaft versammelt waren, dieses Hallo etwas auf sich warten lassen, denn Hahnemann, der sonst stets einer der ersten war, hatte sich bisher nicht eingestellt. Es schlug acht Uhr; es schlug sogar neun Uhr, und noch immer war er nicht da.

„Wo der alte Schwede nur stecken mag?" fragte einer. „Er ist heut morgen fort, um seinen Unteroffizier von der Bahn zu holen", entgegnete Wadenbach. „Der Junge wird sich verspätet haben; der Alte hat wohl deshalb warten müssen. Jetzt aber muß er bald kommen; denn der Abendzug trifft um acht Uhr ein."

Wirklich ertönte in diesem Augenblick helles Schellengeläut die Straße herauf. Kurze Zeit danach trat eine lange, in einen verschneiten Mantel gehüllte Gestalt in die Stube, in der man erst dann Hahnemann erkannte, als er die tief in die Stirn gedrückte Pelzmütze vom Kopf nahm.

„Brrr, ist das ein Heidenwetter! Man jagt da nicht mal 'nen Hund hinaus. Das weht und schneit, daß man nicht aus den Augen gucken kann, und dazu ist es so feuchtkalt, daß einem der Schnee gleich auf dem Pelz gefriert. Da schau her, ich bring' die Schale gar nicht runter. Gebt mal was Warmes her!"

„Wo hast du nur gesteckt?" fragte man ihn, während er den heißen Grog behaglich hinunterschlürfte. „Du mußt es doch schrecklich eilig gehabt haben, daß du in diesem Heidenwetter deine alte Mähre so geschunden hast!"

„Mein Jüngster hat geschrieben, daß er mit dem Frühzug kommen wolle; aber er hat sich nicht sehn lassen, obwohl ich bis vorhin gewartet habe. Es muß was dazwischengekommen sein."

„Möchte doch wissen, was!" meinte Wadenbach.

„Freilich! Es ist kein Spaß, mich in diesem sibirischen Bärenwetter aus den Federn zu reißen und umsonst in der Welt herumzujagen. Ich werde dem Jungen einen Brief schreiben, der sich gewaschen hat."

„Mach's nur gelinde. Er könnte doch am Ende unschuldig sein."

„Ach was, unschuldig! Wenn er einmal schreibt, daß ich kommen soll, so muß er auch Gewißheit haben, daß und natürlich auch wann er Urlaub bekommt."

„Na, gut ist's doch gewesen; denn wenn du nicht gefahren wärst, hätten meine Gehilfen übermorgen nicht arbeiten können. Ich hatte schon gestern keine Farben mehr."

„Ja, du hast gut lachen."

„Natürlich! Einen Boten hätt' ich heut selbst für schweres Geld nicht bekommen, und deshalb bin ich dir auch herzlich dankbar dafür, daß du dich so schön hast leimen lassen."

„Leimen — wieso?" fragte Hahnemann und wurde dabei hellwach.

„Das nehme mir aber niemand übel!" wandte der Färber sich lachend an die andern. „Glaubt der alte Schlaupelz wirklich immer noch, daß der Brief von seinem Unteroffizier stammt! Ich dächte, das rechte Licht könnte dir schon aufgegangen sein."

„Höre, Gevatter", meinte der Gastwirt, der jetzt zu begreifen begann, „ich will doch nicht hoffen, daß du mich mit dem Brief veralbert hast! Der Spaß wäre doch etwas zu derb."

„Das geht mich nichts an! Wenn du so dumm bist, mein Geschreibsel für die Handschrift deines Sohns anzusehn, so darfst du dich auch nicht wundern, wenn ich mir das zunutze mache. Wir haben eben Fastnacht, und da gelten alle Vorteile."

Jetzt brach ein allgemeines Hallo los. Die Sache lag so klar, daß sie weiter keiner Erklärung bedurfte. Wadenbach hatte seinem Mitbewerber eine Nase gedreht, und dieser konnte nun lange suchen, bis er für seinen Gegner eine bessere fand.

Der Halberfrorene machte gute Miene zum bösen Spiel und setzte sich mit zu den übrigen.

„Mein Brauner mag hier im Stall stehnbleiben, bis wir heut fertig sind. Ich gehe nicht erst nach Haus. Gebt mir noch ein Glas Grog!"

„Willst du nicht lieber einen Pomeranzen nehmen?" fragte Wadenbach. „Der ist gut gegen alle möglichen

Arten von Erkältung und hilft auch am besten, wenn man sich ärgert!“

„Danke schön; ich bin auf solche Medizin bis jetzt noch nicht angewiesen! Übrigens hab' ich den Pomeranzen zu Haus besser als hier im ‚Lustigen Mann‘.“

„Das ist nicht wahr! Wenn irgend jemand den Pomeranzen kennt, so bin ich es. Ich hab' drei Meilen im Umkreis in jede alte Flasche geguckt und kenne also meine Sorte. Der ‚Lustige Mann‘ hat den besten, und dabei bleibt's.“

„Laß dir nichts weismachen, Gevatter! Ich geh' eine Wette ein um alles, was du willst, daß der meinige besser ist.“

„'s ist aber nicht wahr! Ich setz' auf der Stelle ein Faß Chemnitzer Schloßbier.“

„Gut, ich halte deine Wette! Jetzt auf der Stelle wird der Pomeranzen geschafft; die ganze Versammlung muß kosten und ihr Urteil abgeben. Wir nehmen den Ballotage-Kasten zum Abstimmen her; die weißen Kugeln gelten für mich und die schwarzen für dich. Bist du einverstanden?“

„Freilich. He, Wirtshaus, hast du noch Chemnitzer ‚Schloß‘?“

„Leider nicht. Ich hab' vorhin den letzten Tropfen selber getrunken und bekomme erst morgen mittag eine neue Sendung.“

„So lange können wir nicht warten, und von den andern Wirten will mir's nicht schmecken. Ich weiß nicht, woran das eigentlich liegt. Das beste Chemnitzer ‚Schloß‘ hat man in der Langenberger Teichschenke. Wißt ihr was? Der Hahnemann muß seinen Braunen wieder anspannen, und wir holen das Faß aus Langenberg.“

Der Vorschlag wurde von der Gesellschaft, die sich schon in ziemlich angetrunkenem Zustand befand, beifällig angenommen. Nur Hahnemann schüttelte verneinend den Kopf.

„Da mache ich nicht mit! Ich hab das Fahren in diesem Wetter satt, und mein Brauner ist zu müd."

„Es ist nicht notwendig", rief ein andrer, „daß du selbst fährst, und was deinen Braunen betrifft, so ist's bis Langenberg nur ein Katzensprung. Er hat sich schon ausgeruht."

„Nein, ich muß das Pferd schonen."

„Was du doch dumm bist! Willst du dich denn zum zweitenmal von Wadenbach leimen lassen?"

„Wieso denn?"

„Na, du siehst doch ein, daß er bloß deshalb das Bier aus Langenberg haben will, weil er wußte, daß es von dort niemand holt. Denn seine Wette muß er verlieren; dein Pomeranzen ist der beste; das wissen wir alle."

„Das ist nicht wahr!" verteidigte sich Wadenbach mit etwas schwerer Zunge. „Wenn ihr das denkt, so will ich gleich selber fahren. Gibst du mir den Braunen?"

„Wenn du selber fährst, ja!"

„Gut, spann' ein; ich will derweilen noch einen trinken, daß ich warm bleibe."

„Da muß ich dir aber einen Zettel an meine Leute mitgeben", meinte Hahnemann, dem plötzlich ein Gedanke kam; „sonst mußt du gewärtig sein, den Pomeranzen nicht zu kriegen."

„Meinetwegen! Schreib' den Zettel auf! Ich will ihn deiner Alten geben."

In kurzer Zeit war das Pferd vorgespannt, und Wadenbach saß, mit dem Briefchen in der Tasche, im Schlitten.

„Fahr zu, Gevatter", rief Hahnemann. „Sei nicht lange außen und grüß' mir den Teichwirt. — Hopp, Brauner!"

Das Pferd zog an, und das Fuhrwerk setzte sich in Bewegung.

Noch immer schneite es, was vom Himmel herunter wollte, so daß man kein Auge aufzutun vermochte und die Bäume rechts und links an der Landstraße kaum zu erkennen waren. Wadenbach drückte sich zusammen. Er merkte jetzt in der frischen Luft erst, daß sein Spitz größer war, als er es geglaubt hatte; doch grad dieser Umstand schützte ihn einigermaßen gegen Sturm und Kälte.

Es war ihm lieb, daß die Teichwirtschaft das erste Haus eingangs von Langenberg war und der ‚Lustige Mann' das letzte Haus der Stadt. So war der Weg zwischen beiden Orten so kurz wie möglich, und obgleich er den Pomeranzen erst auf dem Rückweg mitzunehmen brauchte, hielt er nach einer Weile doch vor Hahnemanns Wirtschaft und krabbelte mit froststeifen Gliedern aus dem Schlitten.

Heinrich, der Sohn des Wirts, trat aus der Tür und wunderte sich nicht wenig, statt seines Vaters den seines Mädchens vor sich zu sehn.

„Guten Abend, Herr Wadenbach! Was in aller Welt führt Sie in diesem Wetter und so spät noch heraus zu uns? — Nanu? Das ist ja unser Fuhrwerk! Wo ist denn der Vater?"

„Der ist gescheit gewesen und sitzengeblieben. Ich dummer Esel aber kutschiere da nachts zwölf Uhr um eines Fäßchens Bier willen noch über Land. Das ist aber so, wer einmal A gesagt hat, muß auch B sagen. Komm' herein; ich hab' was an dich auszurichten und muß mir auch einen kräftigen Schluck nehmen, sonst komm' ich als Eiszapfen nach Langenberg."

In der Stube übergab er ihm den Zettel, den er von Hahnemann erst im Schlitten erhalten hatte, so daß es ihm unmöglich gewesen war, das Daraufstehende zu lesen.

Heinrich entfaltete das Papier und las die beiden Worte: ‚Heimlich umlenken.'

Er war nicht auf den Kopf gefallen und ahnte sofort, daß dieses Umlenken im Zusammenhang mit den ‚Fastnachtsnarren' stehe. Er trat also, während der Färber mit der Wirtin sprach, wieder hinaus auf die Straße und befolgte die Weisung des Vaters.

Die ungewöhnliche Lage der Wirtschaft zur Straße machte das Vorhaben leicht. Die Landstraße teilte sich nämlich unmittelbar vor dem alten Gebäude, lief links und rechts davon an den Längsseiten weiter und vereinigte sich dann wieder. Der von Hahnemann gepachtete Gasthof lag also gewissermaßen mitten auf einem länglichen Platz, der von der doppelten Fahrbahn gebildet wurde. Da das Haus zwei Eingänge besaß, die in der Mitte der Längsseiten einander gegenüberlagen und durch einen breiten Durchgang verbunden waren, der die Wohn- und Wirtschaftsräume von den Stallungen trennte, hielten alle Fahrzeuge stets rechts neben dem Haus: je nachdem, aus welcher Richtung ein Wagen oder Schlitten kam, stand er also hüben oder drüben; es blieb sich ja gleich, welchen der beiden Eingänge man benutzte.

Heinrich brauchte sich darum nur auf den Kutschbock zu schwingen, den Schlitten in großem Bogen links um das Gebäude zu lenken und vor dem zweiten Eingang abzustellen.

Das Klingeln des Schellengeläuts bei der Bewegung des Pferdes wurde vom Sturm verschlungen, so daß Wadenbach nichts davon hörte. Bei der Rückkehr des jungen Mannes stand er etwas schwankend in der Gaststube und stellte die Likörflasche auf den Schenktisch zurück.

„Heinrich, den Pomeranzen nehm' ich doch erst auf dem Rückweg mit. Ich seh' schon voraus, daß ich nachher hier noch einen zu mir nehmen muß. — Adjes derweile!"

Er schwankte zur Tür, von Heinrich vorsorglich geführt, und merkte nicht, daß ihn der junge Hahnemann auf dem Gang in die falsche Richtung wies. Wie sollte er auch? Draußen vor der Tür stand ja der Schlitten genauso, wie Wadenbach ihn verlassen hatte.

Mühsam bestieg der Alte seinen Sitz.

„Komm, Brauner, komm!"

Das geduldige Tier zog an und trabte wieder in die Nacht hinaus.

„Hm!“ brummte Wadenbach. „Der Wind hat sich gedreht und kommt mir jetzt grad in den Rücken; da hat Blasius doch mal ein Einsehen gehabt. Aber auf dem Rückweg wird’s desto ärger.“

So ging es wieder zwischen den kaum sichtbaren Straßenbäumen vorwärts, und als er endlich das erste Haus des Orts erreichte, hielt er genau vor der Tür und klatschte so laut wie möglich mit der Peitsche.

„Ich muß das Pferd in den Stall schaffen lassen; denn bis wir das Faß hintenauf haben, vergeht eine gute Viertelstunde. Donnerwetter, geht’s heut noch laut her in Langenberg! Heda, Hausknecht!“

Nach nochmaligem Rufen und Peitschenknallen erschien der gewünschte Geist unter der Tür und rief, vor Kälte pustend:

„Na, wer kommt denn da noch so spät angelandet? Das muß eine notwendige Fuhre gewesen sein!“

„Notwendig grad nicht; aber das geht niemanden was an. Mach nur, daß du herkommst und den Braunen in den Stall bringst. Mir ist das ganze Mundwerk eingefroren, und ich muß erst einen trinken, eh’ ich wieder ein gescheites Wort reden kann.“

„Alle Wetter, das sind Sie ja, Herr Wadenbach! Ist doch gar nicht möglich, daß Sie schon wieder da sein können!“

„Christian, du bist’s? Was willst denn du hier in Langenberg? Und wie bist du um Himmelswillen in dieser Geschwindigkeit hierhergekommen?“

„In Langenberg? Nichts für ungut; aber entweder machen Sie Spaß, oder es ist der rote Pomeranzen schuld. Haben Sie das Faß mitgebracht?“

„Das Faß? Mach keine dummen Witze! Konntest dich doch mit aufsetzen, anstatt vorüberzulaufen, als ich bei Hahnemanns war.“

„Vorbeigelaufen? Bei Hahnemanns? Wann soll denn das gewesen sein?“

„Na, eben jetzt, vor zwanzig Minuten etwa.“

„Herr Wadenbach, machen Sie, daß Sie hereinkommen in die warme Stube! Ich hab' nicht geglaubt, daß die Kälte einen so verrückt machen könne.“

„Du bist wohl nicht recht bei Trost, Mensch, mir so etwas zu sagen! Mach, daß du das Pferd ausspannst, und hilf nachher das Faß mit aufladen.“

„Sapperlot, müssen Sie gefahren sein!“ rief da der Wirt, der soeben aus der unteren Gaststube kam. „Ich denke, Sie können noch gar nicht in Langenberg sein, und dabei sind Sie schon wieder zurück! Haben Sie das Bier?“

Mit weitgeöffneten Augen starrte Wadenbach den Sprecher an, wandte dann den Blick auf die Wände und herumstehenden Gegenstände und stammelte endlich:

„Bin ich denn verhext, oder hab' ich den Verstand verloren?“

„Was denn? Wieso denn?“ fragte der Wirt.

„So was ist mir doch in meinem ganzen Leben noch nicht zugestoßen! Da fahr' ich schnurstracks nach Langenberg, und wie ich aussteige, bin ich immer noch hier im ‚Lustigen Mann'. Wenn das heut abend Sankt Andreas wäre oder gar Silvester, so dächt' ich, der Gottseibeiuns hätte mich irregeführt. So aber ist Rosenmontag und —“

„Hallo, der Wadenbach ist wieder da! Kommt raus und schafft das Faß mit herauf!“ unterbrach der soeben die Treppe herabkommende Hahnemann den Sprecher.

Sofort wurde oben die Tür geöffnet, und die ganze Versammlung drängte nach unten, um den Gegenstand ihrer Sehnsucht baldigst in Empfang nehmen zu können. Ohne den Färber erst groß zu fragen, stürmten die vordersten an ihm vorüber und hinaus zum Schlitten.

„Wo steckt denn das Bier, Wadenbach; oder hast du's schon abgeladen?“

„Laßt mich in Ruhe! Und gebt mir vor allen Dingen erst einen Pomeranzen, daß ich meine Gedanken wieder zusammenkriege!“

Mit diesem Stoßseufzer stieg er die Treppe hinan und erzählte den ihm folgenden Leuten das rätselhafte Abenteuer.

„Ihr alle zusammen wißt, daß ich nicht abergläubisch bin — nein, gewiß nicht! Aber das geht mir denn doch über die Hutschnur. Draußen im Wald hat's mich schon öfters im Kreis herumgeführt, aber mit einem Schlittengeschirr und auf offner, gerader Straße — wie gesagt, wenn es heut Walpurgisnacht wäre oder Silvester —“

„Walpurgis*nacht*?“ fiel Hahnemann ihm in die Rede; „was ist denn die Nacht zum 1. Mai schon besonderes? die paar Hexen, die da auf dem Blocksberg herumkrabbeln, sind nicht der Rede wert; aber Sankt Matthias, der vierundzwanzigste Februar, und der wirkliche Walpurgis*tag*, der fünfundzwanzigste nachher, das sind zwei schlimme Tage, an denen — na, ich sage weiter nichts; denn es glaubt heutzutage doch niemand mehr an solche Sachen. Das junge Volk will nun einmal klüger sein als das verständige Alter.“

„Sankt Matthias?“ fragte Wadenbach. „Was ist denn da los?“

„Weißt du das nicht? Das ist doch der Tag, an dem der Teufel vom Erzengel Michael oder Gabriel oder wie der geheißen hat, durch die Wolken herunter auf die Erde geworfen worden ist. Und am fünfundzwanzigsten sind Sodom und Gomorrha untergegangen. In der Nacht zwischen diesen beiden Tagen darf sich keine Menschenseele draußen im Freien blicken lassen; entweder führt es einen irre, oder es stößt einem sonst ein Schabernack zu.“

„Und heut ist der vierundzwanzigste!“ rief Wadenbach mit leisem Schauder.

„Heute? Wahrhaftig! Daran hab ich gar nicht gedacht. Aber du — da bist du noch gut weggekommen, wenn du nicht etwa gar dem Lot seine Frau gesehn hast, die damals in eine Salzsäule verwandelt worden ist, weil sie rückwärts geguckt hat."

„Die hab ich nicht gesehn."

„Das ist ein Glück. Denn wer die sieht, der stirbt im selben Jahr, und wer sich gar nach ihr umguckt, der lebt keine vierundzwanzig Stunden mehr. Meine selige Großmutter zum Beispiel hat es miterlebt, daß der alte Schubert in Reichenbrand —"

„Larifari!" fiel einer der Umstehenden ein, wurde aber von den andern, die die Absicht Hahnemanns wohl merkten, durch heimliche Winke zurechtgewiesen.

„Du meinst die Geschichte vom Schubertbauern", stimmte ein andrer ein, „der am vierundzwanzigsten Februar abends elf Uhr aus Meinsdorf fortgefahren ist, und als er nach Haus kommt, fragen sie ihn, wo er so lange gewesen ist?"

„Ja, das ist wirklich geschehn. Mein Vater hat damals als Kleinknecht bei ihm gedient und erinnert sich noch heut an den Schreck, den der alte Mann dabei gehabt hat. Von Meinsdorf bis Reichenbrand ist es nur eine kleine Stunde, und als er nach Haus kommt, sieht er, daß er ein volles Jahr gefahren ist, ohne daß er etwas davon gemerkt hat!"

„Das ist viel; das ist wahrhaftig viel!" rief der erstaunte Färber. „Aber wie war es denn mit der Salzsäule?"

„Die hat er gesehn, und nachher ist er auch ganz plötzlich gestorben. Aber diese Sachen sind vorbei und gehn uns nichts an. Heut handelt es sich um weiter nichts als um unser Bier, das wir haben müssen. Wie wird's, Wadenbach? Du hast die Sache einmal auf dich genommen."

„Mich kriegt ihr nicht wieder dazu. Ich bin froh, daß ich mit heiler Haut davongekommen bin."

„Ich glaube gar, du fürchtest dich?"

„Fällt mir nicht ein! Von dieser Seite kennt ihr mich alle; aber in diesem Hundewetter kann man sich den Tod holen. Die Nacht ist keines Menschen Freund."

„Ach, die Nacht ginge am Ende noch; aber die Salzsäule, die verflixte Salzsäule — mit der mag man nicht gern zu schaffen haben!"

„Nein, wahrhaftig, ich fürchte mich nicht, und vor einer Salzsäule erst recht nicht; denn da hab' ich noch ganz andre Dinge erlebt; aber ich sehe gar nicht ein, warum grad ich allein am vierundzwanzigsten Februar um Mitternacht, wo der Teufel vom Himmel geschmissen worden ist, hinaus soll. Von euch kann mir doch keiner helfen, wenn mir's nachher an den Kragen geht. Wirtshaus, noch einen Pomeranzen!"

„Du gestehst also doch ein, daß du dich fürchtest!"

„Ich! Mich fürchten? Das hätt' ich eben nötig! Mich dauert nur das arme Pferd."

„Ach, Papperlapapp! Angst hast du!"

„Und das will unser Vorsteher sein? Das ist eine Schande für die ganze Gesellschaft!" fügte einer hinzu. „Da ist der Hahnemann ein ganz andrer Kerl, der fürchtet sich vor dem Teufel und seiner ganzen Sippschaft nicht. Wo steckt er denn eigentlich?"

„Er ist hinuntergegangen. Ich glaube, er fährt gleich selber nach Langenberg. Der geht dicke drauf! So einen Mann brauchen wir zum Vorsteher!" meinte der Wirt.

„Halt!" rief Wadenbach, der sich jetzt beim Ehrgeiz gepackt fühlte und für sein eifersüchtig bewahrtes Ehrenamt fürchtete. „Den brauchen wir nicht; der mag nur dableiben; ich fahre selbst."

„So ist's recht!" rief es im Kreis. „Dem Hahnemann ist's nur um den Vorsteher zu tun. Heut abend möcht' er's gern gutmachen, daß du ihn früh zum Narren gehabt hast."

„Das ist auch so! Hört, war der Streich nicht fein von mir ausgedacht?"

„Prächtig."

„Fährt der Kerl in diesem Hundewetter zwei Stunden weit, um mir Farben zu holen! Hahaha!"

„Freilich; der mag sich schön ärgern, daß er dich nicht auch herumkriegen kann."

„Mich? Das kann im ganzen Leben nicht vorkommen! Wirtshaus, noch einen Pomeranzen! Mach aber schnell, sonst fährt mir der Hahnemann davon."

*

Dieser war indessen nach unten gegangen und hatte mit Verwunderung seinen Sohn im Gastzimmer getroffen.

„Heinrich, du hier? Ich denke, du willst heut zu Haus bleiben?"

„Ich wollte; aber der Spaß mit Wadenbach hat mich hereingetrieben."

„Es paßt mir gut, daß du da bist. Komm mit vors Haus! Er fährt jedenfalls noch einmal, und es ist möglich, daß wir ihn heut wegen dir und deiner Marie beim Schlafittchen nehmen können; denn er hat schon einen tüchtigen Affen."

Sie schritten miteinander hinaus, wobei Hahnemann seinen Sohn flüsternd in seinen Plan einweihte.

Einige Minuten später saß der Färber wieder im Schlitten und kutschierte zum zweitenmal auf der Langenberger Straße dahin.

Es war ihm nicht recht geheuer. Die Erzählung von Sodom und Gomorrha und vom herabgeworfenen Teufel stimmte so sehr mit seinen eignen abergläubischen Anschauungen zusammen, daß nur der mögliche Verlust der Vorsteherwürde ihn vermocht hatte, sich in einer so gefährlichen Nacht nochmals hinauszuwagen. Er fühlte die Bangigkeit erst schwinden, als er die Wirtschaft Hahnemanns vor sich sah.

Aus Besorgnis, die Salzsäule zu erblicken, hatte er sich nicht umzuwenden getraut, und also auch nicht bemerkt, daß Heinrich gleich nach Beginn der Fahrt hinten aufgestiegen war und die Schlittenpartie in geduckter Stellung mitgemacht hatte.

Der junge Mann ließ Wadenbach erst ins Haus und betrat dann, nachdem er das Fuhrwerk wieder auf die andere Seite des Hauses umgelenkt hatte, durch die Küche das Gastzimmer.

„Da sind Sie ja wieder, Herr Wadenbach! Waren sie in Langenberg noch munter?"

Der Gefragte schüttelte den Kopf.

„Gib mir erst 'nen Pomeranzen, und dann sollt ihr hören, wie mir's heut abend gegangen ist."

Er tat einen kräftigen Schluck und erzählte hierauf sein Erlebnis.

„Das ist gar nicht zu verwundern", meinte Heinrich trocken, als Wadenbach geendet hatte. „Heut ist ja der Tag, an dem der Teufel auf die Erde gefallen ist! Da muß man sich in acht nehmen. Der alte Schulmeister Fridolin in Chursdorf hat den dreifachen Höllenzwang und ist ein großer Meister im Beschwören. Von ihm hab' ich manches erfahren und möcht heut um keinen Preis weiter als zehn Schritte von der Tür gehn."

„Das geht mir ebenso. Aber was will ich machen? Ich muß fort, wenn ich mich nicht lächerlich machen will. Schlaft wohl! Auf dem Rückweg sprech' ich wieder vor. Geht also nicht zu Bett, damit ich noch eine Herzstärkung zu mir nehmen kann!"

„Gute Nacht, Herr Wadenbach! Wir werden warten!" antwortete Heinrich, während er den Färber wieder nach draußen begleitete und dafür sorgte, daß dieser zum zweitenmal das Haus durch den anderen Ausgang verließ, ohne seinen Irrtum zu bemerken. Dann eilte der junge Mann zurück ins Wohnzimmer, griff schnell in eine Lade der Kommode und war mit dem weißen Bündel, das er aus dem Kasten nahm, so rasch verschwunden, daß die Mutter keine Zeit zu der Frage hatte, was er denn mit den Bettüchern machen wolle.

Mittlerweile hatte Wadenbach sich umständlich auf seinem Sitz in die Decke gehüllt und fuhr weiter. Er hatte sich den Sitz tief heruntergeschnallt, damit er sich recht eng und klein in die Ecke schmiegen konnte, und ließ den Braunen laufen, wie es ihm gefiel.

Das arme Tier kam nur langsam vorwärts. Fast den ganzen Tag auf den Beinen, war es nun ernstlich müde geworden und konnte sich durch die zahlreichen Schneewehen, die der Wind angesetzt hatte, nur mühsam fortbewegen; endlich stand es ganz still.

„Hott, hü, Brauner! Komm, Hans, hopp!" rief Wadenbach und richtete sich auf; aber mit einem lauten Aufschrei sank er sofort in seinen Winkel zurück: denn grad vor dem Pferd stand eine lange, weiße Gestalt mit weit ausgestreckten Armen.

Das war die Salzsäule!

„Alle guten Geister loben —!"

Weiter brachte er den Stoßseufzer nicht heraus. Der Schreck schnürte ihm die Kehle zu, und ein reibeisenartiges Gefühl lief ihm kalt vom Nacken aus über die ganze Hinterseite.

„August Wadenbach!" rief es ihn mit hohler Stimme an.

Er konnte unmöglich antworten. Die Zunge lag ihm so schwer im Mund, als wäre sie von Blei.

„August Wadenbach, rede, oder du bist verloren!"

Er fühlte seine Nerven zittern, als ob er in ein ganzes Hundert galvanischer Drähte gewickelt sei, und gab sich die größte Mühe, ein Wort hervorzubringen: aber es ging nicht.

„August Wadenbach, du hast noch drei Minuten Zeit! Wenn du schweigst, holt dich noch diese Woche der Teufel!"

Es war ihm, als bohrten sich unzählige feine Eiszapfen durch seine Haut. Er krümmte den Körper und schnaufte mit weitgeöffneten Nasenflügeln die Luft ein, um ein Wort, ein einziges Wort hervorzubringen; aber es ging einfach nicht. Da, nach einer fürchterlichen Anstrengung und einem tiefen, tiefen Atemzug gab er den befohlenen Laut von sich.

Die vorhin so feuchte Luft war einer trockenen, schneidenden Kälte gewichen, und der Schnee wurde ihm in scharfen, spitzen Körnchen ins Gesicht getrieben. Eines dieser Körnchen war ihm bei dem angelegentlichen Luftschnappen in die Nase geraten und gab seine Gegenwart durch ein unwiderstehliches Kribbeln kund, dem ein lautes, kraftvolles ‚A-zziih!' ein Ende machte.

„Azzih, azzih, azzih!" antwortete rasch die fürchterliche Erscheinung. „August Wadenbach, ich danke dir; du hast mich erlöst. Als wir aus Sodom fortzogen, hatte uns der Engel verboten, uns umzusehn. Lot, mein Mann, hatte einen fürchterlichen Schnupfen und mußte, grad als wir draußen vor der Stadt über die Kettenbrücke gingen, laut niesen. Uneingedenk des strengen Verbots drehte ich mich um, rief: ‚Prosit!' und wurde sofort zur Strafe in eine Salzsäule verwandelt. Seit jener Zeit treibt's mich in der Welt umher, und ich habe nicht eher Ruhe, bis ich einen finde, der mich anniest. Du hast's getan, und ich danke dir. Darum will ich dir jetzt einen Rat geben. Du darfst heute nicht nach Langenberg; denn dort, grad vor der Teichschenke, ist der Ort, wo der Teufel aufgetroffen ist, als er auf die Erde niederstürzte. Wenn du hinkämst, müßtest du ein ganzes Jahr fahren, bis du wieder nach Haus kämst. Leb' wohl, August Wadenbach, leb' wohl! Grad vor dir ist der ‚Lustige Mann'!"

Die Gestalt warf die Arme in die Luft: das Pferd, durch diese Bewegung an seine Pflicht erinnert, zog an und suchte die verlorene Zeit in raschem Trab einzuholen.

„Erlöst — erlöst — ich habe einen Geist erlöst!" murmelte Wadenbach tief aufatmend vor sich hin. „Das kann in der ganzen Gegend kein Mensch von sich sagen, und ich werde ein berühmter Mann werden. Aber umsehn darf ich mich nicht; dem Landfrieden ist doch nicht recht zu trauen . . ."

Immer den Kopf steif haltend, damit keiner seiner Blicke rückwärts falle, fuhr er, ohne sich jetzt um Wind und Wetter zu kümmern, in seinem Selbstgespräch fort: „Daß ich auch grad niesen muß! Reden hätte ich nicht können, um alles in der Welt nicht: denn so miserabel ist mir's all mein Lebtag noch nicht zumute gewesen. Es war mir grad, als ob — na, das läßt sich nicht beschreiben; hu, hu, brr! — Also darum durfte ich nicht nach Langenberg! Aber wie in aller Welt bin ich denn da nur gefahren? Das ist mir unbegreiflich. Auch jetzt geht's schnurstracks auf Langenberg zu und — Herr meines Lebens, nun sollte ich am Ende doch noch an die Teichschenke kommen! — Ich muß aufpassen!"

Mit scharfem Auge suchte er die Nacht zu durchdringen, und als er endlich mehrere Lichter vor sich erblickte, hielt er an. Nachdem er eine Zeitlang deren Abstände mit ängstlicher Sorgfalt berechnet hatte, meinte er:

„Wahrhaftig, das ist nicht Langenberg. Dort das Licht, das ist der ‚Lustige Mann'; das Licht da drüben ist im Pfarrhaus und hier — ja wirklich, hier steht auch die alte abgebrochene Pappel. Juchhei, ich bin zu Haus! Komm, Hans! Wir bringen zwar kein Bier — aber ich hab' einen Geist erlöst. Was werden die das Maul aufsperren, wenn ich anfange zu erzählen! Vor einer halben Stunde erst haben sie mir von der Salzsäule erzählt, und jetzt hab' ich sie schon gesehn, hab' sie wirklich und richtig angeniest. Komm, Brauner!"

Nach einigen Augenblicken hielt er vor dem ‚Lustigen Mann'. Mit mächtigem Schwung ließ er die Peitsche knallen und rief dann mit kräftiger Stimme:

„Heraus, heraus! Der Wadenbach ist wieder da!“

Sofort kam der Hausknecht geeilt, und auf der Treppe wurde es von den bierdurstigen Vereinsmitgliedern lebendig.

„Das ist rasch gegangen!“ —„Du bist doch nicht etwa wieder irrgefahren, weil du so schnell da bist?“ — „Wo ist das Faß, August?“ So rief und fragte es durcheinander. Der Färber aber ließ sich nicht irremachen, sondern stieg mit königlicher Ruhe und Schweigsamkeit aus dem Schlittenkorb und schritt zur Tür.

„Halt, Bruderherz, so kommst du uns nicht davon! Du darfst den Fuß nicht eher über die Schwelle setzen, bis du gesagt hast, wo das Bier bleibt.“

„Jawohl“, rief Hahnemann. „Er hat wieder nichts mitgebracht, und für nichts und wieder nichts laß' ich meinen Gaul nicht zuschanden laufen. Wie steht's, Gevatter?“

„Laßt mich los! Mir gehn ganz andre Dinge im Kopf herum als euer Chemnitzer Schloßbier. Wenn ihr hübsch artig sein wollt, so sollt ihr hören, was ich Schreckliches erlebt habe. Aber erst muß ich einen Pomeranzen haben. Die Geschichte ist mir so in die Glieder gefahren, daß ich kaum die paar Stufen steigen kann. Kommt nur mit rauf!“

Oben ließ er sich auf den nächsten Stuhl nieder, griff nach dem Lieblingstrank und begann dann, einen stolzen, selbstbewußten Blick um sich werfend:

„So, das bringt wieder Leben in den Körper! Ich kenne keine Furcht, das wißt ihr alle, und wenn einem unter euch das begegnet wäre, was mir zugestoßen ist, so wär' er auf der Stelle vor lauter Angst und Schrecken mausetot gewesen; aber angegriffen hat mich's doch auch ein klein wenig. Gebt mal meine Mütze her! Erst will ich mir's gemütlich machen, und dann sollt ihr zu staunen kriegen!“

Nach dieser vielversprechenden Einleitung begann er

seinen Bericht. Er war reich gespickt mit selbstgefälligen Bemerkungen und stellte den Erzähler in das Licht eines Helden, der sich auch durch das Schrecklichste nicht aus der Fassung bringen läßt. Daß hinter der Geistererscheinung etwas Natürliches stecken mußte, wußten die andern alle, und da Hahnemann es dem Färber heimzahlen wollte, so richteten sich ihre Vermutungen sofort auf ihn. Das Lächeln in seinen Zügen strafte diese Vermutungen durchaus nicht Lügen. Deutlich war zu bemerken, daß er bei den Worten ‚Kettenbrücke' und ‚Prosit' Mühe hatte, seine Heiterkeit nicht lautwerden zu lassen.

„'s ist doch viel, sehr viel!" rief er am Ende der Gespenstergeschichte. „Du bist wirklich ein ganzer Kerl, Gevatter, und ich will offen gestehn, daß ich mich jedenfalls nicht so tapfer gehalten hätte."

„Ach was da!" meinte ein andrer. „Bist du denn wirklich so dumm, an Gespenster zu glauben? Wer weiß, was er gesehn hat oder was für ein Spaßvogel sich mit ihm —"

„Ich will doch nicht hoffen", unterbrach Wadenbach den Sprecher, „daß du glaubst, ich lasse mich in dieser Weise von jemandem zum Narren machen. Was ich gesehn habe, das hab' ich gesehn."

„I, man kann viel sehn, wenn der Pomeranzen gut ist."

„Du, werd' nicht anzüglich! Das will ich mir verbitten! Wenn mich irgendwer zum besten gehabt hat, wie wollt ihr's euch denn dann erklären, daß ich zweimal hintereinander nicht nach Langenberg gekommen bin, obwohl ich weder umgelenkt, noch einen andern Weg als die Straße befahren habe?"

„Na, na, werde nur nicht hitzig! Die Sache muß sich leicht aufklären lassen. Frag' nur mal dort den Hahnemann; der wird die Salzsäule wohl auch kennen."

„Da kommt ihr an den rechten!" antwortete dieser.

„Ich werde mich hüten, etwas zu sagen; denn wer solche Dinge vor dem neunten Tag ausplaudert, dem dreht das Gespenst am zehnten entweder den Kopf auf den Rükken, oder er geht nach und nach ein, bis er endlich weg ist.“

Wadenbach wurde bei diesen Worten kreideweiß. Die Regel von dem neunten Tag hatte er wohl gekannt, aber leider nicht daran gedacht.

„Das ist aber doch bloß dann, wenn einem der Teufel selbst erscheint“, sprach er zaghaft.

„Nein, das gilt für alle Fälle und bei allen Arten von Geistern und Gespenstern. Ich kann gar nicht begreifen, wie unvorsichtig du gewesen bist. Du dauerst mich!“

*

Während man dem Gespensterseher auf diese Weise neue Sorgen bereitete, saßen in seinem Haus Mutter und Tochter trotz der späten Stunde noch bei der Arbeit. Der Vereinstag war für beide eine stets willkommene Gelegenheit, einmal so recht hübsch allein sein und sich gegenseitig aussprechen zu können. Zudem war ja morgen Ball, und da gab es an der Kleidung noch Arbeit in Hülle und Fülle.

Der Gegenstand ihres Gesprächs war natürlich die Abneigung des Vaters gegen die Familie Hahnemann. Eben war aber eine kleine Pause eingetreten, als es draußen an den Laden pochte.

„Wer mag das sein, Marie?“ fragte die Mutter. „Geh mal nachschaun; vielleicht ist's der Heinrich.“

Die Vermutung bestätigte sich; denn nach einigen Augenblicken trat der Genannte an der Seite seines Mädchens ein. Auf die verwunderte Frage der Mutter, woher er so spät noch komme, antwortete er mit einem geheimnisvollen Lächeln und nahm den ihm angebotenen Stuhl mit den Worten:

„Ich bin gekommen, um noch heut mit deinem Vater zu sprechen."

„Noch heut?" fragte Marie erschrocken. „Wo denkst du hin! So etwas macht man doch nicht nachts um ein Uhr ab. Übrigens kennst du doch seine Gesinnung."

„Laß dich nicht verblüffen, Marie!" meinte die Mutter. „Es wird ihm nicht einfallen, sich vom Vater sehn zu lassen. Der Heinrich hat gewiß im ‚Lustigen Mann' gesessen und mag nicht nach Haus gehn, ohne dich noch einmal zu sprechen."

„Allerdings war's anfangs so gemeint", antwortete Heinrich. „Ich bin die paar Schritte hierhergelaufen, und da ich merkte, daß ihr noch wach seid, hab' ich geklopft und werde nun nicht eher wieder gehn, als bis der Vater zurückgekommen ist. Denn ich hab' das Herumschleichen satt und muß heut noch mit ihm klarkommen."

Die beiden Frauen wurden ängstlich, als sie merkten, daß seine Worte nicht einen bloßen Scherz enthielten.

„Aber er wird dich wahrhaftig zur Tür hinausjagen", sagte Marie beklommen.

„Das weiß ich; aber es wird ihm nichts helfen. Ich kenne die Schliche und werde gemütlich wieder hereinkommen."

„Um Himmelswillen! Mach' das nicht, Heinrich! Du kennst ihn noch nicht; wenn er in Hitze kommt, so gibt es keine Rücksicht bei ihm."

„Hab' nur keine Sorge. Wenn du mir folgst, so wird alles gut gehn."

„Folgen? Was soll ich denn tun?"

„Zunächst stellst du die kleine Lampe dort hinaus aufs Treppenfenster; ich brauche sie."

„Wozu denn?"

„Das wirst du schon noch merken. Wenn du später an die Tür pochen hörst, so tust du, als wolltest du das Licht putzen und löschst es aus. Das ist alles, was ich von dir verlange. Willst du?"

„Wozu soll denn das Lampenlöschen gut sein?"

„Du wirst es, wie gesagt, schon merken. Horch, da kommt jemand! Das ist der Vater; ich verlaß' mich auf dich."

Als der heimkehrende Färber in die Stube trat, und den späten Besuch erblickte, blieb er erstaunt stehn.

„I der Tausend! Wer ist denn das?"

„Hm, ich denke, wir kennen uns, Herr Wadenbach."

„Das versteht sich, das versteht sich! Aber denkst du denn, weil ich meinen Pomeranzen bei euch getrunken habe, darfst du deinen Pomeranzen auch bei uns trinken?"

„Herr Wadenbach —"

„Ach was Wadenbach! Ich leide es nicht, daß sich mein Mädel an einen — einen —"

„Nun, an einen —?"

„Ich meine: an einen — einen Heinrich hängt. Ich kann diesen albernen Namen für den Tod nicht ausstehn; umgetauft kannst du nicht werden, also — abgemacht, basta!"

Mit einer nicht mißzuverstehenden Gebärde zeigte er zur Tür, und als dieser Weisung nicht gleich Folge geleistet wurde, setzte er hinzu:

„Nun, wie wird's? Es ist bald zwei Uhr!"

„Ich getrau' mich nicht hinaus, Herr Wadenbach."

„Warum?"

„Von wegen dem Teufel und der Salzsäule."

„So?" fragte der Hausherr gedehnt; denn er wußte nicht recht, wie die Worte eigentlich gemeint waren. Als er aber das ernste Gesicht des jungen Mannes bemerkte, nahm er an, daß hier von einem unzeitigen Spott wohl keine Rede sei, und fuhr beruhigt fort:

„Aber auf dem Weg hierher hast du dich nicht gefürchtet? Und noch dazu in diesem Wetter und mitten in der Nacht! Ihr müßt es doch sehr nötig haben mit eurer Freierei!"

„Ja, die Witterung, Vater, die Witterung! Das ist's ja, was ich dir schon am Sonnabend gesagt habe", meinte Marie etwas unvorsichtig.

„Willst du wohl schweigen, Schlabbermaul, das bist du! Wenn die Schuld nur daran liegt, so will ich gleich andres Wetter machen. Wir brauchen einander nicht bös zu sein oder gar Feind zu werden; aber ich hab' einmal gesagt, daß ich keinen Heinrich leiden mag, und so mögt ihr euch auch danach richten. Gute Nacht!"

Der junge Mann, gegen den die letzten Worte gerichtet waren, erhob sich, griff zur Mütze und sagte dann:

„Ich gehe, weil ich mich nicht zanken mag. Aber ich werde eher wiederkommen, als Sie es vermuten, Herr Wadenbach, und dann — ja dann werden Sie mich nicht fortweisen."

„Nicht? I der Tausend, was einem nicht alles von so einem — einem Heinrich zugetraut wird! Gute Nacht zum letztenmal! — Hier ist der Hausschlüssel; ich will nur gleich selber zumachen, sonst sind die Rackers imstand und steh'n miteinander noch vier Wochen lang draußen unter der Tür!"

Heinrich ging. Als Wadenbach wieder ins Zimmer trat, begann die eigentliche Strafpredigt, die das muntere und keineswegs sprachschwere Mädchen nur deshalb über sich ergeh'n ließ, weil ihr der Wunsch ihres Geliebten hinsichtlich des Lichts zu denken gab. Der Scheltende wurde endlich, als ihm niemand widersprach, des Schimpfens müde und schloß seine Ermahnungen mit den Worten:

„Und du als Mutter solltest doch wahrhaftig so verständig sein, um dergleichen Ungehorsam nicht auch noch zu unterstützen. Sie macht schon ohnedies nur, was sie will, und ich wette meinen Kopf, daß sie sich schon morgen nach dem Ball von dem Hahnemann wieder heimbringen läßt. Wenn ich aber das merke, so —"

„Sei doch nur endlich einmal still und laß die Sache

ruhn! Du hast den Heinrich doch früher gern gehabt, und er kann nichts dafür, daß sein Vater auch gern Vorsteher sein möchte!"

„Der? Der und Vorsteher? Geh mir doch mit dem! Hat sich heut von mir nach Noten bei der Nase zieh'n lassen und ist dafür ausgelacht worden, daß es gedonnert hat."

„Ist's auch wahr, Vater? Ich hätte nicht gedacht, daß Hahnemann so dumm sein würde. Das mußt du erzählen, bitte!"

Jetzt hatte sie ihn da, wo sie ihn haben wollte. Mit freudestrahlenden Mienen berichtete er von seiner Heldentat. Als er geendet hatte, fragte sie:

„Also bist du auch ganz sicher Vorsteher geblieben?"

„Eigentlich sollte sich das von selbst versteh'n; aber da ist mir die Geschichte mit der Salz — Sapperlot, da hätte ich mich bald wieder verplappert und darf doch neun Tage lang nicht davon sprechen. Also kurz und gut, wir haben noch gar keinen Vorsteher; er wird erst morgen vor Beginn des Balls gewählt."

„Morgen, ja. Aber warum betonst du das so?"

„Na es ist mir was zugestoßen, wovon die andern denken, der Hahnemann habe mich zum Narren gemacht. Es ist natürlich nicht wahr, und er hat also auch gar keine Behauptung aussprechen können. Aber um mich zu ärgern, hat er halb und halb zugegeben, daß es so sein könnte, und gesagt, bis morgen nachmittag müsse sich das Ding aufklären."

„Was ist es denn, was dir zugestoßen ist?"

„Das darf ich, wie gesagt, vor dem neunten Tag nicht aussprechen."

„Da ist's wohl gar eine Geistergeschichte?"

„Na, und wenn ich sie euch erzählen könnte, so würdet ihr mir's nicht glauben, so wunderbar ist die Sache. Na, wenn die neun Tage um sind, werdet ihr's erfahren."

„Hat dir's was getan?"

„Bewahre, im Gegenteil! Ich hab die Salzsäule erlöst."

„Die Salzsäule?" fragte Marie verständnislos.

„Ja, die Salz — Himmelschockschwerenot, mit deiner albernen Neugierde kannst du mich noch unglücklich machen! Bald hätt' ich die ganze Geschichte verraten."

„Das hätte dir keinen Schaden gebracht. Eine Salzsäule ist doch kein Geist."

„Das verstehst du nicht."

Dem Mädchen war keine andre Salzsäule bekannt, als die biblische, und da ihr die Neugierde keine Ruhe ließ, so beschloß sie, geradezu auf den Busch zu schlagen.

„Da hast du wohl gar dem Lot seine Frau erlöst?"

„Freilich, freilich. Aber woher weißt denn du, daß sie in der Nacht vom vierundzwanzigsten zum fünfundzwanzigsten Februar umgegangen ist?"

„Das darf ich dir vor dem neunten Tag auch nicht sagen."

„Nicht? Ist sie dir denn auch erschienen?"

„Jawohl!" antwortete sie dem mit offenem Mund erstaunt Dastehenden.

„Wo denn in aller Welt? Wohl hier zu Haus?"

„Ja."

„Die hat mich gesucht, wahrhaftig, die hat mich gesucht und ist nachher auf die Langenberger Straße gekommen. Es ist wirklich erstaunlich! Hast du dich denn aber da nicht gefürch —"

Das Wort erstarb ihm auf der Zunge, denn in diesem Augenblick geschah ein so gewaltiger Stoß an die Tür, daß das ganze Haus zu beben schien. Das Mädchen, das jetzt alles klar durchschaute, blies, von dem erschrockenen Vater unbemerkt, das Licht aus, und trotz der dadurch entstandenen Finsternis war mit Hilfe der draußen am Treppenfenster brennenden kleinen Lampe eine lange, weiße Gestalt zu erkennen, die im Zimmer stand.

„August Wadenbach, du hast geplaudert! Deine letzte Stunde ist gekommen!"

Wadenbach wollte sprechen, aber wie draußen auf der Straße, brachte er auch jetzt kein Wort hervor. Erst als die Gestalt sich ihm näherte, löste ihm die Todesangst die Zunge.

„Gnade!" stöhnte er, vor Entsetzen zitternd.

Da legte die Erscheinung die Hand auf seine Schulter und fragte:

„Gibst du deine Tochter dem Heinrich Hahnemann, wenn ich dir das Leben lasse, August Wadenbach?"

„Gern, herzlich gern!" versicherte er.

Da warf das Gespenst das Tuch von sich und rief mit fröhlicher Stimme:

„Grüß Gott, grüß Gott, Herr Wadenbach. Da bin ich wieder!"

Mit weit aufgerissenen Augen starrte der Hausherr den aus dem Ei Geschälten an. Das Gesicht konnte er zwar nicht erkennen; aber die Stimme brachte ihn auf eine schreckliche Vermutung. Mit einem raschen Griff zog er die Zündhölzer aus der Westentasche, und im nächsten Augenblick war das ausgelöschte Licht wieder in Brand gesetzt.

„Himmeltausendmohrenelement, Kerl, du bist's? Da muß doch gleich der helle, lichte Popanz drinne sitzen; spielt der schuftige Racker Komödie mit mir! Willst du naus; ich frage, ob du auf der Stelle naus willst!"

„Mein Schwiegervater wird mich doch nicht zur Tür hinausstecken!" meinte Heinrich.

„Ich werde dich beschwiegervatern! Vorwärts marsch, oder ich mach' dir Beine!"

„Gut, ich gehe; aber die Leute werden sich freun, wenn —"

„Die Leute? Warum? Ich will nicht hoffen, daß du das auf der Straße auch gewesen —"

„Natürlich bin ich das auch gewesen! Haben Sie nicht Freude gehabt über die famose Kettenbrücke zwischen Sodom und Gomorrha?"

„O du armseliger, miserabler Bengel, du! Pack' dich aus meinen Augen, oder ich mache mich über dich her, daß du zeit deines Lebens an Sodom und Gomorrha denken sollst."

„Und an den Schnupfen, den Lot damals hatte."

Heinrich wandte sich zum Gehen. Noch aber hatte er die Haustür nicht erreicht, als ihn Wadenbach wieder zurückrief.

„Halt; bleib mal da! Weiß dein Vater von der Sache?"

„Gewiß. Der hat ja den Spaß ausgesonnen."

„Ihr beiden Kerls seid einer so schlecht wie der andre. Mutter, hol mal die Flasche her! Der Ärger bringt mich sonst um!" rief er, in sichtlichem Kampf mit sich selbst im Zimmer auf und ab gehend. Dann fragte er, zu dem Mädchen gewandt: „Willst du denn wirklich so einen Erzhalunken zum Mann haben?"

„Wenn es nicht anders sein kann, ja", lachte Marie.

„Na, da nehmt euch meinetwegen! Aber ich mache zur Bedingung, daß ich Vorsteher bleibe und kein Mensch erfährt, wie es eigentlich mit der Gespenstergeschichte gewesen ist!"

„Zugestanden!" rief Heinrich, ergriff den alten, sich kraftvoll wehrenden Färber bei den Händen und tanzte mit ihm fröhlich in der Stube herum. Dann verabschiedete er sich aber rasch von den beiden Frauen und von Wadenbach, denn es war schon spät in der Nacht, und der Fastnachtsdienstag würde neben den festlichen Freuden auch manche Anstrengung bringen.

*

Und nun war es soweit. Der große Ball war eröffnet, und nach einigen einleitenden Ansprachen erfolgte die Wahl des neuen Vorstehers.

Heinrich hatte mit seinem Vater genau besprochen, wie sie sich zu verhalten hätten. Zwar reizte es den alten

Hahnemann sehr stark, vor den versammelten Mitgliedern des Zipfelmützenklubs mit der Wahrheit über die Salzsäule herauszurücken, aber er beherrschte sich. Jedes Mitglied des Klubs äußerte seine Meinung darüber, wer fürs nächste Jahr zum Vorsteher gemacht werden sollte. Dann erfolgte, wie immer, die eigentliche Abstimmung in geheimer Wahl, wobei sich die beiden Kandidaten der Stimme enthalten mußten. Als dann das Ergebnis dieser Wahl bekannt gegeben wurde, war das Hallo groß: beide Kandidaten, Wadenbach wie Hahnemann, hatten genau die gleiche Stimmenzahl erhalten.

Doch bevor noch irgendein anderer etwas sagen konnte, erhob sich Hahnemann und trat ans Rednerpult.

„Verehrte Anwesende", begann er, aber so recht wollten ihm die Worte doch nicht von der Zunge, „verehrte Anwesende, nachdem der Herr Wadenbach — ich meine, weil er mich doch so tüchtig hereingelegt hat, — also — ich ziehe meine Kandidatur zurück!"

Diese Mitteilung kam für die Anwesenden so überraschend, daß es allen die Rede verschlug. Erst nach geraumer Zeit setzte Gemurmel ein, während Hahnemann immer noch am Rednerpult stand.

„Verehrte Anwesende", begann er nochmals. „Liebe Freunde, ich glaube, daß somit unser Freund Wadenbach erneut zum Vorstand gewählt ist! — Komm her, August! Sag' du auch was!"

Vierschrötig und etwas schwerfällig kam nun auch Wadenbach aufs Podium, während kräftiger Beifall einige wenige Mißfallenskundgebungen übertönte.

„Ich danke euch allen, daß ihr mich wieder gewählt habt. Ganz besonders aber danke ich unserem lieben Freund Hahnemann, der durch sein großzügiges Verhalten den Ausgang dieser Wahl erst ermöglicht hat. Bei dieser Gelegenheit will ich aber gleich noch etwas anderes erledigen. Meine Tochter, die Marie, hat sich mit dem Hahnemanns-Heinrich verlobt!"

Durch einen orkanartigen Beifallssturm und laute Hochrufe wurde er am Weitersprechen gehindert. Achselzuckend verließ er zusammen mit Hahnemann das Rednerpult und setzte sich wieder an den Tisch, woran er schon zur allgemeinen Überraschung von Anfang an mit den Seinen und Familie Hahnemann gesessen hatte. Die beiden Alten prosteten sich kräftig mit dem neu angestochenen Chemnitzer ‚Schloß' zu, und auch alle anderen im Saal hoben ihre Gläser, um auf das Wohl des jungen Paares anzustoßen. Heinrich stieß den alten Wadenbach freundschaftlich mit dem Ellenbogen an.

„Hurra! Es lebe der Teufel und die Salzsäule!"

Wadenbachs Gesicht bekam einen verärgerten Ausdruck, doch der änderte sich sofort, als Heinrich mit der anderen Hand unter den Tisch langte und die volle Flasche mit dem wohlvertrauten Etikett vor seinen künftigen Schwiegervater stellte.

„Hoch! Das Brautpaar soll leben!" rief es ringsum, und Wadenbach fügte genau gleichzeitig mit seiner Tochter hinzu:

„Und der rote Pomeranzen!"

GESAMMELTE AUFSÄTZE
(1875/76, 1904)

Am Beginn stehen die sachlichen „Lehrstücke". Bereits „Schätze und Schatzgräber", eine in dieser knappen, präzisen Form ausgezeichnete Ansprache an den Bergmann, läßt erkennen, mit welch tiefem Ernst Karl May an seine Arbeit für „Schacht und Hütte" heranging. In solchen echten Bildungsartikeln zeigt er sich bemüht, den meist einfachen Lesern wichtiges Wissen zu bieten, ihnen Art, Umfang und Zusammenhang ihrer Produktionsmittel in leicht faßlicher Weise vorzustellen.

Die zweite Gruppe umspannt Appelle an das Ethische im arbeitenden Menschen – ‚Bete und arbeite' – und Reflexionen über Freundschaft, Ehrlichkeit, Luxus, über Leben und Tod. Die Themenstellung bildet in gewisser Hinsicht eine Fortführung der – früher verfaßten aber später gedruckten – „Geographischen Predigten".

Schließlich folgen noch Aufsätze über Watt und Fulton, über das Erdöl, über Strousberg, über den Suezkanal. Diese Arbeiten gleichen bei aller Fundiertheit mehr allgemeinem Zeitungsfeuilleton, stehen jedoch in enger Beziehung zur Montan-Industrie oder der damit verknüpften Entwicklung von Reiseverkehr und Warentransport.

Alle diese Aufsätze sind hier in der gleichen Reihenfolge abgedruckt, wie sie in den Nummern 1 bis 14 von „Schacht und Hütte" erschienen. Lediglich der erste und der letzte gehören nicht zur ursprünglichen Zusammenstellung, passen aber zum Themenkreis. Die Erstfassung von „Weltall – Erde – Mensch" entstand 1904 als Beitrag für die „Temesvarer Zeitung". „Die Liebe nach ihrer Geschichte" erschien 1875/76 in dem Sammelwerk „Das Buch der Liebe" des Dresdner Verlags H. G. Münchmeyer.

Weltall - Erde - Mensch

Im Schoße der Unendlichkeit gibt es ein Sandkorn, das sich Erde nennt. Millionen gleicher Körner, größer oder kleiner, jedoch stets gleich in ihrer Nichtigkeit, jünger oder älter, aber alle ebenso vergänglich, sind vom höchsten Wesen in die Unermeßlichkeit der Zeit und des Raumes geschleudert worden und bevölkern das Weltall. Das Ganze ist eine leichte Staubwolke vor dem Auge Gottes, unsere Erde ein Stäubchen innerhalb dieser Wolke.

Und die Menschen! Arme kleine Milben, kriechend auf der Oberfläche ihres in der Unendlichkeit dahinrasenden Erdenballes. Nichtiges Leben auf vergänglichem Grunde. Aber Gott hat ihnen eine Vernunft gegeben, die ihnen ermöglicht, die Größe des Weltalls und ihre eigene Nichtigkeit zu erkennen. Wie müßten sie erschrecken vor der einen und vor der anderen! Wie müßten sie trachten, ihr Erdendasein weise zu nutzen, gemeinsam zu arbeiten, unter sich die Früchte ihres gemeinsamen Fleißes zu teilen, sich gegenseitig zu helfen und zu unterstützen und in Frieden ihr kurzes Traumleben zuzubringen, bei der nächsten Wandlung die Geheimnisse einer anderen Welt erwartend!

Tun sie das?

Nein! Sie schleifen die Säbel, schärfen die Lanzen und schnitzen die Pfeile. Sie rufen das Eisen, das Feuer und das Gift zu Hilfe. Sie bewaffnen sich, organisieren ihre Heere und treten sich als Feinde gegenüber. Die Schlacht beginnt; alle erschauern vor Begier, sich gegenseitig abzuwürgen und Blut zu vergießen. Sie bekämpfen sich, sie vernichten sich, sie führen — Krieg ...

Die vorstehende Skizze ist das Fragment eines Entwurfes, den Karl May um 1870 niederschrieb.

Je mehr das Licht der Wissenschaft die Finsternis durchdringt, die jahrtausendelang auf den Geistern ruhte, desto mehr schwindet der Aberglaube, und eine vorurteilsfreie Weltanschauung bricht sich stärker und stärker Bahn.

Ein besonders gern gehegter Zweig des Aberglaubens war der Wahn, daß man vergrabene Schätze mit Hilfe gewisser Geister heben und sich erringen könne. Viele Opfer sind ihm gefallen, und noch heute gibt es ganze Provinzen, in denen dieser Wahn trotz aller Aufklärung von einem großen Teil der Bewohner festgehalten wird.

Doch nicht solche mehr als zweifelhafte Schätze sind es, an die ich gegenwärtig denke, sondern ich meine jene wirklichen im Innern der Erde verborgenen Reichtümer, nach denen die geschäftige Industrie ihre nimmer ruhenden Hände streckt.

Nur rund fünfzig Kilometer stark schätzt man die feste Kruste, unter der das ‚Zentralfeuer' glüht; von Meter zu Meter nimmt die Hitze zu, die dieser Hölle entströmt, und tausenderlei Gefahren grinsen dem Sterblichen entgegen, der sich einen Weg in jene Tiefen bahnt. Aber der Herr der Schöpfung kennt kein Hindernis, das er nicht endlich doch noch zu bewältigen vermöchte, und wie der Maulwurf seine Gänge durch die Krume des Akkers und den Rasen der Wiese gräbt, so wühlt sich der Bergmann als Pionier der Industrie hinab in das Dunkel der Tiefe und entreißt den dort herrschenden Mächten Reichtümer, für die weder Maß noch Zahl zu finden ist.

Ja, ein Schatzgräber *par excellence* ist der Bergmann, und keiner seiner Rivalen darf sich mit ihm messen. Der ‚Lavadore' Süd- und Mittelamerikas, der Arbeiter der kalifornischen und australischen Golddistrikte, der indische und brasilianische Diamantenwäscher, — sie fördern Schätze zutage, mit deren Kaufwert der Ertrag des gesamten Bergbaus der Erde sich nicht vergleichen läßt. Suchen wir aber nach dem Segen, den diese oft leicht erworbenen Schätze über die Bevölkerung jener Länder gebracht haben, so werden wir meist nur betrübende Erfahrungen machen.

Welch ein erfreuliches lebensvolles Bild hingegen bieten demgegenüber jene Länder, wo man das unscheinbare Eisen oder die schwarze, häßliche Kohle bergmännisch gewinnt und beide, Eisen und Kohle, als König und Königin der Industrie vermählt, um ein Reich zu schaffen, worin der Bergmann als erster Held und tapferster Ritter die höchsten Ehren erntet!

Im dunklen Kleid, dessen Farbe die Gefahren versinnbildlicht, mit denen er zu kämpfen hat, mit übergeschnalltem Hinterleder, das kleine Lämpchen vorn am Gurt, — so verschwindet er im Mundloch des Schachtes, um erst nach vollendeter Schicht wieder ans Licht des Tages emporzusteigen. Aber so anspruchslos sein Wesen erscheint, er weckt mit dem Schlag des Fäustels tausend Industrien, gibt Millionen von Menschen Arbeit und Erwerb, begründet das häusliche Glück unzähliger Menschen, befördert das große Werk der Wissenschaft und ebnet die Bahn, auf der Bildung und Gesittung ihren Lauf vollenden.

Er ist der einzige und rechte Schatzgräber, und wo ich ihm begegne, treibt mich die Anerkennung stets zu einem herzlichen ‚Glück auf!'

Mit Dampf um den Erdball

Unsere Erde hat kugelförmige Gestalt und besitzt einen Umfang von 40 000 Kilometern oder 21 600 Seemeilen. Da mehr als zwei Dritteile ihrer 510 100 000 Quadratkilometer großen Oberfläche aus Wasser bestehen, so muß der größte Teil einer Reise um die Erde zur See vorgenommen werden. Die Schiffahrt befand sich aber bis ins fünfzehnte Jahrhundert hinein nicht auf der hohen Entwicklungsstufe, die eine solche Reise möglich macht, und so darf es uns nicht wundern, daß man früher die Erde für eine Scheibe hielt und nicht für eine Kugel.

Zwar hatten verschiedene Gelehrte die Kugelform als einzig richtige und mögliche behauptet; aber diese Behauptung fand ihren unwiderleglichen Beweis erst durch die Entdeckungsfahrten eines Vasco da Gama, Bartholomeu Diaz und Christoph Columbus, ganz besonders aber durch die Expedition des Fernão de Magalhaes, die am 20. September des Jahres 1519 den spanischen Hafen San Lucar verließ und, immer nach Westen segelnd, am 6. September 1522 von Osten her im selben Hafen wieder landete.

Diese Expedition hatte also die erste Reise rund um den Erdball vollendet und zwei Jahre, elf Monate und siebzehn Tage dazu gebraucht.

Je mehr sich die Schiffahrt entwickelte, desto kürzer wurde diese Zeit, und heute, wo wir auf den Flügeln des Dampfes die größten Entfernungen in unglaublich kurzer Zeit zurücklegen, ist es uns bereits möglich, in wenig mehr als 80 Tagen diese Reise zu vollenden.

Gesetzt, man fährt von Hamburg oder Bremen am 1. Juni ab, so landet man am 13. in New York und trifft, die mehr als 5000 Kilometer lange Pacific-Eisenbahnlinie benutzend, am 23. in San Francisco in Kalifornien ein. Hier steigt man wieder zu Schiff und landet am 13. Juli zu Yokohama in Japan, am 17. zu Shanghai in China, am 20. in Hongkong, Englands fernöstlicher Besitzung, am 25. in Singapore, dem berühmten englischen Freihafen, am 30. auf Ceylon, dem ‚schönsten Garten der Erde', am 4. August in Aden, dem zweiten Gibraltar der Engländer, am 9. in Suez und am

15. in Triest, von wo aus man per Bahn binnen drei Tagen Hamburg wieder erreicht.

Diese Reise hat Erster Klasse etwa 1700 und Zweiter Klasse rund 1500 Taler gekostet. So kostspielig sie erscheint; der Zeitgewinn ist dabei ebensosehr in Rechnung zu ziehen wie der Umstand, daß durch die Schnelligkeit der Bewegung die Eindrücke zusammengerückt und die gesammelten Anschauungen zu einem enggezeichneten Bild vereinigt werden.

Freilich besitzen nur wenige die Mittel, sich diese Anschauungen anzueignen; aber die andern dürfen sich doch trösten in dem Bewußtsein, daß wir in einer Zeit leben, in der das Wissen und die Möglichkeiten des einzelnen so leicht und schnell Gemeingut aller werden.

Verteidigung eines Vielverkannten

„Es reicht nicht aus! Die Ausgaben wachsen von Tag zu Tag, die Einschränkung wird immer größer und drückender, und der Luxus der Kapitalisten zieht dem Arbeiter noch das Hemd über den Kopf herunter."

Halt, lieber Freund! Sprich diese allerdings jetzt so oft gehörten Worte nicht gedankenlos nach; denn sie bieten dem Angriff zwei Punkte dar, von deren Schwachheit du dich leicht überzeugen kannst, sobald du nur den guten Willen dazu hast.

Der erste dieser Angriffspunkte ist eine Begriffsverwechslung zwischen Luxus und Verschwendung und der zweite besteht darin, daß du das meiste von dem, was du an anderen tadelst, mehr oder weniger selbst übst.

Der Luxus kennt ganz genau die ihm zu Gebote stehenden Mittel, zieht fleißig Bilanz und gibt keinen Pfennig *mehr* aus, als er einnimmt. Die Verschwendung aber hält ihre Mittel für unerschöpflich, kontrolliert keine Ausgabe und wirft das Geld zum Fenster hinaus.

Der Luxus bezweckt Verschönerung des Lebens, Verfeinerung der Bedürfnisse und Erweiterung der Genüsse. Die Verschwendung aber führt meist zu einseitigen, entnervenden und unsittlichen Genüssen und läßt das Edlere und Bessere darben.

Freilich sind die Grenzen zwischen beiden nicht so genau zu bestimmen, da beide Begriffe sehr relativer Natur sind. Die Benutzung der Ersten Wagenklasse ist bei einer Eisenbahnreise für den Besitzer einer Million ein sehr erlaubter Luxus; für tausend andere wäre sie Verschwendung.

Heiterer Lebensgenuß als Frucht ehrlicher und pflichttreuer Arbeit ist der Zweck der nationalökonomischen Lehren; wer in diesem Genuß neue Kraft zur Arbeit findet, ist sicherlich kein Verschwender. Wer also möchte wohl den Luxus verdammen, der uns Gelegenheit gibt, „durch des Lebens Lust des Lebens Leid zu lindern?"

Der Luxus bewirkt durch die Ausdehnung und Verfeinerung der Bedürfnisse und Genüsse eine Ausdehnung und Verfeinerung der verschiedenen Industrien, des Handels und seiner Verkehrsunternehmungen. Auf mehreren Schlössern Karls des Großen gab es nur zwei Betttücher, ein Hand- und ein Waschtuch. Die Gemahlin Karls VII. soll die einzige Französin gewesen sein, die mehr als zwei Hemden besaß. Schornsteine, Glasfenster, irdene Teller, Gabeln usw. galten damals, und Tee, Kaffee und Tabak noch zur Zeit Ludwigs des XIV. als Völlerei. Heutzutage genießt der Arme weit feineres Brot und besitzt mehr Vorrat an Kleidern und Wäsche, als die Wohlhabenden früherer Jahrhunderte.

Der Luxus führt zu wirtschaftlichen Anstrengungen, die ihre Wellen über den ganzen Erdkreis werfen und selbst die tiefste Wildnis nach und nach der Kultur erobern; er gibt Millionen von Menschen Arbeit und Verdienst und ist der Vater vieler Tugenden, was mir jeder glauben wird, der durch den Zauber einer behaglichen

Häuslichkeit zu der beglückenden Erkenntnis geführt worden ist, daß das wahre Glück nur allein im traulichen Kreis der Familie zu finden ist.

Nur die Überspannung des Luxus, also die Verschwendung, ist sowohl für den einzelnen wie für ganze Nationen verderblich, und hier liegt der zweite schwache Punkt, den ich erwähnte.

Eins der kostbarsten Güter der Menschen ist die Zeit, und doch ist die Verschwendung der Zeit fast allgemein. Denken wir dabei an die Wahrheit des alten Wortes: „Müßiggang ist aller Laster Anfang", so müssen wir diese Verschwendung herzlich beklagen.

Sieben Stunden Schlaf genügen vollständig für einen gesunden erwachsenen Menschen. Viele berühmte Männer, so etwa Friedrich der Große, der täglich nur vier Stunden schlief, haben bedeutend weniger gebraucht. Wer acht Stunden schläft, verschwendet jährlich fünfzehn Tage und fünf Stunden, und wenn er täglich nur noch eine Stunde von der Zeit kürzt, die der Arbeit gewidmet sein sollte, so verschwendet er jährlich mehr als einen Monat. Was sagst du nun, lieber Leser?

Weiter. Wer täglich nur zwei Zigarren à vier Pfennige raucht und nur zwei ‚unschuldige' Schnäpschen trinkt, der hat, wenn er mit zwanzig Jahren beginnt und sechzig Jahre alt wird, dreitausend Mark ausgegeben für etwas, was er recht gut lassen konnte. Und wie viele Tausende würden mich geradezu auslachen, wenn ich ihnen nur zwei Zigarren und zwei Schnäpschen erlauben wollte.

Wer alle Sonntage tanzen geht und regelmäßig nur zwei Mark vertanzt, hat von seinem zwanzigsten bis dreißigsten Jahre eintausendundvierzig Mark dafür aufgewendet ...

Ein Schwätzer, welcher täglich nur zweitausend Wörter verschwendet, hat von seinem zwanzigsten bis sechzigsten Jahre über 29 Millionen Wörter in den Wind geredet.

So könnte ich viele Arten von ‚schleichender' Verschwendung anführen, unter denen allerdings die des Geldes am meisten in die Augen fällt und am leichtesten fühlbar ist. Viele, sehr viele Familien leiden an dieser Krankheit, die so viele Menschen an eine trübselige, unbefriedigende Existenz bindet.

Vor großen, bedeutenden Ausgaben hütet man sich von selbst; die kleineren aber werden weniger beachtet und zehren desto ungestörter am Mark des wirtschaftlichen Lebens. Auf sie sollte man die größte Aufmerksamkeit richten; denn gerade bei kleinen derartigen Ersparnissen zeigt sich die Kraft und der Erfolg der Enthaltsamkeit am deutlichsten.

Deshalb ist eine wirtschaftliche Hausfrau ein so großer Segen für den Mann und die ganze Familie, weil sie die Sparkunst im kleinen gewöhnlich am besten versteht, und Wirtschaftlichkeit und häuslicher Sinn sind weit mehr wert als eine klingende Mitgift, die gar bald zerfließt, wenn die Ansprüche der Frau die Zinsen des Eingebrachten übersteigen.

Bete und arbeite!

Welches ist die Aufgabe des Menschen? Er ist ein Kind Gottes, der ihn durch seinen Hauch belebte, und doch ein Sohn der Erde, die ihn trägt und von der er in tausenderlei Beziehungen abhängig ist.

Um den Anforderungen des gegenwärtigen Lebens gerecht zu werden, muß er den alten Fluch „Im Schweiße deines Angesichts sollst du dein Brot essen!" auf sich nehmen und mit allen ihm verliehenen geistigen und körperlichen Fähigkeiten dessen Last tragen. Aber er wird auch den Segen empfinden, in den sich dieser Fluch bei rechtschaffener Pflichterfüllung verwandelt.

Und erblickt er in dieser Verwandlung das liebevolle

Walten einer väterlichen Hand, die ihn hält und durch das Leben leitet, so gibt er auch gern der Überzeugung Raum, daß sie ihn weder fallen lassen werde noch könne, wenn der Tag der irdischen Wanderschaft sich dereinst zu Ende neigt. Der Tod bringt ihm nicht Vernichtung, sondern Verwandlung, und mit ruhelosem Forschen sucht er den Schleier zu lüften, der zwischen Diesseits und Jenseits, zwischen hier und dort seine Falten schlägt.

Je erfolgloser dieses Forschen ist, desto mehr fühlt er seine Nichtigkeit gegenüber der Macht, die ihn ins Dasein rief. Er kann ihr nichts vorschreiben, nichts befehlen; er darf nicht fordern und verlangen, sondern nur bitten und flehen und ist für jede Erfüllung seiner Wünsche das Opfer kindlichen Dankes schuldig — *er betet.*

Doch nicht im Worte ruht die Macht des Gebetes, sondern im Glauben, der, wenn er der rechte ist, dem Rufe folgt: „Kommt, laßt uns Taten tun!“ Und die schönste, die größte, die fruchtreichste Tat heißt Arbeit. Sie allein macht uns geschickt, die Stufen des Daseins emporzuschreiten zur Vollendung. Kein Kniebeugen, kein Händefalten, kein Augenverdrehen bringt uns zur Vollkommenheit. Aber wenn der denkende Geist mit der kräftigen Faust sich vereint zu regem, Gott wohlgefälligem Wirken und Schaffen und der Schall der Arbeit aus allen Richtungen zusammenflutet zu einem der brausend seine Flut zum Himmel trägt, dann stehen wir mitten in der rechten Erfüllung unserer Aufgaben. Bete und arbeite, das heißt: bete, indem du arbeitest; Arbeit ist das beste Gebet!

Die Helden des Dampfes

Wie bei anderen großen Erfindungen hat man auch die Geschichte der Dampfmaschine in das graue Altertum hinaufzurücken versucht. Man braucht nicht den Staub der Büchereien aufzuwühlen und in vergilbten Pergamenten zu suchen, um zu der Überzeugung zu gelangen, daß die alten Griechen und Römer den Dampf ebensogut gekannt haben wie wir. Aber von einer Wahrnehmung, die jeder am Herdfeuer machen kann, bis zur Regelung und Ausbeutung dieser gewaltigen Kraft durch die heutige Dampfmaschine ist ein weiter Weg, der Jahrhunderte erforderte.

Die erste Vorahnung einer Dampfmaschine könnte man dem griechischen Mathematiker *Heron von Alexandrien* zusprechen, der von 150—100 v. Chr. lebte. Er konstruierte eine hohle Metallkugel, die teilweise mit Wasser gefüllt wurde. Nachdem das Wasser durch die Wärme des Feuers in Dampf verwandelt worden war, wurde sie durch die Rückstoßwirkung beim Ausströmen des Dampfes in Bewegung gesetzt. Obgleich damals mehrere ähnliche Merkwürdigkeiten auftauchten, die auf der Wirkung des Dampfes fußten, gelangten doch erst große Geister wie *Galilei* und *Toricelli* dazu, das Wesen und die Eigenschaften der atmosphärischen Luft in den Bereich ihrer Forschung zu ziehen und eine genaue Einsicht in die Natur und Wirkungsweise des Dampfes vorzubereiten.

Zwar hat man geglaubt, eine Maschine, mit der am 17. Juni 1543 der spanische Schiffskapitän *Blasco de Garay* im Hafen von Barcelona vor Kaiser Karl V. ein Schiff ohne Ruder in Bewegung setzte, sei auf Herons Beobachtungen gegründet gewesen; aber diese Nachrichten sind unverbürgt und werden vielfach bezweifelt.

Erst *Salomon de Caus*, Ingenieur und Architekt König Ludwigs XIII. von Frankreich, sprach sich 1615 bestimmt und mit Sachkenntnis darüber aus, wie man sich der Ausdehnungskraft des Wasserdampfes bei einer hydraulischen Maschine bedienen könne. Aber wenn de Caus auch den Satz aufgestellt hat: „Das Wasser kann mit Hilfe des Dampfes über seinen Spiegel steigen“, so braucht man ihn deshalb noch lange nicht mit solchem Eifer, wie es Bailles und selbst der berühmte Arago getan haben, als den Erfinder der Dampfmaschine anzuführen.

Dasselbe gilt auch von dem Italiener *Giovanni de Branca*, der von einer mit Wasser gefüllten Kugel spricht, die zur Erzeugung von Dampf dient und mit deren Hilfe ein Rädchen in Bewegung gesetzt wird.

Indessen hatte der Magdeburger Bürgermeister *Otto von Guericke* 1654 die Luftpumpe erfunden und die ungeheure Kraft des Luftdruckes nachgewiesen. Infolgedessen regte sich das Verlangen, diese Kraft industriell zu verwerten; jedoch blieben alle darauf bezüglichen Versuche erfolglos, bis endlich *Denis Papin* (1647—1712) den Plan zu einem Apparat faßte, der an die heutige Kolbendampfmaschine erinnert. Das Gefäß, worin er seinen Dampf langsam verdichtete, war Kessel und Zylinder zugleich und konnte sich deshalb unmöglich zu bedeutender Arbeitsleistung eignen. Auch der Apparat des Engländers *Savery* (1698) zeigte sich wegen seiner riesigen Größe und des starken Verbrauchs an Brennstoff als untauglich, und erst den beiden Engländern *Newcomen* und *Cawley* ist um 1712 durch eine Verbindung des Papinschen und Saveryschen Apparats die Einführung der mit Kolben arbeitenden Dampfmaschine zu verdanken.

Während diese Maschine von verschiedenen Seiten verbessert wurde, lieferten *Fahrenheit*, *Réaumur* und *Celsius* ihre Thermometer, und Professor *Black* in Glasgow brachte die für das Dampfmaschinenwesen so notwendige *Lehre von der Wärme und ihrer Benutzung* zu wissenschaftlicher Geltung. Zu seinen eifrigsten Schülern gehörte auch *James Watt*, mit dessen Leben wir uns nunmehr kurz beschäftigen wollen.

*

Dem ehrbaren und biederen ‚Blockmaker und Shipchandler' (Blockdreher und Schiffslieferanten) Watt zu Greenock in Schottland wurde am 19. Januar 1736 ein Sohn geboren, der sich später auf dem Feld der Industrie den Namen eines Helden und einen Kranz reicher Lorbeeren erringen sollte.

Der kleine James, zu deutsch Jakob, gehörte keineswegs zu den Wunderkindern, die schon in den ersten Tagen ihres Daseins mit blendenden Gaben glänzen und infolge geistiger und körperlicher Frühreife das Leben rasch durcheilen und meist frühzeitig sterben. Vielmehr zog er sich durch sein stilles, nachdenkliches Wesen den Verdacht zu, ein langsamer und beschränkter Kopf zu sein. In Wahrheit aber beschäftigte er sich bereits in seinem sechsten Jahr mit den Gedanken eines Euklid; er soll sich in diesem Alter sogar schon eine kleine Elektrisiermaschine gebaut haben, mit der er den Seinen manche Überraschung bereitete.

James Watt war anfangs für eine wissenschaftliche Laufbahn bestimmt; da aber seine Eltern die dazu nötigen Mittel nicht aufbringen konnten, trat er in eine mechanische Werkstatt ein, die er im achtzehnten Lebensjahr mit einer Stelle bei dem berühmten Mechaniker Morgan in London vertauschte. Er brauchte damals zu der Reise nach London volle zwölf Tage und ahnte wohl schwerlich, daß man dieselbe Strecke später mit Hilfe seiner Erfindung in knapp zwölf Stunden zurücklegen würde.

Kurze Zeit später, im Jahre 1758, erhielt er die Stelle eines Inspektors der Modellsammlung an der Universität Glasgow und errichtete, was ihm der damalige Zunftzwang außerhalb des Universitätsgebäudes verwehrte, nun dort ein Geschäft für Anfertigung und Verkauf von Maschinenmodellen und Uhren. Durch die Begabung, die er in seinen Arbeiten zeigte, lernte er die hervorragendsten Gelehrten kennen, darunter auch den später weithin bekanntgewordenen *Dr. Robinson*. Dieser Mann nun war es, der Watt den Plan einer Dampfmaschine zum Antrieb von Wagen nahelegte. Aus jener Zeit ist uns das Urteil eines Bekannten über Watt erhalten, das uns einen Einblick in seinen Charakter und sein Wesen gestattet.

„Ich wurde durch einige Freunde bei Watt eingeführt und erwartete, einen einfachen Arbeiter zu finden. Gewiß, das war er auch. Aber wie sehr fühlte ich mich überrascht, als ich bei näherer Prüfung einen Gelehrten in ihm entdeckte, der nicht älter war als ich und die Fähigkeit besaß, mich über alle Gegenstände der Mechanik und der Naturwissenschaften, wonach ich fragte, aufzuklären! Von da an trugen wir ihm jede Schwierigkeit vor, die mir oder meinen Gefährten aufstieß, und er war auch stets der Mann, uns Antwort zu geben; darüber hinaus wurde für ihn jede solche Frage Veranlassung zu neuen und ernsten Forschungen, und er ruhte nicht eher, als bis er sich entweder von der Fruchtlosigkeit der Sache überzeugt oder daraus gemacht hatte, was sich daraus machen ließ. Diese Eigenschaften, verbunden mit der größten Bescheidenheit und Herzensgüte, bewirkten, daß ihm alle seine Bekannten mit großer Liebe und Anhänglichkeit zugetan waren."

Schon in den Jahren seit 1759 beschäftigte sich Watt eingehend mit dem Wesen und der Anwendbarkeit des Dampfes, aber erst das Jahr 1764 öffnete ihm die Pforte zu seiner großen Laufbahn. Es wurde ihm nämlich von *Professor Andersen* das Modell einer Newcomen-Dampfmaschine für Wasserhebung zur Ausbesserung anvertraut, und er entdeckte daran Fehler, um deren Abstellung er sich sofort bemühte. Hierbei kam er auf die hervorragendste seiner Entdeckungen, nämlich darauf, den Dampf in einem besonderen Kessel, dem Kondensator, zu verdichten, der vom Dampfzylinder gänzlich geschieden war und mit ihm nur durch eine enge Röhre in Verbindung stand. Hieran reihte sich die zweite Verbesserung: Watt ließ den Kolben des Dampfzylinders nicht mehr durch die atmosphärische Luft, sondern ebenfalls durch den Druck des Dampfes bewegen. Zu diesem

Zwecke mußte der Dampf abwechselnd unter und über dem Kolben in den Zylinder eintreten und den luftleeren Raum erzeugen, der hierzu nötig war.

Im Jahre 1768 unterstützte ein gewisser *Dr. Roebuk*, der die ausgedehnten Cannel-Kohlenwerke des Herzogs von Hamilton in Betrieb hatte, James Watt mit Geld, so daß es ihm möglich wurde, sein Geschäft aufzugeben und sich als Zivil-Ingenieur niederzulassen. Nun, dort in Cannelhouse, brachte er noch im selben Jahr seine erste Maschine mit einem achtzehnzölligen Dampfzylinder in Gang und erhielt 1769 hierfür das Patent.

Roebuk war mit Watt durch Gesellschaftsvertrag verbunden und sollte zwei Drittel des Reingewinns erhalten. Bald aber trat er infolge zerrütteter Vermögensverhältnisse freiwillig zurück, und es glückte Watt, in der Person des ehrenwerten und reichen *Matthew Boulton* aus Soho bei Birmingham einen neuen Teilhaber zu finden. Wie man sagt, legte Boulton volle 50 000 Pfund Sterling in dem Unternehmen an.

Diesem unternehmenden Mann gelang es, Watts Patent bis auf das Jahr 1800 zu verlängern, und nun begannen die großen Erfolge Watts beim Bau der zahlreichen Dampfmaschinen, die aus der Fabrik von Soho hervorgingen. Die erste größere Dampfmaschine von 50 Zoll Kolbendurchmesser wurde schon 1776 von der neuen Firma Watt & Boulton für ein großes Wasserpumpwerk in Staffordshire geliefert und 1778 eine ähnliche von 58 Zoll Durchmesser nach Ketley in Shropshire. 1782 folgte die erste Dampfmaschine für die Manchester-Baumwollspinnerei, und nach wenigen Jahren waren bereits alle Londoner Bierbrauereien mit Wattschen Dampfmaschinen versehen.

Watts erste Maschinen waren hauptsächlich zum Heben des Wassers in den Bergwerken bestimmt, weshalb der Pumpenkolben unmittelbar an den Schwingbalken gehängt wurde. Die sich hierbei ergebenden Unregelmäßigkeiten wurden dadurch behoben, daß Watt die geradlinige Bewegung des Kolbens in eine kreisförmige verwandelte und durch Anwendung der Drosselklappe das Ausströmen der Dampfmenge regelte. Weiter erfand Watt die doppelt wirkende Dampfmaschine, bei der der Kolben nicht nur herab-, sondern auch in die Höhe getrieben wird, und bekannt ist das Wattsche Parallelogramm, jene sinnreiche Erfindung, die dazu dient, die geradlinige Bewegung des Kolbens zu bewerkstelligen.

Obgleich Watt in späteren Jahren das von ihm gegründete Geschäft seinem Sohn überließ, gab er doch seine Forschungen nicht auf, und die Welt verdankt ihm noch viele wissenschaftliche Arbeiten und Entdeckungen wie die Briefkopierpresse, ferner physikalische Versuche über die Dichte, Spannkraft und gebundene Wärme des Dampfes, über Dampfheizung, chemische Zusammensetzung des Wassers, Bleichen mit Chlor usw.; die Folge war, daß ihn viele wissenschaftliche Gesellschaften zum Mitglied ernannten.

In seinen letzten Lebensjahren hatte Watt noch die Freude, große Dampfschiffe, mit seinen Maschinen ausgerüstet, nach allen Weltteilen fahren zu sehen, und so beschloß er auf seinem schönen Landsitz Heathfield bei Birmingham am 19. August 1819 in einem Alter von 84 Jahren ein Leben, das für die Mitwelt und Nachwelt von unschätzbarer Bedeutung war. Voll dankbarer Anerkennung errichtete man ihm in der ‚Ruhmeshalle Englands', der Westminsterabtei, eine von Chantrey gearbeitete Bildsäule, deren von Lord Brougham verfaßte Inschrift lautet:

Nicht um einen Namen zu verewigen, der fortdauern muß, solange die friedlichen Künste blühen, sondern um zu zeigen, daß die Menschenkinder gelernt haben, jene zu ehren, die ihre Dankbarkeit im höchsten Grade verdienen. Der König, seine Minister und viele der Edlen und vom Unterhaus des Reiches errichteten dieses Denkmal

JAMES WATT,

der die Kraft eines schöpferischen, in wissenschaftlicher Forschung früh geübten Geistes auf die Verbesserung der Dampfmaschine verwandte, dadurch die Hilfsquellen seines Landes erweiterte, die Kraft des Menschen vermehrte und sich zu einem hervorragenden Platz erhob unter den berühmtesten Männern der Wissenschaft und der wahren Wohltäter der Welt.

*

Zu Anfang dieses Jahrhunderts standen sich eines Tages in Paris zwei Männer in den Tuilerien gegenüber, von denen der eine mit Zurückhaltung der eindringlichen Rede des anderen zuhörte und am Schluß mit mitleidigem Achselzucken erwiderte: „Au Bicêtre!"

Der Bicêtre, später Staatsgefängnis, diente damals als Irrenhaus, und die beiden Männer waren Napoleon Bonaparte und der Amerikaner Robert Fulton, der den Kaiser für seinen Gedanken, Schiffe mit Hilfe des Dampfes zu bewegen, gewinnen wollte. „Au Bicêtre, geh ins Irrenhaus!" war also die Antwort. Als kaum ein Jahrzehnt später der gefangene korsische Löwe an Bord der ‚Northumberland' nach St. Helena gebracht wurde, soll er sich jenes Gesprächs erinnert und schmerzlich ausgerufen haben: „Als ich Fulton aus den Tuilerien wies, habe ich meine Kaiserkrone weggeworfen!"[1]

Robert Fulton war nach der einen Lesart 1768, nach anderen 1769, in Wahrheit am 14. November 1765 zu Little Britain, Grafschaft Lancaster in Pennsylvanien, geboren und sollte Goldschmied werden. Da er in der Lehrzeit ein bedeutendes Geschick im Zeichnen entwickelte, fand er einige wohlhabende Gönner, mit deren Hilfe er nach London zu seinem Landsmann, dem berühmten Maler Benjamin West kam, um sich in dessen Atelier weiter auszubilden. Nach einiger Zeit indes sah

1) Vgl. hierzu die Erzählung ‚Der Kaperkapitän' in Bd. 38 (‚Halbblut') von Karl Mays Gesammelten Werken.

er ein, daß er auf diesem Gebiet nie Großes werde leisten können, und trat deshalb in eine Geschäftsverbindung mit dem Mechaniker Ramsey, dem Erfinder des Turbinenbootes. Seine Geschicklichkeit erwarb ihm Ansehen und einflußreiche Bekanntschaften, so daß er bald einen Ruf nach Paris erhielt, um dort Panoramen einzurichten. Diese Arbeit brachte ihm ein gutes Einkommen, wodurch es ihm möglich wurde, seinen mechanischen Projekten nachzugehen.

Aus dieser Zeit stammt seine Erfindung einer Marmor- und Poliermühle, einer Seilermaschine und des Torpedos. Sein Denken war jedoch am meisten auf die Herstellung von Schiffen gerichtet, die durch Dampfmaschinen bewegt werden könnten. Schon im Jahr 1803 machte er auf der Seine bei Paris verschiedene Versuche mit einem Dampfboot, dessen Geschwindigkeit freilich nicht zufriedenstellend war; und da damals die Siege Napoleons das ganze französische Volk berauschten, fanden Fultons Bestrebungen nicht viel Anklang. Er ging deshalb nach England, sah sich aber auch hier nicht verstanden und kehrte schließlich nach Amerika zurück.

Hier baute er in New York ein Dampfschiff, das im Frühjahr 1807 fertig und mit einer Wattschen Maschine von 20 Pferdekräften versehen wurde. Es hieß ‚Claremont' und versuchte am 7. Oktober seine erste Fahrt auf dem Hudson zwischen New York und Albany. Es brauchte sowohl zu der 120 Seemeilen langen Hinfahrt als auch zur Rückfahrt allen schlimmen Wahrsagungen zum Trotz nur 32 Stunden und erlitt dabei keinen Unfall. Fortan diente das Schiff als Passagierdampfer zwischen den beiden genannten Städten. Somit gebührt also Fulton das Verdienst, den Dampf der Schiffahrt dauernd dienstbar gemacht zu haben.

Nach vieler Mühe erlangte Fulton vom Kongreß in Washington das alleinige Anrecht auf Ausübung der Dampfschiffahrt auf den bedeutendsten Flüssen der Vereinigten Staaten; doch mußte er dieses Recht für die meisten Ströme bald um geringen Preis verkaufen, da er sich in Geldverlegenheit befand.

Auf Grund seiner Angaben ließ die Regierung nun auch eine Dampffregatte bauen, die 43 Meter lang, 16 Meter breit und mit einem Schaufelrad versehen war, das durch eine Maschine von 120 Pferdekräften in Bewegung gesetzt wurde. Das Schiff hatte zwei Masten, zwei Bugspriete und vier Steuerruder, um ohne Wendung beliebig vor- und rückwärts fahren zu können, und war mit 32 Kanonen bestückt.

Leider sah Fulton dieses erste Kriegsdampfschiff nicht mehr auf den Wogen schwimmen; er starb am 24. Fe- 1815 mit Hinterlassung einer Schuldenlast von mehr als 100 000 Dollar. Seine Kinder wurden jedoch in Anerkennung seiner Verdienste vom Staat mit einer Ehrengabe bedacht.

„Au Bicêtre, ins Irrenhaus mit ihm!" — Wie oft mag der Blick des entthronten Franzosenkaisers auf St. Helena über die weite Fläche der See geschweift sein. Wenn dann mit jedem anlegenden Schiff ein neues Zeugnis von Englands Seemacht vor Napoleons Augen auf den Wogen schaukelte und die Erinnerung an Abukir und Trafalgar in ihm auftauchte, so hat er wohl auch an Robert Fulton denken müssen, dessen Erfindung es ihm ermöglicht hätte, England, seinen ärgsten Feind, zu besiegen.

Ein königlicher Proletarier

König und Proletarier — diese Worte bezeichnen einen so schroffen Gegensatz, daß man sich beide Begriffe kaum vereinigt denken kann. Und doch ist in unserer Zeit der, von dem ich zu sprechen beabsichtige, der Mächtigste der Herrscher und zugleich der Größte der Proletarier.

König ist er. Sein Reich erstreckt sich von den Eisfeldern der beiden Pole bis zum Äquator, dessen Wasser unter der glühenden Sonne dampft und dessen Länderstrecken im brennenden Durst nach Kühlung lechzen. Seine Herrschaft reicht hinauf bis in die nebelgraue Zeit der biblischen Sage, die von Thubalkain, dem Meister in Erz und Eisenwerk berichtet, und dauert noch bis in die jüngste Minute der Gegenwart, die durch tausendfältige Erscheinungen unwiderleglich beweist, daß unsere heutige Gegenwart mit vollem Recht eine eiserne Zeit genannt wird.

Proletarier ist er. Seine Abstammung reicht nicht hinauf in höchste oder gar allerhöchste Kreise, sondern in die dunkelste Tiefe unseres irdischen Wohnsitzes; seine Gestalt ist nicht umflossen vom verklärenden Schein des Schönen und Erhabenen, und einfach, bescheiden und anspruchslos ist sein Gewand.

Aber die Entwicklung des Menschengeschlechts und aller irdischen Verhältnisse geht nach unumstößlichen Gesetzen vor sich, und eins der wichtigsten dieser Gesetze heißt: „Aus dem Kleinen wächst das Große, aus dem Unscheinbaren das Herrliche", und nur deshalb ist es möglich, einen Herrscher zu finden, der zugleich Proletarier ist, weil er den Eigenschaften, die sein Reich begründeten und ihn zur Herrschaft berechtigten, treu geblieben ist seit Jahrtausenden.

Weit zurück muß man gehen in der Geschichte, um die ersten, unscheinbaren Spuren seines Daseins zu entdecken, und tief hinab muß man graben, um den Ort zu finden, an dem ihn die Faust des Allmächtigen in Zauber schlug. Aber ist diese Zeit, ist dieser Ort gefunden, so beginnt er sich zu recken und zu strecken, wirft die ehernen Bande von sich, steigt, immer größer, immer mächtiger werdend, hinein in die Gegenwart, hinauf an das Licht der Sonne, und greift, alles umgestaltend, mitten hinein in das volle, rauschende Leben und in die nie ruhende Arbeit der Menschenkinder. *Eisen* ist sein Name; eisern der Wille, der ihn aus seinem Bann löst, eisern die Macht, die ihm sein Reich erobert, eisern der Stuhl, auf dem er thront, eisern die Krone, die ihn schmückt, eisern das Zepter, das er führt, und eisern alles, was er tut und schafft, was er spendet und beschert.

König Eisen ist es, der die Kulturstufe der Völker bestimmt; König Eisen ist's, der die Bedürfnisse von Millionen befriedigt; König Eisen ist's, der die kühnsten wissenschaftlichen Versuche begünstigt und die größten technischen Schwierigkeiten überwindet, während Eisen, der Proletarier, als Diener und Sklave des Menschen diesen von den härtesten Arbeiten befreit, seinem Geist immer neue Flügel verleiht, seine Lasten über Länderstrecken und Meere befördert, seine Worte in unbegrenzte Entfernungen trägt und sich in jeder Lebenslage als notwendig und unentbehrlich beweist.

So wie das Volk der Germanen die herrlichste der weltgeschichtlichen Aufgaben übernommen hat, nämlich Träger der Bildung und Gesittung zu sein, wie sich die bedeutendsten Abschnitte des geistigen Wachstums unseres Geschlechts an deutsche Namen knüpfen, so sind es auch die germanischen Völker gewesen, die, während der Orient Meister in der Verarbeitung edler Metalle war, der Industrie ihren Herrscher gaben und dem Eisen seine bevorzugte Stellung anwiesen.

Namentlich die westfälische Erde ist eine uralte und berühmte Stätte der Verarbeitung des Eisens. Schon bei den hier wohnenden kriegerischen Sigambrern waren die Heldensagen von Siegfried dem Drachentöter und von Meister Wieland dem Schmied bekannt, und bereits unter Karl dem Großen, der in Italien der ‚Eiserne' genannt wurde, bestand ein Verbot der Waffenausfuhr aus Deutschland. Aber später, im Mittelalter, wurden diese Waffen überall begehrt, und noch heute sind die Solinger Klingen überall zu finden.

Wenn auch die riesige Industrie Englands heutzutage das Auge blendet, so steht doch unumstößlich fest, daß Deutschland längst eine blühende Industrie besaß, als von einer englischen noch keine Rede war, und der Grundstein zu dem gewaltigen Bau der Eisenarbeit ist von Deutschland gelegt worden.

Bis in das 16. Jahrhundert hinein war die Darstellung des Eisens höchst unvollkommen. Die mit Kohle gemengten Erze wurden anfangs bei natürlichem Luftzug in einfachen Gruben und später bei Anwendung von Blasvorrichtungen in offenen Herden („Zerrennt-Herden") geschmolzen. Man hatte zwar bereits niedrige, ungefähr anderthalb Meter hohe Öfen, aber das Ergebnis blieb das gleiche. In beiden Fällen erhielt man sofort *Stabeisen,* das mit dem Hammer verarbeitet, *gereckt* wurde.

Ein besseres Erzeugnis erhielt man erst, als man die Öfen erhöhte. Bei den dadurch erzielten höheren Hitzegraden schmolz das Eisen, und statt des Stab- und Schmiedeeisens bekam man nun *Gußeisen,* das sich nicht unter dem Hammer verarbeiten läßt. Dadurch gelangte man zu dem ununterbrochenen Betrieb, der die Hauptgrundlage zur Massenware und zur billigen Erzeugung bildet.

Deutschland erlangte ein solches Übergewicht in der Eisenverarbeitung, daß die übrigen Völker bei ihm in die Lehre gingen und sogar Schweden, obgleich es seit dem 7. Jahrhundert das Mutterland des Eisens genannt wird, sich in der ersten Hälfte des 17. Jahrhunderts unter Gustav Adolf zur Einführung dieser wichtigen Neuerung Lehrmeister aus Deutschland kommen ließ.

Leider aber begann sich das Blatt dann zu wenden. Der Dreißigjährige Krieg schon machte der Herrlichkeit des Heiligen Römischen Reiches Deutscher Nation ein Ende und legte den Gewerbefleiß seiner Bürger vollständig brach. So kam es, daß im 18. Jahrhundert die Führerschaft auf dem Gebiet der Eisenherstellung an

England überging, das dem deutschen Brudervolk auf diesem Feld viel zu verdanken hat und sich nun bestrebt zeigte, seine Schuld mit Zins und Zinseszins abzutragen. Dies ist ihm vollständig gelungen; seine Bemühungen haben so großen Erfolg gehabt, daß England heute fast ebensoviel Eisen erzeugt, wie alle übrigen Länder der Erde zusammen.

Der Grund zu diesen ungeheuren Erfolgsmöglichkeiten wurde gelegt, als es 1619 dem Lord Edward *Durley* gelang, beim Schmelzen der Eisenerze und beim Frischen *Steinkohle* an Stelle der *Holzkohle* zu setzen, und diese Neuerung war, obgleich erst 1740 in Colebrook Dele das erste brauchbare Roheisen mit Koks gewonnen wurde, doch von größter Wichtigkeit. 1796 bestanden in England bereits 121 Koksöfen, die 2 497 580 Zentner Roheisen lieferten. Die *Hämmer* waren durch *Walzwerke* ersetzt worden, und als die Einführung der erhitzten *Gebläseluft* zugleich mit den Eisenbahnen aufkam, ging die Steigerung der Auswertung mit solcher Schnelligkeit vor sich, daß 1830 bereits 30 und 1850 gar 45 Millionen Zentner Roheisen gewonnen wurden.

Während dieser riesigen Umwälzung in England schlief man in Deutschland. Man tröstete sich mit der Ansicht, daß das deutsche Holzkohleneisen nie durch das englische Kokseisen verdrängt werden könne. Allerdings ist das erste besser als das zweite, da der größere Aschengehalt der Steinkohle die Güte des Eisens beeinträchtigt; aber in der alten Weise war den gesteigerten Ansprüchen der Zeit unmöglich zu genügen; denn ein Holzkohlenofen liefert 9000 bis 18 000 Zentner Roheisen, während ein englischer Koksofen bis 125 000 Zentner gibt. Freilich hat man sich in Deutschland, besonders in Preußen, seit 1850 aufgerafft, und wenn wir auch in der Massenherstellung stets zurückgeblieben sind, so daß wir trotz unseres großen Reichtums an Kohle und Eisen nicht einmal den eigenen Bedarf decken können, so stehen wir doch hinsichtlich der Güte unserer Erzeugnisse allen anderen voran. Die technische Überlegenheit der Deutschen liegt so offenkundig vor, daß die englischen Fachmänner, wenn auch widerwillig, bekennen müssen, daß sie unserem ausgezeichneten, sehnigen Eisen und den Kruppschen Gußstahlblöcken nichts Ähnliches an die Seite zu setzen haben.

*

Die wertvollen Eigenschaften des Eisens sind so zahlreich, daß in dieser Hinsicht wohl kein anderes Metall mit ihm zu vergleichen ist. Während andere Metalle nur durch *Löten* vereinigt werden können, bringt man beim Eisen dies durch *Schweißen* (Zusammenhämmern) zustande, so daß die Vereinigungsstelle, wenn die Arbeit gut ausgeführt ist, nicht zu erkennen ist. Nur das Platin läßt sich auf dieselbe Weise behandeln.

Das Gußeisen, als erstes Ergebnis aus den Erzen, läßt sich *schmelzen*, und der Hochofen liefert eine Menge nützlicher Gerätschaften. Durch das *Frischen* oder *Puddeln* verliert es zwar seine Schmelzbarkeit, aber da es beim Glühen erweicht, kann man es mit dem Hammer bearbeiten und — in jede beliebige Form bringen. Es läßt sich *schmieden*, *schweißen*, *auswalzen*, zu Draht *ausziehen*, und der Verlust der Schmelzbarkeit ist durch diese Vorteile vollständig aufgewogen. Hinzu kommt noch, daß es sich zu Gegenständen verarbeiten läßt, die einer starken Hitze ausgesetzt werden können.

Steht das Eisen auch den edlen Metallen, die sich schon bei geringerer Hitze mit dem Hammer bearbeiten lassen, in seiner *Dehnbarkeit* nach, so ist es doch infolge seiner Härte der *Abnutzung* viel weniger ausgesetzt als diese. Obgleich die Gold- und Silbermünzen durch einen Zusatz von Kupfer härter gemacht werden, ist ihre Abnützung doch so bedeutend, daß sie, nachdem sie eine

Zeitlang aus einer Hand in die andere gewandert sind, einen guten Teil ihres Wertes verloren haben und eingeschmolzen oder umgeprägt werden müssen.

Das Eisen ist bestrebt, wieder in seinen früheren Zustand zurückzukehren. Hierdurch wird sein ursprünglich körniges oder zackiges Gefüge sehnig oder faserig, es wird brüchig und zerspringt, ohne daß es gelingt, eine äußerliche Ursache des Bruchs aufzufinden.

Diese Rückwandlung wird durch die Stöße und Erschütterungen begünstigt, die das Eisen bei seinem Gebrauch zu erleiden hat, und wir können deshalb so viele Brüche von Achsen, Spindeln, Bohrgestängen, Maschinenteilen usw. beobachten.

Dieser Übelstand ist durch eine tief eingreifende Entdeckung in neuerer Zeit beseitigt worden. 1856 stellte der Ingenieur *Bessemer* dadurch, daß er einen Luftstrom durch das geschmolzene Eisen leitete, mit geringen Kosten ohne Zwischenarbeit aus dem Roheisen *Schmiedeeisen* oder *Stahl* her, und damit stehen wir an einem neuen Abschnitt der Industrie und können nach dem *eisernen* Zeitalter ein *stählernes* verzeichnen.

Die Verschiedenheit der Eigenschaften des Eisens beruht auf der abweichenden Art und Weise seiner Behandlung. Die Eigenart schwankt, je nachdem man ihm mehr oder weniger Kohlenstoff beifügt. Das Schmiede- oder Stabeisen erhält am wenigsten, das Gußeisen am meisten davon, und da der *Stahl* in der Mitte steht, so kann man ihn aus Gußeisen wie aus Schmiedeeisen herstellen, indem man dem ersten Kohlenstoff entzieht oder dem anderen Kohlenstoff beifügt.

Stahl zeichnet sich dadurch aus, daß man ihm beliebig die Eigenschaften des Guß- und Schmiedeeisens erteilen kann, und wie wir schmelzbaren Stahl haben, der also gegossen werden kann, so gibt es auch solchen, der nicht schmilzt. Die wertvollste seiner Eigenschaften ist, daß er durch das sogenannte *Anlassen* jeden beliebigen

Härtegrad annimmt und eine *Elastizität* besitzt, die ihn jedem anderen Metall überlegen macht.

Die Gesittung — die Kultur — ist ein Ergebnis der menschlichen Arbeit, deren Erfolge wesentlich von den Eigenschaften unserer Werkzeuge abhängig sind. Bei der Überlegenheit des Stahls, der das Eisen an Härte und an Zähigkeit übertrifft, wird der Ertrag unseres Schaffens eine zur Zeit nicht zu berechnende Höhe erreichen, wenn alle Werkzeuge, die heute noch aus Schmiede- oder Gußeisen bestehen, aus Stahl gefertigt werden. Dann wird sich noch deutlicher als jetzt zeigen, daß die Wohlfahrt eines Volkes, eines Landes, viel sicherer auf der Gewinnung des Eisens als der edlen Metalle und Steine beruht und die Menschheit mit dem Eisen ein Geschenk erhielt, das sie in der Lösung ihrer großen schwierigen Aufgaben unterstützt.

„Der Gott, der Eisen wachsen ließ, der wollte keine Knechte!" sang Ernst Moritz Arndt. *Das Gold macht den Menschen zum Sklaven — das Eisen macht ihn frei!* Der Glanz des Goldes blendet die Sinne und erregt die Leidenschaften — das Eisen stärkt Blut und Herz, erfordert nüchterne Kraft, lehrt den Menschen die Macht kennen, die ihm über die Schöpfung gegeben ist und bringt den Preis seiner Anstrengungen zur höchsten Entfaltung. Die menschliche Arbeit gibt bei der Uhrenherstellung dem Pfund Eisen einen Wert von 13 000 Talern, und als Federdraht ist Stahl 830mal so viel wie feines Gold und 13 280mal so viel wie feines Silber!

Hut ab also vor dem unscheinbaren Proletarier, der ein König ist auf dem Gebiet der Industrie. Noch ist seine Herrschaft nicht vollendet, und immer weiter wird sie sich ausdehnen und nicht nur das Große und Erhabene, sondern auch die kleinen Erscheinungen des alltäglichen Lebens immer mehr in ihren Bereich ziehen. Ist die Gegenwart noch nicht eisern, so wird es ganz gewiß die Zukunft sein.

Deutsche Sprichworte I

Des Menschen Wille ist sein Himmelreich

So sagt eins der bekanntesten und gebräuchlichsten aus dem reichhaltigen Schatz unserer Sprichworte. Wie oft möchte man sehr ernst hinzufügen: „... aber auch seine Hölle!"

Wollen ist Macht: das ist wahr, und einem ernsten, festen Willen ist die Erreichung so manchen Ziels vergönnt, nach dem ein schwacher und wankelmütiger Charakter vergebens strebt.

Wodurch sind die großen Männer unserer Nation, die hervorragenden Geister aller Zeiten, Länder und Völker das geworden, was sie waren und sind? Wodurch hat sich auch so mancher einfache und biedere Bürgersmann aus armen Verhältnissen emporgearbeitet in eine bessere, befriedigende und Anerkennung heischende Lage? Nicht immer war es die geistige Begabung, die günstige Gelegenheit oder das, was man mit dem Wort ‚Glück' zu bezeichnen pflegt, was ihm den Weg ebnete; bei einem tieferen und vorurteilsfreien Blick müssen wir oft sagen: „Sein eiserner, unerschütterlicher Wille hat ihn aufwärts geleitet."

Warum kleben Tausende und aber Tausende im Staub, in dem sie geboren sind, und kriechen klagend oder murrend am Boden des reichen und bewegungsvollen Meeres hin, das wir Leben nennen? Nicht die niedere Geburt, nicht der Mangel an innerer und äußerer Ausstattung, nicht die Ungunst ihrer Stellung, sondern in den meisten Fällen die Kraftlosigkeit ihres Willens ist es, die sie unten in der Tiefe festhält.

Freilich wollen wir diese Behauptung nicht für alle aufstellen, sondern können sie nur für viele, vielleicht für die meisten Fälle anwenden. Wir wissen recht wohl, daß sie gerade von denen stets angefochten wird, die sich von ihr getroffen fühlen. Es ist eine sehr bedauerliche Tatsache, daß sich der Willenlose für einen besonders willensstarken und energischen Mann hält, der, weil er keine Selbsterkenntnis besitzt, auch nicht geheilt werden kann. Wie mancher Ehemann, wie mancher ‚Herr' glaubt die Herrschaft über die Seinen auszuüben und wird, ohne daß er es weiß und merkt, von einer klugen Frau oder einem schlauen Diener geleitet und gelenkt.

Leider kann der Wille ebenso auf das Schlimme wie auf das Gute gerichtet sein; aber der hartnäckige Sünder, und wär's der schwärzeste Bösewicht, ist weniger gefährlich als der Leichtsinnige, der wie ein Rohr zwischen dem Guten und dem Bösen hin und her bewegt wird. Ersterer läßt sich für jeden einzelnen Fall beobachten und beurteilen, während der Wankelmütige völlig unberechenbar ist. Der Bösewicht kann sich bessern, und sein fester Wille kann ihn am Guten festhalten; der Leichtsinnige aber wird stets zurückfallen in die alte Bahn, mag er sich auch aufraffen, so viele Male es auch immer sei.

Oh, möge doch jedem ein Wille gegeben sein, der treu und fest am Guten hält und mit Kraft und Lust nach dem immer Besseren, immer Edleren, immer Höheren strebt! Möge doch niemand vergessen, daß des Menschen Wille wohl sein Himmelreich, aber oft auch seine Hölle sein kann!

Deutsche Sprichworte II

Ehrlich währt am längsten

Eine der ersten Grundbedingungen unseres Zusammenlebens ist die gegenseitige Ehrlichkeit. Nur durch sie kann unser vereintes Wirken gedeihen, und zwar ebensowohl im Großen wie auch im Kleinen. Und doch: wie sehr und viel wird in dieser Beziehung gefehlt!

Die grobe Sünde wird so in die Augen fallend bestraft, und die Warnungen vor ihr ertönen so allerwärts, daß wir an diesem Orte wohl schweigen können; aber auch der beste Mensch steht so sehr unter dem Einfluß menschlicher Fehlerhaftigkeit, daß er, öfter als er denkt, Handlungen vornimmt, die trotz ihrer anscheinenden Harmlosigkeit im Grunde doch nichts sind als Unehrlichkeiten.

Wer es ernst nimmt mit sich und seinem Handeln, wird bei der Beobachtung dessen, was er denkt und tut, bald zu beschämender Selbsterkenntnis gelangen; aber dem Oberflächlichen und Gedankenlosen entgehen die fatalen Äußerungen seiner kränklichen Moralität, während er für gewöhnlich an anderen sehr bald das sittliche Ungeziefer bemerkt.

Der Falschspieler, der Dieb, der Betrüger: sie erregen unseren Abscheu. Wir meiden sie, wir verurteilen sie. Wir selber aber? Wir freuen uns eines kleinen Vorteils über den anderen; wir nutzen die Gunst des Zufalls, den wir vielleicht selber herbeigeführt haben; wir halten das geringschätzende Wort, das zweifelhafte Lächeln, das verneinende Achselzucken nicht zurück, das dem Nächsten die Ehre abschneidet; wir begehen eine Menge Fehler, die wir nicht für Fehler halten, weil sie dem lieben eigenen Ich schmeicheln oder von der Gewohnheit geheiligt sind. Und rechnen wir hierzu die tausenderlei großen und kleinen Unterlassungssünden, durch die wir nicht nur Fremde, sondern auch Nahestehende schädigen, so werden wir bald zu der Einsicht gelangen, daß wir viel, viel auf uns zu achten haben.

Es gehört eben zur Ehrlichkeit mehr als das bloße Sich-Hüten vor dem groben Eigentumsvergehen, und wer gegen andere ehrlich sein will, muß es zuerst gegen sich selber sein. Die meisten verfehlten Lebensbahnen sind mit Selbsttäuschung und Selbstbetrug begonnen worden, und wer sich selbst belügt, wie kann der treu sein gegen andere?

„Lebe, wie du, wenn du stirbst, wünschen wirst, gelebt zu haben!“ — Wie mancher hat diese Worte als Schulpensum eingelernt und in der Kirche oder bei der letzten Fahrt eines Dahingeschiedenen mitgesungen, ohne ihnen die Seele zu öffnen, ihnen Wirkung für das Leben zu gestatten!

Kein Wort wiegt so schwer, wie das kleine Wörtchen ‚Tod‘. Keine Minute des längsten, reichsten und bewegtesten Lebens kommt an Bedeutung dem Augenblick gleich, der dem müden Puls gebietet, auszuruhen für immer. Aber wie zur Zeit Christi, des weisesten der Lehrer, gibt es auch heute noch Menschen, denen wie den törichten Jungfrauen das Öl für ihre Leuchten mangelt, wenn die Stunde der Mitternacht hereinbricht, und stets wird sich der Ausspruch bewahrheiten:

„Der, den der Tod nicht weiser macht,
hat nie mit Ernst an ihn gedacht!“

So stemme doch deinen von Jugendkraft strotzenden Körper gegen das Geschick, wirf doch die geballte Faust empor zum Himmel, spotte des Glaubens, der sich an die Hoffnung des Ewigen klammert, verlache die Demut, welche die irdische Schwäche bekennt, schmücke deine Bahn mit den schönsten Blumen und deine Stirn mit dem Lorbeer der besten Erfolge, sei ruhig, sei sogar glücklich nach deiner Ansicht und in deiner Weise: — bald, gar bald, und wäre es nach irdischem Zeitmaß noch so spät, wird dir ein Tag erscheinen, an dem dein sterbender Körper sich unter der letzten Zuckung krümmt, deine zitternde Hand vergebens nach Halt um sich greift, der spottende Mund sich zum verzweifelten Hilferuf öffnet, die lachenden Mienen sich schmerzvoll verzerren und alles, alles was du warst und hattest, zusammenbricht vor dem letzten Hauch deines fliehenden Atems.

In dieser Stunde fühlst du nichts als nur das eine: daß du mit dem, was du dachtest, was du redetest und was du vollbrachtest, auf der Waage liegst, daß der Halt unter dir schwindet und du hoch emporschnellst unter dem Gewicht der Pflichten, die du versäumt hast. Woran willst du dich dann klammern, wenn du nicht zurückkehren, nicht von neuem beginnen und nicht sühnen noch wiedergutmachen kannst? Zu spät! Aber heute, jetzt ist noch Zeit, und der beste, der sicherste, der einzige Halt, den du finden kannst, er bietet sich dir in der alten Mahnung:

„Lebe, wie du, wenn du stirbst,
wünschen wirst, gelebt zu haben!"

Über Freundschaft

„Ein treuer Freund liebet mehr und stehet fester denn ein Bruder", sagt Salomo in seinen Sprüchen und stellt mit diesen Worten die Freundschaft in das rechte, wahre Licht.

Sie ist die schöne, freundliche, ruhige und besonnene Schwester der Liebe. Während deren Urteil oft durch bestechende Äußerlichkeiten, durch die Aufregung der Gefühle und den Rausch des Augenblicks beeinflußt und benachteiligt wird, prüft die Freundschaft mit Selbstbewußtsein und unparteiischem Auge und bietet nur nach ernster und reiflicher Erwägung ihre Hand zum Bunde dar. „Liebe macht oft blind", sagt der Volksmund. Und Verwandtschaft — ist zufällig. Warum wundern wir uns also, daß wir dem Freunde mehr trauen und auf ihn mehr Verlaß haben können als auf das Weib oder den Bruder?

Mancher behauptet, wahre Freundschaft sei heute so selten. Diese Klage ist nicht begründet. Die Gefühle des Menschenherzens bleiben immer und ewig dieselben. Aber die Beschaffenheit der Umwelt läßt sie in verschiedenem Licht und in unterschiedlicher Richtung wirksam erscheinen. So ewig ist auch die Freundschaft des Menschen, und wenn die Gegenwart mit Begeisterung von den zahlreichen Fällen echter und aufopfernder Freundschaft der vergangenen Zeiten spricht, so wird gewiß die Zukunft gleiches von unseren jetzigen Tagen erzählen.

Herder meint: „Im Unglück erkennt man die Freunde." Doch wer in der Not seine Freunde fliehen sieht, mag sich aufrichtig fragen, ob die Schuld nicht vielleicht an ihm selber liege. Und wer einen Freund, einen wahren, aufrichtigen und treuen Freund besitzen will, der muß auch selbst verstehen, ‚eines Freundes Freund zu sein', und sich in allem, was er denkt und tut, seiner würdig zeigen.

Mit der Freundschaft ist es wie mit dem Reichtum. Es ist nicht leicht, reich zu werden; aber es zu bleiben, das ist noch schwerer. Ebenso ist es schwierig, einen wahren Freund zu finden; noch schwieriger aber, sich ihn zu erhalten.

Darum mahnt Sirach:

„Gib einen alten Freund nicht preis;
ein neuer kommt ihm niemals gleich!
Ein neuer Freund ist neuer Wein:
erst wenn er alt geworden ist,
trinkst du ihn gern, wird er dir schmecken!"

Herbstgedanken

‚Vernimm auch du des Herbstes Stimme,
hör, was er sagt, und folge ihm!'

Weder der zu traulichem Beisammensein ladende Winter, noch der liebeglühende Frühling oder der Rosen spendende, Früchte reifende Sommer übt einen so ergreifenden Eindruck auf das menschliche Gemüt aus, wie der Herbst mit seinen welkenden Blumen, hinsterbenden Fluren und erbleichenden Farben.

Der große Zug nach der Mutter Erde, dem selbst der Stärkste und Gewaltigste gehorsamen muß, zeigt triumphierend seine Herrschaft über die Natur. Das letzte Lied der Nachtigall ist verklungen; schräg und schräger fallen die Strahlen der Sonne; leer wird's auf Feld und Flur. Die schaffende Kraft will ausruhen von der segnenden Arbeit der verflossenen Wochen. Schon glänzt am Morgen der Reif auf den Spitzen der Gräser; der ‚Nachsommer' löst sich von den Stoppeln, und ‚eindringlich mild' zieht der Geruch des Herbstes durch die Lüfte.

Es ist die Zeit des Scheidens. Und wie die Gefühle des Herzens höher flammen in der Stunde des Abschieds und alle Regungen des Innern emporwallen in das tränenumflorte Auge, so sendet das Jahr die schönsten seiner Tage in den Herbst, und süße, beseligende Wehmut breitet sich über die weichen, Sehnsucht atmenden Abende.

Und diese Weichheit, diese Sehnsucht bemächtigt sich des menschlichen Herzens. Mag das Laub fallen und die Blume welken, es liegt doch im Fallen und Welken kein spurloses Verschwinden und Vergehen; sondern die liebe alte Mutter Erde ruft ihre Kinder nur zurück, um sie verjüngt und verschönt wieder ins Leben zu führen. So ist auch der Tod nicht ein Aufhören alles Seins, sondern ein Zurückkehren zur ursprünglichen Kraft, um die Errungenschaften dieses Lebens für ein neues Bestehen zu verwerten.

Denn wie da draußen in der Natur, so naht auch dem Menschenkind ein Herbst, der ihm die Stirn furcht, das Haar lichtet und den Nacken beugt, der es zur ernsten Forschung stimmt und nach den Früchten seines Lebens fragt. Wie manch stolzer Mann wird da der tauben Ähre gleichen, die ihr Haupt hochheben darf, weil sie keine Körner trägt, und wie mancher mag da am Boden kriechen, weil ihn die Last und Sorge der Arbeit niederdrückt! „Säen muß man hier mit Fleiß zu der Ernte jenes Lebens", klingt's im alten Kirchenlied. Aber nicht in jenem Leben erst, sondern schon hier beginnt diese Ernte, und

„wohl dem Baume, welcher Früchte trägt,
wenn die Hand des Alters an ihm rüttelt!"

Haus- und Familienreden

1

„Willst du glücklich sein, so sei's daheim!"

„Daheim!" — 's ist doch ein traulich schönes, liebes Wort, und wer von den Stürmen des Lebens auf lange Zeit hinausgetrieben worden ist in die Ferne oder sich in einer schneidend-kalten, finsteren Winternacht auf freiem Feld verirrt und vergebens nach dem rechten Weg sucht, der fühlt die Bedeutung wohl eher als jener, der den größten Teil seiner Zeit auf dem Großvaterstuhl hinterm Ofen verdämmert und den Frieden und die Ruhe der Heimat nie entbehrt hat.

Das Streben nach dieser Ruhe, diesem Frieden ist einem jeden Menschenkind mit großer Weisheit ins Herz gelegt, und nur dadurch entsteht die Familie, aus der sich Gemeinde und Staat entwickeln. Und die Familie ist die Lebensgemeinschaft, von der das Wohl und Wehe des einzelnen wie des Ganzen abhängig ist, und die Gründung eines eigenen Herdes sollte deshalb nie anders als nach ernster Prüfung und reiflicher Erwägung vorgenommen werden.

Und doch, wie viele Menschen springen ohne Überlegung in die Ehe hinein oder lassen sich gedankenlos oder gar widerwillig von den Verhältnissen zur Schließung einer Verbindung bestimmen, von deren Bedeutung sie kaum eine notdürftige Anschauung besitzen! Wenn man das junge Volk der Gegenwart beobachtet, so kann es einem wirklich weh ums Herz werden über den Eifer, mit dem man sich dem sogenannten „Genuß der Jugend" in die Arme wirft und in der Verschwendung seiner kostbaren Zeit, seiner Mittel und Kräfte *das* versäumt und vernachlässigt, was zum rechten, wahren Frieden dient.

„Seid fröhlich mit den Fröhlichen" ist ein sehr berechtigtes Wort, und die rechte, wahre Herzensfröhlichkeit ist ein köstlicher Besitz; aber das Haschen nach dem Vergnügen, das die ernsten Zwecke des Lebens aus dem Auge verlieren läßt, hat mit dieser Fröhlichkeit nichts gemein. Jedem Rausch folgt ein Katzenjammer! Hier ist nicht bloß der angetrunkene Rausch gemeint, und gar mancher hat für die ganze Zeit seines Lebens an dem Niederschlag zu leiden, der einer der Sinnenlust gewidmeten Jugend zu folgen pflegt. Und doch, wie viele, viele wissen das nicht zu beherzigen ...

Die erste Lebensaufgabe des Erdenbürgers ist, sich einen festen Punkt zu suchen, um dort „seine Lanze in die Erde zu stecken und das Zelt zu errichten", unter dem er in fröhlicher Arbeit „ruhig und sicher wohne im Lande des Lebens". Wer in seinen jungen Jahren versäumt, diese Aufgabe zu lösen, dem wird ihre Lösung schwer, je später, desto schwieriger, und deshalb haben wir so viele Familien zu beklagen, denen es an einer „bleibenden Stätte" fehlt und an einem Ort, wo sie „ihr Haupt zur Ruhe legen" können.

Schaffe daher ein jeder mit Ernst und weiser Sparsamkeit an dem Bau eines eigenen Herdes und bemühe sich, vorsichtig zu sein in der Wahl jener, denen er sich für die Zeit der irdischen Wanderschaft anzuschließen hat. Denn: „Wohl dem Hause, welches fest steht auf seinem Grunde und wo Liebe und Eintracht wohnen unter seinem Dache. Glücklich der Mann, der es hat!"

2

„Was willst du werden?“

Es wird nur wenige Menschen geben, die diese Frage nicht schon gehört und sie an andere gerichtet haben. „Was willst du werden?“ sind Worte, deren Bedeutung nicht bloß geschäftlich, bloß wirtschaftlich, sondern wohl auch noch höher einzustufen ist, und die Natur, die Erziehung, die Verhältnisse haben diese Frage zu beantworten.

„Was meinst du, will aus dem Kindlein werden?“ fragt die biblische Sage von dem Knaben Johannes, und wie in der frommen Erzählung, so sollte man diese Frage allerorten schon an die zarte Jugend, ja an das Kind richten, denn in ihm liegen die körperlichen und geistigen Fähigkeiten und Eigenschaften des zukünftigen Mannes im Schlummer und sollen nach bestem Vermögen geweckt, gepflegt und ausgebildet werden.

„Was willst, was sollst du werden?“ haucht es sogar schon im ersten Atemzug des Neugeborenen, und die einzig richtige Antwort lautet: „Ein guter Mensch, ein nützliches und brauchbares Glied der großen Gesellschaft, die wir Menschheit nennen.“ Die Erfüllung dieses Versprechens ist durch die Gaben ermöglicht, die einem jeden verliehen sind, wird durch die Erziehung und den Unterricht vorbereitet und soll ausgeführt werden durch treuen Gehorsam gegen die Pflichten, die das Leben dem auferlegt, der sich froh und glücklich fühlen will im Kreis der ihn Umgebenden.

Die unendliche Weisheit des Schöpfers hat die Gaben nicht gleichförmig, sondern nach Art und Grad verschieden ausgeteilt, denn diese Verschiedenheit ist die erste Bedingung eines friedlichen und erfolgreichen Zusammenwirkens der nach Millionen zählenden Erdenbürger. Keiner von ihnen allen darf sagen, daß er von der Vorsehung ohne Schuld vernachlässigt worden sei und findet, wenn er es tut, eine strenge Zurechtweisung in dem unumstößlichen Gesetz, daß die Sünden der Väter an den Kindern heimgesucht werden bis ins dritte und vierte Glied.

Mit der rechten Würdigung dieses Gesetzes hat der Einfluß der Eltern zu beginnen, wenn er glücklich und segenbringend sein soll. Eltern, die sich an Körper, Geist und Herz gesund erhalten, werden diese Gesundheit auch auf ihre Kinder vererben und damit all jene Eigenschaften, die die Erfordernisse einer nach göttlichen und menschlichen Gesetzen normalen Entwicklung bilden.

Hieraus folgt für alle Väter und Mütter die heilige Verpflichtung, nie aus den Augen zu lassen, daß nach dem biblischen Ausspruch „der Leib ein Tempel des Heiligen Geistes ist, der in ihm wohnet". Geschieht das, so wird sich der Erziehung stets ein fruchtbarer Boden bieten, der die auf ihn verwendete Pflege mit tausendfältigem Ertrag lohnt.

Sie, die Erziehung, muß vor allen Dingen die Art und Weise und die Triebkraft der zu entwickelnden Keime kennenlernen. Leider mangelt es so vielen Erziehern an dem zu dieser Beurteilung so notwendigen Scharfsinn, und wir dürfen uns daher nicht wundern, daß das Leben und die Tätigkeit so vieler Menschen als verfehlt und erfolglos zu bezeichnen sind, weil sie gleich von den ersten Stunden des Daseins an in eine falsche Richtung geleitet wurden.

Tausende von Ehen werden geschlossen, ohne daß jene, die auf die Bezeichnung Vater und Mutter Anspruch machen, auch wirklich Vater und Mutter zu sein verstehen. Sie kennen weder ihre Pflichten, noch besitzen sie die Befähigung, sie zu erfüllen. Eine Menschenseele ist eine Kostbarkeit und darf ihr Dasein nicht einem Augenblick bloßer sinnlicher Erregung, einer Handlung des Leichtsinns verdanken. Fragen solche Eltern ein Kind: „Was willst du werden?" so wird die Zukunft wohl nur in Ausnahmefällen die erwünschte Antwort erteilen:

„Etwas Rechtes!“

Sind die im Kind gebotenen Kräfte erkannt, so müssen sie in der rechten Art und Weise gepflegt und zur Entwicklung gebracht werden. Hier ist ein fester Plan erforderlich, nach dem gehandelt und jeder Fall einzeln beurteilt werden muß. Aber in wie vielen Familien ist dieser Plan zu finden?

Es ist nicht zu viel gesagt mit der Behauptung, daß leider die meisten Eltern völlig planlos handeln, und wenn das junge Bäumchen trotzdem fröhlich emporwächst und zu seiner Zeit zum Blühen und Früchtetragen kommt, so ist dieses Gedeihen gewiß der Gesundheit des Keims, einem glücklichen Instinkt der Eltern und der günstigen Einwirkung zufälliger Verhältnisse, wenn nicht gesagt werden soll: dem Schutz der Vorsehung zu verdanken.

Selbst der beste Plan wird erfolglos, wenn er nicht mit der gehörigen Energie durchgeführt wird, und hier begegnen wir unzähligen Nachlässigkeits- und Schwachheitssünden, die sich ganz besonders die falsche Liebe der Eltern oder der Mangel an rechter Einigung zuschulden kommen läßt. Der meiste Zwist zwischen Ehegatten kommt von den Kindern her und hat um so nachteiligere Folgen, als dergleichen Uneinigkeiten in so vielen Fällen vor den Augen der Kinder ohne Scheu verhandelt werden.

„Was willst du werden?“ Diese Frage wird gewöhnlich nur im Hinblick auf den gewerblichen Beruf ausgesprochen, und die Entscheidung ist dann nicht allein von der Neigung und Begabung des Kindes und der Meinung der Eltern, sondern auch von dem Stand und Einfluß der Verhältnisse abhängig.

Die Neigung zu irgendeinem Beruf ist, wenn sie nicht absichtlich von den Eltern geweckt wurde, eine Stimme der Natur, die sich schon in den frühesten Kinderjahren bemerklich macht und die aufmerksamste Beachtung verdient. Ganz besonders ist sie in den Spielen der Jugend, den Lieblingsbeschäftigungen des Knaben, zu erkennen: der Leichtigkeit, womit er das eine bewältigt, und der Schwierigkeit, die ihm das andere bereitet. Und es ist natürlich einleuchtend, daß ein Beruf nur dann den möglichen Segen und Erfolg bringt, wenn er mit Lust und Liebe erfüllt wird, was nur der Fall ist dann, wenn man Neigung und Begabung dafür besitzt.

Freilich muß man bemerken, daß der Einfluß der Verhältnisse fast stets die gewichtigste Stimme bei der Berufswahl besitzt. Wie oft heißt es: Was der Großvater war und der Vater ist, das muß der Sohn auch werden — gleichviel, ob er Lust dazu empfindet. Die Gewohnheit, die Armut, die Beschränktheit des Arbeitsgebietes erfordern dies; und daher kommt die Überfüllung gewisser Bezirke und Berufsarten mit Arbeitskräften, die bei den herabgedrückten Löhnen kaum das nackte Leben zu fristen vermögen und seit des Übergangs ihrer Arbeit an die Maschine auch keine Hoffnung hegen dürfen, daß sich ihr immer mehr aussterbender Beruf wieder heben werde.

Ein Lichtspender

In einer bekannten Lehranstalt fragte bei den jüngst vergangenen Michaelisprüfungen einer der Examinatoren: „Welche Theorien gibt es zur Erklärung des Sonnenlichts?"

Und der hoffnungsvollste unter den Schülern gab die klassische Antwort: „Die Emissionstheorie, die Undulationstheorie und — und — die Petroleumtheorie."

So neu auch die Ansicht dieses kleinen gespaßigen Gelehrten ist, daß die Sonne deshalb brenne, weil sie aus einem Teil festen Landes und zwei Teilen Petroleum bestehe; *unter* der Sonne — also auf unserer Erde — ist dieses Petroleum — auf deutsch ‚Steinöl' — doch nichts so sehr Neues, als man bisher geglaubt hat.

Zante, eine der jonischen Inseln, besitzt Ölquellen, die heute noch fließen, und doch schon von Herodot, dem griechischen Geschichtsschreiber (geboren 484 vor Christi Geburt) erwähnt wurden und somit wenigstens zweitausenddreihundert Jahre alt sind. Plutarch (150 nach Christo) schreibt von einem Petroleumsee bei Ecbatana, und Plinius (etwa 50 nach Christo) berichtet von dem Erdöl bei Agrigent in Sizilien, das zur Beleuchtung verwendet wurde.

Beim Bau der alten Riesenstädte Ninive, Babylon und Memphis wurde Petroleum zum Binden des Mörtels verwendet, und die Forschung hat ergeben, daß Steinöl als Ingredienz bei der Mumienbereitung diente.

Schon 1435 entdeckte man bei Tegernsee in Bayern eine Petroleumquelle; in Parma und Genua wurden die Straßen schon im 17. Jahrhundert mit Petroleum beleuchtet, und besonders bekannt ist die Naphtagegend am Kaspischen See und das Tote Meer in Palästina, das schon seit den ältesten Zeiten das ‚Judenpech' lieferte: Asphalt, verdicktes Erdöl.

Die Verbreitung dieses jetzt so allgemein verwendeten Leuchtstoffs ist allgemeiner, als man wohl angenommen hat. Europa liefert ihn auf der Krim, im Kaukasus, in England, Frankreich, Portugal, Italien, Ungarn, Siebenbürgen, Kroatien, der Wallachei, besonders aber in Galizien, wo Erdöl schon seit 1791 gewonnen wurde. Auch Rumänien liefert schon seit längerer Zeit fleißig, und in Deutschland sind neben dem Elsaß besonders Hannover und Braunschweig zu nennen.

Asien hat, außer an den bereits oben genannten Orten, Quellen in Birma, der Türkei, im Indischen Archipel, in Persien, und in China bricht aus oft an fünfhundert Meter tiefen Salzquellen das Petroleumgas zuweilen mit solcher Gewalt hervor, daß jede Tätigkeit in der Nähe unterbrochen werden muß.

Auch Afrika hat Petroleumquellen, wie uns der englische Reisende Livingstone berichtet, und das dortige Öl soll bedeutend dicker sein als das amerikanische.

Amerika nun ist allerdings jener Erdteil, der die bei weitem größten Erdölmengen liefert. In Südamerika sind besonders Peru, die Argentinische Republik und Bolivien zu nennen. In Mittelamerika ist Cuba seines Erdharzes wegen bekannt, und auf Trinidad befindet sich der berühmte Pechsee, der bei einem Umfang von fünf Kilometern mit einer starken Kruste von Erdpech bedeckt ist, das nichts anderes ist als umgewandeltes Öl. Auf derselben Insel befinden sich zwei Vulkane, die große Mengen von Petroleum emporschleudern. Auch in Texas, Mexico, Kalifornien, Venezuela und Neugranada gibt es Orte, an denen Pech und Öl in bedeutender Quantität gewonnen wird.

Der reichste aller Fundorte aber ist das große nordamerikanische Becken, das sich zwischen den westlichen Alleghanies und dem Felsengebirge von Virginia bis zum Ontariosee erstreckt. Und zugleich ist dieses Becken nicht nur für den Handel außerordentlich günstig gelegen, sondern es befindet sich auch in den Händen eines Volkes, das infolge seiner industriellen Rührigkeit einen solchen Reichtum zu schätzen und auszubeuten versteht.

Besonders ergiebig sind zwei Gebiete; in Pennsylvania das Venango-County mit dem Oil Creek und in West-Virginia das Kanawhatal.

Auch in Kanada befinden sich zahlreiche Quellen, die man erst im Osten, später auch im Westen des Landes ausbeutete.

Das Vorkommen des Petroleums ist leicht zu erkennen an den Teer- und Ölbestandteilen des Wassers, den Anhäufungen von Asphalt und den ausströmenden Gasen, die sich den Sinneswerkzeugen bemerkbar machen.

Als Gewinnungsanlagen dienen entweder Bohrlöcher oder, was allerdings seltener vorzukommen pflegt, Bohrschächte von ein bis zwei Meter Durchmesser mit Holzverzimmerung, die bis auf das feste Gestein geführt werden, von wo aus man dann weiterbohrt.

Das Öl kommt mit Gas und Wasser zusammen vor, weshalb der Ausbruch meist in der Weise erfolgt, daß zuerst Gas, sodann Öl mit Gas und zuletzt das Öl allein heraufdrängt. Der Druck des Gases beschleunigt den Ausfluß des Öls; daher ist es selbstverständlich, daß nach der Entweichung des Gases die Ausflußkraft des Öls abnimmt und erst dann wieder an Stärke gewinnt, wenn die Brunnen mit Pumpen versehen werden.

Sehr oft ereignet es sich auch, daß eine Quelle ein ungenügendes Quantum von Öl fördert oder sogar gänzlich zu fließen aufhört, zumal wenn ihr von einem tiefer geführten Brunnen der Inhalt entzogen wird. Deshalb gibt es selbst in den ölreichsten Gegenden stets eine nicht unansehnliche Menge verlassener Schächte und Bohrungen.

Brunnen mit immerwährendem Ausfluß werden von den Amerikanern ‚flowing wells' genannt, solche, bei denen man sich der Hand- oder der Dampfpumpe bedienen muß, heißen ‚pumping wells'.

Die Heftigkeit, mit der das Öl anfangs hervorströmt, ist unglaublich stark. So schoß im Jahr 1863 eine Quelle im Oil Creek fünfzehn Meter in die Höhe, und die Überflutung, die mit einem sehr respektablen Getöse vor sich ging, war so stark, daß die Besitzer sich mehrere Tage in größter Verlegenheit befanden, wie ihr zu steuern sei.

Da die bei einem solchen Ausbruch hervorstoßenden Gase gefährliche Entflammbarkeit zeigen, sind dabei vorkommende Entzündungen keine Seltenheit, und es werden bei zu erwartendem Ausfluß alle Lichter in der Nähe ausgelöscht. Aber trotz dieser Vorsicht entstehen in den Ölregionen sehr oft entsetzliche Brände, und ebenso sind infolge dieser Feuergefährlichkeit des Petroleums nicht nur ölführende Frachtschiffe, sondern auch schon ganze Hafenanlagen ein Raub der Flammen geworden.

Den sogenannten ,wilden' Indianerstämmen Nordamerikas war das Petroleum längst schon bekannt, noch ehe die weißen Einwanderer eine Ahnung von der Riesenhaftigkeit seines Vorkommens besaßen. Das Kanawhatal wurde nicht leer von Rothäuten, die sich hier die übelriechende Flüssigkeit holten und sie als kostbare ,Medizin' gegen Rheumatismus in den Handel brachten.

Erst im Sommer 1859 entdeckte man in der Nähe von Pittsburg beim Graben eines Brunnens in zwanzig Meter Tiefe eine Ölquelle, aus der längere Zeit hindurch täglich 1000 Gallonen — 3785 Liter — Öl gewonnen wurden, und als Anfang 1862 ein gewisser McElhenny die Empire-Quelle anbohrte, die täglich volle 3000 Faß lieferte, da begann ein wahres Ölfieber, das fast noch ärger war als der wahnwitzige Rausch, der der Entdeckung der kalifornischen Goldlager folgte. Jeder wollte Öl finden, jeder wollte reich werden. Viele gelangten in kurzer Zeit zu fürstlichem Vermögen und erhielten den Titel ,Ölprinzen'; viele andere aber starben ärmer noch, als sie vorher waren, so zum Beispiel Colonel Drake, der Entdecker der Quellen in Pennsylvania, der, nachdem er eine Zeitlang fast unerschöpfliche Reichtümer besaß, elendiglich im Armenhaus unterging. Deshalb wurde damals vielfach der Vorschlag gemacht, die Göttin des Glückes nicht mehr ,Fortuna' sondern ,Petrolea' zu nennen.

Geraume Zeit verging freilich, bis sich die Petroleumindustrie auf einen befriedigenden Stand entwickelte, und ungeheure Mengen des Leuchtstoffes gingen verloren, weil es an der nötigen Praxis, an Behältern, an Abnehmern fehlte.

Die Empirequelle etwa brachte an einem einzigen Tag

mehr auf, als von der ganzen Schar der Kauflustigen in einem vollen Monat verbraucht wurde. Man füllte alle möglichen Gefäße, man machte tiefe und weite Gruben in die Erde, die als Aufbewahrungsbehelf dienten, aber all das reichte nicht, die Mengen zu fassen, und man ließ zuletzt aus reiner Verzweiflung den Ölstrom in das fließende Wasser laufen, nur um die Not loszuwerden.

Petroleum ist in der Form, wie es aus der Quelle kommt, ein Gemenge von leichten und schwereren Ölen; die leichteren verdampfen außerordentlich rasch und sind darum — wie schon erwähnt — höchst feuergefährlich, während die schweren nur träge oder auch gar nicht brennen. Daher wird das Rohöl aus Retorten destilliert und mit Schwefelsäure, Alkalien, Soda und Kalk in Rührapparaten vermischt, wodurch man die Öle trennt und reinigt. Darauf wird das Brennöl gefiltert, während die Leicht- und Schweröle einer anderweitigen Bearbeitung unterliegen.

Das erste Rohprodukt der Destillation ist Naphta, woraus durch weitere Destillation und Bearbeitung mittels Schwefelsäure das Benzin dargestellt wird. Die noch leichteren Öle dienen als anästhetische (betäubende) Mittel, zum Beispiel das ‚Sherwood Oil'. Das nächste Destillat ist das Leuchtöl; als Rest verbleiben Rückstände.

Die Verwendung des Petroleums ist außerordentlich vielfältig, und fast täglich liest man von einer neuen Art und Weise der Benutzung dieses Minerals.

Obenan steht seine Verwendung für Beleuchtungszwecke. Das leichtere Öl (Petroleumbenzin) dient als Brennmaterial in den Schwamm- oder Ligroin-Lampen, während für gewöhnliche Lampen das schwerere Kerosin oder Pitts-Öl genommen wird. Aus den Rückständen bereitet man nicht erst seit neuerer Zeit das Belmontin, eine dem Paraffin ähnliche Masse, woraus Kerzen gefertigt werden, sondern man gewinnt aus ihnen auch ein sehr brauchbares Leuchtgas.

Daß man das Petroleum zum Heizen benutzt, weiß jedermann, und Petroleum-Kochöfen sind jetzt keine Seltenheit mehr. Freilich wird dabei mehr auf Bequemlichkeit und Annehmlichkeit gesehen, als eine Kostenersparnis erzielt.

Als Schmiermittel kommt Petroleum besonders unter dem Namen ‚Vulkanöl' in den Handel und hat den Vorzug, daß es nicht gefriert, stets flüssig bleibt und das Erhitzen der Maschinenteile und die Selbstentzündung der Putzlappen verhindert.

Als Mittel zur Auflösung und Reinigung (Ausziehen ätherischer Öle und Wohlgerüche, Reinigen von Kleidern und so weiter) dienen besonders der flüchtige Petroleumäther und das Benzin.

Als medizinisches Mittel dient besonders der Äther, und zwar, wie oben schon bemerkt, in erster Linie für den Zweck, schmerzunempfindlich zu machen.

Ohne anderer Verwendungsarten zu gedenken, wollen wir nur noch die häufig ausgesprochene Frage erwähnen, wie lange wohl der Petroleumvorrat der Erde bei dem ungeheuren Verbrauch ausreichen wird: Jedenfalls lange genug, als daß wir uns schon jetzt Sorgen machen müßten. Viele der Quellen, die schon im Altertum flossen, sind heute noch nicht versiegt, und wenn wir daraus auch keinen Schluß auf die jetzigen ‚wells' ziehen wollen, da die Ausbeutung gegenwärtig so viel größer ist als früher, so ist doch der Ölreichtum allein Nordamerikas so groß, daß er den Gesamtbedarf für lange, lange Zeit zu decken vermag. Zudem wird behauptet, daß der Reichtum der Insel Cuba noch bedeutender sei als dieser; rechnen wir noch die vielen günstigen Erfolge, mit denen anderwärts nach Petroleum gesucht wurde, und erwägen wir bei unserem Reichtum an Steinsalzlagern das so häufige gemeinsame Vorkommen von Salz und Petroleum, wie es ja auch in Nordamerika der Fall ist, so werden wir keine Bedenken hegen, zumal wir ja wissen, daß die gute Mutter Erde nie Mangel leiden läßt, sondern immer im voraus für die Herstellung dessen sorgt, was ihre Kinder zum Bestehen bedürfen.

Mit dem Dampfroß

Wenn früher der Jungbursche unter der Tür stand, das Ränzel auf dem Rücken und den Stab in der Hand, dann wurde ihm das Abschiednehmen schwer, denn vor ihm lag bis zum Wiedersehen eine lange Zeit mühevoller Wanderungen. Als schüchterner Jüngling verließ er das Vaterhaus, und als bärtiger ‚vielbesehener' Mann kehrte er zurück, wohlbewandert im Handwerk und nicht minder geschult in der edlen Kunst, die sich den Wahlspruch erkoren hat: „Entschuldigen Sie, ein armer Reisender!"

Wie schön, wie poetisch war es, in einer alten, wurmstichigen, am Gelenkrheumatismus leidenden Postkalesche während einer stockrabenfinsteren Regennacht auf einer sogenannten Vizinalstraße zu fahren. Diese ‚Straßen' waren aus schlammerfüllten Talschluchten und zerklopften Höhenzügen so zusammengesetzt, daß sich die vier armen, mißhandelten Räder zu den waghalsigsten Entdeckungsreisen genötigt sahen und der Reisende als Opfer eines grausamen Postverhängnisses in dem Rumpelkasten herumgeschüttelt wurde wie ein Würfel in der Blechbüchse. Welche herrliche Staffage bildeten jene breiträderigen, sechsspännigen Lastwagen, die mit einem Spitz oder Affenpinscher in der Schoßkelle und dem hochgestiefelten Fuhrmann an der Seite, knarrend und in Staubwolken gehüllt die Straße entlangzogen und am Abend am liebsten da hielten, wo auf einem Schilde die vertrauenerweckenden Worte standen: „Mein Haus, das steht in Gottes Hand; es wird ‚Zum weißen Roß' genannt!"

Jetzt ist das anders. Wo sind sie hin, jene prachtvollen Bengel, deren Treiben der Dichter des ‚Stoffel in der Fremde' mit den Worten besang:

„Wenn ich so off der Straße steh
Und mir mein kleenes Geld beseh . . ."

Wo sind sie hin, jene resoluten Inhaber von ‚Berlinern', die mit heldenmütiger Todesverachtung das Wanderbuch von der Brücke hinunter ins Wasser warfen, weil darin von ‚Bettelei' zu lesen stand, jene müden Seelen, die ‚mit viel Oberleder aber wenig Sohle' die Gasse heraufgeschlürft kamen und in sehnsüchtigem Verlangen nach der ‚Herbrig' fragten? Dahin, dahin! Kaum daß einem einmal im Abendgrauen ein letzter Schatten jener aussterbenden ‚Pfennigbeflissenen' begegnet und mit unsicherer Stimme die Worte wagt: „Nehmen Sie's nicht für ungut, welche Zeit ist es denn eigentlich?"

Und wo sind sie hin, jene goldammergelben ‚Schwager', die gemäß stillschweigender Vereinbarung mit aller Welt in Verwandtschaft standen und gegen ein kleines Trinkgeld beim Einfahren in das Städtchen die müden Gäule zu einer galoppierenden Anstrengung anspornten und dabei der wohlbeleumdeten Blasröhre das süße „Wann i komm, wann i komm, wann i wieder wieder komm" entlockten! Wo sind sie hin, all die Lohnkutscher, Hunde, Fuhrleute, Schubkärrner und Botengänger, die mit dem Rufe „Weich aus oder das Leben!" die Landstraßen unsicher machten und von der Arbeit ihrer Gäule, ihrer Hunde oder ihrer Beine lebten. Wo sind sie hin, jene niedlichen Häuschen, die statt des verletzenden Rufes „Hast du Geld?" einen schweigsamen Balken über die Straße legten und ein hinter sicherem Bollwerk lauerndes Wesen beherbergten, welches unter dem Titel ‚Chausseestraßenkontributionsgelderhaifisch' den Rachen nach ständig neuen Opfern aufsperrte.

‚Bim, bim, bim‘ läutet es. Der Portier reißt die Türen zu den Wartezimmern erster, zweiter, dritter und vierter Klasse auf und schreit hinein: „Abfahrt nach Amsterdam, Petersburg, Kristiania und Syrakus!“ Alles strömt hinaus auf den Bahnsteig und eilt in die Wagen. „Schnell, schnell, meine Herrschaften; wir haben keine Zeit mehr! Einsteigen, einsteigen!“ mahnt der Schaffner; die Türen werden zugeschlagen; die Maschine stößt eine kurze, gellende Frage aus; der Zugführer antwortet mit trillerndem Pfiff, und ‚Puff, puff‘ gehts pustend und schnaubend, ächzend und stöhnend unter donnerndem Rollen davon.

Drin sitzen sie alle, alle die Verschwundenen: der Handwerksbursche, der Löffelhändler, der Rußbuttenmann, der Schweinetreiber, der Pferdehändler, der fahrende Schüler, der Handlungsreisende; und wie die Gelegenheit des Fortkommens verändert ist, so ist auch ihr Aussehen, ihr Auftreten, ihr ganzes Gebaren anders geworden. Alle ihre mitreisende, nicht ‚leibeigene‘ Habe ist im Güter- oder Viehwagen, im Gepäcknetz oder unter der Sitzbank wohl verwahrt, und der lastfreie Besitzer thront gemütlich auf seinem Platz, raucht seine Pfeife oder Zigarre, nimmt sein Frühstück zu sich oder unterhält sich mit Hüben und Drüben über Krieg und Frieden, über Strousberg und Arnim, über die Orientalische Frage und die zukünftige Papstwahl.

Unterdessen schwindet der meilenweite Raum unter seinen Füßen, und die Wochen, die der Reisende früher brauchte, werden zu Tagen, die Tage zu Stunden, die Stunden zu Minuten. Mit dem Beförderungsmittel haben alle diese Leute ihr Äußeres, ihren Geschäftsbetrieb und ihre Anschauungen geändert; die Naturkraft ist ihnen untertan; der Bahnbeamte steht ihnen zu Diensten; sie haben ihre Bedeutung kennengelernt und wissen, daß sie ‚mitraten und mittaten‘ dürfen in der menschlichen Gesellschaft.

Auch ohne klare Einsicht in den unendlichen Segen,

den die Bahnbeförderung auf alle Zweige des Lebens äußert, haben sie die neue Einrichtung liebgewonnen und betrachten ihren Platz für die Zeit der Reise als ihr wohlbezahltes Eigentum, auf das sie höchstens aus Gefälligkeit vorübergehend einmal verzichten.

Anders freilich ist es mit dem Besitzer der Firma „Mein Haus, das steht in Gottes Hand“, mit den Eigentümern der veraltenden Verkehrsanstalten, mit den Postillionen, Botenleuten, Lastfuhrwerkern und den Angehörigen all der durch die Bahn zur Ruhe gesetzten Berufsarten. Sie haben erzwungenen Verzicht leisten müssen auf das, was sie als ein Gewohnheitsrecht betrachteten, haben ihrer Tätigkeit eine andere Richtung geben müssen und sind infolgedessen nicht gut auf die Erfindung zu sprechen, mit Hilfe einiger Kannen Wasser und einiger Zentner Kohlen eine Reihe von schwerbeladenen Wagen von Stadt zu Stadt, von Land zu Land zu jagen.

Aber die Entwicklung des Menschengeschlechts geht ihren ruhigen, sicheren Gang und läßt sich durch Widerstände nicht aufhalten. Wo das Wohl des Ganzen in Betracht kommt, da muß die Stimme des einzelnen schweigen, und gerade weil die Kraft des Dampfes auch den Einsamsten mit hineinzieht in die große, fruchtbringende Zusammengehörigkeit, öffnet sie ihm hundert Wege, den Schaden, den sie ihm verursacht, reichlich wieder auszugleichen.

Zwei große Naturkräfte sind es, die sich seit eh und je dem Warentransport und dem Personenverkehr hemmend entgegenstellen: die *Reibung* und die *Schwerkraft.* Und zwei Nachteile sind es, die zum Zweck guter Wirtschaftlichkeit vermieden werden müssen: die *tote Zeit* und die *tote Last.*

Reibung (Friktion) ist der Widerstand, den alle Körper bei ihrer Bewegung zu überwinden haben. Zwar ist sie bis zu einem bestimmten Grad notwendig, aber sobald sie diesen Grad übersteigt, erschwert sie die Bewegung. Sie beruht größtenteils auf der Unebenheit der Körperoberflächen und läßt sich durch das Glätten (z. B. Schmieren) dieser Oberflächen mehr oder weniger, allerdings niemals ganz beheben. Durch die Schienenanlage ist sie bei der Bahn bis auf ein kleinstes herabgemindert. *Schwerkraft* (Gravitation) nennt man das Bestreben der Körper, zu fallen, sich nach dem Mittelpunkt der Erde zu bewegen. Je größer das Gewicht eines Körpers, desto stärker ist bei ihm dieses Bestreben und desto schwieriger wird es also auch, diese Kraft zu überwinden, die Last von der Stelle zu bewegen. Ansteigende Verkehrswege vergrößern den Widerstand, den die Schwere der Bewegung leistet, und man hat deshalb durch nahezu waagrechte Legung dem Schienenweg der Eisenbahn eine Vollkommenheit gegeben, die außer von den Wasserwegen nur noch von einem Pfad durch die Lüfte übertroffen werden könnte.

Wieviel tote Zeit brachte doch die Langsamkeit der früheren Verkehrsbewegungen mit sich! Wochenlang lief damals der Brief mit einer Bestellung, die jetzt durch die Bahn in wenigen Stunden und durch eine Drahtnachricht gar binnen Minuten an ihren Bestimmungsort gelangt. Dasselbe gilt auch für den Güterversand und den Personenverkehr. Personenzüge fahren bei uns durchschnittlich vierzig Kilometer in der Stunde; auf Kosten der Sicherheit kann diese Schnelligkeit sogar auf hundert Kilometer und mehr gesteigert werden, und sie steht den Armen und den Reichen zur Verfügung. Wollte man, wenn auch nur annähernd, die Zeitersparnis berechnen, die diese Schnelligkeit während nur eines Jahres auf sämtlichen Bahnen der Erde mit sich bringt, es würde sich eine erstaunlich hohe Zahl ergeben.

Auch die tote Last wird durch die Bahnen, obgleich sie nie ganz wegzubringen ist, doch wenigstens so viel wie möglich vermieden.

Mit der erwähnten Schnelligkeit arbeitet die Pünktlichkeit des Bahnverkehrs an der Aufgabe, räumliche und zeitliche Schwierigkeiten zu überwinden, und wir haben gesehen, daß beide im wirtschaftlichen, gesellschaftlichen und politischen Leben die fabelhaftesten Dinge dadurch möglich machen, daß sie der menschlichen Kraft eine früher ungeahnte Wirkung in die Ferne ermöglichen.

Und wie durch die Bahnen die Unebenheiten des Bodens geglättet werden, so gleichen sie auch mehr und mehr die Verschiedenheiten der Lebensverhältnisse aus, und wo früher tiefe Klüfte gähnten, da berühren sich jetzt die Anschauungen und Bestrebungen der Länder und werden durch dieses gegenseitige Aufeinanderwirken gereinigt und gestählt.

Wie die Bahnen die Kosten der Reisen und des Güterverkehrs auf ungeahnte Weise herabgesetzt und verbilligt haben, so sind sie auch von vorteilhaftem Einfluß auf die Preise der Natur- und Arbeitserzeugnisse gewesen. Sie haben Länder und Völker verbunden, die sonst in keine oder nur unbefriedigende Beziehung zueinander kamen, und sie haben damit dem wirtschaftlichen Bedürfnis Quellen eröffnet, aus denen reicher Gewinn zu schöpfen ist. Die Erzeugnisse des verborgensten Erdenwinkels sind durch sie einem jeden zugänglich gemacht; der gegenseitige Austausch des hier Überflüssigen und dort Notwendigen ist erweitert worden, und die Billigkeit der Beförderung ermöglicht jetzt selbst dem minder Wohlhabenden Genüsse, an die er früher nicht denken durfte, ja die ihm vielleicht vollständig unbekannt waren.

Durch diese schnelle und umfassende Befriedigung der Lebensbedürfnisse begünstigte die Bahn das Wachstum unserer vielbevölkerten Großstädte, die bei der Massenhaftigkeit ihres Verbrauchs sich bald entvölkern müßten, wenn ihnen nicht von Tag zu Tag das Dampfroß alles das zuschleppte, was zu des Leibes Nahrung und Notdurft erforderlich ist. Haben doch die Babylons und

Ninives der Gegenwart ihre eigenen Bahnen, die den örtlichen Verkehr erleichtern und den gesteigerten Ansprüchen des Handels und Verkehrs gerecht werden sollen.

Und wie leicht und angenehm macht es die Bahn einem jeden, der sich ihrer zu seinem ‚Fortkommen' bedienen will. Man vergleiche nur die Verkehrsmittel früherer Zeiten mit unseren Personen- oder gar den Pullmanschen Schlaf- und Speisewagen, die den Fahrgast von Meer zu Meer durch die Urwälder und Steppen Nordamerikas führen, ohne ihn nur im geringsten auf die Ansprüche verzichten zu lassen, die ihm zur Gewohnheit und zum Bedürfnis geworden sind. Und dabei wird der Reisende nicht von allen Seiten gemaßregelt, indem er sich in die Launen eines jeden Postmeisters, Kutschers oder Hausknechts fügen muß, sondern er kann sich unabhängig und frei fühlen, sobald er sich in die Ordnung findet, die jeden einzelnen gegen Beeinträchtigung durch den anderen in Schutz nimmt.

Wer sich in das wogende Gedränge des Verkehrslebens stürzen will, der muß allerdings in gewissem Grade auf die Selbständigkeit Verzicht leisten können, die er innerhalb seiner vier häuslichen Pfähle besitzt, und dieser Grad ist in Deutschland höher als in vielen anderen Ländern. Hier wird der Reisende mehr als anderswo als ein Kindlein in die bahnpolizeilichen Arme genommen und nach Kräften mit liebevoller Sorgfalt gehätschelt und bewacht, so daß es ihm bisweilen vorkommt, als sei er in die Windeln zurückgekrochen und liege im lieblichen Schoß eines zartbesorgten Kindermädchens.

Allerdings mag es noch Leute geben, denen angesichts der Riesenhaftigkeit unseres Bahnverkehrs für eine Zeitlang die Besinnung abhanden kommt und die nun vor lauter Kopflosigkeit nicht wissen, wohin; aber durch das Fallen lernt man das Gehen, und eine kleine Befangenheit ist noch kein Grund zu großväterlicher Bevormundung. Man darf unserem Volk getrost den hellen Blick und die Aufmerksamkeit zutrauen, die erforderlich sind, den Fortunatus-Schritten unserer wirtschaftlichen Entwicklung zu folgen. Wer mitten im Strom schwimmt, wird von ihm fortgerissen. Das Begriffsvermögen der Gegenwart reicht gewiß aus, gewisser Wegweiser und Warnungstafeln entbehren zu können.

Nicht einer eingehenden Besprechung des Eisenbahnwesens waren diese Zeilen gewidmet, sondern sie hatten den Zweck, einige Streiflichter über eine Einrichtung zu werfen, die dem Menschengeschlecht zu unendlichem Segen gereicht. Freilich wird dieser Segen auch zuweilen zum Fluch; denn wie oft fährt der Geist des Mammons auf dröhnender Schiene dahin und streut rechts und links von seinem Weg den Samen des Unglücks aus, der nur allzu bald seine verderblichen Früchte zur Reife bringt. Die durchbohrten Berge, die über die Ströme sich wölbenden Brücken, die über tiefe Täler schreitenden Viadukte, alles will er für sich haben und seinen Zwecken dienstbar machen. Aus allem will er seine Zinsen schlagen, und sein verwerflicher Standpunkt lautet: Die denkenden Köpfe, die schwieligen, von der Arbeit gehärteten Hände, die diese Berge durchbohrten, diese Ströme und Täler überbrückten, — sie mögen gehen und sich an neuen Werken abquälen!

Ein jetzt Vielgenannter

Im Comptoir des Kauf- und Handelsmannes Gottheimer zu London stand vor dem Pult des Prinzipals ein junger, krausköpfiger Mann und begründete in beredten Worten seinen Entschluß, vom Judentum zum Christentum überzutreten. Nachdem alle Bedenken, die Gottheimer als Chef und Oheim aussprechen zu müssen glaubte, siegreich widerlegt waren, warf er die letzte Frage hin:

„Und wie wird nun sein der neue Name von dir?“

„Er wird sein Bethel Henry Strousberg."
„Warum so?"
„Weil meine Wäsche gezeichnet ist mit B(aruch) H(irsch) S(trausberg) und ich für das Umzeichnen Geld bezahlen müßte, wenn mein Name hätte andere Buchstaben."

Der in dieser Anekdote zum Ausdruck gebrachte Wesenszug ist wohl charakteristisch für den Mann, der gegenwärtig die allgemeine Aufmerksamkeit in so hohem Grad in Anspruch nimmt und auch uns veranlaßt, einen Blick auf sein Leben und Wirken zu werfen.

In nicht großer Ferne von der russisch-polnischen Grenze liegt im Regierungsbezirk Königsberg, Land Sassen, an dem kleinen Flüßchen Neide oder Soldau das ungefähr viertausend Einwohner zählende Städtchen Neidenburg, umgeben von seereicher, sandiger Ebene, die von dichten, dunklen Kiefernwaldungen bestanden ist.

Die Bevölkerung des Ortes beschäftigt sich meist mit der Landwirtschaft und ist aus Deutschen und Polen gemischt. Auch das Volk Israel ist dort, wie überhaupt in jenen halb slawischen Gegenden, zahlreich vertreten und hat sich alles dessen bemächtigt, was nur irgendwie in Zusammenhang mit ‚dem Geschäft' steht.

Einer der angesehensten jüdischen Bewohner Neidenburgs war der alte Kaufmann ‚für Alles' Strausberg, der koscher lebte, die Synagoge fleißig besuchte und einen Laden besaß, in dem alles mögliche und unmögliche zu sehen und zu haben war. Dabei aber durfte man ihn nicht für einen gewöhnlichen Krämer halten; denn er war einer der Gebildetsten unter seinen Mitbürgern und Glaubensgenossen, schwärmte für unsere Klassiker, kannte Lessings ‚Nathan' fast auswendig, liebte die Musik und hatte als guter Patriot tapfer gegen Napoleon mitgefochten.

Groß war die Freude des wackeren Mannes, als ihm am 20. November 1823 das erste Söhnlein geboren wurde, das bei der Beschneidung den Namen Baruch Hirsch erhielt und sich frühzeitig durch ungewöhnliche geistige Regsamkeit auszeichnete.

„Der Baruch muß werden ein Gelehrter", sagte der Alte und schickte den Elfjährigen nach Königsberg ins Gymnasium. Leider aber waren die Vermögensverhältnisse des Vaters zurückgegangen, so daß nach seinem Tode der geringe Nachlaß nicht die Mittel zum weiteren Studium gewährte. Baruch Hirsch nahm also Abschied von den Schulbänken und ging hinaus in die weite Welt. Die Mutter hatte er schon früher verloren.

„Nach London muß ich gehen", dachte der Knabe, „nach London, was ist eine große Stadt des Handels, wo so viele haben gemacht ihr Glück und wo auch wohnt mein lieber Oheim Gottheimer."

Er ging nach Pillau, in dessen Hafen damals, es war im Jahre 1835, ein mit russischer Leinsaat befrachtetes und nach London bestimmtes Segelschiff vor Anker lag. Schon in seinen ersten Knabenjahren hatte er dem ihm innewohnenden, lebhaften Handelstrieb Folge geleistet und sich kleine Ersparnisse errungen, von denen er jetzt die Überfahrt bezahlen konnte.

Nach der Landung stand der kleine, erst zwölfjährige Baruch mit seinem armseligen Bündelchen allein und verlassen am Blackwall-Pier und betrachtete mit Staunen das großartige, überwältigende Treiben der riesigen Themsestadt. Aber er ließ sich nicht verblüffen, schlug sich mutig durch und fand so nach langem Suchen das Haus seines Onkels Gottheimer, der sich über den Mut und Unternehmungsgeist des Jungen freute, ihn sofort in sein Geschäft aufnahm und sich redlich Mühe gab, die in ihm wohnenden kaufmännischen Fähigkeiten zu wecken und auszubilden.

Nur kurze Zeit war vergangen, und schon verstand Baruch, selbstständig zu operieren; er unternahm im Interesse des Hauses manche größere Reise, von der er stets mit glücklichem Erfolg zurückkehrte. Besonders gelangen ihm günstige Kohleneinkäufe, bei denen er sich auch schon etwas mitverdiente, so daß ihm die nötigen Mittel wurden, Bücher zu kaufen, deren er zum Selbststudium notwendig bedurfte. Manche Nacht durchwachte er beim trüben Schein des Öllämpchens und studierte Sprachen, Geschichte, Geographie und besonders Handelswissenschaft.

Obwohl er infolge seiner Armut keinen Lehrer bezahlen konnte und sich also selbst forthelfen mußte, besaß er durch seinen eisernen Fleiß, seine Zähigkeit und Energie doch bald einen reichlichen und wohlgeordneten Vorrat von Kenntnissen, die er schriftstellerisch zu verwerten begann.

Zunächst schrieb er für das ‚London Magazine' und das ‚Merchants Magazine', und seine volkswirtschaftlichen Aufsätze zeichneten sich durch Klarheit, Gediegenheit und leicht fließenden Stil aus. Später trat er mit dem großen Weltblatt ‚Times' in Verbindung, für das er Berichte über die Parlamentsverhandlungen lieferte. Jetzt verdiente er bereits so viel, daß er an die Gründung eines eigenen Hausstandes denken konnte, und da ihn eine innige Zuneigung zu Mary Swan, einem armen Mädchen aus sehr guter Familie hinzog, schloß er in seinem zweiundzwanzigsten Jahr mit ihr eine Verbindung, die ihm bei unausgesetzter Arbeit einige Jahre stillen, häuslichen Glücks gewährte.

Es gelang ihm, ein kleines Vermögen zu sammeln, das er in verschiedenen Papieren anlegte. Da aber brach 1847 die bekannte Geschäftskrise aus und brachte ihn vollständig um die Ersparnisse.

Dieser Schlag war für den jetzt verheirateten Mann härter, als er ihn früher getroffen hätte. Doch er ließ sich in seiner Tatkraft nicht davon lähmen und sann auf Wege, das Verlorene wiederzuerringen.

Sein Blick fiel hinüber auf das Land jenseits des Ozeans: Amerika. Dort hatte schon mancher in kurzer Zeit sein

Glück gemacht; warum sollte dies nicht auch ihm gelingen? Der Gedanke der Auswanderung sagte seinem unternehmenden Wesen zu, und nachdem er seine Frau bei Verwandten untergebracht hatte, schiffte er sich mit dem Vorsatz ein, drüben baldigst so viel zu erwerben, daß er die Seinen in Bälde nachkommen lassen könnte.

Leider fand er drüben nicht das, was er gesucht hatte, und erfuhr eine Enttäuschung nach der andern. Nirgends bot sich ihm ein fester Haltepunkt; er sah sich von Stadt zu Stadt, von Land zu Land bis in den fernen Westen hinein getrieben, ward Kaufmann, Lehrer, machte die verschiedensten amerikanischen Existenzen durch, litt Hunger und Durst, lernte Not und Sorge näher als sonst jemals kennen, verwickelte sich in Abenteuer, die sein Leben in Gefahr brachten, wagte alles, gewann aber nichts und ward trotz alledem nicht mutlos.

Mit einigen hundert Dollar, die er sich buchstäblich am Munde abgedarbt hatte, kam er mit dem festen Vorsatz, nach England zurückzukehren, wieder nach New York. Hier bemerkte er ein übel zugerichtetes Schiff, das Havarie erlitten hatte und dessen aus Schnittwaren bestehende Ladung vom Seewasser, wie er sich überzeugte, nicht so sehr durchdrungen und verdorben worden war, wie man annahm. Er kaufte dieses Schiff, verkaufte es wieder und erzielte einen hohen Gewinn.

Schnell kehrte er nun zu den Seinen zurück, nahm seine literarische Tätigkeit wieder auf, beschäftigte sich mit dem römischen Recht und erwarb sich den vielbegehrten Doktortitel.

Später ließ er sich in Berlin nieder und begann eine neue Tätigkeit als Agent der Lebensversicherungsgesellschaft Waterloo, als der er sehr gute Erfolge erzielte, so daß er mit einer ansehnlichen Erfolgsprämie bedacht wurde.

Der Verkehr mit England hatte ihn in Berührung mit der Britischen Gesandtschaft gebracht, durch die es ihm möglich wurde, Beziehungen mit einer englichen Gesellschaft anzuknüpfen, der er im Jahr 1861 die Konzession zum Bau der Linie Tilsit-Insterburg verschaffte, die ihm eine ansehnliche Gewinnquote einbrachte. Es war dies in Deutschland der erste auf dem Prinzip der ‚Generalentreprise' beruhende Eisenbahnbau, und Strousberg soll bei diesem Unternehmen und dem Bau der ostpreußischen Südbahn seine erste Million gewonnen haben.

Nun baute er rasch nacheinander die Berlin-Görlitzer Bahn, die Rechte-Oderufer-Bahn, die Märkisch-Posener, Halle-Sorau, Hannover-Altenbekener, die Ungarische Nordwestbahn und die Rumänischen Bahnen, und es ist wahrhaft erstaunlich, wie viele und wie ausgedehnte Unternehmungen er gleichzeitig und in den verschiedensten Ländern in Angriff nahm. Tausende von Kapitalisten, Hunderte von Ingenieuren, Massen von Lieferanten und Unzählige von Arbeitern sparten, arbeiteten und schwitzten für den kleinen Neidenburger Baruch, in dem eine fieberhafte Tätigkeit herrschte, die ihresgleichen suchte.

Die Millionen, die er sich durch den Eisenbahnbau erwarb, verwandte er sofort wieder auf andere Unternehmungen. Er kaufte Montanwerke, Schneidemühlen, Fabriken, liegende Gründe und konnte sich bald zu den bedeutendsten Grundbesitzern zählen. Den neuen, großen Viehhof in Berlin nannte er sein eigen, die Herrschaften Groß-Peisten, Luianeck, Radaweitz, Womweller, Lissa, Lauba, Tarnowo, Zbirow, Krasnosielce mit zusammen wohl zweihundertfünfundachtzigtausend Morgen gehörten ihm.

Das Jahr 1870 bezeichnet wohl den Kulminationspunkt des Strousbergschen Glücks. Er wurde Mitglied des Reichstags des Norddeutschen Bundes, erhielt den Preußischen Kronenorden, österreichische und belgische Dekorationen, wurde in den weitesten geschäftlichen Kreisen mit Auszeichnung genannt und — bildete eine ständige Figur in den Couplets der Berliner Possenschreiber.

In jene Zeit fällt die Erbauung seines Palasts in der Wilhelmstraße, über dessen Herrlichkeit so viel erzählt worden ist, der Abschluß des allerdings wieder rückgängig gewordenen Riesengeschäfts, betreffend die Abtragung der Antwerpener Zitadelle usw. Aber nach dem argen Fiasko, das er erlebte mit den rumänischen Bahnen, begann sein Stern rasch zu sinken.

Schon damals, als er die sächsische Strecke Chemnitz-Aue-Adorf bauen wollte, erhob sich Herr von Zehmen in der ersten Kammer und warnte vor dem ‚Schwindler' Strousberg. Zwar erweckte er dadurch einen Entrüstungssturm, aber die Folge hat ihm nicht Unrecht gegeben.

Nach dem genannten Fiasko zog sich der ‚Eisenbahnkönig' auf mehrere Jahre nach England zurück, und sein Name wurde erst in letzter Zeit wieder genannt in Verbindung mit Waggonlieferungen für Rußland, der Bahn Mehltheuer-Weida, der Wagthal-Bahn und der Umwandlung Zbirows in eine Aktiengesellschaft.

Der erste große Schlag traf ihn infolge des Krieges 1870—71, der ihm bedeutende Verluste brachte, die allerdings noch keine Stockung herbeiführen. Von weit schlimmeren Folgen war für ihn die Angelegenheit der rumänischen Bahn; die Bukarester Kammer ließ die Bahnen gerichtlich abschätzen, expropriirte ihn und zahlte ihm nur den von ihr ermittelten Schätzungswert. Daraus folgte für ihn ein Verlust von mehreren Millionen, und er mußte den Berliner Viehhof, einen großartigen Besitz, zu Geld machen.

Jetzt fing man an, den Mann weniger bewundernd zu betrachten, und da es mancherlei Anzeichen gab, die zur Vorsicht rieten, so begann das Vertrauen zu wanken und mit ihm der Kredit des ‚größten Industriellen Deutschlands'. Er versuchte alles mögliche, seinen früheren Ruf wieder zu befestigen; er ließ in seinen Etablissements arbeiten, kaufte die Bubnaer, auf Aktien gegründete Waggonfabrik und fertigte eine große Anzahl Waggons, die er nach Moskau schickte, um sich von der dortigen Kommerzial- und Industrialbank darauf Vorschüsse geben zu lassen.

Diese Bank stellte vor einiger Zeit ihre Zahlungen ein; Strousberg begab sich infolgedessen nach Rußland, um seine Angelegenheiten zu ordnen, und wurde dort, im Land der Knute, von dem Arm gepackt, der sich hier in der Heimat nicht nach ihm ausstrecken wollte. Seine Verhaftung und die Konkurseröffnung über sein Vermögen erfolgte, und es steht zu erwarten, daß dieser Sturz die unglückseligsten Folgen bis in die weitesten Kreise tragen wird. Welche Dimensionen diese Folgen annehmen werden, wird wohl schon die nächste Zukunft zeigen, jedenfalls aber sind die Tausende von Arbeitern am meisten zu beklagen, die sich jetzt bei beginnendem Winter arbeitslos auf die Straße gewiesen sehen.*

Der Kanal von Suez

Die künstliche Wasserstraße, die auf der Linie zwischen Suez und Port Said eine Verbindung zwischen dem Mittelländischen und dem Roten Meer herstellt, ist Gegenstand so vieler Schilderungen, daß wohl die meisten unserer Leser schon die eine oder andere zu Gesicht bekommen haben. Trotzdem aber dürfte bei der politischen Bedeutung, die der Kanal durch den in der Tagespresse besprochenen Akt der britischen Regierung — den Ankauf der Suez-Kanal-Aktien — erhalten hat, einiges über die Geschichte dieses zu den größten Werken unseres Jahrhunderts zählenden Unternehmens angebracht sein.

Unter den französischen Gelehrten, die Napoleon

* Das Konkursverfahren begann 1875 — in dem Jahr, in dem Karl May diesen Bericht über den ‚Eisenbahnkönig' niederschrieb. Im gleichen Jahr wurde in Moskau der Prozeß gegen Strousberg eröffnet, der mit der Verurteilung zur Verbannung endete. Erst im Herbst 1877 konnte Strousberg nach Berlin zurückkehren, wo er völlig verarmt am 31. 5. 1884 starb. Mit seinem Zusammenbruch endete in Deutschland die sogenannte ‚Gründerzeit'.

Bonaparte auf seiner kriegerischen Expedition nach Ägypten begleiteten, befand sich der Ingenieur Lepère, von dem die erste wirkliche Anregung zu einer Verbindung des Mittelmeers mit dem Roten Meer gegeben wurde. Leider aber hegte dieser begabte Mann die irrige Ansicht, daß der Spiegel des Roten Meers um rund zehn Meter höher liege als der des Mittelmeers, eine Annahme, die den Bau eines Kanals als unausführbar erscheinen ließ.

Der englische Kapitän Vetch kam später auf den Plan zurück; doch blieb auch seine Bemühung um die Ausführung für ein Durchstechen der Landenge ohne Erfolg. 1837 wurde die indische Überlandpost eröffnet und einundzwanzig Jahre später die von George Stephenson in Aussicht genommene Schienenverbindung zwischen Kairo und Suez dem Verkehr übergeben.

Inzwischen hatten sich 1847 die Regierungen von England, Frankreich und Österreich entschlossen, die Annahme Lepères von der verschiedenen Höhe der beiden Meeresspiegel einer wissenschaftlichen Prüfung zu unterwerfen, und durch sorgfältige Messungen wurde ihre Haltlosigkeit bewiesen.

Die Hauptschwierigkeit war durch dieses Ergebnis beseitigt, und Talabat, ein Mitglied der Abordnung, die man zu der erwähnten Prüfung ausgerüstet hatte, fertigte bald ausführliche Pläne eines Verbindungskanals an. Doch blieben auch seine Bemühungen zunächst fruchtlos.

Die erwünschten Erfolge waren erst Ferdinand de Lesseps beschieden. Dieser hatte sich als Generalkonsul in Barcelona durch sein festes Auftreten während der revolutionären Bewegung in Spanien bei der französischen Regierung beliebt gemacht, so daß er trotz der Bemühungen Esparteros, der seine Abberufung wünschte, in seiner Stellung verblieb. Er ist ein Sohn jenes bekannten Jean Baptiste Lesseps, der in der Eigenschaft eines

Dolmetschers Lapeyrouses Reise bis Kamtschatka mitmachte und sich unter Napoleon I. als gewandter Diplomat auszeichnete.

Infolge seiner vielen einflußreichen Bekanntschaften war es ihm möglich, das Augenmerk des Kaisers für seinen Plan zu gewinnen und im Jahre 1856 eine Compagnie zu gründen, die auf 99 Jahre konzessioniert wurde.

Der Bau begann und wurde in der Weise fortgeführt, daß der Kanal im Dezember 1869 unter großen Feierlichkeiten eröffnet werden konnte, zu denen sich auch die französische Kaiserin Eugenie, der preußische Kronprinz Friedrich und viele andere europäische Fürstlichkeiten eingefunden hatten. Freilich war mit der Eröffnung nicht auch die Vollendung gegeben; noch im Jahr 1871 wurden 342 000 Kubikmeter Erdreich ausgeworfen.

Der Kanal besitzt eine Länge von 160 km, ist an der Oberfläche bis zu 100 Meter, am Grund 45 Meter breit und hat eine Tiefe von 11 Metern. Die Gesamtkosten erreichten die Höhe von 380 Millionen Mark, wovon 260 Millionen durch die Ausgabe von Aktien aufgebracht wurden.

Den Kanal durchfuhren:

1870	486	Fahrzeuge	mit	435 911 t	Gesamteichung
1871	765	Fahrzeuge	mit	761 467 t	Gesamteichung
1872	1080	Fahrzeuge	mit	1 439 000 t	Gesamteichung
1873	1173	Fahrzeuge	mit	2 085 000 t	Gesamteichung
1874	1264	Fahrzeuge	mit	2 224 000 t	Gesamteichung

Den ersten Platz nimmt dabei England ein, dahinter folgt an zweiter Stelle Österreich.

Die Einnahmen sind von 5 109 763 Mark im Jahr 1870 bis auf 21 120 000 Mark im Jahr 1874 gestiegen. Da im gleichen Jahr 1874 die Ausgaben 4 960 000 Mark betrugen, ergibt sich also ein Überschuß von 16 160 000 Mark.

Die Durchgangsgebühr beträgt acht Mark pro Tonne,

und das Mehr der Einnahmen gegenüber den Ausgaben wird wie folgt verteilt:

15 Prozent erhält die ägyptische Regierung
70 Prozent erhält die Compagnie
14 Prozent erhalten die Gründer der Gesellschaft
1 Prozent wird zur Amortisation verwendet.

Der Suezkanal ist ein Weg für die Weltdampfschiffahrt. Er kürzt den Weg zwischen Europa und Indien, China, Japan usw., und wenn auch die großen und viel Raum erfordernden Frachtgüter den Segelschiffen und den alten Umwegen überlassen bleiben, so werden die geringeren Raum beanspruchenden Erzeugnisse unseres Kunst- und Gewerbefleißes durch den Kanal mit einer segensreichen Schwung- und Absatzkraft versehen, und auch die dafür eingetauschten Einfuhrwaren — Seide, Tee, Kaffee, Wolle, Gewürze, Farb- und Gerbstoffe — können nun wesentlich schneller befördert werden.

Es ist daher nicht zu verwundern, daß dieser neue Schiffahrtsweg von Anfang an von den seegehenden Staaten mit scharfer Aufmerksamkeit beobachtet wurde und jedes auf ihn bezügliche Ereignis sofort die allgemeine Teilnahme in Anspruch nimmt. So auch jetzt der Erwerb der Suezkanalaktien durch die englische Regierung.

Der Vizekönig von Ägypten braucht Geld, viel Geld, um seine Schatzscheine zu prolongieren, die sich auf 320 Millionen Mark belaufen sollen, und so waren ausgedehnte Verhandlungen wegen des Verkaufs und Versatzes der Kanalaktien schon seit längerer Zeit im Gang. Zunächst wandte er sich an die Firma Basté in Paris, die ihm gegen Hinterlegung der im Besitz der ägyptischen Regierung befindlichen 176 602 Aktien die Summe vorschießen wollte. Da aber die Unterhandlungen scheiterten, wurde die Angelegenheit in die Hände des Pariser Bankherrn Dervieu gelegt. Diesem war es in Paris nicht möglich, die nötigen Gelder aufzutreiben, und er begab sich deshalb nach London.

Währenddessen ließ der englische Generalkonsul für Ägypten den Vizekönig wissen, daß die Abtretung der Aktien nicht den Beifall der britischen Regierung haben könne. Dies geschah natürlich nur aus dem Grund, weil diese Regierung die Aktien selbst erwerben und nicht zugeben wollte, daß sie in französischen Besitz übergingen. Diese Absicht wurde erreicht, und der Vizekönig erhält 80 Millionen Mark für seine Aktien, eine Summe, die die Rückzahlung der Schatzscheine, die sich in den Händen von Basté, des Crédit Agricole usw. befinden, bis Ende Januar 1876 deckt.

Natürlich erregte die Erwerbung in allen Kreisen bedeutendes Aufsehen, und besonders hegte eine Anzahl der Aktionäre eine Ansicht, die Herrn von Lesseps zu dem im ‚Moniteur universel' veröffentlichten Rundschreiben veranlaßte, das hier Aufnahme finden mag:

Paris, den 24. November 1875

Meine Herren! Der von der Britischen Regierung bewirkte Ankauf von 176 602 Aktien, die der Ägyptischen Regierung gehörten, ist einer Anzahl von Aktionären nahegegangen, und einige von ihnen legen Besorgnisse an den Tag. Es wird genügen, ein Blatt der Geschichte des Kanals in Erinnerung zu bringen, um die Ängstlichen zu beruhigen und die Besorgnisse zu zerstreuen. Als es sich bei Beginn des Unternehmens darum handelte, das nötige Kapital aufzubringen, wurde ein bedeutender Teil der Subskription den englischen Kapitalisten vorbehalten. Damals sicherten Frankreich und Ägypten durch ihre Beiträge die Ausführung des Kanals. Die Subskription wurde ganz vom französischen Publikum und der Ägyptischen Regierung gedeckt. In finanzieller Hinsicht am Erfolg des Unternehmens gänzlich unbeteiligt, erhob die Britische Regierung gegen dessen Vollendung zahl-

reiche Schwierigkeiten, und noch bis auf die letzte Zeit war die Einmischung der englischen Agenten für das besondere Interesse der französischen und ägyptischen Aktionäre schädlich. Jetzt übernimmt die Englische Nation an der Kanalgesellschaft den Anteil, der ihr von Anfang an ehrlich vorbehalten worden war, und wenn dieser Akt, sobald er sich vollzogen, eine Konsequenz haben soll, kann es nach meiner Ansicht nur die sein, daß die Britische Regierung auf eine Haltung verzichtet, die seit langer Zeit den Interessen der in ihrer verständigen Ausdauer so energischen Stammaktionäre des Seekanals feindlich gewesen ist. Ich erachte daher für eine erfreuliche Tatsache diese mächtige Solidarität, die sich nunmehr zwischen den französischen und englischen Kapitalien zum rein industriellen und notwendig friedlichen Betrieb des für die ganze Welt bestimmten Kanals entwickeln wird. Wollen Sie gefälligst diesen Brief jenen Aktionären mitteilen, die sich an Sie wenden sollten, um meine Ansicht zu erfahren.

Ferdinand de Lesseps,
Präsident und Direktor

Anmerkung des Herausgebers zur Seite 294

Den Suez-Kanal durchfuhren:

1901	**3 699 Fahrzeuge mit**	**10 824 000**	**Nettotonnen**
1935	**5 953 Fahrzeuge mit**	**32 728 000**	**Nettotonnen**
1955	**14 666 Fahrzeuge mit**	**115 756 000**	**Nettotonnen**

Darstellung des Einflusses der Liebe und ihrer Negationen auf die Entwicklung der menschlichen Gesellschaft

Eine der schwierigsten Aufgaben, welche die Wissenschaft sich zu stellen vermag, ist zum einen die Darstellung der chronologischen Entwicklung all der Verhältnisse, die unmittelbar unter der Herrschaft der Liebe stehen, zum anderen eine gründliche Erläuterung jener Einflüsse, durch welche die Liebe bestimmend auf die Entwicklung des Menschengeschlechts eingewirkt hat.

Ja, unter allen Mächten und Gewalten, die unser Leben regeln und bewegen, ist die Liebe die größte, die mächtigste, die herrlichste, und noch mehr — sie ist die einzige, die ohne Anfang und ohne Ende, die von ewiger Dauer ist.

Yupanqui, der berühmte südamerikanische Inka, vor dem Millionen sich beugten, der im Besitz der unermeßlichen Schätze der Cordilleras de los Andes war, der sein Haupt mit bis dahin noch ungepflückten kriegerischen Lorbeeren schmückte, indem er die Scharen seiner Bewaffneten über die Bergriesen der Anden führte, trat einst in die arme und kleine Hütte eines Priesters, um sich an einem Trunk kühlenden Wassers zu laben.

„Trink, du Blutiger!" sprach der ehrwürdige Mann. „Die Liebe, der du dienest, will ich erquicken."

„Die Liebe? Der ich diene? Ist das scharfe, blitzende Schwert hier an meiner Seite, welches das Leben so vieler gefressen hat, ein Werkzeug der Liebe, von der du sprichst?"

„Zweifelst du daran? Wisse, o Herrscher, daß ihr Atem von Anbeginn zu Anbeginn durch die Welten rauscht, daß ihr Flügelschlag tausend Ewigkeiten trägt, daß ihre Stimme bis in die tiefste Finsternis erklingt und ihre Hand auch da von Blumen duftet, wo wir die Gespenster des Hasses, der Zwietracht und der Rache zu erblikken glauben. Die Liebe ist der Engel, der zur Erde gesandt ist, den Verirrten in die Arme des Vaters aller Himmel zurückzuleiten."

„Deine Worte sind gut und bewegen mein Herz; doch sag, wer ist dieser Verirrte?"

„Als im Rat der Ewigen beschlossen ward, das Firmament zu ziehen und Millionen glücklicher Wesen im Strahl seiner Güte wandeln zu lassen, da blitzte die Allmacht des Weltenfürsten durch die Unendlichkeit, und einer ihrer Strahlen zuckte hernieder auf die Erde, um ein Ebenbild Gottes zu bereiten. Die Boten des Herrschers kehrten zurück; sein Auge zählte ihre Schar, und siehe, es fehlte der Strahl, welcher auf der Erden die Gestalt des Menschen angenommen hatte und vom Staube zurückgehalten wurde. Da ergrimmte der König der Geister und streckte drohend seine Hand hernieder.

‚Hast du dich vermählt mit dem endlichen Gedanken, der um die Sonne schwirrt, siehe, so sollst du Erde bleiben in Ewigkeit, sollst Jammer und Klage hören all' dein Lebelang und nimmer den Pfad finden zurück zu den glänzenden Stufen meines Thrones!'

Da trat die Liebe zu ihm, beugte demutsvoll ihr Haupt vor dem Allgewaltigen und sprach mit leiser Stimme:

‚O nimm den Fluch zurück, o Herr! Du kennst mein Herz und weißt, daß es nicht Ruhe finden kann, wenn deine Seele zürnt. Gib Gnade dem Verirrten!'

Da schritt mit ernster Miene die Gerechtigkeit herbei und rief erhobenen Hauptes:

‚Nein, Herr, dem Schuldigen sei Strafe! Dein Zorn fahre hinab, den Frevler zu zerschmettern!'

‚Herr', bat die Liebe, ‚wirf Deinen Zorn auf mich und laß mich sterben! Ich kann nicht atmen, wenn das Unglück seufzt!'

Da neigte sich der Herrscher zu den beiden, und seine Stimme klang:

‚Er hat gefehlt, und Strafe soll ihn treffen! Die Erde sei sein Teil, und Erde soll er sein; doch steige nieder, du Verzeihende, zu ihm und zeige ihm den Weg zurück zu mir. Wenn er vom Staub sich ringt und reuig wiederkehrt, so soll ihm verziehen sein!‘

So sprach sein Mund, und was er spricht, geschieht; sein Wort ist Tat; statt zu ertönen, gewinnt's Gestalt und Leben, und dieses Leben ist ein Kampf des Lichtes mit der Finsternis, des Fluches mit dem Segen, des Zornes mit der Gnade, der Verdammnis mit der Seligkeit, des Hasses mit der Liebe. Jedoch die Liebe siegt, und was ihr widerstrebt, muß durch den Widerstand nur ihre Macht bestätigen, nur ihren Glanz erhöhen, nur ihr zu Diensten sein.

‚Mensch‘ hieß seit jener Zeit der Irrtum, der im Fleisch den Weg empor zum Himmel wandelt, um die Wahrheit wiederzufinden, die ihm verlorenging.“

*

Das war die Philosophie eines Heiden, dessen Volk von der Erde verschwindet, seit die ‚Religion der Liebe‘ in jener Gegend verkündet wird und das Kreuz des Christentums von den südamerikanischen Bergen leuchtet.

Er stellt in seiner bildlichen Ausdrucksweise die Liebe außer Gott als ein Wesen, einen Gegenstand dar, mit dem der Herr spricht und verhandelt. Wir dürfen uns dieser Annahme nicht anschließen, sondern müssen versuchen, eine wahrheitsgetreuere Anschauung anzuzeigen, indem wir zu erforschen streben, ob die Liebe ein bloßes Gefühl sei und als solches nur in einem Herzen wohnen könne, das von der Vorsehung mit der Gnade der Empfindung bedacht wurde, ob sie tätig ist nur im Reich der organischen Wesen, denen — gegenüber der unbelebten

Kreatur — eine Seele eigen ist, die sich durch die Nerven mit der Außenwelt in Verbindung zu setzen mag.

Wenn schon im ersten Teil dieses Buches auf das Bibelwort ‚Gott ist die Liebe, und wer in der Liebe bleibet, der bleibt in Gott und Gott in ihm' hingewiesen wurde, so geschah dies nicht etwa in der Absicht, eine biblische Meinung zu zitieren, um uns ihr vielleicht kampfgerüstet gegenüberzustellen, sondern dieses Wort enthält in Wirklichkeit die höchste der Wahrheiten, die von der Philosophie wohl angezweifelt und untersucht werden kann, endlich aber doch von ihr zugegeben und bestätigt werden muß.

Es ist vollständig unmöglich, Gott und die Liebe zu trennen, und zwar ist die letztere nicht etwa ein bloßes Attribut, eine Eigenschaft des ersteren, sondern sie ist Gott selbst, und wenn wir uns die Aufgabe gestellt haben, die Liebe nach ihrer geschichtlichen Entwicklung darzustellen, so haben wir es in erster Linie mit einer Betrachtung des Gottesbegriffs zu tun.

Das Verhältnis des Menschen zu Gott ist bisher immer eine Sache der Religion gewesen, ein Umstand, der vielen und großen Irrtum zur Folge gehabt hat, denn die Gotteserkenntnis kann nur eine Tatsache des suchenden Verstandes, also der Wissenschaft sein, während die Religion sich nur auf das menschliche Gefühl stützt. Keine Religion zeigt eine wirkliche Neigung zur Wissenschaft, ja man muß sogar sagen, daß sie oft der Kultur geradezu widerstrebe. Die Vorstellungen, mit denen es die Religion zu tun hat, sind stets mehr oder weniger bildlich, phantastisch unklar und verworren, und da die Wissenschaft sich bemüht, an Stelle des Bildes das Wesen selbst zu setzen und das Dunkle, Unklare und Verworrene aufzuhellen, zu beleuchten und einer weisen Ordnung einzureihen, so sieht sie sich überall, wo das religiöse Gefühl in voller, ungedämpfter Inbrunst glüht, feindselig betrachtet und behandelt.

Bei allen Religionsstiftungen ist es sehr phantastisch und unwissenschaftlich zugegangen, und eine wahrheitsgetreue Kritik kann nicht anders, als das Schwankende und Haltlose der von der Religion geglaubten historischen Grundlagen nachzuweisen, und so wehrt sich das echte, unverfälschte religiöse Gefühl, das die Religion als die alleinige Hauptsache des Lebens betrachtet, neben der alles übrige gleichgültig erscheint, gegen das Eindringen der Wissenschaft in seine Vorstellungskreise, durch das es sich gefährdet und geschädigt sieht. Es will nichts wissen von einer historischen Kritik seiner geschichtlichen Voraussetzungen; es will nichts wissen von der philosophischen Kritik seines übersinnlichen Vorstellungskreises; es mag die Glut seiner vertrauensvollen Innigkeit nicht vom kalten Hauch der nüchternen Betrachtung anblasen lassen und erträgt ohne Beschwerde die härtesten inneren Widersprüche.

Wenn sich trotz dieser tiefen Abneigung der Religion gegen die Wissenschaft die erstere doch überall mit der letzteren vermählt und sogar ein Kind, die Theologie, erzeugt hat, so ist das von seiten der Religion eine bloße Zwangsehe, eine Umarmung, deren sie sich nicht erwehren kann, und aus deren Unvermeidlichkeit sie wenigstens für sich den größtmöglichen Nutzen zu ziehen gesucht hat, indem sie die Wissenschaft nach außen hin gegen Feinde und Widersacher ihren Sachwalter und Verteidiger sein ließ.

Aber sobald die Wissenschaft als Theologie Eingang in die Religion gefunden hat, beginnt sie ihre eigenen Ziele mit ihren eigenen Mitteln zu verfolgen, ohne Rücksicht darauf, daß sie dadurch die Zwecke der Religion in keiner Weise fördert, sondern sie nur in schwere Gefahr bringt. So kommt es, daß die neuere Zeit, die ja ausgesprochenermaßen die Wissenschaft, die ernste Forschung begünstigt, sich den religiösen Überlieferungen gegenüber immer kaltblütiger verhält und es sogar wagt, mit nüchternen Sinnen und unbestechlicher Logik nach Erkenntnis des göttlichen Wesens zu ringen.

Auch wir halten es für geraten, diesen Weg einzuschlagen, verwahren uns aber ganz entschieden gegen den Vorwurf der Irreligiosität. Es ist uns ein heiliges Bedürfnis, Klarheit zu erhalten über die höchsten Beziehungen des Daseins, und so dürfen wir wohl das Recht beanspruchen, jeden Weg einzuschlagen, der uns zu dieser Klarheit zu führen verspricht.

Es ist eine geschichtlich festgestellte Tatsache, daß die Vorstellung, die ein Volk von Gott hat, seiner geistigen Entwicklungsstufe vollständig entspricht. ‚Wie der Mensch, so sein Gott.' Der Wilde hat einen anderen Gott als der Halbwilde, dieser einen anderen als der Gebildete und der tiefe Denker hat wieder seine besonderen Anschauungen über das Wesen Gottes. Schon Xenophanes sagt 540 Jahre vor Christo:

„Den Sterblichen scheint es, daß die Götter ihre Gestalt, Kleidung und Sprache hätten. Die Neger dienen schwarzen Göttern mit stumpfen Nasen, die Thraker Göttern mit blauen Augen und roten Haaren, und wenn Ochsen und Löwen Hände hätten, um Bilder zu machen, so würden sie Gestalten zeichnen, wie sie selber sind."

Deshalb geht auch die geschichtliche Entwicklung der Religionen Hand in Hand mit der Geschichte der Menschheit überhaupt.

Die psychologische Natur aller Menschen ist dieselbe, und so begannen die Religionen fast immer mit dem Bilderdienst, so daß sich in den verschiedensten Gegenden unserer Erde Religionsgebräuche entwickelten, die einander auffallend ähnlich sind.

Bei den Urmenschen und bei Menschen, die sich auf einer niedrigen Entwicklungsstufe befinden, herrscht die Religion der Furcht. In einem höheren Zustand übernehmen bevorzugte Menschen wie z. B. Könige, Oberpriester usw. eine Vermittlung mit Gott, wobei aber die Form der Knechtschaft stattfindet, und erst in späteren Zeiten kommen die Menschen auf die Vorstellung der Gottähnlichkeit, und es kommt dann die Liebe zur Herrschaft, die beim Christentum in dem Gebot gipfelt: ‚Du sollst Gott lieben von ganzem Herzen und mit allen deinen Kräften und deinen Nächsten wie dich selbst.'

Ein jedes Religionsbekenntnis zeigte sich bisher als ein Kind seiner Zeit und wurde von der Zukunft zu Grabe getragen, und es ist daher ein beklagenswerter Irrtum, wenn die Bekenner der meisten Gotteskulte gerade den ihrigen als den absolut vollkommenen und richtigen, jeden anderen aber als falsch ansehen. Von diesem Standpunkt aus ist die Lehre von einer alleinseligmachenden Kirche zu betrachten. ‚Die Religionen sind verschieden, die Vernunft aber ist nur eine', lautet ein chinesischer Ausspruch, und seine Wahrheit wird durch den Umstand unterstützt, daß, wie in der organischen Natur, es auch hier nicht an Rückfällen in frühere Zustände, zu früheren Anschauungen fehlt. Schon bei den Thlinkiten im früheren russischen Amerika[1] begegnen wir dem Mythos der Gottessohnschaft, auf den das Christentum zurückging, und bei Konfuzius, Zoroaster, Buddha und Laotse finden wir Vorstellungen von der edelsten und reinsten Art, zu denen wir uns eine Rückkehr wünschen möchten.

„Der persönliche Gott", sagte einer unserer scharfsinnigsten Forscher, „ist eine überlieferte Gefühls- und Glaubensangelegenheit ohne jede tatsächliche Grundlage, und er ist auch nicht eine notwendige Bedingung für ein sittenreines und menschenwürdiges Leben. Wenn man gegenwärtig eines solchen Gottes für das Volk noch nicht entbehren zu können meint, so ist dies nur ein trauriges Zeichen von dessen geistig noch sehr niedrigem Stand-

1 Alaska, 1867 von Rußland an die Vereinigten Staaten verkauft.

punkt, so daß ihm jedes Verständnis für tiefere Wahrheit noch abgeht. Wäre die Freiheit der Entwicklung der Völker durch privilegierte Kasten nicht von jeher gehemmt worden, so würden wir nach so langem Ringen schon weiter sein in der Erkenntnis der Wahrheit. Die Orthodoxie hat bei den wunderbaren Erscheinungen in der ganzen Natur und bei den überwältigenden Eindrücken, welche die meisten auf das Gemüt machen (wie die Pracht des Regenbogens und Polarlichts, der blendende Glanz des Blitzes, das Rollen des Donners, das Grauen des Erdbebens usw.), beim Volk, wenn sie von einem persönlichen Gott spricht, so lange ein leichtes Spiel gehabt, wie dieses Volk auf einer geistig so niedrigen Stufe stand. Vom Gewand dieses Gottes fällt aber ein Stück nach dem anderen mit dem Auftreten der exakten Wissenschaften, und es tritt dafür ein *unpersönlicher* allgewaltiger Gott auf, der, mit dem Kleid der Wahrheit angetan, nicht bloß gegenstandslose Gefühle, sondern auch den Verstand befriedigt, und zwar so stark, daß wir auf den Irrweg der Abgötterei nicht mehr kommen können und die Verketzerungssucht ihren Boden verliert. Wir erkennen in der ganzen Natur niemals das Schaffen eines persönlichen Gottes, eines ‚Schöpfers Himmels und der Erde', sondern überall nur schrittweise Entwicklung nach Naturgesetzen. Die Naturgesetze aber sind teils durch die induktive Methode gewonnen, teils durch mathematische Schlüsse entdeckt worden. Erfahrung und Wissenschaft unterstützen einander, um die Naturgesetze zu erkennen und aufzustellen. Sind diese aber als unfehlbar richtig erkannt, so kann man an ihrer Hand die Welt synthetisch aufbauen, Stein zu Stein fügen und Schritt für Schritt nicht bloß die Vergangenheit ableiten, sondern auch einen Blick in die Zukunft tun, weil die Naturgesetze ewig gültige und unerbittliche Gesetzgeber sind."

Solche Anschauungen erhalten ein sehr wertvolles

Material, und der ernste Denker wird gern zugeben, daß die Welt und der Mensch nicht aus dem Nichts geschaffen sind, sondern sich in äußerst langen Zeiträumen naturgesetzlich entwickelt haben und sich auch noch jetzt in einer fortwährenden Umgestaltung befinden. Aber ist dies wirklich ein zwingender Grund, einen persönlichen Gott zu leugnen und an dessen Stelle irgendeinen Stoff, eine Kraft, ein Gesetz zu stellen? Ist es eine so entschiedene Unmöglichkeit, daß ein persönlicher Gott trotz dieser Persönlichkeit den Willen gehabt habe, daß sich alles Seiende nach und nach entwickele? Ist man dadurch am Ende der Forschung angelangt, daß man Gott absetzt und seine Stelle der Materie, dem Stoff, der Kraft, dem Naturgesetz einräumt? Und welchen Ursprung hat diese Materie, dieser Stoff, diese Kraft, dieses Gesetz?

Weisen sie nicht auf einen Höheren zurück, dem sie ihr Dasein, ihre Wirkung verdanken?

Wenn der ‚Zweifler' sagt:

„An die Sterne richt' ich meine Klagen,
manches tiefe, seufzende Warum.
Keine Antwort spricht auf meine Fragen,
alles schweigt, die Mitternacht ist stumm!"

so ist es vollständig unmöglich ihm beizustimmen, denn Tausende von Welten erheben ihre Stimmen, um diese Fragen zu beantworten, und die scheinbar stille Mitternacht predigt doch mit Donnerstimme von Dem, dem die Worte gewidmet sind: „Die Himmel rühmen die Ehre Gottes, und die Feste verkünden seiner Hände Werk; ein Tag sagt's dem andern, und eine Nacht tut's kund der andern. Da ist keine Sprache noch Stimme, die nicht also rede."

Und heißt es weiter:

„Nächtlich einsam wandl' ich durch die Heide,
wo mein Geist den weiten Raum durchschifft,
wer enthüllt mir diese Flammenschrift
an dem feierlichen Prachtgebäude?
Wer enthüllt die Flammenschrift mir
an der Kuppel dieses großen Domes?
Waltet eines Gottes Finger hier,
waltet er im Glanz des Weltenstromes
und im Bach, der durch die Felsen hüpft?
Lebt ein Gott im Menschen und im Wurme?
Hör' ich ihn hier in dem Donnersturme,
dort im Säuseln, das durch Myrrhen schlüpft?
... Oder führt den großen Zug ein Blinder —
waltet überall ein blindes Los?
Sind die Welten ausgesetzte Kinder?
Fielen sie auf keinen Pflegeschoß?"

so ist es ebenso unmöglich, diesem blinden Los beizustimmen. Und wäre es nicht so, daß ‚den großen Zug ein Blinder führte', wenn wir an die Spitze der Schöpfung etwas Unpersönliches, Unbewußtes stellten, möge dieses nun Stoff oder Kraft, Materie oder Gesetz sein?

Es ist allerdings sehr natürlich, daß bei der organischen Entwicklung der Menschheit das Seelenleben sich zuerst und sehr bald durch die Gefühle und erst viel später durch den Verstand zum Ausdruck brachte. Aus den Gefühlen entsprangen die nach den Umständen verschiedenen Anschauungen von dem weltregierenden Wesen und den Arten seiner Verehrung. Es war viel leichter, sich eine Vorstellung von Gott zu machen und für ihn irgendeinen Kultus zu erfinden, als das Denken zu entwickeln und durch mühevolle Denkarbeit höhere Stufen des Menschentums zu erklimmen. Fühlen und Denken schließen einander häufig nicht nur aus, sondern treten einander sogar feindlich gegenüber. Fühlen ist die Mutter des Glaubens, Denken die Mutter des Wissens.

Aus diesem Grunde stehen sich noch heute betreffs der Weltordnung zwei feindliche Lager schroff gegenüber. In dem einen glaubt man, daß die Welt durch einen schaffenden, persönlichen Willen so, wie sie jetzt ist, hervorgegangen sei und so auch in alle Ewigkeit werde von ihm regiert werden; in dem anderen weiß man, daß es eine Weltengeschichte gibt, daß im Lauf von Millionen von Jahren gewaltige Entwicklungsprozesse stattgefunden haben und daß sie immerfort noch stattfinden werden. Die Gläubigen verlangen eine hingebende Unterordnung und völlige Entsagung von aller selbstbewußten Forschung, die Forscher aber eine auf die exakte Wissenschaft begründete Prüfung aller Verhältnisse. Jene gehen leider nicht selten mit den Gedanken an den eigenen Vorteil von der Ansicht aus, daß nur die Demut der Massen zum Heil für die Menschheit dienen könne; diese aber erwarten die Hebung der Gesittung und des allgemeinen Menschenwohls von der Weckung aller Verstandeskräfte.

Schon jahrtausendelang geht dieser schroffe Gegensatz durch die Geschichte der Menschheit und hat allerdings zu traurigen Folgen geführt. Die einen haben gehandelt und gelitten für Glaubensphantome, die anderen haben geduldet für die Wahrheit und sind ihretwegen selbst heute noch den Verfolgungen ausgesetzt. Ja, die Verdammungsurteile gegen die Wissenschaft werden wieder mit einer gewissen Kühnheit in die Welt geschleudert, und das berüchtigte Wort eines christianisierten Juden: „Die Wissenschaft muß zurück", trägt seine Unkrautfrüchte über die christliche Welt.

Man mag sich in der Geschichte der Menschheit umsehen, wo man nur immer will, so findet man nirgends, daß die sittliche Weltordnung durch den toten Glauben gefördert worden ist, vielmehr bemerkt man, daß die Menschheit durch ihn immer mehr zerfällt, daß man Haß und Verachtung gegen Andersgläubige schon in die Herzen der unschuldigen Jugend pflanzt und daß, wenn nicht der Fanatismus der Massen, so doch deren Stumpfsinn befördert wird, der sie unfähig macht, sich selbst zu erkennen und für sich selbst zu sorgen. Aber nicht die Aufklärung und wahre Bildung sind zu fürchten, sondern die Dummheit der verwilderten Massen, die das Gebot der Vernunft nicht kennen, wie es so viele Erscheinungen der heutigen sozialdemokratischen Bewegung, die ja unter den Augen und dem Einfluß der Orthodoxie herangewachsen und großgezogen worden ist, so klar und unwiderleglich beweisen.

Mit diesen Worten soll aber keineswegs eine feindselige Stellung der Religion, dem Glauben gegenüber angezeigt sein, im Gegenteil haben wir alle Achtung vor den heiligen Begriffen, welche die Religion ihren Gläubigen bietet, nur möchten wir diese Begriffe vom Licht der Wissenschaft beleuchtet sehen. Kein verständiger Mann wird bestreiten, daß das Gefühl dieselbe Berechtigung besitze wie das Denken, und der Instinkt des ersteren leitet uns oft sicherer zu einer Wahrheit, als alle Anstrengung des letzteren; und wenn der Glaube sich schon in den ältesten Zeiten nach oben richtete, um das Wesen und den Urheber aller Dinge zu erfassen, so dürfen wir wohl annehmen, daß sein Weg ein fortgesetztes Wandeln durch den Irrtum gewesen sei. Aber wir wünschen, daß die Errungenschaften, die seine Sehnsucht erfaßte und die er nun mit Treue festzuhalten sucht, auch von der klaren Erkenntnis anerkannt und gutgeheißen sein möchten.

Fragen wir uns, was die Religion eigentlich sei, so lautet die Antwort: „Sie ist das Erfülltsein unseres Geistes mit dem Bewußtsein Gottes", und zwar zunächst selbst ohne Kenntnis der Substanz oder des Wesens Gottes, sondern nur in der Erkenntnis seiner Attribute: Allgegenwart, Allmacht, Allweisheit, Liebe. Er ist der Schöpfer, Erhalter und Regierer der Welt nach ewig gültigen Vernunftgesetzen, die nicht anders als allweise und gerecht sein können; er ist daher ein gerechter Richter und umschlingt nicht nur alle Menschen, sondern die ganze Schöpfung mit Liebe. Doch die Liebe ist er selbst, und aus ihr entwachsen alle jene Attribute, die der Glaube ihm beilegt.

Sobald nun unser Geist mit Gottesbewußtsein erfüllt ist, werden wir selbst in der Lebens- und Geistesgemeinschaft mit Gott nur solche Handlungen vornehmen, die in Übereinstimmung mit den Vernunftgesetzen stehen; der Wille des Menschen soll mit dem Weltwillen, der in der Vernunft seinen Ausgangspunkt hat, zusammenfallen, und wenn dies geschieht, so erfüllt sich jene Verheißung der himmlischen Heerscharen, die in der geweihten Nacht verkündeten: „... und den Menschen ein Wohlgefallen."

Hätten wir den wahren Gott gefunden, also nicht etwa bloß den Gott der Juden, der Mohammedaner, der Katholiken, der Protestanten und aller Religionsbekenntnisse, so würden wir einen Mittelpunkt für die ganze Menschheit entdeckt haben und könnten dann den Grund legen zu einer Universalreligion, die dem Sturm der Meinungen nicht ausgesetzt wäre und keine Veranlassung geben würde, daß sich die verschiedenen Sekten auf eine solche Art verfolgen, wie es jetzt der Fall ist.

Wer also ist Gott? Wer führt das Zepter des unendlichen Weltenalls von Ewigkeit zu Ewigkeit? Wer läßt den Grashalm und die Palmen wachsen? Wer ernährt den Wurm und den Elefanten? Wer hat uns und alle Geschöpfe überhaupt erzeugt? Wer regiert mit unendlicher Kraft und noch strengeren Gesetzen all die großen und kleinen Welten? Wer hat die Liebe in unsere Herzen gepflanzt und die Sehnsucht nach jenen himmlischen Freuden, nach der Ruhe in jener Welt? Wird diese Frage, die tiefste Forscher aller Zeiten so lebhaft und anhaltend beschäftigte, mit einem Schlag zu beantworten sein?

Wohl nicht.

Gott tritt nicht persönlich, tritt nicht sichtbar vor uns hin; die Sagen von dem Erscheinen Gottes unter den Menschenkindern sind verklungen, und die Erkenntnis Gottes ist jetzt nur auf dem Wege möglich, den die Wissenschaft einschlägt, die sich in die Betrachtung der Natur versenkt, um von dem Geschöpf auf den Schöpfer zu schließen. Sie geht nicht sprungweise, vermeidet alle Unklarheiten und Hypothesen und schreitet vielmehr Schritt für Schritt an dem sicheren Ariadnefaden ihrer überwindenden Logik durch das Labyrinth der Ansichten und Meinungen zur Erkenntnis vorwärts und versucht auf diese Weise den Schleier zu lüften, um, zum Entsetzen der Finsterlinge, die Wahrheit in ihrem Strahlenglanz endlich zu erkennen und der Mit- und Nachwelt zum wohlerworbenen und unantastbaren Eigentum zu machen.

Und auf diesem Weg ist eine Sonne, die ihre warmen und belebenden, ihre erleuchtenden Strahlen über alles Große und Kleine wirft, mit ihnen den Weltenraum erhellt und den kleinsten Winkel vom Dunkel befreit — die Liebe. Sie thront droben über rollenden Welten und waltet in den Tiefen, die noch keines Menschen Fuß betrat; sie bewegt die Sphären und regiert das Zucken der Mimose; sie lacht vom heiteren Himmel und umarmt die Erde mit nächtlichem Dunkel; sie leitet den Fuß des Forschers und hält die Hand des Irrenden. Ehe etwas war, war sie; was ist, das ist durch sie geworden; alles Geschehende geschieht durch ihren Willen und nach ihren Gesetzen; wer im Staub nach Atomen sucht, der findet sie, und wer die Unendlichkeit, die Ewigkeit durchforscht nach Gott, der findet sie, denn sie ist — Gott.

Ja, Gott ist die Liebe, und wo Liebe ist, da ist sie nicht eine Eigenschaft Gottes oder irgendeines erschaffenen Wesens, sondern sie ist Gott selbst.

Die Liebe ist das einzig Gewesene vor dem Erschaffenen von Ewigkeit zu Ewigkeit. Aber sie konnte nicht sie selbst bleiben; sie mußte aus sich heraustreten und in Kräften tätig sein, die ursprünglich zu ihrem Wesen gehören und auch nichts anderes sind als Liebe, sich aber in ihrer Wirkung mit Farben bekleiden, die für den Denker nur das Wesen der Liebe illustrieren, während sie für den nicht geistig tätigen Menschen eine von der Liebe mehr oder weniger abweichende Kraft, ja vielleicht gar ihr polares Gegenteil zu sein scheinen.

Auch die Finsternis ist Licht, denn es gibt keine absolute Finsternis, sondern da, wo unser Auge im Dunkel der Nacht oder des abgeschlossenen Raums nichts wahrzunehmen vermag, da sendet die Quelle des Lichtes immer noch die feinsten ihrer Strahlen, und Millionen von mikroskopischen Wesen erquicken sich an ihnen. so auch die Liebe. Sie ist da, selbst wo wir sie nicht suchen und finden, und wenn scheinbar die Zerstörung, die Vernichtung, der Untergang im Weltenraum wüten, so ist es nicht ein göttlicher Zorn oder eine strafende Gerechtigkeit, was die Himmelskörper zerstückelt, sondern die schaffende Liebe, die aus dem Veralteten, nun Zwecklosen, neue, junge, lebensgebärende Welten bereitet.

Heben wir zunächst den Blick empor in das All, um sie zu suchen und in ihrem großen, ewigen und allmächtigen Walten zu erkennen!

GEOGRAPHISCHE PREDIGTEN

(1875/76)

Mays Hauptbeitrag für die von ihm gegründete Zeitschrift „Schacht und Hütte" ist in den Nummern 15—46 der insgesamt 52 Lieferungen abgedruckt, erschien also zwischen Dezember 1875 und Juli 1876. Die besondere Sorgfalt, die der Verfasser auf die Gestaltung des Textes verwandte, läßt allerdings darauf schließen, daß diese Betrachtungen zu einem früheren Zeitpunkt und im Zustand außergewöhnlicher, ungestörter Ruhe geschaffen sein müssen: sehr wahrscheinlich während der bitteren Haftjahre von Mai 1870 bis Mai 1874. Der Plan, diese „Predigten" zu gestalten, dürfte auf den wichtigen Einfluß des Katecheten Kochta zurückgehen, den May in seiner Selbstbiographie so bedeutsam erwähnt.

Die törichte Behauptung, May habe „seine Bücher im Gefängnis geschrieben", wird selbst heute, wo es eine ganze Literatur über sein Leben gibt, noch immer wieder gedankenlos nachgeplappert, obwohl es sich hierbei um nichts als eine üble Nachrede handelt. Daß Karl May überhaupt schon in der Zelle etwas geschrieben hat, läßt sich nur vermuten; und wenn, kann es sich bloß um grundlegende Planungen und kleinere Ausführungen gehandelt haben. Unter den wenigen Arbeiten, deren innere Gestalt eine solche Vermutung nahelegt, steht an erster Stelle die Beschäftigung mit den „Geographischen Predigten".

Der vorliegende Textabdruck hält sich genau an den Wortlaut der Erstveröffentlichung; weder die stilistische noch die geistige Substanz des Werkes wurden angetastet, lediglich Rechtschreibung und Zeichensetzung den heute gültigen Regeln angeglichen und einige Daten nach dem neuesten Stand berichtigt. So zeigt sich der volkstümliche Charakter in seiner Ursprünglichkeit. Mehr als das: Sein

Wert als historisches Dokument innerhalb der populärwissenschaftlichen Literatur wird heute ganz besonders deutlich, in einer Zeit, die durch eine so gänzlich andersgeartete Schreibweise gekennzeichnet ist.

Die „Geographischen Predigten" sind die erstaunlich vielseitige Frucht früher Naturbeschäftigung. Wohl brachte der zur Zeit der Niederschrift etwa Dreißigjährige die Bildung eines Seminarlehrers mit, aber ungeachtet dessen verwundert den wissenschaftlich Arbeitenden die Überfülle gegenständlichen Wissens, die Karl May stets parat gehabt haben muß, denn ohne solche Kenntnisfülle lassen sich derartige meditative Betrachtungen ganz gewiß nicht verarbeiten, — dieses Wissen muß so tief und fest und sicher sitzen wie eben bei einem Pädagogen, der gewohnt ist, über solche Dinge zu reden. Schon die überaus klare und einleuchtende Gruppierung in Kontrastpaare verrät den Schulmann, der Mays ganzes Leben lang zugunsten seiner Bücher in ihm steckte.

Natürlich wird niemand Karl Mays „Geographische Predigten" als umfassende Darstellung der Wissenschaft von Natur und Mensch lesen. Ihr Sinn liegt — damals wie heute — nicht darin, nur zu belehren; ihr Zweck ist vielmehr: anzuregen — was aus der ganzen Form und Anlage deutlich wird — und so viele Gedanken wie möglich an die nimmer abreißende Kette der Betrachtungen zu fügen, damit auch der Leser das Seine dazu tut und angeregt wird zu eigenen weiteren Betrachtungen. Darin beruht der Reiz und der Wert dieses Werkes, dieser der Entstehungszeit nach sicherlich ersten größeren Arbeit des Dichters Karl May.

Himmel und Erde

Die Himmel rühmen des Ewigen Ehre,
ihr Schall pflanzt seinen Namen fort.
Ihn rühmt der Erdkreis, ihn preisen die Meere;
vernimm, o Mensch, ihr göttlich Wort!

Gellert

„Wenn die Nacht mit begeisternder Herrlichkeit emporsteigt", ruft einer unserer bedeutendsten Geographen aus, „und sie den Schleier von Sonnenstrahlen hinwegzieht am Firmament; wenn wunderbar aus ewigen Fernen, aus den Tiefen des Weltalls, tausende neue Sonnen, neue Erden schimmern: dann erhebt sich unser entzückter Blick nicht zur stillen Pracht der Gestirne, ohne *Seiner Hoheit*, *Größe* und *Macht* zu gedenken, Seiner, in dessen Licht unermeßliche Welten wie geringe Sonnenstäubchen spielen und dessen Schöpfungen keine Schranken kennen.

Jene Gestirne predigen Seine Majestät herrlicher, als es der Geist eines Sterblichen vermag. Jene Gestirne, die aus dem ewigen All uns anstrahlen, sind heilige Offenbarungen von oben her, sind Propheten der Ewigkeit, die uns anrufen, sind Weissagungen von dem unbekannten Jenseits, das unserer wartet.

Vielleicht haben wir schon, unbewußt, den Blick in das Geheimnis der Ewigkeit geworfen. Vielleicht sehen wir schon Strahlen einer Welt — dereinst unsre Welt — in der verklärt und veredelt die Geister unsrer Geliebten mit überirdischem Entzücken wallen. Sehnen sie sich nach dieser Erde zurück? Vielleicht erkennen sie diese kaum noch als kleinen Punkt unter den Sternen, wissen nicht, daß dieser Punkt einen kurzen Traum lang ihr Wohnort war, — wissen nicht, daß noch auf diesem Punkt ein liebendes Herz wohnt, das sie vergebens ruft!"

Wohl mag die Indolenz ein Lächeln haben für den Glauben, der sich nach oben richtet und seine Hoffnungen von der Erde reißt, um sie „über die Sterne" zu lenken, aber ein ernstes und sinniges Gemüt mag und kann sich den Ahnungen nicht entziehen, die beim Glanz des Firmaments der Seele entsteigen und nach einer Heimat streben, die außerhalb der Grenzen des Zeitlichen und Räumlichen liegt.

Die griechische Götterlehre erzählt uns eine tiefernste Sage: Prometheus stieg hinauf zu dem Sitz der Götter, entwendete ihnen einen Funken des himmlischen Feuers und brachte die belebende und alle Finsternis verscheuchende Flamme den Bewohnern der Erde.

Die Götter bestraften diese verwegene Tat. Angeschmiedet an einen Felsen des Kaukasus, wurde er ein Raub der furchtbarsten Schmerzen, denn ein Adler mußte ihm die beständig nachwachsende Leber immer wieder von neuem aushacken.

Diese Sage birgt einen tiefen Sinn. Es hat zu allen Zeiten solche Prometheusnaturen gegeben, die von einem innern Drang nach Erkenntnis getrieben wurden, die kühne Hand nach dem Licht der Wissenschaft auszustrecken, um die Rätsel des Seins zu beleuchten und zu ergründen. Aber mit jedem Schritt, den sie vorwärts taten, wuchs der Zweifel und der Durst nach neuem und größerem Wissen; von den Finsterlingen mit dem Anathema belegt, sahen sie sich von dem Spötter verlacht, von dem unverständigen Haufen verketzert und mußten in ewiger Kerkerhaft oder gar auf dem Scheiterhaufen ihr Heldentum büßen.

Doch ist der göttliche Funke, einmal in Brand gesteckt, nimmer wieder auszulöschen; mag der Denker unter dem Bannfluch seufzen und zum Märtyrer seiner Überzeugung werden, so ist es doch unmöglich, die Errungenschaften seines Geistes mit dem Interdikt zu belegen und die Idee, die ihn erleuchtete, lebt fort und geht auf andere Geister über, um unter Sturm und Drang immer weiter entwickelt und ausgebildet zu werden. Jetzt sind jene Zeiten vorüber, die Fesseln gefallen und die Scheiterhaufen verkohlt, und unbesorgt dürfen wir uns in die Schöpfungen der Männer versenken, die nach dem Glanz der Wahrheit strebten und Antwort suchten auf die Frage nach Ursprung, Wesen und Zusammenhang des Bestehenden.

Diese Frage, obwohl zunächst an irdische Verhältnisse gerichtet, hebt unfehlbar doch zuletzt den Blick empor zum Himmel und lenkt das forschende Auge auf die hellen Punkte, von denen jeder eine Welt bedeutet. Im Glanz der Sterne nur entfaltet die Wunderblume der Erkenntnis ihre Blüten, und mit Recht mahnt der Dichter die nach Licht und Klarheit Strebenden:

„Schwingt euch hinauf zu jenen Fernen,
zum großen Weltenozean,
lest in den Sonnen, in den Sternen:
sie zeigen euch des Ewgen Bahn!"

Müssen wir den Mann bewundern, dessen scharfe Beobachtung hinunterdringt in die Tiefen der Erde, um den Schleier zu lüften, der über die Geheimnisse der Unterwelt gezogen ist, so erscheint uns erstaunlicher noch die Sicherheit, mit der die Berechnung des Himmelskundigen die Millionen rollender Welten erfaßt, jede Minute ihres Laufes zählt und das Dasein von Körpern beweist, die erst die Nachwelt mit dem Rohr erreicht. Der Glanz der Sterne legt seine Strahlenaureole um das Haupt des Forschers; ein magisches Schimmern hängt sich um sein Tun, und wie sein Himmel hoch ist über der Erde, so blickt auch zu ihm selbst der Laie nach oben.

Mögen andre stolz sich Herren der Erde nennen, ihm ist sie zu eng und klein, das All will er durchdringen und beherrschen, erobert eine Welt nach der andern und — bringt sie der Menschheit zum Geschenk. Die Sphären, die durch die Räume sausen, müssen ihm Rede stehen, von ihm ihr Bild sich rauben lassen und ihren Wandel seinem Auge enthüllen. Was der stärksten körperlichen Kraft unmöglich ist, er vollbringt es, und in ihm zeigt die Macht des Geistes sich in ihrem höchsten irdischen Glanz.

Darum ist es kein Wunder, daß man seit grauer Zeit bis zum Ausgang des Mittelalters den Astronomen die Kunst beimaß, aus der Stellung und dem Lauf der Gestirne die Zukunft zu ergründen. Es liegt ein geheimnisvoller und unwiderstehlicher Reiz in der geistigen Erforschung dessen, was der Betrachtung durch das leibliche Auge sich entzieht, und so kam es, daß die Brillanten des Himmels mit ihrem magischen und zauberhaft flimmernden Licht die Aufmerksamkeit schon der ältesten Völker auf sich zogen.

Die Bewegungen der Sonne und des Mondes mußten dem Menschen am ersten auffallen, und das Resultat seiner Beobachtung war die Einteilung der Zeit in Jahre, Monate und Tage. Da der Stand seiner Kenntnisse nicht hoch war und ihm auch die notwendigen Instrumente noch fehlten, war seine Anschauung vom Weltenbau irrig und konnte erst später mit der Erstarkung der Wissenschaft und der Erfindung und Vervollkommnung der astronomischen Hilfsmittel nach und nach berichtigt werden. Dennoch aber hatte man, besonders in Asien, schon in der ältesten Sagenzeit Kenntnisse von genauen Messungen und Berechnungen, die unsere Bewunderung erregen.

Die astronomischen Nachrichten der Inder reichen bis 3102, der Chinesen bis 2449, der Chaldäer und Babylonier bis 2167 Jahre vor Christi Geburt zurück, und die Ägypter hatten schon 1600 vor Christus richtige Beobachtungen von Finsternissen. Die großartigsten Erfolge freilich hat erst die neuere Zeit aufzuweisen, der es gelang, die Wissenschaft von den Beimischungen des Aberglaubens zu befreien und das wahrheitstreue und überwältigende Bild zu entwerfen, das die Gegenwart von dem unendlichen Dom des Himmels besitzt. Es ist ja das

Gesetz aller irdischen Entwicklung, daß der Weg zur Wahrheit durch den Irrtum geht und nur aus der Finsternis zum Licht führt.

Die alte Tradition, die den winzigen Erdball zum Hauptbeziehungspunkt alles Erschaffenen machte, so daß Josua rufen durfte: „Sonne, stehe stille zu Gibeon und Mond im Tale Ajalon!" hat der Überzeugung weichen müssen, daß der „Staubgeborne" nicht das Recht habe, sich die höchste Daseinsform zu nennen und daß die Erde nichts anderes für ihn sei als nur eine der Stufen, auf denen er zur Vollkommenheit emporschreitet. Diese Überzeugung demütigt die Vermessenheit, die sich dünkt, Gott gleich zu sein, und ermuntert den Menschen, zu trachten nach dem „das droben ist", nach dem „Reiche Gottes", das weder Konfession noch Dogma, sondern nur das eine, große, allmächtige Gesetz der Liebe kennt, das alles erfüllt und alles bewegt, „soweit der Himmel reicht".

Jeder leuchtende Punkt am Firmament ist eine Provinz dieses unendlichen Reiches, vielleicht von lebenden Wesen bevölkert, die das gleiche Recht besitzen, wie wir, Kinder *eines* Vaters zu sein, und nichts anderes will Christus, der viel Verkannte und Mißverstandene sagen, wenn er spricht: „In meines Vaters Hause sind viele Wohnungen!"

Die Wohnung des Menschengeschlechtes, Erde genannt, die sich mit einer Geschwindigkeit von 1687,5 km in der Stunde um sich selbst bewegt, mit einer Eile von 105 000 km (im Mittel) in der Stunde um die Sonne kreist und mit dieser in noch größerer Schnelligkeit um weitere Zentralsonnen wirbelt, ist eine an den beiden Polen abgeplattete Kugel von 12 755 km Durchmesser, 40 000 km Umfang, 510 Millionen qkm Oberfläche und wiegt ungefähr 6 Quadrillionen kg, eine Größe, für die man in gewöhnlichen Verhältnissen keinen Maßstab hat.

Um diese Erde, deren Oberfläche zu zwei Dritteln aus

Wasser und einem Drittel aus festem Land besteht, läuft der Mond mit einer Geschwindigkeit von 3375 km in der Stunde. Er ist im Mittel 385 000 km von ihr entfernt, hat einen Durchmesser von 3480 km, einen Flächeninhalt von ungefähr 39 Millionen qkm und einen Rauminhalt, nach dem 49 Mondkugeln erst eine Erdkugel bilden würden.

Mit der Erde, die im Mittel 149,5 Millionen km von der Sonne entfernt ist, drehen sich die Planeten um diese, deren größter, der Jupiter, einen Durchmesser von 142 000 km und einen Flächeninhalt von 61 Milliarden 200 Millionen qkm hat. Von ihnen steht der Merkur der Sonne mit einer Entfernung von 58 Millionen km am nächsten und der Neptun mit einer Entfernung von 4 Milliarden 498 Millionen km am entferntesten[1].

Die Sonne selbst hat einen Durchmesser von 1 394 000 km und eine Oberfläche von 6 079 000 000 000 qkm. Sie wiegt ungefähr 329 000 mal so viel wie unsere Erde und ist 700 mal größer als alle Planeten und Monde zusammengenommen. Sie dreht sich mit einer Geschwindigkeit von 7140 km in der Stunde in 25 Tagen und 10 Stunden einmal um sich selbst und bildet nicht, wie man irrigerweise angenommen hat, einen Feuerball, sondern ist eine mit einer leuchtenden Hülle umgebene dunkle Kugel[2].

Die Kometen oder Schweifsterne, deren man wohl an 700 kennt und über 5000 vermutet, schwingen sich vielleicht unabhängig von unserer Sonne in ungeheuren parabolischen Bahnen um andere Sonnen, durchfliegen mehrere Weltenfamilien und kehren erst nach Jahrhunderten oder Jahrtausenden in die alten Himmelsgegenden zurück.

Es gibt keine Weltenkörper, die so wenig Wirkung auszuüben vermögen wie eben diese Kometen, und doch ha-

[1] Nach neuerer Forschung (1930) Pluto mit 6 Milliarden 687 Millionen km.
[2] Das war die damalige Ansicht.

ben sie die frühere, ja zum Teil noch die gegenwärtige Menschheit in Angst und Schrecken versetzt. Trotz ihrer völligen Unschädlichkeit selbst für den Fall einer wirklichen Berührung mit unserer Erde hat man sie für Boten des göttlichen Zornes angesehen und Pestilenz, Krieg, Teuerung und alles mögliche Unglück, ja sogar den Untergang der Welt mit ihrem Erscheinen in Verbindung gebracht.

Die Astronomen haben bewiesen, daß die Erde schon mehrere Male — das letzte Mal am 24. Juni 1819 — durch einen Kometen hindurchgegangen ist und ebenso, daß solche Sterne in der nächsten Nähe an uns vorübergegangen sind und in Zukunft wieder vorübergehen werden, ohne daß davon die geringste Wirkung zu verspüren war und sein wird. Der Grund zu dieser vollständigen Unschädlichkeit liegt in der außerordentlichen Dünnheit des Stoffes, aus dem sie bestehen und die so bedeutend ist, daß unsere atmosphärische Luft mehrere hundertmal dichter noch ist als der Donatische Komet, der 1858 erschien.

Die Bahnen dieser Himmelskörper sind so lang gedehnt, daß der Komet von 1680 der Sonne sich bis auf bloß 900 000 km näherte und sich dann wieder 130 Milliarden km von ihr entfernte. Dieser Abstand äußerte auch eine auffällige Wirkung auf die Schnelligkeit seines Laufes, die in der Sonnennähe 550 km, in der Sonnenferne aber nur 64 m in der Sekunde betrug. Der Komet von 1858 braucht 1950, der von 1811 2840 Jahre, ja es gibt einen, der sogar 102 500 Jahre braucht, um seine Bahn nur ein einziges Mal zu vollenden.

Bis auf Tycho de Brahe galten sie gar nicht für Weltkörper, sondern nur für Lufterscheinungen (Meteore) und hatten also dasselbe Schicksal wie die Sternschnuppen, die für atmosphärische Gebilde gehalten wurden, bis Chladni in Berlin im Jahre 1804 die später auch bewiesene Meinung aussprach, daß sie kosmischen Ursprung haben, Trümmer von Weltkörpern seien und als Meteorsteine unsre Erde zuweilen besuchen, weil diese ihre Bahn durchkreuzt.

So ungeheuer der Raum ist, den die Sonne mit den sie umschwimmenden Welten einnimmt, er ist doch verschwindend klein im großen, unausdenkbaren Weltgebäude. Schon mit bloßem Auge vermag man bei heiterem Nachthimmel 5000 Sterne zu zählen[1], während das bewaffnete Auge davon über 145 000 erkennt und man vermutet, daß der ganze Himmel über 2 Milliarden Sterne trägt.

Diese Sterne, wegen der scheinbaren Unveränderlichkeit ihres Standortes „Fixsterne“ genannt, sind so weit von unsrer Erde entfernt, daß der Lichtstrahl, der doch in jeder Sekunde 300 000 km zurücklegt, vom Monde 1½ Sekunden, von der Sonne 8 Minuten 18 Sekunden, von No. 61 des Schwans 9 Jahre, vom Polarstern 40 Jahre und von den Plejaden 700 Jahre braucht, um zu uns zu gelangen.

Bei dieser ungeheuren Entfernung ist es sehr wahrscheinlich, daß wir heute das Licht von Sternen sehen, die längst schon in Trümmer gegangen sind und dagegen Welten noch nicht erblicken, die schon Jahrhunderte lang auf Bahnen wandeln, die unser Rohr zu erreichen vermag. Und trotzdem richtet der Mensch seinen Blick nach oben, läßt sich von keinem Hindernis schrecken und besiegt, je weiter er im Wissen vorschreitet, desto größere Schwierigkeiten, denen die Vorwelt vollständig machtlos gegenüberstand.

Ist der Geist des Menschen wirklich ein Odem Gottes, so muß ihm auch die göttliche Allmacht innewohnen, die sich immer mehr von den Fesseln des Endlichen befreit und emporstrebt zum Schauen und Erkennen. Was der Vergangenheit ein Wunder war, das ist der Gegenwart eine Leichtigkeit, etwas Alltägliches und Gewöhnliches,

1 An beiden Hemisphären zusammen.

und wie der vom Drang der Wissenschaft beseelte Wanderer in die Wüsten der entlegensten Kontinente dringt und mit Todesgefahr und tausend Fährlichkeiten die Kämme der höchsten Gebirge übersteigt, so erfaßt das bewaffnete Auge einen Stern nach dem andern und bestimmt mit Hilfe der Spektralanalyse die Stoffe, aus denen Himmelskörper bestehen, die selbst der Blitz erst nach Jahrhunderten erreichen könnte.

„Wo warst du, da ich die Erde gründete? Sage mir es, bist du so klug? Worauf stehen ihre Füße versenkt und wer hat ihr einen Eckstein gelegt, da mich die Morgensterne lobten und jauchzten alle Kinder Gottes?" fragt Hiob, und seine Zeit mußte zu diesen Fragen schweigen, während wir vor ihnen nicht mehr zu erschrecken brauchen.

Diese „Kinder Gottes", diese „Cherubim und Seraphim", wie unsre Bibel die Sterne nennt, jauchzen dem Herrn Sabaoth ihr Hallelujah von Ewigkeit zu Ewigkeit; wir vernehmen ihre Stimme und — sprechen nicht bloß von der Musik der Sphären, sondern berechnen mit genauen Zahlen die Intervalle der großen Weltenharmonie.

Die Alten erklärten sich die Entstehung der Milchstraße durch die Sage von der Ziege Amalthea, die am Himmel weidete und ihn mit ihrer Milch betröpfelte. Welcher Unterschied zwischen dieser kindlich naiven Anschauung und den Aufklärungen, die uns die jetzige Astronomie erteilt! Ist es uns auch nicht möglich, jene „Zervan akerene" (anfanglose Zeit), von der die persischen Religionsbücher berichten, zu begreifen, so dürfen wir doch mit Stolz auf die Errungenschaften der heutigen Wissenschaft blicken, und wenn wir auch nicht vermessen genug sein können, den Himmel *stürmen* zu wollen, so wissen wir doch, daß uns die Entwicklung mit wenn auch langsamen, aber doch sicheren und unaufhaltsamen Schritten zu ihm emporführen wird. Und das ist die Seligkeit, die unsrer wartet; das ist das Reich Gottes, in dem das kleine Senfkorn des menschlichen Wissens zu einem Baum heranwachsen wird, der ewige und unvergängliche Früchte trägt.

Die Heimat, die da droben unsrer wartet, zieht unser bestes und schärfstes Denken himmelwärts und nimmt unser Fühlen und Wollen gefangen in einer Sehnsucht, die den meisten unbewußt, sich wie ein Faden durch unser ganzes Leben zieht.

In den unergründlichen Tiefen des blauen Äthers liegt unsre Zukunft verborgen; mag der Zweifler spotten, es kommt ihm doch die Stunde, in der ihn eine Ahnung des Zukünftigen, dem er sich nicht entziehen kann, überwältigt, und es ist mitnichten ein Triumph des Menschengeistes, wenn er sich lossagt von dem Vertrauen zum Vater, der sein Kind aus der Finsternis zum Licht, aus dem Dunkel zur Klarheit emporziehen will an seine Rechte.

Wenn in stiller Abendstunde der ernste Blick sich zu dem funkelnden Diadem des Himmels erhebt und, wie magnetisch festgehalten, bei den Lichtern der Nacht, der „Tausendäugigen", verweilt, so schwellt sich die Brust unter jenem Gefühl, für das die Sprache noch nicht das rechte Wort erfand, weil sie den Ort nicht kennt, nach dem die Sehnsucht des einsamen Menschenherzens gerichtet ist.

Wie das entzückte Auge der Braut immer wieder zurückkehrt zu den strahlenden Steinen, mit denen sie der glückliche Bräutigam zu schmücken strebte, so kann das sinnige Gemüt nicht lassen von den funkelnden „Runen" des Himmels, die in unvergänglicher Sprache die Liebe „Alfadurs" predigen und ihr mildes, tröstendes und beruhigendes Licht herniedersenden in das Bangen und Verlangen des Erdenlebens.

Mag die Wolke zeitweilig sie verhüllen, sie erscheinen doch immer von neuem, jene „Coyllur cunna", die himmlischen Heere, wie das untergegangene Volk der Inka die

Sterne nannte; ihr Schimmer kann nicht lassen von der kleinen Erde und nimmt Abschied von dem einen Volke nur, um dem andern aufzugehen und im Verschwinden das Nahen des jungen Morgens, des hellen Tages zu verkünden. Und treu wie sie, ist ihnen auch der Mensch.

Klopft sein Puls schneller unter dem belebenden Drang der Freude oder befeuchtet die Wimper sich mit den Perlen des Leides, legt der Kummer sich wie ein Berg auf die ermüdende Seele oder verdoppelt begeisternde Hoffnung die Kraft des denkenden Geistes, des schaffenden Armes, jede Regung seines Innern richtet die Sterne seines Auges empor zu ihren himmlischen Brüdern und macht sie zu Vertrauten seines Schmerzes, seines Glücks.

Und was Tausende unbewußt tun und unbeachtet empfinden, dem gibt der Dichter deutlichen Ausdruck in den Klängen, die seiner Leier entströmen, um hinauf zu tönen „über die Wolken".

Der Seher des Alten Testaments sieht mit prophetischem Blick die Hoffnung seines Volkes sich erfüllen durch das Aufgehen des „Sternes Davids", und die Geburt des gottähnlichsten der Menschen ward verkündet durch den Lobgesang der „himmlischen Heerscharen" und das Erscheinen jenes Herolds, von welchem die drei Könige sagten: „Wir haben seinen Stern gesehen im Morgenlande".

Die packende Macht der biblischen Poesie knüpft die höchste Seligkeit an das Wort „Himmelreich" und verdeutlicht das größte Entsetzen durch das Bild der fallenden Sterne. Mit überwältigenden Worten schildert der „Gottessohn" den Hereinbruch des göttlichen Strafgerichts: „Es werden Sonne und Mond den Schein verlieren; die Sterne werden herniederfallen, und die Kräfte der Himmel werden sich bewegen. Alsdann werden heulen alle Geschlechter auf Erden." Wie er, so tat schon Moses, der große Führer und Gesetzgeber des Volkes Israel, der den Fluch der Sünde nicht drohender verkündigen konnte, als in den Worten: „Der Himmel über deinem Haupt wird sein wie Erz, die Erde unter deinen Füßen wie Eisen, und Staub und Asche wird es regnen!" Lieblich und verheißungsvoll dagegen klingt sein Segen über Asser, dem Sohne Jakobs: „Der im Himmel sitzt und des Herrlichkeit in den Wolken ist, der sei deine Hilfe!"

Und wie die Bibel, — Sung Tscheet, das „himmlische Buch", wird sie von den Chinesen genannt — so weist auch das fromme Kirchenlied die Sehnsucht nach Gottes Liebe und Segen immer nach oben.

„Befiehl du deine Wege
und was dein Herze kränkt,
der allertreusten Pflege
des, der den Himmel lenkt.
Der Wolken, Luft und Winden
gibt Wege, Lauf und Bahn,
der wird auch Wege finden,
da dein Fuß gehen kann!"

singt Paul Gerhardt, und nie ist wohl das Gottvertrauen besser ausgesprochen und begründet worden, als in dem einfach-schönen Kinderlied:

„Weißt du, wieviel Sternlein stehen
an dem blauen Himmelszelt,
weißt du, wieviel Wolken gehen
weithin über alle Welt."

Wenn der Dichter der Urania[1] singt:

„Nächtlich einsam wandl' ich durch die Heide,
wo mein Geist den weiten Raum durchschifft.
Wer enthüllt mir diese Sternenschrift
an dem feierlichen Prachtgebäude?"

so antwortet ihm der Sänger des Vaterunsers:

„Du hast die Säulen dir aufgebaut
und deine Tempel gegründet.

1 Christoph August Tiedge 1752—1841

Wohin mein gläubig Auge nur schaut,
dich Herr und Vater es findet!"

Und wie die Pflanze nicht am Tage wächst, sondern dann, wenn die Sonne hinter dem Horizont verschwunden ist, so ist es auch „Dunkelglanzmähne", wie die nordische Mythologie die Nacht nennt, die vorzugsweise das Gemüt zu jenem ernsten Sinnen stimmt, aus dem der Glaube sein Wachstum zieht. Der Tag schlingt um den Menschen die Fesseln der Arbeit und der Sorge; die Nacht befreit ihn aus diesen Banden, gewährt ihm Ruhe und spricht zu ihm von der Aufgabe, die höher ist als alle seine irdischen Verpflichtungen.

Das Herz mit seinen unergründlichen Tiefen und unerforschten Rätseln ist dem Firmament verwandt. Wie die Höhen des Himmels hat es seine Sterne, seine Meteore, seine Wolken, und darum macht es seine schönsten Rechte am liebsten dann geltend, wenn die Abenddämmerung ihren duftigen Schleier über die Erde gewoben und der letzte Strahl des sinkenden Tags die erglühenden Spitzen der Berge zum Abschied geküßt hat.

Dann lächeln die Sterne so „freudvoll und leidvoll" von oben herab, und so „leidvoll und freudvoll" hebt sich die Brust unter den Regungen des kleinen und doch so großen Menschenherzens.

Und wie der glanzumflossene Bogen des Himmels sich so gern mit der kristallenen Flut vermählt und sein Bild in sie herniederlegt, so schickt der Himmel, der im Allerheiligsten der menschlichen Brust ruht, sein Bild empor in das Kristall des Auges und breitet seine verklärenden oder verdüsternden Farben selbst über die Züge des Angesichts.

Wer in das reine Auge eines Kindes, in das verzeihende Auge einer Mutter gesehen oder dem vertrauensvollen, hingebenden Blick der Geliebten begegnete, der hat die Seligkeit gefühlt, die dieser Himmel zu spenden vermag.

Möge jeder sein Herz bewahren in treuer Sorge; denn auch er trägt einen Himmel in sich, auf dessen Sternenstrahl die Seinen ein heilig Anrecht haben! —

Land und Wasser

Er hat um das Wasser ein Ziel gesetzt,
bis das Licht samt der Finsternis vergeht.
Hiob

Jede Bewegung verursacht ein Geräusch, einen Ton, dessen Höhe und Tiefe von der Geschwindigkeit der Bewegung und von der Beschaffenheit und Größe des sich bewegenden Körpers abhängig ist. Die Bewegung der Himmelskörper muß also auch von Tönen begleitet sein, eine Annahme, auf die sich die Vermutung gründet, daß da droben im unendlichen Äther ein ununterbrochenes und gewaltiges Singen und Klingen stattfinde, das man die „Musik der Sphären" genannt hat.

Es scheint, daß bei dieser Vermutung sehr viel Phantasie aufgewandt worden ist; denn bei der außerordentlichen Dünnheit des Äthers fehlt es im Himmelsraum wahrscheinlich an jedem Mittel, einen Schall fortzupflanzen und also wahrnehmbar zu machen. Das schwache menschliche Ohr wäre unmöglich imstande, jene Klänge auch nur für eine Minute auszuhalten, und der erste Schritt in die Unendlichkeit würde unfehlbar vom augenblicklichen Tod begleitet sein.

Aber gäbe es eine Möglichkeit, sich hinaufzuschwingen zwischen die Bahnen der Sterne und dort einen festen Punkt zu gewinnen, um die Millionen von Welten an sich vorübersausen zu lassen, so würde auch ohne jene tötenden Klänge der Eindruck gar nicht mit der menschlichen Sprache zu bezeichnen sein. Die fast gedankenschnelle Bewegung der uns in allen Richtungen umblitzenden Sphären wäre mit dem Auge gar nicht zu fassen. Eine

Sonne, die jetzt als ein kleiner, kaum wahrnehmbarer Punkt am fernen Horizont erschiene, würde im nächsten Augenblick als ein unendlicher, blendender und alles versengender Feuerball von kaum meßbarer Größe an uns vorüberzucken und fast in demselben Moment als stecknadelkopfgroßes Johanniswürmchen am entgegengesetzten Ende des Gesichtskreises wieder verschwinden. Und in diesem nie ruhenden, ewig wogenden Meer glanzumflossener Himmelskörper wäre unsere von unzähligen Millionen Wesen bevölkerte Erde einer der kleinsten, der verschwindendsten Tropfen, obgleich auch sie einen überwältigenden Anblick böte, wenn es möglich wäre, z. B. vom Mond aus uns ihr zu nähern und allmählich auf ihre Oberfläche herabzusteigen.

Stellen wir uns im Geist auf die Spitze eines der Ringgebirge des Mondes, der der Erde immer nur einunddieselbe Seite zukehrt, so würde uns der von uns bewohnte Planet als eine helle Scheibe von ungefähr 2° scheinbarem Durchmesser erscheinen, auf deren Oberfläche, ebenso wie wir es von der Erde aus auf der Mondscheibe bemerken, lichtere und dunklere Stellen wahrnehmbar wären. — Und könnten wir unseren Standort verlassen, um uns der Erde zu nähern, so würde ihre Größe zunehmen, je weiter wir an sie herankämen.

Die dunkleren Stellen würden das Meer bezeichnen, dessen Wasser die darauffallenden Sonnenstrahlen weniger kräftig reflektiert, als es vom Festland geschieht, dessen Gebirge wieder heller erschienen, als die Täler.

Erst nur mit dem Rohr, bald aber auch mit dem bloßen Auge würden wir einen Schleier bemerken, der teils in festen, kompakten und kumulierenden Massen, teils auch zerrissen und in federigen oder langgestrichenen Zügen unserm Blick von Zeit zu Zeit und von Ort zu Ort die Erde verhüllt und seinen Schatten auf sie wirft. — Es sind die Wolken.

Bald auch würden wir bemerken, daß uns ein unsichtbarer Stoff umgibt, dessen Dichte und Widerstandskraft zunimmt, je weiter wir uns der Erde nähern. Wir würden seine Bewegungen fühlen und den Einfluß, den er auf unsere Konstitution äußert, immer deutlicher empfinden. — Es ist die atmosphärische Luft, welche die Erde als flüssiges Meer umflutet, dessen Tiefe man nach verschiedenen Gesichtspunkten bestimmen kann.

Zu atmen vermag der Mensch nur bis zu einer Entfernung von acht km von der Erdoberfläche. Lambert schätzte die Tiefe des Luftozeans auf 30 km, Birt auf 49, Halley auf 71 und Kepler auf 75 km. G. Schmidt stellte die wirkliche Höhe der Lufthülle dar, wo ihre sie emportreibende Fliehkraft und die sie herabziehende Gravitation der Erde im Gleichgewicht stehen, auf 209,5 km, während Laplace, einer der größten Naturkundigen, die Grenze der Höhe, bis zu der die Lufthülle der Erde noch angehören kann, da bestimmt, wo die nach obenhin zunehmende Zentrifugalkraft mit der Schwere ins Gleichgewicht kommt und diesen Punkt, über den hinaus jedes Luftteilchen von der Erde fortgeschleudert würde, auf 42 615 km berechnet.

Die atmosphärische Luft besteht außer einer Wenigkeit an Kohlensäure aus 77 Gewichtsteilen oder 79 Raumteilen Stickstoffgas und 23 Gewichtsteilen oder 21 Raumteilen Sauerstoffgas; die große Menge, die ein Mensch an Sauerstoff verbraucht, ist aber so gering gegen den Sauerstoffgehalt des Luftozeans, daß die ganze jetzt lebende Menschheit zehn Millionen Jahre atmen könnte, ehe sie ihn verbraucht hätte.

1000 ccm Luft wiegen ungefähr 1,25 g, und auf jeden Quadratzentimeter der tiefsten Stellen der Erdoberfläche drückt die ganze Masse der daraufruhenden Luftsäule mit einem Gewicht von 1,033 kg. Ein erwachsener Mensch, dessen Körper etwa 16 500 qcm Oberfläche bietet, trägt also, ohne es zu merken, einen Luftdruck von 17 000 kg.

Das Weltmeer, das sich unserm Blick als ein riesiges, blitzendes und schillerndes Ungeheuer darstellt, dessen unzählige Arme wie die Fänge eines monströsen Polypen das Festland umfassen, trennt es in zwei große gewaltige Kontinente und eine unzählige Menge kleinerer Landesteile, die, da sie ganz von Wasser umgeben sind, Inseln oder Eilande genannt werden. Streng genommen sind auch die beiden riesigen Landblöcke aus kosmischer Sicht Inseln, da auch sie ringsum von den Fluten des Wassers umspült werden.

Dem Flächenraum nach verhalten sich die Erdteile wie folgt zueinander:

Asien	44 Mill. km²
Amerika	42 Mill. km²
Afrika	30 Mill. km²
Europa	10 Mill. km²
Australien	9 Mill. km²
Land am Südpol	14 Mill. km²
	149 Mill. km²

Asien partizipiert also mit 29,5, Amerika mit 28,2, Afrika mit 20,1, Europa mit 6,7, Australien mit 6 und das Land des Südpols mit 9,4 v. H. an der Masse des festen Landes.

Von der Oberfläche des Wassers kommen auf die einzelnen Meere:

Pazifischer Ozean	179,5 Mill. km²
Atlantischer Ozean	106,2 Mill. km²
Indischer Ozean	75 Mill. km²
	360,7 Mill. km²

Die Stellen, an denen Festland und Wasser zusammenstoßen, also die Küsten, sind in ihrer Ausdehnung und Beschaffenheit von ungemeinem Einfluß auf die Entwicklung der Länder und deren Bevölkerung. Je größer die

Ausdehnung der Küste ist und je weniger Gefahr sie der Schiffahrt entgegenstellt, desto günstigere Erfolge bietet sie den wirtschaftlichen Bestrebungen. Außer Australien, dessen Küstenlänge wegen der großen Anzahl von Inseln schwer zu bestimmen ist, besitzen an Ausdehnung der Küste

Afrika	26 505 km
Europa	32 379 km
Asien	57 981 km
Amerika	63 252 km

eine Zusammenstellung, die sehr zugunsten des letztgenannten Landes ausfällt.

Wollte man fragen, wieviel Wasser die ganze Erde besitzt, so würde es unmöglich sein, eine Antwort darauf zu geben. Der Inhalt der Meere, Seen, Ströme, Flüsse und Bäche läßt sich nicht genau bestimmen, ebensowenig der der Wolken. Jeder Körper, und sei er noch so fest, noch so dicht, hat flüssige Bestandteile an sich, und die Unmöglichkeit einer solchen Beantwortung leuchtet am meisten ein bei der Betrachtung, daß das feuchte Element sich in stetem, nie rastendem Umlauf befindet.

Das reine oder destillierte Wasser besteht ungefähr aus zwei Volumen Wasserstoffgas und einem Volumen Sauerstoffgas und ist fast nur auf künstlichem Wege herzustellen, da selbst das ihm ähnlichste Regenwasser selten vollständig rein die Erde berührt. Das Gewicht des Wassers ist dem der Luft gegenüber so groß, daß eine nur 10 m hohe Wasserüberflutung des Erdballs denselben Druck ausüben würde, wie die ganze ungleich höhere Atmosphäre. Daher kommt es, daß das Wasser in einer Pumpe nur 10 m hoch steigt und nur bei tieferstehender Klappe durch mechanische Kraft höhergetrieben werden kann.

Am meisten mit fremdartigen Bestandteilen gemischt ist natürlich das Seewasser, das beispielsweise im nördlichen atlantischen Ozean unter 1000 g 35 g Salzgehalt hat. Diese setzen sich aus folgenden Verbindungen zusammen:

31,0 g	Chlorverbindungen			(88,6%)
	davon	27,2 g	Chlornatrium	
		3,8 g	Chlormagnesium	
3,8 g	Schwefelsaure Salze			(10,8%)
	davon	1,6 g	Bittersalz	
		1,3 g	Gips	
		0,9 g	Kaliumsulfat	
0,2 g	Kohlensäuresalze, Brom di.			(0,6%)
35,0 g				100%

Diese Salzung des unermeßlichen Weltmeeres ist auch eines jener großen Naturgeheimnisse, deren Ergründung dem Menschen die schwierigsten Hindernisse in den Weg legt. Überlassen wir die Aufklärung der Zukunft und begnügen wir uns mit der dankbaren Anerkennung der göttlichen Weisheit, die durch die Vermischung des Festen mit dem Flüssigen eine dem Leben der Erde so segensreiche Anordnung traf.

Was die Tiefe des Meeres betrifft, so ist sie nicht gleichmäßig, und wir verdanken ihre Kenntnis erst der neueren Zeit. Zwischen den Karolinen und den Philippinen, nordöstlich von Mindanao, ist bis jetzt die größte Tiefe gemessen; sie beträgt 9800 m[1]. Auch die Ränder des Atlantischen Ozeans weisen bedeutende Tiefen auf, und zwar über 6000 m. Nimmt man die Spitzen der höchsten Gebirge mit rund 8800 m an, so ergibt sich eine Erhebung der Erdrinde bis zu 18 600 m, und mit Erstaunen muß man an die Gewalten denken, die solche Massen festen Gesteins bis über die Wolken emportrugen.

Während diese Gewalten, dem Feuer des Erdinnern entströmend und den daselbst eingeschlossenen Gasen an-

1 Seither wurden noch weit größere Meerestiefen gemessen: Die größte bisher bekannt gewordene Tiefe (im Marianengraben) beträgt mehr als 11 000 Meter.

gehörig, die riesigsten Gebirgsstöcke emporzutürmen imstande waren, äußerte das Wasser einen wenn auch langsamen, aber doch nicht weniger umgestaltenden Einfluß auf die Beschaffenheit der Erdoberfläche. Der Tropfen, der aus der Wolke fiel, um das Meer zu suchen und auf dem Sonnenstrahl wieder emporzusteigen, wirkt ohne Unterlaß auflösend, fortführend und neugestaltend und bildet den Schlüssel, dem sich die Fruchtbarkeit der Erde öffnet, um Leben und Bewegung selbst aus dem toten Stein springen zu lassen.

Die alte Anschauung von der Vierzahl der Elemente, Feuer, Wasser, Luft und Erde, ist nicht so absurd und lächerlich, wie es dem und jenem zuweilen erscheinen mag. Wenn diese vier Dinge auch nicht die Grundbestandteile der Naturkörper bilden, so liegen in ihnen doch die Grundbedingungen alles irdischen Lebens, und wenn die Erde den Schauplatz zu diesem Leben bietet, so ist es das Wasser, das der Luft und dem Licht den Zugang ermöglicht und ihre Wirkungen vorbereitet.

Und dies Leben, es blüht und glüht nicht bloß auf der Erde, sondern es legt seine unzähligen Gestaltungen ebensowohl in den winzigsten Tropfen wie in die ewig sich neugebärenden Fluten des unermeßlichen Ozeans. Ja, gerade im Wasser begegnet das Auge des Kundigen einer größeren, reicheren und fast überwältigenden Menge von Lebensformen, als draußen im freien Licht der Sonne.

Fragen wir nicht, wie beide, Land und Wasser, sich in einer Schöpfungsperiode bildeten, die um viele Jahrtausende hinter der Gegenwart liegt. Sie sind da und tragen das Ihrige zu den Bestandteilen des Körpers bei, der uns allen irdischen Wesen gegeben ist. Bewundern wir vielmehr die Allmacht Gottes, die aus einer Handvoll Staub und einer kleinen Menge Wasser Körper formte, deren Darstellung selbst Kunst und Wissenschaft ewige Unmöglichkeit bleiben wird und die zur Wohnung von Geistern dienen, deren Ursprung und Zukunft als unerforschte Rätsel in der Hand des himmlischen Vaters liegen. Die alten Bewohner Mesopotamiens erzählten sich eine Geschichte von Oannes, dem großen Lehrer, der aus den Fluten des Wassers stieg, um die Menschen zu unterrichten in allem, was ihnen zu wissen nötig war. Diese Sage sollte den Einfluß bezeichnen, den das flüssige Element auf die Entwicklung der Erde und ihrer Bewohner hervorbringt, die durch die friedlichen oder zerstörenden Wirkungen des Wassers freiwillig oder gezwungen zu Betrachtungen und Beobachtungen geführt wurden, deren kluge Befolgung eine immer weitere Bildung nach sich zog.

Wenn der Psalmist die Angst seines Herzens nicht besser und wahrer zu beschreiben vermag, als durch die Worte: „Gott, hilf mir, denn das Wasser gehet mir bis an die Seele!“ so durfte er für eine Qual seines Herzens Trost bei dem Allgütigen suchen und finden; wenn aber die wirklichen Fluten über das Land brausen und dem bedrohten Menschenkind „bis an die Seele gehen“, so führt kein Gebet, sondern die kräftige Anstrengung seines schwimmenden Armes ihn an das rettende Ufer, und die Not und Gefahr wird ihm zur Lehrerin, deren Stimme er niemals wieder vergessen kann.

Wie sehr die tote, starre Erde des belebenden Wassers bedarf, zeigt sich am augenfälligsten da,

„. . . . . . wo sich im Sonnenbrande
die öde Hammada erstreckt
und man im glühend heißen Sande
nicht einen grünen Halm entdeckt“,

wo die zitternden Reflexe des Sonnenlichts sich als Mark und Bein verzehrende Flut über den sterilen Boden lagern und es nur dem künstlich emporgezwungenen Tropfen gelingt, aus dem versengten Lande eine Oase, „das grünende Auge der Wüste“, hervorzuzaubern. Und der Segen des einzelnen Tropfens wächst mit dem hervorsprudelnden Quell, dem schwellenden Bach, dem rauschenden Strom und findet seine größte Bedeutung in den „lebenspendenden Wogen des Meeres."

Darum waren schon in den ältesten Zeiten die Wellen der Schauplatz heiliger Handlungen, ja sogar Gegenstand der Anbetung, darum sprach Christus am Brunnen zu Sichar vom „Wasser des Lebens", und darum knüpfte er an das Wasser sein Sakrament von der Aufnahme in den Bund der christlichen Kirche.

Anfänglich stand der Mensch ratlos vor dem brausenden Schwall der Brandung und schrieb sein „Finisterre" an die vom schäumenden Gischt bedeckten Felsen der Meeresküste. Bald aber trieb ihn die Notwendigkeit oder der Unternehmungsgeist hinaus auf die offene See; die Ungeheuer, mit denen seine ängstliche Phantasie die feuchte Tiefe bevölkert hatte, kleideten sich in freundliche Formen; die Säulen des Herkules, die Scylla und Charybdis verloren ihre Schrecken, und das kühne Auge des Entdeckers erkannte in dem „weltumgürtenden" Ozean einen Sammelplatz unerschöpflichen Reichtums und die Tummelstätte eines alle Länder verbindenden und alle Völker mit sich fortreißenden Verkehrs.

Die Gefahren und Wunder des Ozeans, die den früheren Menschen erschreckten, haben dem männlicher gewordenen Geist gegenüber ihr Fürchterliches verloren und reizen ihn zu jenem fruchtbaren Forschen und Wagen, das trotz allen Märtyrertums für Wissenschaft und Leben gleich große Erfolge in sich birgt. Sein „Sesam, tu dich auf!" schallt gebieterisch über die Schätze bergenden Wasser; seine segelbefiederten Adler schlagen, vom hohen Stapel stürzend, ihre schimmernden Schwingen von Küste zu Küste, von Kontinent zu Kontinent; seine Dampfräder schäumen durch Ebbe und Flut, und seine Maschinen bohren die mächtigen Schrauben durch Strudel und Strömungen; seine Eisenschienen überbrücken die Arme der Meere, seine Tunnel steigen bis unter den Grund der Flüsse und des Ozeans, und sein geflügeltes Wort zuckt mit dem elektrischen Funken hoch in der Luft und tief unten im Grunde der See rund um die wirbelnde Erde. Für ihn „hat das Wasser Balken", denn er ist Herr des Elements geworden, das nur dem sich feindlich zeigt, der sich mutlos und feig vor den Gewalten beugt, die dem Geschlecht der Menschen zu dienen bestimmt sind.

Land und Wasser. Wie verschieden sind beide einander, und doch gibt es Ähnlichkeiten zwischen ihnen. Man stelle sich auf den Stock eines hohen Gebirges und richte das Auge auf die rundum in immer größerer Tiefe und Entfernung sich wellenförmig wölbenden, bald den blitzenden Sonnenstrahl zurückwerfenden, bald in Grün sich kleidenden und in dunstblauer, nebelhafter Ferne sich verlierenden Bergkuppen, und der Eindruck wird der eines Meeres sein, dessen Wogen unter dem Wink eines allmächtigen Willens mitten im Sturm zu Stein erstarrt sind. Und man stelle sich an das Ufer des Ozeans; man sehe, wie seine Fläche sich weit und immer weiter ausbreitet, eine Welle, eine Woge hinter der andern sich emportürmt und die drohenden Wasser aufsteigen wie eine in verschwimmender Höhe bis in die Wolken und den Äther reichende Wand, und der Eindruck wird der einer Gebirgsmasse sein, die in den Gluten des Erdinnern brodelnd und von innen emporgehoben, ihre Häupter und Gipfel in ewiger Bewegung durcheinanderwirft. —

Wenn Lenau sagt:

„Wie mich oft in grünen Hainen
überrascht ein dunkles Weh,
muß ich nun auch plötzlich weinen,
weiß nicht wie, hier auf der See",

so klingt aus seinen Worten die Ähnlichkeit zwischen Land und Wasser in der Wirkung, die der Anblick des Mächtigen, des Erhabenen in der Menschenbrust hervorbringt. Es ist jenes Empfinden der gegenwärtigen Kleinheit und Bedeutungslosigkeit, jenes Ahnen einer besseren und höheren Zukunft, die das Herz beschleicht, den Busen schwellt und das Auge unwillkürlich mit wehmütigen und doch wohltuenden Tränen befeuchtet. Und wer diese Macht des Eindrucks empfunden, der kann und mag nimmer davon lassen. Mag die Armut den Gebirgsbewohner weit hinaus in die Fremde, hinunter in das flache Land treiben, er muß doch zurück und findet Ruhe nur zwischen den aufstrebenden Zacken seiner Berge, und mag der Seemann weit hineinwandern in das grünende und blühende Land und schwelgen in Vogelsang und Blumenduft, es kommt doch die Stunde, in der ihn die Sehnsucht nach dem Meer übermannt und ihn zurückzieht auf die Planken seines Fahrzeugs, wo er dem gewohnten Sog lauschen und dem Sturm kühn die Stirn bieten kann.

Ihm ist das Meer die Geliebte, die mit ihrer Schönheit seine Sinne gefangennimmt, in nie sich erschöpfender, wechselvoller Laune ihn in steter Arbeit und Bewegung erhält und sich bald mit freundlichem Lächeln, bald mit schmollendem Zürnen, bald mit drohender Erregung seinem Willen unterwirft.

Ja, es ist wahr, mag das Festland der Gefahren und Abenteuer noch so viele bieten, so ist doch die See das fruchtbarste Feld zur Bewährung des persönlichen Mutes, der Besonnenheit, der Geistesgegenwart, überhaupt der Überlegenheit des Geistes über die Materie. Denken wir uns einen Sturm, wie ihn der Dichter beschreibt:

„Und siehe, aus der weiten Ferne
zieht doch das Wetter schon heran;
es fliehen ahnungsvoll die Sterne
und der Passat wird zum Orkan.
Da glühet in dem Wetterleuchten
der aufgeregten Wogen Gischt,
die, als ob sie zum Himmel reichten,
sich bäumen, daß es dampft und zischt.
Da hängt die Wolke bis zur Welle,
der Himmel bis ins Meer herab;
da stürzt der Blitz, der tageshelle,

sich flammend in das feuchte Grab.
Die Windesbraut, das Steuer höhnend,
reißt jäh die Barke mit sich fort.
Gebeugt von ihrer Wucht, stürzt dröhnend
der Mast zu Deck und über Bord.
Da höret man der Brandung Brausen;
schon glänzet durch die Nacht ihr Schaum —
ein Stoß — ein Schrei — und Wogen sausen
durch Leck und Luken in den Raum.
Da sitzet an dem frühen Morgen
das Wrack am öden, fernen Strand,
da ruhet alles wohl geborgen
tief unten in des Meeres Sand;
da liegt der Mensch mit seinem Hoffen,
mit all' dem Glück, das ihm gelacht,
in seiner besten Kraft getroffen
von einer einz'gen Wetternacht",

so muß man dem kühnen Mann, der sich dem schwachen Bau seiner Hände anvertraut, um sich durch Not und Tod zum fernen Land zu ringen, wohl Bewunderung zollen. Er kämpft mit der Macht des Sturmes und des Wetters, der Strömungen und Gezeiten und weiß selbst der Barre, dem Makarat, der Bore oder Pororóca zu entgehen, jener furchtbaren senkrechten Wassermauer, die unter meilenweit hörbarem Brüllen aus dem Meer in die Mündungen der Ströme tritt und allem Menschenwerk mit augenblicklicher und vollständiger Vernichtung droht. Er segelt mit dem gleichen Mut unter der Hitze des Äquators, welche die Planken seines Schiffes ausdörrt, so daß der Teer aus allen Fugen läuft, wie in den Breiten des Nordpols, wo er sich durch die Flarden des gefrorenen Meeres sägt und zwischen Eisbergen schwimmt, deren Größe man schon auf 500 Millionen cbm geschätzt hat.

Die Verachtung aller Gefahr geht sogar so weit, daß einer der berühmtesten englischen Seeleute den atlantischen Ozean nicht anders als „den alten Heringsteich" nannte, ein Umstand, der es uns nicht als Wunder erscheinen läßt, daß die Chinesen die Engländer am liebsten mit dem Wort „Yang-kuei-dze“, d. h. „Meerteufel“, bezeichnen.

Flüchtig und ruhelos wie die beiden Elemente, in denen sie sich bewegen, sind die Erscheinungen des Ozeans gegenüber denen des Festlandes, das dem Anker einen Grund und dem Menschen eine Heimat gewährt. Deshalb hat die bleibende Scholle einen unendlich höheren Wert für den Erdensohn als die trügerische und flüchtige Woge, und mit Blut und Leben steht er ein für das Fleckchen Erde, das er sein eigen oder sein Vaterland nennen darf.

„Wir pflügen unser eigen Land;
wir haben's wohl errungen.
Drum fechten wir auch Hand in Hand
wenn Feinde eingedrungen“,

klingt es im Yankee-Doodle, und dies Erringen und Behaupten hat Heldentaten geboren, von denen „noch der Nachwelt Stimme spricht“.

Wen das Schicksal, ihm den ruhigen Genuß des heimischen Herdes verwehrend, hinaustrieb in die weite Welt, der lernt aus der Größe seiner Entsagung und der Macht seiner zurückblickenden Sehnsucht die Bedeutung des Verlorenen erkennen; denn wenn wir auch hier „keine bleibende Stätte haben“, so sind wir doch mit tausend Banden an den Boden gefesselt, dem wir entwuchsen, und ob die Fremde uns noch so vieles gewährt, eins versagt sie uns doch: die Stillung jenes tiefinnern Wehs, das Konrad Krez, der deutsche Dichter in Amerika, so treffend zu zeichnen versteht:

„Land meiner Väter, länger nicht das meine,
so heilig ist kein Boden, wie der deine.
Nie wird dein Bild aus meiner Seele schwinden,
und knüpfte mich an dich kein lebend Band,
es würden mich die Toten an dich binden,
die deine Erde deckt, mein Vaterland!“

Berg und Tal

Ich hebe meine Augen auf zu den Bergen,
von denen mir Hilfe kommt.
Ps. 121, 1

Selbst für den nüchternsten Realisten liegt in diesen Worten der frommen alttestamentlichen Poesie eine Aufforderung zum Nachdenken.

Es gibt keine Erscheinung der irdischen Natur, die nicht unter dem bestimmenden und leitenden Einfluß jenes großen, erhabenen Geistes stünde, nach dem „der Zweifler" fragt:

„Waltet er im Glanz des Weltenstromes
und im Bach, der durch die Felsen hüpft?
Lebt ein Gott im Menschen und im Wurme?
Hör ich ihn hier in dem Donnersturme,
dort im Säuseln, das durch Myrthen schlüpft?"

„Führe ich gen Himmel, siehe, so bist Du da; bettete ich mich in die Hölle, siehe, so bist Du auch da; nähme ich Flügel der Morgenröte und bliebe am äußersten Meer, so würde doch Deine Hand daselbst mich führen und Deine Rechte mich halten!" Er klopft im Puls des Menschenherzens wie im wogenden Busen des Meeres, er blitzt im Leuchten des Wetters und fährt durch die Himmel auf grollendem Donner, er waltet im Keim des Senfkorns und rauscht durch die riesigen Blätter des heiligen Zamang, er zuckt in der kleinsten Molluske und dampft aus den Nüstern des Wals, er rollt auf dem klingenden Wüstensand und braust um die stürzende Lawine, er leitet die kleinste Bewegung und beherrscht das riesigste Leben, ja, selbst die leblose Kreatur ruht in seiner Hand: er sammelt in Adern das schimmernde Metall, macht aus Erde den leuchtenden Kristall, hebt die Giganten des Gebirges empor und schleudert die Flamme der Unterwelt durch die speienden Krater der Vulkane.

Nicht seine Gesetze sind es, sondern er selbst ist das Gesetz, nach dem die Erde ihre Schluchten und Abgründe öffnet, ihre Ebenen dehnt und ihre Berge dunkel und schwer wie drohende Wolkenmassen sich höher und höher wölben und türmen läßt. „Die Berge sahen Dich", ruft der Prophet, „und ihnen wurde bange; der Strom des Wassers fuhr daher, die Tiefe ließ sich hören und die Höhe hob ihre Hände auf." Nicht ein blinder Zufall ist es, der diesen Höhen ihre Richtung gegeben, den Flächen ihre Grenzen gesteckt und den Tälern ihren Lauf bezeichnet hat, sondern die bildenden und umgestaltenden Kräfte der Natur müssen, gehorsam einem allweisen und allgütigen Willen, ihre Felsenmauern gerade an dem Ort und in der Weise errichten, wo und wie es für das Bestehen und Wohlbefinden unserer irdischen Daseinsformen erforderlich und ersprießlich ist. Und dann schlägt, wie einst sein Diener Moses, der Allmächtige an das tote Gestein, daß es sich öffnet, sich zerteilt, sich auflöst und Leben und Segen aus ihm hervorquillt für das weite Land und alles, was auf ihm sich regt und bewegt.

Wie eine zwar oft zu Boden gerungene, immer aber stolz und siegreich sich wieder erhebende Riesin, den majestätischen, festen und langsamen Schritt zuweilen zu einem weiten, kühnen Sprung beschleunigend, läuft jene Gebirgskette, die aus dem sturmdurchwühlten Meer des Kap Hoorn an das Land von Südamerika steigt, nach Norden, wälzt ihre steinernen Wogen über die Landenge von Panama, senkt sich nieder in die Schnee- und Eisfelder der polaren Zone, überschreitet, von Schritt zu Schritt das Felsenhaupt aus den Fluten tauchend, die See von Kamtschatka, breitet ihre sich immer höher und voller reckenden Glieder vom Land der Tschuktschen aus über die ganze ungeheure Ländermasse, die aus dem Indischen Ozean sich erhebt, um im nördlichen Eismeer sich wieder zu verlieren, reckt die Mittelländer Afrikas zum Himmel auf und tritt herüber in das vielgespaltene

Europa, das sie in den mannigfaltigsten Zügen und Windungen liebevoll stützt und umarmt, um dann über den Dschebel al Tarik Anschluß zu suchen oder in den Inseln des atlantischen Meeres sich zu verlieren.

Diese mächtige Reihenfolge von Gebirgen bildet das Knochengerüst der Erde, das dem Festland Gestalt, Halt, Dauer und Physiognomie verleiht, die physikalischen Verhältnisse regelt und jedem Leben, jeder Bewegung einen deutlich erkennbaren Charakter aufprägt.

An dieses Gerippe legen sich die Flach- und Tiefländer der Erde, wie das Fleisch um das Skelett des animalischen Körpers, und die Vereinigung beider ist so verschieden, daß die Oberfläche unseres Planeten in Beziehung auf ihre Gestaltung reichste Abwechslung bietet.

Das Gebirge, um das sich das Festland Amerikas lagert, sind die Anden, deren in Südamerika verlaufender Teil von den Geographen vorzugsweise mit dem Namen Kordilleren bezeichnet wird. Dies Wort heißt zu deutsch ‚Kette' und gibt ein deutliches Bild von der Gestaltung der ohne Unterbrechung fortlaufenden Bergreihen.

Den Kordilleren gebührt der Ruhm, das längste Gebirge der Erde zu sein, wenn man einmal von der inneren Zusammengehörigkeit sämtlicher Bodenerhebungen absehen will. Freilich ist ihre Breite desto unbedeutender, denn sie beträgt in Südamerika durchschnittlich kaum 135 bis 150 km, während die Länge 15 000 km noch übersteigt.

Wenn man von den Ebenen Brasiliens nach Westen vordringt, so erblickt man auf einmal einen mächtigen Damm, der den Horizont abschließt und in sanften Umrissen, umwoben vom lieblichen Duft der Ferne, sich anfangs darstellt, bald aber aus dieser Umhüllung hervortritt und sich frei dem Blick bietet. Deutlich scheiden sich Felsketten und Schluchten, während hier und da über dem Kamm ein majestätischer Bergkoloß thront; die Formen werden bestimmter, Gipfel türmt sich auf Gipfel und es scheint zuletzt, als ob der Himmel auf ihrem Zackenkamm ruht.

Aber diese Höhen entbehren des alles durchwehenden Lebensodems; es fehlt ihnen die milde, wohltuende Wärme, die den Keim aus der Erde lockt. Der Kondor zieht seine Kreise um die nackten Felsen, hastig treibt der Hirt seine Herde über die spärlich bewachsene Puna, und nur der Goldsucher durchforscht die schneebedeckten, unwegsamen Schluchten. Denn wenn auch die Oberfläche des Bodens dem Wanderer in tiefster Armut entgegenstarrt, so birgt das Innere der langen Bergesreihen doch Schätze, die man fast unerschöpflich nennen möchte.

Lange galt der Chimborasso (6300 m), eine der Kordillerenkuppen, für den höchsten Berg der Erde, doch ist ihm dieser Ruhm schon längst geraubt worden. —

Wandert man durch die ungeheuren Ebenen Sibiriens nach Süden, so steigt man über den Altai zu drei Hochebenen empor, die terrassenförmig übereinanderliegen und im Süden in den Gebirgslandschaften des Himalaja verlaufen. In diesen Hochländern wechseln die größten Reize und Schönheiten mit den größten Gefahren und Schrecken, und daher kommt es, daß die über 2 750 000 Quadratkilometer große Ländermasse uns ein noch lange nicht völlig enthülltes Rätsel ist.

Der Dhaulagiri (8168 m hoch) ist der Berg, der dem Chimborasso den lange behaupteten Ruhm raubte, um ihn bald wieder an den von den Gebrüdern Schlagintweit erforschten Mount-Everest (8848 m) zu verlieren.

Der höchste Berg Vorderasiens ist der Ararat, dessen Gipfel 5156 m über dem Meer liegt. Seine Spitze besteht in einer Platte von 150 Schritten im Umfang, und auf ihr soll sich die Arche Noahs festgesetzt haben. Ebenso wie der Ararat, ist der Sinai aus der Bibel bekannt. Er spült seinen Fuß im Roten Meer und steigt bis zu einer Höhe von 2641 m empor. Noch heute heißt einer seiner zwei Kegel der Dschebel-Musa (Berg des Moses), weil Moses auf ihm die Gesetze seines Volkes von Gott empfangen haben soll.

Das bedeutendste Gebirge Europas sind die Alpen, jenes durch seine Schönheiten so berühmte Hochland, zu dem jährlich Tausende aus allen Weltgegenden herbeiströmen und dessen Pracht und Herrlichkeit kein Dichter auszusingen vermag.

„Am Abgrund leitet der schwindlichte Steg,
er führt zwischen Leben und Sterben;
es sperren die Riesen den einsamen Weg
und drohen dir ewig Verderben.
Und willst du die schlafende Löwin nicht wecken,
so wandle still durch die Straße der Schrecken",

singt Schiller in seinem Berglied; doch ebenso wahr klingt es auch:

„Abendliche Purpurflut
wallt hinauf von Flüh'n zu Flüh'n,
und du siehst ihr zitternd Bild
rot im dunklen See erglühn.
Liebe, die der Sonnengott
Berg und Wolken hat gegeben,
lockt aus der kristallnen Flut
dieses sanfte Purpurleben",

und diese Gegensätze stehen einander nicht schroff gegenüber, sondern werden friedlich vermittelt und vermählen sich zu Landschaftsbildern, wie sie kaum ein anderes Land der Erde aufzuweisen hat.

Der höchste Gipfel der Alpenwelt ist der Montblanc, welcher am 8. August 1786 von Doktor Paccard zum erstenmal erstiegen wurde. Er ist 4810 m hoch.

Dem Gebirge in jeder Beziehung entgegengesetzt ist die Ebene. Wo sie in ihrer reinsten Form auftritt, da erscheint sie glatt, wie der Spiegel des Meeres, und der Horizont ist wie mit dem Lineal gezogen; aber in dieser Weise bietet sie, landschaftlich betrachtet, das Bild der Eintönigkeit, der Öde, ja des Todes.

Die verschiedenen Arten der Ebene werden gekennzeichnet durch die Verschiedenartigkeit des Pflanzenlebens, und man unterscheidet, je nachdem die Fläche mit Baum, Strauch, Kraut und Gras bewachsen oder aller Vegetation bar ist, Savannen, Steppen und Wüsten.

Von der Westküste Afrikas bis weit in das Hochland Hinterasiens hinein zieht sich ein gewaltiger, 15 000 km langer Gürtel dürren, unfruchtbaren Bodens. An die großen Wüsten Afrikas schließen sich die öden Flächen des steinigen Arabiens; dann folgen die Wüsten Persiens und Afghanistans, die endlich in den Wüsten der Bucharei und Mongolei ihren Abschluß finden. Auf diese ganze ungeheure Länderstrecke läßt sich Ferdinand Freiligraths bekannter Vers anwenden:

„Sie dehnt sich aus von Meer zu Meere,
wer sie durchritten hat, dem graust.
Sie liegt vor Gott in ihrer Leere
Wie eine öde Bettlerfaust.",

obgleich die Vorstellung, die man sich von der Wüste macht, meist nicht richtig ist.

1300 bis 1900 Meter hoch über dem Meer liegt die Gobi, d. i. die große Wüste. Während des Sommers ragen auf ihren Randstrecken die schwarzen Filzhütten mongolischer Nomaden empor; Kalmücken- und Kirgisenhorden durchstreichen heimatlos die Hochebene, deren wilde Pferdeschwärme die kühnen Reiter oft weit hineinlokken in die Ebene zur gefährlichen, aufregenden Jagd. Beladen mit Tee, Porzellan, Seide und lackiertem Schmuck ziehen zahlreiche Karawanen von den chinesischen Grenzorten nach den Handelsplätzen am Baikalsee.

Aber seitwärts von der Handels- und Karawanenstraße liegt die ‚Schamo' (d. i. Sandmeer), eine vollständige Sand- und Steinwüste. Der dürre, aus nackten Steinschollen und grobkörnigem Grus und Sand bestehende Boden ist vollständig wasserleer, und so gedeiht hier weder ein bescheidenes Kraut, noch das mit dem Tau der Nacht zufriedene Gras. Hier flattert kein Vogel, keine leichtfüßige Gazelle drückt ihre Spur dem harten Boden ein, ja nicht einmal das Summen eines einsamen Insekts unterbricht die ewige Totenstille. Auch der Mensch meidet diesen Ort der traurigsten Leere. Und doch entfaltet die Schamo erst im Winter die größten ihrer Schrecken.

Horch! Hohl und dumpf braust es von Norden herauf. Ein seltsames, unheimliches Flimmern spielt über dem Horizont; Bewegung und Leben kommt in die starren Schneemassen und flache Hügel bauen sich auf, wo noch soeben das weite Schneefeld sich dehnte.

Denn der losgebrochene Sturm treibt in den losen Schneemassen sein tolles Spiel. Mit sausender Schnelle nähert er sich. Sein Heulen und Brüllen tönt schauerlich durch die Einöde, und verloren wäre das Schiff, das auf offenem Meer von diesem furchtbaren Orkan erreicht würde. Aber hier in der Wüste bietet sich ihm nur Schnee, nichts als Schnee, und mit entsetzlicher Wut wirft er sich auf die zusammengewirbelten Haufen. Von unwiderstehlicher Gewalt in die Lüfte gehoben, stieben ungeheuere knirschende Schneemassen senkrecht empor und zerfahren in ein wirres Durcheinander von schwirrenden Eisnadeln; dazwischen schießen dicke Schneewirbel oder in rasender Eile herbeigefegte Schneeberge dahin; die ganze Oberfläche wird lebendig und mit unerbittlicher Gewalt zieht die Wjuga, der Schneesturm, alles Lebende hinunter in das erstarrende Grab. Das ist die Schamo.

Von der Ostküste des Atlantischen Ozeans bis zu den Bergwänden des Niltals erstreckt sich die Wüste Sahara, 9 Millionen km^2 groß. Ihr westlicher Teil, die Sahel, ist die eigentliche Heimat des gefürchteten Flugsandes, der, vom Wind zu fortrückenden Wellen emporgetrieben, langsam durch die Wüste wandert; daher der Name ,Sahel', d. i. Wandermeer. Diese Beweglichkeit des Sandbodens muß natürlich dem Wachstum der Pflanzen außerordentlich ungünstig sein, und dazu kommt noch der Mangel an Brunnen und Quellen, der das Entstehen von Oasen noch mehr verhindert als in der wasserreicheren Sahara. Dies erklärt zur Genüge, daß die Sahel ebenso wie die Gobi den Ansiedlungsversuchen der Menschen wohl für immer widerstehen wird. Der dürre Sandboden vermag kaum einige unbrauchbare Salzpflanzen, höchstens noch etwas dürren Thymian, ein paar Disteln und einige stachlige Mimosen zu tragen. Durch das glühende Sandmeer streift nicht einmal der Löwe, obgleich unser Dichter behauptet:

„Wüstenkönig ist der Löwe",

nur Vipern, Skorpione, Ameisen und ungeheure Flöhe finden in dem heißen Boden ein behagliches Dasein und selbst die Fliege, welche die Karawane eine Strecke in die Wüste hineinbegleitet, stirbt bald darauf auf dem Wege. Und doch wagt sich der Mensch hinein in den Sonnenbrand und trotzt den Gefahren, die ihn umdrohen. Freilich wird ihre Schilderung oft übertrieben, aber es bleibt trotzdem genug übrig, um keine Sehnsucht nach einem ,Wüstenritt' zu bekommen. Der Samum, jener giftige Wind der Wüste, tötete dem Perserkönig Kambyses eine ganze Armee, und noch im Jahre 1805 wurde eine Karawane von 2000 Menschen und 1800 Kamelen von ihm vernichtet. Berge glühenden Flugsandes bedeckten sie, und nichts blieb übrig, als die ausgedorrten Leichen der Menschen und Tiere, die in grauenerregenden Stellungen neben- und übereinander lagen. Einige hielten die leeren Schläuche noch in den entfleischten Händen; andere hatten wie wahnsinnig die Erde unter sich aufgewühlt, um sich Kühlung zu verschaffen; hier saßen aufgerichtete Mumien auf den Skeletten gestürzter Kamele, den Turban noch auf dem nackten Schädel; dort lagen Leichen, das Gesicht gegen Morgen, gen Mekka, gerichtet und die Arme über der Brust gekreuzt — ihr letzter Gedanke war, wie es dem frommen Moslem geziemt, Gott und sein Prophet gewesen.

Doch noch andere Schrecken gibt es:

Seit dem Aufbruch der Karawane vom Lagerplatz ist der letzte Tropfen Wasser aus den ledernen Schläuchen verronnen. Die Kamele zwar schreiten noch rüstig vorwärts, da sie durch den Bau ihres Magens jetzt noch vor dem Durst geschützt sind, aber der Widerstand des Menschen erlahmt schneller. Der erfahrene Führer blickt starr und besorgt vor sich hin. — Der Himmel glüht wie Erz, und die Erde brennt wie glühendes Eisen, und die nächste Oase ist noch weit, weit entfernt. In der Erinnerung des alten grauköpfigen Arabers steigen schreckliche Bilder herauf von den Qualen des langsamen Verschmachtens, demgegenüber der schnelle Tod ein Engel der Erbarmung ist. Schon erreichen halb unterdrückte Klagen sein Ohr; der Gaumen brennt, an dem die trockne, lechzende Zunge klebt, das siedende Blut drängt sich ungestüm nach dem fiebernden Gehirn und bei der entsetzlichen, trocknen Hitze schwindet der letzte Rest von Kraft und Lebensmut.

„Da, sieh; drüben zur Linken winken lockende Bilder! Über dem dichtumflorten Horizont heben sich die scharfen Umrisse einer lieblichen Oase herauf. Auf schlanken Säulen bauen sich die stattlichen Wipfel der Dattelpalmen übereinander und ihre leichten, vollen Fiederkronen wehen im frischen Wüstenwind. Und dort, welch ein entzückender Anblick bietet sich dem durstenden Wanderer! Aus dem Hain der Oase schimmert es wie das Wellengekräusel eines lieblichen Sees, und die Luft scheint sich von der Ausdünstung des Wassers zu feuchten.

„Allah akbar!“ ruft einer. „Wir sind gerettet. Siehst

du, wie sich die Kronen der Palmen in der schimmernden Wasserfläche spiegeln, wie Kamele in die kühle Flut waten und ihren langen Hals hinunterstrecken, um das belebende Naß zu schlürfen!"

„Schau nicht hin!" mahnt der erfahrene Führer. „Es ist nichts als Trug, den dir der Satan vorspiegelt. Folgst du der Spiegelung, so gerätst du in die Wüste und findest weder Kamele, noch Palmen, noch Wasser."

Die Karawane murmelt ein Gebet und zieht scheu vorüber an der verlockenden Fata morgana. Der Sohn der Wüste weiß, daß die Djinns (böse Geister) diesen verderblichsten aller Zauber aus den Dünsten und Gluten des Sandmeers zusammengewoben haben, um den schmachtenden Wanderer ins Verderben zu führen. Darum läßt er sich nicht verlocken und folgt dem Führer, bis aus dessen Mund der frohlockende Ruf erschallt: „Die Oase, seht, dort liegt sie; Allah kerim! Dank sei dem Herrn." — Das ist die Sahara.

Hat der Wanderer den bevölkerten Osten der Vereinigten Staaten verlassen und den Mississippi, den Vater der Ströme überschritten, so betritt sein Fuß den Schauplatz jenes Verzweiflungskampfes, in dem der Indianer seine letzten Pfeile gegen die Vertreter einer blutgierigen und rücksichtslosen Zivilisation entsendet.

Von den Ufern des Illinois sich bis an den Mississippi erstreckend, und von da an bis zu einer Höhe von 500 Metern ansteigend, rollt sich die wohl 560 000 qkm umfassende Prärie bis an den Fuß des Felsengebirges und tritt sogar über jenes hinüber auf das Jagdgebiet der Apachen, Navajos und Athabaskahs.

Noch zu Anfang dieses Jahrhunderts war die ‚Rothaut' Herr der weiten Ebenen, deren oft sieben Meter tiefer Humusboden den Bemühungen des Ackerbaus eine fast unerschöpfliche Fruchtbarkeit entgegenbringt. Da aber kam das ‚Bleichgesicht', der weiße Mann, trieb den ‚roten Bruder' aus den ihm gehörenden Jagdgründen und verbreitete durch Krankheit, ‚Feuerwasser' und Schießgewehr Tod und Verderben in den Reihen der kräftigen und vertrauensvollen Söhne der Wildnis.

Jene weiten Flächen, deren animalische, vegetabilische und mineralische Reichtümer immer neue Tausende von ‚Pionieren der Bildung und Gesittung' anlocken, werden die Todeszuckung einer Nation sehen, welcher der Vorurteilsfreie seine Teilnahme nicht versagen kann, obgleich die Politik der Ausrottung von ihren fanatischen Vertretern mit zahlreichen Entschuldigungsgründen verteidigt worden ist.

Was und wie der Indianer nicht sein sollte, das und so ist er durch seinen christlichen Bruder geworden, der, das Evangelium der Liebe auf den Lippen und die Mordwaffe in der Faust, das Menschengeschlecht und die Weltgeschichte einer reichen Anzahl unschätzbarer Entwicklungsmomente beraubte. Nur hier und da noch ragt aus den Mezquitebüschen das Geweih eines mächtigen Hirsches hervor, der Grizzly hat sich in die verborgenen Schluchten der Rocky Mountains zurückgezogen, der zottige Bison legt in immer kleineren Trupps seine regelmäßigen Herbst- und Frühjahrswanderungen zurück und der donnernde Hufschlag der Mustangherden wird immer schwächer und seltener. Eine riesige Industrie wird sich mit gewaltigem Flügelschlag auf den ‚fernen Westen' herniedersenken, Haus wird an Haus, Stadt an Stadt sich reihen, ein Geschlecht dem anderen folgen und das ‚Feuerroß' zu seinen großen Pfaden noch Hunderte von kleineren suchen; aber um die verschwundenen Krieger der Savanne wird die Sage ihren goldenen Schimmer weben, und das Gedächtnis der an dem Bruder begangenen Todsünde wird fortleben im Liede des Dichters. Das ist die Prärie mit dem dunkelsten ihrer Bilder.

Da, wo der Orinoco seine Fluten dem Golf von Paria zuwälzt, also im nördlichen Südamerika, ferner um den Amazonenstrom und seine Nebenflüsse und endlich am Rio de la Plata bis hinein nach Patagonien dehnen sich ungeheure Ebenen, die mit den Küstenflächen von Chile, Bolivien und Peru über 16 500 000 qkm zählen.

Die Llanos des Nordens sind wahrscheinlich in früheren Zeiten einmal Meeresgrund gewesen, meist sandig, leiden an ungeheuren Überschwemmungen, die dem dürftigen Boden aber einige niedere Pflanzenformen abnötigen, von denen Mensch und Tier notdürftig das Leben fristen.

Die Ebenen am Amazonenstrom bestehen teils aus kahlen, steinigen Flächen, teils aus undurchdringlichen Urwäldern; diese nehmen ein Areal von 4 Millionen qkm ein. In ihnen kennt man keinen anderen Weg als die Flüsse. Riesenbäume drängen sich in den abenteuerlichsten Gestalten aneinander, mächtige Schlingpflanzen ranken sich von Stamm zu Stamm und bilden ein Dikkicht, durch das sich nur der Jaguar windet, um eine Affenherde oder den einsamen Lagerplatz einer Indianerhorde zu beschleichen. Die Natur hat hier ihr Titanengewand angelegt und der kleine Mensch schrumpft in seinem Kahn zu einer Schnecke zusammen, die in gebrechlichem Gehäuse den Fluten des Stromes preisgegeben ist.

Die Pampas im Süden zeigen meist eine Schicht Humuserde auf einer tonig-sandigen Unterlage; auf dem salzigen, steinlosen Boden wächst eine dürftige Vegetation von Salzpflanzen; und nur da, wo der Boden weniger salzig und das Klima feucht ist, gibt es einzelne Brunnen und infolgedessen ganze mit Kaktuswäldern bedeckte Strecken. Nur die Steppen von Buenos-Aires zeigen eine lebhafte Vegetation von Gras und Kräutern, über der, wie in der afrikanischen Wüste, die Fata morgana ihre Truggebilde zeichnet.

Auf diesen einförmigen, wenn auch nicht gerade öden Ebenen fährt oder reitet man Stunde um Stunde, Tag um Tag, ohne eine andere Abwechslung als etwa eine weidende Viehherde, ein aufgescheuchtes Wild, einen

Ochsenkarrenzug, einen kleinen See, ein einsames Posthaus, eine halbverfallene Meierei. Flüsse kommen gar nicht vor. Das Gras besteht aus ziemlich gleichmäßig verteilten Büscheln, zwischen denen der kahle Boden hervorschaut. Der weite Horizont verschwimmt in violetter Bläue, und wie auf dem Meer wird man von einem kreisförmig abgegrenzten, überall gleichweiten Gesichtsfeld umgeben. Millionen von Pferden und Rindern weiden halbwild auf den Weideplätzen der großen Landgüter unter der Aufsicht ebenfalls halbwilder Hirten, der Gauchos, die aus einer Vermischung der Spanier und Indianer entstanden sind und von ihren Pferden unzertrennlich scheinen.

Die Ebenen von Patagonien bestehen an den Küsten aus unfruchtbaren Sanddünen, in denen Emus und Guanacos zwischen Dornengestrüpp das spärliche Gras abweiden. Im Innern dehnen sich einförmige, steinige Wüsten, die von breiten, flachen Tälern durchzogen sind, in denen der Feuerländer Schutz vor den schneidenden Orkanen sucht, die über das arme, dürftige Land brausen. —

Welche Absicht nun ist es gewesen, die jene weiten Ebenen gedehnt, die Berge zum Himmel gestreckt und die Talfurchen durch den Boden gezogen hat?

Kühn und getrost können wir behaupten, daß ohne diese Abwechslung in der Bodengestaltung die Erde kein höheres, kein geistiges Leben zu beherbergen vermöchte, sondern eine Kugel bildete, deren Oberfläche aus weiten Wasser- und öden, unfruchtbaren und unbelebten Länderwüsten bestünde.

Wäre unser Planet eine vollständig abgeglättete Kugel, so würde ein ungebrochner, wilder und ewiger Orkan über Land und Wasser sausen und jeden Keim vegetabilischer und animalischer Entwicklung schon im ersten Stadium seiner Entfaltung töten und nur in den düsteren Tiefen der See, in die der Sturm nicht zu dringen vermag, wäre ein Leben denkbar.

Die Unebenheit des Bodens ist die erste Grundbedingung zur Entstehung von Quellen, Bächen, Flüssen und Strömen, überhaupt jeder Art von Wasserlauf. Welchen Segen aber die Wanderschaft des feuchten Elements vom Gipfel des Gebirges herab bis hinunter in das gewaltige Becken des Ozeans nach sich bringt, werden wir später ausführlich erörtern. Auf ihn müßte die Erde verzichten und würde aller Daseinsformen entbehren, deren Bestehen von ihm abhängig ist.

Wohl kaum ist schon mit genügendem Nachdruck hervorgehoben worden, welchen Faktor die Gebirge in Beziehung auf die Wärmeverbreitung bilden. Sie beeinflussen die von Osten nach Westen gehende Luftströmung und ermöglichen als natürlicher Schutz, Wärmespeicher und Quellenursprung die segensreiche Mannigfaltigkeit der atmosphärischen Bewegungen.

Und wie in Beziehung auf die Reiche der Natur, so ist die Bodengestaltung auch von weitgehendem Einfluß auf die Entwicklung des Menschen und seiner Völker.

Wie die Berge den Tau des Äthers trinken, um ihn in sich immer mehr vergrößernden Rinnen der Tiefe zuzuführen, so sind die Völker der Erde von den Höhen der Gebirge herabgestiegen, und die glanzvollsten Erscheinungen und Tatsachen der Geschichte haben ihre Heimat nicht unten im Tal, sondern dort gefunden, wohin der Blick des Dichters sich richtet:

„Sieh, mein Aug, nach Zions Bergen,
ach, sieh unverwandt hinauf;
denn von den geliebten Bergen
geht mein Heil mir auf!"

Die Wiege des Menschengeschlechts, an die der fromme Glaube die Gestaltungen eines Paradieses knüpft, lag dem Himmel um vieles näher als die Flut des Meeres, und durch die Pforten zu den hinterasiatischen Höhenländern ergoß sich das Volk der Menschenkinder hernieder auf die Ebenen, um am Turm zu Babel zur Erkenntnis ihrer Aufgabe: „Füllet die Erde und machet sie Euch untertan" zu gelangen.

Der Berg Ararat war es, auf dem Noah als Alleinbegnadigter festen Fuß faßte, nachdem die Fenster des Himmels und die Schleusen der Erde sich geschlossen hatten; auf dem Berge Sinai offenbarte Jehova Sabaoth seinen heiligen Willen; eine Höhle des Gebirges Pisga bildet das geheimnisvolle Grab Mosis, des größten Lenkers Israels; ebendort, auf dem Berg Horeb ging der Herr in einem sanften Säuseln vor Elias, dem Propheten, vorüber; auf Morijah stand der berühmteste der Gottestempel; in Galiläa, dem Gebirgsland, wurde Christus geboren; die erste seiner Predigten erscholl von einem Berg; auf einem Berg wurde er verklärt; auf einem Berg schlug man ihn an das Kreuz, und von einem Berg ward er aufgehoben ‚zusehends' in die Wolken, wie die Apostelgeschichte erzählt.

Nicht bloß die biblische Anbetungsform ist es, welche die wichtigsten und besten ihrer Erzählungen, Legenden und Prophezeiungen an die Namen von Bergen knüpft, sondern die heiligen Sagen jeder anderen Religion tun dasselbe, und ebenso wie die Anschauungen der Heiligen Schrift, knüpfen sie an das Wort ‚Tal' die Vorstellung des Gegenteils von Glück und Seligkeit.

Es ist eine längst bewiesene Wahrheit, daß der Mensch nach der Entwicklung seines äußeren und inneren Wesens abhängig ist von dem Boden, auf dem er lebt und mit dem er um die Befriedigung seiner Bedürfnisse zu ringen hat. Daraus folgt notwendig eine körperliche und geistige Verschiedenheit zwischen dem Gebirgs- und dem Tiefländer.

Kühn, wie die Zacken seiner Felsen, rasch und beweglich, wie die Wasser seiner Fälle, Sturz- und Gießbäche, leicht erregbar wie die Lawine und der Sturm, der um die Firnen braust, gleicht der gewandte, heitere, lebenslustige und leidenschaftliche Bergbewohner mit seinen scharfgeschnittenen Zügen, hochgeschwungenen Brauen und sehnenkräftigen, schlanken Gliedmaßen ganz dem Landschaftsbild, dessen Staffage er zu besorgen hat.

Langsam dagegen, wie der Lauf seiner Gewässer, nachhaltig, wie seine Wetter, treu und wechsellos wie der Charakter seines Heimatlandes, zeigt sich der bedächtige, sichergehende, leidenschaftslose und ruhig erwägende Bewohner der Ebene mit seinen breitgezeichneten Gesichtszügen und fleischigen, robusten Körperformen.

Und wie der einzelne Mann, so auch das ganze Volk nach seiner Art, seinem Charakter und seiner Geschichte. Alle jene großen, weltgeschichtlichen Aufgaben, deren Lösung ein rasches, begeistertes, alle Hindernisse überschäumendes Handeln bedurfte, wurden von dem weisen Geschick in die Hände von Völkern gelegt, die zwischen himmelanstrebenden Bergen geboren, sich kataraktähnlich von ihren Höhen herabstürzten, um durch diese Bewegung den Erdkreis mit der Macht einer lebensvollen Idee zu überfluten. Und galt es einem Gedanken, dessen Ausführung einer steten, durch Jahrhunderte gehenden und unverrückten Entwicklung bedurfte, so wurde seine Lösung in das Wappen der Völker gegraben, die infolge der physikalischen Beschaffenheit ihres heimischen Bodens die dazu nötige aushaltende Kraft besaßen.

Treffend, wenn auch nicht gerade geistreich, wird dieser Unterschied zwischen den Bewohnern des Gebirges und Flachlandes durch das mongolische Sprichwort

„Hue man tschan, ku man tschueng,“
(Ochsen im Osten, Pferde im Westen)

bezeichnet, das den Völkerschaften des tieferliegenden Ostens die Eigenschaften des bekannten starknackigen und mit nachhaltiger Kraft begabten Zugtieres beilegt, die des höherliegenden Westens aber mit dem feurigen, mutigen Roß vergleicht, dessen edle Natur sich auch am besten zu edlen Diensten eignet.

Wie der wilde und verderbliche Schneesturm, der über die Hochländer zwischen Altai und Himalaja wütet, so haben sich die dort wohnenden Horden zu mehreren Malen hernieder auf die anliegenden Gebiete gestürzt und ihre gewaltigen Wogen bis in die Mitte des fernen Europa gerollt. Mit eisernem Fleiß und nie ermüdender Kraft haben die Bewohner der Nordseeländer dem Meer eine Eroberung nach der anderen abgerungen, und wie der kleine, flinke Asiate unendlich verschieden ist von dem breiten, bedächtigen und langsamen ‚Niederländer', so herrscht eine ebensolche Verschiedenheit auch in Beziehung auf ihre geographischen, geschichtlichen und alle übrigen Verhältnisse. Man vergleiche nur die ambulanten Filzzelte des Mongolen und die mit riesigen Kosten und auf ungeheuren Pfahlrosten erbauten Wohnungen der Europäer, oder das leichte, kleinhufige und schwachknochige Roß des Erstgenannten und die großen, starkknochigen und breithufigen Brabanter und flandrischen Pferde, welche die ungeheuersten Lasten ziehen und seinerzeit die Kanonen Napoleons I. von einem Schlachtfeld zum anderen schleppten.

Der Einfluß der Gebirge auf die Psychologie der Völker ist so bedeutend, daß er jedermann bald in die Augen fallen muß. Während die Ebenen, sobald sie nicht zu verderbendrohenden Wüsten werden, eine gegenseitige Berührung ungemein erleichtern und das Meer geradezu ‚länderverbindend' genannt wird, setzen die Gebirgszüge dieser Berührung um so bedeutendere Hindernisse entgegen, je höher und schwieriger sie zu übersteigen sind. Deshalb ziehen sich die Berge oft wie eine Mauer zwischen die einzelnen Völkerschaften hindurch, deren gegenseitiger Verkehr von der Zahl und Passierbarkeit der über das Gebirge führenden Pässe abhängig ist.

Als Beispiel seien nur angeführt die Alpen, die zwischen Germanen und Romanen eine trennende Scheidewand bilden, und das Erzgebirge, an dessen Nordseite die protestantischen Sachsen und an dessen südlichem Abhang die katholischen Böhmen wohnen. Sind geringe Bestandteile der einen oder anderen Art herüber- oder hinübergekommen, so geschah es eben nur auf dem einzigen Weg, den die Pässe bieten. Freilich hat in neuerer Zeit die alles nivellierende Eisenbahn auch hier große Veränderungen hervorgebracht. Gebirgsübergänge durch zahlreiche Truppenkörper, wie sie z. B. Hannibal, die Kimbern und Teutonen, der Inka Yupanqui und Napoleon unternahmen, gehören schon seit längerer Zeit nicht mehr zu den kühnsten Wagestücken, von denen die Welt mit bewundernder Anerkennung spricht; denn das Dampfroß, das fast jede Höhe überwindet, sich durch die Berge bohrt und über Schluchten und Abgründe dahinstürmt, trägt auf seinem ehernen Nacken den Sieg über die zum Himmel ragenden Giganten, denen sich der schwache Menschensohn Jahrtausende hindurch nur mit ängstlicher Vorsicht nahen durfte.

Die durch die Macht des Dampfes bedrohte Bedeutung der Gebirge in kriegerischer Beziehung hat sich von den ältesten Zeiten an bis in die Gegenwart bewährt. Sie bilden Befestigungen, die dem Feind entgegenstarren und dem stärksten Geschoß Trotz zu bieten vermögen. Die Heere, die sich unter tausenderlei Beschwerden und Gefahren langsam und schlangengleich durch die engen Täler und Schluchten winden, können sich nicht entfalten, müssen Schritt um Schritt mit teurem Blut erkämpfen und sehen sich einer vielleicht verschwindend kleinen Anzahl von Feinden preisgegeben, die jede Krümmung des Weges in eine Barrikade, jeden Baumstamm in ein Bollwerk, jeden Felsen in ein Fort und jeden Berg in eine Festung verwandeln.

Schon die Heilige Schrift erzählt von den Schwierigkeiten, welche den Juden die Unterjochung der Bergvölker Kanaans bot; der einzige Engpaß der Thermopylen genügte den wenigen Spartanern, das ungeheure Heer der Perser aufzuhalten; die größten Feldherren des Altertums haben es nicht vermocht, Bergvölker vollständig und auf die Dauer zu besiegen, die ihnen eine verhältnismäßig nur geringe Kopfzahl entgegenstellen konnten; Hunderte von Jahren hat das mächtige Rußland resultatlos vor den Bergen des Kaukasus gestanden; die mächtigsten Fürsten Österreichs vermochten nichts gegen die urkräftigen Söhne des Schweizerlandes; die Männer von Tirol durften es wagen, ihre Stutzen gegen die Scharen des Franzosenkaisers zu richten, und noch heute trotzt das kleine Montenegro auf den festen Positionen, die ihm die Natur zur Verfügung gestellt hat.

Daher sind von jeher die Ebenen der Schauplatz berühmter Waffentaten gewesen, und es gibt Gegenden, die sich so sehr zu Schlachtfeldern eignen, daß auf ihnen zu verschiedenen Zeiten die entscheidendsten Kämpfe stattgefunden und sie infolgedessen eine strategische Berühmtheit erlangt haben.

Wie den kriegerischen Bewegungen, so bietet die Ebene auch den friedlichen Evolutionen, den Bemühungen der Industrie, der Gewerbe, des Handels und Verkehrs ein freies und fruchtbringendes Feld.

Der Ackerbau als Grundlage des wirtschaftlichen Wohlstandes findet hier die weiteste und ungehindertste Verbreitung, während die Höhe sich sowohl dem tierischen als auch pflanzlichen Leben desto feindseliger zeigt, je bedeutender sie ist. Auch die Industrie vermag nur bis zu einem gewissen Punkt bergan zu steigen und nimmt ihre Verbreitung am liebsten talabwärts, dem Lauf der Flüsse entlang. Der Verkehr verwundet sich seine breitschlagenden Schwingen an den eng zusammengerückten Felsen der Gebirge und fliegt deshalb gern hinaus in das weite, offene Land, um sich im Sonnenglanz zu wiegen und sein bewegtes Bild in der Flut des Ozeans zu spiegeln.

Desto lieber aber verweilen die Götter der Unterwelt in den zu Stein erstarrten Felsenwogen der Erdrinde, um da Schätze aufzustapeln, deren Hebung nur dem gelingt, der einen Kampf mit den Gewalten der Finsternis nicht scheut. Da unten herrscht der bärtige König des Gebirges über jene geheimnisvollen Wesen, mit denen die kindliche Phantasie des Menschen die dunklen Gänge des Erdinnern bevölkert hat, weil der denkende Geist keine Erstarrung, keine Ruhe, keinen Tod kennt und in der Ahnung, daß der Puls der großen, unendlichen Bewegung selbst im Felsen klopfe, der Einbildung erlaubt, diese Felsen mit phantastischem Leben auszustatten.

Pocht der größte der irdischen Geister, der des Menschen, an dieses Reich der Gnomen, so muß es sich seinem Befehl öffnen, und dem dunklen Mund des Schachts entfließen dann jene Reichtümer, deren Gewinnung die Grundlage aller Arbeit und allen Wohlstandes bildet. So spenden also auch hier, wie in ihren Wasserbächen, die Berge ihre segensreichen Gaben und liefern aus ihren finsteren Tiefen die Grundsteine zum Bau menschlicher Bildung und Aufklärung.

Es offenbart sich eben dem denkenden Verstand eine innige Beziehung selbst zwischen den äußerlich feindseligsten Gegensätzen, und wie die alles Leben tötende Glut der Wüste von einem allweisen Willen gezwungen wird, emporzusteigen und als Leben spendender Wärmestrom den Frühling nach den Polen zu tragen, so hat alles das, was dem schwachen Auge als zwecklos oder gar schädlich erscheint, eine Bestimmung zu erfüllen, die den von unserer Erde getragenen Wesen zum Heil gereicht. Keine Schrift ist so deutlich und korrekt wie die, mit der im Buch der Natur der Beweis vom Dasein eines allmächtigen und alliebenden Gottes geführt wird.

Wald und Feld

Du lässest Gras wachsen für das Vieh und Saat zu Nutz dem Menschen, daß Du Brot aus der Erde bringest und die Bäume des Herrn voll Saftes stehen, die Zedern Libanons, die Er gepflanzt hat.

David

Wald und Feld — zwei Worte von unendlicher Bedeutung nicht nur für den Einzelnen, sondern ebensosehr für die große Gesamtheit der menschlichen Gesellschaft. Mit ihnen treten wir ein in das Reich der organischen Wesen, der mit leichterkennbarem Leben begabten Kreaturen, und sehen eine Menge der liebsten und freundlichsten Vorstellungen in uns aufsteigen.

Waldesduft und Maienluft, Hörnerklang und Vogelsang und all jene oft gebrauchten Reime von Flur und Natur, Zelt und Feld, Schall und Nachtigall, Sonne und Wonne klingen uns um das lauschende Ohr; der ernste, religiöse Sinn sieht Christus unter Ähren wandeln, gedenkt seiner Bilder vom Senfkorn, vom Feigenbaum, vom Weinstock und den Lilien auf dem Feld, die besser bekleidet sind als Salomo in aller seiner Herrlichkeit, und der erwägende Verstand erblickt in den wogenden Fluren und rauschenden Wäldern eine unerschöpfliche Quelle national-wirtschaftlichen Reichtums.

Wenn früher gesagt wurde, daß selbst im scheinbar toten Stein der Puls der großen, allgemeinen Bewegung klopft, so war dieser Puls nur der zarten Empfindung des aufmerksamen Beobachters erkenntlich, während dagegen das organische Leben den wahrnehmenden Sinneswerkzeugen vollständig ungesucht entgegentritt.

Was aber ist es denn eigentlich, was wir ‚Leben' nennen? Wer vermöchte es wohl, diese Frage zu beantworten! Nur einer hat es getan: „Ich bin der Weg, die Wahrheit und das Leben", und dieser Eine wird von Tausenden verspottet und von Millionen vergöttert, weil die einen ihn gar nicht und die anderen ihn nur halb verstanden.

Die irdische Natur hat nur eine gewisse und beschränkte Anzahl von Grundstoffen oder Elementen aufzuweisen, aus denen sich alles Bestehende zusammensetzt. Diese Zusammensetzung ist unendlich verschieden und verändert sich immerwährend, wie die Lehre vom Stoffwechsel deutlich und unwiderlegbar beweist, und geschieht durch nichts anderes als die Kraft, die wir ‚Leben' nennen.

Nicht jedes andere Wesen besteht auch aus anderen Stoffen, sondern die Verschiedenheit der Zusammensetzung dieser Stoffe ist es, welche die Verschiedenheit der Formen und Gestalten und unzählige Wunder bewirkt, denen wir gewöhnlich nicht die geringste Beachtung schenken.

Auf dem gleichen Boden und unter vollständig denselben Verhältnissen wächst die Kiefer, die Eiche, die Rebe, das Getreide, der Schierling; sie nähren sich von denselben Bodenstoffen, atmen in derselben Luft, trinken den gleichen Tau und wärmen sich im gleichen Strahl, und doch bringt das in ihnen waltende Leben im Holz und Harz der Kiefer, in der bitteren Gerbrinde der Eiche, im süßen, berauschenden Saft der Traube, im nährenden Mehl des Roggens, in den heilsamen Eigenschaften der Kräuter und der tödlichen Wirkung des Giftstrauches so außerordentlich verschiedenartige Erscheinungen hervor. Die Wurzel des Schierlings zeigt dieselben Bestandteile wie die des Sellerie, und der Kuhbaum, dem die süßeste und nahrhafteste Pflanzenmilch entfließt, besitzt chemisch ganz dieselben Stoffe, aus denen der Upasbaum seinen furchtbaren Saft bereitet, in den die Malaien die Spitzen ihrer Pfeile tauchen.

Die Zauberkraft, die aus ein- und demselben so Verschiedenes, ja Entgegengesetztes bereitet, liegt schon im Keim des Samenkorns verborgen und beginnt ihre Tätigkeit gleich mit dem ersten Augenblick seiner Entwicklung.

Wie groß diese Kraft ist, sehen wir nicht nur beim Vergleich des vollständig ausgewachsenen Baumes mit dem kleinen, unscheinbaren Samen, sondern auch schon an der mechanischen Gewalt, die sie vom frühesten Stadium ihrer Wirksamkeit an ausübt. Ein Beispiel: Wenn man Erbsen durch Anfeuchten zum Keimen lockt und sie mit einem Gewicht von 150 Pfund beschwert, so wird dies Gewicht durch das Schwellen des Keims bewegt und der Keim dringt trotz der verhältnismäßig ungeheuren Belastung hervor.

Woher diese erstaunliche Stärke, die einem Keim innewohnt, den der Finger eines Kindes spielend zu zerstören vermag? Liegt hier nicht ein ebenso deutlicher Fingerzeig auf das Walten eines göttlichen Wesens, wie in den staunenerweckenden Wundern des unermeßlichen Weltenraumes?

Fast möchte man behaupten, daß sich im Leben des Samenkorns etwas Seelenartiges offenbare, und einem unserer bekanntesten Naturforscher beipflichten, der sagt: „Der kleine Keim dringt wie gerufen und zur rechten Stunde hervor und senkt seine Spitze in den Erdboden, um Nahrung zu suchen. Er treibt aus dieser Spitze kleine Fasern hervor, die zur Wurzel werden. Woher weiß er, daß er Nahrung im Boden findet und wo das Erdreich sei, das er doch nicht sieht? Und doch, wenn die eine seiner Spitzen, die zur Wurzel bestimmt ist, aufrecht über der Erde steht, krümmt sie sich so lange abwärts, bis sie Erde gefunden hat, während die andere Spitze, die zum Stengel werden soll, sich jedesmal von der Erde wegwendet und aufwärts steigt, um Luft und Licht zu suchen. Ist hier nicht Seelenartiges? Ist hier nicht eine verborgene, wunderbare Kraft, die ebenso unerklärlich ist wie die, welche in ewig gleichen Bahnen die Sternenwelten schwebend durch die Himmelsräume führt?“

Und dies Leben, das im Samenkorn schläft, hat, einmal erwacht, oft eine Dauer, die nach Jahrtausenden gemessen werden muß. Der Affenbrotbaum, der bei einem Umfang von 40 bis 45 m, 17 bis 23 m lange Zweige treibt, ist in Exemplaren gefunden worden, deren Alter auf über sechstausend Jahre anzugeben war. Die wenigen Zedern, die der Libanon noch trägt, werden auf 1800 Jahre geschätzt; in Körtlinghausen (Westfalen) steht eine 1000jährige, in Saintes (Frankreich) gar eine 2000-jährige Eiche, bei Freiburg eine 1600jährige Linde, am Dom zu Hildesheim ein Rosenstock, der urkundlich über 800 Jahre alt ist, bei Courmayeur eine 1200jährige Tanne.

Diese ungeheure Lebensdauer entspricht dem Zweck, der die Pflanzen ins Dasein gerufen hat. Sie stehen mit dem allgemeinen Erdenleben in innigem Zusammenhang und bilden eine lebendige Decke, eine Überkleidung des nackten Erdbodens grad so, wie der Haar- oder Federüberzug über den tierischen Körper. Sie bilden einen höchst unentbehrlichen Faktor in dem großen organisch-chemischen Kreislauf der Stoffe, vermitteln den Übergang aus niederen in höhere Lebensformen und dienen nicht nur diesen zur Nahrung, sondern liefern dem Handel und der Industrie die vielfältigsten Gaben.

Die Pflanzendecke der Erde nimmt einen weit größeren Teil ihrer Oberfläche ein, als man gewöhnlich meint. Sowie eine kahle Stelle des Erdbodens mit den wässerigen Dünsten der Atmosphäre in Berührung und unter die Einwirkung von Licht und Wärme kommt, entstehen zunächst Pflanzengebilde niederer Ordnung, die den Boden nach und nach zum Tragen höherer Gattungen vorbereiten. An den schroffen Felsenwänden, unter dem ewigen Eis des Nordpols, in der heißen Wüste, überall begegnen wir Pflanzenformen, die den Einwirkungen einer feindseligen Natur zu trotzen vermögen, und selbst im Meer breitet sich eine Vegetation aus, deren Riesenhaftigkeit wahrhaft bewundernswürdig ist. Wir dürfen hierbei nur an das ‚Sargassomeer‘ denken, dessen grüne Grasdecke sich westlich von den Azoren über einen Raum von 26 Breitengraden ausdehnt.

Der Pflanzenüberzug der Erde hat einen nicht unbedeutenden Einfluß auf das Klima der Erde, und es ist eine allgemeine Erfahrung, daß dieses Klima desto milder wird, je mehr sich die Vegetation entwickelt und verbreitet. Ganz besonders aber sind es die Wälder, von denen die physikalischen Erscheinungen der Oberfläche unseres Planeten abhängig sind. —

Sie saugen die Feuchtigkeit aus der Luft und übermitteln sie dem Boden, in dem sie Wurzeln schlagen, sammeln den Regen, dessen Nässe sie hinunter in die Tiefe leiten, aus der sie als Quelle wieder an das Licht des Tages tritt, und geben die aufbewahrte Feuchtigkeit an die Atmosphäre ab, sobald sie ihrer bedarf.

So bilden die Wälder die eigentlichen Regulatoren der atmosphärischen Niederschläge und müssen deshalb als unentbehrlich angesehen werden. Gegenden, die man ihrer Holzungen beraubte, haben unter den schweren Folgen einer solchen wirtschaftlichen Sünde zu leiden, da es bei ihnen keine Vermittlung zwischen den Extremen von Dürre und Nässe gibt und sie also bald mit der einen und bald mit der anderen zu kämpfen haben.

Von ebenso großer Wichtigkeit ist die Atmung der Pflanzen, die ihre meiste Nahrung aus der Luft ziehen, indem sie aus deren Kohlensäure und Feuchtigkeit den Kohlen- und Wasserstoff in sich aufnehmen und den Sauerstoff ausscheiden, während der tierische Organismus, also auch der Mensch, den Sauerstoff einatmet. Es besteht also zwischen Tier und Pflanze ein gegenseitiger und endloser Austausch der unentbehrlichen Atmungsmittel, ohne den der Mensch nicht zu leben vermöchte.

Diesen Segen bringt die lebende Pflanze; doch nicht minder groß ist ihr Nutzen nach ihrem Tod. Die abgestorbenen Teile fallen zur Erde, wo sie langsam verwesen und von Jahr zu Jahr eine neue Schicht fruchtbaren

Humuslandes bilden. Kann diese Schichtbildung ungestört vor sich gehen, so entstehen mit der Zeit Ablagerungen von solcher Mächtigkeit, daß, wie in den Bottoms des nordamerikanischen Westens, der Ackerbauer ohne Dung und Mühe mehrere Jahrzehnte lang die reichsten Ernten erbaut.

Unter günstigen Verhältnissen, besonders bei reichlich vorhandener Feuchtigkeit, entsteht durch eigentümliche Wurzelbildung und Ablagerung der verwesten Pflanzen der Torf, dann das Moor, von dem die Braunkohle zu den Steinkohlen den Übergang bildet. Hier stoßen wir auf fast unerschöpfliche Reichtümer, die eine um viele Jahrtausende zurückliegende Vegetation für das erst später entstehende Geschlecht der Menschen in den Schatzkammern der Erde aufgespeichert hat.

Es fällt auf den ersten Blick in die Augen, daß der Nutzen der Pflanzen zu ihrer Gesellschaftlichkeit in gleichem Verhältnis steht und daß auch hier der weise Wille des Schöpfers Großes durch das Kleine hervorbringt. Nicht die Eiche, nicht der riesige Mammutbaum ist es, der die Millionen der lebenden Menschen ernährt, sondern die Arten der Gräser, die wir Getreidepflanzen nennen, liefern uns die Stoffe, deren wir bedürfen, um des Leibes Nahrung und Notdurft zu stillen. Dies kann freilich nur durch die massenhafte Vereinigung der einzelnen Pflanzen zu wogenden Feldern erzielt werden, und hier hat die Kultur ihren ersten siegreichen Schritt zu tun.

Wo die Natur durch die Früchte nur eines Baumes dem Menschen den jährlichen Bedarf seiner Nahrung bietet, hat die Gesittung sich noch keine Stätte erobert, und nur da, wo die Hand des Menschen bestimmend und wählend eingreift in das Reich der Schöpfung und im Schweiß seines Angesichts seinen Willen zur Geltung bringt, blüht die Bildung mit allen ihren wohltätigen Folgen.

Daß der Mensch in gewisser Beziehung von dem Boden abhängig ist, auf dem er lebt, wissen wir; infolgedessen ist es ihm wohl auch nicht möglich, sich dem Einfluß der Produkte zu entziehen, die dieser Boden hervorbringt, und in Wirklichkeit beobachten wir je nach der Verschiedenheit der Landeserzeugnisse auch eine Verschiedenheit der Völker.

Der Eskimo trinkt seinen Tran; der Indianer kaut sein Büffelfleisch und verschlingt dazu seine eklen Kammaskuchen; der Amerikaner liebt den Mais, der Engländer den Weizen, der Deutsche den Roggen, ein anderer das Heidekorn; der Inder lebt vom Reis, der Afrikaner von seiner Durrha (Negerhirse), und es läßt sich gar nicht leugnen, daß die Beschaffenheit des Hauptnahrungsmittels nicht ohne Wirkung auf die körperliche und geistige Konstitution der angeführten Völkerschaften sein kann.

Und wie mit dem Felde, so auch mit dem Wald. So heimtückisch wie die Mangrovenwälder der amerikanischen Ostküste, sind auch die wie wilde Tiere in ihnen herumschleichenden Menschen. Die im dortigen Sumpfland schlummernden Fieber wetteifern mit den noch heute menschenfleischfreundlichen Urbewohnern, den weißen Eindringling in Tod und Verderben zu führen.

Finster und wortlos, wie die dunklen, lautlosen Urwälder des amerikanischen Westens, schreitet im Norden der furchtlose Trapper, im Süden der unternehmende Cascarillero oder der goldgierige Cibolero zwischen den hundertjährigen Riesenstämmen dahin und hat in Schnitt und Farbe seiner Kleidung der Natur ihr Geheimnis abgelauscht, ihre Geschöpfe durch die Ähnlichkeit ihrer Farbe mit der des Bodens in liebevollen Schutz zu nehmen.

Steigen wir empor in die Berge, wo sich die Schluchten und Abhänge mit dunklen, kühnen Tannen bekleiden, durchschreiten wir die sandigen Heidestrecken, über die sich die unzähligen Heere des Kiefernforstes lagern, wandeln wir unter den magischen Kronen der freundlichen Laubwaldungen, rasten wir im Schatten schlanker Palmen oder wagen wir uns in die gigantische Vegetation am Tschadsee und den Ufern des Schari, in jedem einzelnen dieser Fälle tritt uns eine bestimmte Ähnlichkeit zwischen den pflanzlichen und den tierischen Formen entgegen, denen sich auch der Mensch nicht zu entziehen vermag. Obgleich ein freier Sohn des Himmels, ist er doch in gar mancher Beziehung ein Sklave der Erde, die ihre Fesseln um ihn wirft und ihn knechtet bis zu dem Augenblick, an dem er dem Staub das erborgte Kleid zurückerstattet.

Die Natur kennt eben keine Bevorrechtung; was in ihre Reiche gehört, muß sich ihren Gesetzen beugen und sich ihr untertan erkennen und erklären. Diese Gesetze sind ewig dieselben und trotz einer durch Jahrmillionen fortschreitenden Entwicklung auf ewig vollständig und lükkenlos. Unter ihrem Befehl bildet die Schöpfung ein engverbundenes, zusammengehöriges Ganzes, zu dem ohne Ausnahme alle Gestaltungen von der niedrigsten Materie bis zur höchsten geistigen Form gehören, um sich gegenseitig zu berühren, zu beeinflussen und dadurch der Stufenleiter der erschaffenen Wesen immer neue Sprossen anzufügen.

Diese Wechselbeziehung ist es, die dem anscheinend Toten Seele, Leben und Bewegung verleiht und jene Verwandtschaft begründet, welche die stolze Vermessenheit des Menschen demütigt, indem sie ihm an jedem einzelnen Körper, in jeder beliebigen Naturerscheinung, Stoffe und Vorgänge zur Anschauung bringt, aus denen auch er besteht und die sich auch an ihm selbst vollziehen.

Zwar sträubt er sich mit aller Macht und Anstrengung, mit der Reihe des unter ihm Stehenden ins Glied zu treten, aber die unerbittliche und unbestechliche Wissenschaft entreißt ihm ein Vorurteil nach dem anderen, entkleidet die Legenden, die seinem Selbstgefühl schmeichelten, ihres Heiligenscheines und zwingt ihn, die heilsame Arznei der Wahrheit zu trinken, um zu einer gesunden, irrtumsfreien Welt- und Lebensanschauung zu gelangen. Er lacht über die Zumutung, im Gorilla, Orang-Utan oder Schimpansen seinen Urgroßvater zu erkennen, und doch ist er aus nichts anderem gemacht und gestaltet worden, als aus den Elementen, aus denen auch der Stein, die Pflanze, das Tier zusammengesetzt wurden. All seine sogenannten Vorzüge verdankt er einer in ihm vollzogenen Entfaltung der in den vorhergehenden Wesensordnungen schlummernden Kräfte und Fähigkeiten, und wie sein Leib nichts anderes als nur eine Veredlung des tierischen Körpers ist, so läßt sich die in ihm tätige seelische und geistige Kraft in absteigender Folge und allerdings auch mit abnehmender Deutlichkeit an der ganzen Reihenfolge der erschaffenen Wesen nachweisen.

Dieser Nachweis ist bei den Tieren bis hinunter zu den niedrigsten Arten ohne Schwierigkeit zu führen. Nicht so leicht fällt er bei den Pflanzen, ja es gibt gewiß sehr viele, die bei dem Wort ‚Pflanzenseele' mit verwundertem Lächeln den Kopf schütteln würden. Und doch läßt sich ein organisches Leben nicht ohne irgendeine geistige Potenz denken, durch die eine Existenz eben erst zu einer organischen wird. Natürlich kann hier von einer freien Verstandes- und Willenstätigkeit, wie wir sie noch bei den Tieren finden, nicht die Rede sein, sondern die Tätigkeit der Pflanzenseele wäre nur in den allerelementarsten Äußerungen zu suchen.

Etwas Derartiges müssen wir schon dem Keim des Samenkorns zusprechen. Bedeutend deutlicher zeigt sich die Spur eines seelischen Lebens im sogenannten Schlaf der Pflanzen, der besonders bei den Leguminosen oder Hülsenfrüchten beobachtet wird. Sie scheinen, gleich den Tieren, bei einbrechender Nacht in Schlaf zu fallen, verschließen ihre Blumenkelche, legen ihre Blätter zusammen und erwachen nicht eher wieder, als bis die Strahlen der Morgensonne auf sie fallen. Aber wie unter den Tieren viele des Tages ruhen und erst in der Nacht herumschwärmen, so sind auch andere Pflanzen im Tageslicht untätig, wachen erst mit den Sternen auf und streuen ihre Wohlgerüche in der stillen Dämmerung oder in der nächtlichen Dunkelheit aus. Das Reich der Pflanzen hat, wie das der Tiere, ebensowohl seine Nacht- als auch seine Tagschläfer.

Es gibt gewisse Pflanzen, die so reizbar sind, daß ihnen eine sehr zarte, fast tierische Empfindung nicht abzuleugnen ist. Die schamhafte Sinnpflanze *(mimosa pudica)* zieht, wenn man sie berüht, schüchtern ihre Blätter zusammen, und wenn man sie schlägt oder stark erschüttert, so läßt sie die Blätter traurig herabhängen. Fast ebenso empfindlich ist eine andere Mimosenart, ein südamerikanischer Strauch von 2 bis 3 m Höhe. Stampft man in der Nähe dieser Gewächse auf den Boden, so erfolgt eine plötzliche Bewegung der Blätter, die mit der Wirkung des Schrecks auf die Tiere große Ähnlichkeit hat. Wenn ein Reiter durch ein solches Mimosengesträuch galoppiert und die vorher im Sonnenschein so schön ausgebreiteten fiederblättrigen Fächer rechts und links bei jedem Hufschlag zusammenfahren und schlaff niedersinken sieht, so bekommt er den Eindruck, als befinde er sich mitten unter mit Gefühl und Empfindung begabten Wesen. Nicht minder auffallend ist die Ruhelosigkeit des schwingenden Hedysarum *(hedysarum gyrans)*, einer ostindischen Pflanze, die unserer Esparsette nahe verwandt ist. Solange dieses Gewächs sich im Wachstum befindet, sind seine Blätter in einer immerwährenden und regelmäßig auf- und niedergehenden Bewegung.

Auch die außerordentliche Liebe der Pflanzen zum Licht ist eine der Erscheinungen des organischen Lebens. Welch ein wetteiferndes Drängen der Bäume eines dichten Waldes, teilzuhaben am Sonnenlicht. Wie trauernd und kränkelnd stehen die Unterdrückten da, während freudig die über ihnen rauschen, deren Wipfel vom Glanz der Sonne trinken. Wie breiten die in Zimmern und Gewächshäusern gehaltenen Pflanzen ihre Zweige, ihre Blätter sehnsüchtig nach den Fenstern aus, und wie drängt sich selbst der Keim aus den im Dunkel aufbewahrten Zwiebel- und Knollengewächsen hervor, um nach Licht zu suchen! Eine Kartoffel, die im Frühling in einem Winkel des Kellers liegen geblieben war, trieb ihren Ausläufer erst sieben Meter am Boden gegen die Tür hin, dann rankte sie an der Wand in die Höhe und trieb dann in gerader Richtung auf das Lichtloch des Gewölbes zu. Wer kann bei solchen Erscheinungen, die das Vorhandensein eines Pflanzensinnes ankündigen, ein gleichgültiger oder gar gefühlloser Zuschauer bleiben?

Zwar dürften diese Erscheinungen durch physikalische und chemische Verhältnisse zu erklären sein, aber ein Rätsel bleiben sie uns doch, und wir müssen gestehen, daß die Tätigkeit der menschlichen Seele, des menschlichen Geistes ja auch nur durch gewisse physikalische Vorgänge und chemische Prozesse ermöglicht ist.

Für den sinnigen und gefühlvollen Beobachter gibt es im Reich der Pflanzen mehr Leben, Absicht und gleichsam willkürliche Tätigkeit, als andere vermuten möchten. Scheint es doch fast, als ob sie der Schöpfer mit einer gewissen gegenseitigen Liebe begabt hätte! Denn wie unter den meisten Tieren, so herrscht sichtbar auch unter den Pflanzen der Trieb zur Geselligkeit. Wo sie frei für sich leben, und das ist vornehmlich in den gemäßigten Erdgürteln der Fall, da wohnen sie in ganzen Familien beisammen. Sie scheinen dann kräftiger zu gedeihen, als wenn man sie vereinzelt; ihr Wuchs ist, besonders an Bäumen, schlanker, ihre Oberfläche glänzender. Hingegen einzeln- und freistehende Pflanzen sind zusammengedrängter, struppiger, rauher und behaarter. Ist es nicht ebenso bei dem Menschen? Durch Geselligkeit wird er heiter, in seinem Äußern gefälliger; die Einsamkeit macht ihn in sich gekehrter, rauher, ja — wilder. Es ist keine Sage, sondern vollständige Wahrheit, daß die Marienkreuzdistel ganze Völker bildet, die unter einem König stehen, dessen Standpunkt sich gerade in der Mitte des gewöhnlich ungefähr einen Quadratkilometer einnehmenden Terrains befindet, über das sich das Volk verbreitet. Reißt man diesen König aus der Erde, so stirbt bis zum nächsten Herbst das ganze Volk ab. Wie will man sich dies Geheimnis erklären?

Aber auch das Gegenteil der Liebe, der Haß und die Feindschaft, hat sich in das Reich der Pflanzen geschlichen. Wie es unter den Tieren solche gibt, die nur vom Untergang und dem Blut der anderen sich ernähren, so finden wir auch unter den Gewächsen Raubpflanzen, die im Saft und Blut der übrigen schwelgen. Sie hängen sich ihnen an, dringen mit ihren Saugröhren in sie ein und zehren ihre Kräfte auf. Wie in den Wildnissen Südamerikas die Räuber des Tierreichs am zahlreichsten vertreten sind, so wuchern in den dortigen Urwäldern auch die gewaltigsten Schmarotzerpflanzen. Armesdick umspannen die Lianen die Stämme, schleichen von Baum zu Baum in einer Länge von Hunderten Metern fort, schnüren wie Seile ganze Waldungen zusammen und machen sie so undurchdringlich, daß mit der Axt oftmals hundert Bäume von ihrer Wurzel getrennt werden und dennoch in der Umschlingung stehen bleiben. Unter dieser tödlichen Umschlingung ersticken die Bäume, verfaulen und zerfallen, während der Mörder auf neuen Raub ausgeht. Die Mistel bohrt ihre aussaugenden Wurzeln zwischen die Rinde unserer Obstbäume und entkräftet sie. Der Frauenflachs geht ebenso mordend von einer Pflanze zur anderen, ja, ganze Geschlechter und Familien stehen einander feindlich gegenüber und kämpfen so lange, bis das eine ausgerottet oder gewichen ist. Ein auffälliges Beispiel hierzu bieten die

Zapfenträger und die Kätzchenträger. Deutschlands riesige Eichenwälder haben verschwinden müssen, weil sie in den nadeltragenden Forsthölzern überlegene Feinde besaßen, die sich in sie eindrängten, ihre Lücken ausfüllten, ihre geschlossene Ordnung auseinandertrieben und mit dem jungen, schnellen Nachwuchs die alten, knorrigen und langsam wachsenden Veteranen um ihre angestammten und ehrwürdigen Rechte betrogen.

Ist es unter den 400 000 Arten der Pflanzen nicht gerade ebenso, wie unter den verschiedenen Arten der Menschenkinder? Die Beziehungen der einzelnen Naturreiche zueinander und zu dem Reich der Nachkommen Adams sind überraschend innig. Das eine bereitet das andere vor, bildet es ab und setzt sich als Grundlage einer höheren Etage im Gebäude der irdischen Welt. Selbst wenn wir der einzelnen Pflanze ein metaphysisches Etwas, eine selbstständige Seelentätigkeit absprechen müssen, können wir doch nicht leugnen, daß der große Geist des Weltalls die kleinste Flechte ebenso durchdringt, wie den gewaltigen Riesen des Waldes, daß er ebenso deutlich aus dem Gänseblümchen spricht, wie er aus dem Glanz des südlichen Kreuzes predigt, daß er sich im Dufte der Rose und dem Rauschen des Forstes ebenso nachhaltig offenbart, wie im Klang der Psalmen und dem Donnerwort vom Sinai. Es gilt eben hier wie überall das Wort Christi: „Wer Ohren hat zu hören, der höre!"

Von diesem Gesichtspunkt aus hat eine jede Pflanze unbestreitbar ihre Seele, ihren Charakter, ihre Physiognomie und ihre Sprache. Die Tanne rauscht, die Linde säuselt, die Zypresse klappert mit ihren Zweigen; andere knarren; die Blätter lispeln und flüstern, sie scherzen und kosen; der Wald hat sein Piano und Fortissimo, sein Crescendo und Decrescendo, sein Solo und sein Tutti, überall aber nur eine Tonart: In Moll allein ertönt die Musik, die Stimme der Natur und reicht mit ihrem Einfluß so weit, daß kindliche Völker ihre Lieder allein nur in Moll singen.

Dur ist die Tonart der Tat, des wildbewegten Lebens; die Natur dagegen ist ein großes, elegisches Gedicht. Ihr ganz hingegeben, versinkt auch der Mensch, sei es im Rauschen des Waldes, im Sausen des Windes, im Plätschern des Regens oder im Donner des Meeres in eine elegische, weiche Stimmung. Darum war der Wald zu allen Zeiten der Vater der Lyrik, und die Sprache der Natur ist auch allzeit die Sprache des einfachen, der Natur noch nahestehenden Menschen.

Die Physiognomie der Pflanzen ist eine doppelte, eine allgemeine und besondere. Die Teppichvegetation der Moose, Flechten und Gräser, die Stockvegetation des Bambus, der Bananen und Kaktusarten, die Kronenvegetation der Laub- und Nadelwälder, die Schopfvegetation der Farne, Pandanen und Palmen und die Verzierungsvegetation, die aus Orchideen, Winden, Lianen und Pfeffergewächsen ihre Ornamente zeichnet, sie alle haben ihren eigenen, deutlich ausgeprägten Charakter. Aber daneben besitzt jedes einzelne Individuum dieser Pflanzenarten seine speziellen Eigentümlichkeiten, die nur dem liebevollen Auge des Naturfreundes erkenntlich sind, weil ihm die Rose an seiner Brust, der Halm zu seinen Füßen, der Blütenzweig in seiner Hand, der Wipfel über dem First seines Daches unendlich mehr bedeutet, als nur ein vielgesehener und alltäglicher Gegenstand.

Es darf uns daher nicht wundernehmen, daß die Phantasie des Menschen schon von alters her die Pflanze personifizierte und noch der Dichter der Gegenwart mit seinen rauschenden und duftenden Lieblingen wie mit lieben, freundlichen Wesen verkehrt, die ihn lieben, ihn kennen und teilnehmen an den Leiden und Freuden seines Herzens.

Die Mythe der alten nordischen Völker dachte sich die Welt gestützt von der großen Esche Yggdrasil, die ihre drei Wurzeln nach Jötunheim, Asgard und Niflheim schlug; die Bibel beginnt ihren Bericht über die ersten Menschen mit der Erzählung vom Baum des Lebens und vom Baum der Erkenntnis; die frommen Sagen aller Völker wissen von heiligen Gewächsen zu berichten, und der Aber- und Wunderglaube knüpft an gewisse Pflanzen, Teile von ihnen oder Vorgänge an ihnen seine überraschenden Berichte.

Wenn der denkende Mensch von der Stimme Gottes in der Natur spricht, so hat er ganz besonders das Reich der Pflanzen im Auge; denn hier wird jedes einzelne Blatt und selbst das kleinste Blümchen zum eindringlichen und freundlichen Prediger der Liebe, Allmacht und Allweisheit des himmlischen Vaters. „Und daselbst kam des Herrn Hand über mich und sprach zu mir: ‚Mache dich auf und gehe hinaus in das Feld; daselbst will ich mit dir reden!' Und ich machte mich auf, und siehe, da stand die Herrlichkeit des Herrn vor mir", heißt es im Propheten Hesekiel, und doch gehen Tausende an dieser Pracht und Herrlichkeit Gottes vorüber, ohne sie zu schauen und ihre Stimme zu hören.

Wie laut und machtvoll ertönt diese Stimme bei dem alljährlichen Erwachen der Natur

„Wenn beim Klang der Kirchenglocken
Frühling durch die Fluren geht
und der Wind die Blütenflocken
von den duft'gen Zweigen weht",

um das menschliche Gemüt daran zu erinnern, daß es zwar eine Ruhe, aber nicht ein Aufhören des Lebens, einen Tod gibt! Welch hohe Beredsamkeit liegt in der reifenden Stille einer befruchteten Flur, über die sich der Reichtum goldener Ähren breitet:

„O süßes Grau'n, geheimes Wehn,
als knieten viele ungesehn
und beteten mit mir!"

Und selbst der raschelnde Fall des herbstlich gefärbten Laubes, das Knistern des Strauches unter der Fülle des winterlichen Schneekleides muß eine Stimme sein im hohen Liede der Natur.

Ist es nicht rührend, daß die arme, einsame Näherin ihr hochgelegenes, kleines Mansardenstübchen mit einer bescheidenen Reseda zu schmücken strebt, um nur ein Wesen zu haben, dem es Liebe und Pflege erweisen darf? Und ist es vielleicht so ganz von ungefähr, daß die schwellende Knospe, die duftende Blüte so oft und gern gebraucht wird als ein Bild der ‚Menschenblume, der holden'? Wenn der Dichter begeistert ausruft:

„Da haben wir staunend dich angesehn,
Waldröslein, so jung und so maienschön",

oder wenn der ferne Wandersmann seiner Sehnsucht Worte gibt:

„Im Heimatdörfchen blüht die Rose,
die's meinem Herzen angetan",

so stehen ‚Waldröslein' und ‚Dorfröschen' vor dem geistigen Auge des Hörers nicht als gleichgeartetete, sondern als verschieden begabte Wesen da, und es ist doch, als hätte jede Blüte, wie die Sage berichtet, ihren eigenen Engel, der als Blumenseele aus der Krone lauscht und in der Tiefe des Kelches die lieblichen Mysterien des Duftes webt und dichtet. Wer könnte darum über die kindliche Anschauung lächeln, die sich hütet, eine Blume zu brechen, weil dadurch ein zartes, geheimnisvolles Leben zerstört und vernichtet wird, oder wer wollte des Märchens spotten, das die segenspendende Flur unter den Schutz einer fleißigen Fee stellt, die über Feld und Wiese wacht und jeden Raub mit Zauberbann bestraft?

„Laß stehn die Blume,
geh nicht ins Korn:
die Roggenmuhme
geht um da vorn!"

warnt die Bäuerin der Altmark ihr Kind, wenn es nach einer azurblauen Zyane greift, und es ist nicht zu leugnen, daß diesem wie überhaupt jedem Aberglauben eine an und für sich reine und beachtenswerte Idee zugrunde liegt. Es bringt dem Menschengeschlecht keine Gefahr, wenn die Poesie ihren belebenden Hauch über die Felder breitet und ein seelisches Leben und Walten da findet, wo der nüchterne Verstand nur Knollen, Kraut und Wurzeln sucht. Ist es doch, als wolle die dichtende Phantasie Ersatz bieten für die Selbstsucht der Menschenkinder, die an das Wort ‚Feld' am liebsten den Begriff der Ernte, des nüchternen Erwerbs knüpft und dabei oft die Liebe vergißt, die den Keim belebt, die Halme lockt und die Früchte schwellt. Erinnert doch gerade dieses Wort an den größten und häßlichsten Gegensatz der Liebe, der seine Opfer unter dröhnendem Rossestampfen und brüllendem Kanonendonner auf dem ‚Schlachtfeld' in ‚des Todes blutige Rosen' bettet.

Wie über das Feld, so wirft auch über den Wald die Dichtung ihren verklärenden Schimmer, und das magische Dunkel, über das sich die dichten Wipfel legen, ist ganz geeignet zur Herberge für das Märchen, das seine Träume um die schlanken Stämme spinnt, daß sie sich emporranken in das flüsternde Gezweig und vom Waldesduft hinausgetragen werden in das Sonnengold, um sich beim Glanz der Sterne niederzusenken an das lauschende Ohr der Menschenkinder.

Mit fliegender Mähne und schäumenden Lenden, mit dem gewaltigen Gehörn das wirre Buschwerk zerfetzend, rast das riesige Elen dahin, auf dem der Woodlandsghost, der Geist der wilden Prärie, durch die Wälder des nordamerikanischen Westens saust. Vor ihm her jagen die lechzenden Geister der Rothäute, die vor den Bleichgesichtern flohen, und hinter ihm folgen auf feuerschnaubenden Rossen die Seelen der Weißen, die unter den Streichen des Tomahawk fielen.

Über die Wälder Deutschlands braust der wilde Jäger mit seinem brüllenden, schreienden, heulenden und kläffenden Gefolge; in den dunklen Schluchten des Riesengebirges treibt Rübezahl sein Wesen; in den Alpenforsten des Waadtlandes haust ein Geist, der den Menschen bald als *Grabbi* (Geizhals), *bald als Bita crotzé* (Klauentier), als *Niton* (Schalk), *Tamai* (Waldmensch), *Osé* (Vogel) oder *Tofron* (Landstreicher) erscheint. In den Wäldern Vorderasiens versteckt sich der riesige Scheitan; den Himalaja machen Tausende von Dschinnen unsicher; auf Madagaskar dreht Mahao, die Zauberin, die stärksten Bäume zusammen und spinnt sie zu Flachs für ihr Hemd; auf den schottischen Bergen klagt der Geist Fingals um seine Tochter; jeder Wald hat seine Geschichte, seine Sage, seine gespenstische Bevölkerung, die gut oder bös ist, das Licht oder das Dunkel liebt, je nach der Physiognomie, die ihm eigentümlich ist.

Denn auch der Wald hat seinen Charakter, seine individuellen Eigentümlichkeiten und läßt aus diesem Grund sehr wohl eine Personifikation zu.

„Wer hat dich, du schöner Wald
aufgebaut so hoch da droben?
Wohl den Meister will ich loben,
so lang noch mein Lied erschallt!“

gilt dem Hochwald, dessen dunkles Getann mit seinen Wurzeln sich an die steilsten Felsenklüfte klammert und die vom Sturm zerrissenen Gipfel hoch in das Glühen der Alpen taucht. Dort hinauf dringt nur selten ein schwacher Laut des tief unten wogenden Lebens und nur der scharfe Knall der Büchse bringt unwillkommene Kunde von der Feindschaft, mit der die irdischen Geschöpfe sich bekämpfen. Ist's ein Wunder, daß er diesen Geschöpfen seine strengste, düsterste Miene zeigt und sie mit seinen stürzenden Felsen und Fluten von sich abzuweisen sucht?

„Ade, du liebes Waldesgrün, ade!
Ihr Blümlein mögt noch lange blühn, ade!
Mögt andre Wandrer noch erfreun
und ihnen eure Düfte weihn, ade!"

gilt einem ganz anderen Wald, dem Laubwald, der seine Eichen- und Buchenstämme in den Boden des Unterlandes gründet und das lebendige und bewegliche Grün seiner Blätter nur hier und da mit einer Gruppe dunkler Nadelhölzer schattiert. Da breitet ein blumenreicher Teppich sich unter den kühlenden Laubkronen aus, der Strahl der Sonne umsäumt die zitternden und flüsternden Blätter mit purpurnen, goldenen und silbernen Rändern, und farbige Schimmer zucken und blitzen durch das Geäst. Hier hat das ‚Eichkätzerl', das possierliche, seine eigentliche Heimat, metallisch glänzende Käfer summen unter der hohen Wölbung dahin, leichte Falter schlagen die zartbeschuppten Flügel, und draußen am Rand, wenn das Abendrot am Himmel verglüht, erhebt die Nachtigall ihre bald klagende, bald jubelnde Stimme.

Da droben im Hochwald färbt sich der See mit tiefdunklen Tönen und finstere Schatten schauen aus seiner Flut. Es ist, als wohne der Tod auf seinem Grund und in der Kälte seiner Wasser müsse jedes Leben, jede Bewegung ersterben. Hier unten aber umsäumt sich das Ufer mit heiterem Grün, flimmerndes Licht vibriert über der wallenden Fläche, schimmernde Reflexe tanzen auf den spielenden Wellen und hell, treu und aufrichtig schauen die zurückgeworfenen Bilder aus der kristallenen Flut empor. Und wenn des Vollmonds magische Helle den Schleier der Wolken durchbricht und geheimnisvolle Nebel um Busch und Strauch sich dehnen, dann beginnt die Flut zu wallen; denn das Feenschloß da unten auf dem Grund hat seine Tore geöffnet und ihm entsteigt die Herrscherin in wunderbarer, sinnverwirrender Schönheit, um das Reich der Sterblichen zu besuchen und den Tanz der Elfen zu belauschen.

Vermählt sich der Laub- mit dem Nadelwald, so entsteht jene liebe Vereinigung von Hell und Dunkel, von Zartheit und Kraft, die mit dem bekannten

„O Täler weit, o Höhen,
o schöner, grüner Wald,
du meiner Lust und Wehen
andächt'ger Aufenthalt!"

gemeint ist und die Freundlichkeit des einen mit dem Ernst des anderen in die innigste Verbindung bringt.

Da gibt es sowohl für die Lust als auch das Weh des Menschenherzens ein lauschiges Plätzchen, an dem man dem Wald, dem verschwiegenen, das stille Glück vertraut oder den nagenden Kummer klagt, und dazu rauschen die Wipfel und flüstern die Zweige so teilnehmend und beschwichtigend; das Herz wird ruhig, der Glaube schlägt wieder Wurzel, die Hoffnung grünt, das Vertrauen erstarkt, der entmutigte Wille ermannt sich zu neuer Tat und beim Scheiden ertönt es aus schattigem Grund mit neuem Mut:

„Was wir still gelobt im Wald,
wollen's draußen ehrlich halten,
ewig bleiben treu die Alten,
bis das letzte Lied erschallt!"

Mensch und Tier

Herr, wie sind Deine Werke so groß;
Deine Gedanken sind so sehr tief!
Psalm 92, 6

Nicht zufällig stellt der Psalmist in diesem Worte die Begriffe ‚Werk' und ‚Gedanke' nebeneinander, denn während bei dem Menschen das Denken dem verständigen Wirken vorangeht und es begleitet, muß jeder Gedanke der göttlichen Allmacht sofort Gestalt und Wesen annehmen und als Erschaffenes, als Kreatur sich offenbaren.

Die Gesetze, Kräfte und Erscheinungen der Natur sind nichts anderes, als in die Zeitlichkeit getretene Gedanken des Ewigen, durch eine unfehlbare und allweise Logik zu einer Predigt verbunden, die ebensowohl den strengen Ernst einer allwaltenden Gerechtigkeit, wie das Evangelium einer unendlichen Liebe verkündigt. Diese wunderbare Logik zeigt sich als eine lückenlose und Stufe für Stufe fortschreitende Entwicklung des nächst Höheren und Vollkommeneren aus dem vorangehend Niederen, aber seinem Zweck vollkommen Entsprechenden, und wo das schwache Auge des Sterblichen eine Lücke in der Kette der Schöpfung zu gewahren vermeint, da tut sich dem späteren und schärferen Blick das Geheimnis kund, daß die Woche des Schaffens noch nicht bis zu dem siebenten Tag, dem großen Sabbat der Ruhe vorangeschritten ist.

Jede höhere Stufe kennzeichnet sich durch eine größere Selbständigkeit des Lebens, eine vermehrte Freiheit der Bewegung und eine immer deutlicher ausgesprochene Individualität.

Das erste Lebenszeichen unseres Planeten bestand in der durch elementare Bewegungen hervorgebrachten Bildung und Gestaltung der Erdmasse. Wir haben diesem gewaltigen Gären und Treiben nicht beigewohnt; aber wir sehen es, zu Stein erstarrt, seine Felsenwogen aus der Tiefe emportragen und erkennen in jeder Anschwemmung oder Ablagerung des irdischen Stoffes und jeder metallischen oder kristallinen Erscheinung den wahrheitstreuen Zeugen einer Jahrmillionen umfassenden Entstehungsperiode. Die hierbei tätigen Urgewalten arbeiten noch heute an der Umgestaltung des Stoffes, und die allmählich aber sicher vor sich gehende Veränderung der Erdoberfläche gibt in einer ununterbrochenen Bewegung den Beweis, daß fortwährendes und bis heute noch nicht erloschenes Leben selbst die starre und an sich tote Materie beherrscht.

Diese unselbständige Bewegung, dieses willenlose Leben des Anorganischen gewinnt immer wachsende Freiheit erst im Reiche der organischen Körper, die bis hinauf zum Menschen einen immer bestimmter erkennbaren persönlichen Charakter zur Geltung bringen.

Die Pflanze hat sich mit den edleren und feineren ihrer Glieder schon von der Erde losgerissen. Zwar kriechen ihre niederen Gattungen und Arten noch am Boden hin, aber die höheren streben kühn empor zum Sonnenlicht und zahlen nur im Blätterfallen dem Boden, der sie tyrannisch an den Wurzeln hält, den schuldigen Tribut.

Auch einige der untersten tierischen Wesen vermögen der Erde noch nicht zu entfliehen, aber während selbst den freien Teilen der Pflanze jede Willkür mangelt, ist ihnen schon die Selbständigkeit der Bewegung geschenkt, die ihnen erlaubt, dem Instinkt der Erhaltung und Vermehrung zu folgen. Und in diesem Instinkt ist das unbestimmbare Prinzip zu erkennen, das sich durch seine Herrschaft über den Körper später als tierische Seele offenbart und als Geist im Menschen die höchste Stufe seiner Entwicklung erreicht.

Der Übergang aus dem Pflanzenreich in das Tierreich ist nicht ein plötzlicher und unvorbereiteter, sondern wie wir gesehen haben, daß es Pflanzen gibt, die ein Wachen und Schlafen, ja sogar eine Empfindung zu haben scheinen, so gibt es auch Tiere, die wachsen und sich vervielfältigen wie die Pflanzen, Tiere, die man lange nur für Pflanzen gehalten hat und die es in der Tat doch nicht sind. Aber ist dieser Übergang einmal geschehen, so eilt die Organisation auch mit raschen Schritten durch die zahlreichen Klassen der animalischen Welt bis an jene Grenze, an der die Wissenschaft die Frage aufwirft: „Nun sage, Mensch, woher du stammst!“

So stolz wir selbstgefälligen Menschenkinder auf unsere wissenschaftlichen Eroberungen sein zu müssen glauben, es ist doch nur eine geringe Tiefe, bis zu der wir in den ‚Reichtum beider, der Weisheit und Erkenntnis Gottes' eingedrungen sind. Während das Große, das Augenfällige zumeist und vor allen Dingen unsere Aufmerksamkeit in Anspruch nimmt, vollziehen sich in unserer unmittelbaren Nähe, ja an uns selbst, tausend Wunder, die wir nicht beachten, weil sie uns alltäglich erscheinen oder zu ihrer Betrachtung einer Bewaffnung unserer Sinneswerkzeuge bedürfen. Und doch ist das Kleine im Haushalt der Natur von unendlich höherer Bedeutung als das Große, denn dies baut sich aus dem Ersteren auf und entnimmt nur ihm die Mittel seines Fortbestandes.

So auch im Leben der Tiere.

Elefanten, Nashörner, Flußpferde, Löwen, Tiger, Riesenschlangen, Krokodile, sie, die Riesen und ‚Helden' des Tierreichs, sind aller Welt bekannt, und Hunderte von Menagerien und zoologischen Gärten bemühen sich, die Kenntnis über sie zu verbreiten, aber

„der Käber und dat Würmelein"

und all' die ‚Tierekens', deren Dasein nur mittels der Lupe zu bestimmen ist, finden wenig Gnade vor den Augen des großen Publikums, obgleich auch hier die Behauptung gilt, daß das ‚schlichte Heldentum' oft höheren Wert in sich berge, als die ‚große Reckentat'. Was ist die Kraft des Elefanten, der Mut des Löwen und die Kühnheit des Tigers gegen die Arbeit der kleinen Koralle, die ganze Inseln und Inselgruppen aus der Tiefe des Meeres emporhebt? Welches andere Tier, und wäre es noch so riesengroß, kann seine Muskelkraft mit der des Flohs messen, der mehrere hundertmal höher springt, als er selber ‚hoch' ist? Selbst der mit 4000 dolchähnlichen Zähnen gespickte Rachen eines Riesenhaifisches muß verlieren bei einem Vergleich mit den Freßwerkzeugen jener winzig kleinen Insekten, die sich in die gigantischen Stämme der Teakwälder einbohren und das eisenfeste Holz zu Staub und Mehl zermalmen.

Und von welch hoher Bedeutung sind all die kleinen, mikroskopischen Tierformen, deren Kenntnis wir erst der neueren Zeit verdanken, für die Architektur des himmlischen Baumeisters!

In einem einzigen Tropfen Wasser schwimmen oft viele Tausende von Infusorien, und das höchste organische Geschöpf, der Mensch, beherbergt in seinen Eingeweiden, in seiner Haut, seinen Haaren, im Schleim, der an seinen Zähnen haftet, in dem Blut, das ihm durch die Adern rollt, unzählbare lebende Wesen. Sein Leib ist für Millionen verschiedener und fast unentdeckbarer Geschöpfe eine große wandelnde Welt, wie der ganze Erdball für die Völker des menschlichen Geschlechtes es ist. Sein Sterben und das Verwesen seines Leichnams ist nur der Augenblick, an dem sich sein Fleisch und Blut wieder in neue Tierarten verwandelt, und selbst in größere, dem bloßen Auge sichtbare Geschöpfe, deren erste Stoffe, Keime und Eier er in sich getragen, ohne eine Ahnung davon zu haben.

Auf dem Grund des Meeres und der süßen Gewässer bilden die winzigen Foraminiferen mächtige Ablagerungen; ebenso sind viele ausgedehnte Bodenschichten des Festlandes, zum Teil die festesten Felsen, aus ihnen entstanden. In der Steinkohlenformation Rußlands an den Ufern der Dwina hat man ungeheure Bergkalklager gefunden, die aus ihnen bestehen. Der Grobkalk des Pariser Beckens, der Kalksand an den verschiedensten Meeren, der Schlamm vieler Häfen, ganze Gebirgsschichten haben sich aus ihnen gebildet. Der nordwestliche Teil von Berlin, die sogenannte Friedrich-Wilhelm-Stadt (Luisenstraße, Karlsstraße), steht auf einer Schicht von zum Teil noch lebenden Infusorien, und es ist dadurch der Einsturz mehrerer neugebauter Häuser herbeigeführt worden, weil die Baumeister es versäumt hatten, den Baugrund genau zu untersuchen. Diese Schicht ist 5 bis 32 m mächtig, und welche Menge solcher Tiere zu ihrer Bildung gehörten, läßt sich aus der Angabe ersehen, daß erst 4 555 000 000 einen Kubikzentimeter Erde bilden. Die nach oben weiße, nach unten graue Erde am Südrand der Lüneburger Heide bei Ebsdorf, 9 m mächtig, das kreideähnliche Gestein bei Jastraba in Ungarn, 4 m mächtig, die Bergmehlschichten bei Bagnola in Toskana, 3 m mächtig, verdanken ihnen ihre Entstehung. Auch die Erde, die gewisse wilde Völker essen, ist nichts anderes als Infusorienerde. Sogar in der Luft sind diese Tiere zu finden. Wenn der Seefahrer bei der Rückkehr aus Indien oder vom Kap der guten Hoffnung auf dem Weg nach Europa ungefähr den 20. Grad nördlicher Breite schneidet, sieht er nicht selten die Segel seines Schiffes sich mit einem feinen Staub bedecken, den er Passatstaub nennt, weil ihn der in diesen Gegenden herrschende Passatwind herbeigeführt hat. Dieser Staub kommt aus Afrika und zeigt sich bei mikroskopischer Betrachtung als nur aus Infusionstierchen bestehend. Ebenso verhält es sich auch mit der Erscheinung, die man Staubnebel, Meteorstaub, Staubregen usw. nennt und die auch zuweilen bei uns, mehr aber noch im südlichen Europa bemerkt wird.

Von diesen nur durch das Glas erkennbaren Tieren bis hinauf zu dem oft über 200 Zentner schweren Walfisch hat ein jedes seine eigene Aufgabe zu erfüllen und kehrt dann wieder in seine Urbestandteile zurück.

„Wozu sind die Myriaden von häßlichen Würmern, die lästigen Insekten, das schmarotzende Ungeziefer, die schleichenden und reißenden Tiere da, die mit Wollust im Leben ihrer Mitgeschöpfe wühlen?“ fragt da der Zweifler oder der Wißbegierige. Alle jene, trotz der vorgeschrittenen Kultur noch so zahlreichen und oft weit ausgedehnten Erdlager, die der Pflug noch nicht berührte, wären vielleicht schon längst steinartig verhärtet, wenn sie nicht alljährlich durch Legionen von Würmern, Käfern, Schnecken und anderen Tieren durchwühlt und aufgelokkert würden. Die unterirdischen vielfach gewundenen Gänge, Zellen und Behausungen dieser kleinen Geschöpfe sind ebenso viele künstlich gebaute Kanäle, durch die der befruchtende Regen in den tiefen Grund dringt und die Luft den Wurzeln neue Nahrungsstoffe zuführt. Gott hat alles weiser geordnet, als der Sterbliche kennt und begreift. Wo der Mensch Störungen seiner eigenen Absichten oder Fehler in der Naturordnung beklagen zu müssen glaubt, ist ihm ohne sein Wissen und Verstehen eine Wohltat geschehen, deren segensvolle Folgen sich auf die Zeitdauer von vielen Jahren erstrecken, um den etwaigen augenblicklichen Schaden tausendfach zu ersetzen. Ebenso ist der Dank, den der Mensch dem sogenannten Ungeziefer und den fleischfressenden Tieren schuldet, kein geringer. Diese Geschöpfe haben im Naturstaat die Sanitätspolizei zu führen. Wo der Mensch nachlässig durch Mangel an der nötigen Reinlichkeit im Begriff steht, seiner Gesundheit zu schaden, da wird er durch die sofort auftauchenden Wohlfahrtspolizisten gezwungen, das zu tun, was er zu seinem eigenen Schaden unterließ. Ist dieser Zweck erreicht, so verschwinden die kleinen kribbelnden, krabbelnden, zwickenden, stechenden und beißenden Detektive wieder, indem sie das Gelingen ihrer Sendung mit dem Märtyrertod besiegeln. Friede ihrer Asche!

Bei dem endlosen Entstehen und Vergehen im Reich des irdischen Lebens, vermittelt durch die Prozesse des Verdorrens, Verwitterns und Verfaulens, würde sich in kurzer Zeit eine Menge in Auflösung begriffener organischer Körper ansammeln, die infolge der ihnen entströmenden schädlichen Gase wahre Brutstätten von Epidemien bilden müßten, deren traurige Folge der Tod alles Lebenden wäre. Hier hat nun die allweise Vorsehung eine außerordentlich zahlreiche Rettungsschar gebildet, die in den verschiedensten Sektionen eingreifen muß, um dem Verderben rechtzeitig zu steuern. Kaum schmückt das Vermächtnis irgendeines wohlgefütterten Zugtieres die belebte Straße, so kommt der bekannte dickleibige Käfer herbeigesummt und fertigt mit erstaunlicher Geschicklichkeit kleine Kugeln aus dem bildsamen Material, um in dieser Form das Anstößige unter die Erde zu bringen.

Kaum hat ein Feldmäuslein, eine Eidechse oder irgendeine Natter, die ‚irdische Bahn vollendet', so naht der gelbgestreifte Totengräberkäfer, um des Amtes zu walten, das aus seinem Namen zu ersehen ist. Jedes Wild zieht sich, sobald es den Tod nahen fühlt, in die tiefste Einsamkeit zurück, um dort in Ruhe zu verscheiden; ist dies geschehen, so fallen unzählige Wächter der Gesundheit über die Tierleiche her, um durch die Vernichtung des faulenden Fleisches den üblen Folgen vorzubeugen. Jedes Wässerlein hat seine Polizei, jeder Bach seine Krebse, die nur vom Aas leben, jeder Fluß seine Räuber, die aber nichts weniger als den Galgen verdienen; in den stehenden Seen und schlammigen Strömen verschlingt das gefräßige Krokodil, der unersättliche Alligator, ungeheure Mengen verwesender Stoffe, und die Piraten des Meeres, denen die Sorge über das allgemeine Wohlbefinden anvertraut ist, sind, der Größe ihres Gebietes angemessen, gar nicht zu zählen.

So hat jedes, auch das kleinste und unscheinbarste, das häßlichste Wesen seine Bestimmung, um derentwillen ihm der denkende Mensch die wohlverdiente Achtung zollt. Eine Frage nach der Bestimmung des Tierlebens im großen und ganzen würde eine ganze Bände umfassende Antwort erfordern, die sich übrigens dem ernsten und liebevollen Beobachter ganz von selbst an die Hand gibt. Der Fleischesser, der Gerber, der Schuhmacher betrachtet die Welt der Tiere von einem sehr materiellen Standpunkt, während der Künstler durch die Macht der Idee den Stoff zu durchgeistigen weiß. Dem Forscher aber sind all die vielen und verschiedenartigen tierischen Daseinsformen ebenso viele Offenbarungen einer aus dem Staube in das Reich des Geistes emporführenden Wesenskette, denen jedes einzelne Glied zur Bildung des Ganzen erforderlich war, und grad so und nicht anders ist, als es sein Zweck erforderte.

Diese Zweckmäßigkeit leuchtet am deutlichsten aus der Fortpflanzung der Tiere hervor; Wesen, deren Menge nach dem weisen Haushaltsplan der Natur so groß sein muß, daß der Mensch sie mit keiner seiner Zahlen zu bestimmen vermag, zeugen Millionen Nachkommen, obgleich sie vielleicht kaum vom Aufgang bis zum Niedergang der Sonne leben, während andere, die über ein Jahrhundert alt werden können, sich so spärlich vermehren, daß durchschnittlich auf mehrere ihrer Lebensjahre die Erzeugung nur eines Jungen gerechnet werden darf. Diese scheinen geboren zu werden, bloß um sich fortzupflanzen und zu vermehren, jene aber haben andere und höhere Aufgaben zu lösen, und je mehr das ihnen innewohnende seelische oder geistige Prinzip sich entwikkelt, desto bedeutender wird ihre Form, desto geringer ihre Zahl und desto länger die Zeit ihres Lebens.

Der Seidenwurm legt jährlich bei 500 Eier, die Bienenkönigin bei 40 000. Eine Termitenkönigin wird im Zustand der Befruchtung 2000mal größer im Umfang, als sie gewöhnlich ist und legt dann innerhalb 24 Stunden 80 000 Eier. Im kurbraunschweigisch-lüneburgischen Anteil des Harzes wurden im Jahre 1783 über 3 Millionen Fichten durch den Fichtenborkenkäfer zerstört; um den Tod nur eines Baumes herbeizuführen, waren an 80 000 dieser schädlichen Insekten tätig, also wurde die angerichtete Verwüstung durch über 240 Milliarden Käfer hervorgebracht. Ein Hering trägt über 20 000, ein Karpfen über 30 000 Eier; in einer einzigen Auster hat man über 3 Millionen Eier gezählt; ein Paar des höhlengrabenden

Kaninchens kann sich unter günstigen Umständen binnen 4 Jahren auf 1 200 000 Stück vermehren; ein Paar Feldmäuse vermag es in der Zeit nur eines Jahres auf 20 000 zu bringen, und auch die Vermehrung der Ratten ist so bedeutend, daß sie besonders in großen Haupt- und Hafenstädten zur wahren Plage werden. Besonders berühmt ist in dieser Beziehung Paris, wo in jedem Jahr zur Winterszeit die großartigsten Jagden angestellt werden und man alsdann wohl in einer einzigen Nacht 50 000 tötet. Auch der in dieselbe Klasse der Nagetiere gehörende Präriehund vermehrt sich in so außerordentlicher Weise, daß im Flußgebiet des Colorado ein Reisender volle drei Tage brauchte, um eine Ansiedlung dieser Tiere zu passieren. Sie hatte eine Länge von 113 und eine Breite von 60 bis 68 km und enthielt mindestens 30 Millionen Bewohner.

Diese Vermehrung steht stets im gleichen Verhältnis mit dem Nutzen und im ungleichen mit der Schädlichkeit der Tiere, obgleich zuweilen das Gegenteil der Fall zu sein scheint. Der Seidenwurm, die Biene, der Hering usw. müssen eine so außerordentliche Fruchtbarkeit besitzen, weil ihr Zweck es erfordert. Heringe werden jährlich über 1200 Millionen gefangen, und wieviel braucht wohl ein Walfisch von diesen Tieren, um sich zu sättigen? Dafür erscheinen sie eben auch in Zügen, die oft 22 km lang, 15 km breit, bis 300 m tief und so dicht sind, daß ein Fisch an und auf dem anderen liegt. Wie könnte ferner allein die Bewohnerschaft Londons jährlich 110 Millionen Stück Austern verspeisen, wenn diese Muschel nicht eine so ungeheure Vermehrungsfähigkeit besäße, und ebenso ist es mit den Kaninchen, von denen allein Ostende allwöchentlich bis gegen 100 000 Stück in die Londoner Küchen liefert.

Das Krokodil, das oft eine Länge von 10 m erreicht und mehr als 100 Zähne im Rachen trägt, legt jährlich mehr als 100 Eier; aber diese werden bald von feindlichen Tieren zerstört, so daß die Vermehrung des furchtbaren Tieres nicht zu groß wird. Löwen und Tiger hausen einsam in ihren Wüsten und Dschungeln und Geier und Adler schweben vereinzelt in den Lüften. Je schädlicher ein Tier, desto schwieriger ist seine Vermehrung; es ist an ein bestimmtes Klima gebannt, während das nützliche Geschöpf dem Menschen in alle Zonen zu folgen vermag.

Und wie in der Fortpflanzung, so tritt uns im Bau, im ganzen Leben jedes einzelnen Tieres die Mahnung entgegen, die göttliche Allmacht und Weisheit zu bewundern.

Wie leicht wird das riesigste Tier von einem Zufall, einem kleinen Feind, einer Krankheit niedergestreckt, während ein scheinbar schwaches und widerstandsloses Wesen die höchste Lebenszähigkeit entwickelt! Die Schnecken z. B. scheinen nur aus einem zerfließenden Schleim zu bestehen, aber nicht nur ersetzen sich bei vielen von ihnen die abgeschnittenen Teile wieder, sondern aus jedem losgerissenen Stück wird ein eigenes, selbständiges und sinnreich gebautes Tier, wie das bei dem Seestern der Fall ist, an dem man über 80 000 Gelenke gezählt hat. Will unsere gewöhnliche Schnecke einer anderen ihre Zuneigung zeigen, so schießt sie ihr einen kleinen, vierschneidigen Pfeil entgegen oder drückt ihn ihr in die Brust. Dieser Amorpfeil ist von kalkartigem Stoff und steckt sehr lose in einer beutelartigen Höhle am Halse. Erst nachdem diese Liebesaufforderung verschossen ist, nähern sich die beiden Tiere einander zur Begattung.

Wer lehrt die junge Spinne ihr zartes Werk schaffen, von welchem 4000 Fäden erst so dick sind wie 3 Fäden einer ausgewachsenen Spinne? Viele Fäden einer jungen Spinne haben noch nicht die Dicke eines Menschenhaares! Die Farbe eines Schmetterlings besteht aus Schuppen, die wie Ziegel eines Daches übereinanderliegen; auf jedem

Quadratzentimeter sind 1 600 000 solcher Schuppen vorhanden. Jedes Auge eines Schmetterlings besteht wieder aus über tausend Linsen, wovon jede die Kraft eines besonderen Auges besitzt. Und dieses Wunderwerk wird während eines Augenblicks durch den Schnabel eines Vogels zerstört! Ebensolche Facettenaugen hat auch die Fliege, von der wir allein in Europa 1700 Arten kennen.

Der Kondor, der mit ausgespannten Flügeln 3 m mißt und wie ein König in den Lüften herrscht, horstet 3000 bis 5000 m hoch in den Felsen der Anden, und doch tut es ihm der winzig kleine Kolibri gleich, der ihm bis zu einer Höhe von 3000 m folgt. Wunderbar ist die Regelmäßigkeit, mit der die Strich- und Zugvögel ihren Standort wechseln. Die Schwalben kommen in Württemberg um den 8., in Berlin um den 18., im mittleren Dänemark um den 29., in Königsberg um den 31. April und in Kopenhagen um den 5. Mai von ihrer Wanderung zurück. Jede von ihnen kennt ihre Heimat und ihr Nest ganz genau, und so ist es mit all unseren gefiederten Freunden, die uns auf einige Zeit verlassen, um die Wärme des Südens aufzusuchen. Aber auch bei niedrigeren Tieren ist dieser Ortssinn zu beobachten. So wurde bei Ascension eine 8 Zentner schwere Riesenschildkröte gefangen, um lebend nach Europa gebracht zu werden. Unterwegs erkrankte sie aber und wurde deshalb angesichts der britischen Küste in das Meer geworfen. Zwei Jahre später fing man dasselbe Tier bei Ascension wieder; es hatte also den Weg in die 6000 km entfernte Heimat wiedergefunden.

Der Bau eines jeden Tieres ist mit weiser Fürsorge für seinen Aufenthalt und seine Lebensweise eingerichtet. Der Maulwurf, der seine unterirdischen Gänge gräbt, besitzt die dazu notwendigen Schaufelfüße ebenso wie der Fregattvogel die ausgebreitet 2,3 m klafternden Flügel, um als kühnster der Segler die Ozeane zu überfliegen. Die im grünen Blätterwerk aus dem Ei gekrochene

Raupe, deren einzige Aufgabe in der Befolgung ihrer Gefräßigkeit besteht, vermag nur kurze Zeit ohne Nahrung zu sein, während das Kamel, für die wasserarme Wüste bestimmt, acht Tage lang zu dürsten vermag und auch ohne Nahrung eine Zeitlang von dem Fett seines Höckers lebt. Das Faultier, gewohnt, die Bäume bis auf den letzten Rest ihrer genießbaren Teile abzunagen, besitzt in seinen Krallen die besten Werkzeuge, sich auf ganze Wochen klammernd festzuhalten; die 100 Arten von Affen, deren lebhaftes Temperament sie ohne Ruhe und Rast von Zweig zu Zweig, von Ast zu Ast treibt, sind mit Händen und Schwänzen versehen, welche diese Beweglichkeit ermöglichen, und die Antilope, deren einzige Waffe in der Flucht besteht, vermag mit ihren zierlichen Hufen die weitesten Strecken in stürmender Eile zu durchjagen. Die Schnecke baut sich ihren ambulanten Palast, die Termite ihre Volkskaserne, die Biene ihre zellenreiche Honigfabrik, der Vogel sein kunstvolles Sommerlogis, das Eichhörnchen seinen luftigen Kober, der Biber seine submarinen Familienzimmer, der Hamster seine unterirdischen Vorratskammern, der Fuchs sein Malepartus, der Bär seinen Rheumatismuskeller, und wer zu bequem ist oder es vergessen hat, bei Mutter Natur einen architektonischen Kursus zu nehmen, der schmeichelt sich in die Gewogenheit des Menschen ein, der ihm entweder eine weiche Sofaecke vermietet oder einen Kunstpavillon mit der Firma ‚Villa Star' zur Verfügung stellt.

Die Farbe der Tiere wird nicht vom Zufall bestimmt, sondern auch in ihr offenbart sich das Walten einer gütigen Vorsehung, die durch den Einfluß, den sie der rein äußeren Welt auf die Gestaltung und Ausstattung selbst des organischen Lebens erlaubt, ihren Geschöpfen die freundlichsten Vorteile bietet. Die Raupe und der Schmetterling, sie tragen beide die Farbe der Pflanzenteile, von denen sie vorzugsweise ihre Nahrung nehmen, und sind auf diese Weise dem oberflächlichen Blick ihrer zahlreichen Feinde entzogen. Aus eben diesem Grund haben die Tagfalter eine helle, die Dämmerungs- und Nachtfalter eine düstere Färbung. Wenn sich die Lerche, das Rebhuhn eng an die Scholle des Ackerfeldes schmiegt, so kann selbst das scharfe Auge des Falken sie kaum vom Boden unterscheiden. Das Gesetz der Farbenharmonie zieht sich durch die ganze irdische Schöpfung. Da die Pflanzenwelt der tropischen Zone eine in den reichsten Nuancen schillernde und flimmernde ist, so ist auch das Tierreich dort durch seine farbenprächtigsten Exemplare vertreten, während die Zahl und Lebhaftigkeit der Farbentöne sich je weiter nach dem Norden, desto mehr vermindert. Und nicht etwa bloß die kleineren Tiere stehen unter dieser Farbenabhängigkeit, sondern wir haben selbst unter den größten Säugetieren die auffälligsten Beispiele. Der nordamerikanische Bison mit seiner schmutzig-dunklen Färbung paßt ganz vortrefflich in die vom Pflug noch unberührten Ebenen des *‚dark and bloody ground‘*, des finsteren und blutigen Bodens, wie der Yankee die Prärie nennt, während der Yak oder Grunzochs Innerasiens neben dem Braun des sonnenverbrannten Niederlandes auch die Farbe des ewigen Schnees an sich trägt, zu dem er in die Berge des Himalaya emporsteigt. Der Bär der gemäßigten Zone ist schwarz, braun oder grau, der Eisbär aber trägt das verunreinigte Weiß, das den Schnee- und Eisfeldern des Nordens eigentümlich ist.

Ebenso bewundernswert ist die Beziehung, die zwischen der Gestaltung und Größe eines Landes und der seiner Tiere stattfindet. Gebirge haben andere Tiere als ebene Länder, vielfach vom Wasser zerrissene Flächen tragen nicht dieselbe Fauna, wie kompakte, trockene Striche; große Festländer besitzen auch größere Tiergattungen, kleinere Festländer und namentlich Inseln auch kleiner gestaltete Tiere. So finden sich die Riesen der jetzigen Tierwelt, der Elefant, das Nashorn, das Nilpferd, die Giraffe, der Löwe und der Tiger in Asien und Afrika, den breiten, massigen Erdteilen, während das schmälere Amerika nur den Tapir, das Lama und einige Rinderarten besitzt, und in Australien das größte Säugetier, das Känguruh, nur in seinen stärksten Exemplaren 140 Pfund schwer wird. Der Tapir ist ein Kälbchen gegen den Elefanten und der Jaguar der neuen Welt nur eine Katze gegen den Löwen der alten Welt.

Auch die Eigenschaften des Elements, in dem das Tier lebt, trägt es an sich. Das Landtier zeigt ein festes Knochengerüst und eine schwere Muskulatur, ganz so, wie sich die Ländermuskeln um das Felsenskelett der Erde legen; das Lufttier ist leicht und voll lebendiger Beweglichkeit, wie die Gashülle, die uns umgibt, und dem Bewohner des Wassers ist die schlüpfrige Weichheit und Kälte der feuchten Flüssigkeit eigen.

Dem unbeweglichen irdischen Stoff am nächsten verwandt ist die Koralle, für immer an den Boden gebannt; freier schon sind die Muscheln und Schnecken, haben aber für die ganze Zeit ihres Lebens die anerkannt fürchterlichen Lasten eines Hausbesitzers zu tragen; der Krebs wird von seiner ‚Erdenhülle' so beengt, daß er gezwungen ist, von Zeit zu Zeit buchstäblich aus der Haut zu fahren; der Wurm wird von der festen Materie nicht belästigt, aber ‚der Schmutz ist seine Welt', in der er sich bohrend windet; das Reptil hat die Erlaubnis, ‚den Sonnenstrahl zu speisen', doch wird es nie befreit von dem Fluch, ‚Erde zu essen sein Leben lang', und ob das Landtier einer noch so hohen Klasse oder Ordnung angehört, die Erde hält es fest, hemmt seine Bewegungen und beeinflußt seinen Charakter, der vorwiegend phlegmatisch ist.

Größere Freiheit und Schnelligkeit ist den Bewegungen der Wassertiere, besonders den Bewohnern der Seen und des Meeres gestattet. Ohne Wärme, wie die Feuchtigkeit, in der sie leben, ist das Blut in den Adern der meisten von ihnen kalt; stumm sind sie, wie ihr Element, und gibt sich ihr Dasein dem Ohr zu erkennen, so geschieht es durch dasselbe Plätschern, dasselbe Rauschen, wie das Wanderlied des Baches und die Ode der Meereswogen. Jener Zauber, den die geheimnisvolle Tiefe auf das menschliche Gemüt ausübt, teilt sich auch ihren Bewohnern mit, deren Leben wie ein anziehendes und doch ungelöstes Rätsel sich der Betrachtung verbirgt. Wundersam, ungreifbar und gefährlich, wie die Tiefe, über die ‚keine Balken' führen, sind auch die Wesen, die in ihr leben:

„. . . Von Salamandern, Molchen und Drachen
regt sich's in dem furchtbaren Höllenrachen.
Schwarz wimmeln da, in grausem Gemisch,
zu scheußlichen Klumpen geballt,
der stachliche Rochen, der Klippenfisch,
des Hammers gräuliche Ungestalt,
und dräuend weist die grimmigen Zähne
der entsetzliche Hai, des Meeres Hyäne."

Fröhlich und munter, behend und gewandt, anziehend und freundlich regt sich dagegen das tierische Leben in der Luft, durch deren leicht bewegliche und anschmiegende Flut der helle Strahl der Sonne flimmert. Das schaukelt und gaukelt, das schwirrt und flirrt, das brummt und summt, das lächelt und fächelt, das ist ein Singen und Klingen, ein Hüpfen und Schlüpfen, ein Necken und Verstecken, ein Lauschen und Rauschen hoch oben, tief unten, bald hier, bald dort, allüberall, wohin sich nur das fleißige Auge wendet, um die Lieblinge des Naturfreundes zu entdecken und ihren blitzesschnellen, zierlichen oder majestätischen Bewegungen zu folgen.

Leise, wie das Säuseln des Zephyrs, klingen die süßen, abgerissenen Laute des träumenden Rotkehlchens, scharf und heiser, wie der Windstoß durch die Felsenenge pfeift, dringt der Schrei des Adlers über die Steinschluchten dahin; schrill und ängstlich, wie die Stimmen der den Sturm verkündenden Luftstöße tönt der warnende Ruf der Möwen, die in wirbelndem Fluge das Riff umkreisen; in ruhig klarer Bewegung, wie der Strom des hohen Äthers, passieren die scheidenden Zugvögel in dichtgeschlossenen Phalanxen oder gabelförmigen Geschwadern den lichten Horizont; in wellenförmigen Intervallen oder spielendem Wiegen, in kühnen Exerzitien oder in souveräner Würde badet der Tagvogel seine Brust in der goldenen Luft, während Käuzchen und Uhu, die Katzen der Lüfte, mit gespenstischem Flügelschlag durch die Schatten des nächtlichen Dunkels schwimmen, um dem Aberglauben Stoff zu tausend furchterweckenden Märchen zu geben.

Aber wie die Nacht, die dunkelgewandige, sich bei unbedecktem Himmel mit Millionen von Sternen schmückt, so entfaltet auch, wenn die Sonne ihre Purpurglut im Meer gelöscht, das Tierreich sein phosphorisches Leuchten, um dem Strahl zu antworten, der den Gruß des Firmaments zur Erde bringt. Die Tiefe des Meeres flammt in magischem, geheimnisvollem Licht, in dem sich die gefräßige Tintorera, der pfeilschnelle Hummer, die kugelnde Qualle und die vielarmigen Stelleriden baden; am Bug des Schiffes springt die schäumende Spiegelung mit demantischem Flimmern empor, und hinter dem Steuer öffnet sich eine breite, hellflammende Furche; die Schar der Delphine wälzt sich in siedendem Gold; wie flüssigem Metall entschlüpft, werfen sich fliegende Fische in die Luft und um jeden Felsen, um jede Klippe, an jedem Ort der Küste kocht, wallt und spritzt es wie zerflossene Sternenmasse.

Und wie im feuchten, so auch im luftförmigen und auf dem festen Element. Im tiefen Dunkel des tropischen Urwaldes entzünden zahllose Insekten ihre Leuchten und erfüllen Luft, Gebüsch und Erde mit zauberischem Glanz. In geradlinigem Flug trägt der *Elater* zwei Punkte beständigen Lichts auf dem Brustschild; die *Lampyris* wiegt sich mit ab- und zunehmendem Schimmer des Unterleibes in unsicheren Linien zwischen den Zweigen, während die große *Fulgura* den blasenartigen Kopf in eine Laterne verwandelt, so hell, daß man dabei lesen könnte. Daher nennt man dieses zikadenartige Insekt auch ‚Laternenträger'. Zahllose andere Feuerträger gesellen sich zu ihnen, und als sei man in einen Märchenforst versetzt, so zucken die lebenden Funken und Blitze in der Nähe und Ferne, in Höhen und Tiefen und schlingen ihre glänzenden Arabesken durch die Nacht. Und dazu flackert das Irrlicht über dem Sumpf und dem Gewirr der vom Alter oder Sturm niedergerissenen oder tot und faulend in den Lianen hängenden Stämme entströmt ein nebelnder Schein, der die barocken Gestalten der Pflanzenreste in den abenteuerlichsten Konturen erscheinen läßt. Der bescheidene Schimmer, den wir an unserem Johanneswürmchen bemerken, ist nicht imstande, uns ein Bild jenes ‚nächtlichen Feuerwerks im Urwald' zu geben.

Und dieses an Gestaltungen und Wundern so reiche Tierleben wurde von der Vorsehung mit einem Geschenk begnadigt, das zu den köstlichsten Gaben der irdischen Natur gehört — mit einer Stimme.

Die Tätigkeit des Auges hat es mit den äußeren Gestaltungen zu tun und ist fast ausschließlich auf die Erkenntnis nur der körperlichen Eigenschaften eines Wesens gerichtet; das Ohr aber dient einer höheren Aufgabe, indem es die Wirkung eines inneren, eines seelischen Lebens in sich aufnimmt und an die geistige Erkenntnis weiter befördert. Das Auge gibt dem menschlichen Gemüt weniger Nahrung als das Gehör, erst durch dieses wird der Mensch mitfühlendes Wesen aller anderen mit Empfindung begabten Geschöpfe. Auch die angenehmste, die schönste Landschaft ist leblos, wenn sie nicht durch das Erbrausen des hohen Waldes, das freundliche Murmeln der Quelle, das lustige Plätschern des Baches, das rollende Getöse des Stromes, das Summen der Käfer und Bienen, den Gesang der Vögel und die verschiedenen Töne der vierfüßigen Tiere eine Seele erhält, die sich dem lauschenden Ohr zu erkennen gibt. Wie uns das Schweigen des Todes mit Schauder erfüllt, so erfreut die Stimme der Natur das menschliche Herz. Sie erweckt uns zu großen Gedanken und Empfindungen und beschäftigt uns mit dem Gedanken von der allgemeinen Verbindung der erschaffenen Wesen. Alles wird zum Psalm des Geschöpfes auf seinen Schöpfer. Wer hat dieses Loblied von tausend und abertausend abwechselnden Tönen, wiederholt vom Echo der Felsen und Wälder nicht schon vernommen? Wen ließ es ungerührt, der für zartere Empfindungen noch ein Herz im Busen trug? Wer hätte nicht oft selig in das Freudengetümmel der Schöpfung hineinjauchzen mögen und rufen mit dem königlichen Dichter des jüdischen Altertums: „Lobet den Herrn auf Erden alle, die sein Wort ausrichten; denn sein Name allein ist hoch!"

Nicht alle Tiere besitzen eine eigentliche Stimme, und zwar, weil nicht alle mit einer Lunge und den mit ihr verbundenen Stimmwerkzeugen versehen sind; aber dennoch wissen die meisten von ihnen nach ihrer Art ein Geräusch hervorzubringen, um nach den ihnen verliehenen Kräften auch mit in das hörbare Leben einzugreifen. Einige geben durch das bloße Aneinanderschlagen ihrer Glieder einen Ton von sich, wie die Feldgrillen oder die Heimchen, die ihr weithin tönendes Gezirpe dadurch verursachen, daß sie die trockenen, häutigen Flügeldecken ein wenig erheben und übereinander hin- und herschieben. Andere lassen ein Getöse laut werden, indem sie mit gewaltiger Kraft Flüssigkeiten aus Höhlungen ihres Körpers hervorstoßen, wie der

Walfisch, der brausend Fontänen in die Höhe treibt. Andere erregen das ihnen eigentümliche Summen und Brummen entweder durch den behenden Flügelschlag oder durch die Reibung, welche die Luft in den Luftlöchern ihres Körpers hervorbringt. Lungenlose Tiere können nur ein Geräusch, einen Schall, einen Ton hervorbringen, dem der Mensch keine Artikulation abgewinnen kann, trotzdem aber muß er sich vor der Behauptung hüten, daß in diesem Geräusch nicht das Mittel zur Verständigung, zur Sprache liege. Wir kennen die Wunder der Tierwelt noch zu wenig, und es ist anzunehmen, daß sogar Tiere niederer Ordnung, von denen unser grobes Gehörorgan nie einen Laut vernimmt, doch vielleicht Töne besitzen, die für uns unhörbar sind; wenigstens ist es zweifellos, daß jedes Tier eine Art und Weise besitzt, sich mit seinesgleichen zu verständigen. Das Gegenteil wäre nur von solchen Tieren zu behaupten, die, wie viele Arten der Tierpflanzen und Gewürme, sich nicht untereinander begatten, sondern jedes ohne Zutun eines anderen sein Geschlecht durch sich selbst vermehrt. — Sie haben nicht nötig, einander zu suchen oder ihre Triebe zu erkennen zu geben und leben, mit ihren Begierden in sich selbst verschlossen, allein und in tiefster Einsamkeit.

Jede der so unendlich verschiedenen Arten von Geschöpfen, ungeachtet, daß sie allesamt bei- und durcheinander wohnen, bildet für sich gleichsam nur ein eigenes Reich, und keine von ihnen versteht die Sprache, die Sitte oder das Zeichen der anderen. Die Ameise hat Verständnis nur für die anordnenden Winke von ihresgleichen; die Biene unterhält sich nur mit der Biene; der Rabe folgt nur dem Raben, die Schwalbe der Schwalbe, der Storch dem Storch. Gott trennt durch unzerstörbare Schranken, und wie der Mensch nur den Menschen versteht, so auch jede Gattung der Tiere nur die zu ihr Gehörigen. Was in dieser Gattung vorgeht, wie sie denkt, wie sie fühlt, nach welchen Gesetzen sie handelt, wie sie das ansieht, was außerhalb ihres Kreises ist, das weiß kein anderes Wesen, das nicht in diesen Kreis gehört. Alles ist in sich abgeschlossen, und nur der Gottheit bleibt das Verborgenste jeder Kreaturenfamilie offenbar. Wäre der Mensch in das Wesen, in die Triebe, Instinkte und Mitteilungszeichen nur einer einzigen Tierart eingeweiht, welch ein unermeßlicher Schatz von neuen Kenntnissen und Ansichten würde da vor ihm aufgetan sein. Das ganze All der Dinge würde ihm neu erscheinen und so manches unerforschte und tief in sein Leben greifende Rätsel enthüllt vor seinem Auge liegen! Das Märchen konnte die Weisheit Salomos nicht größer erscheinen lassen, als durch die Behauptung, daß er die Sprachen aller Tiere verstehe.

Oder sollte die Meinung von der Abgeschlossenheit der einzelnen Tierklassen doch vielleicht eine irrige sein und sich ein gewisses ‚Einanderverstehen' weiter erstrecken, als man gewöhnlich annimmt? Die Forschung steht sehr oft vor Erscheinungen, die eine sogenannte ‚unumstößliche Wahrheit' ins Wanken bringen und dem Wissen neue, bisher ungeahnte Gesichtspunkte öffnen. Es läßt sich nicht leugnen, daß die Tiere Gehör und Beobachtungsgabe besitzen, und wie der Hund die Worte oder Pantomimen seines Herrn richtig zu deuten lernt, so entsteht vielleicht auch zwischen Tieren verschiedener, wohl gar weit entfernter Gattung Verständnis für die gegenseitige Sprache und Ausdrucksweise.

Ungemein wunderbar sind die Einrichtungen, die der Schöpfer zum Hervorbringen der eigentlichen Stimme getroffen hat. Der Bau der Sprachwerkzeuge bringt je nach seiner Verschiedenheit auch eine Verschiedenheit der Stimme hervor, und im allgemeinen läßt sich das Gesetz aufstellen, daß diese Stimme um so modulationsfähiger sei, als die Gefühle eine größere Entwicklung besitzen. Je größer die Lungen sind, um so kräftiger ertönen die von ihnen ausgestoßenen Laute. Ist die Luftröhre weich, so ist die Stimme matt und dumpf, besteht die Röhre dagegen aus einer Reihe von knorpeligen Ringen, so wird der Ton ein weit mächtigerer, schärferer und schneidenderer sein.

Wie in der Welt der Tiere überhaupt, so zeigt sich auch in ihren Stimmen reichste Abwechslung. Jedes Tier hat seine eigentümliche Stimme, an der es sofort erkenntlich ist, und nur wenigen Vogelarten ist es gegeben, auch fremde Laute nachzuahmen.

Im Sumpfrohr, wo Gazellen und Giraffen trinken, liegt der Löwe und schläft am Tage, bis ihn die nahende Dämmerung weckt. Da richtet er sich auf, reckt die mächtigen Glieder und läßt jenes Gebrüll erschallen, das die Berge zittern und die Herden heulen macht. Erst seufzend, dann dumpf röchelnd, schwillt dieser furchtbare Laut, dem kein anderer im weiten Reich der Töne zu vergleichen ist, in langgezogenen Stößen an, bis er zuletzt mit gewaltigem Donner die Luft erfüllt. ‚Rad', d. i. ‚Donner', nennt daher der Araber den Machtruf des Tierkönigs, dessen Wirkung der Dichter beschreibt:

„Da liegt der Maure unter Palmen,
vom Sonnenbrand herbeigeführt;
das Dromedar nascht von den Halmen,
die noch der Samum nicht berührt.
Da trinkt das Gnu sich an der Quelle,
der lebensfrischen, voll und satt,
da naht verschmachtend die Gazelle,
vom wilden Jagen todesmatt.
Da geht der Löwe nach der Beute,
der König, kampfesmutig aus,
und in die unbegrenzte Weite
brüllt er den Herrscherruf hinaus.
Und Mensch und Tier, Gnu und Gazelle,
sie zittern vor dem wilden Ton
und jagen mit Gedankenschnelle
entsetzt, von Furcht gepackt, davon."

Das Brummen des Bären durchschauert die Wildnis, die durchdringende Trompetenstimme des Elefanten läßt den Tiger erbeben; das Geheul der Wölfe verbreitet Schrecken über die Steppe und das mutige Wiehern des Schlachtrosses übertönt selbst die dumpfen Schläge der Kanonen, aber all diese Stimmen können sich nicht messen mit den Lauten, die der Löwe ausstößt, wenn er seine ebenholzschwarzen Krallen an Fels und Bäumen wetzt, um sich aus dem nächsten Duar (Dorf) den fälligen Tribut zu holen.

Von diesem entsetzlichen Löwendonner durchläuft die Ausdrucksfähigkeit der Tierstimmen alle Grade bis zu der wundervollen Lieblichkeit, mit welcher der Gesang der Nachtigall, des orientalischen Bulbul oder des südamerikanischen Bellbird ertönt. Die vollendetsten Stimmwerkzeuge finden sich in den schönen und zahlreichen Klassen der gefiederten Tierwelt, und es unterliegt gar keinem Zweifel, daß die Stimme zu der Größe, dem Bau, der Lebensweise und dem Charakter ihres Trägers in innigster Beziehung steht und als eins der hervorragendsten Merkmale betrachtet werden muß. Das Brüllen des Löwen, das Grunzen des Ochsen, das dumpfe ‚Ommu, ommu' der Hyäne, das scharfheulende ‚i-a-u, i-a-u' des Schakals, das Blöken des Schafes, das Miauen und Fauchen der Katze, der wilde, durchdringende Schrei des Raubvogels, das Girren, Trommeln und Lachen der Taube, das Schluchzen der Truthühner, das Schleifen des Auerhahnes, das Glucken und Krähen der Haushühner, aus all diesen verschiedenen Stimmen läßt sich ganz genau auf den Charakter des betreffenden Tieres schließen, denn die Lüge hat sich leider wohl der menschlichen Rede, nicht aber der Sprache des Tieres bemächtigen können; die Stimme der Natur redet Wahrheit und führt niemals irre.

Die große Verschiedenheit zwischen den Vierfüßlern und Vögeln ist auch in ihren Stimmwerkzeugen ausgeprägt, und dieser Unterschied wird von der Klasse auf die Ordnung, von dieser auf die Familie und von da sogar auf das einzelne Individuum fortgeführt. Die im Wasser lebenden Vögel schnattern und klappern, die von Insekten lebenden haben einen süßen, angenehmen, silberhellen Ton, die von Beeren und Früchten lebenden trillern und die körnerfressenden haben einen vollklingenden, stoßenden Gesang; aber all diese Eigentümlichkeiten zusammen ergeben ein vollständig harmonisches Konzert, und die zärtlichen, süßklagenden Laute der Nachtigall, der freundliche Schlag der Wachtel, das Jubilieren der Lerche, der fröhliche Ruf des Finken, das kunstvolle Lied der Drossel, das Girren der Taube, der schmetternde, wechselvolle Triller des Kanarienvogels, das Flöten des Pirols und die frischen Strophen des Wasserstares bilden ebenso ein untrennbares Ganzes wie die geschlossene Gesellschaft, der all diese Individuen angehören.

Der König unter all diesen Sängern ist unbedingt und ohne Zweifel der nordamerikanische Spottvogel. Er hat die Größe einer Amsel und die schlanke Gestalt einer Bachstelze; sein Gefieder ist aschgrau oder dunkelbraun, am Bauch weißlich, der Schwanz weiß. Die Anmut und Behendigkeit seiner Bewegungen, der lebensvolle Ausdruck seiner Augen, der Wohlklang und die Virtuosität seiner Stimme machen ihn zum Gegenstand der Bewunderung. Er ist aller Tonbiegungen und Wandlungen fähig von dem schmetternden Wirbel des Kanarienvogels bis zum heiseren Geschrei des kahlköpfigen Adlers. Es gibt keinen Laut, keinen Ton, den er nicht ganz genau und in groteskkomischer Weise wiederzugeben vermöchte. Er piept wie ein junges Hühnchen, das man getreten hat, und sogleich eilt die alte Henne glucksend herbei, ihre Brut zu schützen; er pfeift dem Hund, so täuschend, daß dieser schwanzwedelnd an seinem Herrn emporspringt; er kläfft wie der Hund, miaut wie die Katze, blökt wie das Schaf, wiehert wie das Füllen und bringt tausend possierliche Verwechslungen und Überraschungen hervor. Deshalb nennen ihn die Mexikaner ‚Cencontlatolli', d. h. den Vogel mit 400 Zungen. Am schönsten aber ist seine eigene Stimme, die an Umfang und Wohllaut nicht ihresgleichen hat und alle Kehlen des Waldes überbietet.

Einige Vögel haben das Vermögen, Töne hervorzubringen, die der menschlichen Sprache nahekommen. Unter den Papageien gibt es sogar Arten, die vielfach menschliche Gebärden annehmen und räuspern, gähnen, husten, schnarchen, niesen, seufzen und lachen wie ein wirkliches Menschenkind. Selbst zum Gesang stimmen sie vorher ihre widerstrebende Kehle, und vermöge ihrer Gelehrigkeit geben sie ganze Sätze wieder, die sie gehört haben. Ebenso außerordentlich wie diese Gelehrigkeit ist auch ihr Gedächtnis. Ein Papagei wurde von seinem Herrn, einem Spanisch-Amerikaner, an einen Engländer verschenkt und lernte nun mehrere englische Worte und Redensarten. Nach langen, langen Jahren besuchte ein Spanier den Engländer, und beide bedienten sich der spanischen Sprache zu ihrer Unterhaltung. Der Papagei vernimmt nach so vielen Jahren zum erstenmal wieder die Klänge seiner alten Heimat, horcht auf, richtet sich empor, sträubt das Gefieder, stößt mit krampfhafter Heftigkeit einige spanische Worte aus, die er früher gelernt hat, und — stürzt leblos hernieder. Die Aufregung, die Freude hat ihn getötet.

Es ist kein Wunder, daß die Luft, das leichte, lichte, tonzeugende Element, die vorzugsweise in ihr lebenden Geschöpfe mit der Gabe des melodischen Gesanges ausstattet; hören wir doch auch in der kräftigen, machtvollen aber eckigen und ungelenken Stimme des Landtieres die Eigenschaften seines Elementes charakterisiert. Ebenso entspricht es dem Charakter der kalten, nassen Tiefe, daß ihre Bewohner stumm sind, wie sie selbst, wo aber eine Stimme an ihnen vernommen wird, da flößt sie ebenso Furcht und Schrecken ein wie das Meer, wenn es laut wird, um mit dem Sturm ein donnerndes Zwiegespräch zu halten. Selten tönt diese Stimme so herzhaft lustig wie bei unserem Frosch, oder so metallisch wie bei manchen südamerikanischen Sumpfbewohnern, darunter ellenlange Frösche mit Ochsengebrüll. Manche Kröten haben nur einen heulenden, klingenden Ton, durch den sie an den Ufern von Gewässern mancherlei Sagen vom Glockengeläut im Walde oder von versunkenen Kirchen verursacht haben.

Ähnlich wie Laub- und Wasserfrösche unsere Sommernächte mit ihren wunderlichen Serenaden erfüllen, so ertönen auch die herzzerreißenden Stimmen ihrer liebenswürdigen südlichen Verwandten ganz besonders gern in naßwarmen Nächten, wenn die Luft den nahen Regen verkündet. Das ist dann ein Quaken und Seufzen, ein Pfeifen und Schwirren, ein Bellen, Blöken und Brüllen, das einen musikalischen Europäer verrückt machen könnte. Aus diesem Wüten und Toben schneidet das unheimliche Schnarren riesiger Laubfrösche heraus und wird begleitet von dem Baß ungeheurer Kröten, die ihre Wander- und Studentenlieder mit einem schallenden Hohngelächter schließen. Dazwischen tönt die Stimme des Kohlenfrosches wie ein lautes, einförmiges Gehämmer, die Bauskröte heult und klagt zum Verzweifeln, die große Kreuzkröte schreit gellend um Hilfe; die Trapicherokröte antwortet mit einem viertelstundenlangen, schneidenden Grunzen, und die Aqua- oder Riesenkröte gibt mit tiefem Brummen den Grundbaß zu diesem Katzenjammer mit solcher Genauigkeit an, als hätte sie Kontrapunkt studiert.

Auch die Tiere sind aufeinander angewiesen; auch bei ihnen gewährt die Bildung von Gesellschaften entweder den besten Schutz gegen störende und vernichtende Natureinflüsse oder eine notwendige Voraussetzung der

Lösung der Aufgabe, die ihnen im großen Haushalt der Natur zuerteilt worden ist. Diese Gesellschaften sind kleinere oder größere, je nach der Verschiedenheit der Triebe, von denen sie hervorgerufen wurden, und der äußeren Verhältnisse, unter denen sie sich entwickelten. Auch ihre Dauer ist dem Wechsel unterworfen und ihre Art und Weise eine so unendlich mannigfaltige, daß sie dem Beobachter ein reiches Feld der interessantesten Beobachtungen bietet.

Unter den gesellschaftlichen Trieben stehen der Fortpflanzungs- und der Wandertrieb obenan. Der erste führt die einzelnen Individuen einander zu und bindet sie entweder für eine nur kurze, oft aber auch für eine längere Dauer, zuweilen sogar für die ganze Lebenszeit. Während die Geschlechter gewisser Tierarten sich nur zu ganz bestimmten Zeiten suchen und einander dann fliehen oder wohl gar feindlich gegenüberstehen, beobachten wir bei anderen wieder eine ausdauernde und rührende Anhänglichkeit, die nur durch den Tod oder andere gewaltsame Ereignisse aufgelöst werden kann. Man denke an die Tauben, bei denen Männchen und Weibchen mit einer Treue zusammenhalten, die ihren Paarungen den Namen ‚Ehen' gegeben hat, oder an gewisse Stelzfüßler (Storch), bei denen die eheliche Untreue nach einer vorher erfolgten förmlichen Gerichtsverhandlung sogar mit dem Tode bestraft wird, wie man wiederholt beobachtet hat.

Während die meisten Tiere in Monogamie leben, ziehen andere die von unseren Gesetzgebern angefochtene Vielweiberei vor und liefern uns Beispiele einer Haremswirtschaft, wie sie bei den Völkern des Orients nicht ausgebildeter gefunden werden kann. Da lebt der ‚Herr des Hofes', der ‚hellkrähende', mit seinen Favoritinnen in einer ewigen Flitterwochenzeit und gebietet als unumschränkter Sultan oder Schah in Schah über das Wohl und Wehe seiner scharrenden, kratzenden, glucksenden und gackernden Suleiken und Fatimen. Besonders hegt die Ordnung der Hühner, Schwimm- und Wasservögel mit allen ihr Zugehörigen, eine sehr ausgeprägte Sympathie für diese türkischen Zustände, denen der eieressende Mensch die Reichlichkeit eines seiner liebsten und nahrhaftesten Genußmittel verdankt.

Der Wandertrieb greift weiter und vereinigt die Individuen und Ehen zu Horden, die als fliegende Geschwader, galoppierende Kosakenpulks oder wandernde Zigeunerscharen entweder der besseren Weide oder einer reichlicheren Tränke, meist aber der Wärme nachgehen, die ihnen die südlicher gelegenen Länderstriche gewähren. Er liegt ebenso tief in der Natur wie der Geschlechtstrieb und macht sich mit einer Regelmäßigkeit geltend, daß man für gewisse Gegenden unter Berücksichtigung der jeweiligen Witterungsverhältnisse den Aufbruch der ‚wandernden Gesellen' fast auf den Tag berechnen und vorherbestimmen kann.

Obgleich sich besonders die Vögel, die man nach der Verschiedenheit der Richtung und des Zieles ihrer Exkursionen in Zug- und Strichvögel einteilt, durch diesen Trieb auszeichnen, finden wir ihn doch auch bei den anderen Klassen, von den Säugetieren bis herunter zu den niedrigsten Organismen tätig, und besonders fallen hier die Wanderungen ins Auge, welche die größeren Vierfüßler vornehmen.

Der nordamerikanische Bison unternimmt zur Herbst- und Frühjahrszeit Wanderungen, die Hunderte von Meilen weit gehen und bewegt sich dabei in solchen Massen, daß die Erde unter den stampfenden Tritten der dahinstürmenden Herden, die nach Tausenden zählen, erzittert. Auch der Mustang, das wilde Pferd der Prärie, wechselt seine Weideplätze und jagt unter donnerndem Hufschlag mit fliegender Mähne und wehendem Schweif zwischen dem Norden und dem Süden in jährlichen Pausen hin und zurück. „Stampedo" nennen die spanisch-sprechenden Amerikaner das dadurch verursachte Getöse, das, von weitem gehört, dem Rollen des fernen Donners und in größerer Nähe dem Tosen eines schweren Wasserfalles gleicht. Die tolle Truppe trampelt in stürzender Eile dahin, zerstampft alles, was unter ihre Hufe kommt, und verliert sich, wie ein gespenstisches Phänomen im Dunkel der Nacht, in die Wildnisse der Steppe, dem weiten Schauplatz der stürmenden Jagd. Die afrikanische Gazelle unternimmt Züge, die diesen Wanderungen ebenbürtig zur Seite stehen, und besonders ist es der Springbock, der in so dichtgedrängten und in Folge des Druckes wehrlosen Scharen seine weiten Reisen durchführt, daß die schönen Tiere massenweise mit Prügeln totgeschlagen werden. Unter den kleineren Landtieren sind es besonders der Flemming und einige Ratten- und Mäusearten, die oft in gewaltiger Masse der Wahrheit huldigen: „Wenn jemand eine Reise tut, so kann er was erzählen." Die großartigsten Züge aber gehen in den Tiefen des Meeres vor sich. Hier genügt es, nur auf den Hering zu deuten, welcher von seiner Wanderlust zu Millionen und aber Millionen in die Netze der Fischer getrieben wird. Auch der riesigste Bewohner, der Wal, unternimmt bedeutende „Stromfahrten", man hat den Pottwal oder Cachelot in Scharen von 5 bis 600 in den äquatorialen Gewässern gesehen, und ein solcher Zug gehört zu dem Großartigsten, was das Auge zu sehen vermag. Als ein Beispiel aus der Insektenwelt möge die Wanderheuschrecke erwähnt sein, deren gefräßige Wolken da, wo sie auffallen, einer jeden Vegetation die sicherste Vernichtung bringen.

Die liebenswürdigsten unter all den wanderlustigen Geschöpfen sind unsere gefiederten Freunde, deren Scheiden wir stets mit Wehmut bemerken und deren Kommen stets ein freudiger Gruß entgegentönt. Sie beleben die Zinnen unserer Türme, die Giebel und Firsten unserer Häuser, die Bäume und Sträucher unserer Gärten und Wälder und gehören mit solcher Notwendigkeit in unsere Städte-, Dorf- und Flurenbilder, daß wir sie gar nicht missen können. Der schwatzhafte, liebesselige Star mit seinen zärtlichen Flötentönen bekleidet bei uns das erbliche Amt eines Garteninspektors, die blitzesschnelle Schwalbe produziert sich als Voltigeur und Lufttausendkünstler, der liebe Storch dient sehr geheimen Familienzwecken, sie alle, alle sind uns an das Herz gewachsen und dürfen fest auf die Gastfreundlichkeit des Gebildeten und Naturfreundes rechnen, wenn auch der Gourmet eines eingebildeten Gaumenkitzels wegen die von ihnen empfangenen Wohltaten mit dem schwärzesten Undank belohnt und die liebenswürdigen Sänger so rücksichtslos, so ordinär, so profan — verspeist.

Wohl zu unterscheiden von den beiden genannten ist der soziale, der echte Gesellschaftstrieb, der Stämme und Völker schafft und diese Verbindungen unter Gesetze stellt, nach denen das Ganze als ein wirklicher und geordneter Staat geleitet und regiert wird. Auch hier gibt es Monarchien und Republiken, wie in der bösen Menschenwelt, wenn es auch die Forschung erst noch entdecken soll, ob sich die öffentliche Meinung auch wie hier in eine gemäßigte und radikale, in eine rechte und linke, in eine konservative und sozialdemokratische scheidet. Wir finden das menschliche Leben und Treiben in der Welt der Tiere zuweilen so überraschend vorgebildet, daß es gar nicht zu verwundern wäre, wenn die Bienen, Wespen, Ameisen, Termiten, Präriehunde und Biber auch ihre Bebels und Liebknechts, ihre Laskers und Windhorsts, ihre Beusts und Bismarcks hätten. Wer ein solches Völkchen, z. B. einen Ameisenstaat genau beobachtet, wird Gelegenheit haben, immer neue Merkwürdigkeiten zu entdecken, die ihn unwillkürlich zu Vergleichen nötigen. Die mannbare und wehrhafte Ameise gleicht dem alten römischen Bürger, der mit dem Schwert in der Faust den Beschäftigungen des Friedens nachging und jederzeit bereit war, das Acker- mit dem Schlachtfeld zu vertauschen. Sie führt eine wohleingerichtete Ackerwirtschaft, durch die sie sich mit den zartesten und wohlschmeckendsten Vegetabilien versorgt und hält sich einen Stall voll der besten Milchkühe, mit deren honigsüßem Ertrag sie sich nach des Tages Last und Hitze erfrischt. Die Blattlaus ist das Melktier der Ameise; sie wird von ihrer Herrin „eingestellt", gefüttert, getränkt, gereinigt und gestriegelt und hat für diese sorgsame Pflege nichts weiter zu tun, als jenen süßen Saft auszuschwitzen, den die Ameise so vorzüglich schmackhaft findet. Eine nie ruhende Industrie hat in jedem solchen Bau, der von außen ein bloßer Schmutzhaufen zu sein scheint, ihre Stätte aufgeschlagen und wird unterstützt durch eine bis in das kleinste gehende Ordnung, die das Wohlbefinden eines jeden einzelnen Tierchens auf eine wahrhaft beispielswürdige Weise berücksichtigt. Was Wunder, daß die Ameise ihr teures Heim mit allen Kräften und wahrhaft heldenmäßiger Tapferkeit gegen alle feindselige Invasion zu schützen sucht und lieber den ehrenvollen Tod auf dem Schlachtfeld stirbt, als sich freiwillig in das Joch der Sklaverei begibt.

Diese Kriege zum Schutz des Vaterlandes entstammen einem man möchte sagen heiligeren Impulse, als die Turniere, die viele der höheren Tiere zur Zeit der Paarung unternehmen, und sichern den kleinen Patrioten die wärmste menschliche Teilnahme. Eigentümlich ist, daß sich gerade das tiefer gestellte Insektenreich durch diese Völker- und Staatenbildung auszeichnet, während die Zusammenscharungen höher organisierter Tiere des eigentlichen sozialen Charakters entbehren. Das verwilderte Pferd und Rind lebt in Herden, der Hirsch, der Wolf in Rudeln, das Walroß wurde zu 2000 Stück beisammen gesehen, der Pinguin bedeckt mit seinen

Scharen meilenlange Küstenstrecken, aber eine sozusagen staatliche Einigung ist bei ihnen allen nicht vorhanden, ebensowenig wie bei den Tieren der niedrigsten Abteilung, obgleich viele von diesen, wie wir früher gesehen haben, zu Milliarden ein Zusammenleben führen, das nur durch rein äußerliche Ursachen bedingt ist.

Bei der Beurteilung des Tierlebens muß der Mensch sich vor einem Fehler hüten, in den er gar leicht verfällt, weil er als größter Egoist alles Irdische auf sich, auf seinen Vorteil zu beziehen pflegt.

Als ‚Herr der Schöpfung' trachtet er, sie in seinen vollständigen Besitz zu bringen, leugnet ihren Selbstzweck durch den Eigennutz seines Tuns und verhält sich streng so, als sei alles Irdische in das Dasein gerufen nur für ihn, der als Gebieter nicht inner-, sondern außerhalb der Reiche der lebenden Wesen stehe.

Deshalb ist er geneigt, alles nur von seinem selbstischen Standpunkt aus zu beurteilen und kommt so zu oft falschen Ansichten. Das Tier, das ihm seine Freiheit nicht opfert, nennt er wild, das, welches sich zuweilen unter seinem Joch noch zu sträuben wagt, falsch und heimtückisch, das sich knechtisch unterwerfende treu, das Raubtier, trotzdem es nur dem ihm innewohnenden Naturgesetz folgt, blutdürstig und grausam, das Rind, das Schaf, die Seidenraupe, die Biene nützlich, die Viper, den Skorpion, die Raupe schädlich, und das alles nur, weil er sich nicht zu der vorurteilsfreien Anschauung erhebt, nach der jedes Wesen ebenso wie er selbst ein berechtigtes und wohlbegründetes Dasein zu führen hat, um einem weisen Schöpfungsplan zu dienen.

Und doch hat dieser Egoismus auch wieder seine volle Berechtigung, da durch ihn der kräftigste Hebel in Bewegung gesetzt wird, das Tierleben unter den Einfluß der alle feindseligen Gegensätze ausgleichenden Kultur zu stellen und den Frieden auch dahin zu bringen, wo die dem rohen Naturtrieb überlassenen Geschöpfe sich gegenseitig befehden, zerfleischen und vernichten. Der Tiger, der sich am Blut seines Opfers berauscht, die Boa, deren Schlund sich selbst für ein Kälbchen zu weiten vermag, das Krokodil in seiner abschreckenden Gestalt und häßlichen Gefräßigkeit, sie alle müssen dem Menschen weichen, weil er die bisher von ihnen zu lösende Aufgabe in seine Hände nimmt, um in der Polizeiverwaltung der Natur das Präsidium zu führen und die lebenden Wesen unter einer Regierung zu vereinen, die den Naturgesetzen Rechnung trägt, indem sie das unversöhnlich Schroffe mildert und in eine weniger rauhe Gewandung kleidet.

Deshalb muß die rohe und ungelenke tierische Kraft der überlegenen Gewandtheit des menschlichen Geistes weichen, und die Mörder und Tyrannen, die Riesen und Recken des Tierreichs flüchten sich vor ihm immer tiefer in die Wildnisse, wo sie früher oder später doch von seiner sicheren Hand erreicht und dem Untergang, dem Aussterben geweiht werden. Die vorsintflutlichen Saurier und mit ihnen alle jene phantastisch gestalteten Riesengeschöpfe, deren Tätigkeit nur in einem ewigen und erbarmungslosen Sichvernichten bestanden zu haben scheint, sie sind verschwunden; so werden auch Arten, welche die Gegenwart noch kennt, aus dem Dasein scheiden und nur die Wesen erhalten bleiben, die der allmählichen Zivilisation der Erdoberfläche keinen unbeugsamen Widerstand entgegensetzen.

Diese Zivilisation legt an die Berechtigung der Existenz den Maßstab des Nutzens, den ein Geschöpf dem andern, vorzüglich aber dem Menschen bringt. Je größer die Vorteile sind, die ein Tier ihm bietet, desto lieber und sorgsamer nimmt er es in seine Pflege, unter seinen Schutz und sorgt für die Erfüllung aller notwendigen Lebensbedingungen. Mit ihm, dem Menschen, entwickelt sich auch das Tier, indem es sich den verschiedenartigsten Veränderungen unterwirft, und es ist gar nicht zu leugnen, daß in Beziehung auf das Tierleben ebenso von einem Fortschritt gesprochen werden kann, wie in Beziehung auf die Zustände der menschlichen Gesellschaft. —

Es gab eine Zeit, in welcher der Mensch einsam stand in der großen, weiten Schöpfung, den anderen und zwar sehr oft feindlichen Daseinsformen gegenüber angewiesen allein auf seine noch unentwickelte geistige Kraft. Ohne äußere Verteidigungswaffen sah er sich den Angriffen von Tieren ausgesetzt, mit denen er sich in körperlicher Beziehung unmöglich messen konnte und die er in seiner kindlichen Einfalt deshalb mit seinen jungen Begriffen mit einem höheren, göttlichen Wesen in Verbindung brachte: er betete sie an oder stellte sie wenigstens unter den Schutz der Religion, erklärte sie für heilig. Er hatte noch keine Beobachtungen gemacht, keine Erfahrungen gesammelt, hielt sie deshalb für geistig sich ebenbürtig und dichtete ihnen Eigenschaften an, die ihr Dasein allein nur seiner Einbildungskraft verdankten.

Diese Phantasie blieb auch dann noch tätig, als seine fortgeschrittene Kenntnis einem jeden Wesen längst den ihm gebührenden Platz angewiesen hatte, und Legende, Sage und Fabel sind bis auf die heutigen Tage tätig geblieben, die Seele des Tieres in eine innigere und nähere Beziehung zu dem Menschengeist zu stellen, als es die Natur getan hat. Die Mythologie und Geschichte der Alten kennt zahlreiche Wesen, die halb Mensch, halb Pferd, halb Fisch oder Vogel waren, und berichtet von Tieren, die mit den übernatürlichsten Gaben und Eigenschaften ausgestattet sind. Besonders gern tut dies die nordische Mythe, die das Götterleben mit den wunderbarsten Tiergestalten schmückt und sogar die Seligen in Walhalla mit einem Eber versorgt, dessen Fleisch, wenn es verspeist worden ist, immer wieder lebendig wird, damit es morgen wieder geschlachtet und genossen werden kann. Wie bedauerlich, daß es nur in der Sage und nicht auch in Wirklichkeit solche ‚Braten ohne Ende' gibt!

Auch die späteren Zeiten haben ihre geheimnisvollen Erzählungen, die, wie z. B. die Geschichte von der schönen Melusine, ihren eigentümlichen Eindruck auf das kindliche Gemüt nicht verfehlen. Damals gab es noch Zauberer und Feen, die arme Menschenkinder in Tiere verwandelten und sie nur unter schwer zu erfüllenden Bedingungen wieder freigaben; da horstete noch der Vogel Greif über den Wolken, und Drachen, Lindwürmer und anderes furchtbare Getier forderten die Heldenkraft des Mutigen zum Kampf heraus. Bis in den heutigen Tag herein klingen diese romantischen Berichte und tauchen hier oder da ganz unerwartet in ihren Reflektionen in der Anschauung des Volkes empor. Mit einem Sperlingsei kann man sich unsichtbar machen; ein Schluck aus der in einem Ameisenhaufen vergrabenen Weinflasche gibt Elefantenstärke; der Zahn einer Fledermaus verleiht ewige Jugend; bei Liebestränken, Amuletten und tausend Geheimmitteln spielen Teile des tierischen Körpers eine hervorragende Rolle, und sogar die Seelenwanderung spukt zuweilen noch in einem dunklen Kopf, der sich zu dem heroischen Entschluß geneigt finden läßt: „Alles will ich werden, nur kein Droschkengaul!"

Im Gegensatz dazu hat auch die heilige Geschichte ihre Tiergestalten von der Schlange des Paradieses bis zu dem

„. . . . . Kripplein was,
von dem ein Ochs und Esel fraß,"

bei welchem frommen Reime der weniger Befangene allerdings unwillkürlich an die bekannte Abc-Buch-Tragödie erinnert wird: „Ein toller Wolf in Polen fraß den Tischler samt dem Winkelmaß." Lieblicher dagegen klingt die Erzählung von den Tauben Noahs und den Raben, die den Propheten speisten. „Was hab ich dir getan, daß du mich schlägst nun zu dreienmalen?“ fragt baß zum Verwundern Bileams Leibeselin, und bekannt ist ja, mit welch ergreifender Macht die biblische Sprache sich der Beispiele aus dem Tierleben zu bedienen weiß. Die ganze Sehnsucht eines von der Reue gefolterten Herzens ist ausgesprochen in den wenigen Worten: „Wie der Hirsch schreiet nach frischem Wasser“, wie erschütternd klingt die Drohung von dem Auge, das „die Raben am Bache aushacken und die jungen Adler fressen“, und kein bezeichnenderes Wort für Christi Lehre und Charakter konnte es geben, als den Hinweis: „Siehe, das ist Gottes Lamm.“ Wer hat noch nicht gelesen von jenem „Wurme, der nie stirbt“, oder von jener Scheidung in „Schafe und Böcke“, mit der der letzte und größte der Propheten das Walten der ewigen Gerechtigkeit illustriert?

Auch die heiligen Bücher und Traditionen anderer Religionen greifen fleißig in das Leben der Tiere oder nehmen diese wohl gar so in Schutz, daß sie ihre Tötung verbieten. „Thiur el Djinne“ — Vögel des Paradieses — nennt der Araber die Schwalben, weil sie, als der Herr den Garten Eden verschloß, an dem flammenden Schwert des Engels vorüberflogen, um dem Menschen in das Elend der Verbannung zu folgen; überhaupt versteht es der Orientale gut, in dieser Weise die bekannten Gestalten und auffälligen Erscheinungen des Tierreichs mit seinen religiösen Anschauungen in Verbindung zu bringen und sich mit einer Fülle von Märchen und Sagen zu umgeben, die dem realistischen Abendländer erdrückend vorkommen möchte. Dieser liebt die nüchterne, auf Tatsachen fußende Darstellung, und wo seine Dichtkunst sich mit dem Tier beschäftigt, tut er es, wie z. B. in dem Epos von Reineke Fuchs, oder im ‚Froschmäusler‘ von Fischart, als Psychologe oder Satiriker.

Das Tierreich ist höchst wohlhabend an psychologischen Charakteren, und viele von ihnen sind so scharf gezeichnet, daß sie als Typen Eingang in die vergleichende Redeweise des alltäglichen Lebens gefunden haben. Von der Wachsamkeit des Hundes, der Falschheit der Katze, der Verschlagenheit des Fuchses, dem Fleiße der Biene, der Gefräßigkeit des Hamsters etc. kann man täglich und stündlich sprechen hören, und es ist hier wirklich der Mühe wert, beobachtende Vergleiche anzustellen.

Es gibt oft menschliche Physiognomien, die mit denen gewisser Tiere eine auffallende Ähnlichkeit haben, und eine genaue Beobachtung ergibt dann stets, daß diese Ähnlichkeit sich nicht bloß auf das Äußere, sondern auch auf den Charakter erstreckt. Ein Gesicht mit eng beieinander stehenden Augen, zurückgebogener, niederer Stirn und schmalen, zugespitzten Zügen hat unbedingt etwas Raubvogelähnliches, zumal wenn der Kopf nach vorn getragen wird, während ein kurzer, starker Nacken, große Ohren, dicker und breiter Schädel, grobzügiges Gesicht mit breiter Nase, kleinen Augen und breiten, gradegeschnittenen und wulstigen Lippen unwillkürlich an jenes Tier erinnert, dem man, wenn es drischt: „das Maul nicht verstopfen soll". Mag man solche Vergleiche immerhin als gesucht bezeichnen, der aufmerksame Beobachter spricht mit vollem Recht von Fuchs-, Mops-, Bullenbeißer-, Eulen-, Affen-, Esels- und anderen Gesichtern, und wenn wir das Recht in Anspruch nehmen, von Adler- und Habichtnasen zu reden, so müssen wir auch andere Körperteile zu einem Vergleich heranziehen. Der Bau und die Haltung des Körpers, der Gang, der Klang der Stimme, die Art und Weise des Mienenspiels und des sprachlichen Ausdrucks sind hierbei mit in Betracht zu ziehen, und wenn wir hier Storchbeine, Reh- und Gazellenaugen, Stiernacken, Gorillaarme und Bärenschritt bunt untereinander

ander aufzählen, so geschieht es mit derselben Wahrheit des Vergleichs, mit der man z. B. von einem ‚Fuchsschwänzer' spricht, einem Menschen, der sich durch seine ganze Haltung und jede seiner Bewegungen als das zeigt, was er ist — ein ‚Schlaupelz', dem es darum zu tun ist, durch scheinheilige Lobhudeleien seine Zwecke zu erreichen.

Die Frage, ob das Tier eine Seele besitze, ist für den gegenwärtigen Stand unserer Kenntnis eine vollständig überflüssige, wenn auch die Untersuchungen über die Tätigkeit dieser Seele kaum über die Anfänge der tierpsychologischen Forschungen hinaus gediehen sind.

Instinkt oder Überlegung? Wie oft hört man diese beiden Worte aussprechen, die doch beide eine geistige Tätigkeit bezeichnen, die auf die Handlungen des Tieres bestimmend einwirkt. Denn wäre unter dem Instinkt ein bloßer, dem Bewußtsein vollständig fremder Naturtrieb zu verstehen, so müßte man von einem solchen auch bei der Pflanze sprechen, welche die Wurzelkeime in die dunkle Erde, die Blätterkeime aber dem Licht der Sonne entgegentreibt. Instinkt hat dann auch der Mensch, der tausend unwillkürliche Handlungen begeht, die mit einer berechnenden Absicht nichts zu tun haben und Ergebnisse der Naturgesetze sind, denen er mit seinem ganzen Wesen und Leben gehorsamen muß.

Man darf sich wohl vor der Behauptung hüten, daß das Tun des Tieres ein mechanisches, eine Gewohnheitsfolge sei; denn wenn man zugibt, daß jedes tierische Wesen das, was es zu vollbringen vermag, erst gelernt haben muß, so fühlt man sich gleich darauf in die Notwendigkeit versetzt, zu gestehen, daß eben das Lernen eine geistige, eine selbständige Tätigkeit und Anstrengung voraussetzt.

Natürlich ist diese Tätigkeit bei den höher gestellten Geschöpfen eine ausgeprägtere, und darum können wir auch nur bei ihnen von einem wirklichen Charakter sprechen, der um so augenfälliger ist, je mehr die freie Selbstbestimmung hervortritt. —

Das Eingreifen des Menschen in das Leben der Tiere ist meist gewalttätig. In den zahlreichsten Fällen steht er ihnen als Mörder gegenüber, um mit ihren Körperteilen des Leibes Nahrung und Notdurft zu decken und einer Menge von Industriezweigen die nötigen Produkte an die Hand zu geben. Selbst da, wo er, wie z. B. der Landmann, seine tierischen Untergebenen mit dem Namen ‚Nutzvieh' bezeichnet, ist sein Verfahren von der Selbstsucht geboten, laufen seine sogenannten humanen Bestrebungen auf die Rücksichten des Eigennutzes hinaus und führt seine Pflege doch nur zu einer Schädigung an der Freiheit und dem Leben der in seinem Besitz befindlichen Geschöpfe.

Während in erster Linie hier der Jäger und der Fleischer zu nennen sind, darf das Tun und Treiben des Naturforschers ein weniger feindliches genannt werden, obgleich auch er zuweilen ‚den Tod im Blicke trägt'. Während bei den andern der geschäftliche Gewinn als Triebfeder wirkt, folgt er dem edleren Wissensdurste, um die Gestaltungen einer reichbelebten Welt kennenzulernen, die seinen Betrachtungen eine unendliche Fülle des anziehendsten Stoffes bietet.

Unter allen Menschenkindern aber, die dem zoologischen Leben ihr Interesse widmen, ist keines so freundlich, so rücksichtsvoll und nachsichtig gesinnt wie der Dichter, der selbst mit dem Behemoth und Leviathan innige Freundschaft schließt, nicht ein einziges der unzähligen Würmchen in seinem Recht kränkt und das verklärende Licht seiner Poesie selbst über das absolut Häßliche und Abstoßende fallen läßt. Er lauscht dem Zirpen der Grille wie dem Brüllen des Löwen, duzt sich mit Mäusen und Elefanten, parliert mit Goldfischen und Walen und lebt mit all diesen Kreaturen auf einem Fuß. Die Ergiebigkeit seiner Phantasie ist wirklich erstaunlich und die Geschicklichkeit, seinen Schützlingen ein beredter Sachwalter zu sein, bewundernswert. Es gibt keine schlimme Tat oder Eigenschaft, der er nicht eine Ursache zur Entschuldigung abzugewinnen vermag, und wo ihm auch das nicht möglich ist und er sich alle Verteidigungsmittel aus der Hand gerungen sieht, fühlt er sich keineswegs in Verlegenheit gesetzt, sondern greift mit stets schlagfertiger Taktik zum Humor, um das allseitige ‚Gruseln' vor den kleinen und großen Ungeheuern in ein heiteres Lachen zu verwandeln.

„Mich bizt neizwaz, waz mag daz seyn?"

fragt in längst verklungener Sprache das alte Lied vom schwarzen Ritter Floh, und wer es gelesen oder gehört, muß schließlich zugestehen, daß der auf verborgenen Wegen wandelnde blutdürstige Held ein galanter Damenfreund ist, der ganz so wie die mittelalterlichen Burgherren und Edelknappen vorzugsweise dem schönen Geschlecht seine Tapferkeit und Minne widmet.

Nur er, der Dichter, bringt das Kunststück fertig, zwei spazierengehende Löwen einander so auffressen zu lassen, daß nichts übrigbleibt.

„ . . . . von den Löwen edel,
als nur die beiden Wedel."

Und fast noch Wunderbareres leistet er, wenn er als Arzt seine Heilmittel dem Tierreich entnimmt:

„Ein Mann, geplagt in seinem Haus,
riß sich die ganzen Haare aus;
dem heilt ich auf die kahle Stell
ein Stückchen schwarzes Pudelfell.
'ne Sängerin litt schon lange Zeit
an ungeheurer Heiserkeit;
Mehlwürmer heilten diesen Fall,
jetzt singt sie wie 'ne Nachtigall.",

erzählt er von seinen Kuren, die gar nicht zu bezweifeln sind, wenn man an die Intimität denkt, in der er zu allen Geschöpfen steht, ihre Sprache kennt und ihnen alle möglichen Geheimnisse ablauscht. Während der prosaische Mensch das Pferd nur wiehern, die Ziege nur meckern und die Katze nur miauen hört, vermag der Dichter all diese Töne in echtes, richtiges Hochdeutsch zu übersetzen und weiß Wort für Wort und Silbe für Silbe, was gewiehert, gemeckert und miaut worden ist. Glücklicherweise leidet er nicht an dem Fehler der Verschwiegenheit, und so erfahren auch andere Menschenkinder die ihnen sonst verborgenen Heimlichkeiten:

„Der Hahn singt schon in aller Früh
der Henne vor sein Kikriki;
sogar der dumme Gimpel schreit
von Liebesgram und Liebesleid."

Besonders sind es die zartstimmigen, gefiederten Wesen, denen die Töne seiner Leier erklingen. Er weist ihnen im heiligen Reich der Liebe die verantwortungsvolle Stellung als Briefträger an:

„O bitt euch, liebe Vögelein,
will keines von euch mein Bote sein?"

läßt sie vor dem Auge des Liebchens als nachzuahmendes Beispiel leuchten:

„Zieht im Herbst die Lerche fort;
singt sie leis ade!
Sag mir noch ein liebend Wort,
eh ich von dir geh!"

und stirbt zuletzt gar mit ihnen im Schoße der Holden, die ihm die Erhörung verweigert:

„Schießt mich ein Jäger tot,
fall ich in deinen Schoß;
siehst du mich traurig an,
gern sterb ich dann!"

Hat er auf diese Weise sein Herz von der Last der Seufzer befreit, so kann er sich den Ansprüchen des materiellen Lebens nicht länger entziehen; auch die Muse muß essen und trinken, wenn sie bei Kräften bleiben will, und dann treibt sie der Appetit sogar in die Nähe jenes Wesens, das den Juden ein Ärgernis und den Muselmännern ein Greuel ist:

„Heil dir, geborstetes,
ewig geworstetes,
dutzend geborenes,
niemals geschorenes,
köstliches Schwein.
Heil, Heil und dreifach Heil
dem Schwein und seinem Hinterteil!"

Am besten versteht es der Fabeldichter, mit der Tierwelt zu verkehren und diesen Verkehr besonders für die Jugend fruchtbringend zu gestalten. Auch der Komponist ist zuweilen gemütvoll genug, das geistreiche

„Der Kuckuck und der Esel, die hatten einen Streit,
wer wohl am besten sänge zur schönen Maienzeit"

in Musik zu setzen, und manches in der Jugend gerngesungene Lied klingt, wie das alte, liebgewordene

„Weißt du, wieviel Mücklein spielen"

bis in das späte Alter hinüber und hat seinen Einfluß auf die religiösen und sittlichen Ansichten eines mühevollen und prüfungsreichen Menschenlebens unbestritten ausgeübt. Die poetische Anschauung dringt nach und nach in das gewöhnliche Leben ein, beseitigt das Vorurteil und mildert die Strenge. Sie hebt das Charakteristische, das Beachtenswerte hervor und erwirbt dem Tier die menschliche Teilnahme und Dankbarkeit, wo es diese sonst vielleicht nicht gefunden hätte.

„Wer hat, wenn ich auf Gottes Welt
allein mich fand, zu mir sich gesellt,

wer hat mich geliebt, wenn ich mich gehärmt,
wer, wenn ich fror, hat mich gewärmt,
wer hat mit mir, wenn ich hungrig gemurrt,
getrost gehungert und nicht geknurrt?"

rühmt Chamisso die Tugenden seines Hundes, und vergleicht man mit diesem Bilde den Charakter des Wolfes, des Fuchses, der Hyäne, die doch dem Hund verwandt sind, so erkennt man den Einfluß des Menschen auf die in seiner Gesellschaft lebenden Tiere erst in seiner vollen Stärke und Bedeutung.

Wenn die Bibel sagt, daß sich auch die leblose Kreatur nach Erlösung sehne, so darf man dabei nicht an eine Himmelfahrt der Tiere denken, sondern dieses Wort will nur auf den Einfluß hinweisen, den der aus den Banden der Finsternis befreite Menschengeist auf die Verbesserung aller irdischen Verhältnisse und also auch auf die Erscheinungen der verschiedenen Naturreiche auszuüben vermag und auch wirklich ausübt. Die Entwicklung des Menschen zieht alle unsere Daseinsformen in ihren Bereich, baut Stufe um Stufe dem großen Ziel der Vervollkommnung entgegen und führt mit Notwendigkeit zur allmählichen Erfüllung des alten, biederen Wunsches, daß es

„Hier auf unsrer Erden
mit allem möge besser werden!"

Strom und Straße

Ein friedlich Regiment und eine freie Bahn für alles,
was der Mensch gebraucht und schafft,
das ist es, was der Völker Wohlfahrt gründet.

Als der Herr der Schöpfung dem Menschen jenen herrlichen Garten baute, in dem er die ersten Tage seines Daseins in stiller Sammlung verbringen sollte, um sich auf eine tatenreiche und arbeitsvolle Zukunft vorzubereiten, durfte unter den hörbaren Lauten des jungen Erdenlebens auch das Murmeln der Quelle, das Plätschern der Welle, das Brausen des Falles und das Rauschen der Woge nicht fehlen. Und zwar war es nicht der Zweck der Bewässerung allein, dem die vier Ströme Pison, Gihon, Hidekel und Phrat ihr Entstehen verdankten, sondern das Wasser hat in Beziehung auf den Menschen noch eine andere, eine höhere, man möchte fast sagen eine erzieherische Aufgabe zu lösen.

„Vom Wasser haben wir's gelernt",

singt der wandernde Müllerbursche, wenn er die Gründe aufzählt, die ihn aus der Heimat in die Fremde geführt haben:

„Das hat nicht Ruh bei Tag und Nacht,
ist stets auf Wanderschaft bedacht",

und wer an sich selbst den eigentümlichen Einfluß empfunden hat, den das rastlos zum Meer eilende Element auf das empfängliche Gemüt hervorbringt, dem wird der Glaube an jene Aufgabe nicht schwer werden.

Stellt man sich auf eine Brücke und blickt senkrecht hinunter auf die vorübereilenden Wellen, so scheint es, als ob das Wasser stehe, während man selbst sich in Bewegung befinde, und recht gut kann man, ohne lächerlich zu sein, diese optische Täuschung zu einem Hinweis machen auf das Sehnen nach der Ferne, mit dem der Gott der Gewässer die seinem Walten Lauschenden gefangennimmt.

Der erste Mensch nahm nach seinem Erwachen zum Selbstbewußtsein eine reiche Menge von Gegenständen wahr, durch deren Betrachtung er seine Sinne schärfen und sein Urteil üben sollte. Die erste Frage, die er sich stellte, war auf das Wesen dieser Dinge gerichtet, dann aber folgte sofort das Verlangen, ihren Ursprung kennenzulernen. Lange Zeit hat wohl das paradiesische

Elternpaar am Ufer des Flusses gestanden, um Rätsel zu ergründen, die uns schon seit Jahrhunderten zur offenbaren Alltäglichkeit geworden sind. Je schwieriger ihrem einfachen und ungeübten Verstand die Lösung wurde, desto mehr hofften sie diese in der Richtung zu finden, aus der die Wasser kamen, und so richteten sie ihre Schritte stromaufwärts, bis sie an der Quelle standen und das Rätsel ihnen immer noch Rätsel blieb.

Der forschende Geist kennt keine Ruhe, keinen Stillstand. Türmt sich ihm ein unüberschreitbares Hindernis entgegen, so sucht er in anderer Richtung, in anderer Weise sein Ziel zu erreichen. „Das Wasser lockt, die Welle zieht", heißt es im alten Fischerlied; die flimmernden Strahlen, die von Streif zu Streif hüpfen, das gesprächige Plätschern und geheimnisvolle Flüstern an den Ufersäumen, das unaufhaltsame Vorwärtsdrängen der wechselvollen und doch ewig gleichbleibenden Massen, deren Tiefe der Fuß des Unerfahrenen nur zaudernd und zitternd sucht, das spurlose und keine Wiederkehr findende Verschwinden der sich vorüberwälzenden lebenspendenden und doch mit dem Tod drohenden Materie richtet den Flug der Phantasie in das Weite und läßt sie dort die Erklärung des Wunders suchen, das seine Geburt dem Schoß der Erde, seine Verbreitung dem Gesetz der Schwere und sein stetes Fortbestehen dem Wechsel der Temperatur verdankt.

Fort also, den Wellen nach, immer dem Lauf des Baches, des Flusses, des Stromes entlang bis an die Küsten des nimmersatten, durstigen Meeres wanderte der Mensch, den Lockungen der Nixen und Wassernymphen folgend, denen er sich nicht entziehen konnte. Aber diese Wanderung war nicht in Tagen und Wochen vollendet, sondern sie bedurfte langer Jahresreihen und wurde von zahlreichen Ruhepunkten unterbrochen. Der Sterbliche wollte das Verborgene erkennen, er wollte, wie die Bibel sich ausdrückt: „sein wie Gott"; deshalb mußte er den engen Horizont seiner ursprünglichen Heimat erweitern, mußte das Unbekannte suchen, nachdem er das Bekannte erforscht und begriffen hatte, mußte die Erde mit all ihren Erscheinungen, Gesetzen und Kräften geistig zu erobern suchen und ward also von dem Engel mit dem flammenden Schwert von der ihm gewordenen Mission aus dem Paradiese getrieben.

Als er am Meere ankam, war er gewachsen, war zum Volke geworden, hatte gelernt, sein persönliches Wohl mit dem der Gesamtheit seiner Brüder zu vereinigen und die Bedingungen zu suchen, von deren Erfüllung dieses Wohl abhängig war. Vor allen Dingen aber hatte er eine wertvolle Erfahrung gemacht, nämlich die, daß die Natur ihm im Laufe der Gewässer die besten, kürzesten und bequemsten Straßen bot, die für die wirtschaftliche und politische Entwicklung seiner Nachkommen unbedingt nötig waren.

Je mehr die Zahl der Seinen wuchs, desto mehr wuchs in ihnen der Drang nach Ausbreitung über die Erde. Die Gebirge mit ihren Felsenriesen, die Wälder mit ihrer undurchdringlichen Wildnis, die Wüsten mit ihren todesstarren Strecken stellten dieser Ausbreitung noch unbesiegbare Hindernisse entgegen, die fließenden Wasser aber durchbohrten diese Felsenketten, durchbrachen diese Wildnisse, belebten diese Wüsten und luden ihn also ein, treue Kameradschaft mit ihnen zu halten. Und als er dann den ersten schwimmenden Baumstamm gesehen und daraus den Schluß gezogen und zur Anwendung gebracht hatte, daß die Flut auch ihn und seine Lasten tragen werde, tat er den ersten Schritt zu einem Verkehr, der seine zahllosen Arme rund um den Erdball schlingt und die entlegensten Fernen miteinander verbindet.

Vom einfachen Floß bis zum ausgehöhlten Kahn, dem gezimmerten Boot und dem weiträumigen Schiff war der Sprung nicht zu groß. Der Fisch mit seinen Flossen wurde ihm zum Modell für Ruder und Steuer, vom Nautilus lernte er das Segeln, und als es nun auf diese Weise ermöglicht war, die Richtung und Geschwindigkeit der Bewegung nach Belieben zu verändern, durfte es der schwache Mensch wagen, den Kampf mit den Wogen und Winden des Meeres aufzunehmen.

Dem Verkehr zu Lande gelang es nicht, mit solcher Raschheit vorwärtszudringen. Der Nomade veränderte zwar seinen Aufenthalt, so oft es seinen Herden an der nötigen Weide gebrach, aber er kehrte doch immer wieder an die Orte zurück, die ihm als fruchtbar bekannt waren; er fühlte keinen Bedarf nach Straßen, und die Wasserwege legten ihm Schwierigkeiten entgegen, anstatt seinen langsamen Zügen förderlich zu sein. Er bewegte sich im offenen Lande, und wo sich ihm der Wald oder das Gebirge entgegenstellte, kehrte er wieder um.

Der Jäger war der erste, der in die Urwildnisse eindrang und von seinem Mut sich in unbekannte und gefahrdrohende Gegenden führen ließ. Kehrte er zurück, so rühmte er sich der ausgeführten Großtaten und erregte dadurch die Lust anderer, ein gleiches zu tun. Jetzt verbanden sich mehrere zu weiten Zügen, um Abenteuer aufzusuchen; die gangbarsten Stellen der Wälder wurden gefunden, die Pässe, die über die Gebirge führten, entdeckt und dadurch Raub- und Kriegszüge vorbereitet, durch welche die geographische Kenntnis der Binnenländer ihre erste Verbreitung erhielt. Ist es doch heute noch eine der ersten Aufgaben des Feldherrn, die Länder genau zu studieren, gegen die sich seine Operationen richten, und vor allen Dingen für gute und genügende Wege zu sorgen, auf denen seine Truppen sich bewegen können.

Doch waren dies nur Privatunternehmungen, deren Erfolge nicht bedeutend sein konnten, und oft klang die Kunde von einem entlegenen Land nur wie eine fremde Sage aus der Ferne herüber. Anders war es, wenn in einem rings von Gebirgen umschlossenen Gebiet sich die Bevölkerung so vermehrt hatte, daß die nötige Nahrung nicht mehr zu erlangen war. Dann stürzten sich die wehrhaften Krieger wie eine immer größer werdende Lawine von den Bergen herab auf die Tiefländer, überschwemmten Strecken, viele Tausende von Quadratmeilen groß, unterjochten die Völkerschaften, auf die sie stießen und trugen den Sieg auf den Spitzen ihrer Schwerter so weit, bis sie endlich des Kämpfens müde wurden und sich zur Ruhe setzten. Ein solcher Stoß, den eine Nation auf die andere ausübte, pflanzte sich oft von einem Erdteil auf den anderen über, brachte die Menschen miteinander in Verbindung und führte zum Anlegen von Wegen und Straßen, für die es sonst noch jahrhundertelang kein Bedürfnis gegeben hätte.

Solche Züge sind ganz besonders von den Hochebenen zwischen Altai und Himalaja ausgegangen und haben ihre Völkerfluten bis hinab nach Sibirien, hinüber nach Japan, hinunter nach Indien, herüber nach Europa, ja sogar bis nach Mittelafrika gewälzt. Der Name Mongole hat sich seit jenen Zeiten bis auf die heutige Gegenwart in lebhaftem Andenken erhalten.

Als die seßhaften Völker anfingen, Städte zu bauen, stellte sich die Notwendigkeit heraus, die Ortschaften durch Straßen zu verbinden, um dem gegenseitigen Verkehr die nötige Förderung zu erweisen. Da die meisten dieser alten Städte an Flüssen gelegen waren, boten diese die passendste Gelegenheit für den Hin- und Hertransport; freilich war das oft nicht ausreichend genug, und so bildete sich bald ein Nebenverkehr auf Landwegen. Dieser fand mittels Lasttieren statt, die bei der Unsicherheit der damaligen Zeiten in Karawanen versammelt wurden und nur zu gewissen Zeiten ihre beschwerliche Reise antraten.

Diese Art und Weise der Personen- und Güterbeförderung hat sich in Gegenden, deren örtliche Beschaffenheit das Anlegen fester Straßen nicht erlaubte oder deren Bevölkerung sich dem industriellen und kommerziellen Fortschritt entzog, bis heute erhalten, und ganz besonders ist dies im Orient und den Wüstenstrecken Afrikas der Fall, wo Pferd und Kamel fast ausschließlich noch die Beförderungsmittel bilden.

Das erste, einfachste, aber zugleich kostspieligste Beförderungsmittel war die menschliche Kraft selbst, deren Anwendung so naheliegend ist, daß wir ihr selbst in unserer vorgeschrittenen Zeit noch in tausendfältigen Erscheinungen begegnen. Die Anwendung der Schleife bildete den ersten Fortschritt und hat sich im Schlitten bis auf uns erhalten. Ein ungleich größerer Schritt aber war der, den man von der Schleife zum Rade tat. Dies ist für uns eine der alltäglichsten Erscheinungen, für die das gewöhnliche Auge kaum mehr einen aufmerksamen Blick übrig hat, und doch gehört seine Erfindung zu den einflußreichsten und wohltätigsten, die jemals gemacht worden sind. Abgesehen von dem feststehenden Rad, das als Rolle oder überhaupt Maschinenteil die bedeutendsten Lasten bewältigt und die verschiedenartigsten Arbeiten unternimmt, ist es das fortlaufende, um eine Achse sich drehende Rad gewesen, das zur Anfertigung aller fortrollenden Transportwerkzeuge, wie Wagen, Karren etc. führte und mit Notwendigkeit zur Herstellung von Straßen zwang. Die bewegende Kraft mag sein, welche sie wolle, Mensch, Tier oder Dampf, immer muß sie sich des Rades bedienen, und wenn ein neuerer Gelehrter weissagt, daß für die nächsten Jahrhunderte eine Erfindung zu erwarten sei, durch die der Radmacher und Wagenbauer in Ruhestand versetzt werden müsse, so ist die Erfüllung dieser Prophezeiung mit vollem Recht zu bezweifeln. Hebel, Rolle, Rad, schiefe Ebene, Keil und Schraube sind die sechs Grundformen aller unserer Werkzeuge und Maschinen; die Mechanik kann nach vorwärts schreiten durch eine neue Anwendung einer, oder eine noch nicht dagewesene Verbindung mehrerer dieser sechs sogenannten ‚einfachen Maschinen', nie aber wird sie vermögen, zu ihnen eine siebente zu entdecken, und daher steht eine Verabschiedung des Rades wohl schwerlich zu erwarten.

Seine Erfindung fällt jedenfalls in das graueste Altertum zurück, denn in den ältesten Urkunden fast aller Völker der vorchristlichen Zeit finden wir bereits den Wagen erwähnt und zwar meist in seiner besonderen Anwendung als Kampf- und nach beendeter Schlacht als Siegeswagen. Alle aus jenen Zeiten herüberklingenden Nachrichten sind meist kriegerischer Art. Wir dürfen uns nicht wundern, daß wir oft nur auf diesem Wege von Einrichtungen hören, die vorzugsweise bestimmt sind, dem Frieden zu dienen. Auch das Wort ‚Heerstraße' enthält einen deutlichen Hinweis darauf, daß der Wegebau sich willig den Gesetzen, die das Schwert diktierte, fügen mußte, und die alten berühmten Römerstraßen zum Beispiel waren zunächst für die Zwecke des Krieges angelegt.

Strom und Straße. Bei diesen beiden Worten dürfen wir nicht ausschließlich an Wasserstraßen und Landwege denken. Es gibt Strömungen und Bewegungen, die einem höheren, dem geistigen Gebiet angehören und hier nicht übergangen werden dürfen.

Eine gewisse Anschauung des Erdenlebens nennt es eine Pilgerschaft und bezeichnet die Bilder von einem Lebenspfade, einem Lebenswege, einer Lebensbahn als wohlberechtigte Ausdrücke. Auch die Bibel bedient sich dieser sinnbildlichen Sprache, indem sie von einem schmalen und einem breiten Wege spricht, von denen der eine zum ewigen Leben, der andere aber zur ewigen Verdammnis führe. Wie das Dasein eines jeden einzelnen Menschen seinen Anfang, seine Richtung und sein Ende hat, so auch die Entwicklung ganzer Völker, des menschlichen Geschlechts überhaupt, ja des großen irdischen Lebens im allgemeinen.

„Die Entwicklung der irdischen Verhältnisse folgt dem *Lauf der Sterne, geht also von Osten nach Westen*“, heißt das erste und oberste Gesetz, nach dem sich alle fruchtbringende Bewegung auf unserem Planeten regelt. Man hat das Vorhandensein eines solchen Gesetzes von verschiedenen Seiten lebhaft bestritten, aber es ist nicht zu leugnen, daß die Meinung derer, die sich zu ihm bekennen, vieles für sich hat.

Der Osten, also Asien, wird als Geburtsstätte des Menschen angesehen und von hier aus breitete sich wahrscheinlich die immer wachsende Bevölkerung nach Westen aus und überschritt den Kaukasus ebenso wie die Landenge von Suez, um Afrika und Europa in Besitz zu nehmen. Von Europa aus wurde erst Grönland und dann Amerika entdeckt und der Inselkreis des südlichen Weltmeers in Besitz genommen. Mit dem Menschen wanderte alles seiner Herrschaft Unterworfene von Osten nach Westen. Die Tiere, die er zu zähmen verstanden hatte, zogen mit ihm, und die Pflanzen, die seinem Eigentumsrecht unterlagen, versetzte er an seinen jedesmaligen neuen Wohnsitz. Beide, Tiere und Pflanzen, lernten, sich zu akklimatisieren und erlangten nach und nach die Eigenschaften, durch die sie befähigt wurden, die Zonenunterschiede in möglichst hohem Grad zu überwinden. Alle unsere Haustiere, alle unsere Kulturpflanzen haben — mit wenigen Ausnahmen — ihre Heimat in Asien und während ihrer jahrhundertelangen Wanderungen sich die hohe Befähigung angeeignet, uns rund um den Erdball treue Begleiter zu sein.

So lange diese Bewegung sich von Osten nach Westen, nach Süden oder Norden richtet, ist sie erfolgreich, während die umgekehrte Richtung entweder sofort verunglückt oder nur kurzen Segen bringt, der sich schließlich in Unsegen verwandelt. Es mag Mühe kosten, die Ursachen dieser Erscheinung zu ergründen, aber die Erscheinungen selbst sind nicht zu leugnen und ebensowenig die Deutlichkeit, mit der sie auf ein bestimmtes und unumstößliches Gesetz hindeuten, infolgedessen sie in das Leben treten.

Wie lange hatten die Eroberungen der alten Babylonier, Assyrer, Meder, Perser, Mazedonier und Römer standgehalten? Warum waren die Chinesen schon seit über tausend Jahren zu vollständigem Kulturmüßiggang verdammt? Welche Früchte haben uns die Kreuzzüge gebracht und die Römerzüge der Hohenstaufen gegenüber den unermeßlichen Verlusten, die wir durch sie erlitten? Warum mußte Napoleon der Große seine Kaiserkrone verlieren, sobald er sich gen Osten wagte? Warum sind die Ureinwohner des amerikanischen Festlandes dem Untergang geweiht? Eine Unzahl ähnlicher Fragen drängt sich dem aufmerksamen Freund der Geschichte auf, und es mag wohl sein, daß bei ihrer Beantwortung sowohl örtliche als auch individuelle Gründe in Miterwägung gezogen werden müssen, immer aber wird als Hauptursache das oben angegebene Gesetz zu nennen sein.

Diesem Gesetz gegenüber kann man mit nicht sehr großem Vertrauen an die Zukunft der russischen und englischen Eroberungen in Asien denken. Der Spötter mag immerhin lächeln, aber die Geschichte geht unbeirrt ihren großen, ruhigen Schritt und zeigt wohl zuweilen ein nachsichtiges Schweigen, läßt sich aber nun und nimmermehr einen Ungehorsam gegen ihre eigenen Gesetze abtrotzen. Gibt es doch Gelehrte, die den Fortbestand der Kartoffel in Zweifel ziehen und dabei auf die Krankheit hindeuten, welcher diese segensreiche Pflanze unterliegt, weil wir sie nicht dem Osten, sondern dem Westen verdanken.

Auch das Leben der Nationen, der Völker hat seine Ströme und Straßen, auf denen es sich ausbreitet oder die seinen inneren Bewegungen Richtung geben. Der größte, der gewaltigste Strom verdankt seinen Ursprung der Quelle, die dem dunklen Schoß der Erde entsteigt, aus den von allen Seiten herbeiströmenden Zuflüssen Vergrößerung zieht, durch ihre immer wachsenden Gewässer nach allen Richtungen Segen spendet und nach Lösung der ihr gewordenen individuellen Aufgabe sich mit den Wogen des Meeres vermählt, um nun der großen, allgemeinen Bestimmung des Ozeans sich dienstbar zu machen. So auch das Volk. Seine Anfänge sind klein, und sein Ursprung führt meist in das Dunkel der Verborgenheit zurück. Aber die ihm innewohnende Lebenskraft treibt es vorwärts zwischen den mannigfach gewundenen Ufern, die ihm von den außer ihm liegenden Verhältnissen gezogen werden, an denen es sich reibt und die ihm innewohnenden Kräfte erprobt, um unter segensvoller Tätigkeit das ihm vorgesteckte Ziel zu erreichen. Denn wie jeder einzelne Wasserlauf für den Nutzen einer besonderen Gegend bestimmt ist, so hat auch jedes einzelne Volk an einer Aufgabe zu arbeiten, die ihre Grenzen innerhalb einer ganz bestimmten Ausdehnung von Zeit und Raum findet.

Wenn die mit Feuchtigkeit und Elektrizität geschwängerte Atmosphäre ihre Last nicht mehr zu halten vermag, dann erhebt das Gewitter seine grollenden Donner und durchzuckt mit leuchtenden Blitzen den zur Nacht gewordenen Tag. Hohen Segen vermag es der ermüdeten und lechzenden Erde zu bringen; es erquickt die Natur nach angestrengtem Schaffen und sättigt den Boden mit neuen, fruchttreibenden Kräften. Aber auch das Verderben lauert hinter den hoch sich auftürmenden Wolken, denn, wie Schiller sagt:

„Doch furchtbar wird die Himmelskraft,
wenn sie der Fessel sich entrafft,
einhertritt auf der eignen Spur
die freie Tochter der Natur.
Wehe, wenn sie losgelassen,
wachsend ohne Widerstand,

durch die volksbelebten Gassen
wälzt den ungeheuren Brand!
Denn die Elemente hassen
das Gebild der Menschenhand.
Aus der Wolke
quillt der Segen,
strömt der Regen,
aus der Wolke, ohne Wahl,
zuckt der Strahl."

Dann frißt das glühende Element die Erzeugnisse der menschlichen Arbeit mit nur schwer zu bewältigender Gier, und die Fluten, von rapidem Wachstum über die schützenden Ufer getrieben, rollen über Feld und Flur, ziehen das vergeblich gegen sie ankämpfende Leben in ihre schmutzige Tiefe und verwüsten die Stätten, in denen der Mensch seine Hoffnungen in die Erde legte, damit sie zu einer reichen Ernte heranreifen möchten.

So auch im Leben des Volkes. Auch hier gibt es einen Blitzstoff, der sich nach zunehmender Schwüle über gewisse Kreise entladen und entweder Heil oder Unheil bringen kann.

„Wo rohe Kräfte sinnlos walten,
da kann sich kein Gebild gestalten;
wenn sich die Völker selbst befrein,
da kann die Wohlfahrt nicht gedeihn.
Weh, wenn sich in dem Schoß der Städte
der Feuerzunder still gehäuft,
das Volk, zerreißend seine Kette,
zur Eigenhilfe schrecklich greift!
Da zerret an der Glocke Strängen
der Aufruhr, daß es heulend schallt
und, nur geweiht zu Friedensklängen,
die Losung anstimmt zur Gewalt."

Die Revolutionen mögen immerhin ihre Verteidiger haben, die sich Mühe geben, ihre Notwendigkeit zu begründen, es wird doch nie zu leugnen sein, daß die Gewalt eine gefährliche Maßregel sei und die wenn auch langsamere aber friedliche Entwicklung der staatlichen Verhältnisse einer Überstürzung vorzuziehen ist, die rücksichtslos über Glück und Leben zahlreicher Bürger schreitet und den wirtschaftlichen Wohlstand ebenso wie die öffentliche Ruhe und Sicherheit erschüttert. Man hat die segensreichen Folgen der Französischen Revolution gepriesen; diese Folgen sind allerdings nicht wegzudemonstrieren, aber man vergleiche sie mit den Opfern, die sie gekostet haben, und sie werden bedeutend an Wert verlieren. Die normale Höhe und Geschwindigkeit einer Strömung ist dem Wohlstand stets günstiger als eine Anschwellung der Flut, die auf das Signal ‚Im Hochland fiel der erste Schuß' von den mit tauendem Schnee bedeckten Bergen mit drängender Gewalt zu Tale treibt.

Nicht alle Flüsse und Ströme ergießen ihre Wasser in das Meer; sie verlaufen sich zuweilen in sumpfiger Niederung oder versiechen im dürren Steppensand. Ein Blick in das Leben der Völker zeigt uns ähnliche Erscheinungen, über die hier nur eine Andeutung gegeben werden soll. Und wie auf höherliegendem Gebiet das Wasser ein lebhafteres Gefälle zeigt als in ebenen Ländern, so ist auch die Entwicklung der Gebirgsvölker eine durchschnittlich raschere als die der tiefer wohnenden Nationalitäten. Die meisten der heilvollen Anstöße, welche die Geschichte des menschlichen Fortschritts zu verzeichnen hat, sind von den Bergen herab gegeben worden, und wie jene stagnierenden Gewässer, die wenig oder gar keinen Zu- und Abfluß zeigen, nur in streng von der Außenwelt abgeschlossenen Hochtälern oder auf ebener Niederung vorkommen, so ist auch nur an diesen beiden Punkten die Erscheinung zu bemerken, daß die Bewohner einer besonderen Gegend oder eines ganzen Landes sich dem kräftigen Vorwärtsdrängen der Kultur entzogen sehen.

Auch ein jeder einzelne Mensch hat seine Wege und

Straßen, die er geht, und fühlt den Einfluß gewisser Strömungen, dessen Wirkung er nicht zu annullieren vermag. Die sonnige Höhe einer von freundlichen Blumen geschmückten Flur, die nebelfeuchte Verborgenheit eines dunklen Waldgrundes, die düstere Armut einer von Trümmern besäten Felsenschlucht sind Orte, an denen der Quell zutage tritt. Ist's nicht mit der Geburt des Menschen ebenso? Wie die Richtung eines Flusses von der Beschaffenheit seines Quellgebiets abhängig ist, so ist auch der Ort, an dem ein Menschenkind das Auge erschloß, nicht gleichgültig für die spätere Richtung seines Lebens, für den Verlauf seines Schicksals. Und wie ein jeder Strom sein Dasein doch nur dem Meer zu verdanken hat, das ihn mittels der Wolken speist — Yang-tse-kiang. Meer-Sohn-Fluß, also Ozeanssohn, nennen deshalb die Chinesen sehr bezeichnend ihren blauen Fluß — so ist auch jedes einzelne Individuum in geistiger und materieller Beziehung ein Kind zunächst seines Muttervolkes und dann im allgemeinen auch des großen Menschenozeans, der seine Fluten um den Ball der Erde schlägt. Eine jede Bewegung, die auf diesem Ozean sich geltend macht, dringt früher oder später bis in die entferntesten Winkel und äußert ihre Kraft in höherem oder geringerem Grade selbst an dem einsamen Kohlenbrenner oder dem Einsiedler, der meint, in seiner verlorenen Klause der Welt entfremdet und von ihr abgeschlossen zu sein.

Aus der Quelle des mütterlichen Schoßes fließt das Menschenleben durch den Kreis der Familie und das Gebiet der Gemeinde und des Volkes hinaus in das bewegte Treiben des menschlichen Geschlechts, überall Zuflüsse aufnehmend, nie ruhend, nie rastend, zu immerwährender Tätigkeit gezwungen, bis es in den Jahren des Alters ermüdet und in immer langsamerem Lauf zögernd seiner Auflösung entgegengeht. Kein Fußbreit des Stromes gleicht dem anderen, kein Lebenstag ist ein vollständiges Bild des ihm nächstfolgenden; in reichem Wechsel hat sich die Kraft zu bewähren, und so einförmig auch die Tage irgendeines gewöhnlichen und anspruchslosen Menschen dahinzufließen scheinen, in dem Bett der Alltäglichkeit wirft doch die Strömung ihre Wellen, deren jede bei aller Ähnlichkeit doch so verschieden von der anderen ist.

Das Wasser schlängelt sich glitzernd durch die saftige Matte, es springt spielend über die Kiesel des Baches, murmelt träumerisch zwischen buschigen Weiden dahin, rauscht schäumend über die hindernden Wehre, stürzt stiebend und zischend in den Kessel des Falles, flutet rauschend, bald in gefährlichen Wirbeln, bald in ruhiger, schifftragender Breite an Städten und Dörfern vorüber und wälzt endlich seine Wogen durch die Mündung, schon längst vorher mit den Gezeiten des Meeres kämpfend. Die Kindheit, das Jünglings-, Mannes- und Greisenalter bieten dieselben Erscheinungen, und überall sehen wir den ordnenden menschlichen Willen in Fehde mit den ungezügelten Gewalten der Natur, die nur dann des Segens Früchte spenden, wenn sie gezwungen werden, sich weisen Gesetzen unterzuordnen.

Wie oft gleicht das Leben eines Menschen einer breiten, geebneten Chaussee, die durch lachende Gefilde führt und das Vorwärtskommen beschleunigt, indem sie alle Hemmnisse schon vorher glücklich überwunden hat! Solche Menschen, meist hoch oder reich geboren, fliegen von Baum zu Baum, von Blume zu Blume, von Genuß zu Genuß und sehen in dem irdischen Sein nur eine ununterbrochene Reihe von Vergnügungen, in denen sie Glück und Befriedigung zu finden glauben. Und doch ist ihnen das wahre Glück, die wirkliche Herzensbefriedigung versagt, denn das Glück ist kein wirklicher, greifbarer Gegenstand, sondern einzig und allein nur zu finden im Ringen nach ihm. Nicht das Ziel ist es, das begeistert, sondern das Streben danach bringt mit jedem neuen Schritt, jedem neuen Erfolg auch immer größere Genugtuung und Beseligung, und ist es erreicht, so schweift der Blick sofort wieder in die Ferne, um sich neue Ziele zu suchen.

Wie oft gleicht das Leben eines Menschen einer angestrengten und mühevollen Wanderung auf steilem, schwindelndem Pfad, der an Abgründen und Schluchten vorüber in das Land des Jenseits führt! Solche Menschen scheinen von der Vorsehung bestimmt, den Fluch: „Im Schweiße deines Angesichts sollst du dein Brot essen" in ganz besonderer Weise zu tragen; aber gerade die Leiden sind die besten Gaben des Himmels, und in den schmerzensreichen Geschicken ruht eine tiefe göttliche Weisheit und Liebe. Freilich wer das Leben vom Standpunkt des Vergnügens aus betrachtet, will sich zu dieser Anschauung nicht bequemen; „laßt uns heut essen und trinken, denn morgen sind wir tot", ist der Wahlspruch, der in der Verteilung der irdischen Gaben eine Ungerechtigkeit des Himmels erkennt und die wohltätige, erziehende Macht der Not und der Sorge leugnet.

Wie der Landmann eines Weges bedarf, um auf den Acker, die Wiese und in seinen Forst zu gelangen, so kann auch die Bodenkultur im großen und ganzen die Verkehrsstraßen nicht entbehren, durch die sie den Bezug ihrer Bedürfnisse und den Absatz ihrer Erzeugnisse ermöglicht. Und ebenso ist es mit der Industrie und dem Handel, die in der Landwirtschaft ihre eigentliche Basis finden und von ihr in hohem Grade beeinflußt und in Abhängigkeit gestellt werden.

Bei der rasch fortschreitenden Entwicklung aller unserer geschäftlichen Verhältnisse macht sich vorzugsweise das eifrige Bestreben geltend, die Schranken möglichst zu überwinden, die Zeit und Raum dem menschlichen Fleiß entgegenstellten. Zeit ist Geld, und mit dem Raum wachsen die Kosten. Während also die Einrichtung aller unserer heutigen Verkehrsmittel dahin zielt, den Verkehr zu beschleunigen und der Bewegung die erreichbarste Geschwindigkeit zu geben, ist die Konstruktion unserer Wege und Straßen dahin berechnet, dies Bestreben zu unterstützen, indem man den Raum zu verkürzen, zu verkleinern sucht.

Die Herstellung solcher dem Verkehr dienenden Wege und Mittel erfordert zwar gegen früher ein ganz bedeutend höheres Anlage- und Betriebskapital, aber die Einnahmen stehen mit diesen Ausgaben auch in einem geraden und befriedigenden Verhältnis, denn der Aufschwung des Verkehrs zieht ganz notwendiger- und natürlicherweise auch einen Aufschwung der Arbeit nach sich und bricht die Fesseln, die den Menschen an die Scholle binden, auf der er geboren ist: Er tritt aus seinen engen Schranken heraus und wird Weltbürger; die Verhältnisse nivellieren sich; die Gegensätze gleichen sich aus, und mit der Erweckung neuer Bedürfnisse geht ihre schnelle und billige Befriedigung, die der Zivilisation zu Nutzen arbeitet, Hand in Hand.

Strom und Straße. Welche Fülle von interessanten Bildern und Erinnerungen wecken diese beiden Worte in uns! Von der Forelle im kühlen Waldbach und dem Krebs in den Höhlungen seiner Ränder bis hinunter zum riesigen Stör an den Mündungen des Meeres verfolgen wir eine Reihe Erscheinungen aus dem Tierreich, die schon die Phantasie des Knaben lebhaft beschäftigen und der Wissenschaft wie dem Gaumen des erwachsenen Mannes nicht gleichgültig sind. Von dem kleinen Papierschiff, welches das spielende Kind, sich als großer Seekapitän oder gar Admiral dünkend, der seichten, klaren Welle anvertraut, bis zum mächtigen Floß oder dem feuersprühenden Dampfer, der den Verkehr des Binnenlandes mit den entferntesten Gestaden vermittelt, schweift das Auge über eine reiche Zahl von Einrichtungen, die der menschliche Geist erfunden hat, um sich das tägliche Brot zu erwerben, das freilich seine anspruchslose Gestalt sehr oft auch in die eines feineren Gebäckes verwandelt und zur Delikatesse wird. Auch müssen wir an die mythologischen und phantastischen Gestalten denken, womit die Alten und der Aberglaube späterer Zeiten Bäche, Flüsse und Ströme belebte.

Bei dem reichen Segen, den ein Fluß seinen Anwohnern, ja ganzen, weitgedehnten Länderstrecken gewährt, war es kein Wunder, daß die Völkerschaften des Altertums, die ja jeder Idee gern persönliche Gestalt gaben, auch den Strömen Wesen unterstellten, in deren Charakter die Eigenschaften des flüssigen Elements einzeln oder im Verein zur Geltung kamen.

Jedes strömende Wasser, war es noch so klein oder auch noch so groß, hatte einen Gott oder eine Göttin, und so geschah es, daß man wohl gar beide als gleichbedeutend nahm und dem Fluß göttliche Verehrung erzeigte. Noch bis in die neueste Zeit hat sich diese Heilighaltung, wenn auch in verschiedener Weise und verschiedenem Grade, erhalten, und es mag hier nur genügen, auf den Nil und den Ganges zu zeigen, womit zugleich darauf hingewiesen ist, daß das Gesagte besonders auf die Völker des Orients Bezug hat.

Auch bei uns beschäftigt der Aberglaube sich mit Vorstellungen, welche die Wasser von übernatürlichen Wesen bewohnen lassen. Um auch hier von der See zu sprechen, so hat der Matrose seinen Klabautermann, seinen Windstillenseegeist, seine Gespenster-, Nebel- und Feuerschiffe, seinen Fliegenden Holländer, seinen schwarzen Piraten, deren Zahl um viele gespenstische Kapazitäten vermehrt werden könnte. Der Nordländer hat seinen „Stromgeist“, der Westländer seinen *„ghost of the river“*, der Binnenländer seine Wassernixen, und wenn heute auch jedermann die Sage von der Wirklichkeit wohl zu unterscheiden weiß, so sind diese Sagen doch unumstößliche Beweise früherer Kriterien.

Aber nicht bloß im Wasser, sondern auch zu Lande auf den Wegen treibt allerlei Spuk sein Wesen. Besonders sind es die Kreuzwege, die in Verruf geraten sind, weil auf ihnen zu gewissen Zeiten heilloses Teufelsgezücht versammelt ist oder man auf ihnen Bannungen und Zitierungen vornehmen kann, wie die schwarze Magie sie ihre leichtgläubigen Jünger lehrt oder sie vielmehr ihnen weismacht. Fast jede Stadt, jedes Dorf hat in seiner Umgebung irgendeinen Weg, auf dem es ‚nicht richtig ist', auf dem es ‚umgeht', und dergleichen dumme Dinge wurzeln viel tiefer und fester im Hirn des Volkes, als man meinen sollte.

Ein anderer, aber doch auch ein Spuk war es, der auf allen Wegen und Stegen und bei hellem, lichtem Tage unter der Devise: „Entschuldigen Se, een armer Reesender" seine unzähligen Anfälle auf Männlein und Weiblein machte. Gegen diese Erscheinungen half kein „Alle guten Geister loben ihren Meister", half kein Kreuzschlagen, kein Paternosterseufzen, sondern die einzige Rettung bestand in einem Griff in die Tasche, dessen klingenden Erfolg der Herr Urian dann kratzfußend mit einem „schamster Diener" oder „Vergelt's Gott zwanzigtausendmal" quittierte.

Man sieht, diese Art Wesen fürchtete sich nicht, Gott im Munde zu führen, und aus einer Begegnung mit ihnen war also keine Gefahr für das Heil der Seele zu befürchten, vielmehr war ihre leibliche, ihre körperliche Ausstattung gar oft dazu angetan, Gefühle zu erwekken, die ein Zeichen der wahren Frömmigkeit sind, aber ihr Anblick erinnerte doch zuweilen an die Szegény legény, die ‚armen Burschen Ungarns', denen jedmänniglich gern aus dem Wege geht, sintemalen ihnen wenig Gutes, wohl aber mancherlei schlimmer Schabernack zuzutrauen ist.

Diese Spezies stammte von ‚zuhause', hatte seine Heimat ‚bei Muttern', nahm Absteigequartier ‚in der

Herberge‘ und bereiste fechtbummelnd Böhmen, ohne einen Satz böhmisch, Frankreich, ohne ein Wort französisch, Dänemark, ohne eine Silbe dänisch, und Polen, ohne einen Laut polnisch sprechen oder verstehen zu können. Kenntlich war das Individuum an dem zersessenen, ackerfurchigen Hut, den nach Luft schnappenden Stiefeln, dem graubraungrüngelben Hemdenkragen, den charpiefaserigen Hosen und Rockärmeln, dem ‚Berliner‘, dem Knotenstock, dem schlendernden ‚Komm-ich-heut-nicht-komm-ich-morgen-Gang‘ und einem Wanderbuch, in dem sich die liebe Polizei durch gar manche holdselige Bemerkung wegen des ‚Bettelns‘ verewigt hatte.

Auch dieser Spuk hat der unbarmherzigen Aufklärung weichen müssen; keine halb verschmachtete Nordhäuserkehle flötet mehr auf der staubigen Chaussee ihr klagendes

„’nen alten Gottfried hab ich noch,
der hat im Arm een großes Loch,
o Jemine, o Jerum!“

oder das beschaulich-erbauliche

„Wenn ich so off der Straße steh
und mir mein kleenes Geld beseh,
da finde ich’s, potz Sapperlot
keen bißchen weiß, ’s ist alles rot!“

Es kann gar nicht geleugnet werden, daß in dem frischen, fröhlichen Wanderleben ein Reiz liegt, der den Fuß nach kurzer Ruhe immer wieder hinauszieht in die schöne, reiche Gotteswelt; auch waren die Anschauungen und Erfahrungen, die der ‚Handwerksbursch‘ von seiner Wanderschaft mit in die Heimat brachte, von nicht geringem Wert für ihn und die, mit denen er in Berührung kam; aber die Gegenwart duldet nicht mehr den Bummelschritt der Vergangenheit; sie hält es für eine Sünde gegen die Pflichten des menschlichen Berufs, die kostbare Zeit und Arbeitskraft auf die Landstraße zu werfen, und bietet einem jeden arbeitslustigen und nach Erfahrung strebenden Menschen Mittel und Wege genug, ohne Verschwendung des Augenblicks und der ihm innewohnenden Gaben zum Ziel zu gelangen.

Mag man immerhin die verlorengegangene Poesie des ‚Lebens auf der Walze' beklagen, eine große Anzahl der diesem Leben und Treiben Ergebenen waren Verehrer des süßen Nichtstuns, lebten aus der Tasche anderer und mußten moralisch als die Verbreiter von Gesinnungen genannt werden, die mit Zucht und Sitte nicht im Einklang stehen.

In sittlicher Verkommenheit kann niemals Poesie liegen, und wer will es wohl wagen, das gigantische Ringen der jetzigen Zeit, den selbst die gewaltigsten Hindernisse überwältigenden, stolzen Flug des alle Versäumnis hassenden Menschengeistes poesielos zu nennen? Unsere Ströme werden schiffbar und tiefer, unsere Straßen breiter und kürzer, unser Jahrhundert schlendert nicht, nein, es rauscht auf den Fittichen des Dampfes seinen Zielen zu, und einem jeden gilt der Mahnruf: „Rasch einsteigen, die Glocke hat zum drittenmal geläutet!"

Stadt und Land

> **Wohl dem Mann, dem es gelang, im Kreis seiner Mitbürger festen Fuß zu fassen; er hat sich aus der Brandung des Lebens gerettet auf den sichern Felsen eines heimatlichen Herdes!**
>
> **B. Franklin**

Der Vergleich des Lebens mit einer Brandung hat seine volle Berechtigung. Die gewaltigen Wogen der Zeit umrauschen den winzigen Planeten, der auf seiner zerbrechlichen Kruste das Volk der Menschen trägt; sie türmen sich hoch empor an den Grenzen des irdischen Lebens, lecken und nagen an der trügerischen Festigkeit alles Bestehenden und lassen ihre Donner über den ganzen Kreis der Erde erschallen. Jahre, Monde, Wochen, Tage und Stunden fluten in endlosem Drang über die Szene und wälzen aus ihren unergründlichen Tiefen jene zusammenhängende Reihe von Ereignissen an die Sonne, die Inhalt und Gegenstand der Geschichte bilden. Das gärt und treibt, das wallt und gebiert, das kocht und sprudelt, das spritzt und zischt, und kein einziger dieser Tropfen ist ohne Inhalt, jede dieser Wogen birgt ihre Tatsachen, und unerforschliche Gesetze geben dem scheinbar Getrennten und Beziehungslosen innigen Zusammenhang.

Wie in der Brandung eine Welle die andere verdrängt, eine Woge mit der anderen kämpft, so zeigt auch das Leben einen nicht endenden Kampf des Nahenden mit dem Verschwindenden, des Zukünftigen mit dem Bestehenden, des einen mit dem andern. Nur der Geist hat eine ewige Berechtigung, das Körperliche, das von ihm Geschaffene und ihm Untertänige darf nur für die kurze Zeit bestehen, die zu seiner Reife erforderlich ist und muß nach erfülltem Zweck verschwinden, um neuen fruchtbaren Erscheinungen Platz zu machen. Im Branden türmen sich die Wasser, im Ringen wächst die Kraft, und wie die gestaltlose Zeit selbst die festesten Welten zerbröckelt, so schreitet auch in dem Turnier zwischen Stoff und Idee, zwischen Körper und Geist, der Geist von einem Sieg zum andern und unterwirft sich wie spielend physische Kräfte, deren Bezwingung unmöglich zu sein schien.

Dieser alles bewältigende Geist hat seine siegreiche Macht nur einem einzigen irdischen Wesen, dem Menschen, verliehen und ihm damit die hohe Aufgabe erteilt, das Tote zu beleben, das Formlose zu gestalten, das Starre zu bewegen und den Triumph des Gedankens über Land und Meer zu tragen. So wird der Mensch der

Held der irdischen Schöpfung, obgleich er äußerlich nicht für dieses Heldentum ausgestattet zu sein scheint. Für den Krieg der Geschöpfe gegeneinander ist fast jedes mit einer Waffe ausgestattet worden, die sich entweder für den Angriff, die Verteidigung oder auch zu beiden zugleich eignet. Der Löwe hat seine Pranken, der Bär seine Tatzen, der Elefant seine Klugheit und Stärke, der Affe seine Gelenkigkeit, der Fuchs seine List, der Stier seine Hörner, der Hirsch seine flüchtigen Läufe, das Krokodil, der Hai seinen fürchterlichen Rachen, der Vogel seine Schwingen, die Schlange ihr Gift, der Krebs seine Schere, die Muschel ihr schützendes Gehäuse, und selbst die Tiere, denen eine Waffe zu fehlen scheint oder auch wirklich fehlt, werden durch ihre Farbe und Ähnliches vor Gefahr oder durch hohe Fruchtbarkeit vor dem Aussterben geschützt. Jedenfalls aber steht keines von ihnen unter einer so langjährigen Hilfsbedürftigkeit, wie es die ist, mit der das menschliche Kind auf die unausgesetzte elterliche Pflege und Bevormundung angewiesen ist.

Es ist ein weiter und schwieriger Weg von dem lallenden Wickelkind bis zum stolzen ‚Herrn der Schöpfung', und nur durch unausgesetzte Anstrengung des Geistes führt er zum Ziel. Der einzelne kann ihn unmöglich selbständig zurücklegen; er ist auf die Hilfe, die Lehre und den Rat zahlreicher anderer angewiesen und vermag sich nur durch sie die Erfahrungen der verflossenen Jahrhunderte anzueignen, um so mit einem Schritt die Vergangenheit zurückzulegen und die Spitze der allgemeinen Entwicklung zu erreichen.

Und nicht bloß in geistiger, nein, auch in rein äußerer, in körperlicher Beziehung ist er an die Angehörigen seines Geschlechtes gebunden. Nur durch sie und ihre Errungenschaften findet er Schutz und Schirm gegen die Feindseligkeiten, denen er vom ersten Tag seines Lebens bis zum letzten Augenblick ausgesetzt ist, und darum ist von Anbeginn der Geschichte das Streben des Einzelnen zu beobachten, mit seinesgleichen in Vereinigung zu treten. Die natürlichste und engste Vereinigung findet im Kreis der Familie statt, und von ihr aus ziehen sich immer weitere Kreise, bis der letzte und größte die ganze Menschheit umfaßt.

Schon der Alleinstehende suchte Schutz vor dem Wetter und den zahlreichen anderen Fährlichkeiten unter dem Dach einer Wohnung, die er seinen Bedürfnissen gemäß einrichtete. Bald aber kam er zur Erkenntnis, daß er seinen Zweck durch die Vereinigung mehrerer und womöglich vieler Wohnungen leichter und vollständiger erreiche. Dieser Gedanke gab den Anstoß zur Gründung dessen, was wir jetzt eine Gemeinde nennen; es entstanden gesellige Niederlassungen, die notwendigerweise bald einen politischen Charakter annahmen und zuweilen zur Entstehung wichtiger Staaten, ja gewaltiger Weltreiche führten.

Die Gegenwart hat auch in Beziehung auf das Gemeindewesen herrliche Fortschritte hinter sich, aber in Beziehung auf die Großartigkeit der Niederlassungen finden wir schon im grauen Altertum höchst augenfällige Beispiele. Es sei hier nur an Babylon und Ninive erinnert.

Die erste der beiden Städte lag am Euphrat, der sie in zwei Teile schied, und bildete ein Viereck, dessen Umfang nach Herodot 90 km betrug. Die über 2 Millionen betragende Einwohnerschaft wurde beschützt durch eine rings um die Stadt gehende, 66 m hohe und 17 m breite Mauer, auf der 6 Wagen bequem nebeneinander fahren konnten und durch die 100 Tore von Erz in das Freie führten. Die geraden Straßen liefen mit dem Fluß parallel und wurden von anderen rechtwinklig durchkreuzt, wodurch 625 kleinere Quadrate entstanden. Unter ihren Prachtgebäuden zeichneten sich die beiden Königspaläste und die Gärten der Semiramis aus, vor allen

Dingen berühmt war aber der Turm zu Babel, von dem schon 1. Mos. 11 Erwähnung getan wird. Hier ist freilich die Sage wohl von der Wirklichkeit zu unterscheiden. Die Talmudisten machten ihn rund 130 km hoch, nach orientalischer Überlieferung betrug seine Höhe nahezu 20 km, nach der Meinung noch anderer soll er 8300 Meter gemessen haben, und zugleich wird behauptet, daß 1 Million Menschen 12 volle Jahre daran gearbeitet hätten. Gewiß ist nur, daß sich auf der Ostseite des Euphrat wirklich ein turmartiges Gebäude befunden hat, dessen Basis 32 400 m^2 und dessen Höhe 192 m betragen haben soll. Das oberste der 8 Stockwerke war ein Tempel des Baal, in dem sich ein goldener Tisch und ein prachtvolles Bett befanden. Im untersten Stockwerk stand eine 4 m hohe goldene Bildsäule des Gottes; die Treppen, mittels deren der Turm erstiegen wurde, führten von außen empor. Noch jetzt findet man dort einen 710 m hohen und 64 m im Umfang haltenden Steinhaufen, in dem man die Trümmer des Turmes zu sehen glaubt.

Ninive, die Hauptstadt Assyriens, hatte einen Umfang von 23 km; die Mauer war 33 m hoch und so dick, daß darauf 3 Wagen nebeneinander fahren konnten. Auch sie liegt heute in Trümmern, und ungeheure Ziegelhaufen sind die einzigen Zeugen einer längst verschwundenen Pracht und Herrlichkeit.

Außer diesen hervorragenden Beispielen war im Altertum die Anlegung von Städten höchst einfach. Ob politische und religiöse Gründe oder auch Rücksichten des Handels zum Anbau nötigten, war es fast immer ein Tempel, um den sich die Häuser ordnungslos gruppierten; später kam dazu ein Theater, ein Gymnasium, ein Versammlungshaus für obrigkeitliche Personen, ein Markt und einige Brunnen, und zum Schutz wurde das Ganze mit einer Mauer umschlossen.

Merkwürdig waren in Italien die Gebräuche der Etrusker beim Städtegründen. Es wurde nämlich zunächst eine Grube gegraben, in die man die Erstlinge von allen Naturprodukten warf, und dann gab jeder, der die Stadt beziehen wollte, eine Handvoll Erde seines Heimatlandes hinein. Darauf spannte der Gründer einen weißen Stier rechts und eine weiße Kuh links an einen Pflug und zog in einem Viereck eine ununterbrochene und gleichmäßig fortlaufende Furche, wobei er die Schollen nach inwendig warf, deren Anhäufung die zu erbauende Mauer und deren Vertiefung den Graben vorbildete. Wo ein Tor stehen sollte, wurde der Pflug aufgehoben und über die Stelle weggetragen.

In Deutschland, besonders dem westlichen, entstanden schon frühzeitig Städte aus den römischen Lagern und Castellen. Im östlichen Deutschland entstanden die meisten Städte zur Zeit Heinrichs des Voglers, der den je neunten Mann aller wehrhaften Leute von den Landbauern trennte und zur Anlegung und Erhaltung von Städten bestimmte, um bei den Einfällen der Ungarn und Slawen Zufluchtsorte zu besitzen. Dieser weisen Einrichtung verdankte der nun besondere Stand der Städter seine Entstehung.

Später, im elften Jahrhundert, gewannen die Städte durch republikanische Verfassung, Handel und Ordnung ein hohes Ansehen. Dies erregte die Eifersucht des Adels, der außer- oder sogar auch innerhalb der Städte besondere Befestigungen bewohnte, und so entspannen sich bald blutige Fehden zwischen Adel und Städten. Dies gab Veranlassung zu größeren Vereinigungen von Städten zum Zweck gegenseitiger Hilfe. Das erste Beispiel hiervon gab der Bund der lombardischen Städte, der sogar den deutschen Kaisern furchtbar wurde. Ihm folgte der rheinische Städtebund und der Bund der schwäbischen Städte.

Der mächtigste dieser Bünde war die Hanse, zu der die Länder der Nord- und Ostsee, des Rheins, Westfalen, Niedersachsen und Preußen ihre Kontingente lieferten.

Sie umfaßte nach und nach von der Schelde bis nach Estland 85 Städte und konnte es wagen, mit mächtigen Reichen Krieg zu führen. Sie besiegte Dänemark und Norwegen, gab ihre Macht dem König von Frankreich zu fühlen, eroberte mit 100 Schiffen Lissabon, zwang England, den Frieden mit ihr um 10 000 Pfund Sterling zu erkaufen und hatte sogar die Macht, den König Magnus von Schweden abzusetzen.

Während der Herrschaft dieser Vereine gewann das Ansehen der Städte so, daß sie mit zur Beratung der Stände zum Besten des Landes herangezogen wurden. Später bildeten die größeren Städte fast den einzigen Besitz des Kaisers; die größeren Landbesitzer machten sich zu unabhängigen Fürsten und zogen mittels Politik oder der Gewalt der Waffen und des Geldes die Städte in ihren Besitz.

Wie das Schicksal der Pflanze, des Tieres und auch des Menschen zum großen Teil abhängig ist von dem Boden, dem sie angehören, so wird auch das Gedeihen menschlicher Niederlassungen wesentlich mitbedingt von der Lage, die sie einnehmen, und den Verhältnissen, unter denen sie errichtet werden. Während es Tausende von Dörfern, Flecken und Städten gibt, die Jahrhunderte hindurch ihren Umfang nicht vergrößert, ihr Ansehen nicht verändert haben und sich vollständig gleichgeblieben sind, wachsen an anderen Orten kleine, anfänglich unbedeutende Ansiedlungen mit ungewöhnlicher Geschwindigkeit zu großen, reichbevölkerten Städten empor und lassen schon nach wenig Jahren das Bild ihres anfänglichen Bestehens nicht mehr erkennen. Worin liegt der Grund?

Bei den unsicheren Verhältnissen der Vergangenheit war der Schutz gegen feindselige Übergriffe einer der Hauptgesichtspunkte, die man beim Bau der Wohnstätte in das Auge nahm. Der Ritter errichtete seine festen Schlösser und Burgen auf den Spitzen steiler, unzugänglicher Berge; der Städter erbaute seine Häuser ebenso an einem möglichst geschützten Ort und sorgte noch außerdem durch Anlegung von starken Mauern und breiten Gräben für seine Sicherheit. Der Bewohner des platten Landes legte seine Wohnung so, daß er durch Sumpf und Moor, durch dichte Waldung oder sonstige Terrainbeschaffenheiten von anderen möglichst abgeschlossen war und eine Schädigung an Leib und Leben, an Gut und Habe nicht zu fürchten hatte. Sie alle sorgten vor allen Dingen für ihre Sicherheit und suchten diese durch die örtliche Abschließung von der Außenwelt zu erlangen.

Der Hufschlag gepanzerter Rosse ist verhallt, Harnisch und Sturmhaube rosten unter eingefallenen Mauern, in den grasbewachsenen Burghöfen schleicht die Unke und nistet die Eule, und die kräftige Faust hat längst den eisernen Handschuh abgestreift, um Pflug, Hammer und Feder zu führen. Die dunklen, furchterweckenden Schatten des Mittelalters sind verschwunden, und hellere, freundlichere Bilder ziehen über den Vorhang, hinter dem die nie ruhende Geschichte ihre Gestalten bildet. Zwar wird, so lang die Erde lebende Geschöpfe trägt, auch Kampf und Feindschaft auf ihr herrschen, aber der einzelne hat nicht mehr den einzelnen zu fürchten, und wo ein Streit entbrennt, wo das Schwert aus der Scheide fährt und der Schlachtentod seine blutigen Ernten hält, da gibt es Gesetze, Rechte oder doch ein gegenseitiges Übereinkommen, und die früher rohe Gewalt wird in Rücksichten gekettet, denen sie sich nicht entwinden kann. —

Wo früher die räuberische Selbstsucht im Hinterhalt lag, um sich zerstörend auf den friedlichen Erwerb zu stürzen, da singt jetzt nur noch die Sage ihre romantischen Balladen, und auch sie muß sich immer weiter zurückziehen vor dem nüchternen Sinn der Alltagswelt, die im fleißigen Schaffen ihre bedeutendste Aufgabe erkennt. Und ist das Raubrittertum nicht ausgestorben, so hat es sich modernisiert und sucht durch geistige Mittel zu erreichen, was es durch Anwendung von Gewalt nicht zu erlangen vermochte. Es hat im Gesetz einen furchtbaren und übermächtigen Feind bekommen, den es früher nicht kannte oder zu fürchten hatte und der seine nicht ungestraft zu übersteigenden Barrikaden um die Interessen eines jeden Bürgers errichtet.

So ist der wirtschaftlichen Tätigkeit der weite Plan gesäubert, ein jeder weiß, daß er bei vorsichtigem Wirken die Früchte seiner Anstrengung selbst genießen werde, und getrost darf er sein Zelt da aufschlagen, seine Hütte da errichten, wo er von der Arbeit seiner Hände oder seinem geistigen Schaffen den besten Erfolg erwartet.

Daher kommt es, daß bei der Anlegung neuer und der Erweiterung schon bestehender Ortschaften in den meisten Fällen nur die Rücksichten des Friedens und die auf den gewerblichen Wohlstand zielenden Berechnungen in Betracht kommen, und wo dieser Wohlstand in Aussicht steht, da sammeln sich die Kräfte, da beginnt ein frisches, fröhliches Schaffen und wirft seine befruchtenden Wellen in die weitesten Kreise, ja selbst in die entlegenste Ferne.

Auf ehrlichem Weg etwas verdienen oder selbst reich werden zu wollen, ist sicher kein verdammenswertes Bestreben; das Trachten nach Lohn und Gewinn erweckt die im Menschen schlummernden Kräfte, schärft seinen Verstand, stählt seinen Arm und macht ihn zur Überwindung großer Hindernisse, zum Ertragen aller Entsagungen und Entbehrungen geschickt. Nur darf dieser Drang nicht zu Unvorsichtigkeiten und Überstürzungen führen oder gar in Krankheit ausarten. Er sucht ohne Ermüden nach Verbesserungen und neuen Hilfsmitteln, schreitet von einer Erfindung und Entdeckung zur anderen, sucht aus dem Weggeworfenen noch Nutzen zu ziehen, erklimmt die höchste Spitze der wissenschaftlichen

Erkenntnis, steigt in die gefährlichen Tiefen der Erde, kämpft mit den Gewalten der Elemente und bohrt selbst die öden Strecken der Wüste an, um ihnen das keimende Gras, die wehende Palme zu entlocken. Er dringt in die fernen Steppen, um der Kultur dort eine bleibende Stätte zu erringen, durchsucht die Schluchten und Höhen unbekannter Gebirge nach dem Reichtum der Metalle, um einem Strom nachflutender Arbeitskräfte Bahn zu brechen, und selbst da, wo ein Ort bisher keine Hoffnungen auf volkswirtschaftlichen Fortschritt geboten hat, forscht er nach möglichen Hilfsquellen und sucht ihn wenigstens durch die Verbindung mit dem Außenleben in den großen, allgemeinen Verkehr zu ziehen und in den Mitgenuß der Früchte anderer Arbeitsfelder zu bringen.

So sind in fremden Weltteilen jene Städte entstanden, die in den ersten Tagen ihres Bestehens kaum einige armselige Baracken aufzuweisen hatten und doch in verhältnismäßig kurzer Zeit ihre Einwohner nach Tausenden und Hunderttausenden zählten. So blühen auch hier im alten Land an früher ganz unbeachteten Orten plötzlich Niederlassungen empor, deren rauch- und rußgeschwärzte Bevölkerung mit jeder Stunde wächst, und die Spekulation legt einen ihrer Eisenstränge um den anderen hinaus in das Land, damit jedes Einzelwirken hineingreife in das Getriebe der großen, allgemeinen Arbeit und kein strebsames Bemühen in der Abgeschlossenheit verkümmere.

Es ist nicht mehr der Wunsch nach Schutz und persönlicher Sicherheit, der die Wohnungen der Menschen zusammenlegt, sondern die Notwendigkeit der gegenseitigen Unterstützung für die Erreichung friedlicher Lebenszwecke, die jetzt um so schneller und leichter erreicht werden, als bei der immer fortschreitenden Erweiterung des Horizonts es jedermann ermöglicht ist, Ort, Zeit und Weise seiner Tätigkeit seinen Wünschen und Befähigungen anzupassen. Daher war die Einführung der Freizügigkeit und die Aufhebung des Zunftwesens von allen Seiten als eine Notwendigkeit zu erkennen und mit Dank zu begrüßen.

Die Bibel erzählt von Kain und Abel als den ersten, die sich einer bestimmten Berufstätigkeit hingaben. Kain war Jäger und Abel ein Ackersmann. Während die Jagd längst zu einer Nebenbeschäftigung, ja zu einem Vergnügen geworden ist, wird man in der Landwirtschaft zu allen Zeiten die eigentliche Grundbedingung gewerblicher Tätigkeit und volkswirtschaftlichen Wohlstandes erkennen. Die Bodenkultur liefert nicht nur den verschiedensten Gewerben die nötigen Materialien und Produkte, sondern ist in Beziehung auf die Gewinnung unserer Nahrungsmittel der Menschheit vollständig unentbehrlich und gibt in den Preisen, die sie dafür fordert, den Wert aller Arbeitserzeugnisse an. Je mehr oder weniger man für Getreide etc. zahlt, desto höher oder tiefer stellt sich auch der Betrag, den man für alles übrige zu entrichten hat.

In der Landwirtschaft ergreift der Mensch Besitz von der Erde, die ihm vom Schöpfer übergeben worden ist. Er macht sie sich zum unanfechtbaren Eigentum und zwingt sie, ihn als Trägerin seiner Wohnstätte und Erzeugerin seiner sämtlichen Bedürfnisse dienstbar zu sein. Darum wurde der Ackerbau bei allen alten Völkern hoch geachtet, so daß selbst Könige vom Thron stiegen und in feierlichem Aufzug den Pflug durch den Acker führten.

Hochberühmte Männer rief der bedrängte Staat vom furchenziehenden Joch, zu dem sie zurückkehrten, sobald sie das siegreiche Schwert aus der Hand gelegt hatten, und noch heute kommt es hier und da wohl vor, daß ein Regent den Landbau durch die zeremonielle Führung eines pflügenden Gespannes ehrt.

In den ersten Zeiten war der Landwirt gezwungen,

nicht nur sein Haus selbst zu bauen, sondern auch alle Werkzeuge und Geräte, deren er bedurfte, mit eigener Hand zu fertigen. Dadurch wurde seine Zeit und Arbeitskraft zersplittert und zum ansehnlichen Teil dem eigentlichen Beruf entzogen, auch abgesehen davon, daß eine solche Zersplitterung immer verhindert, in einem bestimmten Fach etwas wirklich Nennenswertes zu leisten. Sobald sich aber eine größere Anzahl Landbewohner zusammenfanden, trat die besondere Geschicklichkeit eines jeden einzelnen für eine bestimmte Arbeit hervor, und es war leicht einzusehen, daß es geraten sei, diese Geschicklichkeit für sich und andere nutzbar zu machen. So legte sich der eine auf die Holz-, der andere auf die Eisenarbeit; ein Dritter fertigte Haus- und Zimmergerätschaften; ein Vierter wurde beim Bau von Wohnungen zu Rate gezogen, und jeder von ihnen erhielt seinen Lohn oder den Preis für seine Erzeugnisse in den Produkten des Ackerbaus ausgezahlt.

So entwickelte sich nach und nach eine Arbeitsteilung, die mit der Zeit zur Bildung bestimmter Handwerke führte, deren Zahl sich um so mehr vergrößerte, je zahlreicher die Bevölkerung und mithin auch die Bedürfnisse wurden. Das gegenseitige Ineinandergreifen der Gewerbe fand zunächst auf dem Wege des Tausches statt; doch stellten sich hier bald Schwierigkeiten heraus, die man zu umgehen suchen mußte. Der Besitzer einer Herde von Kamelen, Rindern und Pferden konnte natürlich bloß mit diesen Tieren bezahlen, und das, was er kaufte, hatte in den wenigsten Fällen einen Wert, der gerade und genau für dieses Zahlungsmittel paßte. Eins seiner Tiere war mehr wert als der Bogen, den er brauchte, oder die Decke, die ihm angeboten wurde, und selbst wenn er von einem dieser Gegenstände mehr nahm, als er eigentlich bedurfte, so war die Ausgleichung doch immer mit Schaden für einen der handelnden Teile verknüpft. Es stellte sich also die Notwendigkeit eines allgemeinen Wertzeichens heraus, mit dem es möglich war, alles zu kaufen und genau zu bezahlen: man schritt zur Einführung des Geldes.

Als solches wurden zunächst die verschiedenartigsten Gegenstände angewandt, wie man ja heute noch bei vielen unzivilisierten Völkerschaften mit Muscheln, Salz, Perlen, Kattunstücken etc. bezahlt. Aber diese Tauschmittel waren entweder zu schwer transportabel oder einem baldigen Verderben unterworfen; man suchte deshalb nach einem Stoff, der sich in alle Werte fügte, leicht mitzuführen und dauerhaft war, und fand ihn in den Metallen: man prägte Münzen.

Erst von diesem Augenblick an konnte der Handel einen gesunden Aufschwung nehmen, die Arbeit des einen fruchtbringend in die der anderen eingreifen und die verschiedenartigsten Leistungen sich lückenlos ergänzen. Erst jetzt begann daher die rege Gewerbetätigkeit, die wir schon bei den Völkern des Altertums bewundern und die zu Leistungen führte, die von einer Geschicklichkeit in manchen Fächern zeugte, wie sie sich selbst die neueste Zeit noch nicht wieder angeeignet hat.

Die Arbeit ist das festeste Band, das sich um die Glieder der menschlichen Gesellschaft schlingt; sie duldet kein Absondern, keine Einsiedeleien, kein abgeschiedenes Dahinträumen, sondern stellt jede gesunde Körper- oder Geisteskraft eng und freundschaftlich neben die andere und weiß ihre hohen und schönen Ziele durch die Macht der Vereinigung zu erreichen. Je weiter sie sich bei den Völkern entwickelt, desto enger und umfassender wurde auch die Vereinigung und gab sich äußerlich durch das Zusammenrücken der Wohnplätze zu erkennen.

Wer nicht, wie der Landmann, an die Scholle gebunden war, der suchte im Weichbild der immer zahlreicher anwachsenden Städte Gelegenheit zur gewerblichen Ausbildung, um dadurch seine Gaben zu verwerten und eine sichere und geachtete Lebensstellung zu erlangen. Es zog sich ein Riß zwischen Stadt und Land, der Jahrhunderte überdauert hat, obwohl die Mauern der Städte längst zerfallen, ihre Wälle planiert und ihre Gräben ausgefüllt worden sind, ein Riß, der sich in den verschiedenartigsten Beziehungen geltend machen wird, so lange man überhaupt zwischen Stadt und Land unterscheidet.

Schon oft wurde darauf hingewiesen, daß der Mensch sowohl von dem Boden, der ihn trägt, als auch von den Verhältnissen, in denen er geboren und erzogen wird, in hohem Grade abhängig sei. Die Trennung, die sich in rein örtlicher Beziehung zwischen Stadt und Land vollzog, hat einen bedeutenden Gegensatz der Verhältnisse zur Folge gehabt, der seinen Einfluß sowohl auf das Äußere als auf die geistigen Eigenschaften des Stadt- und Landbewohners zu erkennen gibt.

Werfen wir zunächst einen Blick auf den Bewohner des Landes.

Mögen die Träume des Frühlings noch so beseligend verlockend über die Fluren ziehen und die stummen und doch so beredten Mysterien des Waldes ihre rauschenden Fittiche noch so erquickend und beruhigend um die heiße Stirn des Wanderers schlagen, mag das Liebeslied der Nachtigall noch so süß am Waldessaum erklingen und der Blumenduft die Sinne des Atmenden berauschen, die Natur ist nicht ein weiches, zartes, sentimentales Weib, das sich in behaglicher Ruhe auf die grünenden Matten streckt, sondern eine ernste, strenge Göttin, die nur nach des Tages Last und Hitze dem kühlen Abend erlaubt, sich auf die Erde zu senken und die Stimme des sorglichen Lebens schon beim Grauen des Morgens wieder erwachen läßt. Sie läßt sich ihre Gaben nur durch angestrengtes Werben entlocken und gibt ihre Blüten und Früchte nur dem zum Genuß, der sie sich durch mühevolle Arbeit zu verdienen weiß. Die langen Wälderstreifen, die sich wie dunkelknorrige, kraftzukkende Sehnen über und zwischen das steinige Skelett der Erde spannen, die fruchtbaren Bodenmuskeln, die dem Körper unseres Planeten Fülle, Gestaltung und Physiognomie verleihen, sie teilen ihren Charakter unwiderruflich auch dem mit, dessen Fuß durch ihre Laub- und Nadelgänge oder über ihre Furchen schreitet.

Die Natur ist schön, aber ihre Schönheit ist urwüchsig, ist nicht nach den Gesetzen der Ästhetik gebildet, der Stift des Landschafters ebenso wie die Schere des Gärtners machen sich der Versündigung gegen ihre heilige Eigentümlichkeit schuldig. Der Jäger, der sich seinen Weg durch das Dickicht des Waldes bahnt, der Fischer, der am einsamen Ufer des Sees seine Netze trocknet, der Bauer, der unter rinnendem Schweiß mit der Härte und Sterilität des Bodens kämpft, sie sind Söhne der Natur in höherem oder geringerem Grade und können sich ihrem Einfluß nicht entziehen. Kraft wohnt in ihren Sehnen, Stärke in ihren Muskeln, fest und widerstandsfähig ist ihr Körper geformt; ihr Angesicht kennt nicht jene feinen, durchgeistigten Züge, wie sie der Maler der Zivilisation seinen Gestalten so gern mitteilt; ihr Auge hat nicht jenen schmachtenden oder blasierten Blick, dem wir bei den verzärtelten Bewohnern der Städte so oft begegnen; ihre Hand ist rauh und hart, ihr Gang fest, ihr Schritt laut und gewichtig, und in ihrer ganzen äußeren Erscheinung prägt sich jene unveräußerliche Derbheit aus, die ihnen die Türen der feinen Gesellschaftssalons verschließt.

Und diese Derbheit geht auch auf ihre geistigen Manieren über, nimmt ihre Ansichten, Meinungen und Gefühle in Beschlag und gibt sich bei jeder ihrer kleinsten Handlungen kund. Sie hüllt den Neugeborenen mit kräftigem Druck in die grobleinenen Windeln, lacht über die zeternde Stimme des Säuglings, überläßt das Kind getrost dem selbsterfundenen Spiel, jagt den Knaben und das Mädchen hinaus in das wehende Schneegestöber, läßt das Tanzhaus unter den wuchtigen Tritten des Jungvolks erzittern, führt Mann und Weib mit klatschendem Handschlag und schallendem Kuß zusammen und begleitet den Menschen durch die Freuden und Sorgen des Lebens mit unveränderter Treue bis zum Grabe. Man sehe nur, wie der Modeheld mit schmachtenden Gebärden vor seiner ‚Angebeteten' liegt, und blicke dagegen auf den Bauernburschen, der seiner Herzallerliebsten einen Puff in die Rippen beibringt, daß sie schier die Balance verliert, und dann kurz fragt:

„Na, Stine, wie wär't denn? hihihihi!"

Das Mädchen reibt sich, nach dem ausgegangenen Atem schnappend, die blauanlaufende Stelle und antwortet:

„I na, Jochen, dat kun ja woll sin! hihihihi!"

Wenn draußen im Wald der Wind durch die engverschlungenen Zweige rauscht und der Wasserfall seinen monotonen Kanon plätschert, dann ertönt wohl eine tiefe, kräftige Stimme:

„Ich schieß den Hirsch im wilden Forst,
im tiefen Wald das Reh,
den Adler auf der Klippe Horst,
die Ente auf dem See.
Kein Ort, der Schutz gewähren kann
wo meine Büchse zielt,
und dennoch hab ich harter Mann
die Liebe auch gefühlt.

Kampiere oft zur Winterszeit
in Sturm und Wetternacht,
hab, überreift und überschneit,
den Stein zum Bett gemacht.
Auf Dornen schlief ich unbewußt,
vom Nordwind unberührt,
und dennoch hat die harte Brust
die Liebe auch gespürt.

Der wilde Falk ist mein Gesell,
der Wolf mein Kampfgespann,

der Tag geht mir mit Hundsgebell,
die Nacht mit Hussa an.
Ein Tannreis schmückt statt Blumenzier
den schweißbedeckten Hut,
und dennoch schlug die Liebe mir
ins wilde Jägerblut,"

und wie das Lied die Rauheiten des unmittelbaren Verkehrs mit der Mutter Natur, die ihre Kinder nicht verweichlichen läßt, ganz treffend schildert, so weist es auch hin auf die ungeminderte Kraft, mit der sich die Regungen des Gefühls eines Menschenherzens bemächtigen, dessen Träger seine Arme den Fesseln der sogenannten verfeinerten Sitte noch nicht dargeboten hat. Wie kein menschlicher Wille dem Sturm seine Richtung, Dauer und Stärke vorzuzeichnen oder den zuckenden Funken des Blitzes zu halten vermag, so stehen auch die seelischen Meteore des Naturmenschen unter keiner beengenden Herrschaft und machen sich in kräftigerer Weise geltend, als da, wo Herkommen und äußerer Schein den Schritt des lackbeschuhten Fußes lenken.

Und doch, so wie der Wald nach seinem Charakter so verschieden ist von der offenen Flur, so trägt auch der in ihm Beschäftigte, der Jäger, der Holzhauer, ein von dem Ackerbauer verschiedenes körperliches und geistiges Gepräge an sich. Die Mysterien des Forstes haben ihren Schleier auch über ihn gelegt und der poesievolle Duft der dunklen Tannenwipfel webt seine Träume auch um seine Person.

Der Bauer, meist auf dem Stückchen Erde geboren, das er bewohnt, zieht aus seinem Acker nur das, was ihm zum Leben und Bestehen notwendig ist. Er legt den Samen in das Land und ist, wenn er die Früchte ernten und genießen will, fest an den Ort gebunden. Dieses Beharren und Festhalten ist ihm auch zur geistigen Eigentümlichkeit geworden.

Schon in körperlicher Beziehung ist er nicht leicht beweglich; sein Schritt ist langsam und sicher, seine Haltung jederzeit ruhig und bedächtig, und es muß eine Leidenschaft in ihm erweckt worden sein, wenn ja einmal seine Bewegungen ein lebhafteres Tempo zeigen. Ansichten, zu denen er sich bekennt, und Meinungen, die er einmal gefaßt hat, hält er mit erstaunenswerter Zähigkeit fest; er hat sie von seinen Eltern geerbt und trägt sie wieder auf seine Kinder über. Was der Großvater für recht und gut erkannte, das hält noch der Enkel für heilig, gleichviel, ob es bis dahin veraltet ist. Von Neuerungen ist er kein Freund, und daher bringt er allem Unbekannten Mißtrauen entgegen und hat die Vorsicht zur Mutter seiner Klugheit gemacht. Was andere tun und treiben, das geht ihn wenig oder gar nichts an, wenn sie nur ihn in Ruhe lassen und nicht etwa gar verlangen, daß er seine Grütze mit ihnen teile. Er steht eben unter dem unmittelbaren Einfluß des festen, unbeweglichen Elements, das er bearbeitet, und wie dies trotz aller Arbeit sich doch immer gleich bleibt, so ist auch er das Urbild eines echt Konservativen, dem es vor allem graut, was irgendeiner Veränderung ähnlich sieht.

Darum dringt die Wissenschaft mit ihren Erfolgen viel langsamer in das praktische Leben des Landwirts ein, als in das anderer Berufszweige, und wenn wir auch sagen müssen, daß in diesem kräftigen und oft nur pietätvollen Beharren bei dem einmal Bestehenden eine der bedeutendsten nationalen Stützkräfte zu erkennen sei, so kann doch nicht geleugnet werden, daß die Zähigkeit einer zahlreichen Volksklasse hemmenden Einfluß auf die allgemeine Entwicklung ausüben muß.

Es gab eine Zeit, in der man mit wirklichem Recht von dem ‚dummen Bauer' sprach; er war infolge seiner Liebe zum Hergebrachten bei dem allgemeinen Drängen nach vorwärts zurückgeblieben und bildete neben den gewandten Gestalten der anderen nicht selten eine sogar oft komische Figur. Er war das *enfant terrible* aller Spaßvögel und Witzfabrikanten und der bevorzugte Operationsgegenstand derer, die sich zu dem unguten Wahlspruch bekennen: „Solange es noch Dummheit gibt, braucht ein Gescheiter nicht zu arbeiten."

Das ist nun freilich anders geworden. Durch Schaden wird man klug, und die angeborene Bedächtigkeit des Bauern hat sich zu einer scharfsinnigen Vorsicht zugespitzt, die nur schwer zu übervorteilen ist. Es liegt im landwirtschaftlichen Besitz auch eine geistige Macht; dem nach festen Gesetzen vor sich gehenden Drängen nach Aufklärung kann sich niemand auf die Dauer entziehen, und wie der Landmann treu am Alten hält, so energisch nimmt er auch das Neue in die Hand, wenn er es einmal als vorteilhaft erkannt hat. So ist es gekommen, daß der ‚dumme Bauer' mit der Zeit ein Pfiffikus geworden ist, der ‚es hinter den Ohren hat' und manchem zu raten aufgibt, der mit Stolz und Überheblichkeit auf ihn herabblickte.

Weit entfernt von den Erscheinungen des Landlebens sind die Eindrücke, unter denen der Bewohner der Stadt emporwächst.

Während der Sohn des Bauern seine ersten Anschauungsübungen an Gegenständen versucht, die sich einer unausgesetzten Beleidigung von Auge, Nase und Gehör schuldig machen, öffnet das Kind der Stadt sein Auge entweder inmitten einer schönen Häuslichkeit oder doch in einer Umgebung, die dem Blick anderes bietet, als die nackten Unschönheiten, wie sie die Kehrseite eines Dorfes zeigt. Zeit und Kraft der Familienglieder werden hier nicht von den harten Anforderungen der schweren Handarbeit so vollständig absorbiert, daß die einzige Erholung ‚Schlaf', das einzige Vergnügen ‚Wirtshaus' heißt und die Einsamkeit des Lebens jene Schwerfälligkeit hervorbringt, die man vorzugsweise am biederen Landmanne zu beobachten pflegt.

Die Stadt ist aus Gesellschaftsrücksichten entstanden und trägt seit dem ersten Augenblick ihres Bestehens das Gepräge der Geselligkeit an sich, der Geselligkeit, in die ein jeder ihrer Bewohner sich bewußt oder unbewußt hineingezogen fühlt. Wer da glaubt, daß es Eltern und Lehrer allein sind, die an der Erziehung eines Kindes wirken, der irrt sich gar sehr, denn hinter ihnen steht eine Hofmeisterin, die Jahrtausende alt und doch ewig jung, ihre Bemühungen unterstützt oder auch ihnen entgegenzuwirken vermag: das Leben mit seinen unzähligen Erscheinungsarten und immer wechselnden Ereignissen. Der Einfluß, den es auf die Erziehung des Kindes übt, wird von vielen, vielen gar nicht erkannt oder doch nur wenig beachtet und gewürdigt, und doch vermag ein einziges kleines Vorkommnis den ganzen Bau elterlicher Anstrengungen in Trümmer zu stürzen. Ist nun das Leben einer Stadt so verschieden von dem auf dem Lande, so müssen auch die von ihm bewirkten Eindrücke mehr oder weniger ungleich sein, und diese Ungleichheit wird sich im ganzen Wesen der Bewohnerschaft aussprechen.

Die Mannigfaltigkeit der Bilder, wie sie das Stadtleben zeigt, bewirkt größere Erfahrung; die Schnelligkeit, mit der diese Bilder einander folgen und ablösen, schärft den Blick und führt zur Geistesgegenwart. Ein zehnjähriger Berliner Schusterjunge hat bedeutend mehr gesehen, als ein neunzigjähriger Greis, der nicht aus Kuhschnappel oder Lämmershausen hinausgekommen ist, und wie sich die Erfahrungen häufen, so auch die Hindernisse, an denen sich der Mut, das Selbstvertrauen und die Unternehmungslust stählt.

Wie die Szenerie der Stadt lebhafter ist als die des Dorfes, so ist auch der Bewohner der Stadt körperlich und geistig beweglicher als der Dörfler. Auf dem Land liegen die Besitzungen auseinander und bilden meist ein für sich abgeschlossenes, durch Raine, Zäune und Hekken wohlverwahrtes Ganzes, so schließt sich der Bauer gern nach außen ab und lebt innerhalb seiner vier Pfähle als Alleinbeherrscher eines Reichs, in dessen Angelegenheit kein anderer etwas hineinzureden hat.

Anders ist es in der Stadt. Da schmiegt sich ein Haus eng an das andere; es bilden sich Gassen, Straßen und Plätze; der Raum wird kostbar, und der einzelne muß mit den anderen zusammenrücken, obgleich das Ganze wächst und sich immer weiter ausbreitet. Die Menschen werden einander nahe gebracht, berühren sich in ihren Gesinnungen und Verhältnissen und eignen sich dadurch jene Abrundung an, die so vorteilhaft gegen das eckige, scharfe Wesen des Ländlers absticht.

Die Beweglichkeit, die eine notwendige Folge dieser Abrundung ist, macht den Städter geschickt, sich in die Verhältnisse zu fügen, von den Schlägen des Schicksals sich schnell zu erholen und erteilt ihm eine Elastizität des Geistes, die alles in ihren Bereich zu ziehen sucht und vor nichts Schwierigem zurückbebt, sobald es überhaupt durch Menschenkraft erlangt oder ausgeführt zu werden vermag. Das bereits Gewonnene und Eroberte wirft er leicht hinter sich und schreitet gern von einem Ziel zum anderen.

Freilich hat diese Beweglichkeit auch ihre Gefahren. „Andere Städtchen, andere Mädchen", sagt ein altes Sprichwort und bezeichnet jene Unbeständigkeit, der man in den Straßen der Städte weit öfter begegnet als auf den Wegen des Dorfes. Während wir den Bewohner des Landes konservativ nannten, fügt sich der Bewohner der Stadt leichter in einen Wechsel der Verhältnisse und ist ebenso leicht zu einer anderen Ansicht und Meinung zu bestimmen. Politische Änderungen, Umgestaltungen, Revolutionen sind wohl kaum jemals vom platten Land ausgegangen, sondern die eigentlichen Herde solcher Umwälzungen waren fast immer jene großen, reichbevölkerten Städte, in denen sich die Meinungen begegnen, reiben und, eine von der anderen getragen und gehoben, zu Gewalten anwachsen, denen sich selbst die geheiligtsten Einrichtungen unterwerfen müssen.

Da es vorzugsweise die Städte sind, in denen die Kultur des Geistes ihre Wohn- und Werkstätten sich errichtet, so treten hier auch alle jene Mißstände, die eine leider unvermeidliche Folge unserer Zivilisation sind, am ersten und augenfälligsten hervor. Die ‚Barbarei der Gesittung', wie man jene Mißstände genannt hat, macht sich am liebsten da geltend, wo bei dem Zusammenleben vieler Menschen das Geschick des einzelnen der allgemeinen Beachtung entgeht oder den Interessen der Gesamtheit zum Opfer fallen muß. Hier liegen auch die verborgenen Winkel und Höhlen, aus denen die sittliche Korruption, das Laster und Verbrechen sich auf seine Opfer stürzt oder, unter Puder und Schminke verborgen, seine Netze auswirft, um den Leichtsinnigen und Unerfahrenen in scheinbar süße, aber verderbenbringende Bande zu schlagen. —

Stadt und Land. Es liegt ein Gegensatz in diesen beiden Worten, und wie die Gegensätze sich gewöhnlich anzuziehen pflegen, so findet auch hier eine beiderseitige Anziehung statt, die man fast täglich beobachten kann.

Wenn der Rauch und Staub der Straßen, das Geräusch und Gewühl des Verkehrs dem Städter einmal zu lästig werden, dann greift er nach Regenschirm und Überzieher, hängt seiner schöneren Hälfte die schwarzseidene Mantille über den Arm, stellt die Schar seiner hoffnungsvollen Sprößlinge in Reih und Glied und wandert *in pleno* seines Weges fürbaß, bis ihm zwischen in natürlicher Unbefangenheit sich präsentierenden Bauerngütern der vielgeprüfte Turm einer alten Dorfkirche entgegenblickt. Hier wird, mag es nun zur Zeit der ‚Boombluth', der Rettichbirnen oder des ‚grauen Mostes' sein, die Amtsmiene und städtische Ehrwürdigkeit auf einige Stunden in Ruhestand versetzt; das Schild über der Tür des Wirtshauses ist zwar seit dreißig Jahren nicht mehr ganz genau zu buchstabieren, aber man weiß aus Erfahrung, was es zu bedeuten hat; es findet sich diese und jene edle Seele, diese und jene redselige Gevatterschaft zusammen oder es treffen sich ganz unvermutet ein paar gleichgesinnte Genossen, die sich seit Olims Zeiten nicht mehr gesehen oder einander früher gar nicht gekannt haben, und da man mit dem festen Vorsatz gekommen ist, sich unter allen Umständen ein Vergnügen zu machen, so ist der Spaß bald an allen Ecken und Enden los, man findet alles gut und vortrefflich, und wenn auch auf dem Rückweg der eingedrückte Hut dem Herrn Gemahl etwas im Genick sitzt, die Frau Gemahlin nicht mehr ganz genau weiß, ob sie ihn oder er sie führt, und die liebenswürdigen Kleinen in allen Dur- und Molltonarten lachen, singen, pfeifen oder nach dem Bett weinen, man ist doch auf dem Land gewesen, und die Landpartie war wirklich köstlich, gottvoll heute!

Ebenso freut sich der Bewohner des Landes schon lange Zeit vorher auf den Tag, an dem er mit den Seinen ‚zur Stadt' geht. Insbesondere sind es Jahrmärkte und Vogelschießen, die magnetisch wirken. Der beste ‚Staat' wird hervorgesucht; in der Tasche klimpern die wohlgeputzten Taler, und auf allen Wegen sind behäbige Gestalten zu sehen, die im süßen Gefühl, daß die Kartoffeln gut geraten werden und der Hafer aufgeschlagen ist, im Vollbewußtsein ihrer ein-, zwei-, drei- und vierspännigen Bedeutung gemessenen Schrittes aus allen Richtungen herbeiwallfahrten. Und wenn nach all den ausgestandenen Rippenstößen und Fußtritten der Heimweg angetreten wird, so ist man glücklich, sich einmal gründlich umgesehen und dem Städter gezeigt zu haben, daß ‚hinter dem Berge auch noch Leute wohnen'.

Während auf diese Weise ein kleines Landstädtchen

für seine Umwohner den Inbegriff alles Schönen und wünschenswerten, den Mittelpunkt alles geschäftlichen und gesellschaftlichen Verkehrs bilden kann, gibt es unzählige wanderlustige Seelen, die beim Beginn des Sommers ihre Schwingen rüsten, um hinauszufliegen in die schöne, weite Gotteswelt, ein Fleckchen Erde nach dem anderen zu durchstreifen und Land und Leute recht gründlich kennenzulernen. Da gibt es denn bestimmte Land- und Ortschaften, die sich der Gunst dieser ruhelosen Wandervögel ganz besonders erfreuen und sich deshalb mit jedem neuen Jahr auf neuen, zahlreichen Besuch einrichten. Da sind es Residenzen oder sonst bedeutendere Städte, Badeorte, Inseln oder ganze Gegenden, die infolge ihrer Naturschönheiten oder der in ihnen angesammelten Kunstschätze sich eines vorteilhaften Rufes erfreuen und den Sammelpunkt der Fußreisenden und Passagiere erster, zweiter, dritter und vierter Wagenklasse bilden.

Kein Wunder, wenn die Bewohner solcher Länder, Gegenden oder Städte mit Stolz von ihrer Heimat sprechen und mit anhänglicher Liebe ihr zugetan sind! ‚Das heilige Reich der Mitte' nennt der Chinese sein Land, als ob die anderen Länder als wertlose Anhängsel sich nur so um China gruppierten, und wenn er zu noch so vielen Tausenden nach dem fernen Amerika auswandert, um dort einem spärlichen und genügsamen Erwerb nachzugehen, er bleibt doch ein treuer Sohn der heimatlichen Erde und sorgt mit Aufbietung aller Kräfte dafür, daß wenigstens seine Leiche dort zur Ruhe bestattet werde. „*La belle france*", das schöne Frankreich, nennt der Franzose sein Vaterland und vergleicht es mit diesem Ausdruck einer Schönen, mit der keine andere zu vergleichen ist und der er Treue geschworen hat bis in den Tod. „Ich hab mich ergeben mit Herz und mit Hand", singt mit ebensolcher Treue der Deutsche; „nach Sevilla, nach Sevilla!" ruft der Spanier; „Wangenglanz des Weltenangesichtes, o Istambul!" redet der Türke sein Konstantinopel an; „Kahira, die Unvergleichliche", nennt der Ägypter sein Kairo; „die Königin des Meeres" hieß das stolze Venedig bei seinen früheren Bewohnern, und

„Du bist die weitberühmte Stadt,
von Glanz und Ruhm erhellt,
der man mit Recht gegeben hat
den Namen ‚Goldne Welt',"

sagt Ramiers von dem berühmten Brügge. An solchen individualisierenden Bezeichnungen ist stets etwas Wahres, denn jede Stadt, ja überhaupt jede Ortschaft hat ihren eigenen Charakter und stellt sich, wenn dieser Ausdruck hier erlaubt ist, als eine Persönlichkeit dar.

Aber nicht bloß positive, sondern auch negative Eigenschaften sind es, die gewissen Gegenden und Orten einen hellen Nimbus verleihen. Man denke nur an das wundervoll geistreiche Lied:

„Die Pinzgauer wollten wallfahrten gehn
und wollten schön singen und konnten's nit schön:
zschiha, zschihu, zschiho,
die Pinzgauer sind schon do!",

oder an die berühmten Schildbürger und Bewohner von Krähwinkel, wenn nicht gar an das weltbekannte Tripstrill, ‚wo die Pfütze über die Weide geht'.

Wie man früher possierlicherweise die Orgeln in ganze, halbe, viertel und achtel Orgeln einteilte, so spricht man auch von Städten ersten, zweiten, dritten, vierten Ranges, und jeder Ort strebt, in dieser zweifelhaften Stufenordnung eine höhere Stelle einzunehmen. Und ist gar die Hunderttausendzahl der Einwohner voll, so steuert man mit vollen Segeln auf die ‚Weltstadt' zu, und doch beweist die Geschichte, daß sehr oft ein kleines, unbedeutendes Städtchen oder Dörfchen größeren Einfluß auf die Richtung und Gestaltung des Völkerlebens ausübte, als die bevölkerte Metropole. Die

Riesenstädte der Vergangenheit liegen unter Schutt und Trümmern, und die Babels und Ninives der Gegenwart breiten ihre Häuserreihen über Orte, an denen einst der Bär mit dem Auerochsen kämpfte. So folgt in dem großen, allgemeinen Entstehen und Vergehen eins dem andern, und wie kein Mensch sein Schicksal vorauszusehen vermag, so liegt auch die Geographie der Zukunft hinter dichtem, undurchdringlichem Schleier verborgen.

Haus und Hof

Siehe, wie fein und lieblich ist es,
wenn Brüder einträchtig beieinander wohnen!
Ps. 133, 1

Dies Wort des Israelitenkönigs David hat nun fast dreitausend Jahre überdauert, ist mit der Bibel in fast alle Sprachen der Erde übersetzt worden, der Weise sowohl wie auch der geistig Träge und Unbeholfene erkennen die hohe Wahrheit an, die in ihm enthalten ist, und dennoch schwebt der Genius der Eintracht noch zwischen den Wolken und darf sich nur zuweilen herniederlassen auf ein bescheidenes und abgelegenes Plätzchen, um für kurze Zeit ausruhen zu können vom ermattenden Flügelschlag. In der Natur wie im Menschenleben ist ein unausgesetztes Gegeneinanderwirken der Kräfte und Gaben zu bemerken; aus dem Verschwinden und Vergehen des einen zieht das Entstehen und Emporwachsen des andern seine Nahrung, um später selbst einer neuen Entwicklungsform zu weichen, und während die Geister sich aneinander reiben, unterliegt auch der Stoff einem ewigen Wechsel zwischen Leben und Sterben. Es ist wirklich, als sei das irdische Dasein nur durch ein kämpfendes Aufeinanderwirken der verschiedenen körperlichen und geistigen Kräfte ermöglicht, als biete das unausgesetzte Ringen der Naturgewalten nur ein Vorbild der Friedlosigkeit, die sich durch alle menschlichen Verhältnisse zieht, und fast scheint es, als sei eine Ausgleichung der Gegensätze, eine Ruhe nur im Tod zu finden.

Und doch möchte das Herz gern an eine Zeit glauben, in der das Schwert zur Sichel wird und die Weissagung der himmlischen Heerscharen: „Friede auf Erden“ in Erfüllung geht. Die Religion der Liebe, das Christentum, hat trotz ihres neunzehnhundertjährigen Bestehens in der Welt den ersehnten Frieden noch nicht gebracht; ihre eigenen Anhänger standen und stehen sich noch heute in zahlreichen Heerlagern feindselig gegenüber, und ihre Geschichte ist fast von Episode zu Episode mit blutigem Stift geschrieben. Und hegen selbst die Mohammedaner den schönen Glauben, daß Isa Ben Marryam, Jesus, der Sohn Mariens, vom Himmel herabsteigen und sich auf die Moschee der Omajjaden zu Damaskus niederlassen werde, um das große und ewige Reich des Friedens zu gründen, so muß selbst der Nichtmuselmann die Erfolglosigkeit dieser islamitischen Hoffnung bedauern.

Nur eine Macht gibt es, die, über allen Parteien stehend, nach Milderung und Versöhnung strebt, sich allen religiösen und politischen Zerwürfnissen von Tag zu Tag immer mehr überlegen zeigt und den Menschenfreund veranlaßt, den Gedanken eines Völker-, eines Erdenfriedens festzuhalten: die Humanität. Aus ihr, der Grundbedingung aller menschlichen Wohlfahrt, müssen die geistigen und auch die geistlichen Lebenssäfte emporsteigen in die Äste und Zweige der Gesellschaft, wenn die erwünschten Früchte reifen sollen, die man in Liebe erntet und in Sicherheit genießt, ‚ein Jeglicher unter seinem Dache‘.

Das mag wohl euphorisch gesprochen sein, aber das, was uns die Wirklichkeit nicht bieten will, dürfen wir wenigstens träumen, und ein Traum, der uns, wenn auch nur für eine kurze Stunde, liebe Gaben spendet, ist er denn so gar nichts gegenüber einem Wachen unter unerfüllten Wünschen? Und ist es etwa nicht möglich, daß der einzelne mit Erfolg wenigstens für *seinen* Frieden sorgen und sein Leben mit Eintracht schmücken kann? In den Räumen des großen Prachtbaus, dessen Flur die Erde mit den schönsten ihrer Gaben schmückt und dessen Kuppel das Firmament mit Millionen von Sternen beleuchtet, klirren die Waffen und wogt der Kampf bald hin, bald her. Die politischen Bauten, in denen die Nationen und Völkerschaften sich voneinander absondern, sie sind errichtet wie jene Wohnungen der Juden zur Zeit der Richter und Makkabäer, mit dem Schwert in der Faust, beherbergen den Zwist im eigenen Innern und bedürfen zu ihrem Fortbestehen einer steten Verteidigung. Aber die Wohnung, die der Mensch für sich und die Seinen erbaut, um die Lieben am Feuer des häuslichen Herdes zu versammeln, sie kann eine Stätte des Friedens und der Einigkeit sein, wenn es der gegenseitigen Zuneigung gelingt, die Geister der Zwietracht fernzuhalten.

Es liegt ja in dem Zweck und Wesen des Hauses, seine Bewohner nach außen hin vor schädlichen Einflüssen sicherzustellen und das Glück der Familie in Schutz zu nehmen. Es soll alles fernhalten, was die innere und äußere Entwicklung seiner Bewohner benachteiligen könnte, und den Blumen des Herzens die zu ihrer Entfaltung nötige Abgeschiedenheit und Ruhe gewähren. Die Stürme des Lebens sollen über seine Firste dahinbrausen und an seinen Mauern abprallen, die verderbenbringenden Elemente Abwehr finden und nur die goldenen Strahlen der Sonne und die lebenspendenden Fluten der Atmosphäre Zutritt erlangen.

Der Schutz gegen schädliche Natureinflüsse war der erste Zweck, den der Mensch verfolgte, als er zum Bau einer Wohnung schritt. Diese bestand zunächst aus einer

Hütte, die er sich von den Zweigen der Bäume errichtete, oder wohl aus einer Höhle, in deren Räumen er sich ein Lager bereitete; doch besaß die Hütte nicht die wünschenswerte Dauer, und auch die Höhle zeigte Übelstände, die ihn veranlaßten, um ein besseres Obdach besorgt zu sein. Er löste den Rasen von der Erde und trug sich Steine herbei, die ihm ein festes und dauerhaftes Material boten. Die vier Wände erhoben sich bald, auf Stangen ruhte das aus Geäst oder langen Blättern hergestellte Dach, und — das erste architektonische Meisterwerk war vollendet.

Schon 1. Mos. 4, 12 wird von Kain erzählt: „Und er baute eine Stadt, die nannte er nach seines Sohnes Namen Hanoch." Und Vers 20 heißt es: „Und Ada gebar Jabel; von dem sind hergekommen, die in Hütten wohnen und Vieh zogen." Wenn wir auch unter der Stadt Hanoch nicht eine Zusammenballung von Straßen und Häusern zu verstehen haben, wie wir sie uns jetzt bei dem Begriff ‚Stadt' vorstellen, so soll damit doch wohl eine Gruppierung mehrerer Wohnungen für gemeinschaftliche Zwecke angedeutet werden, und unter den Hütten, in denen die wohnten, die Vieh zogen, sind kaum etwas anderes als Zelte zu verstehen. Der Besitzer von Herden war Nomade und konnte nur solche Wohnstätten gebrauchen, die sich leicht abbrechen und an jedem beliebigen Ort wieder aufrichten ließen.

Natürlich hat die Baukunst mit der Entwicklung der menschlichen Verhältnisse immer gleichen Schritt gehalten und von ihren primitiven Anfängen bis zu ihrer gegenwärtigen Ausbildung eine wechselvolle und gestaltungsreiche Bahn durchlaufen. Von dem Baum, unter dessen herabhängenden Zweigen sich Adam und Eva verkrochen oder den Moos- und Schilflagerstätten der ersten Menschen bis zu den Palästen und Hotels der Gegenwart mußte ein weiter und ruhmvoller Weg zurückgelegt werden, von dem wir eine deutliche Vorstellung erhalten, wenn wir noch die jetzigen Wohnungen der auf verschiedenen Stufen sich befindenden Völkerschaften miteinander vergleichen. Noch heute gibt es ja Troglodyten, die sich in Felsenhöhlen verkriechen, noch heute hängt der Indianer des nordöstlichen Südamerikas gleich dem Affen zwischen den Zweigen der Bäume, noch heute zieht der Mongole mit seinen schmutzigen Filzzelten durch die Steppen Hinterasiens, noch heute gibt es in China und Hinterindien Abertausende, die ein gebrechliches Floß oder einen alten morschen Kahn ihre einzige Heimat nennen, und gar manche unserer glänzenden Städte kann in ihren dunkleren Straßen noch Baracken aufweisen, die dazu erhalten zu sein scheinen, die überwundenen Annehmlichkeiten früherer Jahrhunderte zu illustrieren.

Die Art und Weise der Wohnung, die sich der Mensch errichtet, hängt nicht allein von seiner Ansicht und seinem Geschmack, sondern auch von vielen außer ihm liegenden Verhältnissen ab, unter denen das Klima die erste Stelle einnimmt. In der strengen Kälte des Nordens ist Abwehr der winterlichen Rauhheit und Erzeugung einer wohltuenden Wärme die Hauptsache, während in der Glut des Südens die festeste Konstitution ohne eine erquickende Kühle zugrunde gehen muß. In regenreichen Hochländern baut man anders als in Gegenden, denen es an den befruchtenden feuchten Niederschlägen mangelt, im Gebirge anders als in der sumpfigen Niederung, und auf sicherem Grund wieder anders als auf einem Boden, der, wie der mittelamerikanische, oft von Erdbeben heimgesucht wird.

Je mehr menschliche Wohnungen zusammenrücken, desto inniger werden auch die gegenseitigen Beziehungen, und es ist dann allerdings für das Wohl des einzelnen oder der Gesamtheit nicht gleichgültig, wie der andere baut und sich einrichtet. Dann muß die Gesetzgebung gewisse Bedingungen vorschreiben, nach denen sich jeder zu richten hat, und es ist Aufgabe der Baupolizei, darauf zu sehen, daß weder das Gesamtinteresse noch die Verhältnisse des einzelnen durch irgendeinen Umstand geschädigt werden.

Innerhalb des durch diese Vorschriften umschlossenen Raumes nun kann allerdings jedermann seinem eigenen Geschmack Rechnung tragen, und daher kommt es, daß, wie wir später deutlich sehen werden, der Charakter der Bewohner sich mit einer gewissen Sicherheit aus dem Charakter der Wohnung schließen läßt.

Der Schreiber fand in der Nähe eines Dorfes ein zweistöckiges Häuschen, unter dessen Dach sich die Inschrift hinzog:

„Ich kehr mich nicht daran
und laß die Leute klügeln;
man kann nicht jedermann
das böse Maul verriegeln!“

und es hätte, um auf den Besitzer schließen zu können, dieses allerdings etwas kräftigen Bekenntnisses gar nicht bedurft, denn das Gebäude war von einem hohen Staketenzaun eng umschlossen und so dicht von Bäumen umgeben, daß kaum eine einzige der kleinen Fensterscheiben zwischen den Zweigen hindurchzulugen vermochte und nur ein mit der Welt verfeindetes Gemüt sich in dieser einsiedlerischen Abgeschlossenheit wohlbefinden konnte.

Da, wo eine dünngesäte Bevölkerung sich über weite Flächen zerstreut, hat gewöhnlich auch das Gespenst der Armut seine dunklen, kalten Schwingen noch nicht über die Häupter der Menschen gebreitet, und jeder, auch der ärmste Tagelöhner, hat sein eigenes Haus, seine eigene Hütte, in der er als alleiniger und selbständiger Herrscher waltet. Da aber, wo, wie in großen Städten oder dicht bevölkerten Industriebezirken der Mangel an Raum sich so bemerkbar macht, daß die Häuser sich in langen Reihen eng aneinanderlegen und mit zahlreichen Stockwerken in die Höhe streben, da ist es nur für die wenigsten möglich, ein eigenes Heim zu besitzen, und es bilden sich jene Verhältnisse aus, die wir mit dem Wort ‚Mietwohnung' bezeichnen und zusammenfassen. Reichtum oder Spekulation bemächtigen sich des Bodenbesitzes, ‚Zinshäuser' und ‚Mietskasernen' entstehen, der Mietkontrakt treibt sein beängstigendes Wesen und auf einer Wanderung vom Souterrain bis zum Mansardenstübchen, vom Straßenbalkon bis zum feuchten Kämmerchen des Hinterhauses erlangt man einen Überblick der verschiedensten sozialen Verhältnisse in derselben Weise, wie z. B. die Besteigung des Chimborasso gestattet, einen Einblick in die Vegetationsformen der verschiedenen Zonen zu nehmen.

Und doch berühren sich auch hier die Extreme. Je weiter die Menschen auseinanderwohnen oder je dichter sie zusammengedrängt werden, desto weniger tritt eine vertrautere Bekanntschaft zwischen ihnen ein. Auf den weitgedehnten Strecken der Heiden und Moore erhebt nur selten eine einsame Wohnstätte ihr schmutziges Dach, der Verkehr ist erschwert, und nur wie eine dunkle Kunde dringen die Ereignisse des Völkerlebens oder die Nachrichten über näherliegende Verhältnisse von Nachbar zu Nachbar. Je bedeutender die Entfernung, desto größer auch die Trennung. — In den himmelanstrebenden Wohngebäuden unserer Metropolen gehen die Hausbewohner fremd und kalt aneinander vorüber, kein Gruß ertönt, keine Mitteilung wird ausgetauscht und kaum weiß der eine den Namen und Stand des anderen, der mit ihm unter gleicher Hausordnung steht. Je enger das Zusammendrängen, desto größer auch die Trennung.

Während in den älteren Zeiten das Haus nur den Zweck hatte, dem Menschen die nötigen Wohn- und Wirtschaftsräume zu bieten, haben sich bei der vorgeschrittenen Entwicklung der ‚Erdenbürger' die Bedürfnisse erweitert und jetzt erheben sich unzählige Gebäude, die neuen, früher ganz unbekannten Zwecken dienen.

Wenn der Wanderer vormals seinen Stab auf fremde Erde setzte, so brauchte er um eine Ruhestätte und alles, was zur körperlichen Pflege gehört, keine Sorge zu haben, denn in jedem Hause war er willkommen als ein Gast, an dessen Erzählungen und Berichten man sich erfreute, da man dadurch in Verbindung zur Außenwelt trat. Er genoß die schönen und geheiligten Rechte der Gastfreundschaft, selbst die Glieder der Familie traten gegen ihn zurück, und wenn er den Fuß weitersetzte, so überhäufte man ihn mit Dank und den Gaben, deren er auf seiner Reise bedurfte. Die ‚Rechnung' war noch von keinem spekulativen Columbus entdeckt worden, und die Schlußstrophe von Uhlands ‚Apfelbaum':

„Und frag ich nach der Schuldigkeit,
so schüttelt er den Wipfel;
gesegnet sei er allezeit
von der Wurzel bis zum Gipfel!"

hatte in Beziehung auf die gastlichen Verhältnisse ihre volle Bedeutung. Noch heut gibt es abgelegene Gegenden, in denen dem Reisenden das Glück geboten ist, auf der ‚Vetterstraße' zu wandern und das Taschenmöbel zu schonen, von dem Sophokles oder sonst irgendeiner von den Klassikern sagt:

„Ist dann der liebe Zahltag da,
so sind die Taler flöten,
der Beutel kriegt das Podagra
und steckt in tausend Nöten
und ich bin ein geschlagner Mann,
dem kein Chirurgus helfen kann.
O Jemine, o Jerum!"

Während aber in den erwähnten Zeiten und Gegenden die Zahl der Reisenden nur unbedeutend war und ist, befindet sich jetzt und innerhalb der Länder, die in den allgemeinen Verkehr einbezogen sind, die eine Hälfte der Bewohnerschaft unterwegs, während die andere Hälfte entweder sich von einer zurückgelegten Fahrt ausruht oder schon wieder im Begriff steht, die Reisetasche zu packen. Die gegenwärtigen Geschäftsverhältnisse erfordern ein tüchtiges Zusammen- und Durcheinanderschütteln der lieben Menschenkinder, und ebenso zahlreiche wie großartige Einrichtungen dienen einzig und allein nur dem Zweck, dieses Zusammenschütteln zu erleichtern und ihm den größtmöglichen Umfang zu geben. Es kommt bei besonderen Veranlassungen vor, daß einem Orte an einem einzigen Tage zehn, zwanzig und noch mehr Tausende von fremden Wandervögeln durch die Lokomotive zugeführt werden, und es ist leicht einzusehen, daß es gar keines so monströsen Verkehrs bedarf, um die alte patriarchalische Gastfreundschaft zu einem Ding der Unmöglichkeit zu machen. Da ist denn nun dafür gesorgt, daß sich hier und da, hüben und drüben, an allen Ecken und Enden, wohin sich nur irgendeine hungrige, durstige oder ermüdete Menschenseele verirren kann, ein einladendes Zweiglein heraustreckt, ein verführerisches Schild mit der frommen Inschrift

„Mein Haus, das steht in Gottes Hand
und wird ‚zum weißen Roß‘ genannt“

schauen läßt oder gar ein stattliches Haus erhebt, das seinen Namen ‚Hotel zur goldnen Bratwurst‘ in großen und glänzenden Lettern weithin blitzen läßt. Hier flutet nun eine kleine Völkerwanderung vom Morgen bis zum Abend und vom Abend bis zum Morgen ein und aus, ißt, trinkt, liest Zeitungen, Journale und Gazetten, spielt, raucht, schläft, nimmt sich den geistreichen Sinnspruch:

„Die Rose riecht, der Dorn der sticht,
wer gleich bezahlt, vergißt es nicht“,

der über der Tür des Gastzimmers angebracht ist, zu Herzen oder sucht die Bedeutung der ägyptischen Hieroglyphe zu enträtseln, die dunkel und drohend von der Wand herunterblickt: „Hier wird nicht gepumpt!"

O, ihr schönen und wohlfeilen Tage der Vergangenheit, an denen Methusalem mit seinem Esel vor dem ersten besten Zelt oder der ersten besten Hütte Haltmachen und seinen Regenschirm zusammenklappen konnte, um ohne Paß und sonstiges Geschreibsel gemütlich ‚unterzukriechen!' Ihr seligen Zeiten vom lieben Erzvater Isaak und Jakob, an denen man zu Rebekka trat mit der Bitte: „Neige deinen Krug und gib mir zu trinken!" oder Rahel bei dem Kopf nahm und Kuß auf Kuß auf ihre vollen, mesopotamischen Lippen drückte. Ihr herrlichen Erfahrungen von Josua und Kaleb, den beiden Kundschaftern, die nach Bab Escol kamen, im Lande, da unverdünnte Milch und echter Bienenhonig fleußt, von keinem Droschkenkutscher geprellt, von keinem Kellner betrogen, mit keiner Fremdenbuchsinjurie beleidigt wurden und ohne Angst vor Arretur eine Traube abschnitten, die sie ‚alle Zween auf einem Stekken' tragen mußten! Wo seid ihr hin? Ach, verschwunden, verschwunden und vergangen auf Nimmerwiederkehr. Jetzt hat man kaum den Kopf durch die Tür gesteckt, so steht ein dicker Wirt vor einem und fragt in einem Atem: „Wer sein mer denn? Woher kommen mer denn? Wohin wollen mer denn? Was betreiben mer denn? Wie lange bleiben mer denn? Haben mer denn auch Geld?" Oder wo diese Fragen nicht offen ausgesprochen werden, da liegen sie im Blick, man sieht sich in die Gewalt der Bedienung gegeben, vom Oberjüngling bis herunter zum Knecht des Hauses, und wird durch tausenderlei Ungemütlichkeiten zu der bedauerlichen Erkenntnis getrieben: „Daheim ist doch daheim; bei Muttern ist's am schönsten!"

Ja, die Zeiten ändern sich und mit ihnen die Menschen

samt ihren Verhältnissen! Die Gegenwart bedarf der Häuser, die dem wandernden Individuum ihre gastlichen Tore öffnen, und mit einem einfachen ‚Vergelt's Gott' ist es jetzt nicht mehr abgetan. Wer die Bequemlichkeit der Heimat auch in der Fremde nicht missen will, der muß sich auch die vollgeschriebenen und ‚teuren' Zettel gefallen lassen, an deren unterem Rand oftmals die Bemerkung steht: „Trinkgelder nach Belieben", oder „Service gleich mit eingeschlossen!" Ein nordisches ‚Gastgifwaregärdar' oder eine südländische Karawanserei ist billig, aber — sie sind auch danach! Der Wirt einer spanischen oder südamerikanischen Venta macht schon einige Ansprüche, obgleich meist nur die vier nackten Wände geboten werden; wer aber das Vergnügen hat, eines jener Monsterhotels zu betreten, die, wie in den Vereinigten Staaten oder auch einigen unserer europäischen Großstädte, dem Reisenden alles nur Menschenmögliche bieten, der muß auch gefaßt sein, höheren Ansprüchen gerecht zu werden.

Mit unseren letzten Betrachtungen haben wir das Gebiet der Häuser, die der Allgemeinheit dienen, betreten. Während das Haus eigentlich und ursprünglich als Schutz- und Sammelstätte für die Familie dienen soll, nimmt es teil an dem Wachstum und der Ausbreitung der Menschen und öffnet seine Tore dem öffentlichen Leben ebenso, wie die Familie sich öffnet, um dem gesellschaftlichen Leben Raum zu geben.

Sobald der häusliche Kreis sich zur Gemeinde erweitert, treten bauliche Bedürfnisse ein, deren Befriedigung im Interesse der öffentlichen Wohlfahrt liegt und zur Hebung der materiellen wie auch geistigen Wohlfahrt dient. In erster Linie sind hier die Gebäude zu erwähnen, die es mit der Bildung des inneren Menschen zu tun haben: Kirche und Schule.

Schon die Völker des Altertums besaßen ihre Gotteshäuser, Tempel genannt. Anfänglich allerdings hielt man die Gottesdienste in heiligen Hainen oder auf geweihten Plätzen, in und auf denen sich Altäre befanden. Sobald aber die Baukunst über die ersten Anfänge ihrer allmählichen Entwicklung hinaus war, wandte sie sich sofort zur Erbauung von Gebäuden, die der Pflege religiöser Anschauungen dienten.

Die Tempel in Ägypten zeigten einen einfach grandiosen Stil; Alleen von Widder- oder Sphinxkolossen bildeten den Zugang zu ihnen und vor dem Hauptgebäude standen gewöhnlich zwei Obelisken. Die indischen Tempel sind von hohem Alter, ihr Ursprung reicht wohl bis 3000 Jahre vor Christus hinauf. Noch heute lassen ihre Ruinen die Riesenhaftigkeit bewundern, durch die sie sich auszeichneten. Die Grottentempel bildeten oft ganze unterirdische Städte, und der aus schwarzem Felsen gehauene Elefant auf der Insel Elephanta enthält in seinem Innern einen Tempel von fast 43 m Länge.

Unter den Tempeln Vorderasiens ist der von Salomo zu Jerusalem erbaute am erwähnenswertesten, an dem volle sieben Jahre gebaut wurde. Die Bibel gibt eine ausführliche Beschreibung seiner Herrlichkeit. Im Jahre 587 vor Christus durch Nebukadnezar zerstört, wurde er unter Kyros wieder aufgebaut. Bei der Zerstörung Jerusalems unter Titus wurde er mehr durch die Juden selbst als durch die Römer in Brand gesteckt. An seiner Stelle baute im Jahre 644 nach Christus der Kalif Omar eine Moschee.

Die griechischen Tempel lassen sich in dorische, jonische und korinthische unterscheiden. Ihr Umfang war meist nicht groß, da sie bestimmt waren, nur den opfernden Priester mit seiner Begleitung aufzunehmen, sie erhielten nur durch die Säulenhallen, in denen sich das Volk versammelte, eine größere Ausdehnung. Ihre Architektur ging später auf die römischen über. Die Germanen verehrten ihre Gottheiten zwar an freien Orten, doch finden sich bei den Deutschen auch Spuren alter Tempel, und in Skandinavien gab es Privatkapellen, die nur dem häuslichen Gottesdienst gewidmet waren.

Die Tempel der Christen werden Kirchen genannt. Ihr Grundriß war fast immer ein lateinisches oder griechisches Kreuz, doch jetzt hält man sich nicht mehr so streng an diese Figur. Eine nicht wesentliche aber fast allgemeine Verzierung der Kirchen sind die Kirchtürme. Anfangs hatten die Christen keine Kirchen, sondern versammelten sich, so lange sie noch nicht von den Juden getrennt waren, in Tempeln und Synagogen, später in Privathäusern, und unter der Verfolgung in Höhlen oder an sonstigen verborgenen Orten. Erst im zweiten Jahrhundert finden sich die ersten Spuren von Kirchen in unserem Sinne, und von da an mehrte sich ihre Zahl mit der Ausbreitung des Christentums in der Weise, daß z. B. Rom im dritten Jahrhundert schon 40 große Kirchen hatte. Jetzt hat fast ein jedes Dorf sein Gotteshaus.

Wollte man berechnen, welch eine ungeheure Summe die Erbauung aller Tempel und Kirchen der Erde gekostet hat, so würde man auf ein Kapital kommen, von dem die ganze Menschheit eine geraume Weile ernährt und verpflegt werden könnte. Die Frage, ob diese ungeheuren Ausgaben mit dem Zweck, den sie verfolgten, im Einklang stehen, muß unbedingt bejaht werden, ob aber dieser Zweck erreicht wurde, ob die auf dem Gebiet der Religion erzielten Erfolge in ein befriedigendes Verhältnis zu den Anstrengungen zu bringen sind, die unsere Kirchenbauten erforderten, das ist eine schwer zu beantwortende Frage.

Wie viele kleine Ortschaften gibt es, besonders in südlichen Ländern, auf die der stolze Turm einer prachtvollen Kirche herabblickt, deren Erbauung viele Tausende gekostet hat, und um das ‚teure' Gotteshaus gruppieren sich einige Dutzend armseliger Hütten, die kaum den notwendigen Schutz gegen die Unbilden der Witterung gewähren und deren Bewohner mit Not und Sorge kämpfen. Die Häuser sind schadhaft, die Gärten verwahrlost, über die fast unwegbare Straße läuft der Abfluß der Düngerstellen und verbreitet seine Wohlgerüche bis in das Innere des kirchlichen Heiligtums. Hier wird der volkswirtschaftlich Gebildete sich denn doch vielleicht eines leisen Kopfschüttelns schuldig machen.

Eine allgemeine Erfahrung ist es, daß neben den Räumen, die den heiligsten Zwecken gewidmet sind, sich gewöhnlich ein Häuslein erhebt, in dem man Gelegenheit hat, weniger ernsten Absichten nachzustreben. „Wo der liebe Gott ein Haus baut, da setzt der Teufel ein Wirtshaus daneben", sagt ein altes Sprichwort, und es soll auch gar nicht geleugnet werden, daß zwischen den Kirchgängern einerseits und den Priestern des Bacchus und Gambrinus andererseits fast stets eine gewisse Anziehungskraft tätig ist.

Diese Anziehungskraft wird trefflich illustriert durch die Anekdote von jenem Herzog von Braunschweig, bei dem der Pfarrer eines Dorfes sich beschwerte, daß er so wenig Kirchgänger habe, weil seine Bauern sich lieber ins Wirtshaus setzten, als sich an seiner Predigt zu erbauen. Der fromme und energische Landesvater beschloß, die Sache zu untersuchen und kam während des Gottesdienstes in das Dorf, ging in das Gasthaus und fand richtig fast alle Bauern um eine lange Tafel beim Bier sitzen. Ein großer Krug, der stets neu gefüllt wurde, sobald er den Boden zeigte, ging rundum; jeder trank und gab ihn dem Nachbar mit der Aufforderung: „Gif's weiter!" Der Herzog setzte sich mit an die Tafel, aber als der Krug zu seinem Nebenmanne kam, drehte dieser ihm den Rücken zu, trank und reichte den Krug wieder zurück mit den Worten: „Prost, gif's wieder so num!" Das fuhr dem Herzog in die Nase; er erhob sich, gab sich zu erkennen und hielt nun den durstigen Leuten eine Rede, die sich gewaschen hatte, und deren Schluß ungefähr also lautete, daß sie des Sonntags in die Kirche gehörten, aber nicht in das Wirtshaus. Dabei holte er aus und langte seinem Nachbarn zur Linken eine Ohrfeige, daß es schallte, und herrschte ihn dabei an: „Gif's weiter!" Wohl oder übel mußte der gute Mann Gehorsam leisten; die Ohrfeige ging mit dem Ruf: „Gif's weiter!" von einem zum andern um die ganze Tafel herum und als sie an den Nachbarn zur Rechten kam, der ihm vorhin den Schluck nicht gegönnt hatte, langte er ihm eine neue Auflage hinter die Ohren mit der Aufforderung: „Prost, gif's wieder so num!" Die Maulschelle wanderte also wieder zurück, und leider verschweigt die alte Chronik, wie oft sie noch ‚so rum' und ‚wieder so num' gegangen ist, das wird aber bestätigt, daß die Bauern von jetzt an sehr fleißig in die Kirche gegangen sind.

Wahr ist's, daß man in der Natur den Herrn ebenso verehren kann wie in der Kirche; aber dazu gehört ein Verständnis und ein Gemüt, wie es wenige besitzen. Die Kirche hat ihre volle Berechtigung, solange ihre Ansprüche nicht störend in die geistige und wirtschaftliche Entwicklung des Volkes eingreifen. Die Güter, die uns im Heiligtum gespendet werden, sind hoch und wichtig; sie lassen sich nicht mit der Hand erfassen und durch Maß oder Gewicht bestimmen, aber man kann sie mit dem Herzen ergreifen, und ein solches Herz ist dann geschützt gegen den Schmutz und Staub des irdischen Lebens. Darum bekennt der alttestamentliche Dichter: „Herr, ich habe lieb die Stätte Deines Hauses und den Ort, da Deine Ehre wohnt", oder er ruft mit sehnendem Herzen: „Eins bitte ich vom Herrn, das möchte ich gern: daß ich im Hause des Herrn bleiben möchte mein Leben lang, zu schauen die schönen Gottesdienste und seinen Tempel zu besuchen!"

Wer hätte nicht jenes eigentümliche Gefühl empfunden, welches das Kind beschleicht, wenn es zum erstenmal die Kirche betritt! Und dieses Gefühl verläßt den Menschen nicht, solange er lebt, selbst wenn er mit dem Glauben seiner Kinderjahre vollständig gebrochen hätte. Man sage nicht, daß es allein nur in der Art und Weise des Baues liege, solche andächtige und widerstandslose Empfänglichkeit zu erwecken, denn es gibt auch außerhalb des kirchlichen Gebiets ehrwürdige und mächtige Bauwerke, die diesen Eindruck nicht hervorbringen; der Grund liegt vielmehr in dem Band zwischen Vater und Kind, zwischen Schöpfer und Kreatur, dessen Knoten tief im Innersten des Menschen geschlungen ist, und das nie zerreißt, selbst dann nicht, wenn das schwache Geschöpf seinen allmächtigen Erzeuger verleugnet. Wem die Kirchenglocken ein einzigesmal erklungen sind, dem klingen sie fort, denn wie die friesische Sage erzählt, daß die Glocken der Dörfer, die von den gefräßigen Fluten der Nordsee verschlungen wurden, sich laut und deutlich hören lassen, sobald der Nebel droht, die Wogen sich ballen und der Sturm seine verderbendrohenden Schwingen erhebt, so läuten die Saiten des Herzens zum Gebet, wenn der irdische Boden zu wanken beginnt und die Brandung der Ewigkeit sich fern vernehmen läßt.

In engster Beziehung zur Kirche hat seit je die Schule gestanden.

Wem fällt bei diesem Wort nicht jener verhängnisvolle Tag ein, an dem er von der fürsorglichen Mutter unter tröstlichem Zureden in jenes Haus geführt wurde, aus dessen geöffneten Fenstern während der wöchentlichen Singstunden die berühmten Kompositionen

„Es tanzt ein Pu – Pa – Putzemann
in unserm Haus herum didum"

oder

„Wer meine Gans gestohlen hat, der ist ein Dieb,
wer mir sie aber wiederbringt, den hab ich lieb"

in die Ohren der aufmerksam lauschenden Straßenjugend erschallten? Dem armen Schulbankkandidaten war so ‚duselig und gruselig' zumute bei den Blicken, die der Herr ‚Magister' über die Brillengläser hinweg ihm zuwarf; rätselhafte Gegenstände — riesige schwarze Tafeln, gigantische Lineale, besorgniserregende Buchstabenkästen, Schwamm, Kreide, wandgroße Landkarten — blickten ihm entgegen, und dort auf dem Pult lag auch jenes liebenswürdige Rutengeflecht, von dem der Volkswitz singt:

„Der Hansjörg ist bekannt
in ganz Schlesingerland;
wenn er gleich betrunken ist,
hat er doch seinen Verstand",

oder der ominöse Haselstock, dessen holdes Dasein den Dichter zu der anerkennenden Betrachtung begeistert:

„Trägt der Knabe seine ersten Hosen,
steht schon ein Pedant im Hinterhalt,
der ihn hudelt, ach, und ihm der großen
Römer Weisheit auf den Rücken malt."

Dunkle Ahnungen stiegen in dem kleinen sechsjährigen Herzchen empor, und beengende Gefühle machten sich erst in einem leise versuchenden Schluchzen und sodann in lautem Weinen Luft, das allerdings beim Anblick der gebräuchlichen und verheißungsvollen Zuckertüte einem seligen Lächeln weichen mußte.

Dieses tränende Lächeln ist für eine ganze Reihe von Jahren des Lernens, ja, wohl für die ganze Lebenszeit von prophetischer Vorbedeutung gewesen. Über unser kurzes Dasein ziehen der Wolken gar viele, und die Lichtblicke des Glücks sind seltener, als der Sterbliche sie wünscht. Nur durch Arbeit gelangt er zu den Zielen, deren Erreichung Zweck des Lebens ist und ermöglicht wird durch die Ausbildung seiner körperlichen und geistigen Fähigkeiten, wie es Aufgabe der Schule ist.

Da nur wenige Eltern die nötigen Fähigkeiten und Kenntnisse besitzen, oder die Zeit haben, um ihren Kindern die Eigenschaften mitzuteilen, die zur allgemeinen menschlichen Bildung und auch zu ihrer künftigen Bestimmung notwendig sind, so ist die Errichtung von Schulen eines der hervorragendsten Bedürfnisse, und dem Staat, der die Verpflichtung hat, seine Angehörigen zu tüchtigen Menschen und Bürgern zu bilden, ist die Aufgabe erteilt, für Gründung, Erhaltung und Verbesserung der Schulen nach besten Kräften zu sorgen.

Öffentliche Anstalten zu einer geordneten Jugendbildung entstanden erst mit der fortschreitenden Entwicklung der Menschen, und in den ältesten Zeiten war der Besuch der Schulen ein Vorrecht besonderer Stände, während das eigentliche Volk davon ausgeschlossen blieb; so in Indien, China, in Babylon, bei den Chaldäern und Medern, Ägyptern, Juden, Griechen und Römern. Bei den germanischen Völkern gab es keine Schulen.

Das Christentum leitete eine neue Epoche des Schulwesens ein. Seinem ganzen Geist und seiner Tendenz nach mußte es die innere Ausbildung aller Menschen bezwekken, und so geschah es, daß mit der Anstalt der christlichen Kirche allenthalben Schulen verbunden wurden, aus denen sich das entwickelte, was wir die eigentliche Volksschule nennen. Christus selbst samt seinen Aposteln gehörte dem Volk an, und seine Lehre erstreckte sich nicht nur auf die Erwachsenen, sondern drang bald auch in die jugendlichen Kreise. Die erste christliche Knabenschule gründete der Presbyter Protogenes gegen Ende des zweiten Jahrhunderts zu Edessa. Jetzt hat auch der geringste, der abgelegenste Ort seine Schule, und es gibt keinen besseren Gradmesser für den Bildungsstand eines Volkes als den Stand seiner Schulen und die Aufmerksamkeit, die ihm von seiten des Staates gewidmet wird.

Von den Volksschulen sind die Fach- und Gelehrtenschulen zu unterscheiden, die höhere oder enger begrenzte Zwecke verfolgen als die ersten.

Eine ähnliche Aufgabe, wie die der Schulen, wird in den Häusern verfolgt, die der zwangsweisen Erziehung, der Besserung gewidmet sind. Hier berühren wir einen wunden Punkt im Körper der menschlichen Gesellschaft, dessen Heilung trotz aller Anstrengung erfolglos erstrebt worden ist. Die Sünde, das Verbrechen frißt wie ein böses Geschwür an der Gesundheit und dem Wohlbefinden der Nationen, und die Strafgesetzgebungen werden fast von Jahr zu Jahr paragraphenreicher. Wer die Geschichte dieser Gesetzgebungen schreiben wollte, müßte seine Feder in Jammer tauchen und dennoch würde es ihm nicht gelingen, ein treffendes Bild jenes Elends zu entwerfen, das sich wie ein Sumpf zu beiden Seiten der menschlichen Irrwege dahinzieht.

Aber warum betritt der denkende Mensch diese Wege? Der Denkende? Nein, der irrig Denkende betritt sie, und eine Anklage darf sich weniger gegen ihn als vielmehr gegen die Umstände und Verhältnisse richten, durch die er irregeleitet wurde. Darum betrachtet der Gesetzgeber der Gegenwart den Verirrten nicht mehr als ein aus der Gesellschaft gestoßenes wildes Tier, sondern als einen durch falsche Erziehung Mißgeleiteten, der durch die Sühne zur Besserung geführt werden soll.

‚Dunkle Häuser' nennt Gustav Rasch die Anstalten, die den Übertretern des elften Gebotes: „Du sollst dich nicht erwischen lassen" zum Aufenthalt dienen; aber es wird heller und lichter hinter den Mauern; die eisernen Gitterstäbe sind schon längst nicht mehr die Sinnbilder einer ausgesprochenen Hoffnungslosigkeit, und wenn das Tor sich öffnet, so geht gar mancher brauchbare Mensch daraus hervor, der mit einer beklagenswerten Vergangenheit abgeschlossen hat, um einer besseren und schuldfreien Zukunft zu leben. Möchte doch auch das Vorurteil nach und nach schwinden, das sich solchen Leuten oft so gewaltig hindernd in den neubetretenen Weg stellt!

Weit, sehr weit würde es uns führen, wenn wir auch nur einen oberflächlichen Blick auf all die Häuser werfen wollten, die anderen zu familiären Zwecken dienen. Ihre Zahl ist Legion. Bald ist ihre Firma friedlich, bald kriegerisch, bald treten sie anspruchsvoll an die Öffentlichkeit, bald ziehen sie sich bescheiden in die Verborgenheit zurück, bald schwingt in ihnen der Segen sein fruchtbringendes Zepter, bald brütet der Fluch in ihren finsteren, schmutzigen Winkeln; kehren wir zurück zur traulichen, heimischen Stätte, deren Fenster hell und einladend im Strahl der untergehenden Sonne flimmern, und wo uns ein freundlich Häuslein winkt, da wohnt gewiß auch freundlicher Sinn und offene Herzlichkeit unter seinem Dach, denn wie der Teich, so der Frosch, wie das Loch, so die Maus, wie die Höhle, so der Bär, und wie das Haus, so der Mensch.

Das scheint sehr viel behauptet, und doch ist's wahr.

Der stolze Aristokrat, welcher sich hoch erhaben dünkt über dem arbeitenden Volk, wo baut er sein Haus hin? Hinauf auf die Spitze des Berges. Gleicht es nicht ihm selbst? Unzugänglich ist der Felsen, auf dem es steht — unzugänglich ist der Stolz seines Besitzers. Millionen hat es gekostet, den Prachtbau zu errichten — wieviel Lebenskraft haben wohl die Wurzeln, Äste und Zweige eines einzigen Geschlechts dem ährentragenden Feld, dem arbeitenden Volk entzogen? Hoch erhebt es seine Zinnen, dem Sturm Trotz bietend — auf den höchsten Stufen der Gesellschaft bewegt sich der Bevorzugte, und doch — der Sturm der Zeit hat manche Burg zertrümmert und manchen Stammbaum in den Staub gelegt.

Der nach Gewinn strebende Geschäftsmensch, wie baut er? Dunkle Speicher füllen ein breites Areal — dunkel wie so manches Geschäft, und breit, wie sich ihr Besitzer macht. Türen und Fenster gehen nach innen, außen starrt die nackte Wand — der Egoismus schließt sich ab und ist nach außen hin sowohl im Wort als auch in der Tat ohne Mitteilsamkeit. Riesige Fabrikräume erheben sich oder strecken sich in die Länge; schwarz und schmutzig legt der Rauch seine Spuren an ihre Mauern; nur der Arbeit gewidmet, entbehren die Säle und Zimmer aller auf Ruhe und Bequemlichkeit deutenden Einrichtungen — so auch der Besitzer: er baut sein Projekt in die Höhe oder Breite; die Realität des alltäglichen Lebens gebietet über seine Gedanken und Gefühle, und ruhelos treiben ihn seine Pläne durch ein Dasein, das nur selten von höheren Rücksichten erleuchtet und verschönert wird.

So baut jeder nach seiner Absicht, seinem Gusto, der Reiche anders als der Arme, der Hochmütige anders als der Demütige, der Prahler anders als der Bescheidene, und sollte das Äußere eines Hauses nicht mit Sicherheit auf den Charakter seiner Bewohner schließen lassen, so wird dieser Schluß nach einem Blick auf das Innere sehr bald zu ziehen sein.

Es ist mit der Wohnung fast ebenso wie mit einem Menschenangesicht. Man begegnet irgend jemandem, den man noch nie gesehen und der einem auch nie etwas zu Leide getan hat, und doch fühlt man sofort, daß man ihm nie Liebe und Vertrauen schenken könnte, ja, es zuckt einem vielleicht gar in der Hand, als wünsche sie unwillkürlich, mit seinem Gesicht in Berührung zu kommen. Saphir nennt solche Gesichter sehr bezeichnend ‚Ohrfeigengesichter'. Und ebenso kommt man mit einem vollständig Unbekannten zusammen, mit dem man noch nie ein Wort gewechselt, noch nie etwas Gutes von ihm gehört oder an sich selbst erfahren hat, und doch fühlt man sich zu ihm hingezogen und möchte ihm gleich vom ersten Augenblick an nur Freundlichkeit und Liebe erweisen. Ebenso betritt man eine Wohnung, in der man noch nie gewesen ist; man kennt weder ihre

Einrichtung noch den täglichen Verlauf der wirtschaftlichen Vorkommnisse, und doch weiß man sofort: hier ist nicht gut sein; adieu Madame, ich und das Zimmer und vielleicht auch ich und Sie, wir passen nicht zusammen. Oder man sieht sich eine Stube an und erkennt auf den ersten Blick, daß es sich hier ganz ausgezeichnet wohnen müsse; es kommt einem alles so anheimelnd, so traulich vor, es ist, als hätte man das alles schon längst gehabt und mit gemütlicher Bequemlichkeit genossen, und ehe man sich's selbst versieht, hat man den apostolischen Entschluß gefaßt: Herr, hier wollen wir Hütten bauen.

Das Wort Haus erscheint in sehr zahlreichen Zusammenstellungen mit anderen Wörtern und hat auch an und für sich eine gar verschiedene Bedeutung.

Hauswirt, Hausherr, Hausfrau, Hausmann, Hauszwist, Hausfriede, Hausgerät, Haushaltung, Hausrat, das sind so einige von den erwähnten Wortverbindungen, keine von ihnen aber ist von einer so hohen Wichtigkeit, keine von ihnen greift so tief in die verschwiegenen und zarten Verhältnisse des Privatlebens ein, wie die drei Silben ‚Hausschlüssel'.

Welch eine Fülle von guten und schlimmen, ernsten und heiteren, glücklichen und schauderhaften Erinnerungen dieses inhaltsschwere Wort zu erwecken vermag, das weiß ein jeder, sei er nun jung oder alt, ‚behauskreuzt' oder unbeweibt, und wenn die Hausschlüssel reden oder gar schreiben könnten, so würde in kurzer Zeit die Welt von einer wahren Sturmflut von offenbarten häuslichen Geheimnissen überschwemmt werden, die jedermann zur Warnung, Abschreckung und — Nachahmung dienen könnten.

„Wer nie zu lang im Wirtshaus saß,
wer nie durchklapperte des Winters Nächte,
weil er den Passepartout vergaß,
der kennt euch nicht, ihr Schicksalsmächte!"

Da die menschliche Wohnung den ursprünglichen Zweck hatte, die Glieder einer Familie zu vereinigen, wird das Wort Haus oft gleichbedeutend mit Familie gebraucht. „Ich und mein Haus, wir wollen dem Herrn dienen", lautet in dieser Beziehung ein bekannter biblischer Ausspruch. Eine weitere Bedeutung bekommt das Wort, indem es im Sinn des ‚Geschlechts' gebraucht wird und alle Verwandten der Familie mit ihren Ahnen bis zurück auf den Stammvater umfaßt. „Das Haus Bourbon hat aufgehört zu regieren!" lauteten die Diktate Bonapartes, dem nachher selbst die Strophe gedichtet wurde:

„Und zu derselben Stunde
schließt auch das Grab sich schon;
das war die letzte Stunde
vom Haus Napoleon!"

Solch ein Geschlecht, solch ein Haus hat oft eine ganz bedeutende politische, ja weltgeschichtliche Aufgabe zu erfüllen; die Traditionen erben sich von Glied zu Glied immer weiter fort, und jedes neu hervorsprossende Reis des gewaltigen Baumes sucht Blüten und Früchte zu treiben. Mit den Kräften wachsen auch die Ziele, und wo das Kind am geistigen Vermächtnis des Vaters hält und ihm die jeweiligen Verhältnisse dienstbar zu machen sucht, da erstarkt der Stamm selbst auf sonst unfruchtbarem Boden, und es wachsen jene kraftvollen Dynastien heran, von denen die der Hohenzollern ein lautzeugendes Beispiel ist.

Auch die Bildersprache hat sich des Wortes Haus bemächtigt, wie man sich oft überzeugen kann. „Du bist ein altes, gutes, treues Haus!" hört man zuweilen sagen, und diese Redensart ist nicht gedankenlos, denn man will damit im Charakter eines Menschen die Traulichkeit und Gemütlichkeit andeuten, die vorzugsweise Eigenschaften solcher Wohnungen sind, deren Behaglichkeit mit dem Alter gewachsen ist.

„Haus und Hof", denn zu einem Hause gehört ein Hof und wer's möglich machen oder erschwingen kann, der hängt auch noch ein Gärtchen dran, von wegen der Zwiebeln und Petersilie für die ‚teure' Hausfrau, oder auch um etwas Levkojen und Reseden zu ‚erbauen'. So ein Blumen- und Gemüsegärtchen bietet der Annehmlichkeiten gar viele, und wer's nun gar noch zu einem Rettichbirnen- und Franzapfelbaum bringt, der ist schier zu beneiden.

So ist's in der Stadt. Auf dem Land freilich sind die Verhältnisse anders; da nehmen die Höfe ganz andere Dimensionen an, und die Gärten dehnen sich oft über sehr bedeutende Areale. Daß hier der Hof von größerer Bedeutung ist, beweisen die Bezeichnungen Pachthof, Bauernhof etc., und sehr oft wird die ganze Besitzung nach dem Namen ihres Inhabers Ruppertshof, Uhligshof, Petershof oder in Beziehung auf sonstige Umstände Teichhof, Berghof, Lindenhof, Tannenhof genannt.

Daß der Hof nicht eine zufällige Einrichtung ist, sondern einer Naturnotwendigkeit entspricht, beweist der Umstand, daß sogar der Mond einen hat, und wer diese Einrichtung kennenlernen will, der mag sich nur getrost direkt an den alten Nachtschwärmer selber wenden, weil der jedenfalls die beste Auskunft darüber geben kann. Dem haben es jedenfalls die Kaiser, Könige, Herzöge, Fürsten, Grafen und sonstigen großen Herren abgelauscht, die sich mit einem Hof umgeben, dessen Glanz und Pracht oft mit recht elegischem Schimmer in den Säckel gewisser Nichthöfler hineinleuchtet. So ein Hof ist etwas gar grausam Vornehmes, und wer die Erlaubnis bekommt, sich ‚Hofzweckenschmied' oder ‚Hofwichslieferant' zu nennen und zu schreiben, der darf ohne Bedenken sich an die Brust schlagen und ausrufen: „Gott Lob, ich bin ein gemachter Mann!"

Wer da etwa glaubt, daß man unter einem Hof nur so ein prosaisches Ding zu verstehen habe, auf dem die

Frau Nachbarin ihre Wäsche trocknet und ihre Kartoffeln putzt, der mag sich einmal erklären lassen, was es heißt, irgend jemandem ‚den Hof zu machen'. Ob diese bildliche Redeweise von dem französischen *cours d' amour* abzuleiten ist, oder ob man das dabei zu beobachtende Gebaren dem befiederten Sultan abgelauscht hat, der, mit dem roten Fez auf dem Haupt und den Rittersporen an den Füßen, mit herablassender Würde oder kavaliermäßiger Tournüre sich um die Gunst seiner gackernden Huldinnen bewirbt, das haben die Gelehrten noch nicht entschieden. So viel aber ist gewiß, daß sich gar manch eine den Hof gern machen ließe, aber es ist ein großer Fehler dabei, nämlich der, daß sich keiner dazu finden will. —

Haus und Hof, beide gehören zusammen und ergänzen sich bei der Befriedigung der Ansprüche, die der Mensch an seine Wohnung macht. Daher ist es kein Wunder, wenn man das eine oft für das andere gebraucht und statt Gasthaus Gasthof, statt Pack- und Schlachthaus Pack- und Schlachthof sagt. Selten wohl wird es ein Haus geben, das wirklich keinen Hof aufzuweisen hätte, haben doch sogar die Häuser, die der Freiheitsentziehung gewidmet sind, die Gefängnisse, ihre Höfe, durch die es den Insassen ermöglicht ist, zuweilen auf liebevolles Kommando ‚in Ostras Schattenau sich zu ergehn'.

Auch die hervorragendsten unter allen Häusern, die ‚Gotteshäuser', haben oder vielmehr hatten ihre Höfe. Die religiöse Pietät umgab die Kirchplätze gern mit Mauern, zwischen denen die entschlafenen Erdenwanderer zur Ruhe bestattet wurden. Ihr erster Lebensgang hatte zur Kirche geführt, wie Schiller in seiner ‚Glocke' sagt:

„Denn mit der Freude Feierklange
begrüßt sie das geliebte Kind
auf seines Lebens erstem Gange,
den es in Schlafes Arm beginnt."

Jeder bedeutende Moment ihres Daseins rief sie in das Gotteshaus, dessen eherne Zungen ihnen auch zum letzten Valet läuteten, und so versammelte man die Hüllen der Abgeschiedenen an dem Ort, an dem ihren unsterblichen Seelen der Weg empor zum Himmel gewiesen worden war. Die Gegenwart mit ihren auf das Praktische gerichteten Bestrebungen hat trotz aller Achtung vor den religiösen Traditionen erkannt, daß die ewige Seligkeit nicht durch die Schmälerung irdischer Rechte erhöht werden könne, und eines der hervorragendsten unter diesen Rechten bezieht sich auf die Gesundheit des Körpers, die durch die Miasmen der Fäulnis arg geschädigt wird. Deshalb greift die Sanitätspolizei mit unnachsichtiger Hand in die alten Gebräuche, um das zu entfernen, was dem körperlichen Wohlbefinden schädlich ist. Man möge den häßlichen Prozeß der Verwesung immerhin durch blumengeschmückte Hügel dem Auge entziehen, aber man lasse diesen gesundheitswidrigen Vorgang nicht inmitten reichbevölkerter Orte stattfinden, wie es bisher der Fall war. Der Ort der letzten Ruhe soll fortan nicht ein am Gotteshause liegender ‚Kirchhof', sondern ein im Freien befindlicher ‚Gottesacker' sein, zu dem die Frömmigkeit ihre Schritte lenkt, um Zeuge jener großen Ernte zu sein, deren Garben ihre Früchte für das Jenseits spenden.

Hier sind in ‚Haus und Hof' unsere Betrachtungen an dem Punkt angekommen, von dem sie ausgingen, an dem Punkt, wo ‚Himmel und Erde' sich vereinen, einen unsterblichen Geist für kurze Zeit in irdische Gewandung zu hüllen, um ihn zum Erklimmen einer höheren Daseinsstufe zu befähigen. Im Gottes-‚Hause' vernahm er die Kunde seiner himmlischen Abstammung, und dem Kirch-‚Hofe' übergab er das vom Staube geliehene Kleid, um den freien Flug über die Berge hinweg zu lenken, deren Spitzen im Morgenrot einer anderen Welt erglühen.

Der Tod ist nicht ein Aufhören alles Lebens, sondern nur der Übergang aus einer Daseinsform in die andere. Ist diese andere eine höhere, eine beglückendere? Die Bibel beantwortet diese Frage mit den Worten:

„Der Geist spricht: Ihre Werke folgen ihnen nach!"

VERZEICHNIS DER GESAMMELTEN AUFSÄTZE

Weltall - Erde - Mensch 234

Schätze und Schatzgräber 235
Mit Dampf um den Erdball 236
Verteidigung eines Vielverkannten 238
Bete und arbeite! 241
Die Helden des Dampfes 242
Ein königlicher Proletarier 251
Des Menschen Wille ist sein Himmelreich 259
Ehrlich währt am längsten 260
Gedenke des Todes! 262
Über Freundschaft 263
Herbstgedanken 264
Haus- und Familienreden 1 266
Haus- und Familienreden 2 268
Ein Lichtspender 271
Mit dem Dampfroß 278
Ein jetzt Vielgenannter 285
Der Kanal von Suez 292

Die Liebe nach ihrer Geschichte 298

Gesammelte Werke Band 71

„OLD FIREHAND"

Eine wertvolle Ergänzung zum vorliegenden Buch. Während Band 72 *Schacht und Hütte* die „einheimischen" frühen Werke Karl Mays umfaßt, bietet *Old Firehand* ausschließlich Erstlingswerke, deren Handlung in fremdländischen Schauplätzen spielt oder lange zurückliegende historische Ereignisse zum Inhalt haben.

So führt auch *Old Firehand* in die früheste Schaffenszeit Karl Mays. Dieses Sammelwerk enthält neben der Titelerzählung in ihrer Urfassung unter anderm die exotischen Abenteuer „Inn-nu-woh" und „Die Rose von Kahira": Spannende Reiseberichte, die einstmals in alten, lange schon verschollenen Zeitschriften veröffentlicht wurden. Teilweise fanden sie sich erst vor wenigen Jahren in des Dichters persönlichem Nachlaß wieder, der 1960 für das Bamberger Karl-May-Museum erworben werden konnte. Jugendliche Frische und faszinierende Romantik zeichnen diese Erstlingswerke aus, in denen so berühmt gewordene Helden wie Winnetou, Old Firehand, Sam Hawkens, Hadschi Halef Omar u. a. zum erstenmal in ihrer ursprünglichen Gestalt auftreten. Die Themen einiger dieser Erzählungen verwandte Karl May später in veränderter Form erneut für seine ‚Gesammelten Reiseerzählungen', und es ist außerordentlich reizvoll, die Entwicklung der Motive und Charaktere zu beobachten, die ihren Schöpfer später in der ganzen Welt bekannt machen sollten. Ein aufschlußreicher Blick in die Werkstatt des Schriftstellers — eine wertvolle Gabe für jeden Karl-May-Freund.

KARL-MAY-VERLAG BAMBERG

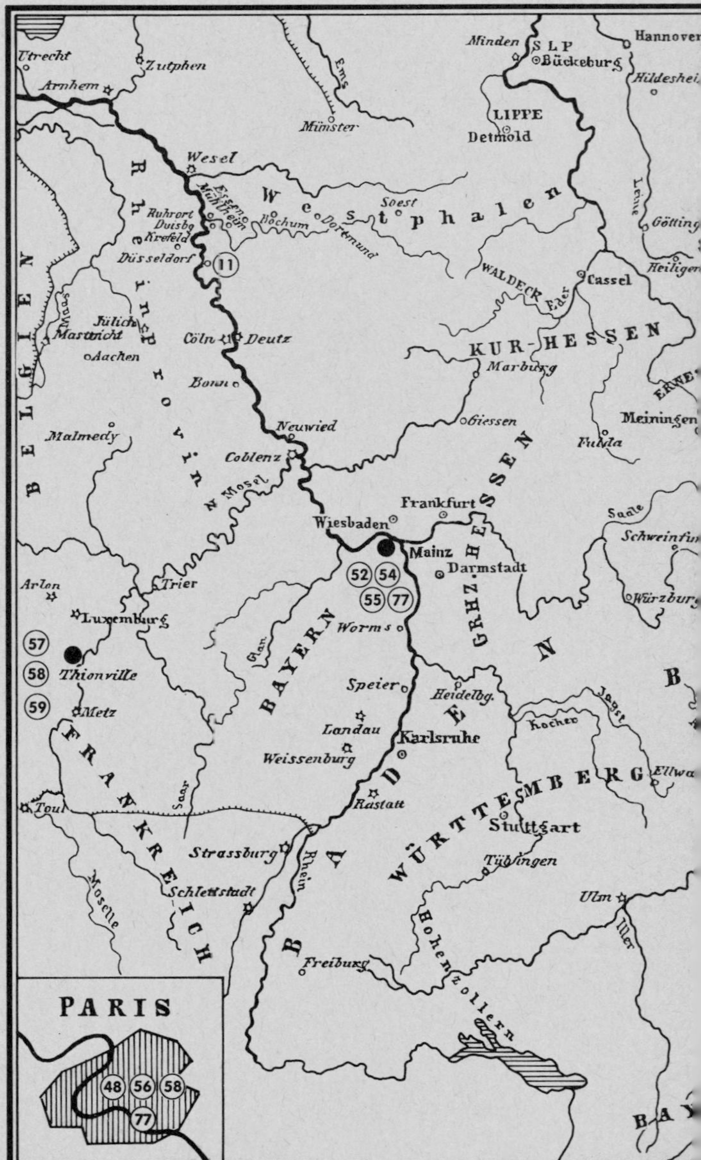

Utrecht
Zutphen
Arnhem
Ems
Münster
Minden
S L P
Bückeburg
Hannover
LIPPE
Detmold
Wesel
R h e i n p r o v i n z
W e s t p h a l e n
Essen
Mühlheim
Ruhrort
Duisbg
Krefeld
Bochum
Dortmund
Soest
Düsseldorf
11
Leine
WALDECK
Eder
Cassel
KUR-HESSEN
Jülich
Mastricht
Maas
Cöln
Deutz
Aachen
Marburg
Bonn
B E L G I E N
Malmedy
Neuwied
Giessen
Meiningen
Fulda
Coblenz
Mosel
Frankfurt
GRHZ. HESSEN
Wiesbaden
Saale
Mainz
Darmstadt
52
54
55
77
Arlon
Trier
Luxemburg
Würzburg
BAYERN
Glan
Worms
57
58
59
Thionville
Speier
Heidelbg.
Jagst
Kocher
Metz
Landau
Karlsruhe
B A D E N
Weissenburg
F R A N K R E I C H
Rastatt
WÜRTTEMBERG
Stuttgart
Toul
Saar
Strassburg
Rhein
Tübingen
Schlettstadt
Ulm
Moselle
Iller
Hohenzollern
Freiburg
PARIS
48
56
58
77